四川大学学术群落
中国现当代文学卷

华忱之 著

ZHONGGUO WENXUELUN
HUACHENZHI XUESHU WENJI

四川大学文学与新闻学院 组编
曾绍义 梁仪 编

中国文学论
华忱之学术文集

巴蜀书社

图书在版编目（CIP）数据

中国文学论 / 华忱之著. —成都：巴蜀书社，2023.3
ISBN 978-7-5531-1924-3

Ⅰ. ①中… Ⅱ. ①华… Ⅲ. ①中国文学－文学评论－文集 Ⅳ. ①I206－53

中国国家版本馆CIP数据核字（2023）第037740号

中国文学论　华忱之学术文集
ZHONGGUO WENXUELUN　HUACHENZHI XUESHU WENJI

华忱之　著

特约审稿	曾绍义
责任编辑	李　蓓
出　　版	巴蜀书社
	成都市锦江区三色路238号新华之星A座36层
	邮编：610023
	总编室电话：(028)86361843
网　　址	www.bsbook.com
发　　行	巴蜀书社
	发行科电话：(028)86361852
经　　销	新华书店
照　　排	四川胜翔数码印务设计有限公司
印　　刷	成都东江印务有限公司　(028)82601550
版　　次	2024年2月第1版
印　　次	2024年2月第1次印刷
成品尺寸	170mm×240mm
印　　张	28.75
字　　数	450千
书　　号	ISBN 978-7-5531-1924-3
定　　价	128.00元

本书若有印装质量问题，请与印刷厂联系调换

华忱之

作者介绍

华忱之（1914—2002），北京人，满族。四川大学中文系教授。1937年毕业于清华大学中国文学系。历任四川乐山中央技艺专科学校、厦门大学中文系、华西大学中文系副教授、教授。1952年调任四川大学中文系教授，历任川大中文系代理系主任、汉语言文学研究所副所长、郭沫若研究室主任及中国郭沫若研究学会理事、四川省郭沫若研究会副会长等职。出版专著多种，主要有《孟东野诗集》（收入他编写的《孟郊年谱》和《孟郊遗事》）、《顾亭林诗文集》（收入他校辑的《蒋山佣残稿》和《亭林佚文辑补》），后者被认为是"现存《顾亭林诗文集》中最为完备的一种"。另有《顾亭林文选》、《曹禺剧作艺术探索》、《孟郊诗集校注》（合著、主编）等学术著作，前两种图书分别于1984年、1990年获四川省哲学社会科学优秀成果二等奖。发表学术论文30余篇。

作者出版的部分研究著作

作者出版的部分古代文学研究著作

发表作者论文的部分学术书刊

作者1937年大学毕业论文(手稿本),封面有闻一多先生评语:
"本系历届毕业论文,用力之勤,当以此为首屈一指。"

作者毕业论文《唐孟郊年谱》手稿

华忱之先生在为研究生授课

华忱之先生在家中客厅，
背后是剧作家曹禺1989年所赠新年贺词的手迹

华忱之先生为青年学者题词

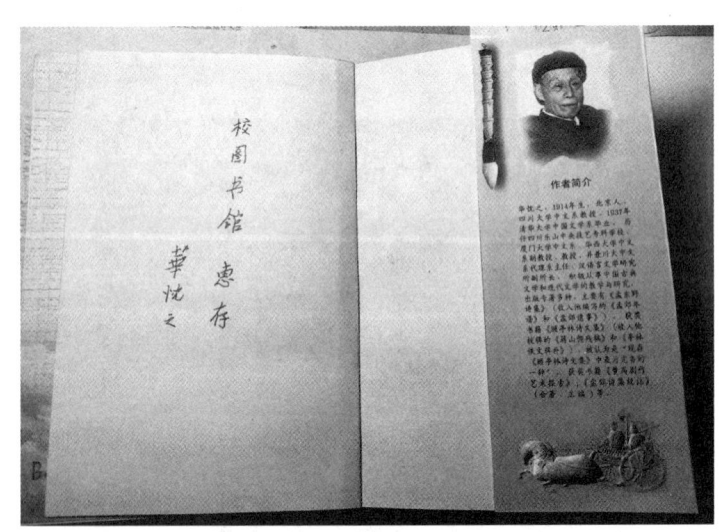

华忱之先生生前将自己的著作及全部藏书赠予四川大学图书馆，图中为他题写的赠书手迹

出版说明

自 1896 年四川大学诞生以来，中国语言文学学科一直伴随着时代发展，成就了一大批在国内外有影响的专家、学者。其中，中国现当代文学专业便是重要的组成部分，无论是作为现代作家的李劼人、吴虞、吴芳吉，还是作为学者的刘大杰、林如稷与华忱之，都先后在创作与学术的领域中做出了自己独特的贡献。为了集中展示他们的学术实绩，不断传承其治学精神，我们决定从 2020 年起，陆续编辑出版"四川大学学术群落·中国现当代文学卷"丛书，入选者每人一册，重点编入作者在不同学术时期最有代表性的、社会影响最大的论文或专著选段，少数有历史意义的文学创作文字也酌情作为附录收入，以帮助读者理解这些学术活动的历史语境。另有论述性的学术总结置于文前，著作年表殿于集后，以供读者参考。为了确保学术质量，即请"特约审稿人"曾绍义教授审读本卷各集全部文稿，并对其具体内容负责。

首先入选的是一批在历史上贡献突出、目前均不在岗的前辈学人，他们的学术探索具有筚路蓝缕之功、启迪来者之义。

需要说明的是，出于对历史的尊重，所收录的文章均保持原貌，包括引文、注释等，仅对个别笔误及排版错误进行改正，对于无法辨认的字则用□代替。

四川大学文学与新闻学院
2020 年 2 月

目 录

序 言 ································· 李 怡 001

论华忱之先生对中国现代文学和古代文学研究的贡献
················· 曾绍义 燕 晓 001

上 编 ································· 001

更好地贯彻"百花齐放、百家争鸣"的方针
——为纪念毛主席《在延安文艺座谈会上的讲话》发表15周年作
································· 003

鲁迅在文学研究和创作上的民族化、群众化方向 ········· 008

鲁迅对中外文化的理论主张与批评实践 ··············· 020

在中外文化交融中的鲁迅创作
——简论鲁迅作品对外国文学的借鉴 ··············· 028

鲁迅后期杂文的思想深度 ························· 040

鲁迅与徐懋庸 ································· 054

谈谈郭沫若诗歌创作的发展
——为迎接《沫若文集》出版而作 ··············· 064

"八千里路赴云旗"
——读郭沫若同志《归国杂吟》及其他 ··············· 073

高歌吐气作长虹
　　——论郭沫若抗战时期的旧体诗 …………………………… 082
论郭沫若抗战时期的杂文 ……………………………………… 096
"为真理斗到尽头"
　　——重读郭沫若同志历史剧《屈原》 ………………………… 111
诚挚的敬意　微薄的献礼 ……………………………………… 118
继承传统　借鉴外国 …………………………………………… 125
"爱国精神照肝胆"
　　——读茅盾同志的诗词 ………………………………………… 132
论曹禺解放前的创作道路 ……………………………………… 142
关于《黑字二十八》和《编剧术》
　　——记曹禺抗战初期的一些创作活动 ………………………… 157
重读曹禺的《北京人》 ………………………………………… 167
重评曹禺的《原野》 …………………………………………… 175
结构的艺术　抒情的诗意
　　——论曹禺《家》的创作成就 ………………………………… 187
"一时强弱在于力，千古胜负在于理"
　　——论《胆剑篇》 ……………………………………………… 203
评《小说与戏剧》曹禺剧作专章 ……………………………… 223
我对抗战文艺的基本估计
　　——在四川省抗战文艺学术讨论会上的发言 ………………… 238
建议与希望
　　——在抗战文艺学术讨论会上的发言 ………………………… 243
田汉同志与《抗战日报》 ……………………………………… 248
夏志清《中国现代小说史》评析 ……………………………… 258

下　编 ………………………………………………………… 273
管窥蠡测 ………………………………………………………… 275
《孟郊诗集校注》前言 ………………………………………… 279

论顾炎武的《蒋山佣残稿》 ………………………………… 295
　　略谈张籍及其乐府诗 ……………………………………… 305
　　孟郊年谱 …………………………………………………… 315

附　编 ………………………………………………………… 377
　　世纪留痕 …………………………………………………… 379

华忱之学术著作年表 ………………………………………… 418
编后记 ………………………………………………………… 424

序　言

李　怡

2018、2019 年，四川大学领导多次提出了建设"川大学派"的问题，在我们看来，这并非一时兴起的口号，其中，既有对未来学术发展的前瞻性期待，更有对一百多年来四川大学学人奋力开拓的学术传统的深刻认同。如何在承袭百年传统的基础上砥砺前行，是四川大学学人义不容辞的神圣职责。为此，四川大学文学与新闻学院组织了能够反映各个学科学术发展的大型丛书，精选在各个历史阶段于不同学术领域卓有建树的先贤著述，分别以"四川大学学术群落·×××卷"的系列方式陆续推出，以期能够形成对百年传统的系统总结，为新世纪"川大学派"的进一步成熟和发展夯实根基。"中国现当代文学卷"就是其中的重要组成部分。

在当代中国的学术版图上，四川大学留给人们的印象常常是古代文化的研究，包括"蜀学"传统中的中国古代史、古代文学、古代汉语研究，新时期以后兴起的比较文学研究也拥有深刻的古代文学背景，其实，中国现当代文学的发展和学术研究也与四川大学渊源深厚。

作为西南地区历史久远的高等学府，四川大学经历了一系列复杂的演化、聚合与重组过程，众多富有历史影响的知识分子都在不同的时期与川大结缘，构成"川大文脉"的一部分。例如四川省城高等学校下属机构的分设中学堂时期的学生郭沫若与李劼人，公立外国语专门学校时期的学生巴金，成都高等师范学校时期的受聘教师叶伯和，国立成都大学时期的受聘教师李劼人、吴虞、吴芳吉，国立四川大学时期的陈衡哲、刘大杰、朱光潜、卞之琳、熊佛西、林如稷、刘盛亚、罗念生、饶孟侃、吴宓、孙伏园、陈炜谟，中华人民共和国成立以后的川大学生中则先后出现过流沙河、童恩正、钱道远、杨应章、郁小萍、易丹、张放、周昌义、莫怀戚、何大草、徐慧、赵野、唐亚平、邹建军、张宝泉（阿泉）、马骏（马平川）、胡冬、颜歌等。作为学术与教学意义的中国现当代文学，也在川大早早生根。文学史家刘大杰在川大开设"现代文学"必修课的时间可以追溯到1935年，是中国较早开展新文学创作研究的高校之一。中华人民共和国成立后，随着中国现代文学（新文学）学科的建立，四川大学的相关学者代代相承，在各自的领域中成就斐然，成为中国现代文学研究界的主要力量。林如稷、华忱之先生是新中国中国现代文学学科的奠基人之一，继之则有李昌陟、易明善、尹在勤、王锦厚、李保均、朱先贵（朱玛）、陈厚诚、邓运佳、曾绍义、毛迅、黎风等持续努力，在郭沫若研究、李劼人研究、四川作家研究、中国新诗研究以及小说、散文、戏剧、电影等各体文学研究方面做出了引人注目的贡献，川大成为中国西部地区最早培养硕士生与博士生的学术机构①。

  我个人的学术经历也见证了这一学科学术如何在继往开来中努力拼搏的重要历史。我是2004年加入四川大学中国现当代文学学术群体的，当时中国高校的"学科建设"大潮已经开始，许多高校招兵买马，跃跃欲试，而川大刚好相反，老一代学者因年龄原因逐步淡出学术中心，相对而言，当时地处西部，又居强势学科阴影之下的川大现代文学学科困难重重。在这个情势下，如何重新构建自己的学术队伍，寻找新的学科优势，是我们必须面对的头等大事。幸运的是，我在川大的经历给了我许多别样的体验，以及别样的启迪。

  首先是宽阔、自由而富有包容性的学术环境。虽然生存在传统强势学术的学科阴影之下，但是川大却自有一种巴蜀式的、特殊的自由氛围，学人的生存方式、思想方式都能够在较少干扰的状态下自然生长。也正如"海纳百川，有容乃大"的川大校训所示，古典的规诫中依然留下了现代学术的发展

---

① 参见程骥：《四川大学与中国现代文学》，《现代中国文化与文学》2008年第5辑。

空间。2004年，在学院的支持下，四川大学现代中国文化与文学研究中心成立，中国现当代文学学科有了一个新的学科活动的平台。2005年，《现代中国文化与文学》创刊，除中国现代文学研究会的《中国现代文学研究丛刊》外，这在当时属于国内仅有的一份由高校创办的现代文学研究丛刊。八年之后，该刊被南京大学社科评价中心列为CSSCI来源辑刊，算是实现了国内学界认可的基本目标。

其次是相对超脱、宁静的治学氛围。进入川大以前，我所服务的高校正处于"学科建设"的焦虑之中，那种"奋起直追"、"迎头赶上"的热烈既催人"奋进"，又瓦解着学术研究所需要的从容与余裕心境。到川大没几天，我即受"学科带头人"毛迅教授之邀前往三圣乡"喝茶"。山清水秀的成都郊外风和日丽，往日熟悉的生存紧张烟消云散，"喝茶"之中，天南地北，学术人生，无所不谈，半日功夫虽觉时光如梭，却灵感泉涌，一时间竟生出了许多宏大的构想！毛迅教授与我一样，来自步履匆忙、心性焦躁的山城重庆，对比之下，对成都与川大的生存方式多了几分体验。在后来的多次交谈中，他对这里的"巴蜀精神"、"成都方式"都有过精辟的提炼和阐发。据我观察，这里的"溢美之辞"并非是文学的想象，实则是对当今学术生态的一种反省，而只有在一个成熟的文化空间中，形形色色又各得其所的生存才有可能，学术生活的多样化才有了基础，所谓潜心治学的超脱与宁静也就来自这"多元"空间中的自得其乐①。春日的川大，父亲带着孩子在草坪上放风筝，老者在茶楼里悠闲品茗，学子在校园里记诵英文，教授一时兴起，将课堂上的研究生带至郊外，于鸟语花香间吟诗作赋、畅谈学问之道……这究竟是"学科建设"的消极景观呢，还是另一种积极健康的人生呢？真的值得我们重新追问。

第二是多学科砥砺切磋的背景刺激着现代文学的自我定位。在四川大学，中国现当代文学并非优势学科，所以它没有机会独享更多的体制资源，但应当说，物质资源并不是学术发展的唯一，能够与其他优势学科同居于一

---

① 李怡、毛迅：《巴蜀学派与当代批评》，《当代文坛》2006年第2期。

个大的学术平台之上，本身就拥有了获取其他精神资源的机会。与学科界限壁垒森严的某些机构不同，我所感受到的川大学术往往形成了彼此的对话与交流，例如文学与史学的交流，宗教学、社会学与其他人文学科的交流。就现代文学而言，当然承受了来自其他学科的质疑与挑战——包括古代文学与西方文学，然而，在古今中外文化的挑战中发展自己不正是中国现当代文学的实际吗？除了挑战，同样也有彼此的滋养和借镜，例如从中国少数民族文学中发展起来的文学人类学，原本与中国现当代文学关系密切，但前者更为深入地取法于文化人类学、符号学、民族学、社会学等当代学科成果，在学术观念的更新、研究范式的革命等方向上大胆前行，完全可以反过来启示和推动现当代文学研究的发展。

以上的这些学术生态特征也是我在川大逐步感受、慢慢理解到的。而这一氛围的孕育形成，则是好几代川大学人思索、尝试、矻矻耕耘的结果。从刘大杰首开风气，于传统蜀学的大本营开辟"现代文学"的生长空间，到华忱之以古典学术之学养，开启曹禺研究、田汉研究、鲁迅研究的新路，传统与现代在此获得了交汇融合的可能。华忱之先生、林如稷先生是新中国四川大学中国现当代文学学科的创建人，他们都非常注意打捞和甄别文献材料，这样的努力为这一学术群落注入了鲜明的史学个性与严谨求实的学术品格。中国新文学文献史料工作于新时期开始复苏，而四川大学中国现当代文学学者在20世纪80年代所取得的最重要的成就就是编辑文学研究资料，易明善、尹在勤、王锦厚、李保均、陈厚诚、曾绍义、毛迅、黎风等学人都在这一领域做出了重要的贡献。在新时期，四川大学学人致力于郭沫若、何其芳、李劼人等四川作家生平资料的搜集与整理，收获丰硕。《郭沫若全集·文学编》、《中国当代文学研究资料》等主要课题都得力于四川大学学人的积极参与。王锦厚与多人合编的《郭沫若佚文集（1906-1949）》、《饶孟侃诗文集》、《百家论郭沫若》等，王锦厚的专著《闻一多与饶孟侃》、李保均的专著《郭沫若青年时代评传》、尹在勤的《何其芳评传》、陈厚诚的《死神唇边的微笑：李金发传》、易明善的《刘以鬯传》、曾绍义主编的《中国散文百家谭》等，都属于现代文献史料整理研究的重要成果。四川大学学人还编辑了两辑《四川作家研究》，收录王锦厚、陈厚诚、易明善等数人的多篇作家年谱与著译目录。论文方面，则有易明善《郭沫若〈洪波曲〉的几处史实误记》和《郭沫若四十年代中期在上海活动纪略》、李保均的《郭沫若学生时代年谱（1892—1923）》和《郭沫若族谱》等，展示了川大学者深厚的治学功底。事实证明，正是这种以文献史料为基础的文学研究铸就了川大学术群落醇厚的史学品质。2018年，中国社科院文学所著名文学史料学者刘福春教授携10余吨文献史料加盟川大；2019年，国内第一个中国现代文献学博士点在川大文新学院创立。这些都属于这一"文史结合"的学术传统在新的历史时代的有效延伸和蓬勃发展。

今天，在新的学科建设的征途上，我们回首历史，重温川大学术的来龙去脉，将有助于自我精神的反省与成长。认同传统与突破传统总是不可分割地交织在一起，没有自我的梳理和必要的认同，也不会有新的挑战机会，更不会赢得撬动世界的"阿基米德点"。

这就是"四川大学学术群落·中国现当代文学卷"的缘起。本卷的第一辑主要收入目前已经不在岗的前辈学者的相关论述。阅读这些历史开创者的文字，我们仿佛透过一层发黄的岁月的尘埃，触及了一个个温润的生命。是的，他们当年的学术文字留下了他们对历史的敬意，是用真诚的心灵对话经典，也对话着饱经沧桑的自我。系列丛书还将继续编辑下去，也会有更多的前辈学人的道德文章将陆续呈现在我们面前。

2020年春节于四川大学文学与新闻学院

论华忱之先生对中国现代文学和古代文学研究的贡献

曾绍义　燕　晓

在中国现当代文学研究史上,四川大学已故教授华忱之先生不仅是四川大学中国现当代文学学科建设的重要奠基人,在经典作家鲁迅、郭沫若、茅盾和曹禺的研究中也建树颇丰,其中尤以对曹禺的剧作研究最为突出,同时对中国抗战文艺研究和中国古代文学研究也做出了重要贡献。

一、在"鲁、郭、茅"研究中的建树

华忱之先生原本侧重于中国古典文学研究,中华人民共和国成立后,基于中国新文学学科的建立,工作需要他转向,他即于20世纪50年代末发表了研究鲁迅和郭沫若的论文。1973年,他又与李昌陟教授共同主编了《鲁迅小说选》,作为当时工农兵大学生的教材。在《鲁迅小说选》中,华忱之除了为所选作品做必要的注释,还为每篇小说做了题解。这些题解虽然也带有那个时代的政治色彩,习惯于挖掘革命主题和阶级内涵,但依然流露了一些珍贵的个人感受与理解。比如,作者不仅强调了《孔乙己》反封建的思想主题以及鲁迅对孔乙己的严厉批判,也看到了鲁迅对孔乙己的遭遇所怀有的"深切同情"[①];不仅揭示了《伤逝》"反对封建专制,争取婚姻自由、妇女解放"的思想主题,也感受到鲁迅对涓生和子君"所信奉的爱情至上主义的婚姻恋爱观,以及他们思想性格上的某些弱点"[②] 所持有的批评态度。这些富

---

① 四川大学中文系选编:《鲁迅小说选》,成都日报社1973年版,第19页。
② 四川大学中文系选编:《鲁迅小说选》,成都日报社1973年版,第189页。

有个人洞见的文学批评在当时崇尚宏大叙事的狂热年代里实属难能可贵。除了对鲁迅小说的研究，华忱之对鲁迅杂文的研究也很有特色。他认为鲁迅的杂文极富价值，不仅意涵深远，而且达到了相当高的艺术水准，绝非如夏志清在《中国小说史》所说的"十五本杂文给人的总印象是搬弄是非，罗罗嗦嗦"①。1975年，华忱之主编了《鲁迅杂文选》，仍然对所选杂文做了题解与注释，并发表了两篇研究鲁迅杂文的论文。1981年，华忱之发表了《鲁迅后期杂文的思想深度》，探讨了鲁迅在后期杂文中对辩证法、两点论和唯物主义的运用，对"左倾"思想和教条主义的警惕等，从而在很大程度上揭示了鲁迅后期杂文的思维特点。1984年，华忱之又写了《鲁迅与徐懋庸》，描述了徐懋庸学习鲁迅杂文的经历和道路，展示了鲁迅对徐懋庸杂文创作的具体影响。

华忱之先生视野宏阔，将鲁迅放在古今中外的大格局中进行研究，既看到了鲁迅对本民族传统文化的继承与发展，又点明了鲁迅对外国文化的借鉴与转化。1961年，华忱之发表了题为《鲁迅在文学研究和创作上的民族化群众化方向》的重要论文，指出鲁迅在文学理论上"创造性地批判继承中国民族文艺遗产"②，在文学研究上专注于考订、整理、辑佚、校勘以及研究中国古典小说，最终也在作品中呈现出民族化和大众化的艺术特色。20世纪80年代以后，华忱之又发表了《鲁迅对中外文化的理论主张与批评实践》(1986)和《在中外文化交融中的鲁迅创作——简论鲁迅作品对外国文学的借鉴》(1993)等论文，分别从鲁迅"借鉴世界进步文化"的文学理论主张、以"博采众家"、"取长弃短"③的方式翻译外国文化思想和文学作品的批评实践，以及鲁迅在小说、杂文和散文诗上受到的具体影响三个方面，详尽勾勒出了鲁迅文学创作的世界文化质素。最终，作者得出结论，认为鲁迅"既和中国古典文学、民间文学保持着传统的历史联系，又广泛吸取世界文化思潮、文艺创作的有益营养"，不仅在融汇中西的过程中形成了个人的独特风

---

① 夏志清著，刘绍铭等译：《中国现代小说史》，香港中文大学出版社2001年版，第45页。
② 华忱之：《鲁迅在文学研究和创作上的民族化群众化方向》，《四川文学》1961年第10期。
③ 华忱之：《鲁迅对中外文化的理论主张与批评实践》，《天府新论》1986年第6期。

格，还"为中国现代小说引进许多新形式和新手法，推动着中国现代文学逐步走向现代化和世界文学走向中国"①。通过这一系列论文，华忱之深刻阐明了鲁迅融合古今中外的文学特质以及鲁迅之于中国现代文学的重要意义。

华忱之先生也将这种融汇古今中外的研究方法用在了对其他作家的研究上。他在20世纪80年代的曹禺研究中比较重视曹禺对表现主义的借鉴和转化，到了90年代，则对曹禺研究有了进一步的思考。在《曹禺剧作与民族文化的几点浅见》中，他强调曹禺在剧作中塑造了许多拥有鲜明民族性格的人物，运用了一些中国传统文艺手法（比如"比兴"），全剧充满着富有民族传统的诗意美。在对曹禺数十年来不间断的思考、研究中，华忱之先生最终发现曹禺的作品其实是中西文化交融的产物，作家在借鉴世界文学的同时还继承了本民族的文化传统，甚至还"把外国戏剧艺术技巧通过民族化过程加以转化，用以表现民族的社会生活的经验"，创造出了"独特的民族风格和个人风格"②。他在茅盾研究方面也是如此，如在《继承传统　借鉴外国》（1984）中就指出了茅盾贯通中西、融汇古今的文学批评特质。

除了对鲁迅有过深入研究，华忱之先生在对郭沫若的研究上更是有着诸多开拓之举。他秉持着大文体的观念，对郭沫若作品中一些边缘的甚至未被关注的文体作品做了细致研究。在现代文学研究中，除了鲁迅的杂文，其他作家的杂文少有得到过研究者们的充分重视。1982年，华忱之发表了《论郭沫若抗战时期的杂文》，从动员大众抗战、纪念鲁迅先生以及争取民族团结三个方面阐释了郭沫若抗战时期杂文的主要内容和重要意义，率先开启了对郭沫若杂文的研究。即如前辈学者秦川先生所说，"华忱之对郭沫若抗战杂文的研究……填补了郭沫若研究的某个空白，使郭沫若研究又进了一步"③。在诗歌研究方面，华忱之不仅关注到了郭沫若最具代表性的新诗，完整概括

---

① 华忱之：《在中外文化交融中的鲁迅创作——简论鲁迅作品对外国文学的借鉴》，《四川大学学报》（哲学社会科学版）1993年第1期。
② 华忱之：《曹禺剧作与民族文化的几点浅见》，田本相、刘家鸣主编：《中外学者论曹禺》，南开大学出版社1992年版，第38页。
③ 秦川：《现代文学散论·建国三十五年来郭沫若研究评述》，重庆出版社1988年版，第345页。

了郭沫若在各个历史时期的不同阶段的特征①,也关注了郭沫若的旧体诗词创作。1979 年,他就发表了研究郭沫若旧体诗词的重要文章《"八千里路赴云旗"——读郭沫若〈归国杂吟〉及其他》,较早关注到了郭沫若旧体诗词的研究价值。该文曾被《四川文学》、《中国人民大学复印报刊资料》转载,并收入《郭沫若研究论集》和《中国当代文学研究资料·郭沫若专集》等重要的郭沫若研究著作。1988 年,华忱之又发表了研究郭沫若旧体诗词的专论《"高歌吐气作长虹"——论郭沫若抗战时期的旧体诗》,对郭沫若的旧体诗词做了更为全面的研究。在这些研究中,作者依靠自身扎实的古典文学研究功底,不仅结合史实与社会环境,对郭沫若旧体诗词中感时忧国、友人唱和、记题诗画、咏史、怀古、纪游、咏物和怀念亲友等各种传统诗歌题材做了符合抗战时代背景的贴切解读,还精辟总结了郭沫若旧体诗词"含咀风骚,出入唐宋,渊源所自,不主一家"②的创作风格。尤应指出的是,华忱之先生并非只是单纯地发掘和阐释郭沫若所写的旧体诗词,而是通过将这些旧体诗词与郭沫若同时期的其他作品"互相说明补充"③、相互印证参看,进而对郭沫若及其作品做了更为深刻、全面的研究。

华忱之先生对茅盾的旧体诗词也有过详尽研究。在 1996 年发表的《"爱国精神照肝胆"——读茅盾同志的诗词》中,他从题材内容、写作风格、创作手法、思想立场等方面对茅盾旧体诗词进行了全方位的研读,展示了茅盾从 20 世纪 40 年代开始到 80 年代间"心灵历程的演变发展"④,以及茅盾试图将古典诗词现代化的独特探索与尝试。

总之,华忱之先生对鲁迅的小说和杂文的精彩研究,揭示出了鲁迅融合民族性与世界性的文学特质。其率先对郭沫若杂文的论述,对郭沫若、茅盾旧体诗词的研究,既点明了现代作家旧体诗词之于现代文学研究的重要意

---

① 参见华忱之:《谈谈郭沫若诗歌创作的发展——为迎接〈沫若文集〉出版而作》,《草地》1957 年第 5 期。
② 华忱之:《高歌吐气作长虹——论郭沫若抗战时期的旧体诗》,《郭沫若研究》1988 年第 4 辑。
③ 华忱之:《"八千里路赴云旗"——读郭沫若〈归国杂吟〉及其他》,《四川文学》1979 年第 8 期。
④ 华忱之:《继承传统 借鉴外国》,《茅盾研究》1984 年第 2 辑。

义,也在一定程度上拓展了现代文学研究的广度和深度。

二、对曹禺研究的重要贡献

华忱之先生对于曹禺的研究是出类拔萃的,可谓走出了一条个性鲜明且充满创造力的曹禺研究之路。早在20世纪80年代,他就开始了对曹禺的研究。那时候,学界研究曹禺剧作的焦点还主要集中在《雷雨》和《日出》上,其他剧作多无人问津。华忱之则率先以曹禺的另一部剧作《北京人》作为研究对象,1962年就发表了《重读曹禺的〈北京人〉》,细致分析了《北京人》中的人物形象和表现手法,是当时"比较突出"、"较有分量"[1]的关于《北京人》的研究成果。20世纪80年代以后,华忱之又陆续发表了4篇关于曹禺剧作的研究论文。1981年,他发表了《关于〈黑字二十八〉和〈编剧术〉——记曹禺抗战初期的一些创作活动》。这是"建国后发表的第一篇关于《黑字二十八》和《编剧术》的评介文章",不仅在国内被多家文学专业刊物转载,在国外亦引起了反响,日本学者饭塚容就曾"在《关于〈黑字二十八〉》中对本文作了全面引述"[2]。同年,华忱之还发表了《论曹禺解放前的创作道路》,"使长期以来忽视戏剧艺术研究的薄弱环节得以扭转,对于提高曹禺戏剧研究水平是有作用的"[3]。1983年,他发表了《重评曹禺的〈原野〉》,阐释了曹禺在《原野》中的积极探索,而这种"对《原野》的正面肯定,在当时还是空谷足音","为后来正确评价《原野》起了开拓作用"[4]。1984年,华忱之发表了《结构的艺术,抒情的诗意——论曹禺〈家〉的创作成就》,通过与巴金原作《家》的比较,对研究者一直不太重视的《家》做了精彩分析。

1988年,华忱之先生结集出版了《曹禺剧作艺术探索》。该书凝结着他

---

[1] 卢洪涛:《中国现代作家专题研究》,陕西人民出版社2005年版,第139页。
[2] 田本相、黄爱华主编:《简明曹禺词典》,甘肃教育出版社2000年版,第403页。
[3] 韩日新:《新时期曹禺研究纵横谈》,《艺术百家》1995年第2期。
[4] 肖飞:《看似寻常最奇崛,成如容易却艰辛——读华忱之〈曹禺剧作艺术探索〉》,《中国现代文学研究丛刊》1989年第4期。

20多年来研究曹禺剧作的心血和感悟,是其现代文学研究的巅峰之作,甫一付梓,就在学界得到了热烈反响和极高评价:《中国现代文学研究丛刊》在"新书林"专栏中认为该书"材料丰富、翔实","全面地把握曹禺剧作的思想历程和艺术探索轨迹",对曹禺研究的热点、难点问题都有"独到的见解"①;著名曹禺研究专家田本相则在《简明曹禺词典》中充分肯定了《曹禺剧作艺术探索》的学术价值,认为此著"大大推动了曹禺戏剧研究的发展"②;华中师范大学教授邹建军和赵令珍更是认为,与同时期数千篇论文和六七部研究专著相比,华忱之先生的"这部曹禺戏剧研究专著'更上一层楼',在不少方面有所突破","拓展了研究领域,扩大了视野,转变了审美视角",是"中国现代戏剧研究的重要突破"③。1990年,《曹禺剧作艺术探索》获四川省中国现当代文学研究会科研成果一等奖、四川省人民政府哲学社会科学优秀研究成果二等奖;1992年4月,该书获中国首届满族文学荣誉奖。

  细说起来,研究曹禺剧作既是本自华忱之先生个人的浓厚兴趣与爱好,也是出于一种知己间的欣赏与共鸣。华忱之生于北京,祖籍满族镶蓝旗,小时候就常常被母亲带到东安市场里的吉祥戏院看京剧,日久天长,耳濡目染,逐渐成了小戏迷。进入大学以后,华忱之更是在课余闲暇跑遍了京中各大剧院。中华人民共和国成立后,他到四川大学任教,又迷上了川剧。尽管当时四川大学距专演川剧的锦江剧场很远,他也风雨无阻,常常顾不上吃饭就去离剧场不远的春熙路茶楼上等着买戏票。这种对戏剧的热爱与痴迷,一直延伸到现当代文学学术研究的领域,使他对曹禺的话剧产生了极大的兴趣。他曾这样描述自己在20世纪50年代读曹禺剧作时的场景:"我一遍又一遍地诵读了他的每一部剧作,咀嚼着剧作中的每一句台词,体味着剧中人物的酸甜苦辣,深深为他剧中抒情的诗意,语言的动作性和节奏感,刻画人

---

① 炳:《曹禺剧作艺术探索》,《中国现代文学研究丛刊》1989年第3期。
② 田本相、黄爱华主编:《简明曹禺词典》,甘肃教育出版社2000年版,第391页。
③ 邹建军、赵令珍:《曹禺戏剧研究的新收获——读〈曹禺剧作艺术探索〉》,《四川教育学院学报》1989年第4期。

物心灵的复杂性等等高超的艺术本领和美学风格特色所陶醉,如饮醇醪,甚至为他的《北京人》和《家》深切动人的描绘而感动下泪。"①

出于对曹禺话剧的热爱,华忱之先生在1962年便开设了"曹禺剧作研究"课程,这在20世纪五六十年代的四川大学乃至全国的大学都非常难得。当时四川大学现代文学研究的主流是鲁迅研究,一方面是因为川大文学教研室中的老一辈学者林如稷、陈炜谟等人都"曾受到鲁迅热情的指导与鼓励,这段特殊的经历使他们对于鲁迅研究抱有一种当事人天然的热忱"②;另一方面则是因为经过多次文艺批判运动之后,研究者们往往倾向于选择研究风险较小的鲁迅。华忱之则特立独行,开设了曹禺剧作专题研究的课程,最终因在讲课中称赞《原野》的艺术成就而遭到批判,被定性成重艺术而轻政治的资产阶级思想,一度中断了对曹禺的研究。"文化大革命"结束后,华忱之对曹禺剧作的研究热情再一次喷发出来,取得了更大成绩,从而为曹禺研究做出了突出贡献。

华忱之先生与曹禺可谓知己之交。他俩都在小时候就对戏剧有着超常的痴迷与热爱,后来二人皆就读于清华大学,有着同校之谊。曹禺进入清华大学稍晚于华忱之,便亲切地称华忱之为学长。虽然华忱之与曹禺相交不多,但情意深长。1964年,华忱之登门拜访,向曹禺核对一些相关事实,二人一见如故,相谈甚欢,分别时曹禺还赠予华忱之一张《胆剑篇》的戏票;1988年,华忱之把自己的研究著作《曹禺剧作艺术探索》寄送给了当时因病住院的曹禺,得到了曹禺的亲笔回信与手书的陆游诗句条幅,这是曹禺在病中唯一给朋友写过的一封信;1994年,二人虽然都已年迈耳背,却又很想叙旧倾谈一番,便托曹禺的妻子李玉茹从中"翻译",华忱之戏言二人此次会面为"双龙(聋)会"③。相同的成长环境、求学经历以及对戏剧共同的热爱,让

---

① 华忱之:《怀念曹禺》,见《世纪留痕》,第52—53页。《世纪留痕》系作者未刊稿,现已编入《中国文学论——华忱之学术文集》,由华忱之先生之子华熔提供,在此谨向华熔先生深致谢忱。他人引用当以此为准。
② 程骥:《四川大学与中国现代文学》,《现代中国文化与文学》2008年第1期。
③ 华忱之:《怀念曹禺》,见《世纪留痕》,第56页。

华忱之的曹禺剧作研究显得亲切与熨帖，回荡着一种知己间的灵魂共鸣。

华忱之不仅与研究对象倾心交谈，更在著作里与学界同仁展开对话与交流，特别是针对曹禺研究中的一些不同观点进行了理性探讨，为恢复正常的学术交流秩序做出了努力。在《曹禺剧作艺术探索》中，华忱之讨论了诸多国内学界一直争论不休的问题，如《雷雨》中是否有"浓厚的宿命气氛"和"神秘的色彩"①，《日出》中陈白露的悲剧实质到底是什么，原野是否"是曹禺最失败的一部作品"② 等。与此同时，华忱之还密切关注着海外曹禺研究的动态，曾对美籍华人学者刘绍明《小说与戏剧》中的"曹禺剧作专章"作了评点，既肯定了刘绍明在比较文学视角下得出的新颖观点，又指出了刘绍明因对比较文学方法的不合理运用而造成的偏颇。

华忱之也运用过比较文学的方法来研究曹禺剧作，一方面通过把曹禺的作品放置在其自我创作的坐标系中，"在前、后剧作的联系中显示出艺术特色"③；一方面也在与外国作家的比较中来研究曹禺在艺术上受到的影响和做出的改变。不过，当具体到如何正确使用比较文学的方法研究曹禺剧作时，华忱之却有着与刘绍明截然不同的看法。在判定《雷雨》是否为悲剧时，刘绍明完全按照西方的审美观点和批评标准对作品进行精细的测量，而华忱之则认为不能单纯依靠文学理论或悲剧定义去做评断，应该从作品塑造的人物形象在矛盾冲突中的实际情况出发，从文本本身的实际出发。同时，刘绍明认为曹禺的某些剧作是对西方剧作家的被动模仿，华忱之则指出曹禺的创作是一种基于自身需要的主动借鉴，曹禺是"为了探索新的表现技巧，也为了强化现实主义塑造人物性格的深度"④，才积极尝试了西方剧作的表现手法，甚至还在剧作中做了一些创造性的转化，将外国现代派的一些戏剧手法加以民族化和本土化，绝非只是被动接受和生硬模仿。一句话，"曹禺并不是外

---

① 田本相：《曹禺剧作论》，中国戏剧出版社1981年版，第42页。
② 杨晦：《曹禺论》，《青年文艺》1944年第1卷第4期。
③ 邹建军：《比较文化：曹禺研究中的一种视野》，曹树钧、刘清祥编：《神州雷雨——曹禺诞辰90周年纪念文集》，湖北人民出版社2002年版，第312页。
④ 华忱之：《曹禺剧作探索》，四川文艺出版社1988年版，第122页。

国文学养料的被动接受者或移植者，而是一个天才的民族风格和个人风格的主动创造者"①。华忱之对中国作家主体性的强调是非常有意义的，不仅校正了比较文学研究中一些简单粗暴的比附倾向，同时也有利于探索中国作家自身的独特性。

特别值得重视的是，华忱之先生的曹禺剧作研究不但充满了彼此思想的碰撞和不同观点的博弈，而且贯穿着他对现代文学研究方法与学术理念的探索和创新。1983年，华忱之曾发表《管窥蠡测》②，对当时现代文学研究的既成格局和体系做了反思，希望学界同仁能够挣脱束缚有所突破。他的《曹禺剧作艺术探索》就是一次极有意义的尝试。

还需指出的是，此前的研究多是以文艺运动、文艺思想为经，以作家、作品为纬，华忱之则更加重视文本，把曹禺的作品放在了研究的首位；此前某些有争议的曹禺剧作曾被研究者有意忽视，华忱之则将那些被遮蔽的剧作一一解封，力图全面解读曹禺各个时期的重要作品；此前的文学研究以解读作品的政治性和社会性为主要出发点和落脚点，华忱之则更加着力于研究作品的艺术性，即曹禺作品中的人物形象、结构艺术和语言特色。华忱之还接续了"知人论世"的批评传统，在解读每一篇作品之前，都对作家当时的经历与遭际做了必要的叙述，并阐明其对于作家创作的影响。于是，华忱之的曹禺研究便开创了一种新的综合研究模式，在精研文本的基础上融合了对作家生平传记和政治社会环境的描摹与分析，以此研究作品的艺术特色以及作家的创作理念与创作心态。

借助于这样的研究模式，华忱之概括出了中华人民共和国成立前曹禺在创作手法和艺术表现上的不断变化——从利用巧合制造冲突的《雷雨》，到以横断面展览人物群像的《日出》，再到借鉴和发挥表现主义的《原野》，直到洗尽铅华、寓戏剧冲突于平凡生活和家庭人事关系中的《北京人》，从而全面展示了曹禺话剧创作的先锋性与探索性。同时，对于曹禺在中华人共

---

① 肖飞：《看似寻常最奇崛，成如容易却艰辛——读华忱之〈曹禺剧作艺术探索〉》，《中国现代文学研究丛刊》1989年第4期。

② 华忱之：《管窥蠡测》，《中国现代文学研究丛刊》1983年第4期。

和国成立后创作心理所发生的隐微变化，华忱之也做了细致入微的分析。曹禺在中华人民共和国成立后的第一部话剧《明朗的天》曾遭到批评，一些评论者认为该剧显得束手束脚，流于概念化和公式化。华忱之则深入分析了这种现象背后的心理原因：在写正面人物时，曹禺"怕写'歪曲'了"[1]；在写反面人物时，曹禺又怕写得太坏，因为这些反面人物是知识分子，可能会"不利于党的团结教育改造知识分子政策的贯彻"[2]。在这样谨慎的创作状态中，剧中的人物形象就难免会显得僵硬和刻板。在历史剧《胆剑篇》中，那位代表下层人民的"苦成"实在过于抢戏，连越王勾践卧薪尝胆的史实也被虚构改编成了苦成献胆，大大削弱了核心人物勾践的艺术表现力。华忱之就此指出，这并非是因为曹禺不懂得如何安排不同艺术人物在话剧中的戏份，而是由于作者"怕过分强调了越王勾践个人的历史作用"[3]，违背了人民创造历史的历史观念，才最终导致了角色安排上的失衡。

综观华忱之先生的曹禺研究，不仅本自作者兴趣，发乎由衷热爱，洋溢着巨大的激情与活泼的生气，亦是与知己间的灵魂对话、倾心相谈。华忱之对研究对象充满了理解之同情，既看到了曹禺在艺术追求中勇于尝试、不断突破的锐气与勇气，又体味到了曹禺在创作过程中遭遇的苦恼与纠结。于学术交流体制而言，与20世纪六七十年代的政治批判和80年代初期的自说自话不同，华忱之就曹禺研究中的热点问题和争议问题，与学界同仁展开了就事论事的真诚讨论，推动构建一种平等、敞亮的学术对话机制；于学术范式而言，华忱之在深刻分析和反思当时文学研究的模式和体系之后，一面顺应新时期回到文本、回到艺术的潮流，一面又融合了上一时期乃至更早的学术研究传统，创造出一种融政治社会批评、人物传记、作家心理和艺术分析为一炉的综合批评模式。华忱之不仅研究曹禺如何进行话剧艺术探索，他本人也在努力尝试和创造一种新的研究范式。

---

[1] 华忱之：《曹禺剧作探索》，四川文艺出版社1988年版，第250页。
[2] 华忱之：《曹禺剧作探索》，四川文艺出版社1988年版，第251页。
[3] 华忱之：《曹禺剧作探索》，四川文艺出版社1988年版，第283页。

三、华忱之与现当代文学的学科建设

在贡献着诸多现代文学重要学术研究成果的同时，华忱之先生也为四川大学现当代文学学科乃至整个中国现当代文学学科的建设做出了重要贡献，是"中国现代文学学科第一代研究者、建国后四川大学现代文学学科的重要奠基人"①。1950年5月，教育部通过了《高等学校文法两学院各系课程草案》，决定把"中国新文学史"设置成各高校的必修课。1952年，华忱之从华西大学调至四川大学任教，成为川大现代文学教研室的第一批成员，同期还有林如稷、陈炜谟、李昌陟、陈思苓等人，共同负责四川大学现当代文学的教学与研究。不过，对于华忱之以及教研室的同仁来说，建立一门新的学科并非易事，因为既没有现成的先例以供参考，也没有充足的文献资料以供研究，一切都得从头做起。

华忱之先生首先从搜集现代文学的相关文献开始。他曾在他的长篇自述《世纪留痕》中这样回忆：中华人民共和国成立初期，搜集文献的难度很大，许多原始文献资料尚未得到整理，还处于杂乱无章的状态，当时的四川省图书馆就有一大批中华人民共和国成立前的旧文艺书刊杂志还"杂乱地堆放在古籍藏书部的过堂大厅上"②。于是，他便夜以继日地逐本翻阅，独自在浩瀚的文献卷帙中披沙拣金，手抄笔录，完成了数十万字的《中国现代文学史参考资料》（1919—1949），可惜这本宝贵的原始资料手抄本在"文化大革命"中被悉数抄没，现仅存目录。经过艰难的摸索与跋涉，华忱之在20世纪50年代初期开设了"中国现代文学史"和"中国现代文学名著选"两门课程（同时期还有林如稷的"鲁迅研究"课程和陈炜谟的"现代小说"、"现代文学名著选"两门课程）。1962年，华忱之又开设了两门选修课——"鲁迅杂文研究"和"曹禺剧作研究"，走在了当时全国高校的前列，格外引人瞩目，也深受学生喜爱。在教学过程中，华忱之编写了《中国现代文学史》（1951

---

① 康斌：《华忱之的现代文学研究》，《中国现代文学研究丛刊》2015年第9期。
② 华忱之：《世纪留痕·一、问学纪源·点滴积累》，见本书附编。

—1960年稿)、《鲁迅杂文研究》(1962年稿)、《曹禺剧作研究》(1962年稿)和《现代文学专题》等四部讲稿。令人遗憾的是，这些手稿也大多在"文化大革命"期间散失。

在四川大学授课和编写教材的同时，华忱之先生还参与了全国现当代文学学科的创立与建设，为整个中国现代文学学科做出了自己的贡献。现代文学史的编审是现代文学学科建设的重中之重。华忱之分别参加了中华人民共和国初期和历史新时期初的两次现代文学史的编审工作。1954年，华忱之作为四川大学的代表参加了中央教育部组织的"中国现代文学史大纲讨论会"，与王瑶等学界同仁一起讨论和改定了中国现代文学史的大纲，达成了一系列关于如何建设现代文学学科的宝贵共识。1978年，华忱之先生又在北京大学参加了教育部编选《中国现代文学史参考资料》的审稿会议，再次与学界同仁一起通过了现代文学史的核心纲要，提出了许多建设新时期现代文学学科的合理建议。

除了参加编写现代文学史方面的相关会议，华忱之先生还主持和参加了一系列有关重要作家和重大议题的研讨会，开启或推进了新时期现代文学研究中的一些关键领域。1978年，华忱之与戈宝权、王瑶、许钦文、黄源、孙席珍等知名学者一同参加了在安徽黄山举办的纪念鲁迅逝世42周年的学术讨论会，会议"揭批了'四人帮'破坏鲁迅研究的罪行，总结、交流鲁迅研究的经验和成果"[①]。1979年6月，四川大学与乐山市政府共同举办了全国郭沫若学术研讨会，标志着新时期郭沫若研究的正式开启。会后，四川大学组建了郭沫若研究室，华忱之先生被选为该室主任，此后即带领研究室的同仁完成了《郭沫若全集》文学编和历史编的部分注释，编辑了《郭沫若选集》、《郭沫若集外序跋集》、《郭沫若著作选读》等重要选本，为新时期郭沫若的研究打下了坚实的文献基础。除此之外，为了加强对郭沫若的研究，华忱之先生负责的郭沫若研究室还编辑了6期《郭沫若研究专刊》，成为20世

---

① 安徽省地方志编纂委员会编，马昌华（卷）主编：《安徽省志52·社会科学志》，方志出版社1999年版，第330页。

纪80年代最早专门研究郭沫若的刊物。

为了改变现代文学史研究的薄弱环节，华忱之先生又大力呼吁加强有关抗战文艺的研究，分别在1983年的四川省抗战文艺学术研讨会和1987年的抗战文艺学术讨论会上做了重要发言，同时还在重要论文《夏志清〈中国现代小说史〉评析》中驳斥了海外学者夏志清所谓"中国现代文学在抗战期间，开了倒车"[1]的谬论，肯定了抗战文艺的意义和价值。华忱之把在抗日斗争中发展起来的抗战文艺看作与"五四"以来的新文学运动、20世纪30年代以"左联"为代表的左翼文学运动并立的"三座高峰之一"[2]。他认为，抗战时期的文艺不仅极富时代特色，同时上承"五四"新文学中的革命传统，下启中华人民共和国成立后的社会主义文艺创作，是研究现代文学绕不开的重要一环，希望研究者"大力收集整理有关抗战文艺的资料"，"对抗战文艺运动和作家作品问题做些综合性的研究"[3]，齐心协力，共同推进抗战文艺的研究。华忱之本人也身体力行，做了许多有关抗战文艺的研究，其中就有对重要作家在抗战时期各种文体的全面研究。如前文所述，华忱之对郭沫若在抗战时期创作的话剧、旧体诗和杂文进行了全方位的细致分析，这是抗战文艺研究的重要贡献。此外，华忱之先生还发掘和抄录了一些抗战时期的稀见文献史料。比如，在《关于〈黑字二十八〉和〈编剧术〉——记曹禺抗战初期的一些创作活动》（1981）中，他即考证了鲜有人提及的曹禺在抗战时期创作的话剧《黑字二十八》，以及曹禺在中华人民共和国成立前创作的唯一一篇有关编剧方法和戏剧理论的文章《编剧术》；在《田汉同志与〈抗战日报〉》（1983）中，对田汉在抗战时期自编的罕见文献《抗战日报》的《创刊词》做了重述。

---

[1] 夏志清著，刘绍铭等译：《中国现代小说史》，香港中文大学出版社2001年版，第114页。
[2] 华忱之：《我对抗战文艺的基本估计——在四川省抗战文艺学术讨论会上的发言》，《抗战文艺研究》1983年第4期。
[3] 华忱之：《我对抗战文艺的基本估计——在四川省抗战文艺学术讨论会上的发言》，《抗战文艺研究》1983年第4期。

四、华忱之的古代文学研究影响亦大

华忱之先生对中国古代文学研究情有独钟，他 1937 年在清华大学撰写的毕业论文就是《唐孟郊年谱》。论文由陈寅恪、闻一多两位教授共同指导，由于取材繁征博采，考证方法不拘一格，闻一多先生给予了高度评价，认为"本系历届毕业论文，用力之勤，当以此为首屈一指"[①]。之后，他又相继发表了《白香山集校录二篇》（载《东方文化月刊》1938 年第 1 卷 7 期）、《顾亭林集征献》（载《中和月刊》1940 年第 1 卷第 12 期）、《蒋山佣残稿跋》（载《中国留日同学会季刊》1942 年 9 月第 1 期）、《顾炎武蒋山佣残稿校录》（载《四川省立图书馆刊》1945 年第 6 期）等研究文章。与此同时，国立北京大学图书馆铅印了《唐孟郊年谱》。《孟东野年谱（续）》也发表于《云南论坛》1948 年第 1 卷 6 期。

中华人民共和国成立后，华忱之先生虽因工作需要，转向现代文学的教学与研究，但他"在治学上主张通古今之变"，认为"必须在继承借鉴、批判吸收中外古今研究成果的基础上，别辟蹊径，独创新机"[②]，继续从事着古籍版本、校勘、考据等研究工作，而且取得了更大成就，主要有：

（一）不断补充、修改《孟郊年谱》，使之成为孟郊研究者必用的重要著作。尽管华先生在进行大学毕业论文写作时，已穷尽搜索，引用文献书目达一百二十余种，但毕竟《孟郊年谱》前人未曾涉猎，又跨越文、史两个学科，所以他不辞劳苦，或到故宫博物馆、或到日本在北京设立的东方文化研究所借阅资料；或写《孟东野诗文系年考证》，或将一些抄录的稀缺资料编成《孟郊遗事》，终于在中华人民共和国成立后经增删、改写，完成了新的《孟郊年谱》。该书后与《孟郊遗事》一并编入华先生自己校订的《孟东野诗集》，由人民文学出版社于 1959 年 7 月出版，1984 年 4 月重印。

增列于《孟东野诗集》之后的《孟郊年谱》和《孟郊遗事》以及作为该

[①] 转引自《华忱之》，关纪新编：《满族现代文学艺术家传略》，辽宁人民出版社 1987 年版，第 184 页。

[②] 转引自《华忱之》，关纪新编：《满族现代文学艺术家传略》，辽宁人民出版社 1987 年版，第 183 页。

书前言的修订后的《关于孟郊的生平及其创作》一文，立即引起了国内外学者的广泛重视并多次被引用。如扬州大学韩泉欣教授的《孟郊集校注》"系根据华忱之先生《孟郊年谱》改编而成"①，说明该书"参考"了《孟东野诗集》校订本所附《孟郊年谱》。台湾学者尤信雄也说他的专著《孟郊研究》所附《孟郊年谱》"参酌"了华忱之的《唐孟郊年谱》②。美国汉学家斯蒂芬·欧文所著《孟郊和韩愈的诗歌》，除引用孟郊诗30余首，更是多处引用《孟东野诗集·前言》中的论点③。接着，华忱之先生又应人民文学出版社约请，与湖北大学另一学者共同完成了《孟郊诗集校注》。华先生再次改订了《孟郊年谱》，重新执笔写了《前言》。华先生先后两次赴北京图书馆借取宋、明多种刻本互勘、校记，历时月余，《孟郊诗集校注》的初稿完成后再度赴京复查，最后该书于1995年12月面世。这样一来，从《孟郊年谱》到《孟东野诗集》，再到《孟郊诗集校注》，便形成了前所未有的"孟郊研究系列"。华忱之先生说，他"一生从事科学研究，用力最勤，时距最长，辛苦备尝的首推这'三部曲'"，历时达60年之久，不仅填补了孟郊研究的历史空白，而且以其广征博引、资料丰富、考据细密、立论新颖等特点，赢得了国内外研究者的好评和重视！

（二）对顾亭林作品的研究步步"深入"，最终实现了多年的"构想"，完成了《顾亭林文集》的"无注本行世"，再一次填补了顾亭林研究的学术空白。据华忱之先生自述，对顾亭林作品的研究，最早源于在清华大学听刘文典、钱穆两位先生授课时的提示，即"在他的讲授中，对顾亭林十分敬佩，萌发了强烈的兴趣，初步找到了进行研究的途径"④，后经过努力，终于获赠日本大阪府立图书馆《蒋山佣残稿》，"反复研读，爱不释手，随手携带，一直伴我颠沛流离地由京入川"⑤。华忱之先生在成都继续作"对勘"、

---

① 韩泉欣：《孟郊集校注》，浙江古籍出版社1995年版，第518页。
② 尤信雄：《孟郊研究》文津出版社1984年版，第27页。
③ 参阅 Stephen：*The Poetry of Meng Chiao and Han Yu*，Vale University Press，1975。另有中译本（田欣欣译，天津教育出版社2004年版），但未标注引用。
④ 《世纪留痕·一、问学纪源》，见本书附编。
⑤ 《世纪留痕·一、问学纪源》，见本书附编。

"校录"，作《小序》，勤求教，除继续得到钱穆先生指教外，又得时任四川省图书馆馆长蒙文通先生支持，所撰《蒋山佣残稿校录》一文得以刊于《四川图书季刊》1945年第6期，后又编入其点校的《顾亭林诗文集》（中华书局1959年6月版）。1978年之后，华忱之先生在繁忙的中国现代文学教学和研究外，仍然坚持对顾亭林诗文的不同版本进行比较，摘抄了不少新史料，收入《读〈顾亭林文集〉札记》一文（刊《中华文史论丛》1980年第二辑）。1983年5月，中华书局再次印行《顾亭林诗文集》，增加了原《蒋山佣残稿》附录——顾亭林佚著《熹庙谅阴记事》，使之成为"现存顾亭林诗文集中较为完备的一种"①，颇为国内学界同行看重并多次被引用。随着资料的不断积累，华忱之先生不顾年迈体弱，继续朝着"选注一本以填补一定的空白"的目标前进，最终完成了无前规所循的艰巨任务。1998年，由他编选、校注并写有长篇前言介绍顾炎武生平、经历、治学及人品等的《顾亭林文选》顺利出版了，当年即被评为四川省优秀图书！

这里需要特别指出的是，在从最初发表《蒋山佣残稿校录》到连续出版《顾亭林诗文集》、《顾亭林文选》的50余年中，华忱之先生始终坚持不懈地研究顾亭林诗文，根本原因还在于他怀着"对顾亭林十分敬佩"之心！顾炎武既是文学家又是思想家，更是一位有着强烈的爱国主义思想的学者。所以，华先生在谈及他选编、校注《顾亭林文选》的起因时这样说："编者素喜顾亭林文……建国后迄无注本问世。乃不自量力，选注一本，以填补一定的空白"，但"注释亭文之难，还不在于注出词语的典故、出处，更难的在于钩稽词语的本事及用典之贴切现实。一句'出入戎行'，不知其中包孕着多少可歌可泣、壮烈复国的活动啊"②！从这些心声里，我们再回望华忱之先生几十年的人生之路，阅读他的研究论著，可以看到顾亭林对他的影响是很深的。

总而言之，我们从华忱之先生"打通"整个中国文学的研究历程中可以

---

① 中华书局编辑部：《顾亭林诗文集·出版说明》，中华书局1983年版，第5页。
② 华忱之：《顾亭林文选·前言》，四川人民出版社1998年版，第9页。

得到多种启示，比如不辞辛劳，穷尽搜索资料；要有"不自量力……填补一定空白"的学术抱负和学术勇气等，而"通古今之变……别辟蹊径，独创新机"应该是最为重要的！

上编

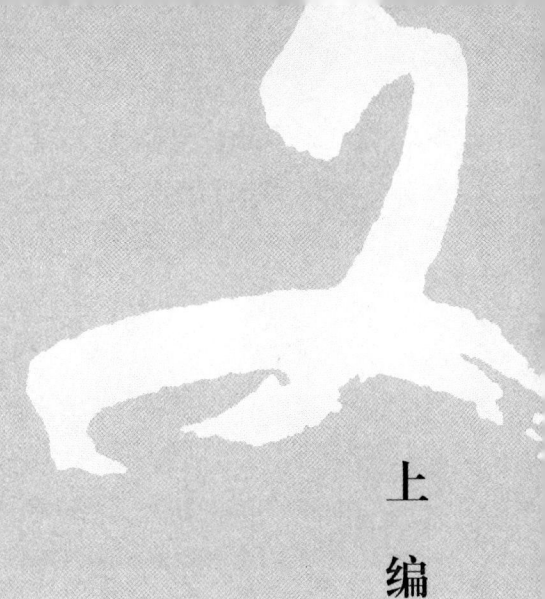

更好地贯彻"百花齐放、百家争鸣"的方针

——为纪念毛主席《在延安文艺座谈会上的讲话》发表 15 周年作

党中央在去年向全国学术界、文艺界提出的"百花齐放、百家争鸣"的方针,我觉得是和毛主席《在延安文艺座谈会上的讲话》的基本精神相一致的。也可以说,这一方针的提出,正适应了目前新形势的发展和社会主义文化建设的需要,把毛主席当年在延安文艺座谈会上的讲话的基本精神更深入、更扩大地贯彻到所有的科学和文化部门,形成了推动社会主义文化建设发展的一个划时代的新阶段。

本年 5 月,已经是毛主席发表"讲话"的 15 周年,同时距离 1917 年"五四"文学革命运动的开始,也恰恰有 40 年了。我们如果回顾一下,从"五四"文学革命运动到毛主席《在延安文艺座谈会上的讲话》的发表从"讲话"的发表到最近党中央提出的"百花齐放、百家争鸣"的方针,可以深刻地体会到,我们的国家和社会经历了什么样的翻天覆地的变革,我们的文艺工作又经历了什么样的曲折复杂的进程,才出现了前所未有的崭新的面貌。因此,我觉得毛主席的《在延安文艺座谈会上的讲话》源远流长,承先启后,它不仅规定了当时那一特定历史阶段的中国文艺运动的基本方针,而且,这一基本方针还一直贯彻到中华人民共和国成立以后,成为社会主义现实主义文学发展的前进方向。而"百花齐放、百家争鸣"方针的提出,实际上,也正是继承了毛主席当年文艺讲话的基本精神,并使它获得了更广泛的开展。

为什么说"百花齐放,百家争鸣"的方针是毛主席文艺讲话基本精神的继承和发展呢?首先,我是从毛主席所提示的为工农兵服务的方向这一角度来加以理解的。党提出"百花齐放、百家争鸣"方针的主要目的,不外乎调

动一切积极因素,团结一切可能团结的力量,来发展社会主义科学文化建设,加速我国社会主义的工业化。因此,尽管在提法上好像有所不同,但实质上,这一方针的提出,仍然是继续贯彻为工农兵服务的方向的。其次,毛主席在"讲话"中指示我们:"必须继承一切优秀的文学艺术遗产,批判地吸取其中一切有益的东西,作为我们从此时此地的人民生活中的文学艺术原料创造作品时候的借鉴。……我们决不可拒绝继承和借鉴古人和外国人,哪怕是封建阶级和资产阶级的东西。"这一段话的意旨,毛主席于1944年10月在延安举行的陕甘宁边区文化教育工作者大会上所作的另一次讲话,做了更好的说明。毛主席在那次边区文教工作者大会上宣布了新民主主义文化运动中的统一战线的方针(讲话原文收入《毛泽东选集》第三卷,题为《文化工作中的统一战线》),指出新形式与旧形式的统一战线是完全必要的,投降旧形式和排斥、鄙弃旧形式都是错误的。这一文化运动统一战线方针的提出,不仅在当时大大地推动了解放区文艺运动和文艺创作的繁荣与发展,同时,目前的"百花齐放、百家争鸣"方针的提出,也是文化运动统一战线在新形势下的一种扩大与发展。第三,我认为"百花齐放、百家争鸣"方针的提出,对于党内外的知识分子所犯的一些教条主义、主观主义乃至宗派主义等毛病,确实是一剂苦口的良药。换句话说,也就是让我们对待任何事情,都要提高嗅觉,坚持真理,发挥独立思考,反对随声附和,特别是对于一切学术上的问题,都可以自由争论,大胆怀疑,只许以理服人,而绝对不容许采取其他粗暴压制的手段。因此,"百花齐放、百家争鸣"的方针提出来还不到一年,我们仅仅从文艺工作方面看来,真可以说是蓬蓬勃勃,气象万千。我们的视野放宽了,我们进行创作和科学研究工作的信心大大加强了,我们的热情得到空前的鼓舞,所取得的成绩是显著的,也是主要的。当然,在"齐放"、"争鸣"的进程中,自然不可避免地也会有莠草和恶声掺杂其间,因而就引起了个别的文艺工作者的"杞忧"。如最近陈其通、马寒冰等同志发表的"我们对目前文艺工作的几点意见"一文(见《人民日报》1957年1月7日),就是最典型的例子。

下面我想略就陈其通等同志文章中的一些看法,谈谈我个人一些不同的意见。

首先，我们应该肯定陈其通等同志的写作动机，是为了保卫我们社会主义现实主义文学事业的发展，毫无顾虑地贡献出他们的意见。这个出发点是极其正当的。同时，在他们所提出的一些意见中，也有不少是值得今后加以注意的。但由于陈其通等同志教条主义地理解了毛主席《在延安文艺座谈会上的讲话》的基本精神，并且比较片面地理解了"百花齐放、百家争鸣"的方针，因此，就不适当地夸大了目前文艺工作中一些个别的缺点，而忽视了目前文艺工作在"百花齐放、百家争鸣"方针的鼓舞下所取得的显著的成就，甚至对于目前的文艺工作还做出了一些以个别概全体的比较武断的结论。从效果上看，这在无形中反而引起了一部分人对于"百花齐放、百家争鸣"这一方针在思想认识上的混乱。这些都是我们应该加以批判的。

陈其通等同志文章的第一段，首先认为"在过去的一年中，为工农兵服务的方向和社会主义现实主义的创作方法越来越少有人提倡了。有些人企图用'题材广泛论'来代替为工农兵服务的文艺方向；有些人认为社会主义现实主义的创作方法既然不是唯一的，也就不必坚持了"。照他们的话看来，好像为工农兵服务的方向和社会主义现实主义创作方法之所以越来越少有人提倡，乃是"百花齐放、百家争鸣"这一方针造成的。他们号召"应该高举起自己鲜明的旗帜，压住阵脚进行斗争"。这种看法之所以不正确，主要是由于他们把"题材广泛论"和为工农兵服务的文艺方向对立起来了；对社会主义现实主义的创作方法做出了极其狭隘的解释；甚至把"百花齐放、百家争鸣"的方针也和文艺为工农兵服务的方向对立起来了。实际上，社会主义现实主义的文学创作，正是要求通过广泛多样的题材、主题和丰富多彩的艺术形式，从各种不同的角度真实地反映现实的乃至历史的生活。因为历史的题材也是现实生活的一种体现，我们能够正确地认识历史，从而也可以正确地认识现实。因此，为工农兵服务的文艺并非完全局限于以工农兵为描写对象，相反地，只有"保证了个人的创造性，个人爱好底广大原野，思想和幻想、形式和内容底广大原野"（列宁语），才可以更好地推动社会主义现实主义文学创作的繁荣和发展，保证文艺为工农兵服务方向的胜利进行而不是其他。至于社会主义现实主义的创作方法,当然是最先进的和最完美的,需要加以提倡。但只有通过讨论和争辩、分析和比较,才能使作家们认识到它的优越性。当作家们进行创作的时候,应该允许他们结合创作的内容和形式,采取他们所认为的最适宜的创作方法,而不能加以任何人为的限制。最近,何直和周勃等同志提出了对于社会主义现实主义创作方法的一些不同的看法。尽管他们的意见不一定是正确的,但我们可以采取说理的方式来展开争论,而不必采取像陈其通等同志所号召的那种"压住阵脚进行斗争"的令人害怕的战法。因为这只是我们人民内部面对问题在看法上的一些分歧和矛盾,和对敌斗争应该有所区别。

其次,他们对作品的思想性和艺术性方面的一些看法,还值得商榷。如他们认为"反对'公式化、概念化',必须把文学艺术的思想性与'公式化、概念化'分清楚,否则一律反对,就会把'政治'反掉,把反映当前重大政治斗争的热情反掉"。我的看法略有不同。这里首先要解决的,仍然是一个"政治和艺术的统一,内容和形式的统一"的问题。我们知道,一篇成功的作品,它的思想性和艺术性必然是达到一定程度的谐和和统一的;未被认为"公式化、概念化"的作品,无论它的政治观点如何正确,由于缺乏足够的艺术魅力,必然会影响到作品的思想性和政治宣传的效果。因此,我们反对作品的公式化、概念化,正是反对那些"只有正确的政治观点而没有艺术力量的所谓'标语口号式'的倾向"。这样一来,不但不会把"政治"反掉,"把反映当前重大政治斗争的热情反掉",相反,只会更加提高作品的思想性,增强作品的政治斗争的效果。我想,如果我们能深刻地体会一下毛主席在文艺讲话里对于"进行文艺问题上的两条战线的斗争"所作的一些经典的说明,对于解决这一问题必然会有很大的帮助。

最后,他们又提出了目前的文艺工作只注意开老花不注意开新花的问题,认为目前有许多人只热衷于翻老箱底和走捷径去改编旧的,是一种不正常的现象。我觉得文学艺术是否伟大,倒不在乎新老,而只问它是否能于建设我们社会主义文化有益。因为嫩绿娇红固然可以使人赏心悦目,但苍松古柏又何尝不可以点缀这大好的春光呢?目前,我们对于民族文学艺术遗产的发掘整理还不是太多,还远远不能适应当前和今后文化建设的需要。因此,摆在我们面前的任务,不是单纯地强调开放"新花"(自然也不应该单纯地强调开放"老花"),而是应该提倡同时开放"新花"和"老花"。这样,一方面,大力发掘整理我们民族的文化遗产,使它们能够尽量为建设我们的社会主义民族新文化而服务;一方面,也要大力创造和发展现代的文学艺术,使它们能够更好地从民族文化遗产中批判地吸收丰富的养料而更加繁荣起来。这只是一个分工合作、殊途同归的问题,也就是前面所说的文化运动中统一战线的问题,而没有"新花"与"老花"或者应该多开和少开的区别。因为既然提倡百花齐放,那就意味着要争妍斗丽、各逞风姿。退一步说,就算是"老花"目前开得比较茂盛一些,这对于文化运动的统一战线只有好处,并无坏处,又何损于"新花"的开放呢?因此,陈其通等同志对于目前"百花齐放、百家争鸣"方针的一些看法和顾虑,无论在理论上和事实上,都缺乏使人信服的根据,显然是不能自圆其说的。

为了更好地纪念毛主席"讲话"发表15周年,我认为,我们所有的文艺工作者都有必要重温一下这份伟大的文件,结合工作,检查思想,进一步体会它的精神实质,为贯彻党中央提出的"百花齐放、百家争鸣"的方针,贡献出我们的力量。

(原载《草地》1957年第5期)

鲁迅在文学研究和创作上的民族化、群众化方向

一

毛主席在《新民主主义论》中，曾经对"五四"以来新民主主义的文化作过极其精辟、正确的论述。毛主席说："民族的科学的大众的文化，就是人民大众反帝反封建的文化，就是新民主主义的文化。"中国的新文化和新文学，正是沿着毛主席总结的这一正确方向，在无产阶级思想领导下，在和各种反动的、错误的文化、思想作斗争的过程中逐渐发展起来，并取得了最后的辉煌胜利。而鲁迅先生正是终其一身，无时不殚精竭虑地在文化战线上坚持和发展着这一民族化、群众化的伟大方向，并和当时形形色色的资产阶级以及封建复古主义文学展开了不调和的斗争。他不仅在理论上提出了许多正确有益的意见，而且在文学研究和创作上也都做出了光辉的贡献，成为"这个文化新军的最伟大和最英勇的旗手"。

我们知道，民族化和群众化是创造民族新文化、发展社会主义文学艺术的两个不可缺少的重要组成部分。它们之间构成了一个不可分割的统一体。也就是说，民族新文化必须以劳动群众为主体，必须代表着广大群众的利益、愿望和要求，为革命的政治和工农兵群众服务。这样，它才能真正地显示出我们民族的特点，成为人民大众所喜闻乐见的、具有新鲜活泼的中国作风和中国气派的、民族的、群众的新文化；同时，离开了新鲜活泼的中国作风和中国气派，也就谈不上为中国老百姓所喜闻乐见。它们之间的关系，正是如此辩证地结合在一起的。

关于如何才能建立和发展我们民族的新文化的问题，鲁迅首先认为，必

须通过创造性地批判继承中国民族文艺遗产和借鉴世界进步文化这两条道路不可。他在《〈木刻纪程〉小引》中谈到中国新兴木刻时说："采用外国的良规，加以发挥，使我们的作品更加丰满是一条路；择取中国的遗产，融合新机，使将来的作品别开生面也是一条路。"①他在这里所说的"采用"、"择取"、"发挥"、"融合"，正说明鲁迅主张对于古今中外的文化艺术遗产，既不能生吞活剥，也不能盲目搬用，而要经过选择、吸收、消化这样一个去芜存精的过程，把批判继承和革新创造有机地统一起来，从而建立适合中国人民需要的、富有民族独创性的、新的文化艺术。

其次，在如何批判继承中外文化艺术遗产，特别是中国文化遗产，从而创造民族化的新文艺的问题上，鲁迅强调指出：必须具有明确的革命目的性和政治方向性。那就是，一切必须为了人民大众，为了未来的新的建设。他认为"新的建设的理想，是一切言动的指针"。新的阶级及其文化之所以要继承过去、择取遗产，正是为了人类的未来；对于旧形式的采取、新形式的探求，最后也还是为了人民大众。他说："倘没有这而言破坏，便如未来派，不过是破坏的同路人；而言保存，则全然是旧社会的维持者。"②正由于鲁迅当时是从人民大众的立场和建设新文化的要求出发，因此，他才能明确而深刻地联系着过去和未来、历史和现实、继承和革新，对新旧文化、新旧形式的历史联系以及它们之间互相对立又互相传承的辩证统一的关系，做出马克思主义的解释。像他在《〈浮士德与城〉后记》中所说，"新的阶级及其文化……大抵是发达于对旧支配者及其文化的反抗中……所以新文化仍然有所承传，于旧文化也仍然有所择取"。他在《论"旧形式的采用"》中又说："旧形式是采取，必有所删除，既有删除，必有所增益，这结果是新形式的出现，也就是变革。"这些论点，都表明了鲁迅对于继承古代文化遗产的历史主义态度及其继承为了创新的古为今用的精神。

那末，在我国几千年来无比丰富的民族文化遗产中，哪些是我们应该继承和择取的，哪些又是我们应该批判和剔除的呢？在这个问题上，鲁迅首先从阶级观点出发，把古代文学艺术正确地区别为"生产者的艺术"和"消费者的艺术"③。他对于劳动人民所创造的"生产者的艺术"，特别是对于古代民间文艺遗产,是一贯珍视的。他认为《诗经》"国风"里有许多东西都"是不识字的无名氏作品,因为比较的优秀",所以"大家口口相传"。东晋到齐陈的《子夜歌》和《读曲歌》之类,唐朝的《竹枝词》和《柳枝词》之类,也"都是无名氏的创作",它们往往"会给旧文学一种新力量"。他说:"不识字的作家虽然不及文人的细腻,但它却刚健,清新";"偶有一点为文人所见,往往倒吃惊,吸入自己的作品中,作为新的养料。旧文学衰颓时,因为摄取民间文学或外国文学而起一个新的转变,这例子是常见于文学史上的"④。鲁迅对宋代"以俚语著书,叙述故事"的"平话"以及在民间广泛流行的一些民歌、戏剧、传说和故事等,如目连戏《目连救母》之类,都予以极高的估价⑤,并且还往往用作题材,写进他的作品中去(如《论雷峰塔的倒掉》即取材于《白蛇传》;《朝花夕拾》中的《无常》和《且介亭杂文》中的《女吊》均取材于目连戏等等)。但这些只是鲁迅先生对待古代民间文艺遗产所抱的正确态度的一个重要方面;另一方面,鲁迅也并没有将古代民间文艺遗产绝对化和简单化,他认为"生产者的艺术"虽然和"高等有闲者的艺术"相对立,但"它还是大受着消费者艺术的影响"⑥。这些都可以说明鲁迅对于古代民间文艺遗产中的精华和糟粕,是采取有分析、有批判、实事求是的科学态度的;对于民间文学和文人创作相互影响的错综复杂的关系,其认识也是非常明确、全面而深刻的。就是在这样正确认识的基础上,他进一步认为,在古代"消费者的艺术"中,也有许多是应该继承和择取的。他说:"翻开中国的艺术史来……唐以前的真迹……人抵以故事为题材,这是可以取法的;在唐,可取佛画的灿烂,线画的空实和明快;宋的院画,萎靡柔媚之处当舍,周密不苟之处是可取的……后来的写意画(文人画)……恐怕也许还有可用之点的罢。"⑦鲁迅还教导我们应该向古代优秀文艺遗产学习艺术技巧,即使对那些"古典的,反动的,观念形态已经很不相同的作品",只要有正确的态度,也"可以从中学学描写的本领,作者的努力"⑧。这些精辟的意见,对于我们都是大有启发的,值得我们去深入地探索和学习。

在贯彻和实践中国文化的大众方向上,鲁迅也同样付出了毕生的心血,显示出惊人的实绩。他不仅从理论上大力倡导,廓清了当时的"第三种人"

以及其他资产阶级文人对大众艺术的无耻的诬蔑和曲解，而且还通过种种实际的行动，从多方面加以扶植、支持，促进了大众文艺的发展。由于中国人民长期以来受着帝国主义和封建统治的压迫，很少有受教育的机会，所以文化程度一般都低下。鲁迅正是首先从热爱群众的立场出发，结合劳动人民的具体情况和实际需要，主张"在现下的教育不平等的社会里，仍当有种种难易不同的文艺，以应各种程度的读者之需"。在普及与提高的问题上，鲁迅特别强调普及工作的重要性和迫切性。他说："应该多有为大众设想的作家，竭力来作浅显易解的作品，使大家能懂、爱看，以挤掉一些陈腐的劳什子。"⑨ "为了大众，力求易懂，也正是前进的艺术家正确的努力。"⑩ 他把"能懂"作为启蒙的起码要求，主张首先普及大众最需要和最欣赏的东西。因此，他认为大众化的文艺作品应该注意民族传统，适应群众欣赏的习惯和需要。他特别重视人物和故事画，认为这是现在大众所需要和喜爱的。他谆谆劝告青年艺术学徒应该"一样看重并且努力于连环图画和书报的插图"，应该"更注意于中国旧书上的绣像和画本，以及新的单张的花纸"。他说："这些研究和由此而来的创作……大众是要看的，大众是感激的。"⑪

鲁迅一贯地积极提倡大众艺术，有意识地把大众艺术作为"大众革命的武器"，使它服务于反帝反封建这一总的革命要求。特别是对于连环图画和新的木刻版画，他不仅估价甚高，尤其扶持不遗余力。他认为连环图画是"用图画来济文字之穷的产物"，是向大众启蒙的一种利器，同时，也是不借助于文字而可以独立进行宣传教育的一种艺术。新兴的木刻也是和大众"血脉相通"的东西，当然不会被大众所漠视。他主张，木刻版画"倘参酌汉代的石刻画像，明清的书籍插画，并且留心民间所赏玩的所谓'年画'，和欧洲的新法融合起来，许能够创出一种更好的版画"⑫。为了解决中国文字的繁难，他还大力提倡大众语、大众文和书法拉丁化；并且运用通俗文艺形式写出了一些富有强烈的讽刺性和战斗意义的大众文艺作品，如《公民科歌》、《好东西歌》等。从这里都不难窥见，鲁迅是如何勤勤恳恳地在为大众设想。他在贯彻和发展大众化文艺方向的主张上，也和他在民族化方面的主张一样，把继承传统和取材异域辩证地结合起来；把蜕旧和创新辩证地结合起来；同时，也把民族化和大众化有机地统一起来。而其最终目的，仍然是为了大众，为了建设未来的新的文学艺术。

二

鲁迅先生不仅在理论上积极倡导民族化、大众化，而且在他的文学研究和创作上，也实践着他的这一主张，进一步继承和发扬了民族文化的优良传统。他在整理和研究民族文化遗产上所取得的最突出的成就主要表现在：一方面是对于中国古籍的考订、整理、辑佚、校勘等工作；另一方面是开辟研究中国古典小说的道路的功绩。在整理校订古籍方面，鲁迅既师承了清代乾嘉以来朴学大师们谨严不苟、实事求是的精神，又能运用比较精密的科学方法，从古为今用的观点出发，正确地对待考证、校勘、辑佚与整理民族文化遗产的关系。如他所校订的《嵇康集》和所纂辑的《会稽郡故书杂集》、《谢承后汉书》等，在辑录史料、校订遗文方面，搜罗之广，选择之严，较之前人有着更多的革新、创造和发展。对于中国古典小说和文学史方面的整理研究工作，更能在总结前人成果的基础上，独出心裁，别辟蹊径，发前人之所未发。特别是在中国小说史方面，如所编纂的《中国小说史略》、《古小说钩沉》、《小说旧闻钞》诸书，不仅穷本溯源地探讨了古代小说历史发展的流变，而且还运用历史主义的观点和方法，在历代的小说作家作品的考订评论以及史料旧闻的纂辑采录上，都能考辨精审，取舍惬当，打破陈规，不为旧说所囿，卓识闳议层见叠出。可以毫不夸大地说，鲁迅先生在中国小说史研究方面的杰出成就，是前无古人的；并且为我们后一代启示了科学研究的方法，开辟了正确的途径。

特别应该指出的是，鲁迅对于中国古代历史和文化方面的苦心钻研，都不是单纯地为考证而考证，为校勘而校勘，而是企图从中国古代历史和文化中更深刻地探索封建社会的真相，发掘中国人民的灵魂，从而寻求改良人生的道路和变革现实的精神力量。譬如鲁迅对《嵇康集》的辛勤雠校不厌精详，使它成为空前完整的集子，恐怕正是为了嵇康敢在司马昭当权的时候发出反抗礼教、菲薄汤武周孔的识论。嵇康那种"刚肠嫉恶"、反抗旧俗的精神博得了鲁迅的赞赏和喜爱,所以鲁迅不止一次地称道嵇康的论文"思想新颖,往往与古时旧说反对"[13]。至于鲁迅之所以特别喜爱中国的野史小说,并且以身作则地整理、研究中国小说,主要也还是因为从野史和小说里面更容易了解"中国的灵魂",研究中国的民族性,从而比较真实地暴露当时现实生活的复杂矛盾的缘故。鲁迅在这些方面的深刻用心,也都是首先结合着中国的现实,从革命的动机和目的出发的。

鲁迅先生在文艺创作上,也同样主张"惟有明白旧的,看到新的,了解过去,推断将来,我们的文学的发展才有希望"[14]。他自己的创作,正是在革新的基础上,批判地继承了中国民族的、民间的文艺遗产的优良传统,吸取了世界进步文学特别是俄罗斯、苏联文学的创作经验,而又加以融会贯通,最终既富有鲜明的民族特色,同时又具有独创的艺术风格,成为"表记中国民族知能最高点的标本"。

我们说鲁迅的创作是代表着和实践着民族化、大众化的文艺方向,应该是指他的创作的思想内容和艺术形式两方面而言的。就鲁迅的小说来看,它们在思想内容上所表现出的共通的特色,首先是描写了"上流社会的堕落和下层社会的不幸",换句话说,也就是描写了"上等人"和"下等人"、"吃人的人"和"被吃的人"不同的生活面貌和内心世界,以及它们之间的矛盾和斗争。对吃人的封建制度和封建统治阶级代表人物的罪恶,以及它们给中国人民在精神上和思想上所带来的种种毒害,鲁迅往往从本质上加以揭露和猛烈攻击;对于被侮辱与被损害者的一些弱点和毛病,他虽然也予以严肃的批判,却是抱着"哀其不幸,怒其不争"的心情,给他们"开出反省的道路",启发他们的觉悟,渴望他们能从高墙里"自己觉醒,走出,都来开口",毁坏这铁屋,建立新的理想的生活。鲁迅通过无数动人的艺术描绘,极其形象地展示了被压迫人民的历史和生活,画出了中国人民的灵魂。

鲁迅的大部分小说,都是以占全国人口最大多数的农民作主人公的。他站在革命民主主义者的立场,深刻地反映了农民的生活、斗争及其悲惨命运,通过对动作、心理的细致刻画,塑造出许多鲜明的农民形象,表现了他们共同的勤劳、善良、朴实、正直的性格。特别是在《故乡》、《社戏》以及后来写成的《朝华夕拾》里面的《五猖会》、《无常》等篇章中，都记录了鲁迅在生活上和思想感情上与劳动人民的深切联系。

尤其重要的是，鲁迅不仅揭露和批判了中国农民精神上的弱点，同时，他更发掘出中国人民伟大的民族特性的所在，描写了一系列坚苦卓绝、勇于战斗、杀身成仁、济弱扶倾的光辉的人物形象。如在《故事新编》的《理水》、《非攻》中，对古代的大禹、墨翟等性格心理的描绘；在小说《药》中，对革命者夏瑜的精神面貌的歌颂；在《一件小事》中，对于一个人力车夫高贵品质的细致刻画；特别是在《纪念刘和珍君》、《淡淡的血痕中》和《中国无产阶级革命文学和前驱者的血》等文中，更鲜明赤裸地对殉身于北洋军阀和国民党反动派屠刀之下的刘和珍和革命先驱者殷夫、柔石等五烈士的深沉悼念和由衷礼赞。正是这些被鲁迅称作"中国的脊梁"式的人物，才真正地代表着中国劳动人民的根本利益，表现了中国伟大的民族特性和精神面貌。鲁迅先生正是从正面或侧面对这些光辉人物进行描绘，来发扬民族战斗精神，驱除民族的自卑感和"自欺力"，坚定了中国人民的民族自豪感和"自信心"⑮。这些创作在思想内容上强烈地表现了反帝反封建的革命民主主义精神，并且纯熟地运用了民族化、大众化的艺术形式，才显示了鲁迅创作上的民族化、大众化的方向，形成了思想性和艺术性完美和谐的有机统一，构成了鲜明的民族特色。如果脱离了鲁迅创作的思想内容而单纯地就艺术形式来探讨他所体现的民族化、大众化特点，恐怕未必是十分全面和恰当的。

现在进一步来探讨一下鲁迅的创作在艺术形式上又是如何体现民族化、大众化方向的。在塑造人物的典型化方法上，鲁迅首先提倡那种传神写意、白描淡染的艺术表现方法。他在《我怎么做起小说来》一文中说："要极省俭的画出一个人的特点，最好是画他的眼睛。我以为这话是极对的，倘若画了全副的头发，即使细得逼真，也毫无意思。我常在学这一种方法，可惜学不好。"⑯他在《五论"文人相轻"——明术》一文中，也同样认为"这正如传神的写意画，并不细画须眉，并不写上名字，不过寥寥几笔，而神情毕肖，只要见过被画者的人，一看就知道这是谁"⑰。鲁迅在这里所提倡的"描画眼睛"的方法，正是中国古典文学和绘画、雕塑艺术中一贯使用的艺术表现方法之一。即是说,在塑造人物典型时,应该用一种凝炼简洁之笔,抓住最能表现人物性格及其精神世界的主要特征,给以突出的表现,极力避免繁琐的、单纯追求形似的自然主义的描写。这种描画眼睛而不细画须眉的艺术表现方法,鲁迅不仅非常熟练地运用在他的短篇小说中,同时,也非常巧妙地运用在他的杂文中。像他在杂文中所一贯使用的突出地刻画人物特点的方法以及抓住论敌的要害和弱点,"伺隙乘虚,以一击致敌人的死命"的战术,实际上,也就是这种突出重点、"描画眼睛"的艺术方法的另一运用和表现。这样,就使鲁迅的作品形象生动、凝炼峭拔,给人留下永久难忘的鲜明印象。

在作品的情节结构的安排上,鲁迅一贯主张单纯、集中。他从来不追求曲折离奇的故事情节,却善于摄取富有特征的生活场景和矛盾冲突作为作品的结构和情节发展的中心。他的作品中的人物一般都不多,情节结构总是集中在一条主线上发展,绝少旁生枝蔓,给人一种单纯、精炼、简洁的美的享受。正如鲁迅自己所说,"我的取材,多采自病态社会的不幸的人们中,意思是在揭出病苦,引起疗救的注意。所以我力避行文的唠叨,只要觉得够将意思传给别人了,就宁可什么陪衬拖带也没有。中国旧戏上,没有背景,新年卖给孩子看的花纸上,只有主要的几个人……我深信对于我的目的,这方法是适宜的,所以我不去描写风月,对话也决不说到一大篇"[18]。从这里,一方面可以看出,鲁迅所采取的艺术表现方法,和中国民族的、民间的文艺遗产有着深刻的历史联系;另一方面,也可以说明,作为启蒙主义者的鲁迅,他之所以采用这样的艺术表现方法,绝不是"为艺术而艺术",目的仍然是为了适应大众欣赏的习惯和他们对于民族文化传统的喜爱,更便于为大众所接受。

在作品的语言描写上,更显示出鲁迅先生惊人的造诣。他的语言富有造型的美、音乐的美和绘画的美。无论刻画人物或抒写情怀,无论讽刺现实或发论叙事,他所使用的语言、词汇的丰富生动,简直达到了得心应手、左右逢源的地步。其中,有形象化的譬喻、激动人心的抒情、辛辣的讽刺、含蓄的幽默、艺术的夸张和反语曲笔的运用。在刻画人物性格上,鲁迅非常重视人物对话的巧妙,通过个性化的语言突出人物性格的特点。他认为"并不描写人物的模样,却能使读者看了对话,便好像目睹了说话的那些人"。如何才能使作品中的人物对话达到如闻其声、如见其人的地步呢?鲁迅认为,必须"删除了不必要之点,只摘出各人的有特色的谈话来,我想,就可以使别人从谈话里推见每个说话的人物"[19]。因此,在语言运用上,鲁迅首先主张要"惬当"、"切贴",反对语言的含混和难懂,提倡"有真意,去粉饰"的白描语言。他认为只有"切贴",才能使你所运用的语言形式和你所反映的事件和人物的形象得到统一,好似给别人起诨名一样,它才会跟着你所形容的对象,跑到天涯海角,总也摆不脱它。我们如果把鲁迅的这些主张和他的创作结合起来看,就不难发现,鲁迅的作品,无论在人物对话上和叙述语言上,都是最善于通过形象化、个性化和讽刺夸张的语言描写,把人物的声音笑貌刻画得跃然纸上。鲁迅笔下的孔乙己、阿Q和高老夫子等等就是这方面最突出的代表。

与此同时,鲁迅还在小说《故乡》、《社戏》、《伤逝》以及散文集《朝花夕拾》、散文诗集《野草》中运用一种富有节奏之美的、抒情的、回忆的笔触,把读者带到了一个新的、极其优美的境界中。其作品在语言描写上,寓绚烂于朴素,从白描中见功夫,给人以一种凝炼、隽永、清新、自然的艺术感受,真正是带露折花,色香俱美;在艺术风格上,则继承和吸取了《楚辞》、魏晋以来的散文和古典小说语言艺术的优良成果,而又加以融化革新,显示出和中国民族的、民间的文艺遗产之间深刻的内在联系。

语言是文学艺术的根本材料,也是创造民族形式必不可少的主要工具。鲁迅之所以在语言艺术上取得如此卓越的成就,主要的一面当然是取决于他在思想感情上有着明确的是非和热烈的爱憎,对现实生活和客观事物有着深刻透辟的观察、体验和分析概括的艺术能力;但另一方面,也和鲁迅善于从中国民族的、民间的乃至外国的语言艺术宝库中择取有益的东西,熟练地掌握语言艺术的技巧分不开。他一贯主张创作应该"明白如话",认为倘要明白,必须"从活人的嘴上,采取有生命的词汇,搬到纸上来"[20]。这样才能"使文章更加接近语言,更加有生气"。如果没有相宜的白话,他认为也可以引用古语，"以供使役"，但必须要有所选择。鲁迅认为采用古人的成语是和古典主义有所不同的，因为成语"多是现世相的神髓，随手拈掇，自然使文字分外精神"①。但他更多是从活人的、特别是"下等人"的嘴上，采取那些"警句或炼话，讽刺和滑稽"，经过进一步的提炼、镕铸，在他的笔下就更显示出新的生命和新的艺术光彩，包孕着无穷的智慧和无限丰富的耐人咀嚼的深味。

总之，鲁迅的创作所受的影响是多方面的。在他前期的思想中，像屈原那种忧国忧民、上下求索的精神，像庄周那种"以天下为沉浊不可与庄语"的愤世嫉俗精神；像嵇康、孔融那种"刚肠嫉恶"、反抗旧俗的精神，像吴敬梓那种"秉持公心，指摘时弊"的精神，都曾经在不同程度上对鲁迅发生过影响。特别是他们的一些作品，都同样地赢得了鲁迅的赞赏和喜爱②。鲁迅正是从他们的作品中接受了有益的营养，同时加以消化、吸收，注入自己的作品，变成了新的血肉。鲁迅的小说，一方面继承了中国古典小说和民间文艺遗产的优良成果，从《水浒》、《红楼梦》特别是从《儒林外史》中，学习了刻画人物、讽刺时弊、表现生活的艺术技巧和语言描写的本领；另一方面，向世界进步文艺遗产吸取了有益的营养，特别是吸取了以果戈理等人为代表的讽刺文学的创作特点，而加以民族化，使之服从于中国革命现实的需要和反帝反封建的战斗要求。在散文和杂文方面，鲁迅更是继承和发展了中国古代散文的传统，无论从针砭时弊、议论风发上看；无论从引喻明理、通过形象批判现实的表现手法上看；也无论从它在语言描写上所具有的机智、幽默、讽刺、夸张等特点，以及文章风格上的简炼、清峻或瑰玮奇肆上看，都摄取了周秦诸子和魏晋文章的长处，特别是接受了庄周和嵇康的影响。他自己也承认"就是思想上，也何尝不中些庄周韩非的毒，时而很随便，时而很峻急"②。他认为汉末魏初文章风格的特色是"清峻、通脱"。什么是清峻、通脱呢？他解释说："清峻的风格——就是文章要简约严明的意思"；"通脱即随便之意"③。这也就是"想说什么便说什么"、放言无忌的意思。从这里可以看出，鲁迅的创作，从思想到表现形式，都正是在革新的基础上，继承和发展了中国民族的、民间的文艺遗产，并接受了外国进步文学的影响。他在创作上所表现的特色，正如他在评价陶元庆绘画时所说的那样，是"以新的形，尤其是新的色来写出他自己的世界，而其中仍有中国向来的魂灵——要字面免得流于玄虚，则就是：民族性"[24]。

这就是"鲁迅的方向"，也就是"中华民族新文化的方向"。重温鲁迅先生在文艺民族化、群众化方面的理论主张及其研究、创作上的具体实践，对于我们如何继承民族文化传统、建设社会主义文学艺术来说，是极为必要的。

注释：

① 《且介亭杂文》。

② 《集外集拾遗》：《〈浮士德与城〉后记》。

③ 《且介亭杂文》：《论"旧形式的采用"》。

④ 《且介亭杂文》：《门外文谈》。

⑤ 《中国小说史略》：《宋之话本》和《且介亭杂文》：《门外交谈》。

⑥⑦ 同③。

⑧ 《准风月谈》：《关于翻译》（上）。

⑨ 《集外集拾遗》：《文艺的大众化》。

⑩ 同③。

⑪ 《南腔北调集》：《"连环图画"辩护》。

⑫ 《鲁迅书简》：1935年2月4日给李桦信。

⑬ 《而已集》：《魏晋风度及文章与药及酒之关系》。

⑭ 《二心集》：《上海文艺之一瞥》。

⑮ 《且介亭杂文》：《中国人失掉自信力了吗》。

⑯ 《南腔北调集》。

⑰ 《且介亭杂文二集》。

⑱ 《南腔北调集》：《我怎么做起小说来》。

⑲ 《花边文学》：《看书琐记》。

⑳ 《且介亭杂文二集》：《人生识字胡涂始》。

㉑ 《集外集拾遗》：《〈何典〉题记》。

㉒参见《摩罗诗力说》、《汉文学史纲要》、《魏晋风度及文章与药及酒之关系》、《中国小说史略》等论著。

㉓《坟》:《写在〈坟〉后面》。

㉔同⑬。

㉕《而已集》:《当陶元庆君的绘画展览时》。

(原载《四川文学》1961年10月号)

鲁迅对中外文化的理论主张与批评实践

鲁迅先生，不仅是中国文化革命的主将，也是近现代中西文化史上的伟人。他的创作深刻体现着中西文化交互影响的鲜明特色，他的理论主张、批评实践也都为中外文化的建设做出了不朽的贡献，树立了光辉的楷模。我们必须把鲁迅对中外文化的贡献放置在当时中国的政治、时代、社会和文化思潮的背景下来研究，才能理解鲁迅的伟大。

鲁迅对中外文化的理论主张

鲁迅关于中外文化的理论主张和批评实践，最早见于1907年他在日本所作的《文化偏至论》和《摩罗诗力说》。当时，鲁迅作为"向西方寻找真理"的"先进的中国人"，抱着救国维新的热切愿望东渡日本，希望能从日本维新的一些成功范例中寻找救国救民的良方。而《文化偏至论》和《摩罗诗力说》就是鲁迅当时革命民主主义的政治和美学观的集中反映，也是他对中外文化在理论上和批评上的最初表述和实践。在《文化偏至论》中，他立足本国，放眼世界，对19世纪西方资产阶级文化的流弊进行了穷本溯源的尖锐批评。从鲁迅这篇文章中所表明的要旨看来，就是渴望能有"明哲之士，洞达世界之大势"，加以权衡比较，去其偏颇，取其精华，"施之国中，翕合无间"，做到"外之既不后于世界之新潮，内之仍弗失固有之血脉，取今复古，别立新宗"，使人生意义也因此更加深刻，"则国人之自觉至，个性张，沙聚之邦由是转为人国"。他之所以提倡"掊物质而张灵明"、"任个人而排众数"的主张，目的就在于启发国人的自觉精神，充实内心生活，发扬个性，和帝国主义侵略与国内封建统治阶级进行斗争，由此建立起"屹然独见于天下"的"人国"。这就是他立论的动机和目的。鲁迅"别立新宗"的意见,不仅是他在辛亥革命前最早提出的融世界新潮和中国民族文化于一炉的纲领性主张,而且还和他后来关于改革旧文化、发展新文化的一系列论述,以及他在进行文艺批评和创作实践中所追求的目标、依据的准则都是一脉相承,并不断加以充实和发展的。当然,由于鲁迅在写作《文化偏至论》时,还不是一个马克思主义者,他的个别论点也还不无偏颇之处,我们应该历史主义地看待这些问题。

鲁迅对于中外文化的态度是,既反对盲目复古,也反对全盘西化。在如何才能建立和发展我们民族的新文化的问题上,鲁迅认为,必须通过创造性地继承民族文化遗产和借鉴世界进步文化这两条道路。他在《〈木刻纪程〉小引》中谈到中国新兴木刻时说:"采用外国的良规,加以发挥,使我们的作品更加丰满是一条路;择取中国的遗产,融合新机,使将来的作品别开生面也是一条路。"(《且介亭杂文》)他这里所说的"采用"、"择取"、"发挥"、"融合",正说明鲁迅主张对于古今中外的文化艺术遗产,既不能生吞活剥,也不能盲目搬用,而是要经过一个选择、吸收、消化,去芜存精的过程,体现创新的精神,把继承借鉴和革新创造有机地统一起来,从而建立适合中国人民需要的、富有民族独创性的文化艺术。他在同年稍早写出的名文《拿来主义》中,对于如何正确对待文化遗产,特别是外国文化遗产,从理论上和方法上作出了马克思主义的概括。他特别强调"挑选"的重要性,认为要针对不同情况,"或使用,或存放,或毁灭",要区别对待,反对囫囵吞枣式地原封照搬,也反对不加别择地全盘毁弃。这种正确对待中外文化遗产的态度是和他在《〈木刻纪程〉小引》等文中的基本精神前后一致的。

在如何继承、借鉴中外文化艺术遗产,从而创造民族新文化的问题上,鲁迅首先强调指出,必须具有明确的革命目的性和政治方向性,那就是一切为了人民大众,为了未来的新的文化艺术的建设。他认为"新的建设的理想,是一切言动的南针。倘没有这而言破坏,便是未来派,不过是破坏的同路人,而言保存,则全然是旧社会的维持者"(《集外集拾遗·〈浮士德与城〉后记》)。新的阶级及其文化所以要继承过去、借鉴外国,主要是为了人类的未来。因为新的阶级及其文化大抵发达于对旧有文化的反抗、对立中，所以新文化"仍然有所承传，于旧文化也仍然有所择取"。鲁迅先生十分强调借鉴外来文化对于发展民族新文化的重要作用。他说，人类文化"要进步或不退步，总须时时自出心裁，至少也必须取材异域"。他很称赞汉、唐两代对于接受外来文化的宏放态度与雄伟魄力，认为凡取用外来事物的时候，"就如将彼俘来一样，自由驱使，绝不介怀"；但一个民族或国家一到了衰微的时候，"神经可就衰弱过敏了。每遇外国东西，便觉得彼来俘我一样，抖成一团"（《坟·看镜有感》）。因此，他呼吁"要放开度量，大胆地，无畏地，将新文化尽量地吸收"；号召"甘为泥土的作者和译者要绍介外国思潮，翻译世界名作，竭力运输些切实的精神的粮食，放在青年们的周围"（《准风月谈·由聋而哑》）。他还主张青年们"也可以看看'帝国主义者'的作品的，这就是古语的所谓'知己知彼'"。他认为在有"正确的指示"的前提下，人们从"古典的，反动的，观念形态已经很不相同的作品"中，倒反可以"学学描写的本领，作者的努力"（《准风月谈·关于翻译（上）》）。由于鲁迅当时是从一切为了人民大众和建设新文化的革命要求出发，因此在他成为马克思主义者以后，才能明确而深刻地联系着过去和未来，把批判继承民族文化和取材异域辩证地结合起来，把蜕旧和创新辩证地结合起来。这些论点，充分表明了鲁迅对中西文化理论主张上的古为今用、洋为中用以及继承、借鉴为了创新的精神。

鲁迅对中外文化的批评实践

鲁迅最初的文学事业是从介绍、翻译外国文化思想和文化作品开始的。从1903年发表在《浙江潮》第五期上他翻译的法国雨果的随笔《哀尘》起，直到他逝世前仍在翻译的果戈理《死魂灵》第二部残稿止，据初步统计，30多年中他的译作涉及十几个国家的作者，约有99人；所评论外国作家和作品约有166家；在他的译著、书信、日记中谈到的有关外国作家更多，约达480人。他所作出的辉煌业绩是空前的。他写了《文化偏至论》不久，又写了《摩罗诗力说》。这是鲁迅最早的一篇从政治观、美学观评介外国文学作家作品的文章,也是近现代中国最早运用比较文学的方法,系统地评论外国积极浪漫主义诗歌的文章。在这篇文章中,他首先强调指出:"欲扬宗邦之真大,首在审己,亦必知人,比较既周,爱生自觉。"这也就是说,要发扬祖国的伟大精神,必须审视自己、了解别人,经过周密的比较,才能产生自觉。因此,他认为"国民精神之发扬与世界识见之广博"是有密切联系的。于是,他一方面平行地比较了印度、希伯来、伊朗、埃及等文明古国的情况,一方面又比较了意、俄两国的情况。他认为意大利虽然分裂,由于产生了但丁,有了自己的语言,实际上是统一的;俄国虽似无声,但出现了果戈理,"以其不可见之泪痕悲色,振其邦人"而"激响在焉"。它们两国与前举印度以及几个文明古国沉默而无作为的情况是大不相同的。在鲁迅这些论析中,既以意、俄两国与印度诸文明古国相比较,又从正、反两方面的经验教训中为当时的中国提供了"审己知人"的借镜,促使国人在比较中产生自觉的精神。这些可以说都属于比较文学中平行研究的范围。接着,鲁迅即"别求新声于异邦",以"立意在反抗,指归在动作"作为准则,举出以拜伦、雪莱、普希金、莱蒙托夫、密茨凯维支、裴多菲等为代表的"摩罗诗派",对他们的言行、思想、创作、流派和影响作了详细的介绍和比较,并以拜伦为宗主,对拜伦的革命精神和创作给予高度的评价,对普希金以下诸人所受于拜伦的影响进行了影响研究。他一方面比较分析了从普希金到莱蒙托夫的作品所受于拜伦的影响;一方面又对比了普希金、莱蒙托夫二人之于拜伦,虽然"同汲其流而复殊别"。他赞美莱蒙托夫"奋战力拒,不稍退转";惋惜普希金返莫斯科后言论更是力求平和,在1831年波兰抗俄中赞颂俄国的武功,而不像莱蒙托夫那样。他认为莱蒙托夫爱国也与普希金不同。莱不以武力夸耀俄国的强大,而是热爱乡村田野及村人的生活,并且推而广之,也爱曾经反抗俄国的高加索土人。鲁迅正确而深刻地对比分析了他们二人的同中之异。鲁迅在对波兰复仇诗人密茨凯维支和匈牙利爱国诗人裴多菲的评论分析中,既指出他们同受拜伦的影响,又区别了二人的不同风格。他赞扬了密茨凯维支"诗中之声,清澈弘厉"的特色,又歌颂了裴多菲"为爱而歌,为国而死"的情操。通过对中西文化纵向的历史考察和对外国文化思想和作家作品横向的比较分析,特别是结合时代、政治、民族性格和个人气质多方面的比较,鲁迅分析了摩罗诗人的异同,作出了精当的评断。他最后概括摩罗诗人的共同特点为"无不刚健不挠,抱诚守真,不取媚于群,以随顺旧俗,发为雄声,以起其国人之新生,而大其国于天下"。联系中华古国的现状,鲁迅对以"诗三百,一言以蔽之,曰,思无邪"为代表的封建诗教进行了尖锐的批评,慨叹中国由于封建文化的桎梏,诗宗词客能以美好的语言"以美善吾人之性情,崇大吾人之思理"者,能有几人?即使像屈原那样"放言无惮"的诗人,在《离骚》中也多"芳菲凄恻"的调子,"反抗挑战"的声音"终其篇未能见"。他大声疾呼,渴望中国也能出现像摩罗诗人那样的"精神界之战士","以先觉之声来破中国之萧条"。以上论述,鲜明地反映了鲁迅之所以要把摩罗诗人介绍给中国,仍然是为了唤醒国人反抗外来侵略和争取民族解放的觉悟,传播同一切封建思想、封建文化的束缚进行抗争的革命民主主义的政治观和美学观。同时,这也是其关于中外文化的理论主张在批评实践中的曲折显现。

鲁迅一生翻译、介绍了不同时期、不同国别、不同流派的外国作家的思想和创作。从他的选材标准和批评实践看来,一方面,主要是看它们是否有助于服务民族民主革命的政治需要,有助于提高国人反帝反封建的思想觉醒;另一方面,主要是看它们是否有利于推动中国现代文化艺术健康地成长与发展,而这两者又是互相促进、紧密结合、不可分割的。前者除上面列举的对摩罗诗人的评介外,他更致力于被压迫民族的作家、作品的译介。据他后来回忆,"因为所求的作品是叫喊和反抗,势必至于倾向了东欧,因此所看的俄国、波兰以及巴尔干诸小国的作家的东西就特别多"(《南腔北调集·我怎么做起小说来》)。到了最后十年,他译介的苏联无产阶级文学家的作品大为增多,因为他认识到苏联的"战斗的作品","对于中国","更为紧要"(《且介亭杂文·答国际文学社问》)。他在《坟·杂忆》中回顾20世纪20年代翻译俄国盲诗人《爱罗先珂·童话集》和童话剧《桃色的云》的动机时说:"其实我当时的意思,不过要传播被虐待者的痛苦的呼声和激发国人对于强权者的憎恶和愤怒而已。"他称赞日本厨川白村"对于他本国缺点的猛烈的攻击,真是一个霹雳手"。他认为他的《出了象牙之塔》"所狙击的要害，往往也就是中国的病痛的要害"。为了国人可以"借此深思、反省"，所以，鲁迅把它译介给中国的读者（《译文序跋集·〈观照享乐的生活〉译者附记》）。在译介《出了象牙之塔》中另一篇文章时，他也表达了同样的见解。他认为，厨川在篇中所指摘的自己的祖国日本的缺陷，"却多半切中我们现在大家隐蔽着的痼疾"。鲁迅现在将它输入，比之为"从外国药房贩来的一帖泻药"（《译文序跋集·〈从灵向肉与从肉向灵〉译者附记》）。从这些便可约略窥见鲁迅是如何殚精竭虑地为了改革中国旧文明、旧观念、旧思想而发掘中国的病根，传播被压迫者苦痛的呼声，以引起疗救的注意的苦心和劳绩。后者如对阿尔志跋绥夫的评论，他一方面称赞阿尔志跋绥夫"是俄国新兴文学典型代表作家的一人，流派是写实主义，表现之深刻，在侪辈中称为达了极致"，一方面又指出"从阿尔志跋绥夫的作品里看见了绝望和荒唐"。他的著作是"厌世的、主我的"。他的小说《沙宁》的"议论也不过一个败绩的颓唐的强者的不圆满的辩解"。而在小说《工人绥惠略夫》中，绥惠略夫在愤激之余一变而为向社会复仇，他"临末的思想却太可怕"。阿尔志跋绥夫是"在思想黯淡的时节，做了这一本被绝望所包围的书"（《译文序跋集·译了〈工人绥惠略夫〉之后》）。鲁迅对阿尔志跋绥夫的思想弱点进行了严格的批评。又如对陀思妥耶夫斯基，鲁迅感到不能爱，对他的作品也"常常想废书不观"。但鲁迅决不以个人好恶来否定陀思妥耶夫斯基写实主义的艺术特色。他肯定了陀思妥耶夫斯基写实主义者独特的艺术成就，称赞陀氏"写人物，几乎无须描写外貌，只要以语气，声音，就不独将他们的思想和感情，便是面目和身体也表示着"（《集外集·〈穷人〉小引》）。如鲁迅所自述的，"注重翻译，以作借镜，其实也就是催进和鼓励着创作"（《南腔北调集·关于翻译》）。鲁迅之所以译介阿尔志跋绥夫、陀思妥耶夫斯基等人的一些作品，其目的主要还是为了他们在写实主义表现上的深刻，在艺术表现方法上对当时的中国读者还有可资借鉴之处，对于促进中国现代文学的发展是有裨益的。鲁迅曾称赞西班牙作家巴罗哈是"现代西班牙文坛的健将，是具有哲人底风格的最有独创底作家"。他认为巴罗哈的许多短篇，"也尽多风格特异的佳篇"。他翻译了巴罗哈的《山民牧唱》中的《少年别》，说这是一篇"用戏剧似的形式来写的新样式的小说","因为这一种形式的小说中国还不多见",所以"译了出来,算是献给读者的一种参考品"。鲁迅在翻译巴罗哈的《会友》的《译者附记》中又说:"我要绍介的并不是文学的乐趣,却是作者的技艺。"这些都可以看出鲁迅为了使现代文学获得丰富的滋养,时时注意翻译、介绍外国文学的一些新样式、新思潮,并且特别注重介绍外国文学作家独特的艺术表现方法,以便从中获取深刻地表现内容的艺术技巧,使中国文学青年也可得到有益的启发和借鉴,为现代文学的现代化提供可资参考的现代意识。他曾主张:"与其看薄凯契阿(即薄伽丘)、雨果的书,宁可看契诃夫、高尔基的书。"为什么呢?"因为它更新,和我们的世界更接近。"(《叶紫作〈丰收〉序》)这些也是出于同样的动机。由此可见,在译介的外国作家作品中,鲁迅既不单纯地以其思想内容的完美程度或个人的好恶来决定弃取,也不单纯以它们的艺术表现方法有可取之处而放弃对其不正确的思想和内容的批评,而是"博采众家","取长弃短",为我所用,采取有分析、有批判地汲取、借鉴的态度。

鲁迅对于中国古典文学有精湛的研究和深厚的素养,对于中国古代文化艺术的评论,同样采取批判吸收、古为今用、推陈出新的历史主义态度。在我国几千年来无比丰富的民族文化遗产中,哪些是我们应该继承和择取的,哪些又是我们应该批判和剔除的呢?鲁迅首先从阶级观点出发,把古代文化艺术正确区分为"生产者的艺术"和"消费者的艺术"(《且介亭杂文·论〈旧形式的采用〉》)。他对于劳动人民所创造的"生产者的艺术",特别是民间文化遗产,一贯珍视。他认为,《诗径》的《国风》里的东西有许多是"不识字的无名氏作品","东晋到齐陈的《子夜歌》和《读曲歌》之类,唐朝的《竹枝词》和《柳枝词》之类,原都是无名氏的创作"。它们往往会给旧文学一种新力量。"旧文学衰颓时,因为摄取民间文学或外国文学而起一个新的转变,这例子是常见于文学史上的。"(《且介亭杂文·门外文谈》)鲁迅对宋代"以俚语著书,叙述故事"的"平话",以及在民间广泛流行的民歌、戏剧、传说和故事等,如目连戏《目连救母》之类,也都予以很高的评价(《中国小说史略》、《门外文谈》),并且往往还将其作为题材写进他的作品中去。但这些只是鲁迅对民间文化遗产所抱的正确态度的一个方面,他并没有将古代民间文化遗产简单化和绝对化。他指出,"生产者的艺术"虽然和"高等有闲者的艺术"相对立,但"它还是大受着消费者艺术的影响"(《论〈旧形式的采用〉》)。这些都说明鲁迅对于古代民间文化遗产的精华和糟粕,同样采取分析批判、取长弃短的实事求是的态度。对于民间文艺和文人创作相互影响的错综复杂的关系,他的认识也是非常明确、全面而深刻的。因此,他进一步认为,在古代"消费者的艺术"中,也有许多是应该继承和择取的。他说:"翻开中国的艺术史来……唐以前的真迹……大抵以故事为题材,这是可以取法的;在唐,可取佛经的灿烂,线画的空灵和明快;宋的院画,萎靡柔媚之处当舍,周密不苟之处是可取的……后来的写意画(文人画)……恐怕也许还有可用之点的罢。"(《论〈旧形式的采用〉》)接着,他又嘱咐说:"这些采取,并非断片的古董的杂陈,必须溶化于新作品中",变成新的血肉。他特别强调蜕旧变新的重要性。对于木刻,鲁迅也有过类似的见解。他说:"倘参酌汉代的石刻画象,明清的书籍插图,并且留心民间赏玩的所谓'年画',和欧洲的新法融合起来,许能够创出一种更好的版画。"(1935年2月4日致李桦信)1927年,鲁迅在评论陶元庆绘画时称赞说:"他以新的形,尤其是新的色来写出他自己的世界,而其中仍有中国向来的魂灵——要字面免得流于玄虚,则就是民族性。"换句话说,陶元庆绘画的成功,就在于"内外两面都和世界的时代思潮合流,而又并未梏亡中国的民族性"(《而己集·当陶元庆君的绘画展览时》)。这些精辟的论述,不仅是鲁迅对中外文化遗产一贯的理论主张在批评实践中的体现,也可以看作鲁迅自己的创作经验的宝贵结晶和创作成就的真实概括。作为中国现代文学奠基者的鲁迅,就这样以他对于中外文化的理论主张和批评实践哺育着中国文学青年,推动着现代文学在继承、借鉴中外文化遗产的基础上,发扬民族特点,展示独特的创作个性,并使之与世界的时代思潮合流,逐步走向现代化。鲁迅不仅嘉惠当时,产生了难以估量的作用,而且对于当前新时期的文学创作和文学思潮,也发挥着源远流长的、新的、深刻的影响。这就是鲁迅的伟大!

(原载《天府新论》1986年第6期)

在中外文化交融中的鲁迅创作

——简论鲁迅作品对外国文学的借鉴

作为"中国文化革命主将"的鲁迅先生,不仅在理论主张和批评实践上体现了中外文化交融碰撞中的世界文化意识,他的创作也同样打下了中外文化交融的深刻烙印,展示了他的文化选择取向和审美价值的独特追求。

鲁迅的创作,其思想意蕴和艺术形式所受的影响是多元的,既和中国古典文学、民间文学保持着传统的历史联系,又广泛吸取世界文化思潮、文艺创作的有益营养,并在革新的基础上融会贯通,形成个人独特的风格,成为"表记中国民族知能最高点的标本"。

我们都知道,鲁迅最早是从翻译、介绍外国文学开始文学事业的。1909年,他和周作人合译的《域外小说集》出版。他说:"异域文术新宗,自此始入华土"(《序言》),"集中所录以近世小品为多"(《略例》)。这是中国翻译的第一部与当时林(纾)译小说不同、独标"文术新宗"的外国近代短篇小说选集。那时,鲁迅与周作人都在日本留学。为了"向西方寻找真理",也为了思想启蒙和翻译、介绍外国文学的需要,鲁迅这段时间如饥似渴地接触了许多新东西,阅读了大量外国文学、哲学和科学的作品与论著,进行了辛勤的探索,这些都自然而然地为他后来的创作提供了借鉴外国的良好条件与坚实基础。他后来回忆说,他写的《狂人日记》,"大约所仰仗的全在先前看过的百来篇外国作品和一点医学上的知识,此外的准备,一点也没有"(《我怎么做起小说来》)。他在1933年8月13日致董永舒信中又说:"以后如要创作……必须博采众家,取其所长,这才后来能够独立。我所取法的,大抵是外国的作家。"这确是鲁迅自我概括的创作经验之谈。

从鲁迅的创作与外国文学的关系看,有以下问题值得深入研究。第一,他究竟比较着重地接受了哪些外国作家、作品的影响呢？第二，他又是为了什么样的动机和目的而取法于这些外国作家的呢？第三，他又是如何在借鉴外国的过程中，保持自己的创作个性、形成独特的艺术风格的呢？本文从鲁迅的小说、散文诗和杂文的创作实例分析中，把这三方面问题综合起来，作一探讨。

首先，鲁迅前期创作，特别是短篇小说，所接受的外来影响，所借鉴和取法的外国作家、作品，都是多元的、综合的，不是单一的、个别的，但主要是接受了俄罗斯（苏联）以及其他东欧、北欧等国作家、作品的影响（见《我怎么做起小说来》诸文）。他当时最爱的作家，是俄国的果戈理、波兰的显克微支、日本的夏目漱石和森鸥外。这是因为当时中国的情况和境遇，与沙皇统治下的俄国以及受沙俄、普鲁士压迫的波兰颇为近似，易于"心心相印"的缘故。

果戈理，是鲁迅最喜爱的作家之一。早在《摩罗诗力说》中，鲁迅就称赞果戈理"以不可见之泪痕悲色振其邦人"，又说"惟果戈理以描绘社会人生之黑暗著名"。鲁迅翻译了果戈理的短篇《鼻子》、长篇《死魂灵》第一部和第二部残稿。在《鼻子·译后记》中，他称赞果戈理"几乎可以说是俄国写实派的开山祖师"。他还称赞"他的讽刺是千锤百炼的"（1935年5月17日致胡风信），称赞《死魂灵》"单说那独特之处，尤其是在用平常事，平常话，深刻的显出当时地主的无聊生活"（《几乎无事的悲剧》）。鲁迅还自费印行了俄国作家阿庚为《死魂灵》作的插图《死魂灵百图》，在《小引》中称赞说："其中的许多人物，到现在也还很有生气，使我们觉得仿佛写着自己的周围，不得不叹服他伟大的写实的本领。"从鲁迅对果戈理创作的高度评价可以看出，鲁迅之所以欣赏果戈理的小说，主要在于：第一，果戈理描绘社会人生黑暗的写实主义，"仿佛写着自己的周围"，切合了鲁迅批判旧社会、改良这人生的创作目的；其二，果戈理作品中讽刺形象和反语技巧的运用对鲁迅有所启发；其三，果戈理作品的"含泪的微笑"的特点，很巧妙地把喜剧因素和悲剧因素融合在一起，用喜剧的形式写出悲剧的内涵，特别是用平常事、平常话深刻描摹出地主无聊的生活和"小人物"的精神痛苦。这些也正与鲁迅创作中揭露"上流社会的堕落"的讽刺艺术,以及表现"下流社会的不幸",也就是"哀其不幸,怒其不争"的心情,是一脉相通的。尤其是鲁迅用平常事和平常话深刻描绘"小人物"的"几乎无事的悲剧",用片断的人物生活概括出整体的社会和人生,如《孔乙己》、《药》、《风波》、《阿Q正传》等,都是将人物深沉的内在悲剧性蕴含在强烈的喜剧性之中,而将矛头直指整个封建社会制度和封建伦理道德观念,也都具有和果戈理作品相类似的"含泪的微笑"的特点。据周作人说,果戈理的短篇小说《狂人日记》、《两个伊凡吵架的故事》和讽刺喜剧《钦差大臣》给鲁迅的印象极为深刻。他又说"《阿Q正传》笔法的来源,据我所知道是从外国短篇小说而来的,其中以俄国的果戈理和波兰的显克微支最为显著;日本是夏目漱石和森鸥外两人的著作也留下了不少的影响",并举出几部作品,如果戈理的《外套》、《狂人日记》,显克微支的《炭画》,森鸥外的《沉默之塔》,夏目漱石的《我是猫》等(启明:《阿Q正传》,《晨报副刊》1922年3月19日)。

素有"波兰语言大师"之称的显克微支,曾作为波兰报记者赴美国访问。他早期创作的反映农民悲惨生活的《炭画》,写一个卑鄙的乡文书图谋夺取农民列帕妻子的故事,共分11个部分和尾声,每一个部分都冠以反语式的小标题。据周作人说,"这一篇是对《阿Q正传》发生影响的"。之所以如此,恐怕是由于果戈理和显克微支都擅用幽默讽刺的笔法、冷嘲的反语,写出阴惨凄切或激发人愤恨情绪的题材和事迹,才使鲁迅从中接受某些影响的吧。

夏目漱石,是日本明治时期首先对当时的社会现实进行批判的作家之一。鲁迅与周作人合译的《现代日本小说集》中收有鲁迅翻译的夏目漱石的《挂物》和《克莱喀先生》。漱石第一部长篇小说《我是猫》,通过中学教师苦沙弥家中一只猫的眼睛,冷眼旁观现实世界,批判了走上资本主义道路的日本明治时期社会制度的黑暗,抨击了资本家"只要能赚钱,什么事也干得出来"的"金钱万能"的世态,也嘲讽了一群自命清高的知识分子虚伪的言行。据周作人回忆,鲁迅当时对日本文学并不大注意,"只有夏目漱石的诙谐小说《我是猫》,豫才才各卷出版(分上、中、下三册),立即购读了"。

他又说:"豫才后来所作的小说,与漱石的作风并不相似,但那嬉笑怒骂的笔锋,实在很多是受漱石的影响。"(周作人:《关于鲁迅之二》)正是漱石这些寓庄于谐,对日本明治维新以来的社会现实进行文明批评和社会批评,且文笔"轻快洒脱,富于机智"的创作,得到了鲁迅的称赞和喜爱,并在艺术表现上对其有所借鉴。当然,漱石的创作幻想用东方的伦理道德来约束资本主义的人欲横流,追求的是在不触动社会制度的前提下,依靠个人道德上的自我完成进行社会改造,这和鲁迅创作的主旨是截然两样的。

鲁迅在《域外小说集》中用文言翻译了安特列夫的短篇《谩》和《默》,又为1922年出版的《现代小说译丛》译了安特列夫的《暗淡的烟霭里》和《书籍》。在《域外小说集》中,他还翻译了安特列夫《红笑》的一部分,翻译了迦尔洵的短篇《四日》和《一篇很短的传奇》等,以及苏联文艺批评家罗迦契夫斯基写的《人性的天才——迦尔洵》。迦尔洵,特别是安特列夫,都是鲁迅喜爱的俄国作家。安特列夫的小说以心理描写技巧擅长,反映病态人物复杂的内心世界和潜意识活动。像鲁迅《白光》中陈士成的潜意识活动、《弟兄》中张沛君的梦境,都可能受了安特列夫的某些影响。安特列夫的早期小说多数是写"小人物",揭露当时社会现实的黑暗和种种弊端,在艺术表现上则不同于传统的现实主义,而是大量运用象征手法。鲁迅称"其文神秘幽深,自成一家"(《域外小说集·杂识》),当即指这些特点而言。

安特列夫反战小说《红笑》(1904),通过两弟兄先后写下的日记片断,用象征手法描写日俄战争的残酷与恐怖。小说中那位反战宣传家喊道:"你们年轻的,生命还刚刚开始的人,从这种恐怖和这种疯狂中救救你们自己,救救你们的下一代吧","……就算我是疯子,我说的却是真话"。又如《谩》,也是描写一个精神失常的人的错乱幻觉,即感到人世间都是谎言和欺骗。这些都使人联想到,鲁迅的《狂人日记》除了受果戈理同名小说和尼采的《察拉图斯特拉如是说》的某些影响外,也可能从安特列夫的《红笑》和《谩》中受到某些启发。

鲁迅用《药》和《齿痛》说明自己的作品与安特列夫作品之间的关系。据孙伏园回忆,鲁迅曾对他说过,《药》和《齿痛》是"相关的作品",《齿痛》"描写耶稣钉死在十字架那一天,附近有一个商人患着齿痛。他也和老栓、小栓们一样,觉得自己的疾病比起一个革命者的冤死来,重要得多"。"还有俄国的屠格涅夫五十首散文诗中的一首《工人与白手的人》(又名《爱做粗活的人与不爱做粗活的人》)用意也是仿佛的。"(《鲁迅先生二三事》)《齿痛》表现了先觉者的牺牲不被群众所理解的悲剧。从主题、寓意和表现技巧上看,《齿痛》和屠格涅夫的《工人与白手的人》可能都对《药》有不同程度的借鉴作用。同时,安特列夫的《默》的主题、寓意虽与《药》不同,但结尾与《药》的最后场面十分相似。正如鲁迅所说,"《药》的收束,也分明留着安特列夫式的阴冷"。鲁迅在 1935 年 11 月 16 日致萧军、萧红信中谈到《生死场》中的人物时又说:"关于老王婆,我却不觉得怎么鬼气……安特列夫的小说还要写得怕人,我那《药》的末一段,就有些他的影响,比王婆鬼气。"这些都说明鲁迅创作在艺术表现上,对安特列夫是有所借鉴的,但对他的悲观厌世思想,又是严肃批判的。他说:"安特列夫全然是一个绝望厌世的作家"(《1925 年 9 月 30 日致许钦文信》);"我们……从安特列夫的作品里遇到了恐怖"(《祝中俄文字之交》)。同时,《药》的收束,在"瑜儿的坟上平空添上一个花环",使作品"显出若干亮色",也是和《齿痛》大异其趣的。实际上,鲁迅前期创作中表现人与人之间冷酷淡漠的关系,特别是一些先觉者、改革者不为群众所理解这一主题,除《药》外,还有许多篇,如《狂人日记》、《阿Q正传》(看杀头)、《长明灯》、《示众》、《孤独者》,乃至《野草》中的《复仇》等。这些作品都通过种种凉薄的世态,从根本上揭露了封建制度、封建观念是导致群众愚昧落后的罪恶根源。这也可能是从某些外国作品中受到启发。

鲁迅前期创作还与安特列夫有一个共通的特色,即象征手法的运用。这不仅表现在《呐喊》、《彷徨》中,更大量表现在《野草》中。例如鲁迅《狂人日记》的"狂人"、《药》中的"人血馒头"所具有的现实和象征的双重含义,《阿Q正传》"大团圆"结局中对"饿狼眼睛"的描写,《兔和猫》、《鸭的喜剧》象征同类相残、弱肉强食,《长明灯》象征群众的传统观念和封建迷信意识,等等。甚至鲁迅小说的篇名,除前面所举者外,《明天》和《祝福》等篇名，从总体意义上，也同样具有现实和象征的双重含义。《野草》中就更多，无烦赘述。这些都说明了鲁迅文艺审美观中开放的世界文化意识。当然，鲁迅运用的象征手法，与安特列夫的悲观厌世思想有着根本区别，这是不言自明的。

迦尔洵，曾参加1877年俄土战役，负伤后苦闷发狂，跳楼自杀。他的小说以心理分析著称，善于描写人物隐蔽、复杂的内心世界，乃至病态的幻觉、幻想，喜用象征、寓意、对比、比喻等艺术手法深化主题、刻画人物形象。他的著名短篇小说《红花》，刻画了一个疯人院中的狂人，以医院中三株罂粟花为世界上一切邪恶的化身，因拼命拔取花朵，力尽而死，凸现了作者向往自由、为消灭社会邪恶势力而献身的精神，充满了辛辣的讽刺。周作人认为，《红花》与《长明灯》中狂人熄灭长明灯有相似之处（《鲁迅小说里的人物》）。鲁迅在迦尔洵《一篇很短的传奇·译者附记》中说："这篇在迦尔洵著作中是很富于滑稽的之一，但仍然是酸辛的谐笑（按：也即'含泪的微笑'）。他那非战与自我牺牲的思想，也写得非常之分明。"鲁迅所以喜爱迦尔洵的作品，恐主要在于他的自我牺牲和分担人间苦难的思想，以及他作品中讽刺的象征、人物复杂的内心世界的刻画、"含泪的微笑"等艺术特点，对鲁迅创作有着某些可资借镜之处吧。但迦尔洵的创作大多流露出某些悲观厌世的情绪，鲁迅对此是有所批判的。他批评说："他艺术底天禀愈发达，也愈入于病态了，悯人厌世，终于发狂。"

契诃夫，是鲁迅"顶喜欢的作者"。1929年，鲁迅在主编的《奔流》上刊登了自译的论文《契诃夫和新文艺》，并刊登了契诃夫的两篇创作。1935年，鲁迅将所译契诃夫早期的八个短篇，辑为《坏孩子和别的奇闻》一书。在《前记》中，鲁迅称赞道："这些短篇……不是简单的只招人笑。……不过笑后总还剩下些什么……就是问题。……这八篇里面，我以为没有一篇是可以一笑就了的。"他强调了作品在"笑后"所蕴含的严肃的社会意义。但同时，他也批评了作者某些短篇在思想上有比较沉重的、阴郁悲观的气息。

契诃夫的短篇小说和戏剧，从来不追求离奇曲折的故事情节，而是以高度客观性截取"小人物"和普通知识分子平凡的日常生活作为题材，通过富有特征的细节、抒情的心理描写、含蓄隽永的讽喻和简练生动的对话,刻画人物的思想、性格和心态,完全从白描中展示毫无粉饰的现实生活的真实,提示出深藏于中的重要社会内涵和生活意蕴。同时,契诃夫在小说和戏剧的体裁、形式和艺术手法诸方面,也是勇于革新、独具一格的。这些特点,都和鲁迅的创作主张有相通之处,自然会引起重视,同时也就会成为鲁迅创作中注意借鉴,并加以创造性发展的主要方面。郭沫若曾将契诃夫和鲁迅作过对比,说:"鲁迅的作品与作风和契诃夫的极相类似,简直可以说是孪生的兄弟。假使契诃夫的作品是'人类无声的悲哀的音乐',鲁迅的作品至少可以说是'中国的无声的悲哀的音乐'。他们都是平庸的灵魂的写实主义","毫无疑问,鲁迅在早年一定是深切的受了契诃夫的影响的"(《沸羹集·契诃夫在东方》)。这是对契诃夫和鲁迅创作相当精辟的比较分析和概括。巴金也认为,鲁迅的《孔乙己》、《明天》等作品便是用契诃夫笔法写成的。实际上,不仅《孔乙己》和《明天》,像《在酒楼上》的吕纬甫、《离婚》中的爱姑等,在生活选材、人物塑造、现实主义美学原则和抒情风格上,不也和契诃夫作品有着某些相通的特色吗?鲁迅前期小说,总体上虽然受契诃夫的影响,但它们在所达到的思想高度和艺术表现上,仍然是同中有异的。鲁迅所创造的人物形象,大多是20世纪初期半封建半殖民地化的中国人,带有特定时代、民族、生活的特征,富有独特的思想艺术容量。

鲁迅取材于历史传说的《故事新编》,主要的一面是批判地继承了中国古典白话小说的现实主义优秀传统,另一方面,又借鉴了东西方某些历史小说,特别是从日本历史小说作家芥川龙之介乃至森鸥外等人处获得了某些启发,但也有自己的特色。芥川龙之介是日本"新思潮"派代表作家,后因精神苦闷而自杀。芥川的早期作品以历史小说为主。1921年,鲁迅翻译了芥川的历史小说《鼻子》和《罗生门》,均收入《现代日本小说集》。芥川的《鼻子》和《罗生门》,均根据日本古代故事改编,揭露当时风行的利己主义,借古喻今,针砭时弊。鲁迅在附录《关于作者的说明》中,评论芥川道:"他又多用旧材料,有时近于故事的翻译。但他的复述故事并不专是好奇……那些古代的故事经他改作之后,都注进新的生命去,便与现代人生出干系来了。"（这与《罗生门·译者附记》中所评略同。）鲁迅在《鼻子·译者附记》中又说："取材是日本旧传说，作者只是给他换上了新装"，"篇中"有"谐味"。从鲁迅对芥川历史小说的某些评介中，不也隐约地看出鲁迅《故事新编》的某些写法和芥川历史小说有一定的联系吗？如果我们说《呐喊》、《彷徨》是以现实主义为主调，融合进浪漫主义因素和象征手法，那么，《故事新编》则是现实主义与浪漫主义交融，古代传说与现实题材、今人今事交融，"借古事的躯壳激发现代人之所应憎与应爱"（茅盾语），并极大地开拓了创作领域。在题材、形式和表现手法上，鲁迅更是广泛汲取异域营养，既有采取弗洛伊德学说反映"五四"开拓创造的时代精神的《补天》，也有借鉴西班牙作家巴罗哈用戏剧对话形式写成的《起死》。至于运用讽喻夸张的语言动作刻画人物性格，用杂文的笔法给古人"换了新装"而使之富有"谐味"，把古人描绘得"声态并作"、跃然纸上（如《奔月》、《出关》等）等方面，恐怕也和借鉴果戈理讽刺艺术不无关系。

其次，是鲁迅的散文诗和杂文。

鲁迅散文诗集《野草》写于1924至1926年间，鲁迅居住在北洋军阀统治下的北京，也正写作《彷徨》。那时正当"五四"落潮后，统一战线发生了严重分化，有的"高升"，有的"退隐"，有的"前进"。鲁迅荷戟彷徨，在浓重的黑暗现实下，自然难免产生孤独、寂寞、忧郁之感。但他仍然在"上下求索"革命的道路上呼唤"新的战友"。鲁迅后来在《自选集·自序》和《〈野草〉英文译本序》中，对他当时的处境和心情以及《野草》各篇的寓意作了很好的说明。《野草》就是鲁迅在未成为马克思主义者以前，还看不清、认不准革命形势和革命力量的发展滋长而引起思想矛盾的自我宣泄，也是无情地解剖自己、露出真实血肉的心灵历程的倾诉。鲁迅自称《野草》"技术并不算坏，但心情太颓唐了。因为那是我碰了许多钉子之后写出来的"（《1934年10月9日致萧军信》）。由于鲁迅当时的处境和心情"难于直说"，才采用这种哲理与诗美相结合、富有象征色彩的现实主义散文诗形式来抒发主观感受。不容否认，《野草》是中国现代文学史上第一部抒情优美的现实主义散文诗集。这一体裁的运用，显然受到外国文学的影响，并富有独创的特色。《野草》在艺术构思、寓意、形象选择、表现手法诸方面,都不同程度地受到波特莱尔散文诗集《巴黎的忧郁》、屠格涅夫的《散文诗》(又名《爱之路》)以及安特列夫、厨川白村等人的启发和影响。这些已有不少同志作过深入的研究,已是公认的事实,不烦赘述。这里需要补充的是,鲁迅与齐宗颐合译的荷兰诗人望·蔼覃的童话《小约翰》对《野草》的启发和影响,以及《野草》和《爱罗先珂童话集》之间的联系。《小约翰》是鲁迅30年来一直很喜爱的书。在译本《小约翰·引言》中,他赞成德人赉赫(Paul Rache)称它是一篇"象征写实底童话诗"的说法,并进而称它是"无韵的诗,成人的童话",称赞作者"博识和敏感",指出"其中如金虫的生平,菌类的言行,火萤的理想,蚂蚁的平和论,都是实际和幻想的混合"。鲁迅《野草》中有不少篇目也通过梦幻的故事、奇妙的想象和暗示、形象的比喻、深刻的象征,把一些花草、昆虫、动物拟人化、性格化,描写成可以"互相谈话"的"有思想性的东西"。如《秋夜》中瑟缩着做梦的粉红花,《死火》中与死火的问答,《狗的驳诘》中发议论的狗,《墓碣文》中说话的死尸,《死后》中的蚂蚁、青蝇等,均借以托物言志,因物寄情,也都富有"象征写实"的艺术特色。这与望·蔼覃描写小约翰梦幻奇遇的无韵散文诗在构思和表现手法上颇为相近,自然是有所借鉴的。

另外,鲁迅还译有俄国盲诗人爱罗先珂9篇童话(收入1922年商务出版的《爱罗先珂童话集》)和一篇三幕童话剧《桃色的云》,还写有纪念爱罗先珂的小说《鸭的喜剧》,可见鲁迅与爱罗先珂之间深厚的友谊。鲁迅在《爱罗先珂童话集·序》中说:"我所展开来的是童心的、美的,然而有真实性的梦。这梦,或者是作者悲哀的面纱罢?"他称赞爱罗先珂的《池边》和《春夜的梦》"都是最富于诗趣的作品",并引用爱罗先珂《春夜的梦》中的话——"这是作为我的微笑而作的,虽然是悲哀的微笑"(此即"含泪的微笑"之意)。鲁迅在《鱼的悲哀·译者附记》中,更直接了当地"以为这一篇对于一切的同情,与荷兰人蔼覃的《小约翰》颇相类"。从鲁迅这些评说中不难看出,鲁迅所展示的:一是爱罗先珂不失其赤子之心的、美的、有真实性的梦,二是他作品中"含泪的微笑"的特点和对别国"非常感愤的言辞",三是他作品中对花卉虫鱼都赋予思想和人性,从"花卉的议论"、"虫鸟的歌舞"中画出作者"自己的心和梦"以及某些作品与《小约翰》"颇相类"的联系。尽管鲁迅对爱罗先珂某些作品的内涵常有不同的意见,但从艺术构思和寓意上看,其作品隐约透露出《野草》在创作过程中的联想所及,也可能从爱罗先珂的某些作品中获得启发。

鲁迅的杂文博大精深,艺术形式多姿多彩,融议论(说理)、叙事、抒情于一炉。就鲁迅杂文批评时弊、议论风发的风格特色来看,当然主要是来自与中国古典文学如周秦诸子、魏晋文章和一些古典白话小说如《儒林外史》等的历史联系。但这并不等于说,鲁迅杂文没有从外国文学汲取营养,或有所借资。在鲁迅杂文中,不仅有对中国古代历史、文化资料的大量运用,也有对东西方古代、近现代的历史、文化资料以及文艺思潮、流派如尼采、弗洛伊德等人学说的大量评说。特别是1924至1925年,鲁迅翻译了厨川白村的文艺论文集《苦闷的象征》和文艺评论集《出了象牙之塔》,并以《苦闷的象征》作为他在北大讲课的辅助教材。尽管鲁迅并不完全赞同《出了象牙之塔》的某些观点,他所欣赏的主要是厨川对日本所进行的社会批评与文明批评,对于文艺"多有独到的见解和深切的会心"。鲁迅称厨川为"辣手的文明批评家",后来还惋惜"日本近来殊不见有如厨川白村者"(《1933年11月2日致陶亢德信》)。1928年,鲁迅又选译了日本评论家鹤见祐辅的《思想、山水、人物》(共20篇),并第一次直称此书为"杂文集"。鹤见祐辅是资产阶级自由主义者。鲁迅出于同样的动机,尽管认为书中某些观点"有大背我意之处",但由于书中所论"也分明可见中国的影子",对于国人"有些有用或有些有益",所以仍然"不加删节"地加以"移译"。从厨川、鹤见对其本国进行的文明批评、社会批评引起鲁迅共鸣的情绪来看,他们的作品也会对鲁迅的杂文创作产生一定的借鉴作用和影响。

鲁迅在《什么是讽刺》中说,对一些"看得很平常,认为不足介意"的事,"假如到了斯惠夫德(按:通译斯威夫特,英国作家,有长篇《格利佛游记》等)或果戈理手里,我看是准可以成为出色的讽刺作品的。在或一时代的社会里,事情越平常,就越普通,也就愈合于作讽刺"。他在《论讽刺》

中又说:"……果戈理的作品,他那《外套》里的大小官吏;《鼻子》里的绅士、医生、闲人们之类的典型;是虽在中国的现在,也还可以遇见的。"而鲁迅杂文善于从平常生活中的人和事汲取素材,通过艺术夸张,深刻显示事件或人物的特征和精神的讽刺艺术,以及熟练运用讽刺的反语、曲笔,都和果戈理等人的创作特征有一脉相通之处。鲁迅博采外国文学的优长而加以熔铸和创新,不着痕迹地运用在他的杂文和小说中,形成了自己独特的风格。

总括起来看,早期和前期,鲁迅在艺术创作方法上,在主要继承、借鉴中国古典文学和19世纪欧洲批判现实主义优秀传统的同时,还译介了不少富有浪漫主义、象征主义抒情色彩的外国作家作品,并从中创造性地汲取、借鉴了某些艺术手法。前面谈过,鲁迅最初是从翻译、介绍外国文学开始文学事业的。他从1903年译介雨果的随笔《哀尘》起,同年发表了富有浪漫主义传奇色彩的译作《斯巴达之魂》,又在《域外小说集》中译介了俄国迦尔洵、安特列夫等富有讽刺、象征艺术的短篇小说,1908年更在《河南月刊》发表了评介拜伦、雪莱等积极浪漫主义抒情诗人的《摩罗诗力说》。鲁迅后来曾回忆他当时"怎样读了拜伦的诗而心神俱旺"(《坟·杂忆》),并在小说《幸福的家庭》和《伤逝》中一再提起拜伦。同时,在摩罗诗人中,鲁迅始终喜爱的作家是匈牙利爱国抒情诗人裴多菲,称他"尝治拜伦及雪莱之诗",是鲁迅"那时所敬仰的诗人"(《〈奔流〉编校后记(十二)》)。30年来,鲁迅一直把裴多菲诗集德文译本带在身边,并在《野草》和一些杂文中不止一次地引用裴多菲的诗句。他倾倒于裴多菲以昂扬的爱国激情创造出的富有浪漫主义色彩的英雄和世界。《野草》还借鉴了波特莱尔、屠格涅夫、望·蔼覃某些"象征"的艺术手法。他还译介过厨川白村的《苦闷的象征》。这部著作主体脱胎于弗洛伊德学说,以生命哲学和精神分析学说作为理论基石。这说明弗洛伊德学说也曾引起鲁迅早期的注视,尽管他在《苦闷的象征·引言》中即批评了弗氏"生命力根柢于性欲"之说为"专断",1933年《听说梦》一文中又对弗氏学说表示了怀疑与批判。早期和晚期,鲁迅对尼采、弗洛伊德学说从有限度的肯定到批判,标志着他在特定的时代、社会和文化背景下思想不断演变发展的进程。鲁迅从早期译介和倾向为革命现实服务的浪漫主义文学转到严格的现实主义，并在革命现实主义基础上，继续探索、借鉴了积极的浪漫主义与象征主义等手法，在艺术表现上构建了以《呐喊》《彷徨》《野草》《故事新编》等为例的、以革命现实主义为主调的、与浪漫主义乃至象征主义等手法交融的艺术风格。鲁迅一生漫长的文学道路，在一定意义上，标志着"五四"以来中国现代文学历史发展的轮廓，也标志着鲁迅思想发展的轮廓。这正如鲁迅所说，从"五四""文学革命者的要求是人性的解放"，到"大约十年后，阶级意识觉醒了起来"（《〈草鞋脚〉·小引》）。

作为中国现代文学奠基者的鲁迅先生，以他对于中外文化交融的理论主张、批评实践[①]和创作成就，哺育着千千万万的文学青年，为中国现代小说引进了许多新形式和新手法，推动着中国现代文学逐步走向现代化和世界文学走向中国。鲁迅辉煌的文学业绩，对世界文学做出了杰出的贡献，发挥了深刻、巨大的效能和影响。他的思想和艺术，已成为世界文化宝库中的瑰宝。鲁迅不仅是中国的，而且也是世界的！

（原载《四川大学学报》1993年第1期）

[①] 参见拙作《鲁迅对中外文化的理论主张和批评实践》，载《天府新论》1986年第6期。

鲁迅后期杂文的思想深度

鲁迅的杂文，是他一生进行战斗的主要武器，是 20 世纪二三十年代政治、社会、思想、文化战线上的阶级斗争、思想斗争历史经验教训的宝贵总结。它像一面晶莹的镜子，从中照见了"五四"前后直至抗日战争前夕"时代的眉目"，也深刻反映了鲁迅一生光辉的战斗历程和他在不同时期内思想变化发展的印迹。特别是在后期成为共产主义战士以后，他的创作思想达到了前所未有的深度和高度，艺术技巧也更加精湛圆熟，展现了与前期不同的特色。

"他学会了辩证法"

我们说，鲁迅后期的杂文达到了前所未有的思想深度和高度，除了他对旧社会有深刻的了解，以及有丰富的革命实践以外，最根本的一点，在于他后期学习和掌握了马克思主义，运用辩证唯物主义和历史唯物主义的观点、方法，"从深度上去观察现实"，分析社会问题，总结阶级斗争、思想文化斗争的经验教训，透过现象看本质，分清主流和支流，并进一步概括出客观事物发展的某些带有规律性的东西。正如毛泽东同志所评价的，"鲁迅后期的杂文最深刻有力，并没有片面性，就是因为这时候他学会了辩证法"[1]。

我们知道，事物矛盾的对立统一法则，是唯物辩证法的核心。鲁迅后期正是掌握了这个根本的法则，辩证地、全面地观察问题，分析事物的矛盾，从而作出了科学的论断。

鲁迅在学习马克思主义的过程中，一贯重视正、反两方面的作用，深刻理解革命辩证法中"相反相成"的道理。他说："优良的人物，有时候是要靠别种人来比较，衬托的，例如上等与下等，好与坏，雅与俗，小器与大度之类。没有别人，即无以显出这一面之优，所谓'相反而实相成'者，就是这。"②他既看到正面，也看到反面。因此，他认为，倘是一个战斗者，要写文学作品，不但"应该知道革命的实际"，还"必须深知敌人的情形"。这也就是说，要了解敌情，重视反面教材，知己知彼，才能百战不殆。所以，他主张青年"也可以看看'帝国主义者'的作品的"③。而且他还进一步强调指出，"在了解革命和敌人上，倒是必须更多的去解剖当面的敌人的"④。

鲁迅不仅深刻认识到"革命无止境"，万事万物都是在矛盾斗争中不断变化发展着的，人世间也永远不会"凝固"，而且更深刻认识到，事物的发展变化、革命的成败，起决定作用的是内部的矛盾斗争。他时刻提醒人们"不但应该留心迎面的敌人"，还必须防备钻进革命阵营内部的"三翻四复的暗探"⑤，千万不要为狄克一伙所制造的"貌似革命"的假象所迷惑。鲁迅早在《铲共大观》中就深刻指出，"革命被头挂退的事是很少有的"，"革命的完结，大概只由于投机者的潜入，也就是内里蛀空"。"内里蛀空"，短短四个字，就极其形象地概括出混进革命阵营内部的敌人对革命的严重腐蚀，以及起着公开的敌人所不能起的破坏作用。鲁迅这些闪烁着马克思主义思想光芒的论断，都是他在政治社会斗争中经历了"事实的教训"，从革命实践中总结出来的宝贵的经验。当时和后来的铁一般的事实，充分证明了鲁迅论断的正确和深刻的预见。林彪、"四人帮"之流，不正是鲁迅当年所痛斥的钻进革命阵营内部的特大"蛀虫"吗？

鲁迅在深刻认识矛盾对立统一的基本规律的同时，还善于运用这种基本规律分析事物的矛盾，透过矛盾对立的现象，挖掘出问题的本质，深刻揭示出它们之间的对立统一关系。1934年，鲁迅应日本改造社之约写的那篇名文《关于中国的两三件事》中，对中国的"王道"和"霸道"的辩证关系的分析，就是很好的证明。他说："在中国的王道，看去虽然好像是和霸道对立的东西，其实却是兄弟，这之前和之后，一定要有霸道跑来的。"寥寥数语就拆穿了所谓"王道"骗人的假象。它不过是掩盖反革命暴力的一块遮羞布，是化了装的霸道。文章揭露了王道和霸道是反动统治阶级为了巩固反动统治，一手持剑，一手执着橄榄枝，交替使用的欺骗与镇压相结合的反革命两手。他在《又是莎士比亚》⑥一文中所作的"发思古之幽情，往往为了现在"的论断，也同样透过表面上好像是两种矛盾对立的现象（"王道"与"霸道"；"思古"与"为今"），一语破的地揭示出问题的实质，从它们各自对立统一的关系中概括出阶级斗争的某些规律性东西。这里的"思古幽情"是表面的现象，是手段；"为了现在"才是问题的实质，是目的。鲁迅把"王道"和"霸道"、"思古"和"为今"这两个看起来像是矛盾对立的方面，用阶级观点和阶级分析方法加以剖析，用统治阶级自己的言和行、过去和现在加以对照比较，从而一针见血地挖掘出问题的实质，显示出鲁迅后期深刻的政治洞察力和对阶级斗争客观规律的高度概括性。就鲁迅当年所概括的这些带有规律性的东西来看，确是打中了中外古今一切反动派包括"四人帮"在内的要害。"四人帮"为了实现篡党夺权、颠覆无产阶级专政的罪恶目的，有的大肆吹捧吕后、武则天，叫嚷"法家爱人民"（江青）；有的在黑文里别有用心地引用王安石的《元日》诗，一心妄想"新桃换旧符"（张春桥）；有的幸灾乐祸地借唐山、丰南地震之机，抄引洪秀全的《地震诏》，大做"天旋""地转"、改朝换代的黄粱梦（姚文元）。他们所发的"思古幽情"，不同样都是"为了现在"，"为了辩护自己"的反革命政治需要服务的吗？他们一个一个都在鲁迅的马克思主义的解剖刀下现出了原形。

同时，鲁迅还敏锐地认识到，对立的矛盾在一定的条件下可以转化。他在"左联"成立大会上的讲话中，就结合无产阶级文艺运动新的发展形势，针对一些小资产阶级作家思想意识和作风的问题，十分尖锐地提出了"左翼"作家"倘若不和实际的社会斗争接触"，"不明白革命的实际情形"，"是很容易成为'左翼'作家的"这一发人深省的问题。这从理论上，深刻阐明了"左"和"右"是互相依存，并在一定条件下可以转化的对立统一的关系。他还特别强调事物在发展过程中的"突变"，必须取得"应具的条件"，倘没有"应具的条件"，"即使自己说已变，实际上却并没有变"。事物的转化是这样，人的思想的转化和阶级的转化也是这样。

坚持两点论，反对一点论

鲁迅后期杂文的思想深度，还表现在坚持两点论，反对一点论；坚持革命辩证法，反对唯心论和形而上学。他运用一分为二的观点，辩证地、全面地分析问题。但是，一分为二，并非半斤对八两；全面的观点，也并非面面俱到；而是要分清主流和支流，分清成绩和缺点的比重，并且还要分清敌我的界限，正确处理它们之间的关系。鲁迅后期在衡人论事、评价中外古今作家作品、进行文艺批评等方面的一个突出特点，就是坚持马克思主义实事求是、一切从实际出发的基本原则，并通过自己的实践，为我们树立了榜样。让我们先看看鲁迅是如何具体评价近代民主革命家章太炎一生的是非功过的吧。

鲁迅对章太炎的评论，分别见于《趋时和复古》、《名人和名言》、《关于太炎先生二三事》、《因太炎先生而想起的二三事》（未写完即逝世）等文章和书信中，而以《关于太炎先生二三事》中的评论最为深刻而全面。该文写于1936年10月9日，即鲁迅逝世前10天。当时，中国人民的抗日救亡运动在中国共产党的领导下蓬勃开展。蒋介石反动派对外继续坚持"不抵抗主义"，对内变本加厉地执行"攘外必先安内"的反共政策，大搞尊孔读经活动，为其卖国投降制造反革命舆论。1936年6月14日章太炎逝世后，他们抓住这个机会大肆宣传，还别有用心地发布"国葬"章太炎的通令，吹捧章太炎是什么"岿然儒宗"、"国学大师"等等，妄图把章太炎打扮成"复古的先贤"，利用他后期鼓吹尊孔读经来否定他前期作为近代民主革命家"趋时而且还造反"的战斗精神，想把章太炎也拖进烂泥塘里，做他们尊经复古的"金字招牌"，为蒋介石大搞的尊孔读经、投降卖国活动装点门面。另有一些文侩，又从"左"的方面别有用心地作文讥笑章太炎，妄图否定章太炎前期的革命战斗精神。一个是吹捧，一个是讥笑。吹捧的意在用章太炎的后期否定他的前期，用他的学术成就否定他的革命业绩；讥笑的意在用否定他的前期的办法，来突出他的后期。手法尽管不同，但目的都是殊途同归地否定章太炎前期的革命战斗精神。鲁迅当时洞察一切，针对这两种恶劣倾向，在重病中连续写了两篇关于章太炎的文章。这不是对章太炎的偶然回忆，而是有着深刻的用意。特别是《关于太炎先生二三事》一篇，不单是对章太炎个人一生功过的评价，而是关系到阶级斗争、现实斗争的大是大非问题；也是对蒋介石大搞尊孔读经、进行反革命文化"围剿"的一次有力反击。

章太炎一生所走过来的政治道路和思想演变都是比较曲折、复杂的。鲁迅评价章太炎一生的活动，首先是运用历史唯物主义把他放在一定的历史范围之内来评论。这也就是说，把章太炎提到当时阶级斗争、民族矛盾极端尖锐的戊戌变法后、抗日战争前这段历史时代的背景上，提到革命还是保皇、复辟还是反复辟、尊孔崇儒还是反尊孔崇儒的尖锐斗争的高度上，根据章太炎当年的立场、言行和态度，也根据他前、后期不同的表现来衡量他的是非功过，对他作出实事求是的评价。列宁在《论民族自决权》一文中曾明确地指出，"在分析任何一个社会问题时，马克思主义理论的绝对要求，就是要把问题提到一定的历史范围之内"。鲁迅对章太炎是非功过的评价是符合这个"马克思主义理论的绝对要求"的。

其次，鲁迅运用辩证唯物主义的观点、方法，对章太炎作出了本质的阶级分析。我们知道，任何一个历史人物总是有着这样那样的缺点，都不可避免地带有阶级的、历史的和时代的局限性。像章太炎这样世界观和政治道路都比较复杂、充满矛盾的近代民主革命家，就特别具有资产阶级的软弱动摇性和革命不彻底性。因此，鲁迅在评价章太炎时，正确运用一分为二的辩证观点和阶级分析的方法，既划清了章太炎前期的革命业绩和后期蜕化倒退的界限，又划清了他一生功过的主流和支流的界限，并且还正确论证了章太炎后期在政治上、思想上倒退的主观和客观、内因和外因的关系。其中，内因，"用自己所手造的墙"，是主要的；外因，"别人所帮造的墙"，是次要的。鲁迅首先抓住章太炎一生的主流，从政治上着眼，充分肯定了他前期的革命业绩、战斗精神以及在当时政治上所起的积极作用，在文章开头第二段作出了"我以为先生的业绩，留在革命史上的，实在比在学术史上的还要大"的正确论断。这句话是全文立论的一个纲，也是章太炎一生的主流。另一方面，鲁迅也分析、批判了章太炎在辛亥革命后提出的"用宗教发起信心,增进国民的道德"、"用国粹激动种性,增进爱国的热肠"那种封建复古主义和唯心主义主张,称之为"高妙的幻想";以及章太炎后期"既离民众,渐入颓唐"地"参与投壶"(实际上,他当时并未到会参加),"接收馈赠",从一个"拉车前进的好身手",被反动派所利用,"拉车屁股向后",大唱读经救国的谬论,"粹然成为儒宗"的倒退行径。同时,鲁迅对章太炎前期的赞扬和肯定,也不是不加区别的一味赞扬,而是有分析、有批判的赞扬。例如,鲁迅说,他爱看《民报》,并非为了章太炎的"文笔古奥","或说佛法,谈'俱分进化'"⑦,而是为了他和梁启超、吴稚晖等人的斗争。这就分析、批判了章太炎前期思想观点上的唯心主义因素。鲁迅前去听章太炎讲课,也并非因为章是学者,却为了他是"有学问的革命家"。这些都是在突出章太炎前期革命精神的基础上,有分析的赞扬,不搞绝对化和形而上学。至于鲁迅对章太炎的一些批评,首先是从他一生的主流着眼,正确区分敌友,做到实事求是、恰如其分,既委婉又深刻。这篇文章,是紧密联系当时政治斗争的实际,运用辩证法观点分析、评价历史人物的典范之作,值得我们认真学习和研究。

但这里应该特别提出的是,鲁迅当年批孔反儒,根本不是从"儒法斗争"的角度上立论。他对章太炎的评论,肯定也好,批评也好,也都不是从什么"儒法斗争"的角度上来评价的。鲁迅也没有将章太炎奉为法家。到了"四害"横行期间,章太炎忽然红极一时,被"四人帮"别有用心地捧为法家。更恶毒的是,他们还强把鲁迅纳入所谓"儒法斗争"的轨道,妄图利用鲁迅的威望,替他们臆造的"儒法斗争"打前锋,进一步为他们篡党夺权的阴谋服务。打着鲁迅的旗号歪曲鲁迅,用心险恶,流毒深远,影响极其恶劣。

鲁迅评论历史人物的辩证、全面的观点,同样体现在对蔡邕、陶渊明、袁宏道(字中郎)等人的历史评价上。我们且举陶渊明为例来看。当时某些论客们只赞赏陶潜"采菊东篱下,悠然见南山"的名句,称他为"田园诗人";朱光潜先生也认为陶潜的"伟大",在于"他浑身是'静穆'"。鲁迅在《论魏晋风度及文章与药及酒之关系》、《题未定草》(六、七)等文中,批评了这种形式主义观点。鲁迅反对寻章摘句、断章取义、穿凿附会、以偏概全、以局部代整体的评人衡文的形而上学观点。对于陶潜，鲁迅首先认为，从古代以来，没有诗文完全超出政治的所谓"田园诗人"、"山林诗人"。他说："陶集里有《述酒》一篇，是说当时政治的，可见他于世事也没有遗忘和冷淡。"陶潜的诗，"除论客所佩服的'悠然见南山'之外，他还有'精卫衔微木，将以填沧海，形天舞干戚，猛志固常在'之类的'金刚怒目式'"。陶潜的《述酒》和《读山海经》十三首中的"精卫衔微木"一篇，都是隐晦曲折地抒写作者抨击桓玄篡晋自立和刘裕废东晋恭帝司马德文，自立为帝，次年杀害司马德文而作的讽世诗。所以，鲁迅说，这正"证明着他并非整天整夜飘飘然"。而陶潜在后人心目中所以变得这样飘飘然，鲁迅认为，正是由于摘句者的吹嘘或附会。他们只取陶潜的"悠然见南山"，而忘记了陶潜还有《述酒》和《读山海经》等托物言志、"直吐忠愤"的政治诗，把他"捏成单是一个飘飘然"，反而抹杀了陶潜的真相。因此，鲁迅说："这'猛志固常在'和'悠然见南山'的是一个人，倘有取舍，即非全人，再加抑扬，更离真实。"鲁迅进一步为我们提出了如何正确评价历史人物和中外古今作家作品的指导原则。鲁迅认为，论人"当看他趋向之大体"⑧。这也就是说，应该看他一生的本质和主流。"倘要论文，最好是顾及全篇，并且顾及作者的全人，以及所处的社会状态，这才较为确凿。"⑨这里"顾及全篇"、"顾及作者全人"、顾及"所处的社会状态"三点文艺批评的原则，是鲁迅后期唯物辩证法思想的光辉体现。既为我们提供了分析评价作家作品、知人论世的正确指南，在今天，又是清除"四人帮"在文艺批评领域里散布的形而上学和极左遗毒的有力针砭。

催促新生，坚信未来

鲁迅的杂文不仅"对于有害于新的事物""竭力加以排击"，而且为了"催促新的产生"，他更热情扶持革命新生事物，关怀革命新生力量的成长。他把"催促新生"和"排击旧物"辩证地结合起来，也把揭露旧社会的黑暗和歌颂新世界的光明有机地统一起来，为现实的革命斗争和"战取"新社会的光明服务。

鲁迅一生为了无产阶级革命的需要，积极维护、培养青年一代。他发起组织莽原社、未名社、朝花社，主编《语丝》、《莽原》、《未名丛刊》等刊物，目的都是为了"找寻新的生力军"，希望他们勇敢地"撕去旧社会的假面"，"战取新社会的光明"。他在"左联"成立大会上提出了今后应该注意的三点纲领性意见，其中一点就是"应当造出大群的新的战士"，注意培养新的文艺青年。他一生抱着"为文学青年打杂"、甘心作"梯子"的精神，忘我地为青年作者看稿、改稿、校稿、作序跋、通信提意见，直到介绍发表、出版，或代为发行，倾注了大量的心血。他甚至在大病中还坚持不懈地为青年作者看稿、校稿，真正是"鞠躬尽瘁，死而后已"。

特别在后期，为了现实战斗的需要，为了大众，也为了给反革命文化"围剿"以有力的反击，鲁迅积极提倡和扶植新兴的木刻版画，热情关怀青年木刻家的习作，亲自征集、选编他们的作品，自己出钱用"铁木艺术社"的名义印成《木刻纪程》，并自拟广告代为介绍⑪。另外，鲁迅还介绍、编印了许多外国木刻版画如《引玉集》、《凯绥·珂勒惠支版画选集》等，也都用"三闲书屋"的名义自费印行，作为青年木刻家"技法和内容"的借镜。一八艺社上海分社举办了木刻讲习班（1931年夏，一八艺社在上海举行展览会，并设立分社），由日本友人内山嘉吉讲授木刻术，鲁迅亲任翻译。甚至在他逝世前11天的10月8日，鲁迅还身带重病亲往上海青年会看第二次全国木刻联合流动展览会的展览，并在会上对青年木刻艺术家作了讲话（讲话见《鲁迅与木刻》，陈烟桥笔记），给青年艺术学徒以深刻的教益和巨大的鼓舞。由此可见，鲁迅对革命新生事物和革命新生力量的扶植和支持，是数十年如一日的，而且越到后期越积极。从这个意义上讲，也可以说，鲁迅的一生，就是为了"催促新生，排击旧物"而坚持战斗的一生，也是"横眉冷对千夫指，俯首甘为孺子牛"的一生。

尤其难能可贵的是，鲁迅在后期善于运用马克思主义辩证发展的观点看待革命新生事物的成长，深刻认识到革命新生事物在发展中必然要经历一个逐步完善的过程。他热情赞扬新兴的木刻是"大众革命的武器"，是"新的青年的艺术,是好的大众的艺术",并且认为这些青年们的作品"当然,只不过是一点萌芽",还不是十分完善,"然而要有茂林嘉竹,却非先有这萌芽不可"⑪。他满心欢喜地看到一些新的青年作家的作品"以清醒的意识和坚强的努力,在榛莽中露出了日见生长的健壮的新芽",立即热情地加以肯定和鼓励。他说:"自然,这,是很幼小的。但是,惟其幼小,所以希望就正在这一面。"⑫这些话说得多么深刻动人啊!它饱含着对革命新生的幼芽无限爱护的阶级深情,焕发着革命辩证法的思想光芒。正如鲁迅后来对殷夫的诗所作的评价那样,从"东方的微光"和"冬末的萌芽"里,看到了这些新的作品"属于别一世界"⑬的特殊、重大的意义。由于鲁迅后期确立了马克思主义世界观,掌握了革命辩证法,深刻认识到新陈代谢这一客观事物发展的普遍规律,从而看出了革命新生事物和新生力量是不可战胜的,看出了他们充满着光明和希望的无限发展的前途。他激情满怀地宣称:"世界决不和我同死,希望是在于将来的。"⑬即使在国民党白色统治极其严酷的时期,鲁迅也能从"寒凝大地"中看出"春华迸发","于无声处"听到革命的"惊雷"。他高瞻远瞩,坚信革命的新生力量终究要战胜腐朽没落的旧势力,并取而代之。他旗帜鲜明地宣称"惟新兴的无产者才有将来","新的社会的创造者是无产阶级",并确切地相信"无产阶级社会一定要出现"。这充分展示了鲁迅后期的革命理想主义和革命乐观主义精神。鲁迅始终保持清醒的头脑,接受党的正确领导,坚决拥护党的抗日统一战线政策,热烈歌颂中国共产党人,特别对毛泽东同志表达了由衷的敬佩与爱戴。鲁迅这时不仅彻底解决了前期思想中"新的起来是否一定就好"的矛盾,而且对无产阶级专政的历史使命和社会主义发展的前途,表现了深刻的理解和坚定的信念。正是这种精神,生动地体现了鲁迅后期杂文的思想深度,也是他后期杂文的革命坚定性、彻底性和强烈战斗性的思想源泉。

鲁迅在前期虽然也提出过"将来必胜于过去",但那主要是在进化论的基础上提出来的;鲁迅后期坚信"惟新兴的无产者才有将来",则是建立在马克思主义阶级论和唯物史观基础上的深刻的预见。两者是有明显区别的。今天,我们重温鲁迅先生的遗教,进一步认识到,如何正确对待社会主义新生事物和新生力量的问题是两个阶段、两种思想斗争的一个重要组成部分。同时，这也可以说是区别真假马克思主义者的一块试金石。现在，党中央号召全党"有意识地发现、选拔、培养、帮助一批专业人才"。鲁迅先生在这些方面，正是我们的光辉表率。

反左倾，反教条主义

近年来，有人认为，鲁迅接受马克思主义以后，"思想退步了，艺术退步了。鲁迅也是左，也是教条主义"等等。这种看法不符合鲁迅思想和创作的实际，是错误的。鲁迅后期在党的领导和帮助下，善于运用马克思主义的基本原理和美学思想，在政治和思想文化战线上紧密配合党的政治斗争、军事斗争，与国民党反革命"围剿"进行了针锋相对的斗争；对法西斯的、资产阶级的形形色色反马克思主义谬论，进行了鞭辟入里的批判。他从两个阶级、两种思想的高度上把马克思主义与现实的政治斗争、文化斗争紧密地结合起来。鲁迅从来不把马克思主义当作教条，也从来不在创作中生搬硬套地引用一些马克思主义词句作为装饰，但鲁迅后期却最善于通过杂文的形式，把马克思主义普遍真理和精神实质融会贯通，运用到斗争实践中去，解决实际的、具体的问题。马克思主义指导着鲁迅的理论实践和斗争实践；而他的理论和斗争实践又反过来检验、证明着马克思主义的真理性。而且鲁迅也是善于在革命实践中，在错综复杂的阶级关系中，明辨敌友，区别对待（如对"第三种人"的批判就和对"民族主义文学者"的斗争不一样等等），识别真假马克思主义的。怎么能说鲁迅是"教条主义"呢？

鲁迅后期，无论在革命阵营内部的论争中，还是在对敌斗争中，总是结合现实斗争形势的需要，从理论上、策略上、实践上反对左倾教条主义。1930年2月，鲁迅在《对于左翼作家联盟的意见》中就深刻批判了"左"倾错误路线在文艺领域里的表现和影响，提出了革命文艺运动的正确指针，并针对左翼文艺界存在的"左"的思想倾向，谆谆告诫左翼作家：如果不投入实际的社会斗争，单关在房子里，高谈彻底的主义，"那是无论怎样的激烈，'左'，都是容易办到的"，"然而也最容易'右倾'"，成为"右翼"作家的。

这些诚恳的忠告,充分反映了鲁迅重视社会斗争实践,既批"左"也防"右"的马克思主义的理论水平和后期思想的深刻性。

另外,李立三同志主持党中央工作期间,推行了"左"倾机会主义路线。1930年5月,他会见鲁迅,邀请鲁迅发表宣言支持他的错误路线和主张,当即遭到了鲁迅的拒绝。

1931年,鲁迅在分析、总结"革命文艺"论争的经验教训时,首先肯定了创造社、太阳社倡导的"革命文学"运动,"实在具有社会的基础","在新分子里,是很有极坚实正确的人存在的"。同时,他也对创造社、太阳社的战友们提出了深刻中肯的批评。他说:"第一,他们对于中国社会,未曾加以细密的分析,便将在苏维埃政权之下才能运用的方法,来机械地运用了。"其次,是"将革命使一般人理解为非常可怕的事,摆着一种极左倾的面貌……令人对革命只抱着恐怖"⑮。鲁迅的这些意见,归纳起来,一是反对脱离中国实际、教条主义地搬用苏联的经验;二是反对左倾幼稚病。当时无产阶级文学运动倡导者们简单化地理解文艺与政治关系,片面强调"文艺是宣传阶级意识的武器",忽视文艺特征,不重视艺术技巧,在创作上出现了标语口号化的倾向。鲁迅对此提出了中肯的批评。他指出,"一切文艺固是宣传,而一切宣传却并非全是文艺。……革命之所以于口号,标语,布告,电报,教科书……之外,要用文艺者,就因为它是文艺",革命文艺"当先求内容的充实和技巧的上达,不必忙于挂招牌"⑯。他又说:"近一年来中国应着'革命文学'的呼声而起的许多论文……甚至于踏了'文学是宣传'的梯子而爬进唯心的城堡里去了。"⑰这些精辟的见解,对于当时无产阶级文学运动的倡导者们,确是尽了诤友的责任。

鲁迅对于无产阶级文学运动,完全抱着肯定的态度。他所反对的只是那些"貌似彻底的革命者"的左倾空谈,以及那种要求革命文艺完全正确、毫无缺陷的所谓"唯物史观的批评"(见《非革命的急进革命论者》、《关于翻译(上)》等)。鲁迅把这种"急进革命论者"的高调,比作"毒害革命的甜药"。

1932年,"左联"机关刊物《文学月报》第四期发表了邱九如写的一首骂胡秋原的长诗《汉奸的供状》（署名芸生），诗中充满了辱骂和恐吓。鲁迅看后，立即给该刊编辑写信，批评了当时文艺界大搞"辱骂"和"恐吓"的形"左"实"右"的错误倾向，论证了"辱骂和恐吓决不是战斗"，提出了"战斗的作者应该注重于论争"的无产阶级的战斗原则，主张以理服人，反对搞"阿Q式的战法"和"剖西瓜"之类的吓人战术，并阐明了"伺隙乘虚，以一击致敌人的死命"的斗争艺术。毛泽东同志在《反对党八股》中引用了鲁迅的"辱骂和恐吓决不是战斗"这句名言，批判"装腔作势，借以吓人"的党八股。由此可见，鲁迅的看法是和毛泽东思想基本一致的。

1934年4月19日，鲁迅在给陈烟桥的信中⑬，还深刻批评了当时无名木刻社的画集用马克思像作封面的、不讲策略的、"左"倾幼稚的错误，并且提出了木刻艺术"单是题材好是没有用的，还要技术"的忠告。仅从上举的一些例证中不难看出，鲁迅后期接受了马克思主义以后，不仅不是什么"左的""教条主义"，相反，是一位坚持马克思主义、坚持党的正确思想路线、反对"左"倾教条主义的革命文化伟人。事实俱在，昭若揭橥，这是任何人也不能加以曲解的。

还有人认为，"后期鲁迅赶不上前期鲁迅，因为他自觉配合党领导的政治斗争，降低了作品的艺术质量"。这种看法，实际上，不过是前一种观点的翻版，同样是站不住脚的。我们既反对政治即艺术，以政治代替艺术；同时，也反对把政治和艺术、内容和形式互相割裂开来，对立起来，反对那种认为政治性越强则艺术质量必然越低的看法。鲁迅后期，由于确立了马克思主义世界观，其杂文的政治性、战斗性和现实性结合得更加紧密，形象思维和逻辑思维获得了高度的统一；而且，由于当时政治形势的严酷，为了适应战略战术的不同需要，艺术表现手法更加多姿多彩、穷形尽态，富有强烈的艺术感染力，艺术风格也更为深沉锋利、辛辣隽永，较之前期显示出重大的创新和发展。文章的艺术质量不是"降低"了，而是磨炼得更加精进，达到了"政治和艺术的统一，内容和形式的统一，革命的政治内容和尽可能完美的艺术形式的统一"，成为世界无产阶级革命文学宝库中最为宝贵的思想遗产和艺术珍品。

我们不禁要问，为什么鲁迅后期杂文能达到这样的思想深度和高度呢？归结到根本的一点，是他在党的指引下接受了马克思主义，学会了辩证法。用马克思主义作为显微镜和望远镜观察一切，站得高，所以看得远，挖得深，抓得准，打得狠。他一生中，特别是后期写下的那些光辉的杂文，都是坚决拥护党的领导、拥护无产阶级专政、捍卫和推动无产阶级革命文艺发展的战斗结晶；是反"围剿"、反侵略、反投降主义的锋利匕首和投枪；也是把"永远进击"的彻底革命精神和灵活机动的斗争艺术巧妙结合的典范。那么，鲁迅后期的思想和艺术是"退步"还是更加进步了，不就显而易见，无庸置辩了吗？

此外，关于对群众的看法，对文艺与政治、文艺与革命的关系的认识，以及如何在创新的基础上批判继承和借鉴中外文化艺术遗产，以建立和发展民族的新文化等等问题，鲁迅后期都作出了符合马克思主义的深刻的阐示。这标志着鲁迅后期思想的新的发展达到了辩证唯物主义的高度。这里就不一一缕述了。

注释：

① 《在中国共产党全国宣传工作会议上的讲话》。

② 《且介亭杂文·论俗人应避雅人》。

③ 《准风月谈·关于翻译（上）》。

④⑤⑮ 《二心集·上海文艺之一瞥》。

⑥ 《花边文学》。

⑦ 章太炎在1906年9月《民报》第七号发表《俱分进化论》一文，用佛学解释社会进化现象，宣传进化"非由一方直进，而必由双方并进"，善与恶、苦与乐俱是同时"双方并进"。这是一种历史唯心主义观点。

⑧ 《且介亭杂文二集·招贴即扯》。

⑨ 《且介亭杂文二集·"题未定"草（七）》。

⑩ 见《且介亭杂文·木刻纪程小引》。

⑪ 《集外集拾遗补编·无名木刻集序》。

⑫ 《二心集·一八艺社习作展览会小引》。

⑬《且介亭杂文末编·白莽作"孩儿塔"序》。

⑭《三闲集·鲁迅译著书目》。

⑯《三闲集·文艺与革命》。

⑰《壁下译丛·小引》。

⑱《鲁迅书信集》上卷,528页。

(原载《四川大学学报丛刊》1981年11月第十一辑《鲁迅研究论文集》)

鲁迅与徐懋庸

徐懋庸同志（1910—1977）逝世已满 7 年了。四川人民出版社自 1983 年 12 月陆续出版了三卷本《徐懋庸选集》，编选徐懋庸 1933 年至 1972 年 40 年间所写的文艺论著，共 90 多万字。这是一件很有意义、很有价值的工作。第一卷选入徐懋庸在中华人民共和国成立前所写的主要作品，包括《不惊人集》、《打杂集》中的部分文章、《街头文谈》、《文艺思潮小史》；第二卷选入《三十年代集外拾零》、《烽烟篇》和《打杂新集》中的主要杂文；第三卷选入他在中华人民共和国成立前后关于鲁迅研究的论文、历史故事和回忆录。我有幸披读了四川人民出版社准备收入《徐懋庸选集》中的全部文稿，深受教益。现着重就徐懋庸同志学习鲁迅以及与鲁迅之间的关系略谈管见。

一

徐懋庸同志的一生，是革命的一生，是不断追求真理、坚持真理的一生。他 1972 年写了 4 首旧体七绝赠任白戈同志，其中有句云："早向红旗托死生"；"岂有英雄恋太平"；"抖擞精神再立功"；"嶙峋瘦骨却禁风"。这四句诗恰好十分形象地概括了徐懋庸早年参加大革命；中间经历了抗日战争、解放战争的戎马生涯；到中华人民共和国成立后精神抖擞地投身于社会主义革命事业；一直到"四害"横行期间铁骨铮铮，经受住严峻考验的战斗的一生。

20 世纪 30 年代进入上海文坛后，一直到中华人民共和国成立后的 50 年代中期，徐懋庸同志始终没有放下那支尖锐泼辣的杂文的笔。他写的杂文题材广泛，体裁多样，风格笔法多姿多彩，曲尽其妙。文章有哲理的思辨，也有科学的论证和诗意的抒情；有对不合理事象的辛辣嘲讽与批判，也有对新的生活、新的人物的热情礼赞；有对逝世家人的沉痛悼念，如《冷却了的悲痛》(《打杂新集》)等，也有情真意挚的怀旧，如纪念族兄徐叔侃师的《被一张明信片引起的杂感》(《三十年代集外拾零》)和《白薇》(《打杂新集》)等；有对故乡风习的杂忆，如记故乡迎神赛会的《"花迎"》(《打杂新集》)等，也有近似小说和报告文学的人物刻画，如记绍兴双吉公公的《故乡一人》(《打杂集》)和纪念一位饲养员老郝的《一个惊险故事中的平凡人物》(《打杂新集》)等；更有自叙传性质的真实纪事，如写儿时和早年生活与心情的《我的心境上的秋天》、《失去的机会》(均收入《打杂集》)和《感旧》(《三十年代集外拾零》)等，写他的读书生活和文学历程的《我在文学方面的失败——为文学社〈我与文学〉特辑作》、《一个"知识界的乞丐"的自白》(均收入《街头文谈》)，以及写他中学教师生活和心境的《可为而不可为》等；真是才华横溢，妙思纷披，体现了形象思维与逻辑思维比较完满的结合。特别应该提出的，还有他在1971年前后断续写成的《回忆录》。这不仅是他个人一生战斗历程的真实记录，也是五四运动前后到解放战争时期有关政治、社会、军事、文化的一本历史教科书，反映出"时代的眉目"。其中，第六章《在上海文坛上》、第七章《我和鲁迅的关系的始末》、第八章《我和毛主席的一些接触》、第九章《在抗大》等篇，探微补缺，钩深致远，发人之所未发，更为中国现代文学史提供了一组具有特殊价值的珍贵史料。这本《回忆录》写得真切动人，跳动着革命的脉搏和诚挚热烈的思想感情。遗憾的是，由于种种原因，这本《回忆录》并未写完，只写到1947年以前。原来准备写的参加"左联"秘密活动的专章也未能写出，这是令人十分惋惜的。

　　1957年整风前后，徐懋庸同志本着"双百"方针和帮助党整风的良好意愿，陆续写了《小品文的新危机》、《不要怕不民主》、《过了时的纪念——重读〈在延安文艺座谈会上的讲话〉》(均收入《打杂新集》)等一系列杂文。他抱着与人为善的态度和强烈的革命责任感，揭发、批评了现实生活中存在的官僚主义、教条主义、主观主义等思想作风，以及人与人之间的不正常关系，希望有所警惕，加以匡正，不料竟招致政治上的坎坷。由于他能正确掌握人民内部矛盾的性质和尺度，并明辨敌友，洞察是非，所以，他在这一时期写的杂文大多直抒胸臆，坦率朴实，既尖锐又深刻，洋溢着对党、对社会主义的无限深情。加之他刻苦学习马列主义，思想理论水平日趋成熟，他这一时期所写的《老实和聪明》、《简单与复杂》、《敌与友的关系》、《同与异》等杂文（均收入《打杂新集》）都是从事物对立统一的规律中展示出深刻的辩证法思想，给人以不少启发和教益。他的杂文较之中华人民共和国成立前更显现出蕴藉深厚、富于哲理的风格和特色，标志着鲁迅开创的杂文在社会主义时期的新发展。

二

徐懋庸同志一生热爱鲁迅，颂扬鲁迅，坚持向鲁迅学习。早在他十三四岁时，就在老师徐叔侃的介绍和影响下，开始读鲁迅著译的《呐喊》、《现代小说译丛》、《日本现代小说集》和《苦闷的象征》等书。从此他就热烈地爱上了鲁迅。据他自述，"从文艺兴趣上说，成了鲁迅迷；从思想立场上说，成了鲁迅派"，"凡是鲁迅的作品，或著或译，只要是印行了的，我每字都读过"（《我所受于鲁迅的影响》）。1925年，他在浙江上虞担任小学教师时，就"树立了做一个进步作家的决心，而最高目标是鲁迅"。他不仅读了鲁迅许多著译，而且还订阅了《语丝》。这在他当时经济十分拮据的处境下，是极其难能可贵的。甚至1933年他翻译比塞的《斯太林传》，最初也是读了鲁迅的《热风》，受到鼓舞和影响，才开始进行的。

他写的杂文，不仅学习鲁迅的笔法，更重要的还在于，学习了鲁迅的思想立场和革命精神。他在《打杂集·题记》中说："我的动手写作，常常也因为感到寂寞。我的寂寞，是明明知道在威严而高大的墙外就有着新的生活和新的自然而不得见，不得近的寂寞"，"我要打毁这墙，然而我没有巨大的撞槌（bélier），我只能对着我面前的墙咚咚地掷些石子，使它起一些麻点而已"。他写作的动机正像鲁迅那样，是怀着"毁坏这铁屋子"、"掀掉这人肉的筵宴"的热切希望来从事创作的。因此，他反对在"包围着我们的墙壁上去画些山水花卉或者人物故事，以抒性灵，或者寄托理想"。他在中华人民共和国成立前写的杂文，大多有感而发，通过古今中外的事例来讽刺现实，讥评时弊,"唐突名流"。这显然也是继承和发扬了鲁迅杂文革命现实主义的战斗传统的。他学习鲁迅彻底的、不妥协的、反帝反封建的革命精神,并追随鲁迅,在政治、思想、文化战线上和形形色色的资产阶级、小资产阶级思想进行斗争,为无产阶级革命文化事业尽瘁终身。正如他所说,"我所受于鲁迅的影响,是非常之广且深的,最重要的当然要算是鲁迅使我走上共产主义的道路"(《我所受于鲁迅的影响》)。

首先,在思想立场上,徐懋庸和鲁迅站在一起,并肩作战。例如,20世纪30年代鲁迅与施蛰存先生之间发生了一场读《庄子》与《文选》的论争(见鲁迅《准风月谈》、《重三感旧》、《"感旧"以后》诸文),徐懋庸同志在《一点异议》(《不惊人集》)中也同样批评了施蛰存先生劝人读《庄子》与《文选》的主张。(当然,今天看来,施蛰存先生的主张也有合理的一面。)接着,施蛰存先生在《新师说异议》等文中进行了反驳,徐懋庸同志又写了《又是一点是非》(《不惊人集》),继续与施蛰存先生展开辩论。同时,他在《世界上还有人类的时候》(《三十年代集外拾零》)等文中,也和鲁迅一样,对"第三种人"苏汶等进行了批评。1933年,他还在《不惊人集·杂谈〈小鬼〉》中[①],针对韩侍桁批评阿尔志跋绥夫《沙宁》中的沙宁"这个人不是历史上的典型"、而"完全是艺术的幻想的果实,即作者之理想的人物";由于作者艺术制作力的薄弱,"以致形成非常夸大的非常做作的东西"等论点提出异议。韩侍桁写了《现实的认识》一文进行反驳。徐懋庸也写了《关于"现实的认识"》,继续与韩侍桁论争。韩侍桁又写了《关于"现实的认识"与"艺术的表现"——答徐懋庸先生》一文,徐懋庸又写了《复韩侍桁先生》(徐文均见《不惊人集》),作了一些答辩[②]。徐懋庸的主张当时得到了鲁迅的肯定和支持,认为他的"主张是对的",并批判了韩侍桁的唯心主义"呓语"和"诡辩"[③]。在20世纪30年代展开的关于大众文艺、大众语运动的论辩中,徐懋庸更与鲁迅统一步调,积极参加了一系列的论争。他写了《不同于吴稚晖先生的两点意见》、《请看客观环境》(均收入《打杂集》),特别是在他写的"通俗文艺讲话"——《街头文谈》中收入了《通俗化问题》、《通俗文的写法》、《论大众语》、《对于农村文艺写作的几点意见》等好几篇杂文，提出不少精辟独到的见解，热情支持大众文艺和大众语运动。他还写了《"驾云梯取月"——致陶亢德先生信》④，驳斥《论语》第47期刊载的一幅卡通讥刺提倡大众语者如"驾云梯取月"。他还向《太白》编辑委员会建议办一个"培植大众文化"、"能与大众接近"的杂志（《打杂集·要办一个这样的杂志》）。为发展大众文艺，推进大众语运动，他多方呼吁，不遗余力。遗憾的是，徐懋庸参加的这些场论争、写出的这些文章，不仅在当时未曾引起足够的重视，很少为人所提及；即便在中华人民共和国成立前后的有关现代文学运动、文艺论争的几部专著中也同样受到冷落，很少被谈到。现在看来，徐懋庸这些文章，与鲁迅同声相应，具有不小的史料价值，应该引起我们重视和研究；他在20世纪30年代参加的这场文艺论争，在中国现代文学史上占有相当的地位，发生过积极的影响，现在也应该是给予正确评价的时候了。

其次，徐懋庸深入研究鲁迅的思想、创作，写出了不少质量很高的论文。如《鲁迅的杂文》、《我所受于鲁迅的影响》、《鲁迅的革命道路》、《鲁迅关于革命的战略策略的思想》、《毛泽东思想与鲁迅思想》等篇，都提出了很多真知灼见，并亲切描述了鲁迅给予他的深刻影响，特别是从鲁迅思想研究的高度上，结合鲁迅创作，对照地分析、论证了鲁迅思想及其基本观点；并将鲁迅思想和毛泽东思想作了比较研究，论证了鲁迅在许多问题上的具体意见与毛泽东思想的一致性。他认为，"鲁迅思想的特点，我们可以说，就是马克思列宁主义与中国文化革命的实际之结合。从这里，就产生了鲁迅思想与毛泽东思想的一致性"。他深刻体会到，"只有懂得了毛泽东思想，才能懂得鲁迅的思想，而懂得鲁迅的思想以后，对毛泽东思想的领悟又可能更加深刻"（《毛泽东思想与鲁迅思想》）。他对鲁迅研究做出了重要贡献，开拓了广阔的领域。

徐懋庸对鲁迅的一些作品和鲁迅给他的书信，也作了深刻而精审的解说和注释。鲁迅生前致徐懋庸书信共五十余封。1976年，徐懋庸应北京鲁迅研究室之约，计划在3个月内完成鲁迅给他的全部书信的注释工作。为了早日毕功，他孜孜以求，甚至在垂危的病榻上还在注释鲁迅书简，不幸于1977

年2月7日溘然长逝，仅完成了7封书信的注释⑤。但就在这7封书信的注释中，也提供了他和鲁迅接触的一些情况，展示了他编辑《新语林》半月刊的前前后后，以及20世纪30年代上海出版界一些比较珍秘的轶闻，并提出了当时有争议的关于鲁迅《秋夜有感》一诗的解说。他认为，鲁迅这首诗，主要抒写了由《申报·自由谈》的命运而引起的悲愤。诗中的"六郎"，实际上是影射盛宣怀的孙女婿、有"美男子"之称的唯美派诗人邵洵美。他的解说与近人的诠释均有不同，很有参考价值。至于中华人民共和国成立前后他对鲁迅作品的一些分析解释，或在杂文中举引鲁迅作品说明问题的情况，更是不胜枚举，主要有《释鲁迅〈忽然想到〉》、《释鲁迅杂文〈拿来主义〉》、《释鲁迅散文诗〈希望〉》等⑥。他在《街头文谈·看的能力》一文中，举鲁迅小说《孔乙己》为例，阐释鲁迅的创作思想和意图；在《街头文谈·现实的观察》一文中，举鲁迅小说《风波》第一段"临河的土场上"为例，说明"鲁迅这样的写下去，于是就写出当晚的一场风波，暴露了中国农村中的人物的愚昧，封建思想的根深蒂固，怀旧的情深，对于改革的憎恶"。这些都是鲁迅"从现实的发展的动态上和诸现象的联系上"，观察出"本质的总体的现实"。从徐懋庸这些鞭辟入里的创见卓识中，不难窥见他对鲁迅研究的精湛功力。1943年9月，华北书局还出版了他撰写的鲁迅《〈理水〉注释》。

徐懋庸同志自开始写杂文起，就有意识地学习鲁迅杂文的风格和笔法。他切记鲁迅关于文学艺术要"敏锐地描写社会"的教导，写了不少批判现实、针砭时弊之作。如《苟全性命法》（《三十年代集外拾零》）用反语讽刺国民党顽固派虐杀文人，因而必须讲求陈眉公提出的"上士闭心"的苟全性命之法；《七月十四》（《打杂集》）通过上海报纸记载、在上海庆祝法国民主纪念节狂欢热闹的场面，用对比、对照的手法，嘲讽法兰西在上海的统治者使被统治的中国人"纵情陶醉，得意忘形"；《收复失地的措辞》（《三十年代集外拾零》）借南宋屈膝事金的故实，鞭笞蒋介石媚日乞和，对外采取不抵抗主义。这些杂文都言之有物，一针见血，揭示出了事物的本质，深得鲁迅笔法的三昧，于精悍泼辣中展现了鲜明强烈的现实性和战斗性。

徐懋庸同志有丰富的生活体验，有辩证唯物主义思想观点，加以博极群书，兼擅诗词，有比较深厚的文化素养，因此，他写的杂文，中外古今繁征博采，纵意而谈，得心应手，嬉笑怒骂皆成文章。上自天下国家的大事，下至羊、猫、蛇、狗、月亮、金鱼，无不可以摄入笔底，经他稍加点染，便觉新意秀出，比喻贴切。正如他所说，"杂文如果也有什么艺术性，我认为，仍然出于群众的街谈巷议的特点"，"街谈巷议是无所不谈的，杂文的内容也有多样，所以形式和色泽也不拘一格"（《打杂新集·关于杂文的通信》）。如他的《观绍兴戏有感》（《不惊人集》），通过绍兴戏中五代高行周的借头，进一步讽喻借土地的国家——中国各地的租借地。他说：

> 头是必不可借的，借去就不成其为人；同样，土地也是必不可借的，借去就不成其为国。然而，借头的人竟会有，借土地的国毕竟也有。《三国演义》上的"借荆州"，也许出于小说家的渲染，而中国各地的"租借地"则明明是事实。

结尾数语于冷峭中点出本意，与鲁迅杂文的两两对比、"卒章显志"的笔法十分相似。又如《"商业竞卖"与"名士才情"》（《不惊人集》），以"商业竞卖"、投机取巧作为旧时上海海派文人的特征，以官僚或官僚门下的篾片的所谓"名士才情"作为旧时上海京派文人的特征，对上海文坛中种种投机取巧、附庸风雅的丑剧极尽揶揄捃击之能事，最后针对沈从文的论点指出，上海"商业竞卖"的海派文人与"名士才情"的京派文人，"两者实未尝'结合'，成为一个'海京伯'大马戏班"。寥寥数语，"能近取譬"，妙趣横生。通篇文章的风格笔法，深得鲁迅杂文的精髓。其他如《清代文坛掌故杂录》（《打杂集》）列举了《清朝野史大观》中几个文坛掌故，后加按语，与当时文坛互相比照，用以讽刺国民党统治下文坛的形形色色，随手拈来，都成妙谛。这种援古例今的写法，显然也是受鲁迅笔法的启发和影响。他在中华人民共和国成立前后写的《蛇与Sphinx》、《草巷随笔》（均收入《不惊人集》）和《"花迎"》（《打杂新集》）等抒情小品格调清新，诗意盎然。其中《蛇与Sphinx》和《"花迎"》等篇，笔法风格都具有鲁迅《朝花夕拾》的特色。甚至他根据曹操杀杨修事编成的历史故事《鸡肋》，据他自述，也是"拟鲁迅《故事新编》之法，敷衍成为小说"的。他之刻苦学习鲁迅，于此可见一斑。

这就无怪乎当时林语堂竟至误以"徐懋庸"为鲁迅新用的笔名。林的误会，不是恰好说明徐懋庸杂文的风格和鲁迅十分近似，从某种意义上说，甚至达到了异曲同工的地步吗？

徐懋庸同志主张作小品文，也"必须有和写大作品一样的思想的体系，知识的基础，技术的程度，狮子搏兔，牛刀割鸡，小品文的作法有如是者"；又说作小品文要"从小处落笔，大处着眼"，"小品文虽写苍蝇之微，但那不是孤立的苍蝇，那是存在于宇宙的体系中而和整个体系相联系的苍蝇"（《街头文谈·大处入手》）。这也就是说，要从一些日常的平凡细微的事物中发掘出它们不平凡的意义来。小中见大、从特殊见一般，这些本来也是鲁迅杂文一贯运用的表现手法。徐懋庸就写过一篇谈《苍蝇之灭亡》的杂文《打杂集》。他把苍蝇之所以存在，归结为"一个社会问题"，认为苍蝇的灭亡，自然必待它的"社会的根据"绝灭以后。他激励真正有志彻底扑灭苍蝇的人们，"先当认识根本的扑灭之道"。弦外之音，十分耐人寻味。

徐懋庸同志对杂文的写作，从理论上也发表了不少精辟之见。他认为，写杂文也是"反映真理"，"宣扬真理"，"也必须力求从真理出发"，对真理负责。他强调写杂文首先必须"根据真实的生活"，"说出自己真情实感的话"。作家应当"从生活中发现美学"，而不应当"使生活迁就美学"，"美学的生活是空虚的东西，生活的美学才是真正的艺术"（《街头文谈·美学与生活》）。他给自己的杂文规定的标准是"有点儿生活，有点儿思想，还有点儿艺术，也可以有点儿科学，而且，还应当有点儿自己的风格"（《我的杂文的过去和现在——〈打杂新集〉自序》）。他说："真理，尤其在杂文里，必须通过每个作者的特有的风格而表现出来。"那么，什么是风格呢？他深刻地指出："所谓风格，不仅仅是技巧的问题，'风格就是人'，就是人的思想、品质、个性以及他的知识内容和表现方法的统一。"（《打杂新集·关于杂文的通信》）他是这样说的，也是这样做的。因此，他的杂文有一个鲜明的特点，即作者能从真实的生活中概括出对客观事物的深切理解，发为文章，自然富有一种鲜明充沛的真情实感，做到"文如其人"。他的杂文思想深刻，目光如电，议论风发，剖析透辟，于冷隽中见热情，虽锋利泼辣而不流于尖酸刻薄，展现出独特的艺术风格。当然，事物总是一分为二的。徐懋庸的一些杂文还带有片面性，分析不够冷静、全面。

三

鲁迅对徐懋庸一贯爱护支持，引导他走上了革命文学的道路。鲁迅对徐懋庸的教育和影响是多方面的。从他们1933年11月第一次通信起，鲁迅不止一次地在通信中解答徐懋庸提出的疑难问题（如关于徐译《托尔斯太传》中日本人名问题等）[7]；替他转寄译稿《论心理描写》（苏联·库希诺夫作）给黎烈文[8]；为他开列日文书目，指示他如何读书[9]。特别是1934年徐懋庸主编《新语林》前后，鲁迅对他更是谆谆启导，无限关怀[10]。鲁迅最初不赞成他主编《新语林》，但当他担任主编后，鲁迅却大力支持，不仅自己投登好几篇文稿，还热情地代别人（如徐诗荃、周建人、奥地利女作家莉莉·珂贝等）转寄文稿给《新语林》[11]。1935年，鲁迅还为徐懋庸的《打杂集》写了序言，对他的杂文作了高度的评价，认为其杂文"与现在切贴，而且生动，泼辣，有益，而且也能移人情"（见鲁迅《且介亭杂文二集》）。鲁迅还在通信中称赞徐懋庸翻译的《小鬼》"译的很好，可以流利地看下去"[12]等等。1934年徐懋庸参加"左联"常委会并任宣传部部长后，从该年下半年起直至"左联"解散止，都由他负责与鲁迅直接联系，二人交往频繁。鲁迅与他推心置腹，无话不谈，他对鲁迅也是由衷敬爱，彼此关系融洽无间。在他们交往的两三年内，鲁迅给徐懋庸的书札竟达50余封之多，这就是二人友谊深厚的有力证明。直到"左联"解散引起了鲁迅的不满，鲁迅才和徐懋庸中断了交往[13]。对这个问题，徐懋庸在中华人民共和国成立后曾作过追忆和说明。他说："我自然非常沉痛，但对他（按：指鲁迅）的革命性，他的文章，道德，丝毫也没有怀疑，也无怨怼之心。"（《回忆录》第七章）在"两个口号"的论争中，对于鲁迅《答徐懋庸并关于抗日统一战线问题》的那封信，徐懋庸在中华人民共和国成立后也表示了十分坦率的自我批评态度。他认为，鲁迅信中有些话"是关于当时'国防文学'与'民族革命战争的大众文学'两个口号之争的基本原因，以及当时'左联'内部徐懋庸等小资产阶级知识分子闹无原则纠纷的本质的最恰当的分析",是对于"当时革命文艺界内部许多争论作了系统而正确的总结"。他又说,在这两次问题中,"虽然鲁迅在某些人事情况的估计上,有偏差和误会(那是由于不自由的地下生活的限制所致,他所指出的宗派主义是严重的,但投降主义是不存在的),然而他的政治上的原则性,理论上的正确性,则是永远颠扑不破的"(《鲁迅的革命道路》)。这些话出自肺腑,掷地有声,说得多么真挚感人啊,充分展示了一位革命家光风霁月的坦荡胸怀!

综上所述,可以看出,徐懋庸同志战斗的一生,始终学习鲁迅,对鲁迅的思想和创作理解得很深;而且像他这样,几十年如一日地服膺鲁迅,在他的同时代人中也是罕有其匹的,不愧为鲁迅最好的学生。倘使鲁迅地下有知,亦当捐弃前嫌,含笑把臂,引为知己!

注释:

① 《小鬼》,长篇小说。俄国棱罗古勃作。徐懋庸译。

② 徐懋庸与韩侍桁论辩的文章后收入韩侍桁《参差集》。1935年3月上海良友图书公司出版。

③ 参见鲁迅1933年12月20日致徐懋庸信。

④ 陶亢德,当时任《论语》、《人间世》等刊物的编辑。

⑤ 《鲁迅研究年刊》1979年号发表。见《徐懋庸选集》第三卷《鲁迅研究》。

⑥ 同注⑤。

⑦ 参见鲁迅1933年11月15日、17日、19日致徐懋庸信。

⑧ 参见鲁迅1934年9月25日致黎烈文信。

⑨ 同注③。

⑩ 参见鲁迅1934年5月26日、9月20日致徐懋庸信。

⑪ 参见鲁迅1934年6月21日、7月14日、7月21日致徐懋庸信。

⑫ 参见鲁迅1935年12月3日致徐懋庸信。

⑬ 参见鲁迅1936年5月2日致徐懋庸信。

(原载《鲁迅研究年刊(1984年)》,陕西人民出版社1985年版)

谈谈郭沫若诗歌创作的发展

——为迎接《沫若文集》出版而作

郭沫若是"五四"以来最杰出的抒情诗人和史剧作家。他在文学创作上的成就是多方面的,但无论他的小说、散文和戏剧,都贯串着一种诗的意境、诗的气氛,都是用诗化的语言写出来的。正如他在《诗歌国防》里所说,"小说和戏剧中如没有诗,等于是啤酒和荷兰水走掉了气,等于是没有灵魂的木乃伊"。他正是以诗的创造奠定了自己在中国现代文学史上的崇高地位。他于1892年生于四川乐山之沙湾镇,幼年时代就受着当时"富国强兵"思想的熏陶。1913年,他为了满足这种愿望到日本留学。在留学期间,他开始接触太戈尔、海涅、雪莱、歌德、惠特曼等人的作品并开始和泛神论的思想接近起来。1918年,他入日本九州帝国大学医科学医。据他后来自述,为的是想学点实际的本领来报国济民。五四运动爆发后,郭沫若联合住在日本福冈的学医的同学,共同组织"夏社",进行爱国宣传活动;并开始在上海《时事新报》的"学灯"副刊上投寄一些他在五四运动以前和以后所写的新诗。这是郭沫若凫进文学潮流里面真正的开始。据他自述,在1919和1920年之交,他的诗兴"被煽发到狂潮的地步"①。1921年4月,他与成仿吾由日本返沪,休学半年。他的第一部新诗集《女神》即在同年8月出版。1923年4月,他由日本医科大学毕业回国。据他后来自述,由于那时两耳重听,医道并未学成,只好转学了文学。收集在《女神》里面的全部诗作,都是郭沫若在日本留学期间以及第一次回国途中所写成的。1923年,他出版了第二部诗集《星空》。1923年以后的诗,则收在《瓶》和《前茅》等

---

① 郭沫若:《凫进文艺的新潮》(《文哨》一卷二期)。

诗集里。

《女神》是"五四"以后影响最大的一部新诗集，也可以算是中国现代文学史上第一部真正的新诗集。它从思想内容上，反映出"五四"时期反帝反封建的历史要求和追求自由解放的反抗、创造精神；从艺术形式上，摆脱了一切旧形式的束缚，大胆创造适合于新内容的、丰富多彩的、新的表现形式。他这种冲决一切、不可羁縻的诗风，正是"五四"时代战斗精神在文艺领域中的一种完满体现。

当五四运动爆发时，郭沫若正在日本留学。他虽然没有参加这伟大的爱国运动，但他由于一方面身受帝国主义的政治歧视，一方面又受俄国十月革命胜利的召唤，"对于新社会逐步产生了进一步了解的要求"。因此，他的反帝反封建精神就更深深地植根于爱国主义的土壤中，更能敏锐地感觉到中国人民的苦难，从而加深对旧社会的诅咒和对未来光明的乐观主义的憧憬。他的《女神》中第一篇也是最重要的一首长诗是《凤凰涅槃》。用作者自己的话说，"它是象征着中国的再生，同时也是我自己的再生"①。他以凤凰集木自焚象征旧中国的毁灭，将凤凰更生比作新社会的降临。整个诗篇中充溢着诗人对于这"腥秽如血"的旧社会的诅咒，以及对更生后的宇宙的和谐欢乐的歌唱。

这一时期，诗人对于祖国的眷念情绪达到了白热化的程度。他把祖国比作爱人（如《炉中煤》），把地球称为"母亲"，把思念故国的热情比作燃烧在炉中的黑煤。他站在日本九州的海岸上向着"年青的祖国"、"新生的同胞"、"南方的扬子江"和"北方的黄河"道着亲切的晨安（《晨安》）。他更"愿赤裸着双脚，永远和地球相亲"（《地球，我的母亲！》），甚至羡慕在地上爬行着的蚯蚓。这正明白地宣告了诗人执着现实、热爱祖国的态度。也就是从这一点出发，他在《地球，我的母亲！》里向着那"田地里的农人"和"炭坑里的工人"致以热情的礼赞，把他们比为"全人类的褓姆"和"全人类的普罗美修士"。

---

① 郭沫若：《我的作诗的经过》（《质文》二卷二期）。

当1921年他第一次乘着归国的船驶进黄浦江时，他又惊又喜地喊出了"平和之乡哟！我的父母之邦！"（《黄浦江》）但当他在上海看到满街都是"游闲的尸，淫嚣的肉"，他感到光明的理想在中国的黑暗现实中破灭了。他好像从梦中惊醒一样，愤慨地感到一种"幻灭的悲哀"（《上海印象》）。他的爱国主义思想就是如此简切地贯串在他的早期的诗歌里。

另外一方面，诗人的反抗、创造精神，一开始就是和他的爱国主义思想紧密结合在一起的。如果说爱国主义是贯串在他的全部诗篇里的思想动力，那么，反抗、创造的精神，就可以算是诗人爱国主义思想的一种表现形式了。《女神》里的绝大部分诗作，都表现出诗人对旧社会和旧事物的反抗和否定，歌颂"新生的太阳"才是创造光明的源泉（《太阳礼赞》），反映出诗人内心交织着的那种"不断的毁坏，不断的创造"的革命激情，也可以说明诗人为什么自称是一个"偶像崇拜者"同时又是一个"偶像破坏者"的根本原因（见《我是个偶像崇拜者》）。他在《匪徒颂》中曾经连续地向"一切政治革命的匪徒们"、"一切社会革命的匪徒们"、"一切宗教革命的匪徒们"、"一切文艺革命的匪徒们"三呼万岁；特别是对"鼓动阶级斗争的谬论，饿不死的马克思"、"不能克绍箕裘，甘心附逆的恩格斯"、"亘古的大盗，实行共产主义的列宁"致以热情的赞颂。据诗人后来自述，这首颂歌是为了抗议那时候的日本人诬蔑"五四"后的中国学生为"学匪"而写成的（见《革命春秋》70页），表现出诗人反抗、叛逆的战斗精神。同时，他又以"热泪的结晶"写成了歌颂爱尔兰志士马克司威尼的诗篇——《胜利的死》。对于马克司威尼反抗强暴、壮烈献身的行为，作者不仅仅是把它当作个别的人物来处理和歌颂，而是实际上把它当作一种自由意志和反抗精神的化身。

在《女神》里，还有许多诗篇是诗人对于大自然的创造力量的歌颂。从"梅花"到"太阳"，从"笔立山头"到"地球边上"，在他的笔下都成为整个宇宙的生命的源泉，都成为"自我表现的宇宙的本体"。"用简易的说法，就是一种'本体即神，神即自然'的思想，这个神在他就是自我。"① 所以，

---

① 周扬：《郭沫若和他的女神》。

他"要高赞这开辟鸿荒的大我",他要歌唱"我便是自然,自然便是我",他要爱"三个泛神论者——庄子、斯宾诺莎和印度的加皮尔"。这就是把神融化在自然界之中,承认自然界的创造是一切生命的源泉的一种泛神论思想。而诗人的这个"自我",便以非常突出的形象表现在他的《天狗》、《凤凰涅槃》、《笔立山头展望》以及其他的诗篇里,成为其泛神论思想的一种诗意表现。也就是从这一基本观念出发,在他的《女神》里,洋溢着一种冲决一切网罗的积极反抗的精神和对于美好理想的热情憧憬。但诗人的这个"自我"既不同于资产阶级的个人主义,也不是封建主义的个人威权,而是"五四"时代个性解放和民族解放要求下的产物。它是有着反帝反封建的积极意义的。我们唯有先正确地理解了这一点,才能进一步把握《女神》所表现出来的反抗、创造精神的思想根源。

除了"表现自我"成为郭沫若革命诗歌创作的浪漫主义最突出的特色以外,作者还着重在他的诗歌里歌颂了 20 世纪的科学文明和动的精神。他歌颂轮船上一个个烟筒是"黑色的牡丹",是"近代文明的慈母"(见《笔立山头展望》);他歌颂"日出"和"春之胎动";他歌颂整个自然界的动的精神,把它们比作"力的绘画,力的舞蹈,力的音乐,力的诗歌,力的律吕"(《立在地球边上放号》)。这种力的歌颂,不仅完美地表现了"五四"时代的狂飙突进精神,表现了诗人"不断的毁坏,不断的创造"的积极的力量;同时,诗人也正是通过他的诗歌创作,用综合的艺术表现形式,替我们演奏出一首表现力的绘画、舞蹈、音乐的大型交响乐,使我们从作品中感受到有一种不可抗拒的、震聋发聩的力量,构成诗人创作上的革命浪漫主义这一特色。

作者自己曾经说:"我是一个偏于主观的人,我自己觉得我的想象力实在比我的观察力强。我自幼便嗜好文学,所以我便借文学来以鸣我的存在,在文学之中更借了诗歌的这只芦笛。"(《论国内的评坛及我对于创作上的态度》)他在中华人民共和国成立后出版的《郭沫若选集》"自序"里又说:"由于耳朵有毛病的关系,于听取客观的声音不大方便,便爱驰骋空想而局限在自己的生活里面。因而在文学的活动中,也使我生出了偏向——爱写历史的东西和爱写自己。"这两段话很清楚地为我们说明了两点:一点是尊重主观，表现自我；一点是作者想象力丰富，而诗歌的创作园地，正是最宜于抒发作者主观感受和驰骋天才想象的场所。因此，作者笔下的一些宇宙万物，并非是单纯地作为背景使用的，而是作者抒发强烈的主观感受的对象。例如，诗人在《雪朝》中写道：

> 楼头的檐溜……
>
> 那可不是我全身的血液？
>
> 我全身的血液点滴出律吕的幽音，
>
> 同那海涛相和，松涛相和，雪涛相和。

诗人在《太阳礼赞》一诗中又说：

> 太阳哟！你请把我全部的生命照成道鲜红的血流！
>
> 太阳哟！你请把我全部的诗歌照成些金色的浮沤！
>
> 太阳哟！我心海中的云岛也已笑得来火一样地鲜明了！
>
> 太阳哟！你请永远倾听着，倾听着，我心海中的怒涛！

这些都可以说明作者是以主观的感受去感染外界的事物，把它们人格化，使这些事物深深地浸透了作者本身的思想感情，从而通过饱含着作者的思想感情的事物，来引起读者的强烈反应和共鸣，成为点燃他们智光的火把。这种以主观的感受对待事物的态度，也正是浪漫主义的一种基本精神。

诗人的创作正是从这种革命的浪漫主义精神出发，因此，在表现的形式上，他也企图打破一切新诗、旧诗形式上的铐镣，来写他自己认为"够味的东西"。他所运用的形式和所汲取的题材都是多种多样、不拘一格的。几乎每一篇诗都有独特的形式和艺术形象。诗人在艺术形式方面所受的影响也是多方面的。有些诗是受中国古典诗歌的影响，例如《凤凰涅槃》里面的《凤歌》和《凰歌》就受《楚辞》中《天问》、《招魂》的影响；而他的《春愁》、《别离》和《晴朝》等抒情小诗，就显然带有古风、乐府民歌的格调和词的意境。至于有些诗则受外国诗歌的影响，例如他的《凤凰涅槃》、《天狗》、《晨安》、《立在地球边上放号》、《地球，我的母亲！》和《匪徒颂》等篇中那种雄浑豪放的格调和磅礴的气魄，显然是受惠特曼等人的影响。这一点连作者自己也是承认的①。

在语言方面，也同样表现出作者的革命浪漫主义特色。他的语言色彩华美，充满着奇丽的幻想和联想，并且善于广泛地运用科学、哲学、历史、神话中的词汇以及中国的、外国的、古典的、现代的各种词汇，将他所描绘的事物赋以鲜明突出的形象。用这些被诗人性格化了的艺术形象来反映生活现实，表达出作者奔放不羁的革命激情和内心热烈的爱憎，从而引起读者的共鸣。诗人在创作里，经常使用一些最恰切、新颖的形容词，一些比喻和隐喻的艺术夸张手法，一些叠句和复唱，一些长短参错的诗行，准确地表达出作品的内容和诗人内心情绪的自然消涨，使诗歌节奏旋律上的节拍和诗人思想情感上的节拍达到谐和一致的地步。如果我们读一读《凤凰涅槃》、《天狗》、《晨安》、《日出》诸诗，就可以深深地体会到这一点。

当然，《女神》里面的诗篇，也不是毫无缺点的。例如，诗人过分强调"自我"与大自然合而为一的和谐，而忘记了人与自然的矛盾和斗争；在歌颂大都会物质文明的同时，并没有指出资本主义社会的剥削本质。在语言方面，诗人使用了过多的外国字和外国的典故，这就不能不在一定的程度上影响民族形式和民族风格的形成。有不少歌颂光明的诗篇，不免流于空洞的叫喊。但这些只是白圭之玷，无损于《女神》在思想内容和艺术形式上的伟大成就。《女神》的出现，不仅扩大了革命诗歌的影响，而且，还为"五四"以来新诗的发展奠定了坚实有力的基础，开辟了广阔的道路。

收集在《星空》里面的诗歌，都是郭沫若在第一次回国后又重返日本这段时间写下的作品。（《星空》所收，除第一辑为诗歌外，第二辑包括《孤竹君之二子》等三篇诗剧，第三辑为散文。）收在诗集《瓶》里面的诗，则是作者在1925年五卅运动前写下的一些歌唱爱情的诗篇。其中如《春莺曲》，尤以形式的新颖、设想的奇妙，给读者带来美的陶醉。《星空》里面的诗，有对于自然景物的抒情描写（如《白云》、《新月》诸诗），有对于光明理想幻灭的悲哀（如《苦味之怀》、《黄海中的哀歌》诸诗），也有不少积极进取

---

① 郭沫若：《革命春秋》，第64页。

的战斗诗篇。他首先在《星空》一诗里向着"初升的朝云"再拜,再拜,张着泪眼"仰望着星光祷告","祷告那青春时代再来,祷告那自由时代再来",表现出诗人对于黑暗现实的愤慨和对于未来光明理想的憧憬、追求。在《洪水时代》里,他更热情地歌颂了夏禹治水的刚毅的精神,称他"永远是人类的夸耀",并在诗末感慨"你未来的开拓者哟,如今是第二次的洪水时代了",渴望有像夏禹那样伟大的献身者重现于当日,来挽狂澜于既倒,拯救人类的孑遗。作者在《星空》里所表现出来的这种复杂、矛盾的心情,正如作者在《星空》卷首《献诗》里所说的那样,"是鲜红的血痕,是净朗的泪晶",反映了一个"受了伤的勇士"夹杂着愤怒和痛苦的呼声。这仍然可以使我们感到时代的脉搏在暗暗地跳动。

收在《前茅》里面的诗歌,包括作者1921年到1928年的作品,但其中十之八九都是他在1923年由日本毕业回国后在上海写成的。那时国内正处在第一次国内革命战争时期,黑暗的社会现实决定了诗人思想上的进一步发展。他一方面清算了他从前的一些泛神论和个性发展的思想,马克思、列宁挤掉斯宾诺莎和歌德,占据了他意识的中心(见《革命春秋》174页);一方面在诗歌创作上告别了他过去的"低回的情趣"和"虚无的幻美"(《力的追求者》),而将当时资本主义惨毒的魔宫——上海比作朋友们的囚牢,号召他们"到兵间去,到民间去"(《朋友们怆聚在囚牢里》),以实际的斗争行动,"誓把这万恶的魔宫打坏"(《励失业的友人》)。诗人反抗时代的突进精神和对革命胜利前途的信心更加坚定。他认为,长夜漫漫,黎明已经不远,号召人们"前进,前进,把人们救出苦境,使新的世界诞生"(《前进曲》)。他在这时已经深切地意识到新的世界必然来临。从《前茅》这些诗篇里,可以强烈地感觉到作者这种踏实战斗的声音。诗歌也的确表达了广大人民的共同愿望和要求,成了鼓舞他们胜利进军的号角;同时,也标志着郭沫若在思想上从个性解放的阶梯逐步走上了唯物主义的大道,在创作上从积极的浪漫主义走上了革命的现实主义的道路。(当然,这并不是说积极的浪漫主义和革命的现实主义是互相对立的,也并不是对这两者有所轩轾。)

1924年,郭沫若又东渡日本,通过翻译日本人河上肇的《社会组织与社会革命》来研究马克思主义。据郭氏后来自述,此后他便成为一个马克思主义者了(《郭沫若选集:自序》)。1924年9月,郭沫若由日本回国以后,便参加了1925至1927年的大革命运动,也参加了1927年的"八一"起义。"八一"起义失败后,他在国民党反动当局的通缉下,历尽艰辛,由广东辗转回到上海,倡导革命文学运动。那年冬天,郭沫若在上海又患了一次斑疹伤寒,影响了他预定赴苏联的计划,但由于在国内已无法立足,只好再于1928年2月东赴日本,在日本一住10年。在这期间,他专力从事于中国古代历史和金文、甲骨文方面的研究。一直到"七七"抗战发生,他由日本回国,才又重新恢复了文学创作。

他的诗集《恢复》,就是他1928年在上海大病初愈之后、东渡日本以前这段时间内写成的。那一时期,虽然大革命运动遭遇了挫折,但他绝不沮丧、悲观。他说:"我现在是已经复活了,复活了,复活在这混沌的但有希望的人寰。"(《恢复》)他说他的歌"或许要变换情调,不必常是春天,或许会如象肃杀的秋风吹扫残败"(《述怀》)。于是,他想起了陈涉、吴广,把在工人领导之下的农民暴动比作"我们的救星,改造全世界的力量"(《我想起了陈涉吴广》)。他又假借黄河与扬子江的对话,商量如何打倒帝国主义,挽救中国人民的命运(《黄河与扬子江对话》)。最后,他以坚定的声音号召大家和这些恶魔、猛兽作无情的搏斗,应该"把我们一切的耻辱、因循、怀疑、苦闷……投向那火中,不然,我们是永远不能再生"(《血的幻影》)。从这些诗篇里,可以看出作者对于当时工农大众的革命力量抱以更加殷切的期望,对于革命前途表示出再接再厉、百折不挠的精神。当卢沟桥的炮声震动全国的时候,他毅然抛弃了他的家庭,只身由日本回国,参加抗战工作。他明白地宣告:要用诗歌"鼓动起民族解放的怒潮,吹奏起诛锄汉奸的军号",要"唤醒全民众趋向最后的决斗"(《诗歌国防》)。

他在抗战期间写下的一些热情澎湃的诗篇(包括一些用文言写成的诗词),分别收在他的诗集《战声集》和《蜩螗集》里。《战声集》里的诗是写于抗战前夕和抗战初期的,《蜩螗集》里的诗则大半写于抗战期间和抗战胜利以后。诗集里,有对于民族抗战的歌颂(如《抗战颂》、《民族再生的喜炮》等），有对于日本法西斯暴行的控诉（如《铁的处女》等），也有对于国民党残酷统治的抨击（如《罪恶的金字塔》、《为多灾多难的人民而痛哭》等），更有对革命先烈的沉痛悼念（如《祭陶行知》、《祭李闻》等）。这两部诗集的共同特色是，语言和形式已不像过去的《女神》等诗集那样精雕细镂，而向着平易朴实的创作方向发展。从这里不难看出，作者是如何在抗战现实的磨炼下，从浪漫主义走向现实主义的创作道路，如何逐步挣脱他早期所受的外国诗歌的影响，而更加接近中国作风与中国气派。

中华人民共和国成立后，作者的一些歌颂光明的诗篇都收在《新华颂》里。由于新的现实给作者提供了新的题材，他便用英雄的格调写出了英雄的形象。因此，在这些诗篇里，没有彷徨失望的声音，有的只是海涛般的胜利、和谐的欢唱。诗人感到已经"恢复了这一去不复返的青春"，新的生命十分充实。这不仅标志着作者思想发展和创作发展的进程，同时，也深刻地体现出时代变革的痕印。

1957年5月于四川大学

（原载《草地》1957年第9期）

"八千里路赴云旗"

——读郭沫若同志《归国杂吟》及其他

一

郭沫若同志对中国诗歌有着多方面的精湛的素养，做出了不朽的建树。他的新诗开一代诗风，旧体诗词也功力深厚，卓然成家。他在童年时代即开始学习四声平仄，读中国古典诗歌如《诗经》、唐诗之类。据他说，读唐诗很给了他莫大的兴会。唐诗中，他喜欢王维、孟浩然、李白、柳宗元等诗人（见《我的童年》）。后在成都中学肄业期间，他又在古诗古学里面消磨（见《创造十年》）。这些都为他后来写作旧体诗奠定了坚实的基础。如作于"五四"前后的《即兴》、《别离》（"残月黄金梳"一首）、《春愁》（"是我意凄迷"一首）等抒情小诗，以及诗剧《棠棣之花》中聂嫈与其弟聂政诀别时唱的几首歌，从意境和格调上看，显然都受了乐府民歌和古诗的影响。

"五四"以后到第二次国内革命战争时期，郭老写的旧体诗不多。直到抗日战争爆发，他由日本归国前后，才又执笔写下了一系列光彩夺目的旧体诗，显示了高度的艺术才华。

他的《战声集》初版于1938年，所收系1936年至1937年的诗作，其中有旧体诗《归国杂吟》七首。《蜩螗集》初版于1948年，所收系1939年至1947年的诗作，其中有旧体诗词20余首。《蜩螗集》中的旧体诗词较多，取材丰富，风格也多姿多彩，有咏史的，有题画的，也有赠友之作。书中有祝董必武同志60诞辰的长篇古风《董老行》，也有用毛主席词《沁园春》原韵的感怀时事的长调；有赞颂十月革命30周年的《感怀》，也有讴歌人民解放战争胜利的《书怀》等,真是包孕古今,异彩纷呈。书中有对光明理想的歌颂,也有对黑暗现实的抨击;有即兴抒情,也有写实纪事。在创作方法上,该书体现了革命现实主义与革命浪漫主义的结合。

二

《战声集》中的旧体诗只有《归国杂吟》7首,下面试略加分析。

据郭老自述,《归国杂吟》7首是"归国前后随兴感奋"之作,曾于1937年10月24日亲笔书赠阿英同志。这7首诗首尾联贯,脉络清晰,分开来看,各自独立成篇;合起来看,又是一个有机的整体。它反映出郭老强烈的爱国主义思想感情和献身民族解放事业的战斗风貌。第一首是五言律诗。

廿四传花信,有鸟志乔迁。

缓急劳斟酌,安危费斡旋。

托身期泰岱,翘首望尧天。

此意轻鹰鹗,群雏剧可怜。

据郭老自述,这首诗作于1937年7月他由日本归国前,是赠给横滨友人的。该诗正是他决心摆脱日本警宪的严酷监视,回国参加抗战的思想感情的真实表述。郭老于1937年7月25日,在横滨友人钱瘦铁等的协助下,经过预先周密的安排,由东京经横滨到神户,秘密登船,孑身归国。所谓"廿四传花信",是双关语,活用了"二十四番花信风",暗指二十四日船由横滨出帆的日期[①]。这首诗运用拟人化的手法,以鸟托喻。"乔迁"二字,用《诗经·小雅·伐木》篇描写嘤鸣之鸟"出自幽谷,迁于乔木"的词意,展现了作者决心趁着花信的春风,高飞远举、志在千里的壮志豪情。第三联中的"泰岱"、"尧天",显然是暗指革命圣地延安。用"托身"、"翘首"和一个"期"字、一个"望"字,就生动传神地表现出作者对毛主席、党中央无限向往与爱戴的急切心情。最后两句仍归结到鸟,与开头首尾相应。"轻鹰鹗"表示了对日本法西斯统治的强烈憎恨与蔑视。末一句抒写了诗人对家室儿女的悬念与关怀。全诗寓意深远,真挚动人,是《归国杂吟》组诗的前奏。

第二首步鲁迅著名七律"惯于长夜过春时"原韵的"归国书怀",是郭老于 1937 年 7 月 27 日抵上海前在舟中所作。这首"归国书怀"感情充沛，肝胆照人，与鲁迅原作相媲美，并称绝唱。开头是"又当投笔请缨时，别妇抛雏断藕丝"两句。"投笔请缨"合用班超"投笔从戎"（事见《后汉书·班超传》）和终军请缨出使南越（事见《汉书·终军传》）的故实，表明作者归国抗日的壮志与决心。妙在以"又当"二字领起，就把作者过去参加北伐战争、南昌"八一"起义和当时归国抗战的来龙去脉一下子联贯起来了，突现了作者的壮志豪情不减当年的英雄气概。第二联"去国十年余泪血，登舟三宿见旌旗"对仗工稳，一唱三叹，是传诵一时的名句。这两句运用今昔对比的手法，前者申诉了作者留居日本十年来的苦辛，后者倾吐了作者登舟三宿，临抵上海，重见抗日旌旗的欣慰心情。短短 14 个字，从去国写到归国，寓纪事于抒情，以高度精炼的字句概括了十分丰富的内容。第三联"欣将残骨埋诸夏，哭吐精诚赋此诗"用一个"欣"字、一个"哭"字，就把作者才由异域回归祖国，誓为民族解放战斗到底的愉快、真切的心情，刻画得跃然纸上了。这个"哭"字不是一般的悲伤，而是悲喜交加的喜极而泣，是一掬精诚之泪。末两句"四万万人齐蹈厉，同心同德一戎衣"喊出了作者对全国人民团结抗日的热烈期待。"一戎衣"取《尚书·武成》中"一戎衣天下大定"的语意，借用周武王灭殷纣事，指出只要万众一心，定能歼敌御侮，取得抗日的最后胜利。

郭老这篇著名的七律，与"此来拼得全家哭"一首曾由《光明》半月刊制版发表（见 1937 年 8 月《光明》3 卷 5 期），题作《黄海舟中》，均注明系 7 月 27 日作。郭老在《由日本回来了》一文中回忆说："细细考虑起来，真的登了岸后，这诗恐怕是做不出来的。民四（一九一五）'五七'回国时的幻灭感，在兴奋稍稍镇定了的今天，就像亡魂一样，又在脑际飘荡起来。"他又说："但是，缨呢？如有地方可以请，该不会是以备吊颈用吧？"这段自述充分说明郭老由于对蒋介石的反动本质，在第一次大革命失败后即有了最深刻的认识（见《请看今日之蒋介石》等文），因此，在他归抵上海后，立即察觉了蒋介石消极抗日的无耻伎俩，从而产生了 1915 年为了反对袁世凯和日本签订丧权辱国的"二十一条"而回国时的幻灭感。

第三首为"此来拼得全家哭，今往还将遍地哀。四十六年余一死，鸿毛泰岱早安排。"据郭老自述②，这首七绝也系作于1937年7月27日归国舟中，可以说是前一首诗爱国主义激情的进一步发挥。开头两句起得雄浑而自然，既表露了作者公而忘私的伟大襟怀，又显示出对严酷的现实有着正确的估计。一个"拼"字，活现了作者"破釜沉舟"的决心。后两句结得豪迈而坚定。"鸿毛泰岱"，借用司马迁《报任少卿书》中的"人固有一死，或重于泰山，或轻于鸿毛"，斩钉截铁地抒发了作者公忠报国、死重泰山的昂扬斗志，也是作者战斗一生的豪迈誓言。这首短诗写得豪气纵横，激昂慷慨，从思想上彻底解决了无产阶级的公私观和生死观问题，至今读来仍感生气勃勃，给人以极大的鼓舞。

第四首写于作者返抵上海后，"八·一三"尚未爆发之前，在蒋介石黑暗统治下的所见所闻和所感。"十年退伍一残兵，今日归来入阵营"起得苍劲有力。老将归来，抚今思昔，无限感慨。第二联"北地已闻新鬼哭，南街犹听旧京声"是写所闻。北地战火正浓，伤亡甚众；而南方则笙歌遍地，醉生梦死。这是多么鲜明的对照！诗人忧时愤世，溢于言表。第三联"金台③寂寞思廉颇，故国苍茫走屈平"是写所感。作者用"金台寂寞"、"故国苍茫"形容蒋管区消极抗战的一片衰落景象。他怀古伤今，渴望像战国时屡破齐兵、勇闻诸侯的赵国良将廉颇一样的将领出来抗敌御侮；又想起了战国时主张联齐抗秦，因而遭投降派谗毁而为楚王所放逐，过着流浪生活的屈原（即屈平）。诗作借古喻今，展示了诗人痛心国事，斥责蒋介石消极抗战的愤怒情怀。最后两句"挈眷辇家何处往，蛊蛊④叹尔众编氓"是写所见。作者面对上海市民"挈眷辇家"、四处逃避的忙乱情景，怀着痛惜的心情，语重心长地表达了对日本侵略者的强烈谴责；对蒋介石反动派消极抗日、贻害人民的卑劣行径，作了有力的揭露和鞭笞。这首诗当时曾由郭老友人抄去，发表在1937年8月25日的上海《救亡日报》，题为《有感》。据郭老同年8月30日在上海《救亡日报》发表的《由"有感"说到气节》一文所述，本诗作于8月7号。"那时平津失陷，全面抗战尚未开始，故不免略有'寂寞'之感"这几句话，有助于我们对本诗创作背景的进一步理解。

第五首抒发了作者对蒋介石反动派和敌伪汉奸的无情揭露与辛辣讽刺。据郭老《由"有感"说到气节》一文所述，这首诗是听说江朝宗辈屈身事敌，任伪北平维持会会长一事而作的。"悲歌燕赵已消沉，沦落何须计浅深"两句用倒装的句法，借用韩愈《送董邵南序》"燕赵古称多感慨悲歌之士"的语意，揭明了当时在北方，慷慨悲歌的战斗气氛已趋消沉，国民党军队丧师失地，国土日蹙，一片沦落景象，诗人极度悲愤。"到底可怜陈叔宝，南冠⑤赢得没肝心"两句进一步借古讽今，用陈后主屈身事隋的故实，直刺投降敌伪的江朝宗之流。据唐李延寿《南史·陈本记》载，隋杨广破陈，后主陈叔宝被俘至长安，陈叔宝竟恬不知耻地向隋文帝乞求"得一官号"，隋文帝说"叔宝全无心肝"。诗人在这里正是用历史的真实影射和讽喻现实中的真实，给媚日投降的反动派以有力的打击。"可怜"二字，并非表示对陈叔宝的同情，而是表示对陈叔宝的鄙视与嘲笑；同时，也对当时现实中的投降派表示鄙视与嘲笑。

四、五两首充分表现了郭老敏锐的政治洞察力。

第六首写作者对日本侵略者在上海狂轰滥炸的感受和不怕牺牲的大无畏精神。据郭老在《前线归来》中自述，此诗作于1937年9月作者赴昆山前线访问时。诗后原附跋文："在昆山遇敌机轰炸，于明远帐中午睡片时，醒来见庭前花草淡泊宜人，即兴赋此。""雷霆轰炸后，睡起意谦冲"两句闲闲写来，镇定自若，充分反映出一个伟大的革命家所具有的"泰山崩于前而不惊"的坦荡胸怀。特别是用"意谦冲"接"轰炸后"，两相对照，更显出意境的高妙。二、三两联"庭草摇风绿，墀花映日红。江山无限好，戎马万夫雄"既写景又抒情，寓情于景，情景相生。无限美好的江山，更辉映出一个屹立在戎马丛中、气雄万夫、投身于民族解放事业的无产阶级战士的丰姿。最后以"国运升恒"⑦、"清明在躬"⑧作结，表达了诗人对祖国前途的良好祝愿，对抗战的乐观主义信心。

从内容和取材上看，第七首与第六首互有联系，都既写出了日本侵略者的狂轰滥炸，也写出了作者在腥风血雨中临危不惧的战斗意志。如这首诗"炸裂横空走迅霆，春申江上血风腥"两句，以愤怒的诗笔控诉了日本军国主义者疯狂轰炸的暴行。"青晨我自向天祝，成得炮灰恨始轻"两句，把诗人以身许国、视死如归、同仇敌忾的坚强信念，更深入地烘托、渲染出来了。

郭老毅然归来的爱国壮举轰动一时。蒋介石反动派为了利用郭老，极尽拉拢之"能事"。他们又是在伪《中央日报》上发表郭老归国特讯，并影印郭老照片和诗稿，又是不断举行宴会，蒋介石甚至还在南京约见郭老，借以蛊惑人心。郭老高瞻远瞩，洞察了这一切。他在"八·一三"的漫天烽火中，立即参加并领导了上海文化界抗战救亡的工作，给蒋介石反动派以有力的反击。他不止一次地亲赴前线进行实际调查和访问，不止一次地奔走于上海浦东、闵行等地慰劳士兵，写下了多篇著名的散文通讯，如《由日本回来了》、《到浦东去来》、《前线归来》、《在轰炸中来去》等，真实地反映了他这一时期的战斗生活和思想感情。他于 8 月 24 日创办了上海《救亡日报》，亲任社长，为抗战文化宣传做出了积极的贡献。他写的那些纪实的散文通讯，都可以和他的这些诗作互相发明、补充，并成为这些诗作的最好注脚。同时，这些诗作，又是郭老服务抗战的战斗生活和思想感情的形象化具现，从而把生活的真实和艺术的真实有机地结合起来了。

三

1937 年 11 月上海沦陷后，郭老于 11 月 27 日离开上海，经香港到广州。他到广州，主要是为了让上海《救亡日报》在广州复刊。在郭老和其他革命同志的辛勤筹划下，《救亡日报》于 1938 年元旦在广州复刊了。郭老写了复刊致辞《再建我们的文化堡垒》（后收入《羽书集》）。郭老在广州停留的 40 天乃至到了武汉后，在广州《救亡日报》上发表了不少诗文。其中，如在武昌"广西学生军营"所作的题为《日寇之史的清算》的讲演（载广州《救亡日报》1938 年 2 月 4 日）、《答儿童救国募金队的小朋友们》（复广州市至德小学校函，发自武汉，载广州《救亡日报》1938 年 5 月 22 日），以及旧体诗《弹八百壮士大鼓词书付潜修》（潜修即姚潜修，《救亡日报》工作人员）"枯肠搜索费沉吟，响遏行云弹雨音。词与健儿同壮烈，自拟身亦在枪林"（载广州《救亡日报》1938年5月8日）等等，都是未收入《沫若文集》中的一些篇章。这生动地说明郭老为了抗日文化宣传的战斗堡垒——《救亡日报》苦心经营，付出了辛勤的劳动。

郭老是1938年1月6日由广州动身赴武汉的，在周恩来同志领导下任政治部第三厅厅长，负责抗日宣传工作；同年10月下旬由武汉撤退，辗转来到长沙；11月于长沙大火中脱险，赴衡阳；12月由衡阳赴桂林，旋由桂林到重庆，仍任政治部第三厅厅长。抗战胜利后，郭老又离开重庆赴上海，积极参加反蒋斗争。1947年，蒋介石反动派已处在全国人民的包围中，妄图作困兽之斗，加紧迫害革命人士，白色恐怖笼罩了整个白区。上海党组织立即指派同志护送郭老及茅盾同志离开上海，安全撤退到香港。郭老在1947年11月离沪前夕，又写了七绝《海上看日出》及《再用鲁迅韵书怀》七律一首（后均收入《蜩螗集》）。

《海上看日出》写于解放战争由防御转入进攻的转折一年，解放军主力已深入蒋管区，南线已向长江流域进击。国民党军队望风披靡，解放战争已临近全面胜利。郭老豪情满怀，信心百倍，写下了这首歌颂党、歌颂人民解放战争的诗篇：

倍增黯暗夜将明，旷野飞传赤羽声。
血浣云霞连海岱，宏涛涤荡地天平。

开头两句从黎明前最黑暗的时刻写起，揭示了国民党反动派尽管"倍增黯暗"，仍欲作垂死的挣扎，但解放战争的胜利在握，暗夜即将过去，一轮红日就要喷薄而出。"飞传赤羽声"，暗喻解放战争捷报频传。三、四两句紧扣诗题，分别描绘了"血浣云霞"的日出和"宏涛涤荡"的海上。这首诗虽仅短短四句，但妙在句句运用象征和暗喻的手法，表面上写的是"海上看日出"，实际上却句句借物显情，寓情于景。诗中用"赤羽"、"宏涛"、"血浣云霞"等词语，点染出一幅旭日初升、云蒸霞蔚、水天相接、光芒耀眼的红彤彤的奇景。这些美妙的比喻，是对党中央和解放战争的赞歌，浸透着作者热爱党、坚决拥护新民主主义革命的无产阶级思想感情。全诗气势磅礴，色彩绚丽，匠心独运，妙造自然，显示了独特的艺术表现成就。

《再用鲁迅韵书怀》一首作于1947年11月13日郭老离沪前夕，是继《归国杂吟》"又当投笔请缨时"一诗之后，再用鲁迅原韵写成的又一首咏怀名篇。如果说前一首步鲁迅诗原韵写成的"书怀"，镕铸着作者强烈的爱国主义激情的话，那么，这一首就标志着作者爱国主义思想感情的进一步升华，洋溢着鲜明的阶级分析的思想特色。从思想意境上看，这首诗较前一首诗有了更进一步的发展。让我们先听听诗人是如何歌唱的吧！

　　成仁有志此其时，效死犹欣鬓未丝。
　　五十六年余鲠骨，八千里路赴云旗。
　　讴歌土地翻身日，创造工农革命诗。
　　北极不移先导在，长风浩荡送征衣。

"此其时"三字点明了作者欲"成仁有志"，现在正是效命的大好时机。三、四两句紧承前两句，立足当前，总结过去，远瞩明天，饱含着巨大的感情内容。"五十六年余鲠骨"，又与《归国杂吟》其三"四十六年余一死"遥相呼应。五、六两句，意境更加超迈，闪射着无产阶级革命理想的折光。作者这时已不再笼统地歌唱"四万万人齐蹈厉，同心同德一戎衣"，而是更鲜明地站在无产阶级立场上，满怀阶级深情地"讴歌土地翻身日，创造工农革命诗"，用他的如椽诗笔为工农解放斗争服务。最后两句是抒情，也是纪实。北极，星名，即《论语·为政》中所谓"譬如北辰，居其所，而众星拱之"的"北辰"。"北极"、"先导"，暗指党中央、毛主席对无产阶级革命路线的指引。末一句落实到郭老在党组织的安排、护送下，乘浩荡的长风离沪赴港。

　　综观这9首诗，既有对党中央、毛主席无产阶级革命路线的由衷歌颂，也有对蒋介石反动派消极抗战的尖锐抨击；既展现了作者献身抗战的一片赤诚，也揭露了日本侵略者疯狂轰炸的残暴行径；既有婉转陈词，也有直抒胸臆。诗歌构思新颖，爱憎鲜明，富有强烈的战斗性和现实性。诗歌形象地反映出从抗日战争到解放战争时期民族矛盾和阶级斗争的若干侧面，也真实记录了郭老从日本回国、请缨抗战到进行反蒋斗争、讴歌人民解放战争的胜利这十年来思想感情发展的痕印，为我们提供了研究郭老这一时期思想发展的宝贵资料。其中许多成功的艺术表现的经验，值得我们深入学习和借鉴。

今年6月12日是郭老逝世一周年，谨以这篇短文表示对郭老的深切怀念与敬意。

注释：

①②均见《由日本回来了》，收《沫若文集》第八卷。

③ 黄金台，又称金台。地在今河北易县东南。相传为战国时燕昭王所筑，置千金于台上，延请天下士。

④ 蚩蚩，敦厚的样子。语见《诗经·卫风·氓》："氓之蚩蚩，抱布贸丝。"

⑤ 南冠，原指楚人所戴之冠，后引申为囚徒的代称。语见《左传·成公九年》"晋侯观于军府"节。

⑥ 见《沫若文集》第八卷。

⑦ 升恒，均《周易》卦名，取向上久长之义。《诗经·小雅·天保》："如月之恒，如日之升。"

⑧ 清明在躬，语见《礼记·孔子闲居》。

（原载《郭沫若研究专刊》，《四川大学学报丛刊》1979年第二辑）

高歌吐气作长虹

——论郭沫若抗战时期的旧体诗

郭沫若同志学贯中西，涵今茹古，不仅以新诗在"五四"诗坛上开创新风，而且旧体诗也功力深厚，饮誉当时。特别是抗日战争时期，他以旧体诗作为战斗武器，服务抗战，为民族解放和反独裁统治做出了不可磨灭的贡献。

郭沫若于1937年7月自日本归国、请缨抗战起，至1945年抗日战争胜利止，约写了300余首旧体诗，其中作于重庆期间的约有270余首[①]。这些诗篇取材广泛，意蕴深沉，风格笔法绚烂多彩，从不同的侧面真实记录了时代的眉目、历史的进程，曲折地反映了作者思想演变的轨迹，既显示了这些旧体诗词所发挥的"古为今用"的创作实绩，又标志着作者在诗歌创作发展上又一座新的里程碑。现仅就抗战时期郭沫若在重庆期间写下的旧体诗略加论析，聊贡引玉之砖，兼以纪念抗日战争胜利40周年。

一 "悠悠报国平生志"

读郭沫若抗战时期的旧体诗，最为撼动人心的，首先是他那种"挽戈挥日"、誓扫敌氛的凌云壮志，那种蒿目时艰、针砭现实的忧国忧民的义愤，以及展望明天、"伫看旌旗渡大洋"的抗战必胜的信心。在他的如椽大笔下，无论是感时、咏史、怀古，与革命家及文化界人士的唱和酬赠，对死难烈士的缅怀、悼念，还是咏物、纪游、题画、观剧，字里行间无不闪烁着炽热的

---

① 所举包括《战声集》、《蜩螗集》、《潮汐集·汐集》及《郭沫若旧体诗词系年注释》中录存的未收入《汐集》的旧体诗。

爱国抗日的思想感情，以及与积极浪漫主义相结合的革命现实主义创作特色。这是贯穿于郭沫若抗战时期旧体诗的基本要素，也是我们分析、评价郭老抗战时期旧体诗的审美依据。

郭沫若1938年12月抵重庆后，在周恩来同志的直接领导下主持政治部第三厅及文化工作委员会，开展了一系列卓有成效的反侵略、反投降、反独裁统治的文化工作。这期间，日本军国主义加紧侵略，狂轰滥炸；国民党顽固派消极抗日，积极反共。他们自1939年底至1943年6月，连续发动了三次反共高潮，并于1941年悍然发动"皖南事变"。民族矛盾和阶级矛盾互相交织，日趋激化。郭沫若的旧体诗强烈谴责了日寇的侵略暴行，沉痛地描写了革命人民在战火中的苦难，彻底揭露了国民党政府的腐败无能及其反共阴谋，对党领导的八路军、新四军抗日健儿寄托了热切的希望并表示了由衷的礼赞，为"率土同仇"、团结御侮而大声疾呼。在郭沫若的诗笔下，诸如1939年"五·三"和"五·四"日机对重庆大轰炸（见《汐集·惨目吟》）、"皖南事变"、"九·一八"十周年（见《汐集·"九一八"十周年书感》）、1941年10月长沙大捷（见《汐集·传湘北大捷》）、《新华日报》创刊五周年（见《汐集·祝新华日报五周年》）、为《文化界时局进言》征求签名（见《汐集·访徐悲鸿醉题》）、祭昆明"一二·一"惨案死难诸烈士（见《蜩螗集·祭昆明四烈士》）等一系列政治性事件，无不一一摄入腕底，得到了生动真实的反映。郭沫若的旧体诗彰善瘅恶，褒贬分明，展现了他鲜明的爱憎和强烈的战斗性，从某些侧面显示了八年抗战这一伟大的时代风貌。

在《有感》一诗中，诗人控诉敌人的暴行，抨击国民党政府"萁豆相煎"的反共政策，表达了对"朔郡健儿"的热情赞扬。

比来人怕夕阳殷，月黑仍令梦不闲。
探照横空灯影乱，烧夷遍地弹痕斑。
相煎萁豆何犹急，已化沙虫敢后艰？
朔郡健儿身手好，驱车我欲出潼关。

此诗作于1939年6月19日日机对重庆大轰炸后。首二句用反衬法，极言生活在水深火热中的重庆人民惴惴不安的痛苦心情。颈联两句抒写了作者对国民党政府积极反共政策的愤懑,以及不畏艰险、与敌周旋的决心。"相煎萁豆何犹急"用曹植七步诗意,责问国民党政府:大敌当前,何以急于兄弟相残,而怠于外御其侮?"已化沙虫"用《抱朴子》"周穆王南征,一军尽化,君子为猿为鹤,小人为虫为沙"的故事,借喻战死的士卒或死难的群众。(郭沫若《感怀》诗有云"深怜百姓化虫沙",即以喻百姓。)末两句紧承上句,赞扬党领导的八路军等北方健儿英勇抗敌,自己也想驱车出关,共赴国难。全诗前四句是纪实,后四句是写意,声调铿锵,韵律严整;结语气势磅礴,雄健有力,允称佳作。

郭沫若在"皖南事变"后的当月,写下了《闻新四军事件书愤》二首。第一首写得沉郁痛切,感人肺腑。其中第三句用东汉益州刺史王尊行至邛崃九折坂时叱驭驱车、履险前进的故实,呼吁国民党人公忠体国,共撑危局;第四句借郭太难忘党锢之祸的悲惨教训,掊击国民党顽固派排斥异己、诬害忠良。后四句直抒胸臆,情溢乎辞,望江南而洒泪,痛萁豆之相煎。通篇围绕着呼吁团结抗日、共撑危局立论设喻,充分展现了郭沫若公忠报国的伟大襟怀。

第二首写得激昂慷慨,满腔悲愤。开头两句单刀直入,怒斥国民党顽固派连续制造冤狱。颔联两句化用屈原《离骚》"兰芷变而不芳兮……今直为此萧艾也"等语意,揭露国民党统治下的黑白混淆、人妖颠倒。颈联两句妙在把1927年的国共分裂与今天预兆的分崩离析加以对照、联系,又把"已兆分崩"的当时和"佯言胜利"的今年加以对照、联系,从而痛切地揭示出国民党顽固派如此制造分裂只会自毁长城,其佯言胜利不过是奸佞之徒自欺欺人的谰言罢了。

郭老对"皖南事变",不仅正面赋诗书愤,而且在其他一些诗篇中也连类论及,再三致意。1941年4月作于重庆的《感时四首》其一:"大好河山几劫尘,干戈又渡一年春。……自从铁骑沉冤狱,满望东间斫足人。"①"自从铁骑沉冤狱"即指"皖南事变"。"满望东间斫足人",用《吕氏春秋·贵

---

① 《郭沫若旧体诗词系年注释》中本诗"东间斫足人"注释,疑有误。

直》典（战国时齐湣王灭宋后，欲侵楚及三晋，狐援犯颜谏阻，湣王不听。狐援出而哭国三日，湣王怒，命吏斫狐援足于东闾），意谓在"皖南事变"后的反共高潮中，国民党顽固派大肆杀戮、迫害无数共产党人和爱国志士。"满望"极言为数之多。郭沫若在《叠和亚子先生四首》其二中所云"斫閒仍贱足于薪"，也是极言斫足之人为数之多，甚至足贱于薪。至《感时四首》其二所云"党锢重翻东汉史，长城自坏宋家春"，其三所云"匪缘鸟尽兔烹早，但见鸡鸣狗盗先"，都是从团结抗日的大局出发，痛切地揭露、挞击国民党顽固派监禁、杀戮共产党人和爱国志士，排斥异己，自坏长城，致使鸡鸣狗盗之徒专擅于市朝，党锢之祸重演于今日。诗人忧国忧民之情溢于言表。但是，他"苍茫北望"，正见"大火流天"，坚信人民的意志和武装斗争必将赢得抗战胜利——"谁将民意为炉炭？铁血终当铸太平！"（《感时四首》其四）

诗人在抗战时期特别是"皖南事变"前后，对国民党政府的腐败无能及其独裁统治，有着较前更进一步的本质认识。在一些诗篇中，诗人从历史和现实的高度上作了有力的鞭笞和深刻的总结：

  峰连楚尾并吴头，满目哀鸿泪未收。

  舌底蜜流胸底剑，依然肝胆视如仇。

  ——《和朱总司令韵四首》其一

  权将旧事说从头，北伐当年胄待收。

  十载自屠犹不悔，招来鱼烂快雠仇。

  ——同上诗其二

这两首七绝从现实追溯到历史，用今天对照着过去。第一首用"依然"二字把国民党政府今天的口蜜腹剑、视肝胆如雠仇的种种行径，和过去的倒行逆施联系起来了。第一首从北伐战争时国民党右派、十年内战中国民党政府一意孤行讲起，终致四海鱼烂，招来了日寇入侵。郭老在《抗日书怀》四首中所言"十年国础夕朝摧，早料倭奴卷海来"也是这个意思。诗人抚今思昔，感慨万千；教训昭然，耐人寻绎。

郭沫若坚决主张发动全国民众，奋起御侮，反对妥协投降。他在《抗日书怀》四首中,表达了四亿人民"赴汤蹈火"、"拨乱扶危"、誓死扫荡敌忾的抗战决心;展示了"民为邦本",只有全民抗战方能取得最后胜利的乐观主义信念。诗中洋溢着诗人爱国抗日的一片深情。

与此同时,诗人对中国共产党提出的建立抗日民族统一战线、团结抗日的主张表示衷心拥护。在《和朱总司令韵》四首中,诗人颂扬朱德同志"磊落光明权委曲,但期率土快同仇",称赞朱德领导的八路军英勇抗敌,"健儿八路轻生死,不报私仇报国仇"。

二 "一瓣心香敬国华"

抗战期间,郭沫若在重庆和许多政治家、军事家、文学家、画家均有着亲切的交往。他与朱德、柳亚子、黄炎培、老舍诸人屡有诗歌唱和,并写有《董志行》、《诗寿冯将军六十大庆》、《祝焕章先生六旬大寿》、《奉祝梓年兄大衍之庆》、《寿柳亚子先生》等诗,为董必武、潘梓年、柳亚子、冯玉祥祝嘏。

郭沫若与朱德同志交谊特笃,时有唱酬之作。除前举《和朱总司令韵》四首外,还有《登尔雅台怀人》一诗。这是诗人 1939 年自重庆返乐山故里,登尔雅台怀念朱德同志所作。开头两句点出乐山青衣江畔的尔雅台,并用"依旧"二字点明仍然是诗人 26 年前离乡时那座高耸入云的尔雅台。这两句起得峭拔雄浑,富有气势。第三句写作者对武汉的怀念。战国楚地有西楚、东楚、南楚之分,合称三楚。后多以此泛指今湖南、湖北一带,这里指武汉。第四句是对朱德的赞颂,谓其叱咤风云,勇冠九军。颈联两句,前一句用《易·坤》"上六:龙战于野,其血玄黄"句意,比喻抗日战场上血满山野;后一句用《诗·郑风·风雨》"风雨如晦,鸡鸣不已"句意,形容动乱不安的时势,并表达了对朱德的怀念。"会师鸭绿期何日"是对 1938 年武汉撤退前夕朱德留别郭沫若的赠诗《重逢》中"重逢又别,相见——必期在鸭绿江边"一语的酬答(参见《龙战与鸡鸣》)。结语"翘首嵩高苦忆君"点出怀人题旨。嵩高,即中岳嵩山,在河南登封县北。因当时朱德正在指挥华北抗战,收复中原,故诗语"翘首嵩高"既指代华北地区,又借喻对朱德的

"高山仰止"之情。全诗风格遒劲，节奏极抑扬顿挫之妙，一唱三叹，慨寄无穷，是郭老一首脍炙人口的名篇。

1944年11月，柳亚子自桂林来重庆，郭沫若等于11月11日在天官府设宴为他洗尘。适周恩来同志由延安飞至，也"赶来参与，同饮甚欢"。沈钧儒赋诗追记其事，郭沫若诗以和之。该诗发表时原题《衡老以双十一追忆诗见示，步韵却酬，兼呈亚子先生》，收入《潮汐集》时改题为《双十一》。全诗结构严整，真实地记录了抗战期间民主运动中一次难忘的盛会，具有一定的史诗价值。

郭沫若在重庆主持政治部三厅和文化工作委员会工作期间，团结了大批革命文化界人士，如沈钧儒、黄炎培、柳亚子、陈望道、沈尹默、潘梓年、田汉、谢冰心、老舍、徐悲鸿、张瑞芳、白杨、关良、傅抱石、关山月、李可染诸同志，在思想文化战线上共同向日本军国主义及国民党独裁统治进行斗争。郭沫若或与他们诗酒往返，或为他们赋诗题画，交谊甚笃。1941年7月《和老舍原韵并赠三首》中的一、二首云：

　　江边微石剧堪怜，受尽磋磨不计年。
　　凝静无心随浊浪，飘浮底事问行船？
　　内充真体圆融甚，外发英华色泽鲜。
　　出水便嫌遗润朗，方知笼竹实宜烟。

这首诗通篇用比兴手法描写江边小石受尽磋磨，凝静圆融，英华外发，形成了永不随波逐流、与世浮沉的品格。全诗表面上写江边小石，实际上句句都是对老舍坚贞性格和高尚情怀的称颂。诗人托物咏人，缘物寄情，情因物显，言在此而意在彼。在郭沫若抗战时期的旧体诗中，像这样通篇用比兴手法描绘人物形象、抒写情怀之作，还是比较罕见的。

　　蜀道诗人多自东，君今随国入渝中。
　　草堂不独传臣甫，玄阁徒危憾尔雄。
　　奇语惊人拼万死，高歌吐气作长虹。
　　文章自有千秋在，明月山间江上风。

如果说第一首是以物喻人，歌颂了老舍品格的坚贞，那么，第二首则以古拟今,将今比古,称赞老舍才华横溢,其文学事业千古不朽。颔联的第三句用杜甫草堂作为正面衬托,紧承首两句诗意;第四句承前一转,用西汉蜀人扬雄(著有《太玄》)校书天禄阁,因事株连,投阁自杀而几死的故实作为反衬,抒发了无穷的感慨。后四句一气呵成,对老舍的文学事业作了十分允当而崇高的评价。

1944年4月,郭沫若还写有《赠舒舍予》五古一首,对老舍肝胆照人、不追逐名利、以国家至上为行动依归的美德懿行,对其广采民间歌谣、博通域外学说以及振聋发聩、饱含幽默的文笔,给予了热情的礼赞。郭沫若这几首旧体诗,是较早用诗歌体对老舍的德业文章作出品评的力作,对我们今天研究老舍仍具有重要的参考价值。

1941年11月16日为郭沫若五十诞辰,在周恩来同志的倡议下,重庆、延安、桂林、香港、新加坡等地文化界人士分别集会庆祝。当时寓居香港的柳亚子,参加了香港文化界庆祝郭沫若五十寿辰及创作生活二十五周年纪念活动,寄诗为祝并索和。郭沫若于1941年11月24日写成《用原韵却酬柳亚子》一诗,最初发表于1941年12月2日重庆《新华日报》,发表时标题为《柳郭唱和诗二首》。郭沫若诗前有小序,云:"五十初度,蒙陪都、延安、桂林、香港、星岛各地文化界友人召开茶会纪念,亚子先生寓港并为诗以张其事,敬步原韵奉和,兼谢各方诸友好。"诗云:

> 千百宾朋笑语哗,柳州为我笔生花。
>
> 诗魂诗骨皆如玉,天北天南共饮茶。
>
> 金石何缘能寿世?文章自恨未成家。
>
> 只余耿耿精诚在,一瓣心香敬国华[①]。

首两句描述千百宾朋为郭老集会祝寿,笑语喧哗;并以唐诗人柳柳州(宗元)比拟柳亚子,称赞他以生花妙笔赠诗祝寿。第三句紧承上句,称誉柳亚子诗的神韵、风格温润如玉。郭老素喜柳亚子诗,盛赞他的诗"于严整的规律中寓以纵横的才气,海内殆鲜敌手",并誉为"今之屈原"。末句"一

---

① 《郭沫若旧体诗词系年注释》以郭老此诗系依柳亚子《苍梧》诗原韵酬答之作,疑有误。

瓣心香敬国华"中的"国华"不仅是对柳亚子的赞美,更是对各方诸友的誉扬和答谢。就现存的郭诗而言,答谢友人祝寿之作,除《奉酬畏垒(即陈布雷)先生步原韵》七绝四首外,本诗应是仅存的具有特殊意义的一首。

三 "春兰秋菊唱年年"

郭沫若对屈原思想、性格及其作品有深刻、透辟的理解。早在抗日战争前流寓日本时,他就写了不少研究屈原及其作品的文章,结集为《屈原》一书。抗战期间,郭沫若又在重庆继续写作了不少研究屈原的文章和讲演。1941年"皖南事变"后,面对国统区"黑云压城"的政治形势,他除了写作大量诗文进行揭露掊击外,更以惊人的魄力、横溢的才华,写成了五幕史剧《屈原》,"把这时代的愤怒复活在屈原的时代里"。通过对屈原反贪佞、反强暴、反投降的爱国主义理想及其遭受迫害的描写,郭沫若有力地抨击了国民党顽固派的种种倒行逆施,大大鼓舞了革命人民反侵略、反独裁统治的战斗意志,进一步推动了国统区爱国民主运动的开展。经过尖锐曲折的斗争,他终于"在戏剧舞台上打开一个缺口"。1942年4月3日,史剧《屈原》由中华剧艺社在重庆国泰戏院首次公演。演出时,万人空巷,观者如潮,轰动了整个山城。在《屈原》的演出中,郭沫若应演员之嘱,各赠一诗为念。这些诗最初以《十四绝赠演员诸友》为题,发表于1942年4月27日重庆《新蜀报·七天文艺》第59期;收入《潮汐集》时增加了两首,共计16首。

这16首赠诗别具一格,各尽其妙。有的诗对演员精湛的表演艺术进行了赞扬和鼓励,如赠金山、赠张瑞芳、赠白杨二首(其二)等。其中,《赠金山饰屈原》一首称赞金山在舞台上"叱咤风雷"、"被发行吟",表演精彩,"浑似三闾转世来";《赠张瑞芳饰婵娟》一首,从张瑞芳栩栩传神地塑造婵娟形象上,赞扬她"赢得万千儿女泪"的艺术效果。有的诗表述了作者对历史人物的实事求是的评价,如《赠顾而已饰楚王》、《赠苏绘饰张仪》等。有的诗结合现实斗争,针砭时弊,或借古讽今,或借题发挥,如《赠丁然饰公子子兰》、《赠卢业高饰令尹子椒》等。其中,《赠丁然饰公子子兰者》一首,开头即阐明子兰跛足并无历史依据,完全是为了丑化子兰形象而作的艺术虚构。《孙坚白饰宋玉》一首云:"宋玉悲秋情调哀,人生一憾是多才。奈何风色分王庶?长恶谀辞自此开。"首两句说明宋玉《九辩》悲秋,情调忧伤;一生为多才所累,终于倒向南后一边,成为一个没有骨气的文人。后两句用宋玉《风赋》中楚王问风语,表达了作者对宋玉开创向国王奉献谀辞之先例的憎恶。

综观郭沫若这16首七绝赠诗,妙思纷披,别开生面。诗作把诗人的审美主体感受与审美对象、舞台表演有机地结合起来,加以表现,既是我们深入理解史剧《屈原》最珍贵的第一手形象化资料,更是借古讽今、抨击国统区黑暗现实的锋利的投枪和匕首。而且,从收入《潮汐集·汐集》时这一组诗的排列次序看,首尾严整,饶有深意。这组赠诗以《金山饰屈原》始,以《周峰饰仆夫》(同时饰卫士)终。最末一首恰与史剧《屈原》的结尾互相照应,并以"护得诗人天北去"隐喻光明的北方。这些赠诗充分展示了诗人的革命理想主义精神,富有积极的浪漫主义的艺术光彩。

除了《赠〈屈原〉表演者十六首》外,郭沫若还写了多首有关史剧《屈原》的唱和诗。在这些诗篇中,几乎每首都化用了《楚辞》的词语或有关屈原生平的故实,借以抒发愤懑,寄寓忧国忧民之思。

我们再看《次韵赋答真如二首》:

> 卜居无计问苍天,树蕙滋兰为美荃。
> 一命纵教逾九死,寸心终古月娟娟①。
>
> 文章百代日经天,誓把忠贞取次传。
> 一曲礼魂新谱出,春兰秋菊唱年年。

这两首七绝是赠答陈铭枢(字真如)的《观沫若所编〈屈原〉剧感赋》而作。第一首歌颂屈原忠贞爱国、九死不悔的精神终古常新。每句都由《楚辞》中语组成。起句巧妙地把屈原向郑詹尹卜居无计,和屈原《天问》呵斥

---

① 《郭沫若历史剧〈屈原〉诗话》作"月婵娟",并解为"即剧本中的婵娟",认为郭沫若"这两首诗高度概括了婵娟这个形象的性格特点",疑有误。依据诗意,无论作"婵娟"或"娟娟",均应作形容词和而非人名。

苍天联系起来，从而暗示屈原坚贞不渝、上下求索、绝不与恶势力妥协的精神。第二句用《离骚》语，以树蕙滋兰比喻屈原培育贤才。末两句用《离骚》"亦余心之所善兮，虽九死其犹未悔"语意，颂扬屈原为国献身，耿耿此心辉映千古。"娟娟"，美好貌。"月娟娟"，形容明月清辉永照丹心。

第二首称赞屈原的文章、事业馨香百代，如日月经天。郭沫若希望自己的剧本能将屈原的忠贞事迹依次传出，永远为世人所歌颂。"礼魂"，这里指代史剧《屈原》。末句妙在化用《礼魂》中语，并与前句"礼魂"紧相衔接，用以表示禋祀屈原之意。其承接自然浑成、天衣无缝，有水到渠成之妙。如果说《三和黄任老观〈屈原〉演出后》一诗以风格豪迈沉雄见长，那么，《次韵赋答真如二首》则以清新隽美、余韵悠然取胜。两诗风格不同，互相辉映，各擅其胜。

四　"画在诗中诗画中"

郭沫若1939年至1945年作于重庆期间的270余首旧体诗中，题画诗达70首左右，约占他重庆期间所作旧体诗总数的四分之一强。这些题画诗不仅数量惊人，而且写得情景交融、生趣盎然，展示了独特的艺术成就。

郭沫若平素不擅作画，但精通画理。苏轼《东坡题跋·书摩诘〈蓝关烟雨图〉》称赞王维道："味摩诘之诗，诗中有画；观摩诘之画，画中有诗。"郭沫若的一些题画诗也往往融画入诗，借画抒怀，富有哲理意蕴和深远的寄托，使诗情画意水乳交融，彼此映照，浑然一体，相得益彰。正如他在《题风景画二首》中所描绘的，"云烟凝处诗中画，流水无声画里诗"。郭沫若的一些题画诗也正是"诗中画，画里诗"。他在为画家傅抱石题画而作的《题画记》中说："辞要好，字要好，款式要好，要和画的内容、形式、风格恰相配称，使题辞成为画的一个有机的部分，这实在不是容易的事。"这既是郭沫若创作实践的甘苦之谈，也是他的题画诗实际达到的新境界。例如《题傅抱石薰风曲图》一诗云：

阮咸拨罢意低迷，独坐瑶阶有所思。
一曲薰风无处寄，芭蕉叶绿上蛾眉。

短短四句,写得含蓄委婉,其中之人呼之欲出,神韵直追唐人。阮咸,乐器名,古琵琶之一种。相传西晋阮咸善弹此乐器,故以为名。又如《题风景画二首》其一:

> 杨柳青青古渡头,烟波淡淡漾轻舟。
> 闲来袖手无心坐,转觉平添一段愁。

全诗 28 个字,描绘出垂杨古渡、江上轻舟的画境和景中人的满怀愁绪,写得清新隽永、富有情致。

郭沫若的审美意识、审美感受和审美情趣,不仅展示在他的一些文艺理论著作中,也曲折地映现于他的一些题画诗中。他主张画道应该革新,反对株守古人窠臼,特别批评了当时山水画中那种脱离现实,"虽林壑水石与今世无殊,而亭阁楼台衣冠杖履必准古制"的画风。他在题《松崖山市》图小序及《题关山月画》跋中盛赞国画家赵望云与关山月合作的松崖山市图,赞其"力图突破旧式画材之藩篱,而侧重近代民情风俗之描绘"。他还特别称许关山月"有志于画道革新,侧重画材,酌挹民间生活,而一以写生之法出之","力破陋习,成绩斐然"。他在《题关山月画》之五、六中云:

> 生面无须再别开,但从生处取将来。
> 石涛河壑^①何蓝木,触目人生是画材。
> 画道革新当破雅,民间形式贵求真。
> 境非真处即为幻,俗到家时自入神。

郭沫若主张国画(包括山水画)贵在从现实生活中汲取素材,表现人生,提出以"破雅"、"求真"作为革新国画内容和形式的鹄的,特别强调描绘近代民情风俗之可贵。这充分展示了郭沫若的现实主义美学理想和审美追求,也是他抗战期间"以人民为本位"的文艺观的曲折映现。

在《题李可染画》中,郭沫若标举"清新"二字,以其为吟诗作画的美学追求,并提出"有品"、"无私"才是构成诗画含韵、传神之美的内在动

---

① 石涛,即朱若极,清初画家,别号苦瓜和尚、大涤子等。擅画山水,主张"笔墨当随时代",一反当时仿古之风。河壑,指山水画。

力。也就是说，要达到出神入化的艺术美，诗人首先应讲求人格美、心灵美，从而把审美主体与审美客体有机地统一起来，揭示出深刻的艺术辩证法思想。他还提出作画应"师法自然"、"兼融新旧"、自创奇格，推崇"忘我"的境界为"美中极致"，认为诗、画之美在于不落言筌、"得意而忘言"，这样才能达到真善美统一的最高的美学境界。郭沫若在这些题画诗中所表达的美学思想和审美追求，尽管只是片义只辞，但"尝鼎一脔"，我们仍可从中体会出精妙独到的艺术见解。

五　"凭将妙手著成春"

抗战时期，郭沫若在重庆期间不仅写出了大量感时、纪事、题画、谈剧及与友人赠答唱和的旧体诗篇，还创作了许多咏史、怀古、纪游、咏物及怀念亲旧的抒情之作。咏史、怀古的如《钓鱼城怀古》、《咏史》等；纪游的如《晨浴北碚温泉》、《黄山探梅四首》等；咏物的如《奔涛》、《咏水仙》等；怀念亲旧的如《题先兄橙坞先生诗文手稿》等。这些题材不同、风格各异的诗篇，有的借古抒怀，沉郁顿挫（如《钓鱼城怀古》）；有的清新俊逸，情景相生（如《晨浴北碚温泉》、《黄山探梅四首》）；有的气象雄伟（如《奔涛》）；有的情真意挚（如《题先兄橙坞先生诗文手稿》）。在诗人妙手点染下，这些诗作无不各具风采，蔚为大观。

咏物诗贵在要有寄托，咏物而不黏滞于物。所谓托物言志、因物寄兴，是我国自《诗》二百篇以来的诗歌传统。郭沫若的一些咏物诗如《奔涛》、《咏山水》等，大都不是为咏物而咏物，而是借物抒怀，寄托深远，把主体感受融汇于审美对象之中，力求浑然一体。如《奔涛》：

> 含怒奔涛卷地来，排山撼岳走惊雷。
> 大鹏击海抟风起，万马腾空逐浪推。
> 载覆民情同此慨，兴衰国运思雄才。
> 为鱼在昔微神禹，既倒终当要挽回。

全诗八句，妙在句句切合奔腾的波涛，气势恢宏，形象生动，使人们恍如目睹"卷地"、"腾空"的怒涛，耳闻涛声的"排山撼岳"。第三句用《庄子·逍遥游》语，从侧面描写奔腾的波涛，形容大鹏凭风飞起，搏击海水。前四句全写奔涛，用"排山撼岳"、"击海"、"腾空"写尽了飞动的奔涛。后四句由奔涛联想到"民情"、"国运"，抒发了深沉的感慨。颈联两句用《荀子·王制》"君者舟也，庶人者水也。水则载舟，水则覆舟"语，比喻人民的力量可以左右政权的存亡兴败，任用雄才方是国运兴衰的关键。第七句用《左传·昭公元年》"美哉，禹功！微禹，吾其鱼乎"语，意谓过去如无大禹治水，人皆将成为鱼。由此足征雄才之可贵，而并不是说"人们被水淹死是由于从前没有治水的大禹"。末句总结全诗，坚信尊重民情，任用雄才，终当挽狂澜于既倒。后四句虽是抒发感慨，妙在立意、遣辞、用典仍处处围绕着鱼水狂澜，与前四句协调一致，前后自成映照，构思之精妙令人叹服。

《黄山探梅四首》是一组亦纪游、亦咏物的诗篇。黄山，位于重庆市郊嘉陵江畔。作者以清新优美之笔描绘"绿嫩红肥"的寒梅在春寒料峭中艳妆独立的风姿，一片生机勃勃的早春景象跃然纸上。我们且举第一、第四首：

闻说寒梅已半开，南山有鸟唤春回。
嘉陵江上春风早，绿嫩红肥映碧苔。

料峭春寒压艳妆，轻风飘拂柳丝黄。
谁教黄犬传消息，唤出青鬟一倚墙。

前一首点明了时间、地点，即早春时候的嘉陵江畔的黄山，摹写了浓艳的红梅和碧绿的苔痕相映成趣的景色。后一首既咏物也写人，不仅写出了不怕春寒欺压的红梅，还用泛黄的柳丝、倚墙的青鬟作为烘托，交相映衬之下，点染出一幅春意盎然、五彩斑斓的图画。

综上所述，可以看出，郭沫若抗战时期的旧体诗兼工各体，多而且精，其中尤以近体律绝擅场，而七律、七绝更是写得当行出色。他的近体律绝含咀风骚，出入唐宋，渊源所自，不主一家，但在思想、艺术上，似更多得力于屈原与杜甫，既严守规律，又挥洒自如；在创作方法上，既写有大量"为时而著"、"为事而作"的革命现实主义优秀篇章，也写有不少驰骋想象、运用象征比喻、抒情寄兴、富于积极浪漫主义精神的佳作。其诗隶事用典，自然贴切，灵活多变，别具匠心，往往将发议论、讲道理不着痕迹地融化于隶事用典之中（如《钓鱼城怀古》等诗）。这些都标志着诗人抗战期间的旧体诗，不仅在题材内容上，较之早期和抗战前的旧体诗更富有战斗的时代特色和现实意义，而且在艺术锤炼上，也更为精湛圆熟、无懈可击。

郭沫若在《蜩螗集·序》中说："这些诗可以和《沸羹集》、《天地玄黄》参看，作为诗并没有什么价值，权且作为不完整的时代记录而已。"这些话，既是对《蜩螗集》中新旧体诗创作特色的真实概括，同样也可作为郭沫若抗战时期旧体诗的时代性、现实性、战斗性的自我说明。实际上，在《沸羹集》、《天地玄黄》乃至《羽书集》、《今昔集》中，正有不少杂文可与他抗战时期的旧体诗互相印证参看，从而获得许多有益的启示。如《沸羹集·诗讯》是我们理解和剖析《汐集·和亚子》三首的第一手资料[①]；《沸羹集·人做诗与诗做人》阐明了《大明英烈见传奇》一诗的成诗经过；《天地玄黄·鲁迅和我们同在》中，郭沫若对《又当投笔请缨时》一诗的说明，可与《归国杂吟》相互参证；而《天地玄黄·民主运动二三事》中有关郭沫若酬答沈钧儒《双十一》一诗的原委经过，则是沈郭唱和诗的最好注脚。从某种意义上说，郭沫若抗战时期的杂文，正是用无韵之笔从不同侧面描摹了八年抗战的时代画卷；而抗战时期的旧体诗，则是用有韵之文从不同侧面反映了抗战洪流中某些生活的真实。二者体裁有异，旨趣同归。如果把郭沫若抗战期间的旧体诗和鲁迅的旧体诗加以对照比较，再互相联系起来看，他们正是在某些方面，分别谱写了自辛亥革命前后直至抗战胜利的时代交响曲。在当时国内旧体诗坛上，他们承前启后，有力地促进了旧体诗歌的进一步发展，不愧为两座巍然屹立的丰碑。

（原载中国郭沫若研究会编《郭沫若研究》第四辑，文化艺术出版社1988年版）

---

① 《郭沫若旧体诗词系年注释》以郭沫若《和亚子》三首系步柳亚子《叠韵和沫若、寿昌三首》原韵写成。据《诗讯》一文考之，恐非是。

论郭沫若抗战时期的杂文

郭沫若同志在抗战前后写了大量的杂文。这些杂文题材广泛，形式多样，寓形象于说理，体现了革命内容和独特风格比较完美的结合，不仅深刻展示了"时代的眉目"，而且也反映了郭老战斗的历程和思想发展的痕印。但是，中华人民共和国成立后出版的几部中国现代文学史和一些有关郭老的专门论著中，对此或则存而不论，或则语焉不详，都未予以充分的论述和足够的重视，几乎形成了一块空白。现仅就郭老在八年抗战中写下的杂文作些初步探索。

一、在民族解放斗争的洪流中

郭沫若同志抗战时期写的杂文，除未收入《沫若文集》中的一些佚作外，基本上都包括在《羽书集》、《蒲剑集》、《今昔集》、《沸羹集》中。抗战胜利后至1947年所写的部分文章则收入《天地玄黄》。郭老生前亲手编定的这几部抗战时期的杂文集，内容丰富，多姿多彩，而且重点突出，各有中心。《羽书集》所收杂文，大都紧密结合抗战现实，进行抗战文化宣传，揭露日本军国主义者的狂暴和汪伪的卑劣，争取国际支援，批判失败主义和种种消极悲观的谬论，讴歌民族复兴，充分展示了郭老抗战到底的爱国主义激情和革命乐观主义精神。我们都知道，"七七"抗战爆发后，郭老即于七月二十五日别妇抛雏，孑身归国，请缨抗战，从此为抗战文化宣传做出了重大的贡献。郭老在上海、广州、武汉、重庆期间，写了不少分析抗战形势、宣传抗战、鼓舞人心的好文章。长篇如长江大河，一泻千里；短篇如幽涧小溪，曲折有致。而且，他善于发挥优势，在文章中把他精通的医学知识和熟谙的日本历史文化、政情掌故、社会风习等充分加以运用。因之，读他抗战时期的杂文，使人感到议论风发、感情炽烈、高瞻远瞩、气象万千。文章结构于汪洋恣肆中见层次，把文艺与宣传巧妙地结合起来，收到了发聩振聋、激励斗志的效果。

例如，他在《"侵略日本"的两种姿态》一文中，并不直说日本侵略者如何狂暴残酷，而是很形象地用"艺伎姿态"和"武士姿态"来比喻日本侵略者用暴力与欺骗相结合的伎俩"裔制"中国人民，并举引《聊斋志异》中《画皮》的一段异闻，说明"艺伎姿态"不外是"武士姿态"的美人画皮。"事实上，这两种姿态，其实只是一种"，"而艺伎之可怕实胜于武士"。接着，他又用"艺伎"与"武士"之争，揭示自"九·一八"以来一直到淞沪抗战，日本国内对华侵略政策上的内部摩擦和他们交替使用的"艺伎"与"武士"姿态的两手，并且联系当时的现实指出，日本军部已领悟到画皮作用更有实效，"和平的声浪在上海的一隅，就像艺伎所弹的三味弦一样，又在村村香地幽咽了起来"。这是多么生动形象的讽喻啊！通篇全用比喻和象征手法说明道理，是孔孟提出的"王道霸道"的形象化，不仅从本质上撕破了日本军国主义者和平诱降的画皮，而且也向"中国人中蒙着画皮的它的同类"敲起了警钟。

在揭穿日本军国主义者种种假面具的同时，郭老还写了一系列如《忠告日本政治家》、《日本的过去，现在，未来》、《日寇残酷心理的解剖》（均见《羽书集》）以及《日寇之史的清算》（系在武昌"广西学生军营"所作的讲演，发表在1938年2月4日广州《救亡日报》，《沫若文集》未收）等带有总结性的煌煌大文，配合国际宣传，从历史的角度揭露日本国内统治阶级内部的种种矛盾及其妄图"速战速决"的残暴心理，有力地阐明了持久抗战必能取得最后胜利、日本侵略者将来终归会覆败这一颠扑不破的真理。

另一方面，郭老还写了不少揭露、打击汉奸卖国贼的杂文，如《由"有感"说到气节》、《不要怕死》、《争取最后五分钟——对于失败主义的批判》、《汪精卫进了坟墓》、《龙战与鸡鸣》等（均见《羽书集》）。《不要怕死》用排比对照的手法，对大小汉奸作了十分生动形象而辛辣的分析。开头几句"汉奸有大有小，成因多少有点不同，因而对付的方法也就不免有点悬异"，是全篇立论的一个纲。下面分别对大小汉奸作了对照比较，着重对大汉奸的成因及其对付的方法作了深刻的分析。他认为，大汉奸的成因"有些是积渐使然，有些是出于不得已"，"积渐使然者，例如男女关系之由恋爱而和奸"，"出于不得已者有点类似男女关系的强奸"。而国家当前的最高政策，"例如和战不决，或如'一面抵抗，一面交涉'，这就是所谓'半推半就'，那是很有危险性的"，因为这可以促使"聪明人生出一种侥幸心，以为万一国家主和，那他便有余地。于是乎一夕和亲便千秋沦落矣"。最后点明题旨，强调指出，要免除危险最好是凛烈自己的气节，要不受利诱，不受威胁，临到最后关头争这一口气，不要怕死。短短千字左右的文章，说得鞭辟入里、层次分明，寄沉痛于嬉笑怒骂，于严肃中见辛辣，具见郭老笔法的高妙。

《争取最后五分钟》、《汪精卫进了坟墓》、《龙战与鸡鸣》三篇自成一组，均系怒斥汪精卫傀儡登场，是对汪派一伙向日本屈膝投降的失败主义谬论的批判。后两篇写得十分深切动人。《龙战与鸡鸣》还是郭老的名作，富有强烈的抒情色彩。开头闲闲引入，由汪精卫的一首七律"忧患重重到枕边，星光灯影照无眠。梦回龙战玄黄地，坐晓鸡鸣风雨天"谈起，然后引入郭老1938年3月间在乐山写的《登尔雅台怀人》七律二首。这首诗是他怀念朱德同志，并回赠朱总在1938年武汉撤退前夕留别郭老的赠诗《重逢》而作。诗中第三联"龙战玄黄泓野血，鸡鸣风雨际天闻"，前句是说抗战；后句用《诗经》"风雨如晦，鸡鸣不已"句意，感怀时事并表达对朱德同志的怀念。末联中"会师鸭绿期何日"一语，是对朱总赠诗"重逢又别。相见——必期在鸭绿江边"一句的酬答。将气魄雄浑的朱总赠诗与汪精卫的近作互相对照，彰善瘅恶，褒贬分明。最后，以窗外突然传来了小孩子合唱《义勇军进行曲》的歌声，楼头望见有十来个小孩子在作行军的游戏悠然作结。弦外之音启人深思，耐人寻味。

1938年1月郭老由广州抵武汉后，4月1日在中共长江局和周恩来同志的直接领导下，出任军委会政治部第三厅厅长，主管抗战文化宣传工作。1938年1月18日写于武汉的《抗战与文化问题》、2月15日作于长沙的

《对于文化人的希望》①、11月5日写于长沙的《文化人当前的急务》以及1940年7月7日写于重庆的《三年来的文化战》诸文，都比较集中地论述了抗战文化中几个带有倾向性的共同问题。例如《抗战与文化问题》即运用医学上的理论来阐述，最后概括了五点要旨，认为"在抗战期中，一切文化活动都应该集中于抗战有益这一个焦点；抗战必须动员大众，因而一切文化活动必须充分地大众化；在使大众与文化活动迅速并普遍的接近上，当要求言论、出版、集会、结社的彻底自由；抗敌理论不厌其单纯，并不嫌其重述。应该要多样地表现它，并多量地发挥它；对于抗战理论嫌其单纯，嫌其重复的那种'反差不多'论调，或故作高深的理论以'渡越流俗'的那些文化人，事实上是犯了资敌的嫌疑"。这几点意见，可以看作郭老抗战期间对于抗战文化问题的纲领性主张。其他几篇谈论抗战文化的文章，大多是围绕着这几点意见进一步加以阐明的。如他在为庆祝"中华全国文艺界抗敌协会"成立而写的《文艺与宣传》②中强调指出"文艺的本质就是宣传"，并对提倡幽默小品文和"反差不多"运动的人如林语堂、梁实秋等提出了批评。他一针见血地指出，这些人"大率就是反对文艺之宣传性的人。其实所谓幽默小品与'反差不多'运动本身，又何尝不是一些宣传呢？他们是在宣传为文艺而文艺，向人宣传'渡越流俗'的生活"罢了。

在《文化人当前的急务》一文中，郭老还提出了"我们的文化工作，今后更应该以广大的农村和广大的沦陷区为对象，努力于动员大众的宣传。同时也要努力于切合实际的学术研究与技能学习"。这里所说的"努力于动员大众的宣传"和"努力于切合实际的学术研究"两点，正为他在抗战期间所从事的工作提出了方向。他是这样说的，也是这样做的。《三年来的文化战》则从史的角度回顾了抗战三年来日本的文化侵略，一语破的地揭明了"它虽然时时在改变花样，但一贯的目的是想摧毁我们的民族意识和抗战精神"；另一方面，也总结了抗战三年来我们文化界在反侵略的文化斗争中所取得的

---

① 此文系长沙文抗会演讲词追记。
② 此文原载1938年3月27日重庆《大公报》，《沫若文集》误注为1938年4月作。

成就及其特点。两相对照，这是一篇很有说服力的总结性文章，既使人们得到了乐观的鼓舞，又增强了民族自信心。

二、研究屈原和纪念鲁迅

我们前面谈过，郭老抗战期间一方面努力于动员大众的宣传，一方面从事于切合实际的学术研究。如果说，《羽书集》所收，大多偏重于动员大众的抗战宣传，那么，《蒲剑集》、《今昔集》中收入的则多是关于学术研究，特别是有关屈原研究的一些文章。

郭老是屈原研究的权威。早在抗战前，他在日本就写了不少研究屈原的文章，结集为《屈原》一书，于 1935 年 4 月由上海开明书店出版。约在 1936 年 1 月，他还另外写了一篇《屈原时代》（收入《断断集》），从中国社会发展史的角度论述了屈原的时代及其思想。所谈内容后来在《屈原研究·屈原时代》（收入《历史人物》）一节中又作了更为详细的发挥。1943 年 7 月，重庆群益出版社出版了郭老的《屈原研究》。《屈原研究》的内容可说是《屈原》一书的扩大和加详。同时，有些基本论点又参见《断断集·屈原时代》和《蒲剑集·屈原考、屈原的艺术与思想》诸文中。1942 年 12 月，新华书店还出版了郭老的《屈原——五幕史剧及其它》一书，前为五幕史剧《屈原》，次以《屈原思想及其他》标目，收录了《蒲剑集》、《今昔集》、《沸羹集》中有关论述屈原的一些文章。

抗战期间，郭老写的一些讨论屈原问题的文章和讲演，除已印入专著者外，一般说来，都比较集中地辑入《蒲剑集》和《今昔集》。这些文章有考订，有评述，有答辩，也有诗意的抒情。他善于运用流畅显豁的语言，阐释比较深刻的理论，考订古人古事。文章写得深入浅出，是文艺与考证的融合，使人读后毫无枯燥乏味之感。郭老在抗战期间之所以这样积极从事屈原研究，和他创作史剧《屈原》一样，是有深刻寓意的。他认为，屈原不仅是一位伟大的民族诗人，而且是很有革命性的革命诗人——"他的对于国族的忠烈和创作的绚烂，真真是光芒万丈。中华民族的尊重正义，抗拒强暴的优秀精神，一直都被他扶植着"（《蒲剑集·关于屈原》）。郭老正是用屈原那种反贪佞、反强暴、反投降的爱国主义和为理想献身的精神来鼓舞士气，砥砺人民的抗战意志。所以，他呼吁："多造些角黍，多挂些蒲剑和藤萝，这正是抗战建国的绝好的象征。"（《关于屈原》）这恐怕才是郭老从事屈原研究的深意所在。他并不是单纯为研究而研究，而是紧密结合当时的抗战现实来研究屈原。我们只有了解了这些，才能进而认识到为什么蒋介石反动政权千方百计地妄图抹杀或贬抑屈原精神，甚至1941年5月重庆的诗人们倡议定端午节为诗人节以纪念屈原，也受到了国民党当局的多方干扰；有人在1944年成都纪念诗人节大会上还大放厥词，提出屈原是"弄臣"，把屈原对投降派的正义斗争诬蔑为因楚王爱"男风"而失宠的谬说。郭老在1946年5月间连续写了《屈原不会是弄臣》、《从诗人节谈屈原是否是弄臣》两文予以批驳（收入《天地玄黄》）。

郭老关于屈原的一些考证文章，都是运用历史唯物主义观点方法，博考文献，批判吸取，推陈出新，把史料与观点水乳交融地结合在一起。因之，他的考证文章大都扎实而不空疏，精辟而不肤浅，见解新颖而非武断，考订细密而又不拘泥于古。例如，他在掌握和核实大量史料的基础上，断然否定了胡适怀疑屈原的存在，怀疑《天问》、《九歌》非屈原的作品（胡适《读"楚辞"》），以及廖平怀疑《离骚》非屈原所作（廖平《楚辞新解》）等谬说，肯定了《离骚》、《天问》、《九歌》等均为屈原所作（参见《今昔集·屈原、招魂、天问、九歌》、《蒲剑集·屈原的艺术与思想》和《历史人物·屈原研究》）；考订屈原生卒年约为公元前340—公元前278年（见《蒲剑集·屈原考》、《屈原的艺术与思想》）；并根据王夫之《楚辞通释》对屈原《哀郢》写作年月的考订，推断屈原的死因并非怀才不遇、失意而死，而是由于楚顷襄王二十一年楚为秦将白起所败，郢都沦陷，楚王君臣出走，"东北保于陈城"，屈原在放逐中亲历了亡国的惨痛因而才自投汨罗，悲愤殉国（参见《蒲剑集·关于屈原、屈原考》），一扫古往今来施加于屈原的一些不实之辞，还屈原以历史的真面目。这些新颖独到的见解令人耳目一新，现已为我国学术界大多数人士所公认（当然也存在不同意见）。

在《蒲剑集·屈原的艺术与思想》、《历史人物·屈原研究》等篇中，郭老肯定了屈原的思想带有儒家的风貌，系统地论证了屈原作品的真伪以及屈原诗歌的成就。他运用历史唯物主义的观点、方法，论述了时代社会的变革对语言文学和文学发展的影响。他认为，春秋战国时代发生了一次伟大的文学革命，"使文学与活鲜鲜的生活接近了起来"，"当时的白话文有周秦诸子的散文为代表，当时的白话诗便是屈原的《楚辞》"。屈原解放了中国的诗歌，利用并扩大了民间文学，创造并完成了一种新的诗体——骚体，以活鲜鲜的新文学代替了古板的贵族文学——四言体。屈原在中国文学史中成就了一大革命。他称赞"屈原是古'五四运动'的健将"（《蒲剑集·革命诗人屈原》），"这种功绩在历史上真是千古不朽"。这就是屈原的真正伟大之处，也是《楚辞》的革命性、特创性的所在。他对屈原的作品作了十分精当的评价，条分缕析，深中肯綮，具有很强的说服力。同时，他对于屈原"以自杀的结局完成一个诗人的性格"深致惋惜。他说："屈原之为革命家似乎只限于他在文艺工作上的表现。关于政治思想方面，他的革命性却没有这样的彻底。"（《革命诗人屈原》）他认为，屈原没有能像项梁那样，组织民间力量以推进政治，在惋惜中对屈原的某些局限性作了批评。

郭老抗战期间写下的一些纪念鲁迅的文章和讲话更是情真意挚、亲切动人。鲁迅生前和郭老未曾晤面，彼此还"曾用笔墨相讥"，但正如鲁迅所说，"大战斗却都为着同一的目标，决不日夜记着个人的恩怨"。当1936年10月9日鲁迅逝世的消息在东京报纸披露后，郭老怀着沉痛的心情连夜写出了《民族的杰作——悼唁鲁迅先生》一文，把高尔基和鲁迅同年逝世，比作"接连失坠了两个宏朗的大星"。他称赞鲁迅"开辟出了中国文学一个新纪元，中国的近代文艺是以鲁迅为真实意义的开山"，并亲身参加了当时留日学生各团体追悼鲁迅的大会，并在大会上作了演说。回国后，从1937年到1946年整个抗战期间，他分别在上海、武汉、重庆等地参加了多次纪念鲁迅的活动，并写了纪念文章或讲话。这些纪念文章和讲话有两个突出的特点。首先是，紧密结合抗战现实，比较集中于表彰、发扬鲁迅为人民服务和坚韧不拔地与一切恶势力顽强作战的精神，从而激励人们更好地向鲁迅学习。他在《鲁迅并没有死》（1937年10月在鲁迅逝世一周年纪念会上的演讲，《沫若文集》未收佚文)、《持久抗战中纪念鲁迅》(为纪念鲁迅逝世二周年而作,《沫若文集》未收佚文)两文中一致强调:"对于恶势力死不妥协,反抗到底的鲁迅精神,可以说,已经成了我们的民族精神。我们目前的浴血抗战,就是这种精神的表现。"其次是,结合继承、发扬鲁迅精神的论述,特别强调接受、学习鲁迅文学遗产的重要性。他说:"我们现在纪念鲁迅,首先应该体验得这些精神,而这精神在鲁迅著作中是磅礴着的","鲁迅先生在文学上所留下的遗产,是应该趁早的加以整理、流传,而使一般的人更多多得到接受的机会"(见《不灭的光辉》,《沫若文集》第11卷《集外》)。他高度评价鲁迅的作品,称赞《鲁迅全集》是"'虽与日月争光可也'的现代文化上的金字塔"(见《历史人物·鲁迅与王国维》)。在《写在菜油灯下》(《羽书集》)一文中,他说:"鲁迅生长在民族最苦厄的时代。他代表着民族精神在极端压抑下的呼声","这呼声像在千岩万壑中冲进着的流泉,蜿蜒,洄洑,激荡,停蓄,有时在深处潜行,有时忽然暴怒成银河倒泻的瀑布","这呼声,尤其是近二十年来的,通被录音下来了,便在鲁迅的全部著述里面"。这里把作者对鲁迅呼声的深刻理解化为形象的、诗一般的语言,多么富于抒情色彩啊!最后,他蒿目时艰,无限感慨地写道:"鲁迅在时,使一部分人'有所恃而不恐',使另一部分人'有所惮而不为'的,现在鲁迅已经脱离开我们四年了。蛇虎呢?依然出没。坎陷呢?依然纵横。剩给我们的是,加紧驱逐和填平的工作","鲁迅是奔流,是瀑布,是急湍,但将来总有鲁迅的海。鲁迅是霜雪,是冰雹,是沍寒,但将来总有鲁迅的春"。他用乐观的预言激励当时的文艺战士们继续投入驱除蛇虎、填平坎陷的紧张的战斗工作。郭老当年所作"总有鲁迅的海,鲁迅的春"的乐观的预言,和他当年建议的"应该设立鲁迅博物馆"、"应该塑造鲁迅像"等(参见《天地玄黄·我建议》),今天都已完全成为社会主义时代的现实了。

  郭老对鲁迅有深刻的研究、透辟的理解。他曾取鲁迅小说、杂文中引用《庄子》的词汇、取《庄子》书中的故事作为创作题材,以及鲁迅赞美《庄子》的一些辞句,证明鲁迅在思想上受《庄子》的影响(参见《蒲剑集·庄子与鲁迅》)。他又将鲁迅和高尔基、契诃夫相比较,认为"鲁迅的作品与作风和契诃夫的极相类似，简直可以说是孪生的弟兄"，"鲁迅，在早年一定是深切地受了契诃夫的影响"，"而后期的鲁迅却是由契诃夫变为了高尔基"（参见《沸羹集·契诃夫在东方》）。他还在1941年10月19日全国文协等八团体联合举行的鲁迅逝世五周年纪念会上作了题为《鲁迅与王国维》的演讲。他把鲁迅和王国维作了比较，宣称："在近代学人中我最钦佩的是鲁迅与王国维。"但他不是囫囵吞枣地对鲁迅与王国维作一般化的比较，而是运用历史唯物主义的观点、方法，除了列举两人相同的种种迹象外，特别指出，还有"不能混淆的断然不同的大节所在之处"，"那便是鲁迅随着时代的进展而进展，而且领导了时代的前进；而王国维却中止在了一个阶段上，竟成为时代的牺牲"。他赞扬鲁迅"是一个伟大的完成"（参见《历史人物·鲁迅与王国维》）。

尤其令人感动的是，郭老在《鲁迅和我们同在》（《天地玄黄》）等文中，对鲁迅作了崇高的评价。他根据毛泽东同志提示的"鲁迅的方向就是中华民族新文化的方向"，进一步指出，鲁迅的方向就是为人民服务的方向，对于一切反人民的恶势力死不妥协、顽强作战的方向。他以自己为例，说明在"七七"事变发生后，他是在鲁迅精神感召下，才由日本归国，请缨抗战的；他在黄海舟中写的那首《归国书怀》也是用鲁迅"惯于长夜过春时"的原韵。这些都真切地说明了鲁迅对郭老的影响以及郭老对鲁迅的一片景仰之情。正如他所说，他"是遵照了鲁迅所指示的正确方向"而不断前进的。

郭老在《历史人物·序》中说，他自己是"有点历史癖的人。关于秦前后的一些历史人物，作过一些零星的研究。主要是凭自己的好恶，好恶标准是什么呢？一句话归宗：人民本位！"郭老又说，他"就在这人民本位的标准下边从事研究，也从事创作"。我们认为，人民本位思想是贯串郭老整个抗战时期和抗战胜利后的思想的主线。他研究屈原，评价屈原，是根据人民本位思想。他研究鲁迅，评价鲁迅，是根据人民本位思想。他从事创作，进行文艺战线上的斗争，也同样是以人民本位思想作为主导的。他在《追慕高尔基》（《天地玄黄》）中说："我们纪念高尔基，一方面固然是对于这位伟大的导师怀着无限的追慕；另一方面也应该是我们利用这个机会来对于我们自己的检阅,看我们把人民本位的思想,人民本位的文艺,究竟体验和实践到了怎样的程度",现在"人民本位的思想一直在风雨飘摇,人民本位的文艺一直在彷徨歧路"。由此可见,郭老所说的人民本位思想,是实现民主政治、摧毁法西斯专制、抵抗帝国主义侵略、繁荣人民文艺和学术研究的强有力的武器。

三、为争取民主团结,进行政治、思想、文艺战线上的斗争

郭老1938年10月撤离武汉后,同年12月经桂林抵重庆,仍任第三厅厅长。1940年9月,蒋介石非法改组军委会政治部,郭老毅然辞去三厅职务。同年11月,在周恩来同志领导下,他又出任军委会政治部文化工作委员会主任,一直坚持到1945年3月"文工会"被迫解散为止。政治部第三厅和文化工作委员会在郭老的主持下,开展了一系列卓有成效的反侵略、反投降、反法西斯的文化工作和集体活动。这段时期,蒋介石对内积极反共,对外妥协投降。他们自1939年底至1943年6月连续发动三次反共高潮,并于1941年1月悍然发动"皖南事变",更加彻底地暴露了蒋介石政权反共投降的卑劣阴谋。郭老大义凛然,坚韧不拔,在周恩来同志的直接领导下,用自己的实际行动和战斗的篇章在政治、思想、文艺战线上与日本侵略者和蒋介石法西斯独裁统治进行了公开和隐蔽的斗争,特别是比较集中地和蒋介石顽固派展开了斗争。郭老在武汉、重庆期间,亲自主持和参加了武汉、重庆文化界举行的各种集会,作了大量的文章和讲演;并团结文化界广大人士,和蒋介石顽固派进行了反复的较量。1941年9月,他发表了《今天创作的道路》(《今昔集》)。文中说:"中国目前是最为文学的时代,美恶对立,忠奸对立,异常鲜明","为了大众,为了社会的美化与革新,文艺的内容断然无疑地是以斗争精神的发扬和维护为其先务",从而就"要求着文艺必须作为反纳粹、反法西斯、反对一切暴力侵略者的武器而发挥它的作用"。他在《文艺的本质》(《沸羹集》)中也说:"文艺的本质是斗争,是对于自然界(人包括在内)暴力的斗争,因此文艺是武器。"接着,他批判了"与抗战无关论"、"文学贫困论"等错误论调。最后,他庄严宣告:"法西斯主义是人

民的敌人、文艺的敌人！我们为了人民，为了文艺，要无情地和他们作彻底的斗争。"1943年3月10日至22日，郭老为了纪念"文协"成立五周年，连续写了《新文艺的使命》、《抗战以来的文艺思潮》和《沿着进化的路向前进》三篇带有总结性的文章（均见《沸羹集》）。他首先回顾了"五四"以来至抗战期间新文艺思潮的发展，热情洋溢地肯定了"抗战以来在中国文艺界最值得纪念的事，便是'中国文艺界抗敌协会'的结成"，"继这'文协'而引起的有戏剧界、音乐界、电影界、美术界等全国性质的姊妹协会出现，蓬蓬勃勃，风起云涌，形成了文艺行列的大进军，作家团结的豪华版"，并且大力赞扬了抗战以来作家们的进步。接着，他再一次批判了"与抗战无关"、"反对作家从政"和"文艺贫困论"等错误观点，肯定了中国新文艺的本流始终是沿着反帝反封建的路线而前进的。反帝反封建的动向自抗战以来汇合成为"抗日＝反法西斯"的主潮（《新文艺的使命》）。这是民族解放的意识发露，也就是新现实主义的骨干。他认为，"现实主义并不是单纯的现实主义，它必须'彰善瘅恶，树之风声'，因而它的骨子里面便不免有刺"（《抗战以来的文艺思潮》）。他号召"文协"要努力完成应负的新文艺的使命，不管少数人对"文协"如何中伤诽谤，挑拨离间，一定要沿着进化的路线前进（《沿着进化的路向前进》）。

抗战后期，郭老在政治、思想、文化战线上和蒋介石顽固派的斗争，方式是多种多样的，有公开的，也有曲折隐蔽的。他多次参加鲁迅逝世和诞辰的纪念会，写了不少纪念鲁迅的文章，也写了不少纪念高尔基的诗文。在1944年10月1日重庆文化界举行的邹韬奋追悼大会上，郭老发表了《韬奋先生哀词——在追悼会上讲演稿》（《沫若文集》中篇名题为《一支真正的钢笔》）。他说："我们每一个人的身上差不多都有你的武器，这就是这么一支笔！这是一支不折不扣的名实相符的钢笔，有了这支笔存在的地方便是民主存在的地方，没有这支笔存在的地方便是法西斯存在的地方。"这些都是郭老在不同场合下，针对现实，和蒋介石法西斯统治进行的策略性斗争。特别是在伟大的法国作家罗曼·罗兰1944年底逝世后，郭老除了参加1945年3月25日重庆文化界举行的罗曼·罗兰追悼大会外，还写了《宏大的轮船停泊到安全的海港》、《和平之光——罗曼·罗兰挽歌》、《罗曼·罗兰悼词》（发表时题为《中华全国文艺界抗敌协会悼念罗曼·罗兰》）和《伟大的战士，安息吧！——悼念罗曼·罗兰》（载《文艺杂志》新一卷一期，《沫若文集》未收佚文）等诗文。当时，重庆各界参加追悼会的达千余人。实际上，这次追悼会是向蒋介石法西斯统治争取民主自由的一次政治大示威，而郭老这些犀利的悼文，等于是向蒋介石顽固派投掷的重磅炮弹！

郭老除了和反动政权进行曲折的、隐蔽的斗争外，还彰明较著地为革命、为革命民权向蒋介石提出了严正的呼吁。他理直气壮地宣告："我们文化工作者应有权要求思想言论的自由，学术研究的自由，文艺创作的自由"，"我们要求民主的尺度，以人民为本位的尺度"，"文艺在作为人民的喉舌上应该有创作的自由。有光明固然值得歌颂，有黑暗尤须尽力暴露"（《为革命的民权而呼吁》）。他说："我们今天的任务，依然要继续'五四'精神，重提'五四'时期接受赛先生（科学）与发展德先生（民主）的课题，加紧解决我们的悬案，接受科学并发展民主。"（《五四课题的重提》）1945年2月，郭老还代全国文化界草拟了《时局进言》，并在文化界广泛征求意见，由文化界的372人联合签名，发表在2月22日重庆《新华日报》和同年4月6日延安《解放日报》上。文中猛烈抨击了蒋介石的法西斯独裁统治，提出了建立由各民主党派联合组成的政府、召开临时紧急国是会议、实现民主的一系列合理要求，最后向反动当局提出严正的警告——"民主者兴，不民主者亡。中国人民不甘沦亡，故一致要求民主团结。在这个洪大的奔流之前，任何力量也没有方法可以阻挡"。《时局进言》的发表以及罗曼·罗兰追悼大会的大规模举行，在当时产生了强烈的政治反响，使蒋介石反动当局惶恐万状，狼狈不堪。他们除了对签名者进行分化、威胁和组织反签名运动外，最后竟于3月30日悍然下令解散了文化工作委员会。对国民党反动当局这种蛮横无理的措施，郭老与其进行了坚决的斗争。

在文艺问题上，郭老也同样从人民本位的思想出发，作了许多精辟深刻的阐述。1940年，重庆文艺界进行了关于"民族形式"问题的热烈讨论，引起争论的焦点主要是围绕着民族形式的"中心源泉"问题而展开的。郭老在同年 6 月 9 日至 10 日的重庆《大公报》上发表了题为《民族形式商兑》的长文。他认为，民族形式"并不是要求本民族在过去时代所已造出的任何既成形式的复活，它是要求适合于民族今日的新形式的创造，民族形式的中心源泉毫无可议的，是现实生活"。因此，他进一步要求作家"投入大众当中，亲历大众生活，学习大众的语言，体验大众的要求，表扬大众的使命"。他说："内容决定形式，我们既要求民族的形式，就必须要有现实的内容。"（收入《蒲剑集》）郭老这篇文章既分别纠正了以向林冰和葛一虹为代表的两种主张的偏颇，又深刻阐明了文艺与生活、文艺与大众、形式和内容的辩证统一的关系，可以说是这场"民族形式"论争的一个初步的正确总结。

郭老抗战期间先后写成了《棠棣之花》、《屈原》、《虎符》、《高渐离》等 6 部讽喻现实、激励斗志的历史剧，以及《历史·史剧·现实》、《献给现实的蟠桃——为〈虎符〉演出而写》（均见《沸羹集》）等文章，总结了他写作历史剧的一些宝贵经验，对历史剧的创造提出了许多新颖独到的见解。在历史和史剧的关系上，他认为史学家和史剧家的任务不同，"历史研究是'实事求是'，史剧创造是'失事求似'。史学家是发掘历史的精神，史剧家是发展历史的精神"。因此，他说，写历史剧"主要的并不是想写在某些时代有些什么人，而是想写这样的人在这样的时代应该有怎样合理的发展"，又说"自然，史剧既以历史为题材，也不能完全违背历史的事实"。在史实与真实的关系上，他认为，"史剧第一要不违背史实"，但要研究"所谓史实究竟是不是真实"。这也就是说，经过去的正统史家的颠倒改窜，历史的事实不一定就是历史的真实。在史剧和现实的关系上，他认为，有些专家或非专家"爱把史剧和现实对立"，实际上，"现在的事实固可以称为现实，表现的真实性也正是现实。我们现在所称道的'现实主义'无疑是指后者"。他举了托尔斯泰的《战争与和平》为例，认为大家都在称赞它是现实，"但人们却忘记了他所写的是拿破仑侵略俄罗斯的'历史'"。这些别开生面的创见，都是用富有哲理性的散文诗一样的语言写出来的，凝炼精粹，十分动人。

《序我的诗》是郭老为 1944 年 6 月重庆明天出版社出版其诗集《凤凰》而写的序言。文章从他幼年所受的诗的教育和他故乡的生活环境写起，回顾了他的诗歌创作历程和中外诗人对他的影响,状物抒情,各极其妙。此文不仅是研究郭老诗歌创作最宝贵的第一手资料,也是一篇情景交融的优美的名文。在《如何研究诗歌与文艺》一文中,他又向年轻朋友们介绍了他写诗的经历和关于诗歌与文艺方面的心得、体验,写得更是当行出色。他认为,"诗歌和文艺是生活的反映和批判,你没有客观的观察,不能够反映人生。你没有主观的体验,你不能够批判"。他特别强调作家必须有正确的思想以指导自己的生活,必须把思想、生活、创作融会贯通,思想与创作方法必须一致,不可相背而驰。这些都是他从自己的宝贵经验中概括出来的确当不易之论。在《怎样运用文学的语言》一文中,他按照小说、戏剧、文学、诗和抒情的散文的分类,分别加以考察,创见卓识层见叠出。非精通文学语言的三昧,绝不能谈得这样圆融高妙,令人折服。

郭老的《戏剧与民众》、《谢陈代新》、《向人民大众学习》、《人民的文艺》(均见《沸羹集》)等文,突出地表露了作者的人民本位思想。它像一根红线,贯串在作者抗战以来的创作、学术论著和文艺评论中。他认为,以人民幸福为本位的思想"永远是文化进展的基流,不过有的时候是洪水期,有的时候是伏流期而已"(《谢陈代谢》),"戏剧,尤其话剧,应该是最民众的东西。它是为民众开花,为民众结实,始于民众,终于民众","离开了民众没有艺术,离开了民众更没有现实","近代的技巧固然是必要的,然而中国的民众是我们的核心!"(《戏剧与民众》)他针对抗战胜利前夕的社会现实进一步指出,在目前民主运动的大潮流中,"人民大众是一切的主体,一切都要享于人民,属于人民,作于人民。文艺也断不能成为例外"。今天既然"是人民的世纪,我们所需要的文艺也当然是人民的文艺"。那么,什么又是人民的文艺呢?他认为"人民的文艺是以人民为本位的文艺,是人民所喜闻乐见的文艺,因而它必须是大众化的,现实主义的,民族的,同时又是国际主义的文艺","它和一切变相的帝王思想、个人主义、法西斯主义、侵略主义等等是完全绝缘的"(《人民的文艺》)。郭老这些精辟的思想观点,既表现了他在抗战期间一贯坚持的人民本位思想的不断成熟与发展,更是学习了毛泽东同志《在延安文艺座谈会上的讲话》的基本精神的一种深刻的表述。我们知道，1944年初春，郭老在重庆接待了由延安到来的何其芳、刘白羽同志，共同研讨在当时大后方传达《讲话》的问题。接着，郭老主持召开了座谈会，后又多次在天宫府寓所举行集会，传达《讲话》。郭老对毛主席指示的关于知识分子到工农兵群众中去改造这一精辟论述，击节赞赏。

郭老这期间还写过不少抒情纪事的杂文和散文，有长篇，也有短章。其中，有的考证精详，寄情往古（如《钓鱼城访古》、《题画记》等）；有的悼念故旧，抚今思昔（如《悼江村》、《追怀博多》等）；有的讽刺现实，借物为喻（如《驴猪鹿马》、《羊》等）；有的逸兴遄飞，"卒章显志"（如《绿》、《无题》等），真是多姿多彩，尽态极研，写出了作者的真情实感，洋溢着葱茏的诗意。正如他在《序我的诗》中所说，"我所写的好些剧本或小说或论述，倒有些确实是诗"。

郭老抗战期间的战斗生活和创作生活，是在党的领导下继鲁迅之后的又一面光辉的旗帜。周恩来同志在为祝贺郭老五十寿辰和创作生活二十五周年而写的《我要说的话》中，称赞郭老一贯的"丰富的革命热情"、"深邃的研究精神"和"勇敢的战斗生活"。从郭老抗战时期的斗争精神和创作活动上看，他正是把这三方面互相结合，融为一体，在政治文化战线上和日本侵略者、蒋介石顽固派进行了错综复杂的斗争，充分发挥了"文化界领袖"的作用。

（原载《四川大学学报》1982年第4期）

"为真理斗到尽头"

——重读郭沫若同志历史剧《屈原》

一

郭沫若同志是我国卓越的无产阶级文化战士和马克思主义历史学家，是"五四"以来伟大的革命诗人。他在抗日战争期间和抗战胜利后所写的几部历史剧，都贯穿着革命的理想和鲜明的爱憎，并运用历史唯物主义观点对有关史料进行了深邃、细密的分析研究，并根据现实斗争的情况和需要进行了再处理；这些剧作中驰骋着丰富的想象和联想，用抒情的语言刻画了历史人物，塑造了许多生动、鲜明的典型性格，表现了有重大现实意义的主题。特别是他写的五幕历史剧《屈原》，在一定意义上，可以说是郭老作为革命家、历史学家和诗人这三者的完美结合的产物。

《屈原》写于1942年1月，当时抗日民族解放战争正处于极其艰苦的阶段，国内外阶级斗争的形势极端尖锐复杂。自武汉陷敌、战争进入相持阶段以后，日本帝国主义者加紧对顽固派进行诱降活动。大地主、大资产阶级的政治代表蒋介石积极反共，准备投降。他与敌伪军互相配合，对我抗日根据地进行残酷的"扫荡"，悍然于1941年1月发动了震惊中外的"皖南事变"，掀起了第二次反共高潮，妄图为卖国投降扫清道路。与此同时，国民党反动派还在国统区加紧迫害共产党人和爱国民主人士，实行法西斯专政。郭老当时置身的雾重庆，是国民党反动统治的巢穴，犹如一个庞大的集中营。他虽然在名义上主持"文化工作委员会"，但随时受到特务们的包围、监视，行动也丧失了自由。正如他后来所揭露的，"抗战期间，特别是重庆的几年，完全是生活在庞大的集中营里，七八年间，足不能出青木关一步"①。在那豺狼当道、人妖颠倒、杀人如草不闻声的险恶环境里，郭老耳闻目睹丑恶的现实，满怀革命义愤地给以鞭答，写下了抒情史剧《屈原》，巧妙地运用借古喻今的手法，"把这时代的愤怒复活在屈原的时代里"，借着屈原的遭遇有力抨击了蒋政权的倒行逆施。

二

历史剧《屈原》在创作上的一个显著特点，首先是作者站在革命的立场，把历史的真实与艺术的真实有机地统一起来，收到了"古为今用"的战斗效果。我们知道，历史剧不同于历史，它容许在不违背历史真实的前提下，进行艺术想象和虚构；同时，这种艺术想象和虚构，又绝不是主观臆造，必须符合历史的真实。郭老对于历史剧和历史的区别，有过很深刻的警语。他说："历史研究是'实事求是'，史剧创作是'失事求似'"，"史学家是发掘历史的精神，史剧家是发展历史的精神"②。因此，他对历史题材的处理和历史人物的刻画，所注重的不是它们原来如何，而是它们应该和可能如何。正如他在另一文中所说，"我主要的并不是想写在某些时代有些什么人，而是想写这样的人在这样的时代应该有怎样合理的发展"③。他所提出的这些创作原则，在史剧《屈原》中得到了充分的体现。

郭老远在写作史剧《屈原》以前，就对屈原的生平、思想及其全部作品，作过精深的探索，提出了许多创见和新解④。他尊重历史事实，而又不为历史事实所束缚；他主要是根据史剧家"发展历史精神"的观点，在严格甄别、选取历史事实的基础上，对史剧《屈原》中的一些人物和情节进行丰富的想象虚构和再创造，从而更有效地为现实斗争服务。但是，这些虚构的人物和情节也并非凭空捏造，有的是从历史记载或屈原作品中得到了某些启发，产生联想，或是从中采取一点因由，加以生发创造，如剧本中将宋玉写成一个没有骨气的帮闲文人，虚构了婵娟、钓者和仆夫等形象⑤；有的则是为了适应人物性格合理发展的需要，虚构了某些情节，如关于婵娟最后误饮毒酒而死，和南后郑袖设计陷害屈原的一些情节。这些虚构的人物和情节，经过作者的精心安排、加意点染,看起来似出人意想之外,却又无一不在情理之中,且更好地服务于对主人公屈原性格的典型化和理想化,从而把历史的真实与艺术的真实有机地统一起来,也把历史和现实紧密地结合起来,为我们如何创作历史剧提供了有益的经验。

三

善于从巨大尖锐的矛盾冲突和复杂的社会斗争中刻画人物的思想性格及其发展,是史剧《屈原》在创作上的另一显著特色。剧本围绕战国时代"合纵"、"连横"的政治形势,着重表现了以屈原为代表的反对侵略、反对分裂、主张联齐抗秦和以张仪、郑袖为代表的与齐绝交、对强秦妥协投降的两条政治路线的尖锐斗争。同时,剧本又着重刻画了屈原在一次又一次尖锐复杂的政治斗争中所表现出来的光明磊落、大公无私、"为真理斗到尽头"的战斗精神。屈原当时所经历的斗争是多方面的,也是极其尖锐复杂而激烈的。他的政治主张,既和代表秦国利益的外部敌人张仪严重对立;又受到出卖楚国利益的南后郑袖和妒贤害能的卑劣权臣靳尚、子椒等人从内部的多方破坏;更遇上轻信谗言、反复无常、昏庸腐朽的楚怀王对张仪、郑袖的支持。因此,屈原便遇到了重重的困难:首先既遭到郑袖设计陷害而被削官革职,又被扣上"淫乱宫廷"、"疯子"等莫须有的罪名;继而又有靳尚、子椒在群众中毁坏他的政治名誉;最后更受到郑袖、张仪的戏弄侮辱,被楚怀王囚禁在东皇太一庙中,甚至险些被奸诈残忍的南后所毒杀。剧本正是围绕着这一系列尖锐复杂的矛盾冲突,把主人公屈原摆在矛盾冲突的中心,看他怎样行动,怎样斗争;环境越险恶,矛盾越尖锐,斗争越艰苦,就越能深刻地揭示出屈原爱祖国、爱人民的崇高的内心世界,刻画出他坚持真理,"为真理斗到尽头"的顽强性格的本质特征,表现出主题的巨大社会政治意义。

第一幕一开始,通过屈原橘园诵诗和对"橘树精神"的歌颂,一方面用侧写之笔,显示了屈原的高洁情操和"独立难犯"的战斗精神;另一方面,也为后来宋玉变节投降预先作了伏笔。同时,剧本通过婵娟和子兰的嘴,交代了张仪因楚王信任屈原,拒绝与齐绝交,而妄图用向楚怀王献美人的诡计胁迫南后,以及南后贿赂张仪等幕前情节,为以后郑袖设计陷害屈原埋下引线,尖锐的矛盾冲突即由此开始。

接着,剧本着重描绘了屈原处处替祖国乃至全中国的老百姓设想,希望结束中国的分裂局面,形成大一统的山河。他始终坚持联齐抗秦的政治主张,敢于和黑暗势力斗争到底。当他遭到郑袖毒计陷害,含冤莫白时,他始而沉痛地警告楚王:"你假如要受别人的欺骗,那你便要成为楚国的罪人。"他继而愤怒地揭露郑袖的阴谋诡计:

> 南后!我真没有想出你会这样的陷害我!……我是问心无愧,我是视死如归,曲忠直邪,自有千秋的判断,你陷害了的不是我,是你自己,是我们的国王,是我们的楚国,是我们整个儿的赤县神州呀!

这是多么理直气壮,多么义正辞严!剧本在这里正是突出地表明了屈原和张仪、郑袖的矛盾冲突不是个人得失之争,而是一场关系到楚国成败存亡的政治斗争。屈原丝毫不为个人的荣辱得失考虑,他考虑的是人民的命运、楚国的前途。屈原的爱国主义激情被升华到新的高度。更为突出的是,屈原削官后,再一次遭到郑袖的戏弄侮辱时,他对着秦相张仪痛加斥骂:

> 你简直不是人!你戴着一个人的面具,想杀尽中原的人民求得秦国的胜利,来保障你的安富尊荣,你怕我没有看透你?

这一段愤怒的声讨,像锋利的匕首投枪,戳穿了蒋介石集团和一些汉奸文人卖国求荣的丑恶本质,也进一步深化了屈原爱国爱民、不畏强暴的思想性格。

第五幕刻画了屈原被囚禁于东皇太一庙后,在一个大风怒号、雷电交加的深夜,怀着忧国忧民的激愤,向着风雷电歌颂。那几段震撼人心的独白,集中地表现了屈原诅咒黑暗、追求光明的内心世界。这一场既是全剧情节发展的高潮,也是屈原性格发展和斗争精神的高潮。屈原以磅礴的气势、悲愤激昂的语言,呼唤那咆哮的风、轰隆的雷、闪耀的电——"把这黑暗的宇宙,阴惨的宇宙,爆炸了吧!爆炸了吧!"他把光明比作火,称它是"宇宙的生命"。他希望火迸射出光明,"把这包含着一切罪恶的黑暗烧毁",再在燃烧的旧世界中,迎接灿烂的光明。作者正是借着自然界的风雷,倾吐了屈原的,也是作者的胸中风雷;同时,屈原这种悲愤的呼号,也正代表了蒋管区人民对国民党反动派的强烈控诉,表达了被压迫人民反迫害、反投降、要求自由民主和团结抗日的正义呼声。

最后,屈原为了祖国和人民的未来,为了和楚王、张仪、郑袖所代表的妥协投降路线斗争到底,在婵娟壮烈献身后,毅然和"仆夫"一道投身到汉北的人民中间。这样,一个"不屈不挠,为真理斗到尽头"的爱国诗人的光辉形象,就巍然屹立在舞台上了。作者所塑造的屈原的典型性格,既没有违背历史真实,把古人现代化;也没有把屈原由于时代、历史的局限而不可能做到的事,强加于屈原。因此,屈原这一形象被刻画得真实可信,光彩照人。他是我国民族传统精神的艺术体现。作者通过屈原从清晨到夜半这一天的斗争生活,基本上概括了屈原悲壮的一生。这种高度的艺术概括才能,令人叹服。

为了进一步深化屈原和人民群众的联系,揭示他的政治理想深受楚国人民的拥护、支持,作者虚构了婵娟、钓者、卫士等人物。特别是在作者笔下被理想化了的婵娟形象,被刻画得尤为动人。

婵娟,这个普通人家的女儿,在屈原的长期教育、影响下,明是非,识大节。她清醒地认识到,屈原是楚国的灵魂,是正确的政治路线的代表,其"一人的存在关系着楚国的安危"。她对屈原的爱护,正是出于她对楚国的一片忠诚。从这一点出发,她在子兰、宋玉的欺骗劝诱下不动摇,敢于和南后郑袖进行面对面的斗争。甚至最后因误饮毒酒身亡,她却为保全了屈原而感到由衷的高兴。她这种临危不惧、视死如归、顽强斗争、壮烈献身的精神,是其爱国主义思想的光辉体现。作者对婵娟形象的刻画,不仅从侧面烘托和深化了屈原的爱国主义精神和崇高品格;同时,还从与宋玉形象的对比中,用宋玉的卖身求荣反衬出婵娟"凛冽难犯"的高尚情操,充分表现了作者刻画人物形象的艺术匠心。

四

郭老是"五四"以来伟大的诗人。他认为,诗应该是小说和戏剧的灵魂。他说:"小说和戏剧中如没有诗,等于是啤酒和荷兰水失掉了气,等于是没有灵魂的木乃伊。"⑥这一创作主张,在史剧《屈原》中有着鲜明的表现。首先,它浓烈的抒情,不仅表现在剧中插入了一些歌词,而且表现在全剧化用了《楚辞》的《橘颂》、《惜诵》(均见《九章》)、《礼魂》(《九歌》)、《招魂》等诗篇,以推动全剧开展、深化人物性格、烘托环境气氛,充溢着革命浪漫主义的激情。例如:第一幕写屈原以《橘颂》赠宋玉;第二幕写宋玉在橘园诵读《橘颂》,不能记忆,后又以《橘颂》转赠婵娟;第五幕写婵娟死后,屈原以《橘颂》悼祭婵娟。《橘颂》在剧中出现了三次,不仅前后自然呼应,更重要的是,以橘树拟人,从不同角度刻画了屈原、宋玉和婵娟的人物性格,从侧面推动了剧情的开展,发挥了深切感人的抒情诗的力量。其次,它浓烈的抒情,不仅表现在一些描绘景物、烘托环境的幕前说明和舞台提示上,更难得的是,还表现在人物的独白和对话上。如那篇传诵一时的抒情独白"雷电颂",本身就是一首色彩明丽的散文诗,雄浑奔放,声调铿锵,集中地抒发了屈原沉郁愤激、波澜起伏的思想感情,深化了其顽强战斗的性格。剧中很多人物的台词,也洋溢着抒情的诗味。如第五幕二场婵娟在东皇太一庙中乍见屈原时说的那段话,以及她误饮毒酒,临死前断断续续说的那段台词,真是可歌可泣、深切动人。作者用散文诗一样的语言,把婵娟当时心潮澎湃、慷慨献身的思想活动,传神地描摹出来了,同样发挥了抒情诗的艺术感染作用。

五

历史剧《屈原》从创作到演出,一直得到敬爱的周总理的指导与关怀。剧本完成后,周总理曾提出修改意见;剧本在重庆演出时,周总理多次出席观看,还亲自写了剧评,特别对"雷电颂"给予了高度的评价和重视⑦。周总理亲自领导的重庆《新华日报》,还特地为《屈原》的公演出了特刊,发表了郭老的《屈原与黎雅王》一文和徐迟同志的来信⑧。由于剧本巧妙地反映了当时我党提出的"坚持抗战,反对投降;坚持团结,反对分裂;坚持进步,反对倒退"的政治路线,有力地揭露了国民党反动派消极抗战、积极反共、向日本帝国主义者妥协投降的政治阴谋，击中了他们的要害，国民党文化特务头子潘公展暴跳如雷，对史剧《屈原》横加诬蔑，叫嚣"史剧《屈原》鼓吹爆炸"，"成问题"。革命文艺工作者针对他们的无耻诽谤，立即著文反击[9]。这些都雄辩地说明，史剧《屈原》的创作和演出在国统区发生了强烈的政治反响，赢得了广大群众的热爱和欢迎，为中国现代文学史和戏剧史写下了光辉的一页。

郭老现在和我们永别了！他一生中为无产阶级革命事业所建树的丰功伟绩，将永远铭记在我们心中。

注释：

[1]《郭沫若选集·自序》。

[2]《沸羹集·历史·史剧·现实》。

[3]《沸羹集·献给现实的蟠桃》。

[4]散见于有关屈原研究的专著和《今昔蒲剑集》。

[5]参见《我怎样写五幕史剧〈屈原〉》。

[6]《诗歌国防》。

[7]参见钱之光《敬爱的周总理战斗在重庆》、张瑞芳《敬爱的周总理，文艺工作者怀念您!》、张颖《雾重庆的文艺斗争》等文。

[8]1942年4月3日《新华日报》屈原公演特刊。

[9]参见1942年7月5日、7月11日延安《解放日报》等。

（原载《四川文艺》1978年第10期）

诚挚的敬意　微薄的献礼

四川是郭老的故乡。在1979年6月12日郭老逝世一周年的日子里，四川大学和四川乐山地区、乐山市在郭老的故乡乐山联合举办了郭沫若研究学术讨论会。会后，为了进一步推动郭沫若研究工作的开展，四川大学首先成立了郭沫若研究室，研究室成员大都由中文系、历史系教师兼任。现在，我代表四川大学郭沫若研究室向同志们作一次简单的工作汇报。

郭沫若研究室成立以来，在三年多的时间里，初步做了以下五项工作：

第一，承担了《郭沫若全集》编辑出版委员会交给的注释任务，计：

文学编：

《蜩螗集》、《战声集》，已完稿出版；

《少年时代》、《我的学生时代》、《盲肠炎》、《断断集》、《羽书集》、《沸羹集》、《天地玄黄》，均已完稿。其中，除《少年时代》为当时在四川大学工作的谭洛非同志注释外，其余均由郭沫若研究室成员担任注释。我们的自我评价是，注释的数量不少，但质量不高。

历史编：

《管子集校》（两卷）、《史论集》（一卷）均已完稿；《历史人物》、《李白与杜甫》（共一卷）、《青铜时代》（半卷）均已完稿出版。

第二，撰写郭沫若研究论文：

三年多来，郭沫若研究室和四川大学中文系、历史系的同志先后在北京、上海、四川、云南、贵州、陕西、江西、江苏、安徽、湖北、广西、山东、山西、辽宁等全国性及省市报刊上发表了有关郭老的研究论文76篇，约50多万字。其中，不少篇目选入四川人民出版社编印的《郭沫若研究论集》第一、二辑中。

第三，编辑出版或即将出版的专著和刊物：

《郭沫若选集》（共四卷），四川大学中文系《郭沫若选集》编选组编选，1979年四川人民出版社出版，并承北京外文出版社采作底本，译成外文，向国外发行。本年，四川人民出版社计划再版。

《郭沫若集外序跋集》，上海图书馆文献资料室与四川大学郭沫若研究室协作编选。书中收人民文学出版社版《沫若文集》以外的序跋119篇，分成两个部分：第一部分收入郭老为自己的创作和同时代人的创作所写的序跋；第二部分收入郭老为自己的译作和同时代人的译作所写的序跋。书中对涉及的人和事，尽可能作了简要的注释。全书25万多字，已由四川人民出版社出版。

《郭沫若著作选读》，王锦厚同志编选，约12万字，由四川少年儿童出版社出版，已发稿。

《郭沫若研究专刊》，已出版四辑，系不定期刊，共发表文章110余篇，约100万字。日本、英国、美国、法国、加拿大、西德等国以及中国香港地区均有刊物交换，从而广泛地团结了国内外学术界的学人和作者。

第四，举办郭沫若研究学术讨论会两次：

前面已经谈及，1979年6月，为了纪念郭老逝世一周年，由四川大学和乐山地区、乐山市在乐山联合举办了第一次郭沫若研究学术讨论会。详细情况见《郭沫若研究专刊》第一辑的报道。这里要特别提出和感谢的是，楼适夷、戈宝权等几位同志还专门为这次乐山会议发表了文艺通讯。

1982年10月，为了纪念郭老诞生90周年，四川大学在成都举办了第二次郭沫若研究学术讨论会。这次讨论会先后收到论文81篇，不仅在数量上比第一次郭沫若研究学术讨论会的论文多1.5倍，而且研究领域更加扩大，质量也有很大提高。具体情况详见四川省文联编印的《文艺通讯》1982年4期上王锦厚同志撰写的报道，以及《郭沫若研究专刊》第4辑的报道，这里不再复述。

第五，开设"郭沫若研究"选修课，接受进修教师：

四川大学中文系于1981年2月至7月、1982年2月至7月、1983年2月至7月，由王锦厚同志为我系77级、78级、79年级、80级同学先后开出"郭沫若研究"选修课。选课的同学人数逐年有所增加，并有20位进修教师先后参加听课，培养了一批郭沫若研究的教学和科研人才。该课程对转变同学们关于郭老的某些错误认识，起了一些积极的作用。例如，个别同学过去认为郭老"1949年以前是一个风流才子——诗人；1949年以后是一个'风'派政治家——有愧于文学家的称号"，但在听课后，他们对郭老的认识转变了，对郭老作出了比较正确的评价。他们认为，郭老确是"一位天才的诗人、文学家；而且是一位对革命贡献不小的政治活动家——革命家"。有的同学在毕业后还写信来要求研究郭老。这些都是十分可喜的现象。

其次，汇报一下我们研究工作中存在的困难和问题，希望能得到多方面同志的支持和帮助。

首先，让我回顾一下我们的研究工作所经历的过程。我们的研究工作，一个方面经历着由一般性的研究（如对郭老生平或某一部作品的研究）到综合性的专题研究（如对郭老文艺思想、文学道路、戏剧、杂文等的综合研究），再进而由专题研究到比较研究（如郭沫若与鲁迅比较、与茅盾比较等）；另一个方面，经历着由正面论述到争论性的研究，如对《甲申三百年祭》、《李白与杜甫》以及郭老的某些历史剧，都提出了我们自己的一些看法。

在研究过程中，我们遇到的困难和问题是不少的。主要谈三点：

第一，研究工作者的水平不相适应的问题。

郭老博通今古，学贯中西，不仅具有丰富的革命实践经验，而且具有马克思主义的高度素养。他一生的文艺创作和学术论著，广泛涉及文学、历史学、哲学、古文字学、考古学等各个领域，并且做出了一系列披荆斩棘、开疆辟土的贡献。他的丰功伟绩，真是千古不朽，为古今中外文化史上所罕见。因此，这就牵涉到一个研究工作者的政治与业务水平不相适应的问题。一般说来，我们郭沫若研究室的同志（包括我在内），古文修养较差，外文基础薄弱，面对郭老如此广博浩瀚的文学创作和学术论著，往往感到有许多问题吃不透，说不清。现在，我们只有边学习边研究，争取不断提高文化素养和马列主义水平。

第二，近一两年来学术界和社会舆论对郭老的评价影响了郭沫若研究工作的开展。

今年3月间，在北京举行的全国茅盾研究学术讨论会的开幕式上，周扬同志作了重要讲话。在讲话中，他针对过去对茅盾同志的认识上存在分歧的情况指出，认识一个人，特别是认识一位伟大的作家，不是很容易的，这需要经过很长的时间，对茅盾的认识就是这样；但是，伟大的作家总有一天会被大家了解。周扬同志这段话，确是语重心长，启人深思。我们过去不仅对鲁迅、茅盾认识不够，对郭老也同样研究不够，认识不够，缺乏全面正确的理解，杂有不少的偏见。特别是近一两年来，在学术界和社会上出现了一种曲解、贬低甚至毁谤郭老的倾向。举例来说，有的同志或是抓住郭老由于当时环境条件的限制，在资料、考证方面出现的某些缺点，上纲上线，大加贬抑（如对《甲申三百年祭》）；或者抓住郭老在评价古人上某些不尽恰当的论断，尽情嘲讽，甚至加以丑化（如对《李白与杜甫》）。我们认为，这些都不是与人为善的态度，不是实事求是的分析评价，都是不足取的，因而，也是不正确的。也就是在这股"风"的影响下，我们某些同志研究郭老的信心动摇了。有的同志感到郭沫若研究难以深入，不愿写文章；有的同志即使写了研究郭老的文章，也不容易在刊物上发表。

我们的做法是，首先，遵循马克思主义一切从实际出发、实事求是的基本原则，力图用历史唯物主义的观点方法对某些同志对郭老所作的不够实事求是的批评，进行具体分析；其次，决不随波逐流，坚决不为这股曲解、贬抑乃至毁谤郭老的"风气"所左右。不论我校经费多么拮据，我们坚持把《郭沫若研究专刊》办下去，争取为郭沫若研究工作者提供一块可以发表研究成果的小小基地，并且坚持把"郭沫若研究"选修课开下去，更好地宣传郭沫若，研究郭沫若。

第三，关于资料、经费、发表、出版等问题。

首先是资料奇缺。全校几乎只有一套完整的人民文学出版社出版的《沫若文集》，中华人民共和国成立前印行的郭老著作初版本极少。郭老主办或支持的刊物和报纸如《创造季刊》、《洪水》、《鹃血》、《质文》和《救亡日报》等，全校没有一份完整的。关于郭老著作的初版本问题，我想再谈两句。郭老出于对人民负责，特别是对青年一代负责的良好愿望，对其在中华人民共和国成立前的创作如《女神》、《文艺论集》等不止一次地进行了修订。但是，我们从事郭沫若研究的同志不能根据郭老在中华人民共和国成立后修订的版本来研究、评价郭老20世纪二三十年代的文艺思想、文艺观点，因为这不能反映郭老当时思想、观点的实际。遗憾的是，近年来，有的同志由于找不到郭老著作的初版本，只是根据中华人民共和国成立后的修订本对郭老20世纪二三十年代的文艺思想、文艺观点，作出了不尽符合实际的论断。因此，我希望近期内能印行郭老一些重要著作的初版本，以利研究。

其次，郭老自己喜读的书和对他发生很大影响的书，如《唐诗正文》、《伽毗尔百吟》、《奥义书》、《市民的起义》等，许多目前已难以找到。我认为，我们如果要全面深入地研究郭老，仅仅读郭老的著作是远远不够的，应该按照茅盾同志所提倡的"穷本溯源，取精用宏"的研治中外古今文学遗产的方法，钻研郭老喜读的书和对他发生很大影响的书。如郭老自己曾说，他"崇拜东方的庄子、陶渊明这些古人，和西洋的斯宾诺莎、歌德"。他当时还特别爱读林纾翻译的小说，在《我的童年》中回忆说："林译小说中对于我后来的文学倾向上有决定的影响，是 Scott 的《撒喀逊劫后英雄略》。我受 Scott 的影响很深，这差不多是我的一个秘密。"因此，我们如果对庄子、斯宾诺莎、歌德、司各德等人毫无钻研，恐怕就不可能对郭老的哲学思想、文学倾向有全面深入的理解。

再其次，我们郭沫若研究室一直没有专门的经费。在人员编制上，仅有一名专职研究人员和一名行政办公人员，其余成员全系兼任，人力、物力十分薄弱。这些都大大影响了研究工作以及活动的正常进行和开展，发表出版更是困难。主要原因是学术界、文化界对郭老在认识上有分歧；对郭老研究不重视；有的刊物甚至一度回避刊登研究郭老的文章。有的出版单位在当时某些不正之风影响下，更不愿出版像《郭沫若研究》这一类的学术性刊物。

例如，我们编印的《郭沫若研究专刊》，曾与好几个出版单位联系，希望他们代为出版，结果都不愿承印，最后我们学校只好"牺牲血本"，自己印行。

总之，我们郭沫若研究室三年多来的工作，如果用一句话概括，那就是：在困难中苦撑！

最后，谈谈我们对郭沫若研究的一些初步设想。我们认为，要进一步比较全面、深入地研究郭沫若及其著作，一个方面应该加紧全面进行郭沫若研究资料的搜集、整理和出版等工作，另一个方面应该不断扩大研究领域，提高研究水平，特别是应该加强某些薄弱环节的研究，填补一些空白点。在郭沫若研究资料的搜集整理工作上，除了全面、系统的广泛搜集外，还有两个方面的工作应当特别抓紧进行。一个是对郭老集外佚作如诗词、文章、序跋、书信等的搜集整理。在这方面，不少同志已做了大量的工作，积累了不少有益的经验，如郭沫若编辑出版委员会办公室的同志，东北师大、复旦大学、上海图书馆、上海文艺出版社、乐山文管所、四川人民出版社和郭沫若研究室的同志，今后还望继续加紧进行。这些集外佚作是全面研究郭老的不可缺少的第一手资料，而搜集佚作也是一个十分艰巨的长期任务。因为郭老行踪遍及全国各地，到处题诗作词；给亲朋故旧的书信也大量流传在外边。

另一个是，应该加紧对一些知情的老同志和当年与郭老共同战斗的当事人进行访问。这些老同志现在大多是七八十岁以上的高龄，趁他们还健在，应邀请他们提供一些口头的或书面的回忆录之类的材料。这是一笔必须大力"抢救"、异常宝贵的财富！我这里用"抢救"两字，绝不是危言耸听，而是表明它的紧迫性。

在扩大研究领域方面，就近年来郭沫若研究的现状而论，比较集中的研究还只是在诗歌和历史剧方面，特别集中在诗集《女神》和历史剧《屈原》等几部作品上。这些研究当然都是很必要的，因为诗歌和历史剧是郭老最有代表性的创作。在诗歌和历史剧的研究方面，近年来也有不少新的开拓。但相对来说，小说、散文、杂文、文艺理论、美学思想、旧体诗词等方面的研究都比较薄弱，还没有得到很好的开展。有关郭老自传、翻译及其与中国文学、外国文学的继承借鉴关系等方面的研究文章，更属凤毛麟角，有的至今还是空白。有关郭老的历史著述、金文甲骨等考古方面的研究，开展得也还不够十分广泛、深入。所有这些，都是和郭老作为一位中国无产阶级革命文学和马克思主义历史学的开山祖的历史地位和杰出成就远远不相称的；与国内外开展起来的鲁迅研究、茅盾研究比较，也大为逊色。因此，我们从事郭沫若研究的同志们应该进一步团结起来，群策群力，打破单位之间的界限，各就所长，发挥优势，从各个领域、各个方面对郭老的文史创作和学术论著开展广泛而深入的研究。这些都不是仅仅依靠我们研究现代文学的同志所能胜任的。有些重点科研项目，可以由几个单位协作攻关，为开创郭沫若研究新局面做出我们应有的贡献。我们只有全面而正确地研究郭老，才有可能全面而正确地认识郭老，理解郭老。有的同志正由于没有全面而正确地理解郭老，所以才攻其一点，不及其余，对郭老及其著作作出了片面性的、形而上学的论断和评价。

有鉴于此，我们郭沫若研究室的同志初步计划在近期内编辑两种有关郭沫若研究的资料，编写两本有关郭沫若研究的专著，但具体规划尚在考虑中，还未确定下来。

总之，我们郭沫若研究室的同志都是一些散兵游勇，布不成阵势，由于种种条件的限制，虽然做了一些努力，但成绩是微不足道的。今后，在从事郭老研究的工作中，我们由衷地愿意向同志们学习，愿意和同志们一道前进！

（原载中国郭沫若研究会编《郭沫若研究·学术座谈会专辑》，文化艺术出版社1984年版）

继承传统　借鉴外国

茅盾和郭沫若同志是"五四"以来中国现代文学的奠基人和开拓者，是继鲁迅之后两面光辉的旗帜。他们都为推动无产阶级革命文学的发展，做出了不可磨灭的建树和贡献。我们对这两位卓越的无产阶级文化战士所经历的文学道路加以比较分析，从中探讨一些有益的经验，仍然是不无意义的。现仅就茅公、郭老早期文学道路中继承传统、借鉴外国这一方面，谈谈个人粗浅的体会。

茅盾和郭沫若同志都出生在19世纪末中国民族和阶级矛盾日益激化的革命年代，一位生于浙江鱼米之乡的乌镇，一位家在峨眉山旁的四川乐山。他们的童年、少年时代都在家庭中受着旧学的熏陶和"新学"的启蒙教育，特别是都同样受到母亲的文学教育和影响。茅盾的父亲沈永锡是一位思想比较开明的"维新派"人物，酷爱自然科学，还允许童年的茅盾阅读当时被视为"闲书"的《西游记》等小说。茅盾早年丧父，和弟弟沈泽民一直都是在母亲的辛勤教育、抚养下成长起来的。茅盾后来回忆说："在25岁以前，我过的就是那样在母亲'训政'下的平稳的日子。"[①] 有趣的是，郭沫若的童年时代也同样受到他母亲的诗的教育，培养了他早年对于诗歌的特殊兴趣。据他后来回忆说，"我之所以倾向于诗歌和文艺，首先给予了我以决定的影响的就是我的母亲。……在我自己有记忆的二三岁时她已经把唐人绝句教我暗诵，能诵得朗朗上口，这，我相信是我所受的诗教的第一课"[②]。郭沫若童年

---

① 茅盾：《我的小传》。
② 郭沫若：《沸羹集·如何研究诗歌与文艺》。

时期也同样从他大哥郭开文收藏的几部"奇书"中读过《西厢记》、《花月痕》等戏曲和小说。这些都对他们两位后来从事文学创作产生了积极的影响。茅盾的父亲和郭沫若的大哥原本都希望他们的子弟学习理工科，走实业救国的道路，但他们两人最终都走上了文学的道路，尽管有着时代和个人的种种因素，但其间起着潜移默化的影响的，仍然是他们童年所受的母教。

茅盾早期对于中国传统文学和西方文艺所抱的态度，和"五四"前后一般论者的"所谓好，一切都好，所谓坏，一切都坏"的形式主义观点不同。他主张"穷本溯源"，"取精用宏"，一切从实际出发，取其精华，弃其糟粕，批判吸取。他说："只要我们不把古人当偶像，不把古人的话当'天经地义'，能怀疑，能批评，我是以为古人的书，都有一读的价值，古人的学说，都有一研究的必要。"[①] 他还说："旧文学也含有'美''好'的，不可一概抹煞。所以我们对于新旧文学并不歧视。"[②]

前面谈过，茅盾童年、少年时代就接受旧学的熏陶，对祖国的文化遗产进行过深刻的钻研，有很高的造诣。这些都大大丰富了他的文学素养，使他后来的文学创作事业更加熠熠生辉。早在1921年，茅盾即与刘贞晦合著《中国文学变迁史》，随后又选注了《淮南子》、《庄子》、《楚辞》等，并上溯到中国古代寓言和古代神话，编有《中国寓言初编》、《中国神话研究ABC》等，成为我国从事中国古代神话、寓言研究的开山。同样，茅盾对于借鉴外国，也主张应该像他研治中国传统文学那样"穷本溯源"，"从希腊、罗马开始，横贯19世纪，直到'世纪末'"。他是这样说的，也是这样做的。他从编译《希腊神话》、《北欧神话》起，继之以希腊文学、骑士文学以及文艺复兴时期文学之研究，后来出版有《希腊文学ABC》、《骑士文学ABC》等多种论著。在他接编《小说月报》前后，他更潜心于19世纪俄国文学、法德诸国文学的研究。据他自述，"从1919年起，我开始注意俄国文学，搜求这方面的书，这也是读了《新青年》给我的启示"[③]。《小说月报》刊载了他编

---

① 茅盾：《尼采的学说》，《学生杂志》第4卷1—4号。
② 《小说新潮栏宣言》，《小说月报》第11卷第1号。
③ 茅盾：《我走过的道路》。

辑的《俄国文学研究》专号、《法国文学研究》专号、《被损害民族文学》专号，以及19世纪欧洲各国文学家的评传等。他认为，"如此才能取精用宏，吸取他人的精萃，化为自己的血肉"。由此可见，茅盾当时对于中国传统文学和西方文艺不盲从，不迷信，而是结合中国社会的实际需要来加以检验和改造，把继承借鉴和革新创造有机地统一起来，使之适合于建立我们民族的新文艺。"把旧的做研究材料，提出他的特质，和西洋文学的特质结合，另创一种自有的新文学出来"①，这就是他的结论。

当时和茅盾同样抱着这种"拿来主义"态度的是郭沫若。他早年不仅对中国古典文学有相当深厚的造诣，而且广泛阅读了许多优秀的外国文艺作品。他说："那时候我喜欢读的书是庄子、楚辞、文选、史记……特别喜欢庄子。"②他又说自己"崇拜东方的庄子、陶渊明这些古人，和西洋的斯宾诺莎、歌德"③。他当时还特别爱读林纾译的小说，在《我的童年》中回忆说："林译小说中对于我后来的文学倾向上有决定的影响，是 Scott 的《Ivanhoe》，他译成《撒喀逊劫后英雄略》。我受 Scott 的影响很深，这差不多是我的一个秘密。"凑巧的是，茅盾在商务印书馆编译所工作期间，曾主动提出标点司各德原著、林纾翻译的《撒喀逊劫后英雄略》（《艾凡赫》），并写了一篇国人从未涉猎的十分详尽的《司各德评传》，对司各德的作品作了高度评价。他在评传中称赞司各德"是当时文坛上的彗星"，"司各德的文章，纵横恣肆，奇诡神妙，像一根万丈长的火柱，它的光焰，耀人眼目"。于此可见茅盾对司各德钻研之深与倾倒之切。

但是，茅盾也好，郭沫若也好，他们研究、介绍中国古典文学和西方文艺，都不是无条件的顶礼膜拜，而是采取一分为二的态度，赞扬他们值得肯定的方面，批判他们应该被否定的消极面。他们继承传统，为的是"辟往而开来"；他们借鉴外国，为的是"借石他山以资我们的攻错"。例如，茅公和郭老早期都对尼采进行过比较深入的研究，但他们都没有全盘肯定尼采的思

---

① 《小说新潮栏宣言》。
② 《沫若文集》第6卷第279页。
③ 郭沫若：《我在日本的生活》。

想观点，而是从分析、批判中取其有用的因素，加以改造，使之服务于中国文化革命运动。茅盾早在《解放与改造》上即发表了他选译的两篇尼采的《苏鲁支语录》，并于1920年在《学生杂志》第7卷1-4号连载了长篇论文《尼采的学说》，对尼采的生平、著作及其道德论、进化论等学说作了比较深入而系统的探讨。他首先指出，"尼采学说的全部，很有许多自相矛盾的地方，便一部书中也很有自相矛盾的话"，因此"我们读尼采的著作，应该处处留心，时常用批评的眼光去看他"。茅盾结合"五四"时期"提倡新道德，反对旧道德，提倡新文学，反对旧文学"的实际需要，肯定了尼采学说中"最大的——也就是最好的见识，是要把哲学上一切学说，社会上一切信条，一切人生观、道德观重新称量过，重新把他们的价值估定"。尼采"重新估定一切价值"的学说，不仅对鲁迅早期某些思想观点发生过一定的影响，而且对茅盾和郭沫若的早期思想也起过不同程度的作用。像茅盾早期那种突破一切传统束缚、重新估价一切的精神；像郭沫若"五四"时期冲决一切网罗、打破一切偶像崇拜、在思想和创作上刻意创新的狂飙突进精神，不都是从尼采"重新估定一切价值"的思想观点中汲取而来并得到某些启发的吗？郭沫若1923年5月至1924年2月间也曾在《创造周报》上陆续刊载他翻译的尼采《查拉图司屈那》第一部。他和茅盾都是向国内译介尼采著作比较早的。郭沫若原来还计划开译第二部，但"结果没有译下去"，"事实上是'拒绝'了它"。据他自述，这是因为"中国革命运动逐步高涨，把我向上看的眼睛拉到向下看，使我和尼采发生了很大的距离"[①] 的缘故。

  茅盾对拜伦、左拉、罗曼·罗兰等西方作家也都作出了一分为二的分析、评价。他在《拜伦百年纪念》[②] 中说：我们现在纪念拜伦，"因为他是一个富于反抗精神的诗人，是一个攻击旧习惯道德的诗人，是一个从军革命的诗人"，可以"挽救垂死的人心"，是中国现在正需要的。同时，他也批判了拜伦早年"那狂纵的，自私的，偏于肉欲的拜伦式的生活"。郭沫若对于歌

---

① 郭沫若：《雅言与自力·附记》，《创造月报》第30号。
② 《民国日报·觉悟》1924年4月20日。

德的评价，也有与茅盾相类似的情况。对于歌德，郭沫若长期以来怀着钦仰的心情，进行过相当深邃的钻研。歌德对郭老的思想和创作，特别是诗剧，都发生过不小的影响。但郭老对歌德，无论在思想上、艺术创作上，都并不是全盘接受，盲目崇拜。他在翻译歌德的《浮士德》第一部时，歌德的许多思想已使他感到"最难忍耐"。他明确提出，歌德"在初期是吹奏着资产阶级革命的一个号手，但从他做了限马公国的宰相以后，他老实退回到封建阵营里去了"①。他甚至还声言"像歌德那样的人是值不得我们崇拜的"，充分反映了郭老在思想不断提高的基础上，对歌德的消极面有了更深刻的认识。

　　特别有趣的是，茅公和郭老对1924年印度诗人泰戈尔来华访问的评价和态度，竟同声相应，不谋而合。我们知道，泰戈尔的一些作品，早在20世纪20年代即被翻译、介绍到中国来，曾经风行一时，对我国文艺界发生过相当大的影响。当时除谢冰心、郑振铎等同志进行译介外，茅盾在1920年1月《东方杂志》第17卷2号也发表了他翻译的印·台莪尔（泰戈尔）的《髑髅》；1923年9月又与郑振铎合作选择了泰戈尔的《歧路》，刊载于《小说月报》第14卷9号，向国内文艺界介绍了泰戈尔。在泰戈尔访华前，《小说月报》还出过《泰戈尔专号》；泰戈尔来华后，新月派诗人徐志摩陪同他到杭州、上海、南京各地讲演，轰动一时。泰戈尔在讲演中，大肆宣扬"东方文化"，抨击西方文化。泰戈尔的访问和讲演引起了中国共产党人的注意。党中央认为，需要在报刊上发表文章，表明态度和希望。茅盾就根据这个精神在报刊上连续发表了《对于泰戈尔的希望》和《泰戈尔与东方文化》两篇文章。在前一篇文章中，茅盾旗帜鲜明地表明了对泰戈尔访华的态度和希望。文章说："我们决不欢迎高唱东方文化的泰戈尔；也不欢迎创造了诗的灵的乐园，让我们的青年到里面去陶醉的泰戈尔；我们欢迎的，是实行农民运动（虽然他的农民运动的方法是我们反对的），高唱'跟随着光明'的泰戈尔"，因此，我们希望泰戈尔认识到中国青年目前的不愿正视现实而想逃入虚空的弱点和病态，对他们痛下针砭，"拉他们回到现实社会来，切实

---

① 《沫若文集》第7卷第69页。

地奋斗"。后一篇文章则针对泰戈尔在上海、北京所作的《东方文化的危机》和《人类第三期之世界》的讲演,严肃地揭发、批判了泰戈尔所宣扬的"东方文明"的实质。而郭沫若早在1914年在日本初次接触泰戈尔诗歌时,泰戈尔清新平易的诗风使他"一跃便年青了二十年"。他后来把泰戈尔的《新月集》、《园丁集》、《吉檀伽利》、《爱人的赠品》以及译诗《伽毗尔百吟》、戏剧《暗室王》"都如饥似渴地买来读了",好像"探得"他的"生命的生命","探得"他"生命的泉水"一样。他说,从此"我便和泰戈尔的诗结了不解缘"[1]。这些都说明了郭沫若早期对泰戈尔诗歌的倾慕和泰戈尔对他的影响。他后来回忆说,从《女神》中的一些诗和《牧羊哀话》里面的几首牧羊歌,都可以看出他早期所受泰戈尔的影响是怎样的深刻[2]。但这毕竟是郭沫若早期对泰戈尔的评价。当1917年他在日本从泰戈尔的《新月集》、《园丁集》、《吉檀伽利》三部诗集中选了一部《泰戈尔诗选》,准备寄回上海出版,却遭到拒绝后,他顿然领悟到泰戈尔"是一个贵族的圣人,我是一个平庸的贱子,他住的是一个世界,我住的是一个世界","我和泰戈尔的精神的连络从此便遭到了莫大的打击"[3]。随着郭沫若思想的不断变化与发展,他在泰戈尔访问中国的前夕,于1923年10月在上海《创造周报》第23号上发表了《泰戈尔来华的我见》,对泰戈尔的思想和教训进行了总结。他指出:"'梵'的现实,'我'的尊严,'爱'的福音,这可以说是泰戈尔的思想的全部。"接着,他回顾了泰戈尔1916年东渡日本讲演时的情况,说"他从印度带给日本的使命就是叫日本恢复东洋的精神文明,以代西洋的物质文明"。最后,他还针对泰戈尔的思想批判道:"世界不到经济制度改革之后,一切什么梵的现实,我的尊严,爱的福音,只可以作为有产有闲阶级的吗啡,椰子酒;无产阶级的人终然只好永流一身的汗血。平和的宣传是现世界的最大的毒物。"在如何对待泰戈尔来华的问题上,郭老和茅公是同一步调、并肩作战的。

---

[1] 《沫若文集》第11卷。
[2] 《沫若文集》第11卷。
[3] 《泰戈尔来华之我见》。

综上所述，可以看出，茅盾和郭沫若同志早期都是博通今古、学贯中西的，特别是他们那种有分析、有批判地继承、借鉴中外文化遗产的正确态度和方法大大丰富和提高了自身，使他们在文学道路上跨出了坚实有力的脚步。不过，由于他们两人社会经历和生活遭遇不同，他们早期所经历的文学道路也不尽相同。茅盾是在五四运动的影响和推动下"开始专注于文学，翻译和介绍了大量的外国文学作品"，特别是俄国的作家和作品。与郭沫若不同的是，茅盾是以一个现实主义理论的倡导者和文学评论、翻译工作的开拓者的身份，开始了他的文学生涯，并奠定了他在文坛上的辉煌地位的。郭沫若则早在"五四"前后即以他的创作蜚声诗坛。加以他们两位气质和个性不同，对传统文学的师承和西方文艺的借鉴不同，他们早期接受的思想影响不同，文学主张和审美观点不同，反映现实的艺术方法也不同，一个坚持现实主义，一个倾向浪漫主义。因之，他们以后的创作在题材和主题的选择镕铸、艺术形象的塑造以及文学体裁的运用等方面，都表现出很大的差异。在创作风格上，一个冷静、深邃，一个奔放、热烈，展示出迥然不同的特色，形成双峰矗立、各有千秋的壮观场面。

（原载中国茅盾研究会《茅盾研究》第二辑，1984 年 12 月）

"爱国精神照肝胆"

——读茅盾同志的诗词

伟大的革命作家、文化活动家和社会活动家茅盾同志学贯中西，博综今古，不仅小说、散文和学术著作在国内外文坛享有盛誉，而且诗词也异军突起，美妙多姿。由于他的诗词为小说盛名所掩，以致中华人民共和国成立前后评论不多，这从某种意义上说，不能不引为憾事。实际上，他在中华人民共和国成立前提倡新诗，旧体诗"随写随丢"，多所散佚，所写的旧体诗现仅存十几首；词则全为中华人民共和国成立后所作。全部诗词依写作年月先后为序，起于1940年冬，讫于1980年11月[①]。诗词从不同的侧面、不同的视角，真实反映了40年来革命历史的沧桑，生动抒写了作者"真我感情"的心灵历程的演变发展，是思想意蕴和艺术表现比较完美结合的诗化的现实主义珍品。

从题材内容上看，茅盾的诗词广泛多样，不拘一格。有歌颂中国共产党的；有歌颂毛泽东同志的；有高举革命文化旗帜的；有出国参观访问的；有反映国内外时事风云变幻，表示对林彪"四人帮"之流蔑视和嘲讽的；有哀挽怀旧的；有赠答友人的；有听歌观剧的；有读书题画的；有感怀、自述的；有无题、纪行的；有为报刊题作的等等。它是茅公全部创作的重要组成部分，也是研究茅盾生平、思想、创作和文化活动的第一手资料。

从文学体裁上看，相对来说，诗多古体、绝句，律诗较少；词则小令、长调大体相等，俱各擅胜场。

从创作风格、笔法上看，茅盾的诗词更是异彩纷呈，别开生面。大体上，中华人民共和国成立前的诗，风格沉郁苍凉，忧愤深广；中华人民共和

---

① 据《茅盾全集》第十卷《诗词》。

国成立后的诗，在"文化大革命"期间及其后，有明显的变化。"文化大革命"后的诗风乐观开朗，一往无前。这些都是时代、社会和环境的巨大变化给他的心态和艺术风格打下的烙印。笔法多样，有抒情，有叙事，有说理，有议论，有写景，有纪实，有写意；表现手段有烘托，有映衬，有直白，有象征，有对比，有对照，有嘲讽，有明喻，有隐喻，如此等等，各尽其妙。

　　茅盾同志的一生，立场坚定，爱憎鲜明。抗日战争期间，他身处国统区逆流泛滥、文网森严之秋，不顾个人安危，仆仆风尘，为抗战奔走呼号，以诗笔荡涤旧污，坚持斗争，心向延安。1941年底太平洋战争爆发后，香港沦陷，茅盾夫妇在东江游击队的援助下撤退到桂林。1942年秋，他写成了《无题》七律一首：

　　　　偶遣吟兴到三秋，未许闲情赋远游。
　　　　罗带水枯仍系恨，剑铓山老岂划愁。
　　　　搏天鹰隼困藩溷，拜月狐狸戴冕旒。
　　　　落落人间啼笑寂，侧身北望思悠悠。

诗末附有自注："罗带水，剑铓山，皆桂林典故……苏子瞻综合韩（愈）柳（宗元）二诗之意境曰：'系闷岂无罗带水，割愁还有剑铓山。'此处颈联乃反用苏诗意。"一经茅公反用，似觉更深一层。颔联"搏天鹰隼"句，隐喻"皖南事变"中被围困的新四军。藩溷，篱笆和厕所，比喻隔离和污浊的地方，见《晋书·左思传》。下一句比喻奸狡的小人擢登高位。冕旒，指古代帝王、诸侯冠冕前后下垂的玉串。落落，孤独零落貌。末联二句以"啼笑寂"形容国统区万马齐暗的局面，而以悠悠之思侧身北望作结。茅盾1940年5月至10月曾有延安之行，于此表达了作者向党的深情。

　　1942年冬，茅盾由桂林转赴重庆，在桂林至重庆途中写成了《桂渝道中杂诗·寄桂友》（四首），对国统区文网森严、国民党当局消极抗战作了深刻的揭露和嘲讽。其三云：

　　　　南明旧事岂虚诬，十万倭骑过鉴湖。
　　　　闻道仙霞天设险，将军高卧拥铜符！

明末崇祯十七年，清统治者入京即帝位后，明福王、唐王、鲁王、桂王先后在南方各省建立地方政权，旧史称为南明。此处借喻国民党当局当年偏安于西南一隅，不战而走。"十万倭骑"句，当指1942年5月起，日本侵略军以强大的兵力发动浙江—江西战役，打击浙江衢州空军、攻陷金华等事。鉴湖，在浙江绍兴西南，旧时为绍兴的别称。末二句用反语揭露国民党将领恃险高卧、拥兵不战的卑劣行径。仙霞，即仙霞岭，在浙江江山县南，形势险要。铜符，即铜虎符的简称，原为古代国家发兵的符信。此处着一"拥"字，活画出国民党按兵不动的丑态。其四云：

> 鱼龙曼衍夸韬略，吞火跳丸寿总戎。
>
> 却忆清凉山下路，千红万紫斗春风。

鱼龙曼（漫）衍，指变幻的戏术，参《汉书·西域传赞》注文。此处借喻国民党当局戏法的变幻无常，消极抗战，积极反共。吞火，即吞刀吐火，古代杂技的一种，参《汉书·张骞传》注文。跳丸，抛掷弹丸，也是古代的一种杂戏。总戎，当指蒋介石。清凉山，古名石头山，在南京市西，为南京名胜。这里用对照之笔，以"鱼龙曼衍"、"吞火跳丸"的杂戏，映衬出南京往日的百花争艳、斗胜春风。弦外之音，不胜今昔之感，借示对国民党当局的嘲讽。这两首绝句，全以曲折见意、婉而多讽擅场。

如果说，《桂渝道中杂诗》是以曲折见意擅场，那末，《感怀》、《八十自述》（未写完）两篇古体，则以直抒胸臆取胜。《感怀》作于1942年秋的桂林，自述在心情煎迫下，思念着"引领北国"的"桓桓多士"（"北国"，指当时的延安），梦见了留在延安的一双儿女沈霞、沈霜，"欢笑复鸣咽"。一种真情实感弥漫于字里行间。《八十自述》作于1976年7月的北京，格调高古，明白如话，以追念旧时母爱作为纪念自己童年的题材，蓼莪之思情真意切，感人肺腑。

此外，以谋篇布局、构思新颖取胜的，还有词《沁园春·为中国共产党成立五十九周年作》。该词写成于1980年6月，妙在通篇并不历叙中国共产党成立59年来的丰功伟绩，而着重描绘1921年7月1日中国共产党第一届代表大会先在上海、后转移到浙江嘉兴南湖船上举行的无限风光。上半阕：

> 烟雨楼前，涟漪波光，画舫轻摇……拂桨红菱，沿堤绿柳，无限风光春意饶。试纵目，有摩天鹰隼，渐入云霄。

桨声波影的点染更烘托出"摩天鹰隼""扶摇直上九万里"的雄姿。烟雨楼，在浙江嘉兴南湖湖心岛上，由五代吴越钱元璙建，为嘉兴胜迹。下半阕略述频年概况，最后仍然回应道：

> 湖上当年，十二先驱，革命蓝图仔细描。摸索久，举燎原烽火，腥秽全烧。

当时中共代表大会代表共 13 人，陈独秀未亲往出席，委托陈公博代，故云"十二先驱"。这首词章法整赡，以概括之笔包容了许多不可能历叙的史实。这种集中一点、统摄和展示全局的写法，收到了以简驭繁、以少胜多的艺术功能。

茅盾是外事工作和中外文化交流的伟大使者，远在抗日战争后期，即曾应邀赴苏联访问。中华人民共和国成立后，他任中央文化部长期间，多次出国，参加国际和平会议、亚洲作家会议、亚非作家会议等；还率领文化代表团两次访问波兰，多次访问苏联。他为促进国际和平和中外文化交流事业，尽瘁多劳，做出了杰出的贡献。茅盾于 1960 年 8 月至 9 月访问波兰，在华沙参观访问，听歌观舞，写下了不少诗篇。其中，《参观凯纳尔工艺美术中学》：

> 源泉艺术在民间，吸取精英先着鞭。
> 古拙非缘哗世俗，诡奇最怕堕魔关。
> 创新毕竟开潜力，摹效由来毁异材。
> 卓见奠基凯纳尔，独标一帜更无前。

短短八句，提出了许多独具卓识的文艺理论和创作上的有关问题，如民间艺术源泉论，赞美古拙；告诫诡奇勿陷魔道；标榜创新；反对摹仿等。这既是凯纳尔工艺美术中学的"独标一帜"，也是茅盾文艺审美主张的"夫子自道"，成为别具一格的诗化的文艺理论批评。

中华人民共和国成立后，茅盾在国内外写下的许多欣赏歌曲、舞蹈的诗篇，实际上，都是形象化的中外文化交流的佳构。如在 1958 年写下的《观朝鲜艺术家表演偶成》（二首）第一首《扇舞》前四句：

> 素袖轻扬半折腰，连环细步脚微挑。
>
> 低佪扇舞百花绽，炫转长裾万柳飘。

诗句写朝鲜艺术表演家素袖长裾、舞姿扇态，观察入微，曲尽形容，活画出朝鲜舞蹈独具的风采。最末更以"曲终更见深心处，嫩绿重台捧赤幖（幖，旗帜）"作结，既见出朝鲜艺术团的"深心"，也是作者的"深心"。第二首《珍珠舞姬》前四句：

> 回黄转绿幻霞光，宛转翩跹仪万方。
>
> 凤管徐随皓腕转，鹍弦偏逐细腰忙。

诗句写舞姬依音乐节拍且吹且舞，"回黄转绿"，变化万端。后四句：

> 鲛人空洒千行泪，龙女还输一片香。
>
> 万顷洪波齐肃立，只缘妙舞有珠娘。

鲛人，用晋张华《博物志》二"南海外有鲛人，水居如鱼，其眼能泣珠"的典故。龙女，神话传说中龙王的女儿。这四句切合珍珠舞，用泣珠的鲛人和龙女作烘托，描绘出"万顷洪波""肃立"下的"妙舞珠娘"，前后呼应，互相映照，环环相扣，开阖自如。举此一例，以概其余。

茅盾丹心向日，关怀国内国际大事，表露了对"文化大革命"以来种种现实的愤懑，欢呼人民的胜利。写于1964年的小令《西江月·感事》（三首）即有感国际时事而作。第一首上半片：

> 几度芳菲鹈鴂，一番风雨仓庚。斜阳腐草起流萤，牛鬼蛇神弄影。

鹈鴂，即杜鹃，常以春分鸣。屈原《离骚》："恐鹈鴂之先鸣兮，使夫百草为之不芳。"仓庚，黄莺的别名。短短四句，写景抒情，情景相生，意象幽深，直入画境。1976年10月，反革命集团"四人帮"被粉碎后，茅盾以满怀愤怒之笔，对他们进行了淋漓尽致的揭露和谴责：

> 白骨成精善变化，人妖莫辨乱真假。
>
> 乔妆巧扮自吹嘘，笑脸狞眉藏诡诈。
>
> ……
>
> 画皮未剥多威武，闷棍毙人胜刀斧。

>翻新帽子满天飞，喜怒随心谁敢近？
>
>——《十月春雷》
>
>卒子过河来对方，一横一纵亦猖狂。
>
>非缘勇敢不回步，本性难移是老娘。
>
>——《过河卒》（江青自称"过河卒子"）

诗句剥下他们的伪装，描摹他们的声口，勾画他们的伎俩，鞭挞他们的劣行，真是亦庄亦谐，寓庄于谐，"嬉笑怒骂，皆成文章"了。

茅盾交游极广，笃于友情。《诗词集》中收入了许多哀挽、怀旧和赠答友人的诗篇。《赠桂林友人》、《再赠陈此生伉俪》诸诗写得沉郁激愤，"哀情郁结"，借赠友人以抒忧愫。1978年写下的《赠曹禺》和1980年写下的《怀老舍先生——为絜青夫人作》两首绝句，都是以创作名组合入诗。中华人民共和国成立前，老舍曾作有人名诗"（孙）大雨洗星海，（高）长虹万籁天。（谢）冰莹成舍我，碧野林风眠"，以五言绝句嵌入八人姓名，文坛传为佳话。茅盾又进一步以创作名嵌入成诗。且看《赠曹禺》：

>当年海上惊《雷雨》，雾散云开《明朗天》。
>
>阅尽风霜君更健，《昭君》今续《越王篇》。

诗前有作者题记。《越王篇》，指《胆剑篇》。再看《怀老舍先生》：

>《老张哲学》《赵子曰》，祥子悲剧谁怜恤？
>
>《茶馆》《龙沟》感慨多，君卿唇舌生花笔。

"祥子悲剧"，指《骆驼祥子》。《龙沟》，指《龙须沟》。两诗妙手巧裁，自然浑成，具见功力之深。

茅盾同志喜爱中国古典小说《水浒》、《儒林外史》、《红楼梦》和民间文艺，特别对《红楼梦》精研熟读，甚至达到了背诵的地步（据中华人民共和国成立前开明书店章锡琛谈）。他的《诗词集》中有关《红楼梦》的诗即有四篇之多。如作于1963年9月的《题〈红楼梦〉十二钗画册》（二首）第一首《咏晴雯》：

>机关算尽怜凤姐，谗巧藏奸笑袭人。
>
>我亦晴雯膜拜者，欲从画里唤真真。

其后，作于1978年9月的《题〈红楼梦〉画页》（二首）第一首《补裘》：

> 补裘撕扇逞精神，清白心胸鄙袭人。
>
> 多少晴雯崇拜者，欲从画里唤真真。

该诗也以晴雯与袭人对比，表示了对晴雯的赞赏。诗作结合现实，品评人物，具见素怀。《观剧偶成》对曹操作了肯定："我喜曹瞒能本色，差胜沽名钓誉人。"《观剧偶作》代《西厢记》的崔莺莺鸣了不平："崔娘遗恨留千古，翻案文章未易工。"在《读〈临川集〉》杂言古体中，诗人全用王安石的故事，称许了王安石的变法，主张用唯物史观剖析幽微，洗雪对王安石的"千年积毁"。这些对历史、小说及戏曲人物的正确评价，不仅代表了茅盾不同凡响的诗化的文艺理论批评和卓越的史识，更重要的是，还借题发挥，宣泄了"文化大革命"前后郁积胸中的垒块。

此外，1979年9月写下的《祝文艺之春——为第四次文代大会闭幕作》七律一首，也是一篇鞭辟入里的诗化的文艺理论批评。

> 继承传统勤提炼，借鉴他山贵摄神。
>
> 生活源泉深且广，典型塑造应求真。

该诗提出了继承、借鉴贵在"提炼"、"摄神"。"提炼"，也就是取其精华、弃其糟粕的意思；"摄神"，当是不要追求形似、生硬摹仿的意思。"借鉴他山"取《诗经·小雅·鹤鸣》"它山之石，可以攻玉"（攻，指加工）意，比喻借鉴外国文艺。其他如生活是文艺的源泉、塑造典型应求真实等许多文艺理论上的真知灼见弥足珍视，并可与茅盾一贯的文艺理论主张互参。

茅盾博极群书，尤精文史。《读〈稼轩集〉》（1973年作）：

> 浮沉湖海词千首，老去牢骚岂偶然。
>
> 漫忆纵横穿敌垒，剧怜容与过江船。
>
> 《美芹》荩谋空传世，京口牀猷仅匝年。
>
> 扰扰鱼虾豪杰尽，放翁同甫共婵娟。

这首诗当是茅盾读《稼轩词》后有感于"文化大革命"现实，借题发挥之作①。辛弃疾,号稼轩,南宋杰出的爱国词人。少时参加耿京抗金义军,后归仕宋。力主抗金,恢复中原。屡遭当权者排斥,落职家居。后起用,任绍兴知府兼浙东安抚使,坚持抗金斗争。65岁(1204年)任镇江知府,以不得行其志,次年失意告归,未久,抑郁而死。工词,有《稼轩词》(又名《稼轩长短句》),《宋史》卷四〇一有传。开头两句,起得雄浑苍凉,慨而且慷。三、四两句,写辛弃疾当年"金戈铁马",纵横敌垒,以及金人北犯,宋室南迁,和议方行,中原恢复难望等情事。剧,甚。容与(yǔ),起伏动荡貌。第五句"《美芹》",指辛氏所作力主抗金的《美芹十论》,"荩谋"之"荩",忠,进。空传世,谓未见采纳、实行。第六句写辛弃疾壮志难酬,宦京口一年即失意告归。京口,在江苏镇江,这里代指镇江府。末二句比喻南宋末世鱼虾混杂,天下豪杰都尽,唯有陆游、陈亮与辛弃疾共此婵娟。扰扰,纷乱貌。婵娟,美好。陆游,字务观,自号放翁,南宋越州山阴人。一生坚持抗金,临终绝笔《示儿》,仍惓惓以"但悲不见九州同"为恨,嘱咐儿子"王师北定中原日,家祭无忘告乃翁"。著有《剑南诗稿》、《放翁词》(一作《渭南词》)等,《宋史》卷三九五有传。同甫,陈亮字,南宋婺州永康(今浙江县名)人。坚持抗金,反对孝宗"隆兴和议",有《龙川词》等,《宋史》卷四三六有传。陆游与陈亮都是辛弃疾好友,都是坚持抗金、渴望恢复中原的爱国志士,所以茅公以二人与辛弃疾相比拟。这首七律对仗工稳,用典贴切,抑扬顿挫,富有激情,可与辛弃疾词《永遇乐·京口北固亭怀古》同参。

茅盾1979年写下的《沁园春·为〈西湖揽胜〉作》,是又一篇用典精当贴切、体现本地风光的词,为《西湖揽胜》做足了生动形象的诠释。

西子湖边,保俶塔尖,暮霭迷濛。看雷峰夕照,斜辉去尽;三潭印月,夜色方浓。出海朝霞,苏堤春晓,叠嶂层波染渐红。群芳圃,又紫藤引蝶,玫瑰招蜂。　人间万事匆匆,邪与正往来如转蓬。喜青山有幸,长埋忠骨;白铁无辜,仍铸元凶。一代女雄,成仁就义,谈笑从容

---

① 参《茅盾的晚年生活》(三),《新文学史料》1995年第3期。

气贯虹。千秋业，党英明领导，赢得大同。

上半阕写景，描绘西湖从日落到午夜再到破晓，经一日一夜到天明的景观。词作写得层次分明，风光旖旎，赏心悦目，韵致万千。保俶塔，在杭州西湖北岸宝石山上。传说五代吴越王钱俶降宋入朝，建塔祈福，因名保俶塔。一说又名保叔塔。雷峰，山名，在杭州西湖南岸。相传钱俶妃黄氏在此建寺筑塔，因名雷峰塔。苏堤，宋哲宗元祐间苏轼任杭州知府时筑于西湖，横截湖面，中为六桥九亭，夹植花柳。群芳圃，当指"花圃"，在杭州西湖西北侧。下半阕俯仰古今，写人事沧桑之感，归结到在党领导下取得了社会主义革命的胜利。"青山有幸"两句，指岳飞墓。南宋高宗绍兴间，岳飞以坚持抗金，被秦桧陷害后，孝宗时改葬遗骸于西湖畔栖霞岭南麓，俗称岳王坟。"白铁无辜"两句，指在岳飞墓墓门下所铸秦桧、桧妻王氏、张俊、万俟卨四人反剪双手、向墓下跪的铁像。墓门上有楹联："青山有幸埋忠骨，白铁无辜铸佞臣。"茅公即用其语。"一代女雄"三句，指秋瑾，为近代民主革命烈士，浙江山阴（今绍兴市）人。早年留学日本，先后参加同盟会、光复会。归国后，训练革命武装，准备反清起义。1907年7月，为清统治者逮捕，就义于绍兴轩亭口，后迁葬于西湖西泠桥畔。"成仁就义"，《论语·卫灵公》："志士仁人，无求生以害仁，有杀身以成仁。""大同"，借指"天下为公"的盛世，语见《礼记·礼运》。这首词音调铿锵，情辞并茂，上、下两阕句句紧扣西湖，匠心独运，妙笔生花。

　　综观茅盾诗词，大都是"为时而著"、"为事而作"，紧贴现实，有感而发，把现实世界和抒情世界广泛地结合起来，绝无"吟风弄月"的无病呻吟，深得"诗言志"的要谛。他的诗词不刻意雕琢，不堆砌典故，不故作艰深，但闲事属辞，浑成贴切，净洗铅华，自然率真。正如他在给臧克家同志信中所主张的，"诗以写怀，本贵天籁，镂章琢句，已落下乘"[1]。他是这样说的，也是这样实践着的。他不避以俗语和新名词入诗入词，扩大了旧体诗词的领域，给这一古老的文学体裁注入了新的活力，且每每一经熔化，更觉

---

[1] 参《茅盾的晚年生活》（三），《新文学史料》1995年第3期。

新意秀出,继承《诗经》、《楚辞》以来直至清末"诗界革命"的文化传统,既不有悖于古典诗词的韵律格式,而又不为传统所拘囿,往往自出机杼,革故创新,工夫全在诗外。这些都展示了茅公文学观念现代化,以及使中国文学民族化和现代化相交融的轨迹与贡献。在中国现代文学史上,茅盾诗词与鲁迅、郭沫若的旧体诗齐驱并进,后先媲美,为"古为今用"作出了示范。他的诗词"独标一帜",富有丰盈的时代感和独特的抒情方式。我们不能单纯用传统的诗文评价标准衡量它的得失,规范他的诗词走向。

茅盾同志是中国文坛的一代宗师,也是中外文化交流的伟大先行者。他不仅属于中国,而且属于世界!他的诗词,也和他的其他创作一样,流光溢彩,历久弥新,具有不可磨灭的现实意义和文化、审美价值。

(原载中国茅盾研究会编《茅盾与二十世纪》,华夏出版社,1997年)

论曹禺解放前的创作道路

曹禺是"五四"以来杰出的现实主义剧作家。他从 1934 年发表《雷雨》起到现在,有十部多幕剧、与宋之的合作一部四幕剧《黑字二十八》(又名《全民总动员》)以及独幕剧《正在想》、《镀金》等;还改编了法国莫里哀的《悭吝人》和英国高尔斯华绥(Galsworthy)描写工人和资本家斗争的剧本《争强》(即《斗争》)等。他的剧本所反映的内容贯穿古今,从不同的角度服务于反帝反封建反官僚资本主义的革命斗争;刻画的人物传神尽态,异彩纷呈,为我们塑造出一系列富有艺术魅力的舞台形象,显示了卓越的艺术才华。

根据曹禺解放前后的创作活动,我们将他的创作大体划为三个时期:第一个时期,从早期的戏剧活动起到抗日战争以前的剧作;第二个时期,从抗日战争起到全国解放前的剧作;第三个时期,解放后的剧作。他在不同的创作时期中,甚至在每一部不同的剧作里,几乎都打下了曲折起伏的思想变化发展的痕印,也展示了多种多样的艺术表现手法和风格。他沿着自己独特的途径,逐步地成为卓越的无产阶级文化战士,逐步地由现实主义走上了社会主义现实主义的创作道路。下面简略地谈谈解放前曹禺创作道路的发展,并对解放前后文艺界关于曹禺剧作某些有争议的问题,提出一些看法。

一

曹禺开始接触戏剧,是在 1924 年以后,在天津南开中学读书时期。那时,他由于自己过去对中国传统戏曲、小说的喜爱,也由于导师张彭春的引导,开始阅读一些外国剧本、小说和"五四"以来的中国现代文学作品。同时，他还参加了以反帝反封建为斗争目标的爱国学生演剧运动。当时"南开新剧团"的活动相当活跃，一直保持和发扬"五四"以来由周恩来同志参加领导和组织的优良传统。曹禺曾参加演出丁西林的《压迫》、易卜生的《国民公敌》和《娜拉》等剧。在"五卅"运动中，为了宣传抵制日货，他还和南开的同学自编自演了一些配合政治斗争的戏剧。

曹禺比较深入系统地学习西欧古典戏剧，是在1930年由南开大学转入清华大学西洋文学系学习以后。那时，他认真研读了希腊三大悲剧家埃斯库罗斯、索福克勒斯、欧里庇得斯和莎士比亚的剧作，也广泛接触了高尔基、尤金·奥尼尔（Eugene O'neill，现代美国剧作家）、契诃夫等人的作品，特别是对契诃夫、奥尼尔的剧作十分喜爱。这些对曹禺后来创作的《雷雨》、《日出》、《原野》、《北京人》等，都发生过相当的影响。曹禺就是这样，从投身爱国学生演剧的实际活动中，从向中外古今优秀剧作家的学习中，开始了戏剧创作生活，并且善于融合众家之长，加以创新，从而形成了自己独特的艺术风格。

1933年，曹禺以1923年到1925年前后半封建半殖民地中国社会为背景，创作了四幕悲剧《雷雨》。这是他积年向希腊和欧洲戏剧辛勤探索，并根据现实生活中的真实感受，进行长期酝酿构思的成果，是他声讨封建资产阶级罪恶的宣言书，也是他敏锐地提出中国现实社会严重问题的一个最初的尝试。《雷雨》发表后，立即引起了文艺界的热烈反响，受到好评。他在现实主义创作道路上迈出了扎实有力的第一步。

文艺界在充分肯定《雷雨》的现实主义成就时，也提出了一些比较中肯的批评。但有些批评意见，在当前还有争议和分歧。如有的同志认为，《雷雨》有"浓厚的宿命论和神秘主义色彩"，甚至断言"资产阶级人性论和唯心史观损害了《雷雨》的思想性和社会意义，而且影响到曹禺解放以前所写的每一个剧本"等等。我们觉得，这是一种不切合作者创作实际的批评。

《雷雨》不仅是一部"暴露大家庭罪恶"的优秀的现实主义剧作，而且通过都市社会上层人物和底层人物周、鲁两家错综复杂的纠葛（这是主线），以及工人和资本家之间的矛盾斗争，揭露了封建资产阶级的罪恶本性及其不可避免的分崩离析的命运。作者以压抑不住的愤懑为受残酷迫害的侍萍、四凤向反动统治阶级提出了控诉,展示了压迫者和被压迫者之间的阶级矛盾和斗争,表现了《雷雨》思想意义的深刻性。作品以栩栩如生的人物刻画及其尖锐复杂的矛盾冲突,形象地揭示了双手沾满工人鲜血的周朴园在家庭中专制冷酷,在30年前对侍萍"始乱终弃",是直接、间接地导致灭绝人伦的悲剧的罪魁祸首。周萍之于四凤,基本上也正像周朴园30年前之于侍萍;四凤当时的悲惨遭遇,实际上,也正是侍萍30年前被侮辱被损害的悲剧的重演。从周朴园、周萍的胡作非为中,从侍萍、鲁大海的反抗斗争中,完全可以清楚地看出阶级的分野和现实社会阶级对立的关系,体现了作者鲜明的爱憎。这怎么能说是表现了资产阶级人性论的思想呢?

我们并不否认,曹禺早期曾接触过一些唯心主义哲学观点和资产阶级文艺思想,形成了他早期世界观中的复杂性。他创作《雷雨》时,由于还没有掌握马克思主义思想武装,加之又从书本上得来一些命运观念,因此,他在《雷雨·序》中对这场悲剧的罪恶根源的某些解释,基本上是属于唯心主义的。他当时还处于一种不断追求探索、思想尚未成熟的阶段,对悲剧的根源自然不能得出正确的答案。我们今天评价新民主主义革命时期的文学作品,特别像20世纪30年代现实主义杰作《雷雨》,如果不加分析地单纯根据作者当时的某些主观解释,以及作者后来所作的恳切的自我批评,或者截取剧中的个别情节,抓住剧中人物侍萍等人几句相信命运的台词,就简单地认为是代表了作者的宿命论思想;不从作品总的倾向和人物形象的具体分析上,不从作品的客观描写、社会效果与作者的主观解释相互结合上来对作品作评价,而断言《雷雨》存在着"浓厚的宿命论和神秘主义色彩",这是很值得商榷的。

过去对《雷雨》是否存在宿命观点发生争论的焦点,主要集中在对鲁妈30年后又回到周家和她相信命运的一些台词等等的理解上。如何理解鲁妈相信命运的一些台词,曹禺已经作过很好的解释[①],这里不再详论。鲁妈30年后重到周家,这是一个关键性情节。《雷雨》的主题,主要是通过家庭矛盾和劳资冲突揭露、抨击封建资产阶级家庭和社会制度的罪恶。剧中展现的主要矛盾,无一不是种因于30年前周朴园对侍萍的"始乱终弃"和他一贯对繁漪的专制统治。作者为了较为圆满地解决在有限的舞台时间内表现30年来矛盾冲突的因果关系,有意地安排侍萍30年后重来周家,让她逐个解决剧中各种矛盾冲突的"结",从而彻底暴露周朴园30年前种下的祸因所导致的性爱和血缘悲剧的恶果,有力鞭挞旧社会制度的罪恶,揭穿周朴园的伪善险毒的典型性格,促使剧情急转直下,一浪紧接一浪地把戏剧纠葛推向高潮,完成《雷雨》必不可免的悲剧结局。正如解放后曹禺谈到《雷雨》时所说,让鲁妈"三十年后又回到旧地和周朴园碰在一起,这是作者有意的安排。写的既然是戏,而戏也需要这样写,为什么不可以有这样的事情出现呢?"[②]这里所谓写戏的"需要",指的就是让鲁妈解开剧中各种矛盾冲突的"结"的需要。因此,我们不能轻易地断言鲁妈30年后重回周公馆,以及剧中一些人物无辜的死亡和鲁妈的疯狂,是受一种"命运权力的支配",是反映了作者的宿命论观点。剧中四凤、周冲无辜的死亡和鲁妈的疯狂,是周朴园30年前种下的祸因所结的悲剧性恶果。同样,四凤所以受骗上当,重复着鲁妈过去不幸的遭遇,是被压迫被剥削的社会地位所决定的,不是什么命运的捉弄。曹禺尽管说,想把"雷雨"象征一种"渺茫不可知的神秘",但实际上,剧中的雷电交作,主要还是为了烘托繁漪"最雷雨的性格",渲染郁热的氛围,展示风暴的到来,加强紧张逼人的戏剧效果。剧中对电线走火的多次提示,是为四凤、周冲最后触电埋下伏笔,同样不是渲染神秘主义色彩。如果从《雷雨》的客观描写所表达的思想内容出发,把作者对《雷雨》的主观解释和作品的客观意义、社会效果互相结合起来进行评价,并承认社会实践是检验真理的唯一标准,不难看出,《雷雨》带给人们的不是"诗样的情怀"、神秘的象征和宿命的观点,而是点燃了人们对封建资产阶级罪恶的愤怒火焰,激起人们渴望在一场大雷雨中把旧社会轰个粉碎,冲洗出新的世界。作者并非真正相信这场悲剧的制造者是神秘的命运,他在《雷雨·序》中说:"周冲的死亡和周朴园的健在都使我觉得宇宙里并没有一个智慧的上帝做主宰。"这就是一个证明。

曹禺说,《雷雨》有些"太像戏"了,技巧用得过分,在情节上过多的巧合也显露出人为的痕迹。作者虽然满怀热情地刻画了工人鲁大海的形象，但由于他当时对工人运动和工人生活相当生疏，以致把鲁大海描绘得不够真实。在初版本《雷雨》的《序幕》和《尾声》中，让周朴园对侍萍表示悔恨之意，这或多或少地表示了作者对周朴园的曲宥。这些，在一定程度上削弱了剧本的社会意义。

《雷雨》的成就和局限，充分说明了作家世界观内部的矛盾对创作所起的巨大影响。

1935年，曹禺继《雷雨》后又创作了四幕剧《日出》。这是他在天津河北女子师范学院任教期间，根据过去在上海、天津等地耳闻目睹的一些血腥的事实，怀着"忍耐不下去"的激情和义愤创作的。它真实地反映了1931年至1935年旧中国的黑暗现实。剧本以"交际花"陈白露为联结上层社会和底层社会诸种矛盾的中心人物。通过陈白露的客厅和三等妓院宝和下处两种不同的环境（实际上，客厅也不过是高等的宝和下处）、不同的生活画面，运用对比衬托的手法，揭露了上层社会腐朽糜烂的生活、金钱利害的冲突和他们之间的勾心斗角、互相吞噬的丑态，展示了劳苦人民的悲惨遭遇与痛苦挣扎，尖锐地抨击了半封建半殖民地社会制度的罪恶，为我们勾画出光明与黑暗、被剥削者与剥削者对立冲突的现实生活的画卷。作者渴望太阳，对象征光明的砸夯工人们寄托了希望，对未来美好的新天新地表示了热烈的向往。他怀着极端愤慨的心情庄重地宣告：在这革命高潮即将到来以前，这吃人的社会制度和那班"丢弃了太阳的人们"的末日的到来！作者那爱憎鲜明的革命激情，较之《雷雨》前进了一步。这中间丝毫也看不出受"资产阶级人性论和唯心史观"的思想影响。

《日出》，总的来说，思想性、艺术性较之《雷雨》都取得了新的进展。如果说作者在《雷雨》中对那场悲剧的社会根源还作了唯心主义解释的话，那么，在《日出》中已力图从社会罪恶上探索根源了，并把希望寄托在"象征光明的人们"身上。同时，对于现实社会的解剖和本质的认识都较前深刻，对作品的社会目的性也较前明确，即从暴露、抨击封建资产阶级家庭生活的罪恶，进而追索现实社会中严重问题的解决。如果说在《雷雨》中，作者还怀着"悲悯的心情来写剧中人物的争执",为了不使观众的情感受到惊吓,把悲剧的发生推在十年以前,用《序幕》和《尾声》给观众蒙上一层情感的"纱幕",造成所谓"欣赏的距离",那么,作者在《日出》中则是怀着"时日曷丧,予及汝偕亡"的极端愤慨的心情,对吃人的社会和那群魑魅魍魉进行了有力的一击。在结构布局和表现方法上,为适应《日出》主题的需要,也不再像《雷雨》那样,采用故事情节沿着一条纵贯的线索发展,把矛盾冲突集中在几个主要人物身上,而是采取"横断面的描写",用许多人生的片断,从不同的侧面烘托出这"损不足以奉有余"的社会形态。这是作者在《日出》结构上"试探的一次新路",也是《日出》情节结构的特点。所有这些,标志着作者在思想和创作上,较之《雷雨》有了新的长进。

然而,由于作者当时思想和生活的某些局限,《日出》还是有不足之处的。作者对太阳一定要升起,黑暗一定要消失,虽然抱有乐观的憧憬,但太阳究竟怎样才能驱退黑暗,喷薄而出?新天新地又是怎样的?他当时是相当朦胧的。他把没有出场的金八描写为脓疮社会黑暗势力的代表——"一个无影无踪,却时时在操纵场面上的人物",而没有反映出20世纪30年代帝国主义侵略和军阀混战对当时社会生活各方面的严重影响。他把工人作为未来光明的象征,但没有反映或者暗示他们在党的领导下跟帝国主义、封建势力作斗争的力量,只是让他们整天哼着劳动号子,成了剧中的一种陪衬。同时,这两种没有出场的对立冲突的社会力量——金八和砸夯工人,彼此之间互不联系,各不相干,未免给人一种"屋内"尽管腐朽黑暗,"窗外"自会渐渐光明起来的印象。这不单纯是结构布局的问题,而是牵涉到作家如何认识现实、反映现实、表现主题思想的问题。这,正是曹禺当时思想认识的局限性。

曹禺继《日出》后又创作了三幕剧《原野》,于1936年1月由文化生活出版社出版。这是作者在创作上又一次新的尝试。据作者自述,它是以民国初年北洋军阀混战初期为背景,描写农民仇虎向恶霸地主焦阎王复仇的故事。作者想写出在中国共产党未建立以前的一段历史时期,"农民处在一种万分黑暗、痛苦、想反抗,但又找不到出路的状况"③。作者的艺术视野已经从过去暴露、抨击封建资产阶级家庭和都市社会的罪恶，进一步扩大到揭露农村的主要矛盾了。作品反映了农村阶级对立的关系，赞扬了农民的反抗意志与斗争精神，同时，也暗示了个人反抗毫无出路，敏锐地提出并回答了当时带有普遍意义的现实的社会问题。从作者的创作意图和题材、主题上看，这是一部具有深厚思想内容的反映农村现实的悲剧。在艺术处理上，也有不少新颖独特的创造。剧本中运用大量的隐喻象征手法，如"黑林子"、"铁路"、"镣铐"、"金子铺的地方"等，以及出现在仇虎眼前的诸种幻象，如"阴曹地府"、"阎王审判"等，都有深刻的寓意。它们对照地反映出人间地狱的阴森丑恶和是非颠倒，真实地再现了现存社会中地主阶级及其政权残酷地迫害劳动人民的惨象，形象地展示了农民在当时的悲惨处境中向往美好生活但又找不到正确出路的状况。这讽刺现实、揭露黑暗、赞颂反抗、向往光明的思想内容，绝非有些评论者所指责的那样，是表现作者的"迷信思想和神秘主义情绪"。整个剧本色彩浓烈，气氛渲染和音响效果紧张逼人，情节结构具有丰富的戏剧性。人物对话也保持了作者一贯的生动、个性化、富于动作的特点。剧中对主要人物仇虎，是用浪漫主义表现方法塑造的。仇虎正直善良的品格、反抗的精神以及某些缺点，基本上反映了当时中国未觉醒的农民的某些特征。在第三幕中，作者通过出现在仇虎眼前的几次幻象，表现了仇虎杀了无辜的焦大星和小黑子后所产生的悔恨心理。这也就是解放前后评论界一般指摘的所谓的"良心谴责"问题。实际上，作者描写仇虎的自我谴责，正是比较真实地表现了正直善良的农民仇虎在杀焦大星问题上思想感情的激烈冲突及其合乎逻辑的发展。出现在仇虎眼前的幻象，是仇虎的潜在意识转化为幻觉的反映，并没有什么神秘。我们不能根据这些就简单化地认为，作者"歪曲了农民的形象"，这反映了作者的"迷信思想和神秘主义情绪"。

总之，《原野》是一部瑕瑜互见、瑕不掩瑜的剧作。我们应该把它放在一定的历史范围之内，对它进行实事求是的分析评价，不应过分贬抑，更不能判定它是曹禺"一部最失败的作品"，是曹禺在思想上、创作上的"倒退"。

《原野》的不足之处主要是，由于作者当时对农村的阶级斗争的现实和农民的生活、思想感情的了解还不够深入，以致在剧本提示中把农民和原始猿人作了不适当的类比；较多地运用了表现主义的手法，刻意讲求奇幻的舞台景象所产生的效果，使一个富有现实意义的故事，反而叫人感到有些迷离惝恍，情节上显露出造作的刀痕。这种写法，有些和洪深剧作《赵阎王》相类似，显然都受了奥尼尔的表现主义剧作《琼斯皇帝》的某些影响[④]。

二

"七·七"抗战不仅改变了中国社会现实的面貌，同样也激发了作家们的政治热情，使之纷纷投身到民族解放的实际斗争中去，因而在思想和创作上发生了显著变化。曹禺就是其中典型的一个。抗战前，曹禺在南京戏剧学校任教。"八·一三"沪战爆发后，他随剧校内迁长沙，旋又转迁重庆。在重庆期间，他和其他革命作家一样，为抗战初期一些表面的光明现象所鼓舞，怀着反帝爱国的热情，参加了一系列抗战救亡的文化工作。1938年，曹禺与宋之的合作了以肃清汉奸、动员全国人民参加抗战的四幕剧《黑字二十八》。剧本热情歌颂了"反间谍"的爱国志士与抗日将领，鞭挞了汉奸卖国贼，讽刺了某些"以抗战作幌子的无耻之徒"，但由于匆促写成和其他方面的限制，反映现实不够深刻，人物刻画也还不太真切动人。当时重庆戏剧界为了纪念第一届戏剧节，曾举行盛大演出，为战士募集寒衣，《黑字二十八》即作为演出剧目，除了组织在重庆的优秀演员赵丹、白杨等参加演出外，曹禺和宋之的也一起参加了演出，轰动了整个山城，发挥了戏剧服务抗战的战斗效果。

1938、1939年，曹禺在重庆期间，受到敬爱的周恩来同志的接见，并多次到重庆八路军办事处和周恩来同志会面。周恩来同志多次向曹禺等讲述抗日民主思想、解放区情况、蒋介石真反共假抗日的卑劣伎俩以及新社会建设的理想等等，使曹禺受到了深刻的教益与鼓舞，从而在思想和创作道路上产生了显著的变化。

曹禺抗战前的剧作，主要是揭露、抨击封建资产阶级道德的堕落和都市社会的罪恶，也写过民国初年农民向恶霸地主复仇的悲剧。总的来说，这些剧作在某些方面还和当时的政治、社会斗争和民族解放运动缺少紧密联系。同时，剧中人物如《雷雨》中的侍萍、四凤、蘩漪，《原野》中的仇虎乃至《日出》中的陈白露等，都无法在黑暗现实的牢笼下摆脱悲剧的命运，给人一种沉重压抑之感。在艺术上，布置了一系列紧张尖锐的戏剧冲突，塑造了像周朴园、蘩漪、陈白露等精雕细琢的人物形象，丰富了中国现代戏剧艺术的宝库；着意讲求戏剧技巧和舞台效果，取得了独特的成就，尽管有时也显露出斧凿痕迹。

曹禺抗战以后的剧作，无论在思想和艺术实践上，都展示出不同于前一时期的某些特点。这时期的剧作，主要以新旧知识分子作为描写对象，特别是在他笔下第一次出现了以共产党员作为原型或者从某些共产党员身上汲取精神力量塑造出来的正面形象，如《蜕变》中的专员梁公仰和女医师丁大夫。在思想上，他更加靠拢了党，对解放区和未来的新社会表示了热切的向往，对蒋介石的反动本质有了进一步深刻的认识。因而，他自觉地用笔作武器，服务于现实斗争，写出了《蜕变》和《艳阳天》等与现实斗争和社会生活发生比较密切联系的剧本。即使是揭露、抨击封建精神统治罪恶的《北京人》，剧中新生的一代如愫方、瑞贞等，一般也都能自己掌握自己的命运，勇敢地冲破封建古牢，走向新的道路，给作品增添了若干亮色。在艺术结构上，也不像前一时期那样刻意讲求情节的错综曲折、场面的惊心动魄，相对地说，朝着平易朴实、单纯明朗的方向发展。《北京人》、《家》等剧，无论情节结构、人物对话，乃至环境烘托和舞台提示，较之前一时期的剧作都更富有鲜明浓郁的抒情性和民族化的艺术风格——含蓄宛转，情景交融，在本色而真实的生活中荡漾着诗情画意。在表现手法上，技巧更趋圆熟精练，不卖弄，不造作，寓深刻于平淡，从白描中见功夫。如《北京人》第三幕瑞贞和愫方的一次倾谈，《家》第一幕觉新和瑞珏在新婚之夜大段大段的对白、第二幕瑞珏和梅小姐互诉衷曲的语言描写等，都细致入微地描摹出人物内心错综纷杂的思想情绪变化，惟妙惟肖地凸现了人物性格的特征及其神态，揭示出人物灵魂深处的秘密，使人们仿佛听到了他（她）们披肝沥胆的申诉和心灵的震栗。这些成就的取得，标志着曹禺这一时期创作上的显著提高与发展。

1939年，曹禺随剧校由重庆内迁四川江安。1940年，四幕剧《蜕变》和根据墨西哥作家尼格里（Niggli）的剧本 *The Red Vehet Coat* 的大意改写的喜剧《正在想》在江安写成。《蜕变》（一说写成于1939年）是曹禺在抗战期间独力写成的第一部联系现实的剧作，描写抗战期间一个后方伤兵医院由腐败转化为健全的曲折过程。据作者后来自述，《蜕变》指的不是国家和社会，而是指像丁大夫这样的知识分子的内心变化。作者以深恶痛绝之笔，一方面对当时的动摇分子和腐败人物如秦仲宣、马登科、"伪组织"等加以辛辣的嘲讽和鞭笞，另一方面又以无限欢欣之情，正面刻画了两个与现实和政治要求相结合的人物——梁公仰和丁大夫作为"新的力量，新的生命"的化身。他刻画这两个形象是有一定现实依据的。我们知道，曹禺十六七岁时就接触过马列主义。他在南开中学、清华大学求学时期和抗战后在长沙、重庆期间，都接触过不少共产党人，听到过有关共产党员干部一些动人的事迹和传说。梁公仰就是他根据看见过的一个老共产党员而加以塑造的形象；丁大夫是根据他所听说的白求恩大夫的一些动人事迹，从中汲取精神力量而创造的形象。因此，不能认为他们"完全出于凭空的想象"，是虚构的人物。整部作品的情调乐观坚定，笔触明朗流畅，表明了作者对抗战必胜的信念和建立一个"自由和平"新社会的憧憬。剧中丁大夫的儿子丁昌参加了游击队，孩子们唱贺绿汀的《游击队歌》，这是作者对党领导的游击战争的赞颂。作者这种嫉恶如仇、爱憎分明的态度，极大地鼓舞了群众的抗战热情。

但是，作者当时仅仅为抗战初期一些光明的表象所激动，还不能用阶级观点分析社会现象，不能透视客观事物的本质，不能发掘"新的气象"要在怎样的社会基础上才能实现。因此，他把梁公仰这"贤明的新官吏"，描写成在蒋介石黑暗统治时期竟没有受到阻力和排挤，能顺利如意地指挥一切，这给人不够真实的感觉。对丁大夫的刻画，也过于理想化了。

当作者感到创作《蜕变》时那种过分乐观的憧憬在严酷的现实中难以实现时，他对国统区黑暗现实以及蒋介石假抗日、真反共的反动本质的认识更明确了。可是，1940年后，抗战初期一些表面蓬勃的气象逐步为法西斯独裁统治所扼杀，创作方面的取材和表现主题都受到严重束缚。在这样的情况下，曹禺的创作不得不回到暴露、抨击封建家庭和社会制度罪恶的旧路上去。1941年，他在江安写成了三幕剧《北京人》（一说写成于1940年）。全剧主要描写旧中国一个典型的封建大家庭从"家运旺盛"时代逐步走向在精神上、经济上衰落以至彻底崩溃的过程。围绕这一主线，作者刻画了曾皓三代人之间在思想上、性格上的对立。既描写了曾文清、愫方与思懿性格上的冲突、爱情上的纠葛，也描写了后一辈曾霆与瑞贞感情生活的内在矛盾，还着重描写了曾皓伤天害理，外强中干，妄图用诗书礼仪维持他在家庭中摇摇欲坠的统治地位的幻想的破产。这样，曾家三代人复杂曲折的矛盾冲突，就在表面平静而实际尖锐深沉的暗流中回环交错地表现出来。结果，文清自杀，曾霆离婚，瑞贞、愫方双双出走，从而彻底暴露和遣责了封建社会制度的腐朽和礼法的罪恶，揭示了这个封建大家庭精神统治的彻底破产和必然命运。在封建家庭外部，作者通过曾皓卖棺材与新兴资产阶级杜家抢夺棺材所展开的戏剧冲突，揭示了这个封建大家庭债台高筑、经济破产的情状，暗示封建阶级和资产阶级势力都到了行将就木的境地。为了更深刻地烘托出半封建半殖民地社会人吃人的血腥罪恶，作者运用对比反衬的手法描写了一个带有象征意义的原始猿人"北京人"的活模型，和人类学家袁任敢父女在思想行动上与封建阶级人物的对立，并通过袁任敢和江泰的嘴，歌颂了"没有礼教来拘束，没有文明来捆绑，没有虚构，没有欺骗，没有阴险，没有陷害"的原始社会的时代。这一点，解放前后文艺界曾给予了非议和批评。实际上，这并非是作者的"原始主义的思想"，并非是希望现实社会"返归于自然"，而是想通过原始社会和现实社会的对照，勾勒出封建社会牢笼里的那班"人类的祖先"的"不肖的子孙"们的"活死人，死活人，活人死"的种种丑态，进一步反映作者对黑暗现实的极度愤激、诅咒和对新社会的憧憬、追求。剧中瑞贞和愫方最后通过袁任敢的关系双双出走，"逃出了快要压上盖子的棺材"，投奔光明。这"光明"在哪里？初版本扉页上引了唐代王勃《送杜少府之任蜀州》诗中的两句："海内存知之己，天涯若比邻。"前一句说四海之内不乏知音,意思是把解放区的同志比作"知己";后一句即暗指虽远实近的广大解放区。据解放后作者自述,他当时的用意就是想让瑞贞和愫方奔向解放区的。这充分显示了作者对青年一代思想觉醒和勇敢行动的激励与赞扬,也表达了他对解放区衷心向往的真挚感情。如果我们把《雷雨》和《日出》比作声讨封建资产阶级家庭和社会罪恶的檄文,那末,《北京人》则是一支深沉有力的埋掉旧社会的葬歌。在艺术风格上,《雷雨》和《日出》的基调是,前者浓烈,后者明丽;而《北京人》则更展示出意境的隽永和深邃。它清幽淡远,缠绵悱恻,富有一种现实主义抒情诗的特色,很接近契诃夫《樱桃园》的基调和风格。《北京人》在思想深度和艺术手法上,达到了新的水平,是曹禺解放前剧作的高峰、创作道路上的重要里程碑。

《北京人》也有缺点。由于作者当时并没有真正找到使这封建家庭彻底崩溃的根源,也还没有认清在党的领导下工农革命的集体力量,因而不得不把恍惚悠邈的原始社会时代和现实社会相对照,借以宣泄心中的愤懑,寄托朦胧的社会理想。特别是作者在初版本中,把一个机器工匠扮作"猩猩似的野东西"——"北京人"的活模型,让它的黑影在剧中一再出现,使剧本的思想意义受到一定的损害。

曹禺在江安剧专任教期间,还准备写一部历史剧《三人行》。表现岳飞的一生以及他和宋高宗赵构、秦桧三人之间的微妙关系,但剧本没有完成。

1942年,曹禺辞去剧专教职,由江安来到重庆。他在重庆唐家沱的一艘江轮上渡过了一个夏天,根据巴金同名小说改编成四幕剧《家》。这是作者继《北京人》后对另一新的表现形式的成功尝试。改编后的剧本,虽然尽量保留了原著的一些动人的基本情节,但丝毫没有受原著的限制,而是有所取舍,有所发展,有所创造。全剧的艺术构思,主要是作者当时在思想上和生活中感受最深的东西——对封建婚姻的反抗。它通过觉慧和鸣凤的爱情悲剧以及觉慧的反抗斗争,特别是通过觉新和瑞钰、梅小姐在婚姻爱情上的戏剧性纠葛及瑞珏和梅小姐无辜的死亡,把这一主题鲜明地表现出来。它从正面、侧面和反面突出地揭露了封建社会制度和黑暗势力给青年一代带来的严重灾难,替"痛苦得没有叫喊的地狱中的冤魂怨鬼"向封建统治阶级提出了愤怒的控诉。全剧人物性格的冲突和戏剧纠葛的激化，都紧紧围绕高家两代人的两种思想、两种社会力量和两种人物关系的对立斗争逐步深化和展开。在第三幕里，曹禺创造性地刻画了封建势力的代表冯乐山的卑劣无耻和阴险伪善。把鸣凤和婉儿被迫害致死、觉民被迫逃婚、觉慧下狱和最后出走以及觉新和瑞珏、梅小姐在婚姻爱情上的不幸遭遇这几条矛盾冲突的线，都直接、间接地集中在冯乐山身上回环交错地发展，对冯乐山阴险毒辣、杀人不见血的罪恶活动作了绘影绘声的揭露和鞭打。这些刻画，是在巴金原著基础上的创造性发挥，也是为了突出主题思想所做的别具匠心的安排。剧本中对觉慧反抗斗争性格的刻画，虽然删削了小说原著中描写觉慧社会活动的一面，但通过觉慧对觉新"作揖哲学"的批判，在觉民逃婚问题上对封建专制主义者所表现的反抗态度，特别是对冯乐山伪善嘴脸的当面揭露斗争，既表现了觉慧的思想觉醒和反抗斗争的性格在鸣凤死后合乎逻辑的发展，也把觉慧的反抗行动提到了超越家庭生活范围以外的社会斗争的高度，从而给剧本的主题增添了社会斗争的积极意义。最后在觉慧出走时，作者借觉慧的嘴愤怒地喊出："我的敌人不是一个冯乐山，而是冯乐山所代表的制度"；"什么是'家'呢？'家'就是宝盖下面罩着的一群猪"。这一针见血地揭示了封建婚姻悲剧的社会根源，阐明了面对封建黑暗势力的牢笼只有反抗斗争才是生路、妥协退让必然死亡的思想主题。《家》和《北京人》一样，尽管都没有正面反映抗战的现实，时代气氛不够鲜明强烈，但当掩盖在民族矛盾之下的阶级斗争日益尖锐的时候，对封建制度进行抨击并揭示其必然灭亡的历史命运，仍具有相当普遍的社会意义。《家》当时在重庆公演，盛况空前，取得了很好的艺术效果，这就足以说明问题。因此，我们不能认为，只有直接地、正面地描写抗战现实才是配合了当时的革命斗争。一个作家完全可以从不同的侧面，从他所熟悉的生活中择取题材和主题，塑造独特的艺术形象，服务于反帝反封建的革命斗争。

《家》写成后，曹禺由于心情上的苦闷和客观条件的限制，除了1943年在洪深主编的《戏剧时代》创刊号上发表了根据法国作家拉毕虚三幕剧《迷眼的砂子》改写的独幕剧《镀金》外，创作生活几乎中断达三四年之久。

1946年，他应美国国务院的邀请，同老舍赴美讲学。出国前，他创作了暴露国民党蒋宋孔陈四大家族官僚资本扼杀民族工业的多幕剧《桥》（仅发表了两幕三场，载《文艺复兴》一卷三至五期）。1947年初，曹禺提前由美返国，创作了电影文学剧本《艳阳天》，1948年出版，并拍成影片上演。

《艳阳天》是描写抗战胜利后，国统区一个正直不阿的律师阴兆时和敌伪时期当过汉奸的富商金焕吾之间的斗争。阴兆时最后控告了金焕吾的种种罪行，终于取得了胜诉。剧本真实地反映了抗战胜利后国统区人民的生活疾苦，揭露了汉奸、流氓在反动政权包庇下继续作恶的劣行，歌颂了知识分子不畏强暴、正义凛然的可贵精神，也表达了作者对艳阳天气的渴望。不过，作者仍没有从社会本质上认识当时的现实生活，没有运用阶级观点划清在两种不同社会制度下的"法庭的公正和尊严"。他让阴兆时这样一个单有着正义感和是非之心的知识分子，凭借着资产阶级专政下的"公正尊严的法庭"，单枪匹马地一举把金焕吾打倒。这种描写不仅给人不够真实之感，而且在一定程度上还会影响人们对国统区黑暗现实的本质的认识。

总之，曹禺所经历的创作道路有他自己的特点。他从创作《雷雨》起，一直怀着爱国的正义感和对劳苦人民的深切同情，对现实社会的严重问题进行探讨，对中国人民的解放道路进行痛苦的追求。从家庭到社会，从都市到农村，他无时不在穷搜苦索，渴望从挽救人类精神生活的堕落中，获得解决问题的答案和疗救社会的良方。不过，由于他在解放前和实际斗争还保持着相当的距离，生活幅度也比较狭窄，世界观虽然受无产阶级思想影响，有社会主义倾向和朴素的阶级观点，但并不等于说，他已经确立了马克思主义世界观。因此，在浓重的黑暗现实下，他思想上有曲折，有起伏，有苦闷，也有矛盾。反映在创作上，他对现实生活本质的观察和理解，有时深刻，有时模糊；鞭挞旧社会黑暗、描写封建资产阶级内部矛盾的作品多，表现民族矛盾和革命斗争的作品少；对旧社会、旧人物的揭露、描写真切动人，对新的生活和工人农民形象的刻画往往显得悬空无力，缺乏现实的依据。（这也是民主革命时期一般进步作家难以避免的局限。）但在中国共产党的领导和影响下，随着现实生活对他的教育，随着他个人对真理的不断探索与追求，他在现实主义创作道路上确是取得了一步又一步的曲折的进展。他在解放前创作道路上这种曲折起伏的进展，恰如他的作品所显示的那样，从震撼大地的"雷雨"到东方破晓的"日出"，再把视线投向"莽莽苍苍的原野"，经过对抗战初期"蜕变"的清醒认识，又带着苦闷的心情回到"北京人"和"家"的旧路上去。但是，他绝不固步自封，他别辟蹊径，转身前进，怀着对"艳阳天气"的渴念，最后终于找到了晴空万里、阴霾尽扫的"明朗的天"。在艺术实践上，他显示了惊人的造诣，积累了丰富的经验，用戏剧形象反映了旧中国各个不同历史时期的社会现实，为新民主主义革命做出了积极的贡献。他在1954年发表的三幕剧《明朗的天》，无论在题材处理、人物塑造和表现方法上，都展示了他不同于解放前剧作的某些新的东西。尽管剧本还存在着某些缺点，但它是作者思想上走上工人阶级知识分子道路的里程碑，也是创作上取得了社会主义现实主义成就的起点。

注释：

①、②《曹禺创作生活片断》，《剧本》1957年7月号。

③《曹禺同志谈剧作》，《文艺报》1957年第2期。

④《琼斯皇帝》同样是以原始森林为背景，描写一个被追捕的逃犯陷入黑树林后，由于过去的罪行而产生恐惧心理与种种幻觉。

⑤参见《曹禺同志谈剧作》。

（原载《江西师院学报》1981年第1期）

关于《黑字二十八》和《编剧术》

——记曹禺抗战初期的一些创作活动

抗日战争前,曹禺同志曾在南京"国立戏剧学校"任教。"八·一三"沪战爆发后,他随剧校内迁长沙,旋又随剧校辗转迁至重庆。在重庆期间,他也和其他革命作家一样,为抗战初期一些表面的乐观光明现象所鼓舞,怀着反帝爱国的热情,参加了一系列抗日救亡的文艺工作。

一

1938年,曹禺与宋之的同志合作,写成了四幕话剧《黑字二十八》(又名《全民总动员》)。剧本是在宋之的、陈荒煤、罗烽、舒群在武汉集体创作的四幕剧《总动员》的基础上编写的。《总动员》系《抗战戏剧丛刊》中的一种,上海杂志公司发行,1938年7月初版于汉口。《黑字二十八》作为《战时戏剧丛书》之四,1940年3月由重庆正中书局初版。

初版本《黑字二十八》书前有序文,未署作者姓名,估计系宋之的执笔。序中说明《黑字二十八》是为了纪念全国第一届戏剧节而写作的脚本,在戏剧节公演时原名《全民总动员》。《全民总动员》原拟根据《总动员》加以编改,后考虑"这种编改的结果,很难与原作精神相统一",才决定重新创作,但"必须承认,《黑字二十八》和《总动员》二者之间,有着很亲密的血缘关系"。至于剧本何以改名《黑字二十八》,乃是由于剧本"在'全民总动员'这一点题工作上,还遗留着一些弱点","所以现在就以《黑字二十八》剧名与诸君相见"[①]。序文后附录了第一次演出的"职员表"和"演员表"等。

1938年10月10日,中华全国戏剧界抗敌协会在重庆举行了第一届戏剧节纪念大会，并决定自 10 月 10 日至 10 月底，组织歌剧、街头剧（编为 25 个演出队，分赴市区及近郊演出）和话剧（包括在社交会堂举行的"五分票价"公演）的盛大演出，为前方抗敌战士募集寒衣。其他各地如武汉、成都、广州等也同时举行第一届戏剧节纪念演出。话剧《全民总动员》就是作为纪念第一届戏剧节的演出剧目之一，由"中国制片厂"、"上海业余剧人协会"、"国立戏剧学校"及"怒吼剧社"等单位联合公演。自 10 月 29 日至 11 月 1 日在重庆国泰大戏院共演出了 7 场，场场满座，盛况空前。当时留渝的文艺界同志出于抗敌救亡的爱国热忱，踊跃参加演出，共襄盛举。剧中人除了组织留渝的优秀演员赵丹、白杨、王为一、张瑞芳、魏鹤龄、舒绣文、施超、顾而已、高占非等分别出演外，曹禺和宋之的也一起参加了导演并登台演出。曹禺扮演富商侯风元，宋之的扮演新闻记者。执行导演系应云卫。演出阵容之强，为抗战初期话剧舞台所仅见，既是动员全民参加抗战，也标志着留渝戏剧界一次团结胜利的大会师。

《黑字二十八》的创作，主要是为了配合当时"全民总动员"的号召，打破日本侵略者的迷梦，所以"肃清汉奸，变敌人的后方为前线，动员全民服役抗战"[②]，便成为剧本写作的主题。剧本第一、二、四幕由宋之的执笔，第三幕由曹禺执笔。我们如果把《黑字二十八》和《总动员》两个剧本互作比较，可以看出，《黑字二十八》无论在情节结构和人物刻画上，较之《总动员》都有进一步的提高与发展。它除了保存《总动员》中一些人物和极少部分原意外（《全民总动员》演出本中的人物姓名，与《总动员》基本相同；《黑字二十八》中几个主要人物的姓名，除邓疯子外，与《总动员》及《全民总动员》均不相同），又增添和改动了不少剧情。特别是新创造了日本间谍"黑字二十八"这一反面人物，使全剧矛盾冲突比较错综地沿着反间谍、反汉奸的线索发展。

《黑字二十八》第一幕主要描写一个抗敌救亡团体要组织干练人才深入敌后，开展工作，爱国青年夏迈进要求参加这个团体，到敌人后方去；夏的姐姐玛莉要去主持为前方战士募集寒衣的游艺会等。其场面与《总动员》第一幕大体相同。第二幕在戏剧纠葛的安排上，较之《总动员》更为尖锐复杂。它主要描写汉奸沈树仁受日谍"黑字二十八"（系日本大佐化名）的收买，接受了要他盗窃这个救亡团体的重要工作文件的密令，并用暗场交代了沈树仁已盗走了文件。当时夏迈进等已潜赴敌占区，由于日寇加强封锁，他们在途中遇险。耿杰发觉文件被盗后，急往追赶夏迈进等人，矛盾冲突进一步激化。第三幕主要描写劝募寒衣的游艺会在进行中，"黑字二十八"伪装电灯匠出现于后台，他迫使沈树仁用真炸弹偷换假炸弹，阴谋杀害抗日将领孙将军，幸为救亡团体"领袖"人物邓疯子识破阴谋，沈树仁等当场被捕。在情节上，较之《总动员》，第三幕增添了不少新的剧情，更显示出戏剧冲突的错综复杂，波澜层起。第四幕主要描写欢迎出征将士大会热烈进行的场面，写邓疯子机智地掌握了"黑字二十八"妄图乘欢送将士大会之机，枪击抗日军政"领袖"人物的全部阴谋。最后，邓疯子逮捕了"黑字二十八"，沈树仁自杀，他们策划的阴谋以彻底失败告终。其中有的情节与《总动员》第四幕相类似。

总括说来，《黑字二十八》围绕着这场反间谍、反汉奸的严酷斗争，赞颂了以邓疯子为代表的爱国青年和抗日将领；鞭挞了汉奸卖国贼，特别是日本间谍"黑字二十八"的种种劣行；也讽刺了以抗战作幌子的醉生梦死之徒。加之剧本紧密结合抗战现实，通过为前方战士募集寒衣的游艺会，把舞台情景和现实生活、舞台人物和现实人物巧妙地结合起来，戏中串戏，使台上台下打成一片，收到了很好的演出效果，轰动了整个山城，发挥了戏剧服务抗战的战斗作用。遗憾的是，由于剧本匆促写成以及"分幕合写"等方面的局限，一般说来，反映现实还不够深刻，故事情节和登场人物过多，以致头绪显得有些繁杂，结构不够紧凑精炼。对几个主要人物形象的塑造，也还不够典型，缺乏一种真切动人的艺术力量。《全民总动员》公演后，立即引起了各界人士的强烈反响。当时，重庆《新华日报》、《时事新报》、《国民公报》和《中央日报》上发表了不少评论，除了充分肯定剧本、导演、演员各方面所取得的成就外，也提出了一些比较中肯的批评意见。如有人认为，"不应该把邓疯子写成一个英雄"，整个剧本"没有看到群众的力量，而只看到邓疯子神奇的侦探活动，一直到他最后成功"。他们指出，剧本中"对群众与领袖的关系缺乏明确的指示",表现"邓疯子与救亡团体的群众关系很模糊"。有人还认为,剧本中对救亡团体的描写,有些地方不大真实可信;对观众渴望了解的"黑字二十八"这个"谜",剧本始终没有交代明白;对于《全民总动员》这一剧名所包含的意义,剧本也没有充分阐明,似乎有些"名不符实";如此等等③。这些意见,即使在今天看来,也还是很有道理的,可供剧作者参考。

二

曹禺在剧校任教期间,还曾参加1938年夏剧校举办的"战时戏剧讲座",比较系统地作了一次《编剧术》的讲演,后收入剧校编刊的《战时戏剧丛书》第二种——《战时戏剧讲座》中,1940年1月由重庆正中书局出版。书前有当时剧校校长余上沅1938年11月写的《发刊旨趣》,其中云:"……现在更就本校员生近年来之研究实验,及其参加各种演剧工作所得,出版《战时戏剧丛书》一种,内容包含抗敌剧本、战时戏剧理论及各种实际问题与解决方法。"书后有阎哲吾写的《后记》,说明了举办"战时戏剧讲座"的经过。他说:"本校为适应战时需要……特利用民国二十七年(1938)的暑假举办了'战时戏剧讲座'。时期自七月二十五日起至八月七日止共计十四天。每晚七时半至九时半讲演,地点是借用重庆小梁子英年会。讲演者除本校教员之外,还请了戏剧界的轮流担任。记录则由本校学生张世骝、叶燕荪两君负责。"当时参加讲座的有余上沅讲《导演术》、杨村彬讲《新演出法》、宋之的讲《创作前的准备》、贺孟斧讲《舞台装置》、吴祖光讲《演员的语音训练与困难补救》等,共十二讲。第一讲由当时任剧校教务主任的曹禺主讲《编剧术》。

《编剧术》是曹禺在中华人民共和国成立前关于戏剧理论和编剧方法的唯一一篇重要讲话,也是他个人戏剧创作经验的宝贵总结,讲得十分精辟。当时印本不多,流传不广,现撮举要旨,简述如下。

曹禺在未讲编剧之前,首先谈了"戏剧本身"。他认为"戏剧被'舞台'、'演员'、'观众'这三个条件所肯定,戏剧原则、戏剧形式与演出方法均因这三个条件的不同而各有歧异",并举例说明了演剧所受"舞台"、"演员"、"观众"的影响和限制,又说"抗战剧的编制,当然也不能脱离'观众'、'舞台'、'演员'这三种限制"。除了这三个条件外,还要注意"舞台的幻觉"。他说:"用编剧技巧来感动观众,我们所根据的艺术心理的基础是'舞台的幻觉'。"他提出了写剧本时,运用时间、地点及人物上下场、氛围的造成,以及结构布局等,都要"经济"、"显明"、"有意义"。"因为我们不能在舞台上和盘托出毫无变动的人生。我们固然不能否认'舞台的真实'是'真实',但它决非生吞活剥,全不选择的真实。""一个写戏的人除了注意'舞台'、'演员'、'观众'三个现象之外,还要顾到'时间'和'地点'的限制。"时间不能不经济,为了集中观众的注意力,地点"也以少变动为是","分配地点也需要经济"。

其次,曹禺讲了编剧的过程,分五个步骤:

(一)材料的囤积。他认为,"材料的来源,是靠平时不断地收集、登记、整理、囤积起来的";"戏剧工作者不能等待灵感,而应该设法使灵感油然而生,随时随地心内蕴藉着一种'鸡鸣欲曙',快要明朗的感觉。这种心理的准备,就需要材料的囤积"。

(二)材料的选择。他说:"戏剧有时间的限制,更要有统一的印象。不能把什么都随便地写上去,所以在搜集材料之后,就要讲求选择。"他特别强调指出,"现在民族为了抗战而流血牺牲,文艺作品更要有时代意义,反映时代,增加抗战的力量"。接着,他比较深刻而全面地阐述了写抗战剧主题的重要性。他说:"主题是剧本的中心思想……初学写戏的人,必须明白主题的重要";"写剧的人决不能凭着一时的高兴,拾到材料就写,应该先找出这材料在所写的戏里面的意义,主题就是选择材料的标准";"有了主题,根据它来选择,整个剧本才能一致地有了意义"。他认为,第一主题应该"显明,不要含糊",在未动手写剧本时,"最好先决定结尾如何地宣传;并且最重要的自己要相信自己的'信念',然后学习怎样使人相信"。这些话主要是针对写宣传抗战的戏剧而言的。他认为,第二主题应该"简单,应当清楚地指导观众同情的方向,更紧紧地抓住观众的同情","我们所用的人物,以及所编排的故事，不可写得使观众无从同情起"，感到惶惑无主。他说："主题是个无情的筛孔，我们必须依照主题狠心地大胆地把材料筛它一下，不必要的不合适的材料淘汰去，这样写来，作品才能经济扼要。"

（三）预备剧本的大纲。他说："大纲里面应列'场表'，记载哪些人上下场，发生那些事实，有那些重要的话"；"有了计划，才有分寸，多幕剧固然如此，独幕剧也应如此"。他又认为，"一般地讲，剧本要使观众发生兴趣，紧张的场面总放在最后"，"人物的个性、对话、动作等，亦应于大纲中想透了再动笔。力求其明了周详"。

（四）人物的选择。他首先讲了典型与个性的不同。他认为，"比较起来，个性是不易写的。因为个性不止于着重他与其他同类人的同点，却更着重他的异点的"。他举了易卜生的 Held Galler 作为舞台上人物个性写得好的最切当的例子。其次，他针对抗战剧中一些问题，结合一些例证指出，"人物典型化，很容易流为过分夸张"。如抗战剧中所写汉奸和英雄，大都是这类典型更加强调化的产物。结果是"往往宣传自是宣传，观众自是观众，二者之间毫不发生任何深刻的关系"。所以，"典型不能写得太夸张，因为离开真实"。接着，他举了古北口抗战开始时他由北京到前线的后方慰劳战士的亲身见闻为例，说明了如何才能把抗战中的士兵写得有血有肉，真实动人。他最后归纳起来说："抗战戏剧中的人物，要真实亲切。要做到这一步，我们要充分体验抗战生活，不怕收集材料的种种困难。"曹禺这些精辟的见解，结合实际问题，讲得深入浅出，有理论，有例证，也有分析。既为初学写剧的人提供了宝贵的借镜，也是他个人创作实践的甘苦之谈。

（五）写。他讲了剧本的起首和结尾、悬念与"陡转"、动作和对话等问题，大体上讲了编写剧本从开端、发展到高潮、结局的基本过程，讲得尤为精彩透辟。首先，他谈了写剧时如何起首的问题。他说："起首，第一应求头绪清晰。故事的头绪不能太多了，多了易乱。如果头绪实在多，斩截不下，那么自己应设法逐渐介绍，有兴味地介绍，掺合着'动作'来介绍，不要在开幕五分钟内，填鸭式地把观众应知的过去背景及故事头绪，匆促地硬塞在观众的脑内。铺叙故事如此，介绍各个上场人物也如此。处处交代得清楚明白，然后慢慢地展开重要的剧情。"他这里主要讲的是第一幕开场戏的问题。曹禺是这样讲的，他更是这样做的。例如《雷雨》的情节纠葛比较复杂，头绪比较繁多。幕布一拉开，作者就通过鲁贵向四凤逼钱那一场富于动作性的对话，和他们父女性格上的对立冲突，逐步地交代了一些幕前情节，介绍了一些人物过去的关系和现在的处境，把人物动作、性格描写和交代前情巧妙地结合起来。但作者在《雷雨》第一幕中，不是把过去的背景和故事头绪一股脑儿硬塞给观众，而是只介绍了一些，其余在后几幕中继续交代前情，从而引起观众热切的期待和悬念。

其次，曹禺谈了剧本的人物"动作"的问题。这是戏剧中揭示人物性格的最基本的方法。他说："写剧不是写对话，是表明人与人之间相互反应的精神活动。这种活动的显明表示，莫过于动作。"人物动作有形体的，也有内心的。曹禺认为，"有时心理上的冲突，常常比表面上的动作还要动人"。例如曹禺的《北京人》第二幕写思懿逼曾文清当面退还愫方写给他的信那场戏，就是用人物对应的内心动态来刻画人物性格，从愫方的默默无言、僵立不动中，更深一层地展现出她内心的无比激动和强烈冲突，寓动于静，从而更收到了"此时无声胜有声"的艺术效果。她的默默无言、僵立不动，正如曹禺所说，"表面上看着仿佛没有动，其实已有动作了"。

再次，曹禺谈了如何造成观众的期待与悬念的问题。他说："有了'动作'，还要看编排，换句话说，就是要引起观众要看那'动作'的渴望"，"所以写第一幕时就预备着第二幕，抓着观众的兴趣，叫他们等待着第二幕的展开"。我们知道，一部成功的剧作，在情节安排上，在结构技巧上，首先必须不断地引起观众强烈的期待，才能抓住观众的兴趣，使他们津津有味地看下去。所谓"悬念"，就是指能引起观众的兴趣不断向前延伸，造成观众急切期待的心理状态而言的。那末，怎样才能引起观众的期待和悬念呢？曹禺认为，要"利用观众对主角的同情与好奇心，告诉观众一点儿，而又不是完全告诉他们，叫他们期待着更大的转变。这样在幕与幕之间，依据这种手法，在看戏人的心里，做强有力的联系"。这些话，真是精通戏剧三昧之言。戏剧中"悬念"的造成，主要依靠观众在感情上对主人公命运的同情与好奇心。如果观众对主人公的命运漠不关心,毫无兴趣,自然就不能引起他们急切地想探明究竟的渴望。因此,在剧情上,既不能让观众毫无所知,也不能让他们了如指掌,而是要匠心独运,步步为营,布置一连串的悬念,而且要一个比一个紧张强烈,从而引起观众急切的期待。曹禺的剧本如《雷雨》、《胆剑篇》等,都是极善于在情节结构上,组织一系列前后相互关联的、逐步上升和发展的戏剧冲突,布置一连串的悬念和危机,从一开幕就揭开矛盾,紧紧抓住观众的注意力和兴趣,吸引着他们自始至终以急切的心情注视着情节纠葛的展开和人物命运的变化发展。

下面曹禺又谈了剧情的"陡转"(一译"突转")问题。这名词最早见于亚里士多德的《诗学》。《诗学》第十、十一章中专门谈论"突转"和"发现"这个结构技巧。曹禺说:"'陡转'常常是出乎观众意料之外的故事的转捩,这种转捩,多半与主角有关。"易卜生的《玩偶之家》、曹禺的《雷雨》都是由于剧中人物有了新的"发现"(指从不知到知的"转变"),使剧情发生了出乎观众意料之外的突然变化。如《雷雨》第二幕侍萍和周朴园"相认"的一场戏中,"相认"之后,侍萍对周朴园有了新的"发现",促使剧情急转直下,一浪紧接一浪地趋向了高潮;第四幕当周朴园当场揭明了他和侍萍的关系以及周萍和四凤是同母兄妹的关系后,剧情"陡转",更导致了这场悲剧的最后完成。

曹禺接着又说:"'陡转'的两种:第一,故事的,见于形象;第二,人物的,是内心的变动。这种精神上的'陡转',如果写得真切,是最能动人的。"我们认为,易卜生的《玩偶之家》和曹禺《雷雨》中剧情的"陡转",不仅是故事情节上的"陡转",而且更真切动人地反映了人物内心的变动和精神上的"陡转"。如娜拉的最后决然出走、四凤的触电而死,都是最好的证明。

最后,曹禺还谈到了戏剧"结尾"的问题。他认为有三点需要注意:

第一,不可公式化。他说:"现在普通抗战剧的结尾,很少不是在一种公式下写成的。结果总是'汉奸打倒,志士抬头'。"他强调了描写人物性格的重要性。他说:"伟大的戏剧,好的结尾的动人之处,固然在结构的精绝,然而更靠性格描写的深刻。"他举了吴祖光的《凤凰城》为例，认为"结尾苗可秀死了，虽然大愿未酬，但是他的伟大的人格却更深入观众的心里"，更能启发观众对苗可秀的钦敬心情，激励他们强烈的抗战意识。他又说，他不反对"大成功"的结尾，他所反对的只是靠着"大成功"的结尾作写剧的不二法门，致使结构幼稚，人物浅薄。

第二，不可临时凑。他举了京剧《南天门》和莫里哀的《伪君子》的结尾为例，认为这两个剧本的结尾，一个靠着鬼神出现，搭救好人，一个借助于贤明的国王，将泰笃夫抓去治罪，"显然看出临时凑合，使人无法信服"。他说：戏剧的结尾，"有时固然可以出人意外，细细回想一下，却也要在人意中，这才有趣味"。短短几句话，确是说出了戏剧结构技巧的奥妙。

第三，要点醒主题。他谆谆叮嘱初学写剧的人说："如果一直找不着机会来点明主题，那么在最后的结局当口，是不该再意却的。"

关于人物对话方面，他提出了三点纲领性的意见：

第一，对话要适合人物性格。

第二，适合舞台上的逻辑，注意舞台上的空间与时间的确切。否则，都要破坏了"舞台的幻觉"。

第三，要清晰简要。不要咬文嚼字，不要啰啰唆唆地、成段成章地写。

末了，曹禺总括全文，提出应该特别注意的几点：

（一）编剧的三种限制——舞台、演员、观众——在目前以认识观众，最为重要。所以写抗战剧前，必须了解观众的性质。"要观众觉得真切，我们要熟知观众的生活，彻底观察，体验他们的需要。"他这些话，不仅写抗战剧应特别注意，对于今天写戏的同志，也是有益的启示。

（二）话剧感人的不是"话"而是"剧"，剧的主要成分是动作。他说："写剧本应尽量多找动作，用动作来代替对话。记住！在台上用一个真实的动作，比用一车子话表述心情更有力量。"

曹禺还希望学员"多看戏，多读剧本，多参加戏剧活动，多体会里面的奥妙"。曹禺自己就是从这些方面开始了戏剧创作生活，在现实主义创作道路上迈出了坚实有力的脚步。

此外，剧校还编辑了《表演艺术论文集》，作为《战时戏剧丛书》第七种，1941年4月由重庆正中书局出版。书前有余上沅写的《发刊旨趣》，书后附录《表演基本训练材料》：一、《强盗》（默剧），徐里译；二、《私奔》（同前）。《表演艺术论文集》中收入万家宝、金韵之合写的《我们底表演基本训练的方针和方法》一文，内分"表演基本训练的方针"、"表演基本训练的标准"和"国立戏剧学校表演基本训练的项目和教程"三部分。这是一篇有步骤、有目的，为了训练培养戏剧人才，从理论与实际结合、内心实感与外形动作结合、集体表演与个人演技结合的角度上，比较全面系统地论述话剧表演艺术的专门文章。它不仅在抗战时期发挥过很好的戏剧教育作用，即便在今天，对于我们总结戏剧表演艺术的历史经验，进一步提高话剧表演艺术的质量，仍然具有现实意义和重要的参考价值。因附记之于此。

注释：

① 参见《黑字二十八·序》及宋之的《关于〈全民总动员〉》。

② 《黑字二十八·序》。

③ 参见辛予：《〈全民总动员〉的一般批判》，《戏剧新闻》一卷八、九期合刊。

（原载《社会科学研究》1982年第1期）

重读曹禺的《北京人》

一

曹禺的三幕剧《北京人》，是他在抗日战争期间继《蜕变》后写成的另一部力作。全剧情节发展的线索，主要是描写一个旧中国典型的封建大家庭如何从过去"家运旺盛"的时代，逐步走向衰落以至于彻底崩溃的过程。围绕这一主要线索，作者安排了封建家庭内部和外部互相交织着的矛盾纠葛。在封建家庭内部，作者着重地刻画了曾家祖孙三代人之间的矛盾冲突。其中特别以曾皓漆棺材，卖棺材；曾文清、曾思懿和愫芳，以及后一辈的曾霆和瑞贞在婚姻恋爱问题上的纠葛作为中心，回环交错地揭示出封建社会制度的腐朽及其必然崩溃的死亡命运，彻底地暴露和控诉了封建礼法的罪恶。在封建家庭外部，一方面通过曾皓和暴发户杜家互相争夺棺木所展开的矛盾冲突，象征他们垂死前的挣扎，暗示封建阶级和资产阶级的势力已经到了日暮途穷、行将就木的地步；另一方面又用对比衬托的手法，描写了人类学者袁任敢、袁圆父女在思想上和行动上与封建阶级人物的对立矛盾，并且借着袁任敢的嘴歌颂了"北京人"——原始社会的时代："没有礼教来拘束，没有文明来捆绑，没有虚伪，没有欺诈，没有危险，没有陷害……没有现在这么多人吃人的礼教同文明，而他们是非常快活的。"实际上，作者在这里并非真正地希望现实社会"复归于自然"，他不过是想通过原始社会来对照地展示半封建半殖民地社会人吃人的血腥罪恶，描绘出在这封建牢笼里的"活死人，死活人，活人死"的种种丑态，进一步反映出作者对于黑暗现实的愤激和诅咒，对于未来新的社会一种朦胧的向往。最后，以愫芳和瑞贞双双出走作结,用嘲讽的笑声鞭挞着旧社会的丑恶,替旧社会唱出了一支深沉有力的葬歌,对新生一代显示了热切的同情。实质上,这剧本正如作者自述的,并不是悲剧,而是一出喜剧,里面有些人物也是喜剧的①,具有相当强烈的反封建的思想意义;当时在国统区演出后,不仅取得了很好的艺术效果,起了一定的打击国民党反动统治的作用,而且在解放区也博得了革命文艺界的重视和好评。

二

如上所述,在那几种错综交织着的戏剧冲突中,作者更着重地刻画了封建家庭内部祖孙三代人之间的纠葛冲突,作为贯穿全剧情节发展的中心。在描写曾家三代人之间的矛盾冲突中,作者又特别着力地刻画了他们彼此之间的性格冲突和内在的矛盾。一方面既刻画了曾文清、愫芳与曾思懿之间的性格冲突,同时,也刻画了瑞贞和曾霆之间的精神世界的矛盾;另一方面又刻画了曾文清父子和曾思懿在性格、思想上与曾皓之间的既有联系又有区别的纠葛冲突。这样,他们祖孙三代的人物性格就都被安置在尖锐的矛盾纠葛的对立发展中加以显现,加以完成。因此,这些不同人物的性格心理和精神面貌,如曾皓的卑劣自私、曾思懿的险毒泼辣、曾文清的软弱妥协、愫芳的感伤抑郁、乃至江泰的穷愁潦倒与满腹牢骚,在作者笔下都被塑造得异常鲜明生动,血肉丰满,形神毕肖,呼之欲出。

作者在塑造人物性格方面所用的艺术表现方法,仍然保持和发展着他过去一贯的作风和本领,即不是静止地、孤立地来刻画人物,也不借助于长篇大论叙述式的说明,而是通过人物自身的一些性格化的语言、动作和典型的细节描写,揭示他们各自不同的内心活动和性格特征;特别是通过人物之间对立的思想矛盾和性格冲突,从他们彼此之间的相互对照补充中,更加突出地展示人物的典型性格。这也就是说,把作者所要表现的人物和他周围的人物对立统一地结合起来,把正面刻画和侧面描写有机地联系起来,从而更圆

---

① 引见张葆莘:《曹禺同志谈剧作》,《文艺报》1957年第2期。

满地为塑造人物性格、阐明主题思想服务。这是《北京人》在塑造人物性格方面一个突出的特点，也是作者在其他剧作如《雷雨》、《日出》和《家》中所一贯运用的塑造人物的基本方法。

让我们先看一看作者是如何刻画这一个封建阶级的代表曾皓的性格和形象的罢。作者首先以嬉笑怒骂之笔，通过对曾皓的一些富有特征的细节描写，如喝参汤、漆棺材、不愿让愫芳出嫁等等，深刻地揭露了曾皓的自私怕死、伤天害理的卑劣面貌。作者之所以要采用漆棺材这一典型的细节作为刻画曾皓人物性格的主要线索，并且把它一直贯串到底，作为推动全剧情节纠葛发展的重要环节之一，是有其深刻寓意的。它一方面既十分恰切地表现了封建阶级人物的身份、年龄、性格、心理的特点，反映了封建阶级的穷途末路、必然死亡的历史命运，同时也更深入一层地揭示出曾皓活着只图追求享受、苟延残喘，死后仍然要把尸体好好保存，不甘与草木同腐的自私自利的丑恶心理；另一方面，又通过漆棺材、卖棺材这一细节描写，展开戏剧性的纠葛，刻画了曾皓和杜家、曾皓和曾思懿在这问题上的矛盾冲突，把封建家庭内部的矛盾和外部的冲突很巧妙地联结了起来。在对待愫芳出嫁的问题上，作者也同样赋予这一细节描写以双重的作用：一方面既表现了曾皓处处为个人设想，把自己的幸福建筑在使别人痛苦的基础上，企图让愫芳长期守在身边，"成为他永远的奴隶"，甚至每当愫芳的感情有些动摇时，他还不惜伪装成种种苦痛失倚的样子，用眼泪和欲擒故纵的卑劣手段向愫芳进行软化招诱；另一方面，在这问题上，还非常巧妙地展示了曾皓和曾思懿、曾思懿和曾文清之间各有用心的戏剧性的冲突，出色地刻画了不同人物的性格特征，也顺理成章地推动了情节纠葛的开展。其次，作者又往往通过曾皓本身一些自相矛盾的语言动作，以及周围人物如江泰、曾思懿、愫芳对曾皓的一些不同的看法，相互对照补充，揭示出曾皓外强中干、色厉内荏的精神面貌，同时，从正面或侧面揭示出作为封建统治阶级及其制度的代言人曾皓，也正是直接地迫害他的子孙和破坏他们婚姻幸福的祸首。曾皓表面上虽然很注重一些繁文缛礼，但在内心里也深知诗书礼易对他的子孙确实没有发生什么影响；他在表面上虽然也时时想保持他那家长的威严，但实际上，却不得不忍受着女婿江泰的冷嘲热讽，不得不随时应付曾大少奶奶的诡诈把戏，他甚至为了让曾文清戒烟，不惜跪在地下给儿子磕响头。这些细节描写，都充分地表现了曾皓的性格，意味着他在这大家庭中的统治地位已经摇摇欲坠，从而揭示出曾皓所代表的封建统治阶级和他渴望建立的"最圆满最有秩序的家庭"，在众叛亲离的情况下，不可避免地走向土崩瓦解的道路。

　　对曾文清、曾思懿和愫芳这三个人物性格的刻画，作者也同样通过一些典型的细节描写和个性化的语言动作，把这三个人物的性格放在最尖锐的矛盾冲突中，放在鲜明对比中来加以展现。曾文清的性格在有些地方和巴金的《家》里面的觉新颇为类似，但和曾思懿的性格却是处于冰炭不相容的境地。作者通过对文清的语言举止以及养鸽子、放风筝、品茗、作画等等嗜好的描写，栩栩如生地刻画出一个在旧社会长年过着空洞悠忽岁月的北京没落的旧家子弟的典型性格。他热爱愫芳，却没有勇气冲破这封建古牢，以至于无可奈何地牺牲了他的爱情，和一个他所不喜欢的而且在性格上对立冲突的女子结了婚，过着痛苦抑郁的生活。他一方面虽然始终没有忘情于愫芳，另一方面却又无法应付曾思懿的各式各样的诡计，最后只得忍气吞声地做了封建祭坛上驯顺的羔羊，以吞烟自杀结束了他这"一个生命的空壳"。这正是曾文清、曾思懿、愫芳三个人在恋爱婚姻问题上尖锐的矛盾冲突的中心，也是曾文清的悲剧性结局的实质所在。

　　愫芳早失父母，伶仃孤独，长年寄住在曾家，过着奴婢一般的生活。她的娴静沉默的性格，基本上是和曾文清同属一种类型，而和曾思懿的泼辣阴鸷的性格，恰恰是自成对照。愫芳一方面是曾文清所爱的对象，一方面又是曾皓所倚赖的不可缺少的"拐杖"，因此她在曾家的地位，自然而然地就成了曾思懿在家庭问题和婚姻恋爱问题上唯一的"死敌"。特别是婚姻恋爱问题，更成为她们之间严重的矛盾焦点。这也正是曾思懿千方百计要把愫芳撵出去而后快的根本原因所在。愫芳之所以终身不嫁，实质上，并非单纯为了侍候曾皓，甘愿牺牲自己毕生的幸福，主要恐怕仍然是为了弥补她和曾文清不能结合的遗憾，隐含有一种宁愿为文清终身不嫁，在曾家与他长相厮守，为他分忧解愁的可悲的用意和无可奈何的自慰心情。因此，即使当曾文清被迫离开曾家，表示不再回来的时候，她也仍然心甘情愿地为曾文清看守这个家，照料他的书画和鸽子，甚至爱屋及乌，连文清所不喜欢的人如曾思懿，她也愿意多方照护。正如瑞贞对愫芳所说的那样，"你真准备一生不离开曾家的门，这个牢，就为着这么一个梦，一个幻想，一个人"。从这里不难参透愫芳对文清的深情蜜意。作者特别在第三幕第一景中，通过瑞贞和愫芳的一次倾谈，通过瑞贞对愫芳一步紧逼一步的反问，极有层次地揭开了愫芳内心深处的秘密，宛转曲折地展示了愫芳多年来压抑在心头上的垒块，传神地刻画了愫芳的性格及其复杂微妙的思想情绪。一直到文清欲飞无力，重返家门，曾思懿设计要嫁愫芳给文清做妾以后，残酷的现实无情地粉碎了愫芳这一点点渺茫的幻想。她在无可再忍的情况下，最后才毅然改变了初衷，和瑞贞双双出走。从情节处理上看，愫芳的最后出走，是有一定的客观现实依据的；但从愫芳主观思想的发展变化的过程上看，就还表现得不够使人十分信服。因为从愫芳一贯把纯挚的爱情放在曾文清这一个孱弱无用的废人身上，从她临行前还对曾皓表示深切的关怀，这些都充分说明愫芳在思想上仍然对这个封建大家庭怀有余恋。因此，作者在描写她从不愿离开曾家到毅然出走这一转折过程时，就显得有些模糊潦草，一滑而过，还缺乏进一步的点染和交代。这就难怪有一些好心的读者不免替愫芳的出走感到担忧了[①]。

曾思懿在剧本中则是一个被嘲讽、批判的人物形象，这个封建大家庭内部的一切矛盾都通过她而集中地显现出来。她一方面在家庭问题上，和曾皓、瑞贞存在严重的矛盾；另一方面在婚姻恋爱问题上，又和曾文清、愫芳展开了戏剧性的冲突。她以一身而联结着封建家庭内部的诸种矛盾，她的一言一行也就势必对于全剧矛盾纠葛的展开和激化发生着相当的影响。作者在刻画曾思懿人物性格上所表现的一个鲜明的特色，首先是把她作为这矛盾漩涡的一个焦点，通过曾思懿自身的一些互相矛盾的语言动作，从各方面对照地描摹出她那自私虚伪、诡谲多疑、口蜜腹剑、表里不一的典型性格。她实际上在曾家颐指气使，总揽家务，却偏偏装成满腹委屈、受尽气苦的样子。

---

① 戴再民：《替愫芳担忧》，《戏剧报》1957年第9期。

在对待愫芳的关系上，她暗地里又妒又恨，衔之次骨；但在表面上却对愫芳假意逢迎，旁敲侧击，甚至借口成全曾文清和愫芳的婚事，不惜设计逼迫愫芳作小，以便使愫芳终身仰其鼻息，受其摆布。所有这些，作者都通过曾思懿的一些喜剧性的细节描写，以及她那种看风转舵、笑里藏刀的语言动作，也通过了她和曾文清、愫芳在性格上的对立冲突，从他们之间的相互对照映衬中，把这一个带有《红楼梦》中王熙凤某些性格特点的人物形象，描绘得传神尽态、惟妙惟肖，给人留下深刻难忘的印象。

另外一对被关在这精神牢笼里的羔羊则是瑞贞和曾霆，他们夫妇也和曾文清、曾思懿一样，都是在封建礼法的束缚下过着名为夫妇、形同路人的痛苦生活。其中特别引人同情的是瑞贞，她在性格和思想上既与曾思懿存在着显明的对立，也和曾霆有着严重的距离。如果我们说作者通过曾文清、曾思懿和愫芳，描写了他们在婚姻恋爱问题上的矛盾纠葛，那末，在曾霆和瑞贞的关系上，作者又有意识地安排了曾霆对于袁圆（人类学者袁任敢的女儿）的爱情追求，刻画了这三个人物之间在婚姻恋爱问题上的戏剧性的冲突。不过，由于瑞贞曾经受过新式学校的教育，又接触过一些思想比较进步的朋友，在她的心灵里早已播下了反抗的种子。通过现实的教育，她逐步认识到"这幽灵似的门庭必须步出，一个女人该谋寻自己的生路"。这就是她后来之所以能够冲破这封建的古牢，毅然出走的思想基础。作者在作品中，正是以其精细入微之笔，把一些人物性格和人物之间的关系，通过鲜明的对比和映衬，紧紧地扣合在多种多样的、错综复杂的矛盾冲突中——封建家庭内部的和外部的、青年一代和老年一代的、人物之间的内在的和外在的——并加以刻画和表现。这样，戏剧冲突和人物性格就自然而然地构成了一个对立矛盾的统一体，随着人物性格越来越尖锐，戏剧纠葛的开展也越来越激化，人物性格冲突在波澜起伏的纠葛冲突中逐步从发展变化而渐趋完成，同时，也就反转来推动了情节纠葛的开展。这些都极其鲜明地显示了作者善于从生活中选择题材和组织戏剧矛盾、塑造典型的舞台形象的艺术才能。

三

　　还应该特别指出，作者在艺术表现方面另外一个突出的特点是，善于烘托环境，渲染气氛。甚至每一个细节，每一件道具，都是经过作者的匠心安排，寓有深邃的用意；都是和全剧的环境气氛以及情节结构的开展，有着丝丝入扣、密不可分而又谐调一致的关系，有力地凸现了人物性格的特征以及它们内心世界错综复杂的发展变化。例如曾思懿一出场，在"胁下系着一串亮闪闪的钥匙，手里拿着帐单"，这就极其形象地表现出一个总揽家务的大少奶奶的身份、地位和气派；如曾文清所始终珍惜挟持的那幅愫芳画的墨竹，也极其含蓄地展示了他们之间深厚的爱情；特别是通过陈奶奶送给文清的那只孤独的鸽子，不仅有力地渲染了环境，恰切地表达出一个旧家子弟的癖好，而且更重要的还在于：这一只被关进牢笼里的小生物的形象，隐喻着文清和愫芳在爱情上的不幸以及他们之间的关系，对照地映衬出文清后来欲飞不得、铩羽而归的人物形象。同时，作者还不止一次地借用"闹耗子"这一个语涉双关的细节描写，意味深长地影射没落的封建大家庭的子弟从内部挖掘封建阶级的墙脚，败坏他们自己的"根基"。尤其令人心折的是，作者为烘托环境气氛而运用舞台效果所表现出的高度的艺术本领。在全剧的每一幕中，随着剧情的不断发展、人物心理动作的不断演化，作者通过对于封建大家庭内部的一些陈设布置，通过一些交织着的独轮水车的响声、算命瞎子的悠缓的铜钲声、深夜里长街上传来的叫卖声，以及那断断续续的更锣声和号角声、淅沥的雨声和飒飒的风声，替我们活生生地勾勒出一幅凄风苦雨、夕阳残照里的封建大家庭衰败苍凉的图景，烘托出在这特定的环境气氛下人物的行动和思想感情的发展变化，从而增强了舞台效果，表现出深沉动人的艺术感染的力量。

　　此外，作者在每一幕中对于环境和人物介绍的一些说明提示，也都凝炼优美，情景交融，洋溢着一种现实主义抒情诗的特色。像第三幕第一景中对中华人民共和国成立前北京初冬景象的一些描绘，不仅准确地表达了时代、季节和地方特有的色彩，渲染了环境气氛，而且从文学语言的角度上看，简直是一篇清幽淡远、富有诗情画意的散文。和作者后来在改编的剧本《家》里面的一些说明提示，正是异曲同工，后先媲美。这些艺术特点，都在曹禺的作品中构成了一个比较谐和统一的效果，显示出作者独特的艺术风格。

不过，作者在《北京人》里，虽然对旧社会唱出了深沉有力的葬歌，对未来新的理想也显示出朦胧的向往，但由于作者当时在阶级上和思想上的某些局限，使他还不能看清楚封建家庭崩溃的真正原因，以及在党的领导下工农革命的主要力量，以致不得不把这恍惚悠邈的原始社会的时代和现实社会相对照，用以宣泄作者的愤懑。并且在初版本的《北京人》里，作者还把一个机器工匠扮作这"猩猩似的野东西"——"北京人"的活模型，并让它的黑影不止一次地在剧中出现；又在袁圆和曾霆的一次对谈中，让袁圆向曾霆表示她长大后要嫁给这巨灵似的"北京人"等等。这些细节安排，不仅在剧情发展上显得画蛇添足，而且也在一定程度上削弱了舞台效果。中华人民共和国成立后的修订本已加删削，实属必要。并且，修订本中还附带地芟削了一些不必要的细节描写和过多的人物介绍说明，这样在情节安排上，就更显得简炼集中、不枝不蔓，人物形象也越加鲜明跳脱、奕奕欲生了。

附注：本文系根据曹禺剧本分析其人物性格，最近在北京重排此剧时，曹禺又对剧中人物性格作了某些新的修改。

原载《成都晚报》1962年5月10日。本文经作者对个别字句重新作了修订。

（选自《当代文学研究资料·曹禺专集》下册，海峡文艺出版社，1985年）

重评曹禺的《原野》

《原野》是曹禺同志继《雷雨》、《日出》后写成的又一部在创作上进行新的探索，并具有新的特色的三幕剧。一九三七年四月，《原野》在章靳以主编、广州出版的《文丛》第一卷第二期开始连载，至第五期续完，并由文化生活出版社出版单行本。它在中华人民共和国成立前不仅演遍了大江南北，而且抗战期间在革命圣地延安也演出过。一九三九年暑期，曹禺应昆明国防剧社之邀，专程赴昆明担任《原野》的导演，闻一多先生担任服装布景的设计，演出效果良好。

《原野》问世后，由于抗战爆发，当时没有引起文艺界广泛的讨论。中华人民共和国成立前后，对《原野》的评论文章不多，在寥寥可数的有关评论中几乎都给予了否定的批评。有人说，《原野》"是曹禺最失败的一部作品"。有人说："这样一个故事，在古旧中国的农村里应当是一件屡见不鲜的事实；描摹了它，也就是揭露了旧中国农村中的矛盾和斗争。但这不是作者原来的企图"，"他所要表现的是人类对于抽象的命运的抗争——一个非科学的纯观念的主题"。表面上看来，这些似是而非的评论都言之成理，实际上，都没有深入、具体地发掘《原野》思想艺术的特点，对它进行实事求是的、客观公正的评价。

一、《原野》"是曹禺最失败的一部作品"吗？

曹禺最近在总结他的生活和创作道路的经验时说："原野的写作是又一条路子。当时偶然有一个想法，写这么一个艺术形象，一个脸'黑'的人不一定心'黑'。……那时，听到乡下恶霸地主杀人的事情很多，这对我有些影响。""《原野》不是一部以复仇为主题的作品，它是要暴露受尽封建压迫的农民的一生和逐渐觉醒。仇虎有一颗火一样复仇的心。"①所谓"又一条路子"，正说明作者是运用一种不同于《雷雨》、《日出》的创作方法和表现形式写出《原野》的，是他在艺术领域里一种新的开拓、新的尝试。《原野》写的是农民仇虎复仇而终于自杀的悲剧。剧作的时代背景"是民国初年，北洋军阀混战初期，在农村里发生的一件事情"。作者想写出"'五四'运动和新的思潮还没有开始，共产党还未建立"以前的一段历史时期，"农民处在一种万分黑暗、痛苦、想反抗、但又找不到出路的状况"②；通过农民向恶霸地主复仇的故事，表现"受尽封建压迫的农民的一生和逐渐觉醒"。作者的艺术视野已经从过去揭露、抨击地主资产阶级家庭精神道德的堕落和都市社会生活的罪恶，进一步扩大到揭露农民和地主的矛盾，刻画农村中阶级对立的关系，赞扬农民的觉醒、反抗与斗争，同时也暗示出个人反抗的毫无出路，深切表现了作者对黑暗社会的强烈谴责与控诉，对广大受压迫的农民解放命运和出路的关怀和同情。从作者的创作意图和题材、主题上看，这是一部具有进步的思想内容、鲜明的政治倾向性，反映民国初年农村现实的悲剧。怎么能说"作者的创作意图"是"要表现人类对于抽象的命运的抗争——一个非科学的纯观念的主题"呢？

还是让我们从作品的实际出发，具体地探讨一下《原野》思想内容和艺术形式上的一些特色吧。无庸讳言，曹禺的《原野》，在创作方法和艺术技巧上是受美国著名剧作家奥尼尔（Eugene O'neill，1888—1953）的表现主义创作《琼斯皇》的某些启发和影响的。表现主义兴起于二十世纪初期，是二三十年代流行于西方，以绘画、音乐、诗歌、戏剧为主的文学艺术流派和文艺思潮。就戏剧而论，它的基本特征是，运用象征手法描写戏剧环境，表现人的心灵，特别是深藏在人们灵魂深处的潜意识；追求奇幻怪诞的舞台景象所产生的艺术效果，强化戏剧的紧张逼人的气氛。它往往强调形象诉诸感觉的直觉，而不讲求现实生活中的细节的真实。这种新的表现手法，当时对年轻的曹禺有一定的吸引力。他写作《原野》时，除了运用现实主义创作方法外，还借鉴表现主义的某些手法，通过整体的艺术构思，形成了《原野》独特的艺术风格。

《序幕》是《原野》全剧的开端。大幕拉开，通过主人公仇虎与白傻子的大段对话和仇虎的独白，交代了仇虎两代血海深仇的经过：恶霸地主焦阎王抢了仇家的地，害了他们一家人，烧了他们的房子，诬告仇虎是土匪，把仇虎送进官衙，并叫人打瘸了他的腿，让他在狱中整整苦了八年。焦家现在的情景是：焦阎王已然死去，只剩下他的瞎老婆焦氏与儿子大星，已和仇虎订了婚的花金子也被焦阎王弄去做了儿媳。这也揭示了仇虎越狱逃回、报仇雪恨的斗争目的。通过焦大星离家外出前和金子的对话——金子问大星，假使她和焦氏都落了水，他将先救谁？——展现了金子和焦氏婆媳间的尖锐的矛盾冲突；焦氏一上场，更揭示出她们母子、婆媳、夫妻间的错综复杂的人物关系；接着，便以仇虎和金子会面后重叙旧情作结。这一幕写得相当成功，不仅交代了一些幕前情节和人物现在的关系，而且为以后几幕情节的展开埋下了引线和伏笔。

第一幕距《序幕》过了十天。这一幕主要描写仇虎和金子在焦家十天幽会后所发生的一系列紧张尖锐的戏剧冲突。在焦家，金子正以泼辣的表达爱情的方式逼仇虎捡起扔在地下的花并替她戴上；突然穿插了常五到焦家来，替焦氏刺探动静的一场戏。这场戏结合金子的动作和表情，惟妙惟肖地刻画了金子在与常五那场对话中巧设机关、步步为营、欲擒故纵的机警伶俐的性格。常五在醉意渐浓中，不仅没有刺探到仇虎和金子的动静，反而被金子套出了焦氏已知仇虎到来，焦氏除催促大星火速回家外已报告侦缉队捕拿仇虎的消息。戏剧纠葛进一步激化，构成"山雨欲来风满楼"的紧张逼人的戏剧情势，吸引人们以紧张的心情注视人物的命运和戏剧冲突的进一步开展。接着，通过焦氏回来后对金子的严厉盘问和狠毒地用七根钢针扎刺象征金子原型的木人等一系列动作，生动地勾勒出旧社会婆媳之间的对立关系，刻画出焦氏把儿子当成私有家产，为了占有儿子，不仅残酷地咒骂虐待金子，而且千方百计地要把金子置之死地的阴险狠毒的性格和自私变态的心理。这种婆媳间情感上的龃龉和由此而产生的严重对立，在旧社会是屡见不鲜的生活真实。大星回家后，通过焦氏捉奸，已证实了焦氏对金子的怀疑。焦氏又用冷言冷语刺激大星的嫉妒心与羞耻心，企图通过大星的手拔掉她的眼中钉——金子。金子见大星后，先发制人，故意说自己和人私通，意在掩护自己，稳住大星的情绪。继而，金子在无可再忍的情况下，站出来毫不掩饰地承认自己的所作所为，指责大星是一个"没有用的'窝囊废'，'受气包'"，"不配要金子这样的媳妇"，并和焦氏展开了拼死的斗争。这充分展示了一个在精神上受压抑、心理上交织着痛苦与矛盾、爱情生活上大胆追求的农村妇女的形象，刻画了金子的倔强泼辣的性格。她的遭遇和性格，本质上正是当时畸形的社会制度下的产物。而焦氏发现仇虎回来后，立即报告侦缉队捕拿仇虎，其恶毒的目的主要并不在于仇虎和金子私通，而是为了斩草除根，以绝后患。这有力地揭露了一个恶霸地主婆对劳苦人民的阶级仇恨，勾勒出这个瞎老婆子的绝子绝孙的极其险毒的思想性格。最后，让仇虎正面与焦氏和大星相见，一场场紧张的战斗接踵而来。通过第一幕对仇虎与金子重叙旧好的描写，以及由此而引起的轩然大波，为后两幕情节纠葛的展开，作了充分的铺垫，布置了引人瞩目的悬念和危机。

第二幕是正面描写仇虎复仇的戏，也是一场针锋相对的斗机智、斗心计的戏。戏写得相当曲折动人，于紧张激烈中见跌宕起伏之妙，在腾腾杀气里回荡着诗意的抒情。焦氏先是挑动大星对那个偷情的人的嫉恨，但偏又不明白告诉大星那个偷情的人就是仇虎。焦氏主动同意金子跟仇虎一齐走，但又用软硬兼施的办法让金子不要向大星透露出仇虎就是那个偷情的人。同时，她鼓其如簧的毒舌，在仇虎面前为焦阎王百般刷洗他过去迫害仇虎两代的血污的罪恶，并同意让仇虎带走金子，但又告诉仇虎说："你不会叫大星猜出来你们偷偷地一块儿走。"焦氏的恶毒用心在于先让仇虎和金子一起走，然后报告侦缉队把他们双双捉获，这样既不会伤害大星，又可借此一举置仇虎、金子于死地，真是"机关算尽"，煞费苦心。但是，机智的金子意识到焦氏叵测的祸心，当面揭破她的诡计——"仇虎离开了焦家的门，碰不着你的孙，害不着你的儿，你再一下子抓着两个"，后来还提醒仇虎说："你想有那么便宜的事么？""虎子，我怕我们现在已经掉在她的网里了。"果然，仇虎在复仇的问题上，产生了复杂的内心交战。他一方面坚决要报两代的血海深仇，并未因为那个罪魁祸首焦阎王死去而改变初衷，三次对金子说："阎王死了，他有后代！"大星"是阎王的儿子"，但他和大星既是拜把的兄弟，又深知大星的无辜，不忍遽下毒手。他想先诱使大星动手，然后再杀害大星。后来仇虎误认为大星参与报告侦缉队拘捕他，才决心手刃大星，并借手焦氏杀死大星前妻的儿子小黑子，想让瞎地主老婆子尝尝绝子绝孙、"一个人活着"的痛苦。作者对仇虎此时内心矛盾冲突的揭示，是相当深刻的。在这中间，还穿插了仇虎和金子一段抒情的对话，他们憧憬着"办完事就走，穿过了黑树林，赶到车站，见了铁道，就是活路"，"那边有弟兄来接济我，我们就到了那房子会走，人会飞的黄金子铺地的方"。他们还在一片布谷声中，忘记了目前的苦难，互相调笑起来。这展示了劳苦人民对未来美好生活的向往，在客观上也深刻揭示出这个"历史的必然要求与这个要求不可能实现之间的悲剧的冲突"。他们这段对话不止一次地出现，凝铸着作者对劳苦人民的深切同情和对地主阶级的强烈愤恨；在结构上，既和前两幕对话前后呼应，又为他们在第三幕陷入黑树林埋伏笔。于此见出作者创作意图上的深意和在结构布局上细针密线、丝丝入扣的艺术匠心。

如果说，《原野》前两幕的戏剧纠葛都是在不同程度上为第三幕积蓄力量，做好心理上的铺垫，那么，第三幕则展示了剧情逐步走向高潮，达到危机的顶点。如果说，《原野》前两幕基本上是运用现实主义创作方法结构而成的，那么，第三幕则基本上融汇着表现主义的艺术方法和特色。第三幕是全剧中的重场戏，也是中华人民共和国成立前后受到文艺界批评和非议最多的一幕戏。文艺界对这一幕戏的批评比较集中在仇虎性格的塑造上。有人认为，"仇虎是曹禺创作失败的产物"。有人认为，作者对仇虎的塑造主要是刻画仇虎性格的分裂：仇虎的"良心谴责"问题，是给农民套上了小市民知识分子的精神枷锁，是"歪曲了农民的形象"；出现在仇虎眼前的几次幻象，反映了作者的"迷信思想和神秘主义情绪"。如何对待以上提出的这些问题呢？我们应当进行实事求是的具体分析。

作者对主要人物仇虎的刻画，是运用浪漫主义创作方法，并借鉴表现主义的一些手法加以塑造的。特别是第三幕，基本上表现了仇虎在幻觉世界中的心理状态，展示了他在杀大星问题上从最初的犹豫到杀了大星后的自我谴责，以及最后由悔恨中挣脱出来的性格变化发展的全过程。出现在仇虎眼前的几次幻象，不仅有不同的寓意和作用，而且也是作为展示仇虎在幻觉世界中内心冲突和性格变化发展的艺术手段。在第一、二幕咚咚鼓声中出现的大星临死前的痛苦叹息声、持伞提灯笼的人形和焦氏举着小黑子人形的三次幻象，都是仇虎杀了大星后所产生的悔恨恐怖心理转化为幻觉的反映。以后出现的三次幻象则是在仇虎的幻觉中再现了仇虎的爹爹和妹妹遭受残害的悲惨遭遇，引起了仇虎痛苦的回忆；并且还进一步再现了监狱里囚犯们的劳役和阎王审判的幻象，表明阴曹地府也和人间地狱一样不公平。被迫害的仇虎的老父弱妹要下刀山，入地狱；而罪恶多端的焦阎王反而飞扬跋扈，升入天堂。因而仇虎愤怒地喊出"你们这是什么法律？这是什么法律"，并咒骂他们是"骗子"、"强盗"！他向这群幻象连发三枪。从此，仇虎摆脱了悔恨心理的纠缠，逐步觉醒、坚强起来。在侦缉队四面围攻声中，仇虎对金子说："冲上去！管他妈！跟他们拼。"即使在弹尽粮绝时，他也没有屈服，斩钉截铁地告诉金子："不！不！不能完，我完了还有弟兄，弟兄完了，还有弟兄。我们不能子子孙孙生下来就受人欺负。"他宁死也不愿再戴上那象征苦难的"铁镣"。他在决心自杀前，再三叮嘱金子：告诉我的好弟兄，"现在仇虎不相信天，不相信地，就相信弟兄们要一块儿跟他们拼，准能活，一个人拼就会死。叫他们别怕势力，别怕难，告诉他们我们现在要拼得出去，有一天我们的子孙会起来的"。仇虎已经意识到个人的反抗没有出路，也朦胧地意识到只有集体抗争才有活路，并对未来寄托着希望。作者正是运用表现主义手法，以幻觉和象征的方式刻画了仇虎逐步从悔恨到觉醒的内心动态和性格不断变化发展的历程。仇虎的性格从最初的犹豫到坚强，表面上好像前后判若两人，实际上他的性格还是获得了比较合乎逻辑的发展，并未表现为性格的分裂。金子的性格所以从泼辣转向纯真，也是由于她的前后环境悬殊，对爱情追求的看法有所变化和对未来美好生活的向往所决定的，并未表现为性格的分裂。我们还应该特别注意到，《原野》中所展现的仇虎的悲剧，主要是反映了民国初年中国共产党未建立以前，广大农民在没有党的正确组织和领导、找不到正确的反抗道路的状况下必然失败的命运；通过仇虎个人盲目复仇的悲剧，揭示了当时带有普遍意义的典型的现实社会的问题。同时，作者积极探索农民出路问题，总结历史教训，在客观上深刻证明了：农民如果不克服个人复仇的狭隘观念，走集体抗争的道路，失败是必然的，并且暗示那"黄金子铺地的地方"正是广大农民日日夜夜向往的光明前景的所在。这些就是仇虎的悲剧形象所体现的现实内容和社会意义。不言自明，我们评价文艺作品，绝不可脱离作品所反映的特定的历史时代来孤立地谈论它的社会意义。

应当承认，作者笔下描绘的仇虎的强悍而善良、粗暴而机警的性格、逐步觉醒和反抗的精神，以及身上存在的某些缺点，基本上反映了当时农民思想性格的某些特征。第三幕中描写仇虎杀了无辜的焦大星后所产生的悔恨心理，即人们所谓的"良心谴责"，实际上，正是比较真实地揭示出正直善良的农民仇虎在杀了无辜的焦大星后所引起的思想感情的内在冲突及其合乎逻辑的发展，也比较真实地反映了农民仇虎善良正直的品格的本质特征，相当深刻地发掘了他心灵上的隐秘。我们不能据此就简单化地认为是"歪曲了农民的形象"。悔恨心理并不是某一阶段或某一阶层的人所独有的，为什么善良的农民仇虎产生了悔恨心理，或者叫作"良心谴责"，就算是"背负着小市民知识分子的精神枷锁"，就要一概加以否定呢？《原野》中运用了大量象征、隐喻的手法，如"黑林子"、"铁路"、"镣铐"、"黄金子铺地的地方"以及"阴曹地府"、"阎王审判"、"牛头马面"等，都具有深刻的寓意和现实的内容。"黑林子"，象征现实社会的黑暗和仇虎找不到出路的境况；"铁路"，象征农民仇虎和金子对生活出路的渴望；"黄金子铺地的地方"，象征广大农民对美好生活的向往；"阴曹地府"、"阎王审判"，象征现实社会的阴森丑恶和是非颠倒，真实地再现了现存社会的剥削阶级及其国家机器残酷迫害劳苦人民的惨象。这些象征的描写，渗透着现实的内容，形象地展示了广大农民当时的悲惨处境，即向往美好生活，但又找不到正确出路的状况；也深化了作品讽刺现实、揭露黑暗、赞颂反抗、向往光明的思想主题。这怎么是有些评论者所指责的，反映了作者的"迷信思想和神秘主义情绪"呢？出现在仇虎眼前的诸种幻象，不过是仇虎的潜意识转化为幻觉的反映，并没有什么神秘的。

人的个性是丰富多样的，文艺作品刻画人物个性所运用的艺术手段也应该千姿百态，不拘一格。《原野》借用表现主义手法刻画人物的内在冲突，渲染环境气氛。整个剧本色彩浓烈，音响效果紧张逼人，情节结构有丰富的戏剧性，人物对话也保持作者一贯具有的善于描绘人物的心灵和个性化、富有动作性的特点。在艺术处理上，不少新的创造和新的突破，显示出作者高超的艺术技巧。正如唐弢同志在中华人民共和国成立前所评价的，"这个剧本里有'戏'，群众看起来过瘾。这个剧本里有生活，顾盼左右，仿佛就在身边，让人看起来恐惧和欢喜"③。

总之，《原野》是一部既富有社会意义和艺术特色，同时又存在着某些缺陷的作品。但瑕不掩瑜，它的成就是主要的。

我们今天对它重新评价，既不是为它的不足之处进行辩诬，也不是存心对它美化，而是认为应该把《原野》放在一定的历史范围之内，实事求是地对它作出客观的、公正的评价，不应对它过分贬抑，判定它是曹禺的"一部最失败的作品"。《原野》在曹禺的创作道路上，别辟蹊径，独树一帜，表现为曲折的前进，而不是前进中的曲折，更不能认为它是作者思想和创作上的"倒退"。《原野》的缺点主要在于，作者对农村的阶级斗争现实和农民生活缺乏深入了解，对农民不够熟悉，缺少充分的生活基础；加以较多地运用表现主义的象征手法，刻意讲求奇幻的舞台景象所产生的艺术效果；因之，把一个富有现实意义的故事，写来反而使人感到有些迷离惝恍，显得神秘，在一定程度上削弱了作品的社会意义和人物的真实感，在情节上显露出人为的痕迹，有些细节也不够合情合理。第三幕提示中对仇虎和金子性格的说明认为，仇虎"代表一种被重重压迫的真人，在林中重演他所遭受的不公。在序幕中那种狡恶，机诈的性质逐渐消失，正如花氏在这半夜的磨折里由对仇虎肉体的爱恋而升华为灵性的"。这些说明，都是抽掉了人物性格的社会的阶级的内容，流于唯心主义的说教，如此等等。

二、《琼斯皇》的影响

曹禺的《原野》在艺术技巧上显然受奥尼尔剧本《琼斯皇》的某些影响。奥尼尔平生戏剧作品甚多,前期的作品有《鲸鱼》、《天边外》等,二十世纪二十年代后期至三十年代的代表作有《榆树下的欲望》、《勃朗大神》、《奇异的插曲》、《悲悼》等。《天边外》和《奇异的插曲》等均曾在纽约上演,并获得蒲立资戏剧奖金。《天边外》发表后,他写成了多幕剧《琼斯皇》(1920)和《毛猿》(1922)等,均在纽约上演,特别是《琼斯皇》赢得了当时人们的赞赏。奥尼尔的剧作打破了传统话剧的规范,在艺术技巧上大胆创新,运用表现主义戏剧手法,描写人物在幻觉中的潜意识,表现人物畸形的变态心理,努力于"潜在情绪的戏剧化"。他笔下的人物大多不能掌握自己悲剧性的命运而摆脱苦难的结局,由此对资本主义社会生活进行揭露。他前期的作品跃动着反抗的热情和浓厚的诗意,晚期作品转向神秘主义,充满着混乱的心情。

《琼斯皇》全剧共分七场,主人公琼斯是一个越狱的美国黑人逃犯。他逃到西印度群岛的一个小岛上,在伦敦商人亨利·施密塞的引诱下,利用从资本主义社会学来的狡黠手段,欺骗了当地的土人,做了岛上的皇帝;土人识破后,群起反抗。琼斯在追捕的鼓声中逃到森林里,企图穿过森林逃回美国,但他迷了路,于是在恐怖心理支配下出现了各式各样的幻象,"小而无形的'恐惧'从树林黑处爬出来"。他看见了被他杀害的黑人泽夫的幻象,还看见了他当年在监牢中和黑人一起被奴役的场景,他开枪向那看牢的白种人的幻影打去。接着,琼斯便进行了自我忏悔,向上帝祈祷说:"我是个可怜的犯罪人。"他说,他错杀了黑人泽夫,他不该欺骗土人,祈求上帝饶恕。后来,他的幻觉中又出现了他过去在种植园里被拍卖给白种人的场景,他又向那拍卖人和种植家的幻影连发两枪。最后,他的幻觉中出现了一个刚果巫医的形象,巫医警告琼斯,要牺牲他的性命。他在蓬蓬鼓声和魔鬼奔叫声中,感到无名的恐惧,终于没有逃出黑树林,被打死了。剧本通过奇异的幻觉和象征手法,在充满恐怖紧张的氛围中,表现了深受种族歧视和迫害的美国黑人的内在世界和生活的悲剧。

奥尼尔的剧作在二十世纪三十年代初期对中国话剧界发生过相当的影响。洪深一九一六年由清华大学毕业赴美留学后，曾在哈佛大学就学于美国著名戏剧家贝克（Bakei）教授，读他的"英文四十七"。奥尼尔也是贝克教授的学生，和洪深先后同学。奥尼尔的剧作《琼斯皇》、《天边外》、独幕剧集《加力比斯之月》等均曾被介绍到国内来。而洪深和顾仲彝便是《琼斯皇》剧本最早的翻译者。洪深当时还编著有《奥尼尔年谱》，介绍了奥尼尔的生平和作品。《年谱》和《琼斯皇》的译文一并发表在《文学》二卷三期。洪深一九二二年写成的剧作《赵阎王》也深受《琼斯皇》的影响。据洪深自述，《赵阎王》"第二幕以后，我借用了奥尼尔的《琼斯皇》中的背景与事实——如在林子中转圈，神经错乱而见幻觉，众人击鼓追赶等等"④。曹禺在清华大学读书时就接触过奥尼尔的作品，并深深受到吸引。他说，奥尼尔的"剧本戏剧性很强，我很喜欢他的前期作品，那些作品是很现实的"⑤。由此可见，曹禺所以欣赏奥尼尔的前期作品，主要是欣赏它的现实的戏剧性，而不是其他。

无庸否认，《原野》和《琼斯皇》在艺术处理上确有某些相近之处，而这决不是曹禺在写作《原野》时对《琼斯皇》的有意摹拟。曹禺只是从《琼斯皇》中受到了某些启发，为了探索新的表现形式，也为了写剧的需要，才借鉴了表现主义的某些戏剧手法，融化到《原野》的艺术结构中去。《原野》尽管在戏剧技巧上受到《琼斯皇》的某些影响，但是这两个剧本实际上有着本质的区别。无论就广度和深度而言，《琼斯皇》都不能和《原野》相比拟，《原野》所追求、所探索的远远比《琼斯皇》深广得多。《琼斯皇》虽然表现了深受种族歧视和迫害的美国黑人的内心愤懑和生活的悲剧，但琼斯却是利用从资本主义社会学来的狡黠手段，欺骗和压榨了当地土人，做了岛上的统治者。《琼斯皇》对种族歧视和阶级压迫缺乏自觉的反抗意志。而《原野》则描绘了被压迫的农民的逐步觉醒与反抗，展现了农村阶级对立的图景，对农民的出路进行了深刻的探索，也寄寓着作者对未来光明的憧憬。在人物塑造上，《琼斯皇》中的人物形象较之《原野》显得单薄得多。《原野》最值得称道的仍然是人物的创造，如仇虎、焦氏的形象都刻画得富有个性。作者赋予焦氏以一双瞎眼、一根铁拐杖，不仅强化了焦氏特有的性格，而且对剧本情节纠葛的推动也起了微妙的作用。奥尼尔剧作中的人物，一般说来，大多"受宿命或奇想所控制而不受自觉意志的指挥"，人物性格是分裂性的。奥尼尔往往"以心理学的概念代替具体的意志活动"。他的哲学基础是建立在叔本华、尼采和弗罗伊德的学说之上，否认理性，强调直觉与潜意识，有浓重的神秘主义色彩。他的某些剧作正是他的混乱的哲学观点、艺术思想在戏剧作品中的曲折反映。

但是，曹禺不同于奥尼尔，《原野》更不是《琼斯皇》的翻版。《原野》描写的是中国农民复仇的故事，仇虎的性格比较真实地展现了一个生长在中国旧社会农村里苦难深重的农民所具有的自觉的反抗、复仇的意志，带有独特的时代、民族的特征。特别在戏剧手法和舞台效果的处理上，在民谣俗谚和传统曲调的运用上，都展现出作者的艺术匠心。例如在剧中采用了两个传统曲调作为背景音乐，一个是第一幕仇虎与金子调情时唱的那个"正月里探妹正月正"的小调，一个是在第一、二、三幕连续唱出的那个"妓女告状"的曲调。特别是后一个曲调紧密结合戏剧纠葛的逐步激化，有力地渲染了环境气氛，烘托出人物内心世界的矛盾苦闷，推动了剧情的开展。他很巧妙地把原来属于外国的表现主义戏剧手法加以民族化，并把它融化于我们民族的生活中，从而形成作者自己独特的艺术风格。因此，我们评价《原野》时，既不可把曹禺和奥尼尔的哲学观点、文艺思想混为一谈，把《琼斯皇》创作上的某些缺点和《原野》相类比，从而把对奥尼尔剧作的思想、创作倾向的分析批判不适当地用来分析批判曹禺《原野》的思想和创作，也不可把作品中人物的思想、心理活动和作家本人的思想、心理刻板地等同起来。当然，作家的主观思想和作品中人物所反映出来的思想和心理活动是有一定的联系的，但在更大的程度上，这两者是有重大区别的，不可混为一谈。

人类的生活是繁富多彩的，作家在文艺作品中，通过艺术形象反映社会生活时，也应该允许他们根据自己的创作个性，采取不同的创作方法进行创作。他们可以采用现实主义或浪漫主义创作方法，也可以采用其他的一些创作方法。如鲁迅的某些小说和《野草》，都不是采用单一的创作方法写成的。郭沫若同志的一些创作也有类似情况。这中间"必须保证个人的创造性，个人爱好的广大空间，思想和幻想，形式和内容的广大空间"。因之，我们评价《原野》就不可仅仅把现实主义创作方法作为评价作品成败得失的唯一的尺度，单纯用现实主义这把标准尺来批判《原野》的缺点，而应该根据文艺创作的普遍规律，就具体作品采用的创作方法所展现出来的思想艺术的特点来评价作品的成败得失，从而对作品作出实事求是的分析评价。巴金在一九四〇年十二月写的《蜕变·后记》中有一段话说得很好，可供我们参考。他回忆六年前在北平翻读《雷雨》原稿时被感动的情景后说："《雷雨》是这样地感动过我，《日出》和《原野》也是"，"六年来作者的确走了不少的道路。这四个剧本就是四方纪程碑"。

注释：

①曹禺：《我的生活和创作道路》。

②⑤张葆莘：《曹禺同志谈剧作》，《文艺报》1957 年第 2 期。

③唐弢：《〈原野〉重演》，《大公报》1947 年 8 月 29 日。

④洪深：《中国新文学大系戏剧集·导言》。

⑥ 引见劳逊：《戏剧与电影的剧作理论与技巧》第 182 页。

（原载《江西师院学报》1983 年第 2 期）

结构的艺术　抒情的诗意

——论曹禺《家》的创作成就

一

一九四二年初，曹禺因国民党宪兵特务在江安剧专横行霸道，大肆逮捕进步学生，推行法西斯专制主义，并对他本人进行监视，便愤而辞去剧专教职，来到重庆。在酷热如蒸的日子里，他住在重庆唐家沱的长江上停泊着的一艘江轮上，在那澄江映月、桨声隐约、杜鹃酣唱的诗一般的环境下，整整花了一个夏天，写成了他从一九四〇年开始酝酿的根据巴金同名小说《家》改编的四幕剧《家》。

巴金小说《家》写于一九三一年，是众所公认的一部成功代表作。《家》描写了二十年代初期以高觉慧为代表的觉醒的青年一代和封建保守的老一代的抗争；反映了正在成长的民主主义思想和封建主义思想、封建社会制度的斗争。小说成功之处主要在于深刻有力地揭露、控诉了封建黑暗势力和封建社会制度是如何断送和吞噬青年一代美好的青春、爱情和生命，激情洋溢地歌颂了青年知识分子的反封建思想的胜利和争取民主自由的勇敢行为。重点是描写觉慧的觉醒、奋斗和反抗，矛头直指封建社会制度及其代表人物高老太爷和冯乐山，揭示了封建阶级走向灭亡的必然趋势，宣告了不合理的封建制度的死刑。当时不少青年从小说中受到鼓舞，汲取了精神力量，走上了追求自由解放的革命道路。

十年之后，曹禺根据巴金原著改编的四幕剧《家》，无论在情节结构、人物塑造、语言描写等方面，都反映出曹禺高超独特的艺术造诣。它是作者继《北京人》后，不断探索新的表现形式的成功尝试，也是作者根据巴金原著的基本精神改编剧本的一种独出心裁的"再创造"。他为剧本改编提供了宝贵而丰富的经验，作出了杰出的榜样。

那么，曹禺又是如何进行改编剧本的总体构思的呢？作者自己说："《家》这个剧本不大忠实于原著。"当他开始改编的时候，他觉得"剧本在体裁上是和小说不同的，剧本有较多的限制，不可能把小说中所有的人物、事件、场面完全写到剧本中来，只能写下自己感受最深的东西"，又说"读巴金小说《家》的时候，感受最深和引起当时思想上共鸣的是对封建婚姻的反抗，当时在生活中对这些问题有许多感受，所以在改编《家》时就以觉新、瑞珏、梅小姐三个人物的关系作为剧本的主要线索，而小说中描写觉慧的部分和他许多朋友的进步活动都适当地删去了"①。根据这段记述，可以看出，曹禺改编剧本的总体构思首先考虑的是，话剧不同于小说，话剧创作和演出要受舞台、时间、空间和人物塑造、事件叙述的种种限制，特别是改编的剧本既不能脱离原著的基本情节和精神，又不能原封不动，全盘照搬，而要有独特的艺术构思，体现出话剧艺术的特点。曹禺改编后的剧本，所以自认为"不大忠实于原著"，道理就在于他虽然尽量保留了原著的一些基本情节，但又丝毫未受原著的限制，而是有所取舍，有所增删、补充，有所合并，有所发展，有所创造。他极其巧妙地把巴金原著的基本情节、基本精神与悲剧冲突经过集中提炼，使之更充分戏剧化了，其中熔铸着曹禺改编的艺术心血，也是他在中国话剧史上作出的独特贡献。中华人民共和国成立前，虽也有根据巴金小说《家》改编的剧本，但由于过分地"忠实于原著"，反而显得逊色。而曹禺改编的剧本所以成功，正在于不单纯追求形似，而在似与不似之间发挥出它的妙用。其次，整个剧本的艺术构思，主要是突出作者读小说时深受感动，在思想上引起共鸣，和在生活中更有感受的东西——"对封建婚姻的反抗"。他紧紧抓住这一点，通过着重描述觉新、瑞珏和梅小姐在婚姻爱情上的不幸以及瑞珏和梅小姐的悲剧结局，从正面、侧面和反面，把这一主题鲜明地凸现出来；并将之作为全剧情节发展的主要线索，深入底里地揭露、鞭挞了封建黑暗势力和封建婚姻制度给青年一代带来的严重灾难，把封建制度和封建礼教吃人的血腥罪恶血淋淋地搬上了舞台，替地狱中那班没有喊叫的最痛苦的冤魂提出了血泪的控诉；同时，更通过觉慧和冯乐山的斗争、觉民和琴的爱情的胜利，以及觉慧的最后出走，具体而深刻地阐明了对爱情和幸福的追求须靠战斗来争取、妥协退让只有死亡的中心题旨。全剧在悲剧里昂扬着乐观主义的情调，在冰岩幽谷中透射出春天的气息，充分体现了曹禺剧作一贯的现实主义的特色。

　　第一幕，在情节结构上，作者为了着重表现"对封建婚姻的反抗"这一中心主题，选择了觉新和瑞珏婚礼的场面作为开端。这场戏只是撷取巴金小说第六章中短短一百多字的描述，经过曹禺的艺术想象和开掘，却为我们创造性地写出了整整一幕动人的戏。作者所以要选取觉新、瑞珏婚礼的场面作为开端，充分体现了他深刻的寓意和艺术的匠心。首先，从他所要阐明的思想内容上看，这样处理，一方面深刻表现了觉新在婚姻爱情上内心的矛盾痛苦。他由于摆脱不了封建社会制度和父母之命、媒妁之言的阻挠和束缚，不能和他所爱的梅小姐结合，而不得不像一个傀儡似的被迫和一个陌生的女子成婚。"你要的是你得不到的，你得到的又是你不要的。"婚礼场面的喧嚣热闹，正和觉新内心的痛苦寂寞形成鲜明的对照。另方面，也深刻表现了瑞珏和梅芬同样在封建婚姻制度的压迫下，一个不得不和他所爱的对象分离而忍痛下乡；一个不得不在陌生的地方与一个陌生的男子结合，把毕生的幸福像押宝似的孤注一掷。因此，这三个人物之间的关系，通过种种外在的矛盾，特别是内心的冲突，在这一幕戏里就被表现得异常尖锐、错综而复杂，震撼着人们的心弦。梅小姐在第一幕中虽未出场，但她的形象却十分清晰地反映在第一幕的戏剧性的纠葛里。她无时不在，无处不在，既隐喻性地反映在高家花园初春盛开的一片洁白的梅林里，反映在沈氏与陈姨太、陈姨太与钱大姨妈、觉慧与琴的谈论里；也象征性地反映在插瓶的梅花和克定在闹房时的恶意调笑里；更反映在花轿到来之前和传来梅小姐病危消息后，觉新独自跑到梅林，沉浸在痛苦的回忆里；反映在觉新、瑞珏洞房之夜共对窗外雪一般的梅花里；甚至还象征性地反映在瑞珏帐檐上绣的梅花上。在剧本《家》，特别是第一幕中，梅花的冷艳和梅小姐的形象融为一体，正是寓有形于无形，为梅小姐的正式出场预先作了充分的铺写。实际上，梅小姐仍然是第一幕中的在场人，并且推动着这一幕情节纠葛的开展。这一幕戏，正意味着觉新和梅小姐过去恋爱的终结，也是瑞珏未来痛苦遭际的开始。它像一根线似的把觉新、瑞珏、梅小姐三个人物之间的微妙关系及其内心的矛盾冲突一开始即紧紧地扭结在一起，然后逐步加以激化，并且一直贯串到底。而觉新、瑞珏在新婚之夜大段大段的内心独白，则是人物之间心灵撞击爆发出的火花，把人物之间感情生活的矛盾冲突推向了顶点。其次，从整个结构布局上看，通过这一幕戏，除梅小姐外，其他几个重要、次要人物都先后登场，交代了他们之间的关系；更交代了觉新与瑞珏现在的、与梅小姐过去的关系；反映了典型的封建大家庭高家繁文缛礼的生活场景，以及高家老一辈之间的勾心斗角、倾轧排挤，乃至高克安、克定在闹洞房时下流恶浊的丑态，为觉新、瑞珏以后的悲剧作了铺垫；并且初步展示了觉慧在觉新婚姻问题上表现出的虽然有些天真却大胆反抗的性格。同时，这一幕戏让冯乐山第一次出场，既交代了由他做媒导致了觉新和瑞珏的结合，又为他后来造成鸣凤、婉儿的惨剧预埋伏笔，从而淋漓尽致地从正面和侧面揭示了以高家老一代和冯乐山为代表的封建黑暗势力和年青一代对立的思想、性格和人物关系，以及由此而产生的复杂尖锐的戏剧纠葛。话剧的第一幕，一向被认为"可能是戏剧中最难写的一部分"。《家》的第一幕所以写得好，就好在作者善于从剧中三个主要人物觉新、瑞珏和梅小姐"内在的尖锐矛盾"的焦点上着笔，从剧情的中心直入，抓住剧情开始的最好的时机——觉新和瑞珏的婚礼，精细入微地描绘了三个人物之间复杂微妙的关系，及其正在激化的感情生活的矛盾。第一幕既交代了过去，又推动着未来情节的开展，并把主要人物和主要情节线索一开始即突现在观众的面前。它不是巴金小说第六章这段婚礼场面描述的简单复写，而是曹禺对巴金原著的别开生面的再创造。

接着，作者在第二幕第一景里重点描写了觉慧和鸣凤的爱情悲剧。关于觉慧和鸣凤的爱情悲剧，在巴金小说中是分散在第三、四、十、十一、十六、二十六等章中，叙述了从他们爱情萌发到鸣凤投湖的全过程。曹禺为了不冲淡主要情节线索，也为了适应戏剧化的要求，把觉慧和鸣凤的爱情悲剧放在第二幕第一景一个夏天的夜晚加以集中处理，但他不是原样照搬小说中的情节，而是有所删节改动和补充。他删略了小说中一些描写觉慧、鸣凤爱情的过程，也扬弃了小说第四章描写鸣凤在静夜中悲叹身世和对觉慧寄托幻想的细节，从而更加深化了鸣凤纯洁真挚的性格。作者从小说第十章中撷取了觉慧与鸣凤谈情的某些片断，加以融化改造，设计出觉慧与鸣凤在月下谈情，互相沉浸在"但愿人长久，千里共婵娟"的美好幸福的爱情理想之中。这是一场十分动人的戏，散发着纯洁爱情的芳香和抒情的诗意。全剧最后以鸣凤的死强烈地控诉了封建制度的血腥罪恶。作者越是在这里刻画他俩爱情的纯真，便越能强化他们爱情的悲剧性，构成强烈的悲剧效果。

作者尽管在第二幕第一景里集中描写了觉慧和鸣凤的爱情悲剧，但第二幕的重点仍然是放在觉新、瑞珏与梅小姐爱情悲剧的主要情节发展上。觉慧与鸣凤的爱情悲剧，实际上，是作为觉新、瑞珏与梅小姐爱情悲剧的一种鲜明的对照、抒情的衬托和乐曲的变调而被处理着的。通过第二幕第一景中瑞珏对觉新无微不至的关怀、体贴的描写，和他们两人絮絮地谈论海儿时所展现出的无比亲热的感情，细致入微地展示了觉新、瑞珏婚后美满的生活和对未来的美好憧憬。同时，瑞珏从觉新表面上的愉快中也时时觉察到觉新常常是满怀愁苦，别有难言之隐。但当觉新面对瑞珏的温情质询时，他却有意识地转移话锋，仍然不愿正面回答。插入这样一笔，就把觉新婚后一直对梅小姐的萦念曲折地传达出来了；接着便以传说钱大姨妈带着梅芬突然进省，直接引入下文，既为梅小姐在第二景中正面出场预作了铺垫，也为觉新、瑞珏与梅小姐在爱情上的戏剧性纠葛增强了紧张气氛，造成强烈的悬念。

在第二幕第二景里，作者从巴金小说第二十章中择取了四川军阀混战的两段情节作为背景。通过这一惊心动魄的兵变场面的描绘，作者进一步刻画了瑞珏在炮火声中坚持要陪着觉新守在前院，和他同生死、共患难的纯洁诚挚的爱情；同时也集中而对比地描写了高家三房、四房、五房在炮火声中一片惊慌失措、哭闹声喧的丑态，和克定乘乱窃骗沈氏首饰以及克安在外面胡作非为的细节，为第三幕克定事发预埋伏笔。随着炮火声稀，瑞珏安置好海儿，又回到了觉新的身边，也就是在这时，两人独对，在一阵骚乱过后越发感到格外清静，才使他们第一次意识到"这才是我们的家"。"没有人，没有任何别的人！""仿佛这个世界上只有你和我"，"才觉得舒服，真自在"。他们畅想着未来，作了一场天真有趣的对话——"老到七十八十，老头子老太婆坐当中。儿子儿媳妇站在这边。姑少爷和女儿站在这边"，展示了他们对生活的渴望和未来家庭之乐的美好憧憬。作者越是在这里细细刻画着瑞珏和觉新的伉俪情深，就更加有力地反衬出后来他俩生离死别的悲剧性，也越使觉新、瑞珏与梅小姐爱情的矛盾纠葛进一步深化。紧接着，正在他俩欢快的交谈中，钱大姨妈带着梅小姐来到高家暂避兵变，让梅小姐第一次正式出场。她立在门口，"迷惘哀痛地望着屋内这一对少年夫妻"。梅小姐的到来，为第三景的戏剧纠葛的开展埋下引线，预告着更为复杂尖锐的戏剧冲突即将爆发，从而引起人们对人物命运的急切期待。

在巴金小说中，从第二十章到第二十四章，着重描写了梅小姐到高家后三个人物之间的关系，特别在第二十一、二十四两章中，真切而细致地刻画了觉新与梅小姐在梅树下叙旧和瑞珏与梅小姐的倾谈，展示了他们心灵上难以摆脱的痛苦和对往事的追怀。但是，在剧本里，曹禺对小说中的情节进行了高度的浓缩与集中。在二幕三景中，梅小姐临由高家返乡前的短暂时间里，连续地为梅小姐安排了和觉新、瑞珏两次长谈的场面。在梅小姐和觉新的那次倾谈中，作者运用对比、对照的表现手法，使他们从眼前不能结合的痛苦现实，咀嚼着过去青梅竹马的欢乐，抚今思昔，旧梦依稀，更加倍地展示了他们当时无可奈何的情怀。正当梅小姐无限怅惘，扑在桌上哀泣时，瑞珏悄然而入，又开始了一场瑞珏和梅小姐的对谈。通过这一场推心置腹的对谈和心灵上的告白，不仅显示了觉新、瑞珏和梅小姐三个人物之间更深一层的关系，而且更把他们两人在对觉新爱情上难以名状的矛盾痛苦的心情一步紧逼一步地推向了顶点，展现了人物之间更深一层的感情，流荡着动人的诗意。最后，以觉新、瑞珏送别梅小姐作结。这是他们三个人一次真正的生离死别，与第二景末尾梅小姐来高家，前后自成对照，在谋篇布局上显现出细针密线、环环相扣的特色。

第三幕写高老太爷做寿及其死亡，大体上撷取了巴金小说的一些基本情节，但也有所发展，有所创造，显示出作者独特的艺术匠心。第一景高老太爷做寿的戏，既进一步推动了前两幕中戏剧纠葛的开展，也为后面几场戏的矛盾冲突的爆发预作桥梁，从而把这几幕戏互相联贯起来，使全剧的情节结构鲜明地沿着一条主线发展。在第一景中，作者成功地正面刻画了封建黑暗势力的代表人物冯乐山的卑劣无耻和阴险伪善的典型性格。这是曹禺独出心裁的创造，使全剧里几条矛盾冲突的线都直接、间接地通过冯乐山这一反面人物回环交错地发展下去。一条是婉儿无辜地被冯乐山迫害的线，这条线是作为鸣凤自杀后的纠葛冲突的必然发展而被处理着的。作者通过揭露、控诉冯乐山蹂躏婉儿的罪行，深刻有力地反映出：冯乐山不仅是破坏觉慧和鸣凤爱情的罪魁，而且也是直接杀害鸣凤和婉儿的祸首！一条是觉民被迫逃婚的线，这也是由于冯乐山要把他的侄孙女许嫁给觉民而逼成的。另外一条线则是由于冯乐山的作伐而促成了觉新与瑞珏的结合，导致了觉新、瑞珏和梅小姐在婚姻爱情上的纠葛冲突。作者在这里，主要是以梅小姐的抑郁而死，作为她和觉新爱情的悲剧的结局。但梅小姐的死，一方面固然是由于觉新一贯奉行的"作揖哲学"所铸成的大错；但更主要的一方面，却是由于以高老太爷、冯乐山为代表的封建阶级及社会制度所造成的恶果。作者借着觉慧的嘴愤怒地指出："杀了梅表姐的也是他（指冯乐山），是大哥要我来侍候的人。"作者对冯乐山种种杀人不见血的罪恶活动，从本质上作了绘影绘声的揭露和鞭打，替无数被杀害的青年一代提出了沉痛的控诉和强烈的谴责。

在第三幕第一景里，作者还着重描写了觉慧在觉民婚姻问题上对觉新"作揖哲学"的批判；在冯乐山残酷迫害婉儿时，觉慧对冯乐山伪善面孔的有力揭露和斗争；以及第二景中觉慧反对搬神弄鬼为高老太爷治病，和在觉民逃婚问题上对高克明之流的封建卫道者所表现的坚定不移的反抗态度。这些都从正面集中刻画了觉慧的思想觉醒和反抗斗争性格在鸣凤死后的启发下进一步的发展与变化。他不断思索着，也逐步认清了许多超出鸣凤个人之死的、更为严重的问题。他斩钉截铁地向觉新表示：他以后不再有他自己，他要打消一切顾虑，实行他的决定、他的思想。这就为觉慧在第四幕中被冯乐山陷害下狱以及他的最后出走，预先作了张本，使觉慧这一人物性格及其行动获得了比较谐和统一的合乎逻辑的发展，也把觉慧的反抗行动提到了超越家庭生活范围以外的社会斗争的高度。最后，觉慧彻底地认识到"我的敌人不是一个冯乐山，而是冯乐山所代表的制度"，并且痛切地指出"什么是'家'呢？'家'就是宝盖下面罩着一群猪"，展示了觉慧对这个封建大家庭的彻底否定，从而一针见血地揭示出封建社会制度是造成青年一代婚姻爱情悲剧的罪恶总根源，阐明了面对封建黑暗势力的牢笼，只有反抗斗争才是生路、妥协退让必然死亡的思想主题。

在第三幕第一景里，作者还穿插了高克定和沈氏的一场荒唐的闹剧。这场闹剧的爆发，远在第二幕第二景兵变之夜克定乘乱骗窃沈氏金饰时即已埋下伏笔。这不是可有可无的闲笔。实际上，它一方面揭发了隐藏在"诗礼传家"帷幕后的种种引人呕吐的丑态——老太爷气咻咻地坐在上面，厉声喝问；儿子直挺挺地跪在地上，自打嘴巴——真是一经对比，妙趣横生，出尽了封建大家庭的洋相。另一方面，也预为第二景里高老太爷之死安排下引线，并且极其自然地通过高老太爷死后关于"血光之灾"的无稽的迷信，才迫使瑞珏搬到城外去分娩，导致了第四幕瑞珏的无辜死亡。作者正是以其精妙的艺术构思，一环紧扣一环地安排着情节纠葛的发展，使之波澜迭起，而又层次分明，回旋激荡，引人入胜。

第四幕主要写瑞珏之死。如果我们说，作者在第一幕，通过觉新和瑞珏婚礼场面的描写，介绍了剧中几个主要人物，交代了他们之间的关系；那么，第四幕通过瑞珏临死前场面的描写，又使剧中几个主要人物先后出场，并从正面或侧面对剧中几个人物觉慧、觉民、琴、婉儿乃至淑贞的归宿和着落，一一作出了交代，全剧的情节纠葛到此也告了一个总的解决。经过作者这样的匠心安排，使全剧的结构布局前后呼应，首尾贯串，脉络也更为明晰。同时，作者尽管在这一幕里撷取了小说的基本情节和场面，但也有意识地对巴金原著中的某些情节作了几处变动。一处是，把瑞珏迁住乡下的地方安排在梅小姐坟旁的钱大姨妈的一幢旧屋里，并让钱大姨妈一直照料瑞珏的分娩。而在巴金小说中，瑞珏搬去住的房子是觉新匆忙中租来的，瑞珏临产前钱大姨妈也并未在场。这样改动，既能进一步烘托出瑞珏和梅小姐这两个人物之间生前死后更深一层的关系，也对照地把这两个值得人同情的善良无辜的女性所遭遇到的同样不幸的悲剧命运和结局，互相联系了起来。同时，通过钱大姨妈在瑞珏临产时出场，也从侧面把瑞珏、梅小姐与钱大姨妈之间的人物关系隐隐地联系起来了。为了不使人对这一细节变动感到突兀，作者遥遥地在第二幕第三景的戏里，就通过钱大姨妈认瑞珏做干女儿以及沈氏和钱大姨妈关于在城外盖房子接瑞珏去住的对话，预为瑞珏后来迁住钱大姨妈旧屋这一细节变动埋下伏笔。另一处是，在巴金小说第三十七章中，瑞珏临死前，觉新被阻隔在门外，并未能和瑞珏作最后的诀别，而在剧本里，作者在瑞珏临死前，安排了她和觉新的最后一次会面。小说和剧本所作的两种不同的处理，虽然各有其独具的妙用，但从戏剧性角度看来，曹禺正是捕捉了旧社会中最能激动人心的所谓"死别吞声"的一瞬间，着重地展现了瑞珏临死前对觉新始终不渝的纯挚的爱情和她对未来美好生活的向往。在他们最后诀别的时刻，还特别让他们重新回忆起过去所说的"活到七十八十，老头子老婆子坐当中"一段天真有趣的戏言；重新回忆起新婚之夜，杜鹃在湖边啼唱。这种前后对照、感怀今昔的情景，不仅渲染了剧中人物缠绵悱恻的情怀，更展示了由于杜鹃的啼唱而唤起了瑞珏对于春天的梦想和追求。同时在艺术效果上，这也更能激起人们对瑞珏悲剧命运的无限同情，对封建制度毁灭善良无辜的青年男女的幸福生活、扼杀他们青春和生命的强烈憎恨，从而增强剧本的控诉力量。最后，通过瑞珏的嘴说出了"嗯，春天刚刚起首"。觉新沉痛地紧接着说："现在是冬天了。"瑞珏声音低弱而沉重地又接着说："不过冬天也有尽了的时候。"这样意蕴无穷、发人深省的话，给人以奋发鼓舞的力量。这是瑞珏吐出的最后一句话，也是作者点明全剧题旨的概括。它给撕心裂肝的悲剧渗入了大地即将回春的绵绵不尽的暖意，展现了乐观明朗的情绪。另外，在巴金小说中，觉慧的出走是在瑞珏死后，而在剧本里，作者把觉慧的出走和瑞珏之死安排在同一场面里，把婚姻爱情悲剧这条线和觉慧从事社会斗争这条线互相结合起来，从而更加深化了婚姻爱情悲剧的社会意义。这些尽管只是一些细节上的变动，却展现了作者为了突出全剧主题思想，在艺术构思和组织结构上作出的匠心的安排，这中间烙印着曹禺一贯的现实主义的创作特点。

二

鲜明浓郁的抒情性和诗意，是曹禺现实主义剧作的另一个显著的特点，也是《北京人》和《家》在艺术表现和语言描写上共同的特色。曹禺是一位杰出的剧作家，又是一位才华横溢的诗人。他把他对于诗意的深切感受，对于诗意的审美追求，统统提炼、融化为戏剧语言，用来刻画戏剧人物的独特的个性和他们精神生活的悲剧性冲突，展示抒情的诗意。他的鲜明浓郁的抒情手法和诗意，不仅表现在《北京人》和《家》里，同样，也表现在从《雷雨》到《王昭君》的每一部剧作里。曹禺在《雷雨·序》中就说过，他把《雷雨》当作一首诗。他在改编《家》时，也"本来想用诗的形式继续写下去，因为感到吃力，所以只写了这几段独白"②。实际上，他的每一部剧作都充溢着葱茏的诗意，都是一首首优美动人的抒情诗。劳逊说得好，"对话离开了诗意，便只有一半的生命。一个不是诗人的剧作家，只是半个剧作家"。曹禺则是二者兼而有之。他的剧作的浓郁的抒情性和诗意，主要表现于：在规定情境下，对戏剧人物作富于诗意的刻画；对人物的感情生活和内心冲突作诗意的烘托；对环境气氛作诗意的渲染；把中国古典诗词的抒情语言和意境融化提炼得不落痕迹，用以刻画人物的精神苦闷和内心冲突；并巧妙地利用色彩、音响的效果，加强人们在视觉、听觉上的感情作用，引起人们的强烈共鸣。

瑞珏可以说是曹禺自己创造的一个真挚优美的诗意形象，她是《家》里的主角。正如曹禺在《我的生活和创作道路》中自述："《家》里的主要人物不是觉慧，这和我的老朋友巴金的原著不一样。……觉慧是小说中主角。改编成剧本的《家》，主角是瑞珏。这是一部女人的戏。"在觉新和瑞珏新婚之夜那一场戏里，伴随着皎洁的月光、莹白的梅花、杜鹃的欢唱，作者首先为他俩安排了几大段抒情诗式的独白，这是曹禺在中国话剧史上独特的创造。剧本细致入微地描摹了觉新、瑞珏在新婚之夜种种矛盾苦闷，难以名状的情怀，曲折含蓄地展示了一个初婚的少女瑞珏在内心里交织着种种说不出的恐惧、慌乱、期待、喜悦、哀怨的错综纷杂的思想情绪，其中也交织着她对不合理的婚姻制度的哀诉和美好生活的向往与追求。正如狄德罗所说："独白，对戏剧来说，是一个停顿的时刻，而对人物来说，则是一个混乱的时刻。"③这是觉新、瑞珏口里唱出来的独白，也是他俩在心灵里汹涌着的跌宕起伏的潮汐，跳动着诗的节拍，既渲染了环境气氛，也加深和诗化了在规定情景下的人物性格及其内心冲突。

瑞珏是"封建社会造成的一个有着三从四德的女性，但又是五四时期一个半新不旧的女性"。她性格温婉善良，一辈子"生儿育女，吃苦受难"。她把一生的幸福和爱情完全无私地献给她自己认为"值得"爱的人。她为了使觉新在这封建大家庭中少受些威逼和刁难，事事委曲求全。她可以忍着悲痛，搬到城外去分娩；甚至在病危前也不肯让人早点找来觉新，默默地顺从着封建礼教那套东西的摆布，受尽了折磨。她对觉新爱得深沉，爱得纯挚，为着使觉新和梅小姐在爱情上摆脱痛苦，都能"快活一点"，她宁愿牺牲自己，在心灵上独自承担着、咀嚼着一切痛苦。正如她所说："爱一个人是要平平坦坦为他铺路的，不是要成为他的累赘的。"正是这种纯洁而忘我的爱情品格，自然赋予瑞珏的灵魂以富有诗意与哲理意义的内在的美，同时，也给她以向往美好生活的信心和力量。她至死坚信"冬天也有尽了的时候"，未来必定是光明的。在"五四"时期进步思潮的影响下，瑞珏还阅读了一些觉新喜欢看的书，并且同情爱国青年的进步活动，支持和观看了一些文明戏的演出，甚至还主动地用她的积蓄资助觉慧印刷《黎明周报》。在当时那样令人窒息的社会和家庭环境下，瑞珏的行动是极其难能可贵的。作者在刻画瑞珏悲剧性格的同时，更赋予她以乐观明朗的情调。

第二幕第三景里，作者描写瑞珏和梅小姐互诉哀曲的一场戏，是用散文式的富有内在诗意的抒情语言，刻画人物悲剧性的精神冲突的又一成功范例，写得十分悱恻动人。作者通过这两个同样受着封建社会制度迫害的女性心灵上的告白，一方面展示瑞珏急于向梅小姐倾诉心曲的坦率真挚的心情；另方面又表现出梅小姐怀着满腹难言之隐，最初总想回避谈锋，转移话题，但终于在瑞珏坦率真挚的语言感动下，也开始吐露她心灵上的矛盾苦闷和对瑞珏的抚爱，并对瑞珏想要回娘家的念头进行了一步紧逼一步的反问。

  梅 （望着她，缓缓地摇着头）那么，你离开他不痛苦么？

  珏 （压制）嗯，不。

  梅 你家里看你回来不痛苦？

  珏 （低首蹙眉）嗯，——不。

  梅 （声音颤抖）海儿离开了你不痛苦？

  珏 （泫然）呃，嗯——

  梅 你离开了海儿不痛苦？

  珏 （哀哀哭起来）我是痛苦啊，我是痛苦啊！可我有什么法子，我真是不忍再看他那样苦啊！

作者在这里，正是以其传神写意之笔极其有层次地表达了梅小姐在反问时，始而"缓缓摇头"，继而"声音颤抖"；瑞珏在答语中，始而自我"压制"，继而"低首蹙眉"，终于"泫然哀泣"的思想感情曲折变化的过程。她们的语言具有丰富的动作性和潜台词，不仅栩栩如生地展现了人物的性格特征，描摹出人物的情感神态，而且更深一层地挖掘出人物之间的关系，展示出人物之间更深一层的感情，流溢着内在的、动人的诗意；同时，不仅深化了她们心灵上的矛盾苦闷，而且还进一步揭示了封建婚姻制度是如何摧残、葬送青年一代的幸福生活。她们这场披肝沥胆的倾谈，可与《北京人》第三幕愫方和瑞贞的那次富有诗意的倾谈后先媲美，可谓异曲同工。

  第二幕第一景里，作者集中描写了觉慧和鸣凤的爱情悲剧。在刻画鸣凤的性格时，作者同样通过富有诗意和哲理意义的抒情语言，展示了鸣凤对爱情的坚贞的内心世界。这一个引人同情的聪慧纯挚的少女，她一方面深深体会到封建压迫给她精神上和肉体上带来的沉重苦难，感到前途一片渺茫；但另一方面，在主观上，她仍然抱有热爱生活、追求自由幸福的渴望和理想。当她清醒地意识到她的美丽的憧憬和客观环境存在严重矛盾，无法实现时，她就不得不把她对觉慧的爱情寄托在无可奈何的遐思梦想之中——"一个人在屋里低低地叫您（指觉慧），喊您，跟您说话"、"我就说，说，一个人说到半夜"，在精神上聊作自我的慰藉。她之所以一再阻止觉慧把他们的爱情关系公开出来，正是害怕残酷的现实无情地粉碎了她这一点点爱情上的自我慰藉，宁愿永远沉浸在不要被人喊醒的一场美丽的梦里。她恳求觉慧说："这是梦啊！三少爷！您喊不得呀！""您一喊，梦醒了，人走了……那您就把我毁了，把我这场梦给毁了。"作者在觉慧和鸣凤月下谈情这一场戏里，通过鸣凤富有动作性和性格化的台词，低徊宛转地展示了她当时那种时而热烈、时而沉郁、时而欢快乐观、时而愁苦迷惘的复杂微妙的内心世界。在描写鸣凤已知高家决定将她送给冯乐山作小，她抱着极端痛苦绝望的心情与必死的决心，和觉慧最后两次诀别的场面里，作者运用一系列的双关语和从她灵魂深处发出来的深情缱绻的语言，像杜鹃啼血般地谱写出一曲悱恻动人的爱情的哀歌，凸现出鸣凤对生活的热烈依恋、她顽强不屈的反抗性格和对爱情的坚贞。她也像瑞珏一样，把她对觉慧的爱情建立在"要为他平平坦坦铺路"的基础上。为了纯挚的爱，她宁肯牺牲自己，毫不犹豫地殉了她短暂的生命，也不愿意给她所爱的人"添一点麻烦"，添一丝烦恼，而且从心里盼望他"一生一世地快活"，盼望他"勇敢，奋斗，成功"。曹禺笔下对于爱情生活的描写，所以能给人以精神鼓舞的力量，主要在于作者深入透视到人物的肺腑，揭示出人物心灵深处最纯挚优美的感情，把她们爱情上的悲欢苦乐、她们的自我牺牲的精神美和对美好生活的向往一一作了真实的表达，并将之升华到一种抒情诗的境界。他不是为描写爱情生活而描写，而是用人物在爱情生活中的精神美净化人们的感情，强化人们对封建制度的憎恨，通过艺术的内在力量给人们以感染和鼓舞。正如别林斯基所说："从生活的散文中提取生活的诗，从对这种生活的忠实的描绘，来震撼人的心灵。"曹禺剧作的现实主义的抒情诗意正表现出这种特色。

曹禺剧作的抒情诗意，还表现在舞台环境的烘托和气氛的渲染上。《家》第一幕把觉新、瑞珏的婚礼安排在初春梅花盛开的诗样环境中加以描绘，从而更加突出人物的生活环境和感情生活不相协调的悲剧性和抒情性。大幕初启，首先呈现在观众眼前的是，高家花园里的一片盛开的梅花在静悄悄地散溢着幽香。这不仅与高家忙着办喜事的一片喧热形成鲜明对照，而且景中有人，呼之欲出。而主人公瑞珏就是在这样一片雪似的梅花和杜鹃啼唱声中迎来了她的新婚之夜。第二幕是月色溶溶的盛夏之夜。在这郁热的氛围里,发生着鸣凤投湖、军阀兵变和梅小姐与觉新生离死别的一场场惊心动魄的事件。第一景从觉慧和鸣凤月下谈情起到鸣凤投湖止,适应着人物思想情绪和戏剧纠葛的急剧变化。作者为我们描写了天空从月明如水到渐布乌云,然后风雨大作,雷电交加,不仅有力地渲染了环境气氛,而且更烘托出人物的心理动作和思想情绪的复杂激烈的发展变化,把自然环境的描写与人物精神世界的刻画和抒情的诗意融为一体,做到寓情于景、景中有人、情景相生,贮满了诗意,形成浓郁的民族风格特色。

  第三幕是草木凋零的暮秋、寒冬时节。在高家水阁前,夕阳斜照,黄叶枯落,一派萧瑟荒凉的景象,映照着高老太爷病中微弱的呻吟和垂死的挣扎。作者还刻画了冯乐山迫害婉儿的悲剧场面,并用暗场写了梅小姐之死。高老太爷之死,象征着封建家庭和封建制度走向没落崩溃的前途和命运。第四幕通过钱大姨妈的那幢旧屋,刻画了瑞珏与觉新生离死别的悲剧场面,描写了瑞珏在漫天风雪和杜鹃一声声凄婉而痛彻的鸣唱中,离开了人间,与第一幕新婚之夜形成鲜明的对照。瑞珏一生的悲剧从开始到结束,就这样,贯串了全剧的始终。这些自然现象的描写,都不是单纯为了表现一年四季的景物变迁,主要还是为了配合悲剧情节纠葛的发展,对特定的生活环境下的人物性格内心活动作出诗意的烘托,创造出浓郁的戏剧气氛,给人以强烈的艺术感染。《家》在性格塑造、语言描写和环境烘托、气氛渲染上,都大大发扬了《北京人》在这些方面的鲜明浓郁的抒情诗意,并把它锤炼得更臻成熟了。

  《家》的剧作成就是多方面的。曹禺善于从巴金原著比较复杂纷繁的故事情节中,择取那些最富于戏剧性的精神生活的冲突,展现出具有青春活力的爱情悲剧,为作品所要着重表现的主题思想服务。作者砍落一切枝叶,突出主干,独创新机,善于组织情节,安排场面,使人物性格和戏剧纠葛的发展都紧紧围绕着两种思想、两种社会力量和两种人物关系之间的对立斗争逐步深化和展开。因之,作品的结构布局紧凑集中而又曲折有致,严谨绵密而不流于繁琐呆板,而且首尾呼应,波澜起伏,各极其妙。人物形象也都生动鲜明，形神毕肖。某些为作者所着意刻画的戏剧形象如瑞珏、鸣凤、觉慧等，较之巴金原著显得更为丰满。在语言描写上，作者更善于吸取现实生活中群众的口头语言，再加以提炼熔铸，升华为诗化的戏剧语言。它的特色是凝炼、含蓄、隽永、自然，意境深邃，富于个性化、行动性和节奏感，洋溢着浓郁的情感和盎然的诗意。加之作者善于烘托环境，渲染气氛，大大加强了艺术感染的魅力，给人留下难忘的印象。所有这一切，都使剧本在艺术性方面构成一个比较谐调统一的效果。

一九四二年十月，中国艺术剧社在重庆继演出《北京人》之后又首次公演了《家》。《家》的演出盛况空前，轰动了整个山城，连演三个多月，场场客满，取得了积极的艺术效果，打破了当时重庆话剧演出的纪录。但是，在《家》公演后，当时文艺界对剧本《家》的评价还是有争议的。除了一致肯定《家》的"反封建的意义"和艺术成就外，有的文艺评论家认为，它没有反映"封建社会的主要矛盾农民与地主的矛盾"，只"不过是地主阶级的内部矛盾"，"是一种情感上的牙痛症"，"时代影响也几乎看不见"，"似乎和巴金先生的小说有些不同了。重心不在新生的一代的奋斗、反抗而偏到恋爱婚姻的不幸上去了"等等。当然，《家》和《北京人》一样，没有正面地反映抗战的现实，就其所表现的矛盾，的确也不是"封建社会的主要矛盾"，而是属于"地主阶级的内部矛盾"。但当时正是国民党顽固派消极抗日、积极反共的时期，蒋介石继制造"皖南事变"后，又发动了第二次反共高潮，掩盖在民族矛盾之下的阶级斗争日趋尖锐。《家》的出现，通过恋爱婚姻的悲剧，对腐朽反动的封建社会制度进行了深刻有力的抨击，揭示了它的必然没落崩溃的历史命运，从侧面反映了半封建半殖民地社会的面影。《家》通过家庭问题概括地展示了深刻的社会矛盾，仍然渗透着时代精神，体现了新民主主义整个历史时期的革命要求。我们不能这样理解，只有直接地正面地描写抗战的现实、反映社会主要矛盾的作品，才算是适应了现实革命斗争的需要。曹禺是杰出的现实主义剧作家，他的创作，总是从所熟悉的生活出发，根据他在生活中的深切感受和体验，进行艺术构思，从而真实地反映生活，评价生活，揭示生活本身蕴含的意义。《家》和巴金小说不同，它表现的是

"对封建婚姻的反抗",这就决定了剧本的重心在反映新生一代的奋斗反抗方面,相对而言,较之巴金小说减弱了些。但是,剧本从第一幕觉慧劝觉新逃婚起,至第四幕觉慧出走前与觉新晤谈止,对觉慧的觉醒、奋斗、反抗的性格,从正面、侧面层次分明地作了有力的铺写。特别是觉慧出走时谆谆劝告觉新的那段话:"生活是要自己征服的,你应该乐观……任何事情都没有太晚的时候,你要大胆,大胆,大胆哪!"这是催人奋发的号角,回响着反抗战斗的时代声音。同时通过剧本所展现的男女青年在封建压迫下的婚姻恋爱的悲剧,仍然可以进一步激发人们对封建黑暗势力的憎恨,鼓舞人们参加反对封建统治的斗争,显示了艺术与时代的内在联系。事实胜于雄辩,《家》当时在重庆多次演出,赢得了群众的热烈掌声,"当时重庆的观众简直发狂了。这个剧像舞台的一次爆炸",以致触怒了国民党反动当局,遭到禁演。这就足以说明问题。人类的生活是丰富多彩的,这就为形象地、真实地反映现实生活的创作提供了无限广阔的天地。一个作家完全可以从他所熟悉的生活中,从不同的侧面、不同的角度,用不同的表现形式、不同的创作方法择取题材和主题,塑造独特的艺术形象,服务于不同历史时期的革命斗争,展现绚丽多彩的艺术风格。那种单纯根据描写的题材作为评判作品高低优劣的标尺,认为描写婚姻恋爱悲剧的作品不过是一种"情感上的牙痛症"的看法,显然是对艺术创作的一种比较狭隘的、机械的理解,未必是确当的。

注释:

①②《曹禺同志漫谈〈家〉的改编》,《剧本》1956年12月号。
③狄德罗:《论戏剧艺术》,《西方文论选》上。

(原载《抗战文艺研究》1984年第2期)

"一时强弱在于力，千古胜负在于理"

——论《胆剑篇》

曹禺继一九五四年写成《明朗的天》后，一九六〇年和梅阡、于是之合作，由他执笔写成了五幕历史剧《胆剑篇》（原名《卧薪尝胆》）。它是中华人民共和国成立后曹禺在创作题材领域里的新的开拓。先在《人民文学》一九六一年七、八月合刊号上发表，一九六二年十月由中国戏剧出版社出版了单行本。

一九五四年到一九六一年间，我国正经历着一个深刻的大变动时期，社会主义建设和社会主义改造在各条战线上都取得了伟大的胜利，带来了翻天覆地的变化。曹禺面对着这个伟大的时代日新月异的变化，面对着祖国如花似锦的春天，他沉浸在无比幸福和自由之中。他以无法抑制的喜悦心情，用一组组优美的散文从各个不同的侧面，热情讴歌了"在幸福的祖国的天空下"多姿多彩的新生活和新事物，也真实地纪录了他"在今天春光满眼的生活里，油然而生的思想和感情"。后来，这些真挚动人的散文结集为《迎春集》，一九五八年九月由北京出版社出版。题名"迎春"，正反映着作者对社会主义事业无比热爱的深情。

正如曹禺在《迎春集·后记》中所说："我们在歌唱中，在战斗中，过着忙碌而充实的日子。"是的，在这伟大的时代里，曹禺一面用他的创作歌唱这"如花的祖国"，一面在外事活动和文艺思想战线上进行着不懈的战斗，把歌唱和战斗紧密地结合在一起，过着热烈而紧张的生活。一九五六年，他同杨朔等同志组成中国代表团，远赴印度，参加亚洲作家会议；同年八月，又风尘仆仆地从新德里飞往日本东京，作为中国代表团成员之一，参加禁止原子弹、氢弹大会，把中国人民保卫世界和平的坚定信念带给友好的国家和人民。在党的教育和考验下，一九五六年七月，他光荣地加入了伟大的中国共产党。

作为杰出的现实主义剧作家，曹禺在中华人民共和国成立后的剧作更进一步地与社会主义现实紧密结合，对时代提出的严峻课题作出了形象性的回答。一九五七年，他到上海访问了许多工商业者，积累了不少素材，准备创作一个关于工商业改造的剧本，后因故未能动笔。

一九六〇年，我国经历着三年自然灾害和暂时的经济困难。同时，苏联单方面背信毁约，撤走苏联专家，企图陷我于更大的困境。正是在我国人民承受着这样严峻考验的时代背景下，曹禺执笔写出了历史剧《胆剑篇》，借春秋战国时期越王勾践卧薪尝胆的故事，激励中国人民自力更生、奋发图强的革命精神。剧本发表和演出后，立即受到了文艺界的重视，《戏剧报》专门为剧本召开了座谈会；许多老作家也纷纷执笔写出评论文章，一致给予热情的肯定。《胆剑篇》的发表，不仅为当代历史剧创作提供了有益的经验，而且也标志着曹禺创作道路上的新进展和新成就。

（一）关于历史真实与艺术真实的统一

曹禺计划创作历史剧，并非自中华人民共和国成立后开始。早在一九四一年他在江安剧专任教期间，即构思历史剧《三人行》，试图用诗的形式描绘岳飞的一生，并用诗的语言写出了第一幕，后因故未能完成。其后，又曾由重庆赴西安考察古代长安的风土人情，查勘李白与杜甫当年的遗迹，准备创作历史剧《李白与杜甫》，后也因故未写出。直至中华人民共和国成立后《胆剑篇》的正式发表，才圆满地实现了曹禺二十年前渴望创作历史剧的夙愿。

《胆剑篇》与《明朗的天》不同，《明朗的天》是用革命的题材反映现实生活，而《胆剑篇》需要解决的难题较之《明朗的天》更为复杂。创作历史剧首先需要解决的关键性问题是，历史真实与艺术真实如何统一。《胆剑篇》的杰出之处正在于比较好地解决了这个问题。历史剧不是历史教科书，也不同于历史研究，更不是历史的图解。它主要是通过艺术形象，反映在特定历史背景下的历史生活的本质真实。因此,它一方面在剧本的某些主要情节和主要人物上,必须有一定的历史依据;同时,它又不必受历史事实的拘囿,在某些人物和情节上允许进行艺术想象和虚构。这是因为如果没有艺术想象和虚构,它就变成了依样画葫芦地敷演历史,而不是历史剧;相反,如果它没有一定的历史依据,它也就不是历史剧了。另一方面,艺术想象和虚构,虽不必拘泥于史实,但也不能脱离时代,脱离特定的历史环境,凭空臆造。它必须建立在对历史研究的基础上,建立在尊重历史真实和不损害历史真实性的前提下,进行艺术想象和虚构。正如鲁迅所说,它"不必是曾有的实事,但必须是会有的实情"①。这样才能创造出既反映了历史真实,又比实际的历史生活更高、更强烈、更富有集中性和典型性的历史剧,真正达到历史真实与艺术真实的统一。

《胆剑篇》是以春秋战国时期吴越战争作为历史背景的。作者首先运用历史唯物主义观点和革命的辩证法对有关吴越战争的大量史料进行了深入的分析研究和严肃认真的甄别挑选和处理,去芜存精,去伪存真,删汰了某些驳杂不纯的材料,如某些传统文艺根据赵晔《吴越春秋》敷演而成的勾践"尝粪疗疾"、文种向勾践献"破吴阴谋九术"(《史记》作"七术")等皆所不取;同时,根据革命现实和题材主题的需要,并结合戏剧创作的特殊规律,进行了合情合理的艺术想象和虚构。

吴越战争是春秋战国时代一场重大的历史事件,它一直受到战国以来的思想家和历史学家的重视。从先秦诸子如《韩非子》、《吕氏春秋》等,以及《左传》、《国语》、《史记》,乃至后汉人赵晔的《吴越春秋》和《越绝书》,下至明冯梦龙的《东周列国志》诸书,都作过详略不同的记载。但是,关于吴越战争的性质问题,大都抱着"春秋无义战"的看法,认为吴越战争不过是"相怨伐"的互相复仇性质的战争。孟子曾说:"春秋无义战,彼善于此,则有之矣。"这就是说,春秋时代国与国之间的战争,并无什么正义与非正义的区别。《左传·哀公元年》载:"吴王夫差败越于夫椒,报槜李也。遂入越……"《史记·越王勾践世家》称:"勾践自会稽归七年,拊循其士民,欲用以报吴。"《吴越春秋·勾践归国外传》也称:"越王念复吴仇,非一旦也。"他们都一致地认为，夫差欲报其父阖庐败死槜李之仇而发动对越战争，勾践为了雪会稽之耻而誓灭强吴，同样把吴越战争看成是互相复仇性质的战争，并无正义与非正义的区别。曹禺独具卓识，排除了"春秋无义战"的传统看法，从剧本的题材、主题和具体的艺术描写中，都明确地展现了吴王夫差伐越，烧杀掠夺，蹂躏越土，是侵略弱小的非正义的战争，揭示了越王勾践在越国臣民的广泛支持下，奋发图强，灭吴兴邦的正义性，从而对这段历史生活和历史人物作出了自己的审美评价。

《胆剑篇》中某些主要情节和人物，在作者博考文献的基础上，都有一定的历史依据。如对吴越战争的经过和结局，他旁搜博采，参考了《左传》、《国语》、《史记》、《吴越春秋》、《越绝书》乃至《东周列国志》等许多古籍，而又加以改动合并、增删取舍。关于吴越战争，我们目前根据比较可信的史籍记载：吴越本属世仇，早在勾践之父允常时即"与吴王阖庐（夫差父）战而相怨伐"。鲁定公五年，越入吴。鲁定公十四年，吴王阖庐伐越，报定公五年越入吴之仇。吴师败于槜李，阖庐负伤而死。后三年鲁哀公元年（公元前494年），夫差伐越，报槜李之仇。大败越兵于夫椒，遂入越。勾践以甲士五千人退栖于会稽，吴王追而围之，勾践使大夫文种重赂吴太宰嚭以行成。勾践入臣于吴，三年乃返越国。鲁哀公十三年，夫差与鲁、晋诸侯会盟于黄池，勾践偷袭吴国，大败吴师，俘吴太子友。鲁哀公十七年，勾践复伐吴，败吴师于笠泽。其后勾践又伐吴，并进而包围了吴国首都姑苏达三年之久，始灭吴国，夫差自杀，时在鲁哀公二十二年（公元前473年）冬。

《胆剑篇》的情节，大体上参考了这些史料，但又不完全拘泥于这些历史事实。作者集中地从夫椒之战、越国大败、勾践被俘、五千壮士待命会稽山中写起，直至夫差争霸中原、北上会盟、勾践灭吴为止；而删略或者合并这一历史事件的前前后后的某些史实，并对某些情节进行了独出心裁的想象和虚构。

剧中主要人物都有一定的历史依据，如勾践、夫差、范蠡、文种、伍子胥、伯嚭（即太宰嚭）等，在历史上都是实有其人，实有其事，但有些情节则出于作者的想象和虚构。一些次要人物如西村施姑娘（即西施的化身）、苦成（越国五大夫之一，见《国语·吴语》及《吴越春秋》）、王孙雄（吴国大夫，见《吕氏春秋·当染》及《国语·吴语》）、被离（吴国大夫，见《吴越春秋·夫差内传》）等，在历史上也实有其人，但故事情节则出于作者的虚构。还有些人物和情节完全出于虚构的，如泄皋、无霸、乌雍等。有些细节是作者有意识地加以移植的，如第一幕对吴国三军衣甲的描写，原是描绘夫差会盟黄池，与晋争霸时事，见《国语·吴语》，这里移植用来描写夫差入越时三军的威容。第四、五幕勾践命卫士用戈矛三敲三呼："勾践！你忘了会稽之耻吗？"这在史实上本夫差事，见《左传·定公二十四年》："夫差使人立于庭，苟出入，必谓己曰：夫差，而忘越王之杀而父乎？则对曰：唯，不敢忘。"（《国语·吴语》略同）这里移作勾践事，用以突现勾践不忘雪耻、奋发图强的精神。不论是真人假事，或假人假事，作者所进行的艺术想象和虚构，一般都是从历史生活的实际出发，都是在当时的历史环境和情势下可能发生或可能出现的。对真人真事的描写，也不是原封不动地照搬历史，而是站在历史唯物主义的高度，结合革命现实的需要，赋予历史冲突和历史人物以新的意义，对它们作出了新的开掘。剧本一开始，作者即集中地表现了吴、越两国之间君臣上下各方面对立的矛盾冲突，也揭开了今后吴越两国兴衰存亡互相转化的序幕。战败的越国虽然君被俘，民被辱，但越国臣民誓死不屈，反抗强暴，他们复仇雪耻的意志坚如磐石，终灭强吴。战胜的吴国虽然烧杀掠夺，兵车战马踏遍了越国的疆土，但是吴国内部矛盾重重，愈演愈烈。夫差骄横自是，拒忠谏，亲佞臣，虽有独霸中原的野心，却逐渐由强转弱，终致灭国。作者正是从这些震撼人心的情节场面中，形象地总结了吴越双方胜负存亡互相转化的正、反两方面的历史教训，开掘出"一时强弱在于力，千古胜负在于理"的审美主题，展示了作者高度的历史概括的工力。《胆剑篇》既不像以前的一些同类题材的历史剧，它们多是借古讽今，或将今比古；也胜过当代新编的某些同类题材的《卧薪尝胆》等历史剧，它们为了突出时代精神，往往牵强附会，生硬地比附今天的现实；而是善于恰当地掌握分寸，发挥艺术想象力，既没有把古人"现代化"，也没有以历史影射现实。《胆剑篇》无论从历史冲突到人物形象、从历史环境到历史气氛，大都十分恰切地表现出确是二千四百年前春秋末期吴越的历史情景，从而通过艺术地再现历史真实的方法，帮助人们从历史发展的角度上，认识当前的现实生活，从生动的历史事件中获得启发和鼓舞，使古老的历史生活和历史人物也能在某些方面映照出时代精神，焕发出新的光彩。《胆剑篇》正是从内容和艺术尽可能完美的结合上，从历史真实和艺术真实比较好的统一上，比较好地解决了历史剧如何古为今用的问题。

（二）杰出的人物塑造和独特的语言描写

《胆剑篇》最成功之处集中表现在人物性格的塑造上。剧中人物塑造的突出特点主要是，紧紧围绕着吴、越两国复杂尖锐的历史冲突的展开，从吴越双方和吴越内部对立的人物关系中，从吴越双方和吴越内部人物性格的对立冲突和性格的对比中，多侧面、多角度地刻画出人物性格的复杂性，展示了人物各自不同的内心活动和精神面貌。这样写，既能从复杂尖锐的历史冲突的不断发展中展现人物性格成长发展的历史；反过来，又能通过人物性格和人物关系的对立矛盾，显示出历史冲突的曲折性、复杂性；同时，也就推动了情节纠葛一步一步展开。

越王勾践是全剧的中心人物。作者对勾践的刻画，既扬弃了《吴越春秋》及传统文艺中过分地渲染勾践为了复仇而屈身事吴的卑辱行为，如"尝粪疗疾"、养马吴宫石室三年、"面无恨色"等等；也没有像一些新编的历史剧，把勾践"现代化"，或者把他描画成事事听任臣下摆布、毫无作为的傀儡。作者把勾践放置在历史冲突最尖锐的时刻，集中刻画他的坚忍不拔的性格，并在戏剧冲突的发展中，多侧面、多层次地揭示勾践性格的复杂性及其变化发展。作者首先从历史记载的有关勾践的史实中，把握了勾践性格发展的线索，有意识地把勾践作为夫差的对立面，从他们两人性格的对立和对比中突现了勾践的坚忍不拔、奋发图强，和夫差的骄横自是、喜功贪杀的性格特征。第一幕，吴王夫差宣布恩免越国，不灭宗庙，君臣一概不斩，召令勾践谢恩。勾践不但不肯谢恩，反而目若耀火，当面怒斥夫差侵凌弱小、残害无辜的不义不勇的罪行，以致激怒了夫差，要把勾践君臣一齐砍了。接着，

"一时强弱在于力，千古胜负在于理"

夫差将"镇越神剑"刺进石崖之后，勾践仰天痛呼："大禹的末代子孙！"勾践在心中铭记下夫差加给他的难以湔洗的耻辱。他愤不欲生，冲上前要把"镇越神剑"拔出，甚至想拔范蠡的佩剑自刎。通过这两个细节描写，就把一个年轻的越王勾践宁死不屈的倔强个性生动地展现出来了。第二幕写勾践在吴宫石室养马的三年。他虽然强忍着挨过了"三个三百六十个痛心彻骨的日子"，但内心中早已按捺不下愤火和焦虑。在晓色朦胧里，他独自悄悄地发出低沉的独白："越国啊！我什么时候才能回去？什么时候才能扬眉吐气啊？"当王孙雄对着各国使臣倨傲地耻笑越国君臣时，勾践压抑不住内心的躁怒，止不住在石墩上猛抽着马鞭，高呼"我为什么受这样的屈辱啊！难道我能长此忍受下去吗？我被囚在石室，让这些鸡狗猴子观看赏玩，成为笑柄，这给祖宗添了多少耻辱啊"，充分展示了勾践倔强的个性，虽经历了三年的磨炼，仍然是锋芒毕露。但在范蠡的劝谏下，勾践慢慢有所憬悟，承认自己还是一时气盛，有些浮躁不定。接着，伯嚭宣读夫差释放越国君臣回国的"王命"后，着令勾践前去谢恩，并作夫差与各国使臣会猎时的前马。这是一种多么令人难堪的屈辱啊！这不仅激起了无霸的满腔怒火，而且冷静沉着的范蠡也感到吃惊。但是，勾践这时却默然不语，他后来虽然"迟疑了一下"，还是"庄严地接着马鞭走下"。作者在这里正是着重地刻画了勾践倔强的个性与令人难忍的屈辱处境之间的矛盾，并从这个严重矛盾中，刻画了勾践能忍人所不能忍、不可忍，从而在更深的层次上塑造了勾践坚韧不屈的性格及其变化发展。写勾践的"忍"，正是为了刻画勾践性格的刚强。在勾践返国后的十年中，作者在第四幕着力描摹了勾践的苦身焦思、励精图治、奖励生育、犁剑并举、躬耕南亩，与百姓同劳苦的奋发有为的精神。特别是在吴兵拆城、抢牛、搜剑时，多侧面地展示了勾践倔强的个性和坚忍不拔的英雄气概。他斩钉截铁地表示"勾践头可断，城断不能拆"；越国百姓的牛被吴兵抢光，他坚决表示"有人！用人拉"，并带头率领妻女拉犁下田。在交不交出"镇越神剑"的问题上，经历了内心中深刻的矛盾与痛苦，他终于断然决定："这剑是万不能交的。宁可作那笔直折断的剑，不作那弯腰屈存的钩！"这两句铮铮作响的语言，也正是勾践百折不挠、宁死不屈的倔强个性的形象的写照。不仅如此，作者刻画勾践倔强性格的同时，还细致入微地展示了他的性格的不断成熟与发展。苦成老人打了拦阻越国装设报警大鼓的吴兵后，勾践称赞他"打得好"，同时，又谆谆告诫他说："可是你要晓得，猛虎是不把牙齿露在外面的，以后你要谨慎。"这就曲折地表现了勾践性格的逐步成熟。他已经初步懂得了如何深藏不漏，懂得讲求斗争策略的必要性，不像在吴宫养马时那样一味"浮躁不定，浅显易知"了。当被离宣读夫差恩赐勾践冠服的旨意后，勾践接过冠服，毫不犹豫地说："勾践谢恩谨领。"短短一句话，就生动地揭示了勾践返国前后性格的不断成熟与发展，与第一幕勾践拒绝向夫差谢恩形成鲜明的对照。他决心要赢得这千古的胜负，不怕这一时的强弱。他要使越国百姓"个个执剑，人人扶犁，就在这方圆不满百里的疆土上，也要兴起一片腾腾的王气"。勾践的坚忍不拔的性格和壮志凌云的气概，跃然纸上。第五幕夫差与勾践会猎的场面，是他们两人第二次正面交锋，也是全剧的高潮所在。这时，勾践为了争得战机，一举灭吴，从斗争策略的高度出发，深知对吴"不可硬拼，利在智取"，而要伺隙乘虚，攻吴后背，出其不意，海道奇袭，并联结齐、晋，南北夹击。他的坚忍不拔的性格和斗争策略得到了进一步的深化和发展。夫差为了控制越国，提出要和勾践结成儿女亲家，实际上，不过是要把勾践之女带回吴国，作为人质。勾践夫人当即表示"此事万万不可……小女无知，鄙陋不堪，不足以侍奉公子"，但勾践此刻却忍住内心极度的悲愤，拦住夫人，断然表示："只要大王不加嫌弃，勾践敢不从命。"当夫差逼紧一步，提出当天即要将儿媳带回姑苏时，勾践仍然忍耐着内心剧烈的激荡，握断了手中的玉圭，断然许诺。通过这一典型细节的描绘，人们从玉圭折断声中，隐隐体察到勾践内心深处的无比愤激和坚忍果断性格的不断成熟与发展，也揭示了吴越胜负转化的十分微妙的契机。这真是传神点睛的一笔，描摹出人物难以用万语千言表达出的情怀。

当然，勾践作为春秋末期有作为的君主，在他的身心上也不可避免地烙印着作为一个王国统治者的阶级的、历史的局限性。《胆剑篇》的难能可贵之处正在于，作者在运用历史唯物主义评价历史人物的基础上，深刻揭示出在典型环境下的勾践性格的复杂性。第三幕，作者描写勾践返国后，急于收拾民心，用向吴国籴来的白米赈济灾荒，不料却受到了苦成的指责，说他"没有骨气"，文种也认为"民心是不能用财物要（读如'夭'）买的"。勾践立即满怀愠怒地喊卫士把苦成"抓来见我"，又感到文种说他"要买民心"的话是很不入耳的。他皱着眉头，独自沉吟："人真是难用啊！正直能干的往往不驯顺，不驯顺！"通过勾践的这段独白，曲折地展现了勾践内心中错综起伏的矛盾。第四幕苦成献胆后勾践的大段诵白，又从侧面揭示了勾践对于范蠡、文种"这样难驾驭、不能长居人下的大夫"的不满和矛盾。他只是为了收拾民心、复仇兴国，才不得不忍下老百姓的指责，并"在患难中"对范蠡、文种抱着"容人之量"。根据《史记·越王勾践世家》记载，范蠡辞归后，在致文种书中曾谓勾践"可与共患难，不可与共安乐"。越灭吴后，人或谗文种且作乱，勾践乃赐文种剑使自裁。作者正是参考了一些古籍提供的勾践性格的历史线索，在刻画勾践坚韧不屈性格的同时，又虚构了某些细节，揭示了一个王国统治者的性格中褊狭、猜忌、不能容人的一面。《胆剑篇》对勾践复杂性格的展示基本上达到了历史真实和艺术真实的统一。

　　吴王夫差的性格是作为勾践性格的对立面而被勾勒的。在传统的历史剧中，一般都把夫差刻画为昏庸骄淫的君主的形象。《胆剑篇》对夫差性格的勾勒，既没有把他简单化，也没有漫画化，而是描写了他复杂的性格。作者在夫差登场的提示中说："吴王夫差，即位不久，喜功贪杀，骄狂自是，自以为有富国强兵的本领，立下独霸中原的大志。他狡而贪……'愚而不仁'。但他却自认有权术，有机谋，而且容不得比他高明的臣下，听不进逆耳的忠言。"这些就为夫差的复杂性格勾出了基本轮廓，也在一定意义上揭示了夫差性格悲剧的根源。夫差好大喜功，骄横自是，想当独霸中原的盟主。这一点是夫差性格中的主导因素，也作为夫差性格和动作的贯串线，一线到底。夫差只在第一幕和第五幕两次正面出场。在这两次出场中，作者匠心独运地分别安排了他和勾践与伍子胥两次正面交锋。通过了这些交锋，既勾画了吴国内部以伍子胥、伯嚭为代表，在如何处理越国问题上的两种不同政见的矛盾；也描写了吴、越两国君臣上下的外部斗争。特别是从夫差与勾践、伍子胥的性格对比和性格冲突中，既用勾践的刚强不屈、忍辱负重，对比出夫差的骄横自负、终致覆国；又从夫差和伍子胥的性格冲突中，展示了伍子胥的倔强忠直却又恃功自傲、夫差拒绝忠谏且喜功贪杀的性格特征。这种在尖锐的戏剧冲突中环环相扣地塑造人物性格的方法，尤见作者审美构思的精妙和卓越的艺术功力。

杀不杀勾践，灭不灭越国，是吴国内部以伍子胥和伯嚭为代表的两种不同政见斗争的焦点，也是推动全剧情节发展和表现夫差、伍子胥、伯嚭性格和行动的贯串线。第一幕，当夫差面对着伍子胥、伯嚭在杀不杀勾践，灭不灭越国这个关键性问题上展开激烈争辩，需由他作最后抉择时，他所以终于采纳了伯嚭的羁縻之策，正是由于伯嚭的诿言迎合了夫差的骄狂自是、妄想争霸中原的野心。而他所以拒绝伍子胥的忠谏，则是由于伍子胥恃功自傲，处处带有训斥夫差的口吻，冒渎了夫差的尊严，招致了他的严重不满，在一定程度上打击了夫差称霸的野心和骄狂自负的威风的缘故。夫差的骄狂自负，使他萌发了称霸中原的野心，而称霸中原的野心反过来又加剧了他的骄狂自负。第一幕描写夫差陶醉于那一片焚烧越国土地的"美丽大火"的两段独白，就十分传神地勾勒出夫差野心勃勃、骄横残暴、好大喜功、刚愎自用的复杂性格和得意忘形的内心动态。"好一片大火啊！烧得多么畅快！……我——夫差，不只是吴国的君王，夫差将是四海的霸主！一个四海的霸主，应该既有军威，也有仁义。……不杀勾践，却灭了越国，行了仁义。"这就是夫差蓄意从勾践身上为其争霸攫取的政治资本，也是他不能更改的最后决策。第二幕，作者用虚写的手法描绘了夫差在伍子胥和伯嚭两种不同政见之间的摇摆，最后仍然采纳了伯嚭的意见，释放越国君臣回国，再一次展示了他的骄狂自负而导致的失误的决策。直到第五幕，夫差在北上会盟前，接受了伍子胥建议，借会猎之名，亲来越国察看虚实。他眼见了越国江上战舰如云，自然不能不引起他的警惕，也掩盖不住内心的焦灼。但他出于骄狂自负的偏见和对会盟称霸的狂热，仍然认为伍子胥"未免大惊小怪"，"越国情况，不过尔尔"，深以耽误了两天北上会盟的时间为憾。随着就在先灭越、后会盟，还是先会盟、后灭越的问题上，伍子胥和他产生了意见分歧，展开了针锋相对的斗争。最后，夫差在"二十年来，战无不胜，攻无不克"的骄横自负的心理支配下,仍然热衷于会盟称霸,认为会盟称霸使他"二十年来苦心经营,寝馈难忘",如今已是"天命所归","势在必成"。他不顾伍子胥的抗颜直谏,在一时恼羞成怒下,命伍子胥伏剑自裁,并作出了"先会盟,后灭越"的错误决策。伍子胥之死,既是吴国君臣内部矛盾斗争的产物,也是夫差"容不得比他高明的臣下,听不进逆耳忠言"的骄狂自负性格的真实映现。作者在《胆剑篇》中,并不像一般传统文艺所描绘的那样,把夫差描绘成为昏庸之君。如伯嚭贪财好货,收受勾践的贿赂,而伍子胥"嘱其子于齐鲍氏",夫差都早已深知,只是隐忍未言。当伯嚭在他面前谗害伍子胥时,他也往往毫不容情地加以斥责或揭穿。这些都可看出他颇识权术,颇有机谋。在他与勾践最后一场会谈中,也可以看出他性格上的逐渐成熟与发展。只是由于骄横自负和对称霸中原的狂热,才使他作出了一系列的错误决策,终致国破身亡。作者正是把严肃的历史教训镕铸于夫差复杂性格的真实描绘之中,从而展现出《胆剑篇》在夫差性格的刻画上,较之传统文艺所描绘的昏君形象,高出不止一筹。

《胆剑篇》中对范蠡、伍子胥性格的塑造最为成功。它的成功之处,如前所述,主要在于作者不是静止地、孤立地刻画他们的性格,而是把他们放在尖锐的历史冲突中,放在对立的性格冲突中加以对比,加以勾画。因而这两个人物,都是充满着动作性、戏剧性的有血有肉的活人。范蠡和伍子胥是吴越双方起着不同作用、有着不同命运的戏剧性人物。他们分处两国,各为其主,但是作者却巧妙地把他们组织在杀不杀勾践、灭不灭越国这一尖锐的戏剧冲突之中,让他们或直接正面交锋,或间接地进行着斗争,从而刻画出他们截然不同的性格特征。第一幕描写在伍子胥带着被离正要进禹庙搜杀勾践的危急时刻,范蠡为了保护勾践挺身而出,一手执剑,一手抓住伍子胥的衣袖,仗义执言,理直气壮,不惜血溅越国十地,与伍子胥同归于尽。他的大智大勇和浩然正气,终于折服了骄横的伍子胥,使伍子胥也为之动容,称赞他"不愧是个真正的汉子,是英雄,是圣贤之臣"。随着勾践因不肯谢恩触怒了夫差,夫差悍然下令要将勾践君臣一齐问斩。在这千钧一发的时刻,范蠡大喊一声:"大王,你要示信天下,你的信义在哪里?"这句语涉双关、富于动作性和性格化的台词，妙在既是说给夫差听的，更是说给收受越国重赂的伯嚭听的，从而迫使伯嚭不得不出面谏阻，终于赢得了夫差的故示宽大，保全了勾践君臣。第二幕中，当夫差采纳伍子胥的意见欲杀勾践，西施冒死盗出验关金符，想救勾践逃离吴国时，作者刻画了范蠡的远见卓识；并在伍子胥派兵包围勾践君臣的危机中，描绘了范蠡在深刻分析吴国君臣内部矛盾的基础上，所显示的老谋深算、料事如神，进一步开掘了范蠡的性格。第四幕，在伍子胥的亲信被离勒令越国拆城撤防，并纵兵抢牛时，作者更刻画了范蠡的深通策略，应变有方，终于化险为夷。这些都在吴越双方尖锐的戏剧冲突中，有声有色地展示了范蠡强毅果敢、智勇兼备的性格和才干，也突现了史实上范蠡"辅危主，存亡国，不耻屈厄之难，安守被辱之地"的人物形象。《胆剑篇》是在所有的传统戏曲和新编历史剧中塑造范蠡性格最成功的一部。

伍子胥的事迹在《左传》、《国语》、《史记》、《吴越春秋》等古籍中均有记载。先秦诸子对伍子胥的忠而见杀，在评论中亦大多抱有同情。一些传统戏曲对伍子胥的形象有较多的刻画，仅京剧就有不下九个剧目专写伍子胥的身世和性格。但在《胆剑篇》中对伍子胥性格的刻画，却展示出新的创造。作者说他"为人精诚，廉明，但又专横残暴；倔强忠直，却又骄傲自负，不能忘怀他为吴国立下的丰功伟业"。这就揭橥出伍子胥悲剧性格的复杂性。《胆剑篇》中的伍子胥，一方面既和越国的范蠡有着性格上的对立；另方面又和夫差和伯嚭有着性格上的尖锐冲突。作者正是巧妙地把这几个人物始终放在杀勾践、灭越国和赦勾践、存越国的尖锐复杂的戏剧纠葛中，通过他们性格化的语言、动作勾勒出他们各自不同的个性，形成强烈的对比和鲜明的对照。伍子胥在剧中正面出场，虽然只有两次（第一、五幕），但在第一幕中，通过他进庙搜杀勾践，和范蠡展开正面交锋；随后，在杀勾践、灭越国的问题上，与夫差和伯嚭唇枪舌剑，都栩栩如生地展现出伍子胥倔强忠直而又恃功自傲的性格，为他后来忠而见杀的悲剧预埋下引线和危机。同时，通过第一幕他和范蠡性格上的对立和对比，既表现了范蠡的大智大勇，也映照出伍子胥刚正忠直的性格。通过他和夫差、伯嚭性格上的冲突，特别在第五幕中，他对夫差的犯颜极谏，更是从夫差、伯嚭与他的性格对比中突现了伍子胥的公忠体国而又恃功自傲，致为伯嚭谗言所中伤，不能见容于夫差的悲剧性格。同时，通过伍子胥刚正不阿的性格，反过来又对照出夫差喜功贪杀、骄狂自是的性格和伯嚭巧言利辞、贪婪卑琐的人物形象。

对于历史剧如何通过艺术形象表现人民群众的历史作用的问题，《胆剑篇》也给予了比较好的解决。作者力图发掘出蕴藏在庶民、奴隶身上的同仇敌忾的忠义正气，用他们那种自力更生、奋发图强、在生聚教训和复仇雪耻中发挥出来的爱国主义精神力量，刻画了苦成、西施、乌雍、元霸等一系列动人的形象；并从《左传》、《史记》等古籍所载吴越夫椒之战，越国大败，勾践以五千甲士退保于会稽的事迹中，驰骋艺术想象和虚构，从侧面展示了未出场的五千壮士在保全勾践和复仇兴国上所起的关键性作用。苦成其人见于《国语》和《吴越春秋》，原为越国五大夫之一。在剧中，作者把他描绘为越国人民的英雄，在他身上虚构了献稻、拔剑、献胆、献剑，最后以身殉剑等一系列动人的情节，照耀出赞美胆剑的主题歌，多侧面地描绘了苦成忠贞不屈的英雄性格和自强不息的坚毅精神。作者还借用"苦成"二字内涵的深意，集中展现了以苦成为代表的越国人民刻苦自励、坚持斗争的骨气，从而揭示了越国人民在推动勾践灭吴兴国中所起的作用。在西村施姑娘形象的刻画上，作者突破了从《吴越春秋》到明梁辰鱼的传奇《浣沙记》乃至一些传统的和新编的历史剧中，把西施作为"美人计"主角或"女间谍"的窠臼，在她身上虚构了一些情节，突出刻画了越国劳动人民的优秀代表西村施姑娘的爱国主义精神和冒死救护勾践的机智勇敢的行动，使传统的西施形象焕发出新的光彩。

总括而言，《胆剑篇》中成功的人物塑造，既是艺术形象，又体现了一定的历史真实。同时，在刻画人物性格的表现手法上，作者还吸取了《史记》、《水浒》乃至传统戏剧塑造人物性格中传神写意、虚实相映的某些优长，加以融会，既保持了历史的风貌，又富有浓郁的民族风格。

在历史剧中，如何运用文学语言，是表现历史真实和艺术真实的一个重要课题。《胆剑篇》以成功的语言描写塑造了众多的历史人物的鲜明形象，在历史剧创作上为我们提供了宝贵的经验，博得了人们的称赞。

《胆剑篇》人物语言的特点首先是，通过人物的对话或抒情的独白，曲折入微地表现出在特定的历史场景中人物的个性特征、错综复杂的内心活动以及人物之间的关系。如第四幕描写勾践在月夜的竹阁外徘徊沉思的大段抒情独白，从勾践痛苦地回忆他的祖先大禹治水所创立的丰功伟绩和会稽这个光灿灿的名字起，转入对他继位后的"骄傲盈满，不知养民"的满腔悔恨，最后，从回忆过去转向了现实，他咀嚼了这一天吴兵拆城、抢牛、搜剑，民受苦、君受辱的苦果，进行了深切的自我谴责："我就是脸皮厚，就是不知痛，在群臣面前，在范蠡、文种这样难驾驭，不能长居人下的大夫面前，站着我这样一个不成器的君主！"这段独白，不仅细腻地刻画了勾践感怀今昔的内心活动，也曲折地映射出勾践与范蠡、文种之间的复杂微妙的关系。同时，伴随着更锣和木铎声，从王孙雄楼台里传来的吴歌声，以及轰隆作响的城门倒塌声，这些都像是打在勾践心上的一鞭一道的殷红的血痕，更增强了勾践内心的极度悲愤。后来在苦成殉剑后，勾践望着苦成献的胆所作的诵白，转而激励了他要赢得千古的胜负的坚强意志，引起了一腔欢悦的情怀。在各式各样的美妙声音的鼓舞下，他激动地在月下舞起剑来。作者正是巧妙地把音响效果、诗意氛围和抒情语言、人物动作紧密结合在一起，用以刻画勾践从深夜到黎明的内心活动及其变化发展，从而凸现了人物性格特征，增强了艺术感染的力量。

苦成老人决心以身殉剑前，望着禹庙，心思如潮的那几段诵白，和他殉剑后，勾践望着苦成献的胆所作的诵白，既形象地表现了苦成"生当为人杰，死也作鬼雄"的越国人民的骨气，也展示了苦成不惜以生命保住兵库刀剑的巍巍正气、铮铮节操。这两场诵白，是对胆剑的赞歌，是对全剧审美主题的进一步开掘，也是对苦成性格的生动刻画。这两场诵白以胆剑拟人，托物言志，缘物寄情。像散文诗一样的语言，声调铿锵，富有鲜明的节奏感，跃动着内在的诗意，体现了《胆剑篇》人物语言描写的个性化和抒情性。

其他人物如范蠡、文种、夫差、伍子胥、伯嚭乃至鸟雍的语言，作者也都能体察入微地展现各自不同的性格和气派。范蠡机智果敢，应变有方；文种沉着踏实，老成持重；伯嚭巧言利辩，他的语言充分表现了一个顺君之过的佞臣的性格。但是，相形之下，文种、伯嚭的语言较之范蠡、伍子胥稍为逊色。

人物语言的动作性是《胆剑篇》语言描写的又一特色，这也是曹禺以前剧作中语言描写的一贯特色。作者在《胆剑篇》中，往往运用寥寥数语，甚至片言只语，便能勾画出人物错综复杂的内心活动，展示出隐藏在语言背后的人物对立的意愿、意图或意志，具有丰富的潜台词。如第五幕，夫差北上会盟前，到越国与勾践会猎的一场戏，他们两人的对话就富有强烈的动作性。一个是借会猎为名，要到越国勘察虚实；一个为了争取战机，不得不虚与委蛇。因之，夫差的语言咄咄逼人，锋棱毕现。勾践的语言则处处克制，深藏若虚；在表面谦虚的纱幕下，掩藏着重重杀机，闪射出刀光剑影。这场对话，实际上，是一场斗机智、比策略的攻心战。夫差和勾践一碰面，夫差就意味深长地说"姑苏一别二十年了"，向勾践敲起了警钟，提醒他不要忘记过去的教训。勾践自然心领意会，赶紧表示："获释返国后，一直战战兢兢，侍奉吴国，不敢怠慢。"夫差仍不肯放松，又逼紧一步说："你不忘本就好，吴越一水之隔，朝发可以夕至啊！"语意双关，弦外之音饱含着逼人的威胁。在勾践假作恭顺下，夫差由于没能抓住勾践破绽，便更逼紧一步，要和勾践成为儿女亲家，对他进行突然袭击。勾践听了，先是猝然一惊，沉吟不语，只吐出一个字："这……"但是，在他沉吟吐字的一刹那，完全可以想见勾践愤怒的内心正汹涌着万千的思绪，具有丰富的潜台词。当勾践忍痛表示允婚后，不料夫差又攻其不意，突然提出当天便要将勾践之女带回姑苏成亲。这里妙在作者通过勾践握断玉圭的外在动作，借助于一件断圭的道具，曲折入微地刻画了勾践万语千言难以表述的内心冲突。他最后忍痛说出的"好吧"这两个字，是他内心凝结着极度悲愤的回声，具有强烈的动作性、巨大的感情容量和丰富的潜台词。

《胆剑篇》的语言特色，还表现在口语化的历史人物的语言上。历史剧的人物语言较之话剧有更多的限制，更难写好。它既应该是显明易懂的普通语言，但又不应该完全同于一般的口语。从语法到词汇，从字句到声调，它都应该体现出特定的历史时期人物语言的特点，这样，才能恰如其分地展现出历史人物鲜明的性格。《胆剑篇》的人物语言，正是在这些方面显示了独特的成就。作者准确地掌握了古代人物语言的组织结构、修辞方法和表达思想感情的方式，既没有让历史人物满口"之乎者也"，也没有让他们说出现代的新名词。作者采用了半文半白的语言形式，虽是文言，但并不古奥难懂。语言结构基本上是散文，但也夹杂着许多骈偶对称的句子，有的是字句上的对称，有的是文意上的对称。如第一幕伍子胥被范蠡的忠义正气打动后说的一段话："（喟然）吉、凶、祸、福！吉常是凶的开端，福常是祸的根芽。如果不能及早消除这个致命的祸根，我怕吴国今天这场轰轰烈烈，未必不是来日一场凄凄惨惨的开头啊！"第四幕苦成决心殉剑前的一段独白："……宁作那笔直折断的剑，不作那弯腰屈存的钩。兵库的剑、刀是不能搜去的，越国的骨气是不能丧失的。"这些骈散相杂的语言，既古朴又新鲜，节奏鲜明，朗朗上口，富有哲理概括和诗的意蕴。有些人物语言则吸取了《左传》、《国语》、《史记》等古籍中语言文字的结构、语法，有时借用原语，有时取其文义，加以镕铸变化，创造出既有作者自己的风格特色又富有历史感的人物语言。如第五幕伍子胥死前向夫差说的一段话"越王勾践，爱民敬贤，肯听忠言，此人不死，必成大事"即是吸取了《史记·越王勾践世家》伍子胥谏夫差的一段话的文意和语言结构加以演化而成的。《胆剑篇》中的人物语言，气派开朗而大方，既能形象地刻画出特定的历史时期人物的性格、口吻和神态，又能充分烘托出历史环境的气氛，丝毫不给人以生硬别扭的感觉。这些都展示出作者在继承民族传统基础上的语言艺术独创性的成就。曹禺自己在谈到创作《胆剑篇》的主要困难在于使用什么语言的问题时说："我采用了半文半白的语言，在对话中夹杂了大量的文言，以赋予这个剧一种历史色彩。……我认为这是我写得比较好的一个剧本，即使到现在，它也经历住了时间的考验。"[2]作者这个自我评价是比较确当的。

（三）艺术处理的得失

《胆剑篇》在审美构思和艺术处理上表现了作者高度的艺术概括力和精

心结构情节场面的卓越才华。《胆剑篇》描写了二十几年间吴越交战的存亡胜负转化的历史图景，时间之漫长，空间之宽广，人物之多，头绪之繁，特别是如何把历史生活转化为戏剧冲突，通过舞台形象的真实塑造反映深刻的历史教训，概括意义重大的思想主题，这些都是摆在作者面前必须解决的难题。《胆剑篇》的杰出之处正表现于，作者善于在如此漫长、如此广袤的舞台时空之内，把尖锐复杂的戏剧冲突和人物关系的矛盾变化，安排得线索清楚、层次分明、首尾呼应，贯串着强烈的戏剧性，既引人入胜又耐人寻味。在全剧情节结构上，随处利用一些回旋激荡之笔，布置一连串的悬念和危机，使全剧结构布局一环扣一环，一浪接一浪，形成重峦叠嶂波澜起伏的壮观。

　　第一幕从勾践被俘辞庙写起，具见匠心。围绕着灭越还是存越、杀勾践还是赦勾践这一主要矛盾纠葛，描写了吴国内部在这个问题上复杂微妙的冲突，也展示了越国君臣百姓和吴国所进行的不屈不挠的斗争。这样，一开幕，就使得双方剑拔弩张，矛盾异常尖锐，并且渐趋激化。但是，这里妙在作者并不使敌对双方的矛盾冲突沿着直线平板地发展下去，而是有擒有纵，能放能收，随处布置一些回旋，从而引起人们对主人公命运的急切的悬念。如在吴国右军牙将被离正要进禹庙搜杀勾践时，忽而引出吴国左右两军士兵的格杀和范蠡仗剑对伍子胥的挟持，这是第一个回旋。继而当勾践不肯谢恩，当面触怒了夫差，夫差愤而命杀勾践之际，又引出范蠡对夫差、伯嚭语涉双关的严词斗争，和伯嚭为勾践求免，这是第二个回旋。这两次回旋都收到了一张一弛的艺术效果。在一个越国中年汉子想献给勾践一束被吴兵烧焦了的稻子而被杀后，辗转引出了西村施姑娘对那小女孩的仗义救援和苦成负伤献稻，这又是一个回旋。继而在夫差刺进了"镇越神剑"后，又引出了苦成的拔剑，表明"越国是镇不住的"！这又是一个回旋。这些生动的细节描写，不仅对比地刻画了人物性格的对立冲突和人物关系的矛盾变化，突出和深化了主题，而且还预先为后几幕情节纠葛的开展，做好了准备。如，为西村施姑娘成了吴王妃；第四幕吴兵的搜剑和苦成的献剑、殉剑，乃至作者虚构的夫差最后的伏剑都分别埋下了伏笔。这样，就使整个结构布局于紧凑细密中见跌宕起伏之妙，有层次，有照应，而不突兀。

曹禺以擅长写第一幕见称，《胆剑篇》的第一幕更发展了作者一贯的艺术本领，它是全剧写得最成功的一幕。作者首先探骊得珠，十分巧妙地选择勾践被俘辞庙作为全剧的开端，这就不仅准确地掌握了全剧即将激化的矛盾冲突的焦点，而且更有利于把吴、越双方的主要、次要人物都组织到这场紧张尖锐的戏剧冲突中来。作者成功地刻画了出场人物的性格，介绍了人物之间的关系，一些幕前情节和人物过去的历史也在剧情发展和人物对话中自然而然地交代了出来；并精心地组织了戏剧矛盾，布置了一些悬念和危机，预告着即将激化的更尖锐的戏剧冲突的开展。第二幕是第一幕戏剧冲突的延伸和发展，重点仍然是描绘勾践在吴宫养马三年的坚忍不拔的性格逐步成熟的过程，也刻画了西村施姑娘心怀故国、冒死救护勾践的英勇行动和爱国主义精神。围绕着杀勾践还是赦勾践所形成的戏剧冲突，仍然是紧张动人的。第三、四幕主要描绘勾践返国后的生聚教训、奋发图强，以及越国人民自强不息，在拆城、抢牛、搜剑中和吴国将士所展开的拼死斗争。特别是第四幕后半场暗转后，在夕阳西落、新月初升的诗意氛围下，作者用抒情的笔触，热情地歌颂了苦成老人献胆、殉剑的忠义节操，也刻画了勾践错综复杂的内心活动，确有不少富于诗情画意的精彩场面，写得十分动人。第五幕是全剧的高潮，也是吴、越两国存亡胜败相互转化的焦点。写夫差、伍子胥的性格冲突，夫差、勾践会猎的场面，都生动鲜明，笔力夭矫。最后又用空中传来响亮的声音——"勾践，你忘掉会稽之耻么"和勾践取胆后响亮的回答——"卧薪尝胆，自强不息，勾践永远不会忘记"作结，不仅在情节上前后自相呼应贯串，而且在审美主题上也作了进一步的深化和概括，表明只有永远保持艰苦创业，自强不息，才能使邦国永远立于不败之地。这就是我们从吴越兴衰转化的历史事件中所应吸取的历史教训。

综观全剧气势恢宏，风格沉雄，场面描写色彩浓烈，宏伟壮观，既勾勒出历史气氛，又闪射着时代精神，具见作者在艺术处理上的苦心孤诣。遗憾的是，在情节结构上，第一、二幕戏剧冲突尖锐集中；第三、四幕，由于作者想突出描绘越国人民的历史作用，登场人物多，装进的内容多，以致情节有些繁冗，人物不够集中。如第三幕写求雨、运米、填井、谏米、迁都、献剑，虽然写了不少事件，但情节显得枝蔓旁出，缺乏撼人心魄的尖锐的戏剧性冲突。第四幕又写了吴兵拆城、抢牛、搜剑和苦成殉剑一系列斗争，但从整体看来，这些斗争的性质大同小异，并无本质的差别。虽然有不少精彩的场面描写，但笔力显得分散，未免给人以繁杂之感。第五幕同样有不少精彩笔墨，但改动历史之处较多，亦为美中不足。如伍子胥赐死，在鲁哀公十一年夫差伐齐，败之艾陵战后，事见《左传》、《国语》。夫差黄池会盟前夕伍子胥已赐死，不应仍健在。黄池会前，越国未与齐晋有约，齐晋亦无兴兵伐吴之事③。这些为了增强戏剧性而改动历史的虚构的情节，尽管无关大局，但在一定程度上毕竟有损于历史的真实。第四幕苦成殉剑前诵白中的"生当为人杰，死亦作鬼雄"原系宋人李清照语，"疾风知劲草"系汉光武帝刘秀称赞王霸语（见《后汉书·王霸传》），时代均在苦成后，这两句话似不宜出于苦成之口。在人物塑造上，主要问题在于，作者思想上对如何正确表现古代君主和人民群众的作用，如何恰当地处理古代君主与人民群众的关系，感到犹豫不决，把握不住。特别表现在勾践与苦成的关系上，作者似乎害怕过分强调越王勾践个人的历史作用，转而突出地描绘了以苦成为代表的人民群众的作用。从第一幕到第四幕，作者贯彻始终地描绘了苦成的献稻、拔剑、谏米、献剑、装设报警大鼓、献胆、殉剑等一系列光辉事迹，直到苦成殉难后出现了苦成崖为止。甚至把原见于《史记·越王勾践世家》中的"越王勾践返国，置胆于坐，坐卧即仰胆，饮食亦尝胆也"的史实，也移植到苦成身上，虚构为苦成献胆。特别在第四幕，把苦成当作胆剑的化身，作为描写的重心，加以热情的歌颂。当然，问题并不是不应该热情歌颂像苦成这样为国捐躯的忠义之士，而是在于过多地突出一个并非处于全剧情节中心的人物苦成的作用，把他加以理想化，相对说来，自然就把处于全剧情节中心的主要人物勾践的历史作用大大地削弱了，似乎使他事事处于被动的地位。对第二幕中为救护勾践起过重要作用的西村施姑娘最后的结局，在剧中也未能作出明白交代，使人感到她似乎只是为了完成任务而出现的，始终留给观众一种悬念。究其原因，恐怕是作者既不愿袭用传统戏曲和传说，把西村施姑娘也刻画成"美人计"的主角,最后与范蠡泛舟归隐,又不便毫无根据地虚构或臆造西村施姑娘的结局,所以只得把西村施姑娘写成现在这样一个"尾大不掉的影子"。

总之,从《胆剑篇》艺术处理上的某些不足之处看来,颇有与《明朗的天》存在的问题相类似的情况。这可能是由于作者当时受了"新的迷信"的某些影响,出于某种政治考虑,在思想上反而有些束手束脚,不能放手描写主要人物,变得左右失据,兼顾为难了。《胆剑篇》在创作上的这些经验和教训,都是十分宝贵的,值得我们深思。

注释:

①鲁迅:《且介亭杂文二集·什么是讽刺》。
②[西德]乌韦·克劳特:《戏剧家曹禺》,《人物》1981年第4期。
③参见茅盾《关于历史和历史剧》,作家出版社1962年版。

(原载《曹禺剧作艺术探索》,四川文艺出版社,1988年7月)

评《小说与戏剧》曹禺剧作专章

美国华人学者刘绍铭先生对比较文学研究有素，近年来从事曹禺剧作的研究，用英文写成《曹禺论》、《曹禺所受的西方文学的影响》等专门论著，在海外影响颇为广泛；还写有《小说与戏剧》一书，共分两辑。按，《曹禺论》（中文版）系一九七〇年香港文艺书屋出版，和《小说与戏剧》第二辑论述曹禺剧作的中文稿单行本内容及出版单位全同，实为一书。此次汇编时，即将《曹禺论》连同所论台湾小说诸文合辑一书，另题新名，于一九七六年结集出版。我所见到的则是一九八〇年六月台北洪范书店有限公司第三版。

《小说与戏剧》曹禺剧作专章，是按照现代西方审美观点和批评标准，运用比较文学观点、方法评析曹禺剧作的专著，对曹禺剧作的得失，作了不少有益的探索，提出了若干新颖的见解。如在《从比较文学观点去看〈日出〉》一章中，肯定了曹禺戏剧观的转变；对柴霍甫《樱桃园》中刻画人物的某些艺术手法的分析，都相当警策细致，引人深思；对《原野》舞台技巧的赏析和对《北京人》的评价，更能独具只眼，剖析得体。特别是对比较文学观点方法的熟练运用，给我们以很大启发，值得我们注视和研究。其中既有中外人物形象之间的比较（如蘩漪与 Abbie Putnam、曾文清与伊凡诺夫等），也有中外剧作家艺术手法之间的比较（如《日出》与契诃夫剧作等），还有曹禺自身剧作之间的相互比较（如《雷雨》、《北京人》与《原野》等）。从这些颇具特色的比较文学方法的运用中，不难窥见刘绍铭先生独到的功力。

当然，任何事物总是一分为二的。由于刘氏研究曹禺的动机是"因为他的作品华而不实，但却往往被对文学批评毫无修养的人瞎捧一阵"，所以刘氏才"立意研究曹禺,以图纠正一般人对曹禺言过其实的看法"①。抱着这种"先入为主"的艺术偏见来研究、评论曹禺的剧作,在某些艺术剖析上自然难免贬抑失当,不无偏颇。现就管见所及,略评一二,以就教于刘绍铭先生和海内外同行们。

一

刘绍铭先生在《〈雷雨〉所受的西方文学的影响》一章中,比较集中地评论了周冲、四凤,特别是蘩漪等人物形象及其悲剧意义。他说:"在曹禺看来,周冲和四凤之'柱死',是一种'悲剧'。但严格讲起来,他们的悲剧,与日常报章上所刊载的某某人死于飞机失事,某某人于警匪混战中误为流弹所伤之所以称为悲剧的意义一样,说死得无辜是可以的,'悲剧'则未必。"(137页)他否定了周冲、四凤作为悲剧形象的意义。我们的看法与刘氏不同。我们认为,评价一部剧作中的悲剧人物,不能单纯从理论上、概念上,或从悲剧定义出发来作评断,主要应该从作品塑造的人物形象在矛盾冲突中的实际情况出发。周冲是曹禺写《雷雨》时,"最早想出,也较觉真切的",仅次于蘩漪的一个"可喜的性格"。曹禺把周冲当做《雷雨》"郁热的氛围里"一个"不调和的谐音",也是当做衬托出《雷雨》明暗的"间色"。周冲的悲剧性在于,他的美丽的憧憬和理想与丑恶现实的严重矛盾。他一方面对家庭、对社会乃至对他所爱的人们抱有无穷无尽的幻想,幻想着有这么一个"没有争执,没有虚伪,没有不平等"的"真真干净、快乐的地方"。在一个冬天的早晨,一个无边的海上,他和四凤乘着白色的小帆船,向着天边飞,飞向他所理想的世界。但,另一方面,他并不了解他周围的一切,甚至也不了解他自己,他只能经受着像一根根钢针似的残酷的现实逐个刺破了他的一连串像肥皂泡似的美丽的幻想,最后终于被这残酷的现实、血腥的社会吞噬了他短暂的生命。作者正是用周冲幻想的破灭及其最后死亡,揭露、

---

① 《曹禺论·前言》,《小说与戏剧》107页。台北洪范书店有限公司1980年第三版。以下引用此书,只注明页数,不注书名。

控诉了以周朴园为代表的、粉碎他的"春梦"的剥削阶级家庭和社会制度的罪恶。这就是周冲作为悲剧人物的典型意义。

谈到四凤一生的遭际,较之周冲尤为悲惨辛酸。她不仅在肉体上受着折磨,更在心灵上承受着难言的痛苦和多方面的压力。她的悲剧主要在于,不应该把她的纯洁的爱寄托在周萍身上。即使四凤和周萍的爱情没有这层血缘的纠葛,谁又能担保这个卑怯自私的周家大少爷以后不屈服于他父亲的压力和社会舆论的制裁,也学习他父亲的"英雄榜样",对四凤"始乱终弃"呢?处于被剥削、被压迫阶级地位的四凤,肯定不会和周萍有什么幸福美满的结合。作者正是通过周朴园、周萍两代人欺侮迫害蘩漪,特别是劳苦妇女侍萍、四凤的劣行,揭发、控诉了封建资产阶级家庭和旧社会的罪恶及其不可避免的分崩离析的历史命运,深刻地展现了《雷雨》的主题。因之,周冲和四凤的悲剧,绝不同于飞机失事或流弹误伤,那些都只是缺乏必然性的偶然事件;而周冲和四凤的最后死亡,则展示了半封建半殖民地社会生活和历史的必然性。二者是有本质区别的,不容混为一谈。

刘绍铭先生接着又说道:"周冲和四凤的遭遇,实在说来,是老生常谈了(如好人不得好报,好人早死等)。除此之外,有何新义?在短短的一瞬间,弄得七尸八命的,究竟为了什么特殊目标?正因为连这种闹出人命的场面都不能给我们拓展新的视野,《雷雨》给我们制造出来种种刺激,均无认知(recognition)价值。"(137 页)我们对这种看法仍然不敢苟同。周冲和四凤惨酷的遭遇,乃至侍萍、蘩漪的疯狂,既不是什么"好人不得好报"、"好人早死"等因果报应的宿命说教,也不是作者有意识地要用"这种闹出人命的场面"来"制造刺激",而是通过这种惨绝人寰(用刘氏的话说,就是"弄得七尸八命的")的家庭悲剧,更加深刻有力地反映社会生活的某些本质冲突,从而使《雷雨》格外具有震撼人心的力量。人们通常都把《雷雨》称作"家庭剧",实际上,它的深远意义绝不止此,曹禺正是通过"暴露大家庭的罪恶",自觉不自觉地把矛头直接指向整个罪恶的旧世界,预告着旧制度必然覆灭的死刑。这些就是《雷雨》的"认知价值",同时也是它的"特殊目标"和"新义"。它"忠实地描写现实的关系,粉碎资产阶级世界的乐观主义，引起我们对于现存秩序的永久性的怀疑"，从而也就自然而然地给我们"拓展了新的视野"。这不是十分清楚的吗？

刘绍铭先生对蘩漪人物形象的某些理解，是比较表面的。他首先把蘩漪和奥尼尔的《榆树下之欲望》女主角 Abbie Putnam 作了比较，对比了她们两人的处境、性格和爱情观点上的种种异同之后，认为蘩漪的"所作所为，在我们看来，仅是一个深受性饥渴之苦的女子。爱情对她来说，仅是性欲的代名词而已。她恨周萍的，不仅因为他的'不贞'，最重要的原因，是他和四凤离家以后，就再没有人去满足她了"（136页），"以悲剧人物论悲剧人物，蘩漪尚够不上悲剧角色的分量"。当然，蘩漪的爱情追求，自然也会含有性爱的因素；但把蘩漪对爱情追求的渴望，以及她为了获得一个"独立的人"应该过的爱情生活，勇敢地冲破一切传统伦理道德的桎梏，对封建势力和封建秩序进行大胆反抗的"困兽犹斗"的精神，仅仅归结为为了"满足"个人"性饥渴之苦"，这未免大大缩小了蘩漪作为悲剧人物的典型意义，也是对蘩漪性格和形象的误解。蘩漪是曹禺精心塑造的富有美学价值的悲剧形象之一，也是"五四"以来我国话剧舞台上妇女形象一个独特的创造。蘩漪的一生，是交织着最残酷的爱和最不忍的恨，交织着追求与反抗、希望与绝望、痛苦与挣扎的充满矛盾和极端的悲剧的一生。她的不幸，主要在于她一生被禁锢在与外界完全隔绝的监狱般的周公馆，受尽了封建专制的精神折磨；又错误地把"一个不值得人为他牺牲"的周萍，当作可以救她出离苦海的情侣，结果又遭到了周萍的"遗弃"。她对爱情的合理追求，表现为一种畸形的、病态的"乱伦"之爱的形式，并且把追求个人自由解放当作唯一的苦斗目标，终于成为半封建半殖民地社会的殉葬品。这就是蘩漪一生的悲剧性所在。她的悲剧，深刻揭露了封建专制势力和社会制度的罪恶，展现了在这封建营垒内部已经形成了严重的危机，显示出这个罪恶家庭和社会日趋腐烂的征兆；同时也揭开了在周朴园所谓的"最圆满，最有秩序家庭"的帷幕后，封建秩序已经荡然无存了的现实。这就是蘩漪形象典型意义的一面。由此可见，刘氏否定蘩漪作为一个"悲剧角色"的看法，是对蘩漪形象的片面理解，是缺乏说服力的。刘氏一面认为，蘩漪恨周萍的"最重要的原因"，是深恐周萍和四凤离家后，再没有人去满足她的性饥渴；另一方面又认为，繁漪要逃出周家而"答应周萍把四凤也带走"，"繁漪肯'转让'爱情，作为脱离周家的条件，由此可见，周家所代表的一切比失去爱情更可怕"。这种前后自相矛盾的说法，不是反而可以说明繁漪并不是一个单纯为了"满足""性饥渴的女子"，她为了逃脱以周朴园为代表的封建专制统治的魔掌，追求个人自由幸福的生活，不惜作出任何牺牲，付出任何代价吗？

刘氏对情节剧的某些理解，也有值得商榷之处。他认为，"情节剧首重情节，故剧中人物首要的任务仅是符合剧情的需要。要顾全公式化的剧情需要，人物性格便难得自由发挥。我们甚至可以说，在一部情节戏中，人物的性格，老早便受制定了"（122页）。我们认为，在某些写得失败的情节剧中，确也存在着如刘氏所批评的这样那样的缺点，但是，如果以此作为对《雷雨》某些缺点的指责，我们则以为不可。刘绍铭先生接着正是以繁漪作例，指责曹禺没有"让繁漪的性格依照'剧理'的需要去发展"，没有"尊重剧中人的真情真性"，"硬把社会改革者的重任加诸她身上"，"迫使她接受情节戏种种束缚"（137页）。一句话，刘氏就是指责曹禺没有让繁漪在《雷雨》中获得"合情合理的性格发展"。我们不能同意这种看法。就人物和情节的关系上看，任何一部优秀的戏剧（包括情节剧），总是把塑造人物典型性格放在首要的地位。正如别林斯基所说："人是戏剧的主人公，不是事件在戏剧中支配着人，而是人支配着事件。"① 这是因为戏剧情节是展现人物相互间的联系、矛盾、同情、反感，是各种不同性格典型成长和形成的历史。而曹禺笔下的繁漪，正是写出了她的"真情真性"，展示了她"性格上的自我发展"的。《雷雨》通过周朴园逼繁漪"喝药"、"看病"等一连串的戏剧纠葛，一方面既深化了周朴园对繁漪的专制和压迫，另方面也揭示了繁漪的反抗性格的逐步发展。她已从最初的饮恨喝药，进而在看病问题上和周朴园展开了面对面的斗争。特别在她抱着绝望的心情从杏花巷归来后，面对着周朴园一连串的逼问，她忽然报复性地回答周朴园说："我有神经病"；"我心里发热，

---

① 转引自别林斯基两卷集第2卷第14页。

我要在外面冰一冰";"我在你家花园里赏雨","淋了一夜晚"。句句刺痛周朴园的神经,使他陷于惊疑不定、十分尴尬的境地。蘩漪为了逃离这封建的古牢,也为了对爱情生活的执着追求,对周萍,甚至降心相从,再一次要求周萍带她同走,并答应日后可以接来四凤同住,但仍然遭到了周萍的峻拒。最后,她作为一个"受两代人期侮"的女性,怀着被压制的痛苦、被期侮的辛酸和对爱情追求的彻底绝望,不顾一切,甚至不择手段地当众揭明了她和周萍的不正常的关系和周萍的"负义",作了最后一次困兽之斗,把矛盾冲突引向了危机的顶点,达到了最后的爆发,从而使人物之间的思想、性格和行动的冲突越来越尖锐,戏剧纠葛的开展也越来越紧张。人物性格在波澜起伏的纠葛冲突中逐步变化发展而渐趋完成,同时也就反转来推动了情节纠葛的开展。曹禺笔力过人之处,正在于真实地写出了蘩漪内心中"交织着最残酷的爱和最不忍的恨",写出了她在情感上、行为上拥有的许多矛盾与极端。并不像刘绍铭先生所指摘的,蘩漪被表现得如此"怙恶不悛",都是作者为了"顾全"情节剧"公式化的剧情需要"的缘故。实际上,《雷雨》是写人物性格的,并不是一部情节剧。它的错综曲折的情节,都是为更深刻地塑造舞台形象、揭示主题思想服务的。由于刘绍铭先生所依据的文艺批评标准相当驳杂,因之,就既不可能正确而全面地评价《雷雨》,也不能正确而全面地理解蘩漪的悲剧性格及其意义。

二

我们都知道,契诃夫戏剧曾经给曹禺剧作以很大的影响。因之,对契诃夫和曹禺的戏剧进行比较研究,从中探索中外艺术家之间的借鉴关系,就成为十分重要的课题。刘绍铭先生《从比较文学观点去看〈日出〉》一章,即是企图运用比较文学观点对曹禺《日出》和契诃夫"静态"剧进行比较研究,作出评价的。

刘氏在文中开宗明义的一句话就是:"作为一个仿效柴霍甫的戏路而写成的实验剧本看,《日出》写得坏得可以。因为,除了动机以外,该剧没有一点与柴氏相像的地方。"(154页)而《日出》之所以"没有一点与柴氏相像的地方",据刘氏的看法,"《日出》的问题不在技巧上,而在曹禺对柴氏戏剧精神的了解不足"。什么又是柴氏的"戏剧精神"呢?刘氏认为"'静态剧'的创作原则,不外系于一个基本概念:客观的态度是艺术成功的要素,非此不足以表达真实的人生。单是运用这'静态剧'的技巧而忽略了与此技巧依附的精神,不单在情理看来有点本末倒置,而且是徒劳无功"(154页)。我们认为,契诃夫,作为十九世纪末期俄国杰出的批判现实主义作家,在他写的《三姊妹》、《樱花园》等剧中,无不响彻着作者对创造俄罗斯"美好的未来"的热情召唤和渴望,呼吁人们不要沉没在梦想和空谈里,要勇敢地行动起来,和丑恶的旧生活诀别,为"美好的未来"早日来临而向一切庸俗势力进行斗争。尽管当时由于作家世界观的某些局限,他还不能向他的主人公们指出具体斗争的道路,却无时无刻不在痛苦地探索着祖国的命运和前途。契诃夫戏剧精神的独特之处,并非单纯抱着"客观的态度",描写普通人的日常生活,"表达真实的人生",同时也恰恰是在他创造的众多舞台人物身上,浸透着作者深沉独特的主观爱憎。的确,契诃夫对待他剧中人物的态度,从表面看来,往往抱有"宽容"、"谅解"的心情,但是,在他这种轻蔑的宽容和温和的微笑背后,正潜寓着他对威尔什宁们、屠森巴赫们和郎涅夫斯卡雅、加耶夫之流的无情的嘲笑与严肃的批判。正如法捷耶夫在《谈文学》中所正确概括的:"在契诃夫作品里总是有他自己那样一个心灵伟大的人存在。"是的,我们在契诃夫的每一部作品中,总是仿佛看见一个"心灵伟大"的身影,用一种诚恳的、"温和的但又是深重的责备的调子",告诫那群懒惰而灰色的人们,"你们的生活是丑恶的",美好的新生活在明天!

刘绍铭先生在将契诃夫《三姊妹》与曹禺剧作作比较分析时认为,"《三姊妹》在表面上来看,鲜有为《雷雨》的剧作家所感兴趣的地方,因为……《三姊妹》并无对社会或个人施以任何攻击,无宣传任何'社会福音'。而且,与曹禺路线更截然不同的是,此剧并无可以肯定的'中心思想'"(151页)。言下之意是说,曹禺剧作与契诃夫不同。曹禺总是爱对社会或个人施加攻击,甚至"破口大骂",总是"扬善去恶",宣传"社会福音",而这些正是刘绍铭先生深为反感的。这种分析,同样是对契诃夫和曹禺剧作的不确切的理解。契诃夫的每部剧作都有其"中心思想",并且是分别服从于契诃夫总的创作思想意图的。《三姊妹》自然也不例外。《三姊妹》展示了梦想美好未来和梦想者脱离实际、缺乏行动之间的矛盾。在剧本结尾欢快雄壮的军乐声中,三姊妹依偎在一起,互诉别情的那场谈话,凸现了三姊妹对生活意义的探索和对未来美好生活的热切向往,也同样展示了在革命暴风雨来临前夕,作者对祖国美好未来的坚定信念和渴望。他鼓励人们要活下去,要工作,要劳动,美好的明天必将到来。这就是《三姊妹》的中心思想。作者在剧中尖锐地嘲讽和批判了威尔什宁、屠森巴赫们的软弱性。他们只一心梦想着未来,而不知道如何把梦想变为现实。契诃夫并非像刘绍铭先生所理解的,"并无向社会或个人施以任何攻击","无宣传任何社会福音"。正如高尔基所正确概括的:"契诃夫首先谴责的不是个别主人公(按:这里应该补充的是,契诃夫对于那些灰色的人们也是一样加以嘲笑和谴责的),而是产生他们的那个社会制度;悲悼的不是个别人物的命运,而是整个民族——祖国的命运。"这是隐藏在契诃夫作品中表面温和而实际严峻的内在思想力量的实质。不能正确理解契诃夫作品这一独特之点,也就不可能理解契诃夫作品思想主题的深刻性和艺术风格的独创性。

刘绍铭先生因此进一步认为,《日出》的失败,如《雷雨》一样,"作者无法调和随艺术家与生俱来的两种冲突:一种是扬善去恶的社会批评家的良知,另一种是为艺术而艺术的超然心境"(154—155页)。换言之,曹禺的剧本所以"却无柴氏气味",用刘氏的话说,"究其原因,无非是对现实的描写与看法不同而已。……柴氏与曹禺的技巧不同之处乃是述评方法(the art of telling)与表现方法(the art of showing)的不同。凡柴霍甫要表现的地方,曹禺概以述评方法处之。顾名思义,剧中凡有述评的地方,述评人就非得现身不可,而曹禺的剧作家身份亦因此需要变成社会批评家了"(157页)。对曹禺"变成"一位"社会批评家",刘氏从评论《雷雨》起,就一直深为惋惜,表达了不胜遗憾的心情。

那么,刘绍铭先生又是如何根据所谓"述评方法"和"表达方法"不同之点,对《日出》和契诃夫的《樱桃园》进行比较的呢?他首先认为,《日出》和《樱桃园》"题材虽有类似之处,手法却截然不同,所得到的效果当然也不同"。它们的不同之点是"前者所攻击的是在中国已成为败蚀之象的传统社会;后者所描写的却是俄国破落户的情形"(158—159页)。这显然是说,"契诃夫与曹禺剧艺之差异",就系于一个是"攻击"、一个是"描写"这个"关节"。接着,他就指责曹禺在"述评"《日出》过程中,"屡次不能自已,越过了剧作家的责任而变成了一个'品头论足'的评判员"。他具体举引《日出》中对顾八奶奶和王福升的两段舞台说明为例,与《樱桃园》中的人物作了比较。他不无遗憾地指出:"曹禺的爱恶到不能自已时,每将剧作家与评判员的职责混淆不清。为此原因,他所写的有关顾八奶奶的身份和性格,已越舞台说明之范围而沦入带有成见的人身攻击了。"(164—165页)并且他还认为,曹禺这种带有个人爱恶成见的性格描写,很不幸,并不限于顾八奶奶一人,同样表现在《日出》第二幕黄省三与王福升一段对话中对王福升的舞台说明,并用反语讥之为"中国话骂人的艺术"!刘氏由此得出了对曹禺人物造型的基本方法的结论:"在《日出》中,所有的'好人'如黄省五与小东西,几乎绝无例外的是受迫害者。'谁受迫害,就是好人'——这一造型的方程式限制了曹禺对复杂与暧昧不明的人性的了解","但那些受曹禺歧视与排挤的有钱有势的人,却可到柴霍甫的世界去申诉他们基本的人权"(166—167页)。刘氏接着论述了《樱桃园》中对众多人物的刻画,特别着重地将《樱桃园》女主人公郎涅夫斯卡雅与顾八奶奶作了比较;将商人罗巴辛与潘月亭作了比较。他指出:"最值得注意的是,(《樱桃园》)全剧里没有一个角色被柴霍甫挑出来像曹禺对顾八奶奶那么恶意诬害。更难得的是这些角色虽然滑稽,却无失他们做人的尊严。"(167页)"柴霍甫处理罗巴辛这种错综复杂的性格,并不像曹禺那样以心理分析家姿态出现","但与潘月亭对比,二人身份相同,分别何止天渊?"(170—171页)刘氏在后面《评〈原野〉所倡导的原始精神》一章中,仍然旧调重弹,纠缠于曹禺的所谓"社会批评家的立场",用仇虎和"好人"作前提,冷嘲热讽地给曹禺眼中的"好人"、"坏人"作出一个"三段论式":"所有受迫害的人都是'好人',仇虎受迫害,所以仇虎是'好人'。"这一点,正是刘氏贯串全书的重要立论之一,也是对曹禺反复进行批评的"武器"。我们面对着刘氏这些看法,应该如何理解和分析呢?应当指出,刘绍铭先生对契诃夫刻画人物的某些艺术手法的分析,确有精辟之见;对曹禺《日出》也提出了一些比较中肯的批评,但其中某些分析和评价却有失允当;对《日出》与《樱桃园》的"述评方法"与"表现方法"的某些比较分析,从整体上看来也不无可以商榷之处。刘绍铭先生对《日出》最感遗憾的是,曹禺往往"越过了剧作家的责任而变成了一个'品头论足'的评判员"。因之,他指责曹禺对顾八奶奶的刻画是"人身攻击",是"恶意诬害";并且认为,"像潘月亭这种有钱有势的人,要想进曹禺的天国,比进圣经所载的天国难多了",愤愤不平之感溢于言表。我们知道,在阶级社会中,剥削阶级总是千方百计、敲骨吸髓地压榨、迫害善良无辜的劳苦人民。两个阵营,泾渭分明,美丑善恶,昭然可见。古今中外任何一位有着明确的是非和正义感的优秀作家,不仅应该"扬善去恶",作生活的正确"评判员",而且必然要对剥削者与被剥削者展示鲜明强烈的爱憎。诚然,曹禺的舞台说明,确有如刘氏所指出的一些"毛病";《日出》中的顾八奶奶和潘月亭,与《樱桃园》中的郎涅夫斯卡雅和罗巴辛,也确有某些相似之处,两两对比,有助于更深刻地理解人物形象。这些都表现出刘氏的艺术敏感。不过,这里需要辨明的是,契诃夫笔下描写的对象如郎涅夫斯卡雅和加耶夫们,尽管都不是什么穷凶极恶的地主,甚至还表现出某些"善良"、"可爱"之处;罗巴辛也只是一个"很规矩的商人",一个"由农奴转为大暴发户的地主"。但是,契诃夫正是匠心独运地选择了这些"好心肠的人",运用通俗喜剧的手法,更深一层地讽刺和鞭打了以郎涅夫斯卡雅和加耶夫为代表的"贵族之家"的日暮途穷,揭示出整个地主贵族阶级的渺小无能,以及必然崩溃的历史命运,把对祖国美好未来的憧憬寄托在年轻的一代。正如大学生特罗费莫夫对安尼雅指出的:"您的母亲,您的舅舅,是在靠剥削别人而生活,是在依靠那些你们不让走进内院的人们而生活的。……事情是非常明白的,为了要在现在过一种新的生活,就得首先忏悔过去,结束过去。"这些正展现出契诃夫对贵族老爷太太们的寄生生活和他们"不成器"的作风深恶痛绝的情绪。作者对于罗巴辛,也并不像刘绍铭先生所说的,"一无成见,爱护有加",而是同样展示出在作者表面的"温和态度"背后,隐寓着对这个新兴资产阶级的深刻的、内在的无情嘲讽与鞭打。至于刘氏所引证的契诃夫致斯坦尼斯拉夫斯基信①中所称(168页),主要是就角色表演方面而言的。他希望有像斯坦尼斯拉夫基那样出色的演员来扮演罗巴辛这个角色,能把他演得神气活现、富有深度,不要把他"演成猥猥琐琐"的。这并不表明作者对罗巴辛"爱护有加"。实际上,这一大批"有钱有势"的,"到柴霍甫世界去申诉基本人权"的"不成器"的男男女女们,在契诃夫这位严峻的法官面前,都受到了不同程度的谴责与批判。

当然,我们并不否认,作为青年剧作家曹禺,在写《日出》时,仅仅是开始作"一次新路"的"试探"。他当时虽然醉心于契诃夫的"深邃艰深"的艺术,但对于契诃夫戏剧艺术的精髓,还未能彻底领会,得心应手地加以运用。因之,像顾八奶奶形象的刻画,虽极尽夸张讽喻之能事,终究显得"浅露"一些;对潘月亭的刻画,也不像契诃夫刻画人物的复杂性格那样蕴藉深沉。这也许正体现了曹禺与契诃夫在创作个性和艺术风格上的异同之处吧!总的说来,《日出》色彩明丽,激情洋溢;《樱桃园》意境隽永,慨寄无穷。《日出》尽管存在着某些弱点,但它被认为是我国"五四"以来话剧史上脍炙人口的"伟大的收获",这是任何人也不能否定的。

三

如何正确评价曹禺的《原野》,是中华人民共和国成立前后一直仍有争议的问题。刘绍铭先生在《〈原野〉所倡导的原始精神——兼论其舞台技巧》一章中认为,《原野》"不过是部分《雷雨》的重演","曹禺在《雷雨》所关心的问题——命运、'宇宙的残忍'、原始的情感、性饥渴和以周蘩漪为代表的'反抗的勇气'——在《原野》中表现无遗"。刘绍铭还说"仇虎代表着曹禺眼中一切原始人应有的优点:雄健的体魄和丰盛的性机能。中国五四时代文学用性爱的眼光探讨人类行为的并不多见。《原野》可说是大胆的尝试"

---

① 见1903年10月30日契诃夫致斯坦尼斯拉夫斯基的信。

(186页),并认为,花金子的前身,正是有"原始野性"和革命精神的周蘩漪(185页)。这些剖析,既不符合曹禺创作《原野》的意图,也是对《雷雨》的误解。《原野》无论在题材、主题和艺术表现手法上,都和《雷雨》根本不同。它们是展示两种不同历史时期、两种不同思想内容和两种不同艺术方法的剧作。正如曹禺在总结他的生活和创作道路的经验时所自述:"《原野》的写作是又一条路子","《原野》不是一部以复仇为主题的作品,它是要暴露受尽封建压迫的农民的一生和逐渐觉醒"①。剧本的时代背景,"写的是民国初年,北洋军阀混战时期,在农村里发生的一件事情"。作者想写出"五四运动和新的思潮还没有开始,共产党还未建立"以前的一段历史时期,"农民处在一种万分黑暗、痛苦、想反抗、但又找不到出路的状况"②。所谓"又一条路子",不仅说明《原野》是运用一种不同于《雷雨》、《日出》的创作方法和表现形式写成的,而且在题材、主题上也与《雷雨》、《日出》截然有异。它是作者在艺术领域里一种新的探索、新的尝试。因之,《原野》既不是"部分《雷雨》的重演",也不是所谓"新瓶装旧酒"。而仅仅从仇虎外在的雄健、粗犷的仪表和丰盛的性机能,探究人物内在的性格特征,揭示剧本的主题思想;完全从性爱的角度剖析曹禺对金子独特性格的刻画;这就不仅削弱了《原野》的思想意义,也使曹禺惨淡经营的舞台人物形象湮没了光彩。

其次,刘绍铭先生在本章第二节中相当细致地论述了《原野》的舞台技巧。主要论点与刘氏的《曹禺所受的西方文学的影响》一书第六章《研究恐惧的戏剧〈原野〉和〈琼斯皇帝〉》基本一致。刘氏认为,"《原野》在技巧上有许多地方借重了奥尼尔《琼斯皇帝》,因此也免不了沾染了若干表现主义色彩。但曹禺在此剧中糅合了若干中国传统舞台艺术,使新学来的西方技巧,更是相得益彰"(189页)。曹禺除了"从《琼斯皇帝》学来了利用'咚、咚'鼓声和哑人像来控制舞台气氛"外,他还"想出了许多奇谋和伏线来增加恐怖效果。

---

① 曹禺:《我的生活和创作道路》,《戏剧论丛》1981年第2期。
② 张葆辛:《曹禺同志谈剧作》,《文艺报》1957年第2期。

焦母之盲目就是极显著的例子"（189页）。他还认为，曹禺《原野》另一个"可圈可点"的地方是音乐效果。他称赞曹禺善于运用中国的传统曲调，特别称赞仇虎唱的这一曲"妓女告状"，认为是曹禺独具匠心的处理。从第二幕仇虎由幕后哼的"妓女告状"第一句开始，"这支曲即与第三幕的招魂鼓声占了等量齐观的分量"。接着，他就分析了这一曲"妓女告状"在第二、三幕"两种不同的环境下，发挥了两种不同的效果"（195页），并在比较了《原野》和《琼斯皇帝》后，作出了最后的结论："若以表现主义戏剧的标准来论《原野》，实在比《琼斯皇帝》更能活用舞台技巧，想象力更丰富，也因此更能扣人心弦。"（196页）在控制舞台气氛、增强舞台效果方面，"曹禺所显出的功力，比诸奥尼尔有过之而无不及"。这是国外评论界对《原野》舞台技巧所作出的比较符合实际的评价，具有较强的说服力。

四

曹禺的《北京人》最得力于契诃夫戏剧艺术，这已是作者本人和众人所公认的事实。刘绍铭先生在《废人行：论曹禺的〈北京人〉和柴霍甫的〈伊凡诺夫〉》一章中所论，与他的《曹禺所受的西方文学的影响》一书第七、八两章持论大体相同。在这一章里，刘氏对《北京人》和契诃夫戏剧进行了比较研究之后，给予《北京人》以很高的评价。他认为，《北京人》"实在是曹禺最成熟的作品"，"《北京人》在实践柴霍甫的'静态剧'（indirect-actionplay）精神上，远较《日出》来得成功"，"《北京人》的结构，平淡无奇，一如柴霍甫后期的作品。但这种静态仅是一种障眼法而已，因为在这'平谈无奇'的表面下，暗潮起伏，一待时机成熟，就爆发出来。在角色创造方面，除思懿和江泰外，其余都可以说得上是柴霍甫式的静态人物；他们的举动和谈吐，不再受剧作者个人好恶所左右"（204页）。但同时他又认为，曹禺在《北京人》中仍然没有"自动放弃了他社会批评家的一贯立场"。对《北京人》的这些评价，除了某些带有刘氏的审美偏见外，其中不少分析是深中肯綮的。接着，刘氏又运用比较文学的观点、方法，对《北京人》和《原野》作了比较和剖析，认为"从命意上讲来，《北京人》实可作《原野》

的续篇看"。这是因为一方面《北京人》和《原野》"以人猿或人猿般雄健的人来作生命力的象征",曹禺的剧本题目"给我们有关生命力的联想"。不过,"《北京人》的主课不是生命而是死亡"(213－214 页)。既然《北京人》的"主课不是生命而是死亡",这就表明《原野》和《北京人》命意并不相同。在人物形象上,他又将曾文清与《原野》中的焦大星作了对比,认为他们表面上"真像一对难兄难弟","他们都是在女性当权家庭内发生的悲剧的牺牲品",但实际上,却是"两种不同环境的产物","在心理上,我们很难接受大星是一个家庭悲剧人物的代表"(215－216 页),但文清的情形与焦大星不同。刘氏认为,"文清在做人上可能失败,从文学的观点看,他所扮演的角色,却极其感人",他是一个"身份问题有危机"的人。"他的问题可分两面讲:一是环境迫人——他生不逢辰,科举已废,而除'书香'以外,他看来别无其他谋生技能。二是自甘堕落——求享受(抽大烟),饱食终日,无所事事。既无抛下头巾的决心,又无攻昨日之非的勇气。文清的行为和个性,真是几分与柴霍甫笔下的十九世纪俄国废人伊凡诺夫相似。"(217 页)不错,曾文清与伊凡诺夫的个性和行为确有某些相通之处。他们二人虽然"在家庭中的处境,各有不同的苦衷",但同样是并不爱自己的妻子而为另一女子所爱;他们同样是不但害了自己,也在无意中或者间接地害了别人;他们同样是对现实和他们自己感到不满,也有过一时的狂热和冲动,有过对"新生"不同程度的"向往",但他们的性格同样都是优柔寡断,懦弱萎靡,以致不断遭到失败;他们同样是在"自我反省"和"自我发现"中深感一个彻头彻尾失败的"废人"的痛苦;他们同样是"血液中缺少铁质",用刘氏的话说,"都缺乏男人应有的男子气概"。他们最后也都无所作为地作了社会环境的牺牲。刘绍铭先生对曾文清和伊凡诺夫的某些比较分析,有不少精到的见解。但把曾文清当作一个"身份问题有危机"的人物的某些分析,不免流于表面化,还未能从根本上对曾文清的"问题"进行鞭辟入里的剖析。我们认为,文清天资聪颖,并非生来就是这样猥琐萎靡。由于自幼娇生惯养,特别是禁锢在封建礼教和陈腐的生活环境下,又受着封建文化思想教育的熏陶和毒害,他长年沉溺于下棋、品茗、养鸽子、放风筝,过着空洞悠忽的生活,造成了他精神上的瘫痪。文清是有情感上的苦闷的。正如江泰批评他的那样:"他希望有一个满意的家庭,有一个真了解他的人共处一生。"重重的封建桎梏和情感上的苦恼,以及对周围生活的厌倦和失望,使他爱不敢爱,恨不敢恨,失去了人生的理想和追求,也被剥夺了作为一个起码的"人"应该享有的婚姻爱情的幸福和家庭的温暖,从而更加深了他的懒散萎靡,只能在空洞悠忽中打发日子。他终日蜷卧烟榻,抽吃鸦片,实际上,不过是饮鸩止渴,将其作为苦闷的精神生活的一副麻醉剂,而不是为了"追求享受"。他对这个家庭环境是感到严重不满的。他对愫方说过,"这个家是个牢"。他对封建婚姻制度也感到满怀怨愤,他低吟的那阕《钗头凤》就是有力的证明。他也曾想冲出这封建古牢,为达到自由做人的正当要求作过微弱的挣扎,但由于他软弱无能,经不起外面风浪的冲击,欲飞无力,绕了一个小圈子,又回到了原处,在精神上陷入比未离家出走前更大的幻灭和绝望。他最后的吞烟自杀,正充分揭橥出他梦醒了而无路可走的人生最大的苦痛。文清一生的遭遇以及最后的自杀,都应该认作是悲剧性的,而不是喜剧性的。这是他出身的阶级所造成的罪过,并不是他个人的"耻辱"。他的软弱萎靡,归根结底,也是腐朽的封建文化思想教育毒害的结果,并不是他"自甘堕落"。如果他真是"自甘堕落",就不会自杀。当然,文清软弱无能,一直过着寄生生活,缺乏和旧社会、旧家庭进行反抗斗争的行动和力量,他的自杀,也有他主观上应负的责任。曹禺正是从文清这样一个弱小灵魂的死,表明了旧制度、旧家庭的腐朽与无能,更深一层地谴责了封建制度及其精神统治的罪恶,揭示了旧社会、旧家庭必然崩溃的前途,因为连它们所精心铸造的像文清这样"不成器"的子弟,最后也自杀了,它们的前景不是已然日薄西山,气息奄奄了吗?这也深刻地阐明了《北京人》所要表达的思想主题。这恐怕就是刘绍铭先生所明确指出的,"尽管曾文清在剧中看来是怎样个脓包,曹禺一次也没有丑化他或取笑他"的根本原因所在吧。但这并不是像刘氏所说的,曹禺对曾文清"笔下处处留情,其实,也就是对自己留情"的缘故。

(原载《四川大学学报(哲学社会科学版)》1985 年第 1 期)

我对抗战文艺的基本估计

——在四川省抗战文艺学术讨论会上的发言

在伟大的抗日斗争中发展起来的抗战文艺，可以说是中国现代文学史上三座高峰之一。三座高峰，一个是"五四"以来的新文学运动；一个是以"左联"为代表、以鲁迅为旗帜的20世纪30年代左翼文艺运动；一个就是抗战文艺。抗战文艺，实际上应该包括"九·一八"东北事变以来全国抗日救亡的文艺在内。在时限上，它是抗日战争的序幕。从抗战文艺运动的性质、任务和特点上看，它是"五四"以来党领导的反帝反封建文艺运动的进一步扩大、深入和发展。反帝反封建的文艺运动到了抗战时期，汇合成为抗日、反法西斯的主潮，也就是说，成为反侵略、反独裁、反投降、反分裂的革命文艺运动。抗战文艺运动规模之大，历时之长，结成抗日民族统一战线后动员人数之广泛，关系整个民族生死存亡的现实意义之重大，以及为抗战服务的作品之丰富多彩，都超过了"五四"新文学运动和30年代的左翼文艺运动。它形成了一个文艺逐步与大众相结合、与抗战现实相结合的伟大时代，开创了抗战文艺的新局面。当1938年3月中华全国文艺界抗敌协会在武汉成立时，即提出了"文章下乡，文章入伍"的口号，接着，又展开了文艺大众化问题和"民族形式"问题的热烈讨论，以及通俗文艺的大量产生。这些都标志着文艺逐步与大众相结合的蓬勃发展的新动向。特别是抗战戏剧运动更成为反映现实、打击敌人、教育群众、推动抗战的有力武器。无数个抗敌演剧队、抗敌宣传队深入农村，深入敌后，跋山涉水，演遍了穷乡僻壤，发挥了鼓舞抗战的积极作用。这仅是就国统区而言，至于广大的革命根据地的演剧运动，更是深入人心，为老百姓所喜闻乐见。当时梁实秋之流高唱什么"反差不多"、"与抗战无关"等等谬论，就恰好从反面证明了我们的抗战文艺正是充分发挥了密切联系群众、反映抗战现实的战斗作用。

抗战文艺不仅继承和发扬了"五四"以来新文学的革命传统，而且为中华人民共和国成立以来的社会主义文艺创作的繁荣发展，提供了宝贵的经验和有益的营养，称得起是承先启后，继往开来！

其次，从抗战时期作家作品上看，全面抗战改变了中国社会现实的面貌，也改变了作家思想和创作的面貌。抗战激发了作家们的反帝爱国的热情，使他们纷纷投身于抗战的洪流中，走向了新的生活和创作道路，写出了一系列富有时代精神、为抗战服务的好作品，无论在数量上和质量上都比抗战以前大大前进了一步。特别是国统区文艺界当时在周恩来同志的直接领导和教育下，老舍、曹禺等同志都在思想和创作上发生了显著的变化。他们不止一次地得到了周恩来同志的亲切接见。周恩来同志多次向他们讲述抗日民主思想，讲解放区的情况，讲蒋介石真反共假抗日的卑劣伎俩，使他们深受教益与鼓舞。他们对周恩来同志表示衷心的敬仰。例如曹禺的四幕话剧《蜕变》，是他抗战时期独力写成的第一部联系抗战现实的剧作。据中华人民共和国成立后他的自述，他在四川江安剧专写的《蜕变》和《北京人》，每写完一部分，都由剧专同学拿去给当地的地下党县委书记看。他和宋之的合写四幕话剧《黑字二十八》（又名《全民总动员》），也是受周恩来同志的指示。于此可见党对作家们创作的深切关怀。

尤其值得注意的一个现象是，不少作家都在抗战期间写出了他们在几十年创作历程中的坚实的代表作。如被闻一多先生称为"擂鼓诗人"的田间的《给战斗者》，突现了中国人民反抗侵略、宁死不屈的战斗意志。艾青的长诗《向太阳》、《火把》等，也拂去了他早期诗歌中感伤忧郁的情调，尽情讴歌了人民大众的集体力量，表现了对光明的热烈向往与追求。夏衍写于1942年太平洋战争以后的五幕话剧《法西斯细菌》，则是他的一部优秀的现实主义代表作，无论在思想上和艺术上较之他前期剧作《赛金花》、《秋瑾传》等都展示出很大的提高与发展。茅盾在这期间也创作了长篇巨著《腐蚀》，沙汀写出了长篇的《淘金记》、《困兽记》等，这些都标志着抗战文艺的战斗实绩和特殊的成就。我们不禁要问，这些作家为什么能在抗战时期写出这样一批相当成功的代表作呢？追本溯源，主要应该归功于党的领导与教育和抗战现实生活的锻炼，以及作家们对世界观的自觉改造，特别是受到了毛泽东同志《在延安文艺座谈会上的讲话》的基本精神的鼓舞和影响。例如郭沫若在抗战时期乃至抗战胜利后直到中华人民共和国成立以前，他的文艺思想的核心主要是"人民本位"思想，它像一根红线贯串在他抗战以来的文学创作、学术研究和文艺评论之中。他说，他"就在这人民本位的标准下边从事研究，也从事创作"（《历史人物·序》），又说"今天是人民的世纪，我们所需要的文艺也当然是人民的文艺"。那末，什么又是人民的文艺呢？他明确提出："人民的文艺是以人民为本位的文艺，是人民所喜闻乐见的文艺，因而它必须是大众化的，现实主义的，民族的，同时又是国际主义的文艺。"（《沸羹集·人民的文艺》）这种"人民本位"思想，实际上，正是毛泽东同志《在延安文艺座谈会上的讲话》的基本精神的深刻表述。

令人遗憾的是，抗战时期有些作家作品，在中华人民共和国成立后出版的几部《中国现代文学史》中一直没有得到充分的论述和足够的重视。有的存而不论，有的论而不详。如郭沫若抗战时期写下了几大本杂文集（包括散文），不仅深刻地反映了"时代的眉目"，而且也反映了郭老战斗的历程和思想发展的痕印。但中华人民共和国成立后，有的《中国现代文学史》在论述抗战时期的杂文散文时竟至只字未提。老舍抗战时期也写出了《残雾》、《面子问题》、《张自忠》等九个多幕剧和大量的通俗文艺作品，对推动抗战发生了广泛而积极的影响。但在几部《中国现代文学史》中也未获得比较充分的论述和足够的重视。又如洪深，他是从事中国现代戏剧运动的先驱，也是我国电影艺术事业的开拓者。他对中国现代剧运和电影艺术的发展，做出了卓越的贡献。他在1916年创作的独幕话剧《贫民惨剧》，实际上，应该是中国现代文学史上第一部话剧，较之胡适1919年发表的《终身大事》还早三年。抗战期间，洪深写出了好几部多幕剧如《飞将军》、《包得行》、《黄白丹青》、《女人女人》等，这些也同样在中国现代文学史上没有得到比较充分的论述、深入的分析和正确的评价。我认为，这些都是不应有的忽略。

正如"金无足赤"，抗战文艺自然也有缺点和局限。一般说来，由于抗战现实迅速多变，创作落后于现实的发展，有些作品急就成章，因之，反映现实不够深刻，往往只描绘了一些社会生活的表面现象。有的作品，由于作家为抗战初期一些表面蓬勃的现象所鼓舞，还未能应用阶级观点对当时的现实进行深入的阶级剖析。有些作品塑造的人物形象，也往往流于概念化、公式化，缺乏震撼人心的艺术力量。特别是抗战后期的重庆戏剧运动，由于追求票房价值，暴露出脱离人民、脱离抗战现实的庸俗市侩化的倾向；在如何利用旧形式的问题上，也往往理解不深，处理不当，如在舞台上让彭德怀将军全身披挂，手执长枪，大呼"来将通名"，未免显得有些不伦不类，反而削弱了舞台效果，等等。

但是，总括起来看，抗战文艺仍然为我们留下了绚丽多彩、极其丰硕的文学艺术遗产，是我国悠久的民族文化艺术遗产的重要组成部分。当前号召继承发扬民族文化艺术遗产，我认为，其中也应包括"五四"以来优秀的现代文学艺术遗产，不应该把它们排除在外。新民主主义革命时期，在中国共产党的领导下，以鲁迅、郭沫若、茅盾等同志为代表的现代文学，硕果累累，并且直接哺育着社会主义文艺的成长、繁荣与发展，难道这还不是一笔值得我们继续发扬的十分丰富的精神遗产吗？

就抗战文艺的遗产而论，当前不仅应该继承发扬，而且还应该大力抢救，这绝不是我危言耸听，而是表明了它的迫切性。抢救的途径，一方面是，希望我们大家进一步对抗战文艺运动和作家作品问题作些综合性的研究，有些需要进行新的探讨，有些需要重新评价。特别是对那些在今天还有争议的，或者还未引起重视的作家和作品，更需要作出全面、客观的分析评价，填补一些空白点。另一方面，需要大力收集整理有关抗战文艺的资料，加以研究。当年亲身参加抗战文艺运动的同志，目前虽然还有不少，但都已到了高龄，要趁着这些老同志还健在，有计划地对他们进行一些口头访问，或请他们多写一些回忆录之类的文章，这将是一大笔十分珍贵的第一手资料。其次，希望各方面通力协作，联合编制附有内容提要的抗战文艺图书目录，和附有篇名索引的抗战期刊和报纸副刊的资料目录，以利抗战文艺研究工作的进行。目前，有些抗战期间出版的图书已然绝版；有些抗战期间的期刊、报纸不仅残缺不全，而且破损相当严重，最后必将导致根本无法使用，亟需有选择地进行复制或翻印，以利保存。这些都必须尽力抢救，及时解决。谨贡刍荛之言，希望省市有关领导同志予以考虑和推动。

（原载《抗战文艺研究》1983年第3期）

建议与希望

——在抗战文艺学术讨论会上的发言

同志们：

重庆地区中国抗战文艺研究会自1980年11月成立，迄今已有六个年头了。《抗战文艺研究》自1981年创刊，迄今也已满五年了。在这短短的几年中，我们本省的同志对抗战文艺研究作出了引人瞩目的贡献。据我极不完全的了解，除了《抗战文艺研究》刊物越办越好，成绩卓著外，还出版了一大批资料性和理论分析性的论著，如《抗战文学概观》、《国统区抗战文艺研究论文集》、《抗战文艺报刊篇目汇编》、《国统区抗战文艺运动大事记》、《抗战时期的郭沫若》、《郭沫若在重庆》、《〈棠棣之花〉汇校》、《屈原研究》等。有的单位还正在编写断代的《中国抗战文学史》；重庆市图书馆去年还举办了抗战时期重庆版文艺书刊展览，编印了《抗战时期文艺期刊篇目索引》。这些都为我们从事抗战文艺研究提供了参考上的很大方便，作出了富有意义的劳绩。但是，我们回顾过去，展望未来，绝不应该满足于现状。我们应适应当前一日千里的新形势的迅猛发展，紧密结合改革开放与加强社会主义精神文明建设的需要，通过这次讨论会，把抗战文艺研究工作推进到一个新的阶段。为此，我谨提出几点建议与希望：

第一，中华人民共和国成立后，抗战文学一向不被重视，几乎成了一个"被遗忘的角落"。中华人民共和国成立后编写出版的几种《中国现代文学史》著作中，抗战文学部分大多是最薄弱的环节。究其原因，既有客观条件上的某些限制，更有主观认识上的原因。我感到，中华人民共和国成立后，所以对抗战文学特别是国统区的抗战文学重视不足，估价偏低，主要是由于对抗战文学缺乏正确的认识。而所以缺乏正确的认识，归根结底，还是由于受"左"的思想流毒的干扰。海外一些华裔学者如夏志清对抗战文学也是多方贬斥。他竟认为"中国现代文学在抗战时期开了倒车","抗战期间成熟的戏剧非常少,当时最受欢迎的曹禺的《蜕变》、夏衍的《法西斯细菌》、郭沫若的《屈原》等,用今日的眼光看来,只是浮浅的爱国宣传作品,或者是共产党伪装的爱国宣传而已"(夏著《中国现代小说史》第十三章)。夏氏还特别贬低延安文艺座谈会以后的解放区文艺,一概斥之为"充其量也不过是一种浅薄的、记录式的、伪造的现实主义"。换句话说,就是这些作品的艺术性都不高。司马长风在他所著的《中国新文学史》第五编中也将抗战时期文学作为中国新文学的"凋零期"(1938—1949)。但他也不得不承认"单从作家的人数、作品的数量和质量来说,这个时期与'收获期'(1929—1937)相比,实各有千秋",与"'收获期'的杰作相比,有过之而无不及"。这些关系到整个抗战文学在中国现代文学史上的地位、价值和作用的问题,都要求我们结合八年抗战特定的历史时代、社会和文化的背景,进一步用历史的、美学的观点,多方位、多角度、多层次地对抗战文学的审美价值、审美功能进行深入细致的剖析,对海外学人的艺术偏见作出有说服力的回答。因此,我们这次会议的中心议题定为"抗战文学的艺术性问题",我举双手赞成。文学作品与哲学、自然科学不同,就小说、戏剧部门而论,它主要通过艺术形象,特别是通过人物复杂微妙的内心世界的刻画,反映社会生活的矛盾冲突,表达作者对生活的审美评价,展示作者爱憎鲜明的思想感情;以独特的艺术个性和审美情感拨动读者的心弦,从而引起共鸣。任何一部或一篇作品的思想性、政治倾向性总是通过艺术表现来展示的。脱离艺术性的思想性是不存在的。思想性并不是孤立于作品之上或之外,它不是附加的,而是水乳交融地渗透在艺术性之中的。政治倾向性也总是从形象、情节和场面自然地流露出来,而不是硬加在作品中,或者直截了当地、赤裸裸地说出来的。因此,在分析评价作家作品时,我们主张既不可单纯用思想性分析代替艺术性分析,也不可把作品的思想主题与艺术性分析互相割裂开来,孤立起来,而是应该把这两者结合在一起,当作一个有机的整体来考虑。就当前我们的教学与科研情况看来,更应该特别强调从美学的高度,加强对文学作品

（包括抗战文学作品）的艺术性的具体艺术分析。今年五月，我赴昆明参加了中国现代文学研究会理事会。会议决定明年在成都举行第四届年会，会议的中心议题初步定为"关于抗战文学的评价问题"。可见，抗战文学已逐渐引起全国学术界的普遍关注与重视，这是十分可喜的现象。我们这次的讨论会，从某种意义上说，也可以算是为明年中国现代文学研究会年会的讨论，预先作了一次大赛前的热身赛，为开好明年在成都举行的关于抗战文学的讨论作了一些思想上、学术上的准备。我热切希望在座的同志们用丰硕的学术成果为明年在成都举行的关于抗战文学的讨论增辉添彩。我在这里权且充当一名义务的宣传员吧。

第二，就抗战文学艺术性问题而论，我觉得应该针对具体情况、时代特点作具体的分析。抗战初期由于沸腾的抗战现实生活的迅猛发展，大大激发了作家们反帝反侵略的爱国热情。为了适应现实斗争的需要，迅速而及时地宣传抗战、鼓舞斗志、团结群众、打击敌人，一些作家在颠沛流离的生活中写出的一些作品，大多是急就成章，还来不及坐下来进行精雕细刻的艺术锤炼，自然难免出现某些概念化、公式化、脸谱化的疵点。这是完全可以理解的，我们既不讳言，也无须苛责。但是，尽管如此，抗战初期仍然涌现出像艾青的长诗《向太阳》、张天翼的《华威先生》、姚雪垠的《差半车麦秸》等一大批艺术性很高、传诵一时的力作。到了抗战中、后期，特别是1939年以后，抗战进入相持阶段。在这时，也只是在这时，作者们从抗战初期对生活的表现、理解和一些表面的蓬勃乐观的气象中，开始冷静下来，对抗战现实进行了深沉的反思。他们的笔触从抗战初期反映民族解放斗争、歌颂全民抗战，转而趋向于讽刺暴露国统区的黑暗腐败，为坚持抗战、反对投降与坚持团结、反对分裂而大声疾呼。这个时期，无论诗歌、小说、戏剧、散文、杂文等都呈现出前所未有的多姿多彩的局面。不但文艺创作的思想意蕴更加深邃，而且艺术技巧也更加圆熟，现实主义更加深化，达到了超越从前、后来居上的美学高度。在诗歌方面如艾青的长诗《火把》等；在小说方面如茅盾的《腐蚀》、巴金的《寒夜》、沙汀的《在其香居茶馆里》《淘金记》、艾芜的《故乡》、沈从文的《长河》等；在话剧方面如夏衍的《心防》《法西斯细菌》、曹禺的《北京人》、陈白尘的《结婚进行曲》等；在历史剧方面如郭沫若的《屈原》、《虎符》、阳翰笙的《天国春秋》等一系列的鸿篇巨制，异彩纷披，难以尽举，真是琳琅满目，美不胜收。这些作品，都是作家们在抗战中、后期艺术造诣更加成熟的代表作，在他们各自的创作道路上具有里程碑的意义，有的还达到了艺术高峰，不仅是脍炙人口的名篇，而且还是他们超越自我的杰作，标志着抗战文学在继承传统、借鉴外国的基础上进一步的繁荣与发展。这难道能说抗战文学的艺术性不高吗？难道真像夏志清、司马长风所说的，"只是一种浮浅的爱国宣传作品"，是中国新文学的"凋零期"和"开了倒车"吗？果真如此，为什么这些杰作不产生于抗战之前，而偏偏络绎不绝地出现于抗战中、后期呢？内中消息不是很值得我们深长思之的吗？

第三，我上面所谈的只就抗战文学而言，实际上，抗战文学只是抗战文艺的一个重要的方面军。我们这个研究会命名为抗战文艺研究会，它还应该包括抗战戏曲、抗战音乐、歌咏、抗战美术（含绘画、雕塑），乃至抗战电影、舞蹈等在内的极其丰富的内容。仅就抗战文学研究而论，它既需要作宏观上的探讨，也需要作微观上的研究；它既需要从历史的高度探讨抗战文学与中国传统文化以及"五四"以来中国现代文学的继承革新的发展演变的概貌，也需要研究抗战文学作家作品如何借鉴外国的艺术经验与教训。这也就是说，对抗战文学既需要作纵向的历史考察，也需要作横向的比较分析。这样，才能在更深层次上理清抗战文学历史发展的来龙去脉，和作家作品如何把继承借鉴与革新创造相统一的独特的艺术才能与美学风貌。当然，这个任务是很艰巨的，不能一蹴而就。就当前本省抗战文艺研究的现状看来，它的特点，相对来说，大多是对单一的作家作品作微观研究的比较多，对抗战文学的渊源流变作带规律性的宏观研究比较少；研究本省、本地区的抗战文学概貌和作家作品的比较多，对省外各地区抗战文学概貌和作家作品进行广泛研究的比较少；对资料的搜集整理比较多，从理论上，特别从美学理论上对抗战文学某些问题和作家作品进行深入分析的比较少；运用比较文学的观点方法，从纵向、横向上探讨抗战文学作家作品与外国文学作家作品之间的联系、异同与影响的更少。我觉得在运用比较文学方面，有不少课题很值得我们思考与研究,是大有用武之地的。例如夏衍同志曾被称为"中国的契诃夫",他与曹禺同志的话剧大多描写平凡人物与平凡事件,与郭老的剧作专写英雄人物不同。他们的某些剧作都在不同程度上受到契诃夫的某些启发与影响。我们是否可以比较一下他们各自所受契诃夫的影响是如何的?他们的剧作与契诃夫之间的联系与异同何在?他们两人的剧作又有哪些异同?又如老舍同志与陈白尘同志抗战期间都写了不少讽刺喜剧,他们之间在艺术创造与风格上有何异同?他们各自在借鉴外国作品上又受有哪些不同的影响?他们的剧作与外国讽刺喜剧作家又有什么联系、异同与发展?如此等等。另外,我这里需要补充说明的是,我上面所说的几个"多"和几个"少",只是说明客观存在的数量上的差别,并非是有所褒贬,有所批评。这些"比较多"的方面也都是十分必要和有益的,如资料的搜集整理不但不嫌其多,而且还嫌其少。我觉得我们的抗战文艺研究工作应该立足本省,面向全国,放眼世界。我们的审美视野可以更开阔些,研究的领域可以更扩展些,应该考虑对抗战文学进行一些填补空白点(如开展对东北、北平沦陷区和"孤岛"上海抗战文学的研究等)和加强薄弱环节的研究工作。对过去中国现代文学史上有争议的抗战时期的文学作品(如对《清明前后》、《芳草天涯》两个剧本的评论等)和某些理论问题(如关于现实主义问题和"论主观"问题的讨论等)都可以重新提出,进行论辩驳难;对一些被忽略的和估价不够公允的抗战文学作家作品,也应该重新作出实事求是的分析和令人信服的客观公正的评价。

第四,我建议把我们的研究会名称改为"四川省抗战文艺研究会",并殷切希望无论有什么困难,也要设法坚持把《抗战文艺研究》刊物继续办下去。这是全国迄今唯一的一份有关抗战文艺研究的专门刊物,是"只此一家,别无分号"的。

以上一些拉杂的意见,有的是老生常谈,有的是不切实际的高调,所以要提出来,主要是希望与在座的同志们共勉,也希望得到同志们的批评指正。谢谢大家。

1986 年 10 月 21 日

(原载《抗战文艺研究》1987 年第 1 期)

田汉同志与《抗战日报》

1937年12月上海沦陷后,田汉同志由上海经南京、宣城、南昌、浏阳回到了长沙故乡。他想筹办报纸来宣传团结抗战,表达人民大众抗日救亡的心声。在当时国民党文化控制的严密包围下,他苦心谋划,四处奔走,动员爱国人士资助了五百余元,并得到当时任八路军驻湘办事处主任徐特立同志的支持和指导,在长沙"赤手空拳"地创办了《抗战日报》。他们在长沙皇仓坪28号远东电影院二楼租了一间面积不大的房子作为社址,田汉同志自任主编,廖沫沙同志任副主编,负责日常编辑工作。就这样,1938年1月28日,即"一·二八"上海抗战六周年纪念日,由田汉同志题写刊头的《抗战日报》正式问世了。《抗战日报》的出版和发行,虽然为时不长,但在动员民众、坚持抗战、团结作家为抗战服务这些方面,都做出了出色的业绩,在社会上发生了广泛的影响,完成了历史所赋予的光荣任务。

《抗战日报》创刊号第一版,以大字标题发表了《创刊之词》。这篇创刊词虽然未署明为田汉所作,但细审文章格调,显系出自田汉同志的手笔。创刊词一开始即旗帜鲜明地宣告了"《抗战日报》是在广州复刊的《救亡日报》的姊妹刊"。这就是说,它同样是在中国共产党领导下的抗日民族统一战线的报纸。由于种种原因,《抗战日报》保存下来的不多。中华人民共和国成立后,国内各图书馆收藏的也大多残缺不全。为了保存一份原始资料,现将《创刊之词》全文移录如下:

  经过极匆忙的筹备后,我们终于在"一·二八"第六周年纪念日实现了一个小小的雄心。那便是创刊了这小型的《抗战日报》。

《抗战日报》是"八·一三"事变中在上海创刊而现在广州复刊的

《救亡日报》的姊妹刊。因为我们是具着同样的企图——那是团结各方力量，特别是文化界的力量，援助政府抗战。

六个月以来的抗战，暴露了我们许多弱点。数十万士兵的血，数百万难民的泪，促使我们民族来一次深刻的自我批判。只要我们有勇气正视这些缺点，改正这些缺点，那么这次的"敌国外患"将不仅是中华民族的危机，也就是中华民族的生机。

我们已然看出许多生机了。首先是"抗战到底"的国策的决定。目前的形势已不容我们再有丝毫彷徨瞻顾的了，朝野上下都已认识：只有从坚决抗战中挣扎出中华民族光荣伟大的前途。本刊将以全部纸面拥护这一国策！

第二，是战略的改变。南北战场血的经验使我们放弃了被动的守势防御，采取自主的攻势防御的战略。这一战略的改变已经使我们在各线取得初步的胜利。我们将以充分的纸面讨论各种军事问题，普及国民军事常识。

第三，外交路线的确定。我们为争取中华民族独立自由而战，为保卫人类之和平与正义而战，我们不会孤立，目前国际情势也充分对我们有利。我们要团结友军，才能支持抗战，也只有英勇抗战才能获得众多的友军，目前我们已把国际敌友认清了，我们将继续努力取得国际的同情和援助。

第四，最近军纪的振肃使每一个凛然于国法的森严。假使郝梦龄的战死振起了北方战士的心，韩复榘的伏诛，当然足以寒怯懦者的胆。但国法的劝惩容有不及。我们将对于每一守土卫国的将士呈现其最高的赞词，对于每一汉奸卖国贼加以无情的声讨。

第五，由于前线的教训，大家都知道没有彻底的广大的民众动员，无法继续抗战，更无法取得最后胜利。我们必须迅速有效地使每一民众了然于抗敌的意义，每一民众成为抗敌的战士。我们将不顾其力量之绵薄，帮助政府进行民众之教育与组织，以争取抗战胜利的前题（？）。

上面几点的确是在至危极厄之中显示了中国伟大的生机。而我们的重点就在翼护这些生机,使她获得壮大的成长。

发刊伊始,一切外行,一切不备,希望在社会人士之指导批评下,使本刊能渐次满足地履行这些任务。显然地,在祸急寇深的今日,这将不仅是本刊同人们的幸事。

《救亡日报》1938年2月9日曾发表田汉同志的一封通信,题为《近况》。信中说:"一·二八纪念日起,弟等在长沙发行《抗战日报》以为《救亡日报》姊妹刊物,乞在广州代为'推广宣传'。并随时供给通信,重要论文当彼此转载,目前粤汉交通时受阻碍,此着亦殊必要也。"所谈可与《抗战日报》创刊词互参。《抗战日报》正是在办报方向和具体做法上与《救亡日报》互相配合,密切合作,共同担负着为民族解放战争服务、作人民大众喉舌的神圣使命。

同时,《抗战日报》创刊号第二版头条,还以大字标题,发表了田汉写的《一·二八——八·一三抗日名将张治中将军印象记》。张治中曾参加上海"一·二八"、"八·一三"抗日战役,当时刚来湖南任省政府主席。田汉同志当时所以撰写这篇文章,主要是从党的抗日民族统一战线政策出发,为了争取张治中团结湖南人民共同抗战,才特别作了这样一个战略性的安排。魏杰同志在《新文学史料》第五辑发表的《艺心胜似柏心丹——田汉同志在长沙》一文中谈道:"《抗战日报》第一号头版头条,以大字标题,发表了《张治中将军印象记》,这是田汉同志亲自撰写的代发刊词。"这似与当日事实不符。因《抗战日报》创刊号第一版已刊有《创刊之词》,并非以《张治中将军印象记》作为代发刊词。《张治中将军印象记》系刊登在《抗战日报》创刊号第二版头条,也非"头版头条"。同时,魏文还谈道:"田汉同志在这篇文章(按:指《张治中将军印象记》)中,还特别强调了《抗战日报》是在上海'八·一三'抗战的炮火声中郭沫若同志创办的《救亡日报》的姊妹刊。"这几句话也只见于《创刊之词》中,而在《张治中将军印象记》中并没有这几句话,也属一时误记。创刊号第二版还载有徐特立同志撰写的《淞沪抗战的教训与国共合作》一文。第三版载有茅盾同志写的《第二阶段》一文,文末署明"一月廿五日于长沙"。这篇文章曾转载于1938年2月8日的

《救亡日报》。《茅盾文集》及专集、选集均未收入。

田汉同志为编行《抗战日报》，从审稿到写稿，付出了惊人的劳动。仅就《抗战日报》创刊后的一段时期而论，田汉同志不仅每天不间断地为《抗战日报》撰写文章，甚至不止一次地每天同时发表两篇文章。他除了撰写一些动员民众、抗日救亡的文章，如《抗战期中民众教育与组织》（载《抗战日报》1938年1月29日）、《从保卫武汉到保卫长沙——旧历除夕献词》（同前报1938年1月30日）等外，还特别关怀战区受难儿童的保育问题。他在《抗战日报》连续刊登了安娥《为着幼年的中国主人——关于战区儿童保育问题——给田寿昌的信》（载《抗战日报》1938年1月29日）、茅盾《为着幼年的中国主人》（同前报1938年1月30日）、胡萍《小生命的呼声，长沙妇女迅速组织起来，为战区的受难儿童造福！》（同前报1938年1月31日）、朱雯《我们的孩子怎么办？——关于战时儿童保育问题》（同前报1938年2月2日）、王鲁彦《抗战期中儿童保育问题》（同前报1938年2月3日）、胡绣枫《起来，保育中国未来的主人》（同前报1938年2月4日）、向培良《关于战时儿童保育问题》（同前报1938年2月6日）等文，为战时受难儿童向社会提出了沉痛的呼吁。安娥给田寿昌的信中附有"战时儿童保育会"的《缘起》，她要求《抗战日报》将《缘起》公开披露，并希望得到湘中妇女界的支援。"战时儿童保育会"系由李德全、郭沫若、邓颖超、安娥、彭慧、王昆仑、刘清扬、沈兹九等百余位同志在武汉发起的。《救亡日报》1938年1月22日曾发表了"战时儿童保育会"的《缘起》，后附"战时儿童保育简单办法"。1938年2月11日，该报还特辟了"保育战时儿童特辑"，也刊登了茅盾《为着幼年的中国主人》、胡萍《小生命的呼声》，以及姚潜修《保育战时的孩子》等文。茅盾同志写的这篇文章，《茅盾文集》及专集、选集也均未收。

田汉同志为了实践《创刊之词》提出的团结各方力量，特别是文化界的力量，推动抗战的主张，在《抗战日报》上刊登了不少从事抗战工作的文化界人士的创作和论述，从许多方面形象地反映了抗战的现实。如孙伏园的《逃和不逃》（载《抗战日报》创刊号）、王鲁彦的《文化人的工作》（同前报1938年1月29日）、陶行知的《尊民抗日——与"地失人民在"》、黄芝岗的

《旧历年前谈街头剧》（均载前报1938年1月30日）、黄源的《海宁之夜》、《炮火下的家乡》（均载前报1938年2月1日）、董每戡的《保卫华中与演剧》、朱雯的墙头小说《不愿做奴隶的人们》（均载前报1938年2月5日）、常任侠的《九一八后日本文艺界动态》（同前报38年2月6日）等等。陶行知写的那篇文章，系寄自纽约的通信。信中阐述了他对组织民众的八条意见，末附《抗战日报》编者所附的"说明"。"说明"未署撰人姓名，不知是否也系田汉同志执笔。"说明"中对陶行知的生平经历作了较详细的介绍，可供参考。

田汉同志不仅团结国内文化界力量，推动抗战，而且还正确区分两类不同性质的矛盾，主张争取、团结日本国内进步的文化人士和革命民众，反对中日两国共同的敌人。如他在《敌国的文字狱》一文中说"文字狱现在迭起于敌国内部。去年12月22日日寇政府搜捕革命民众达四百人。据一日东京电，日本大学教授及社会名流之被捕者又达三十余人。他们多因同情革命民众，反对对华战争，遂遭寇政府之忌"，又说"真正追求光明和真理的人必然反对侵略中国，必然主张打倒两国共同的敌人。而这些日本民族中进步的（阶）层必然受到他们支配者的严重的压迫。我们要取得抗日战争最后的胜利，必须和这一些日本人取得紧密的联系。对于他们的被捕当与以热烈的同情"（载《抗战日报》1938年2月4日）。见解高瞻远瞩，十分精辟。

1938年1月29日，原中国左翼社会科学家联盟负责人之一钱亦石在上海逝世后，田汉同志为了悼念这一位为抗战牺牲的文化战士，在2月1日的《抗战日报》上即转载了"著名作家钱亦石逝世"的汉口1月31日电迅；并在2月2日的《抗战日报》上特辟了一个"悼文化战士钱亦石先生"的专辑，发表了茅盾在长沙写的《忆钱亦石先生》（已收入茅盾的《炮火的洗礼》）、吴觉先的《纪念钱亦石先生》、田汉的《钱亦石先生略传》（署名"汉"）和旧体诗《哭亦石》（此诗曾转载于《救亡日报》1938年2月9日）。2月3日的《抗战日报》还发表了黄源的悼念文章《一面的纪念》（文末署明"二月一夜在长沙"）等文。现全文迻录田汉同志这两篇遗作如下：

哭亦石

驰驱烽火返潭州，却报东南失啸秋。

战马吞声人不语，招魂应在浦江头。

戊演元日

钱亦石先生略传

钱亦石先生，初名介盘，湖北咸宁人。毕业武昌高师，尝任中学教师。慷慨有大志。北伐军兴，先生任湖北省党部组织干事。后就学新俄。归国后为神州国光社编《国际政治经济年报》，始用啸秋名。张志让先生等创办大中中学，聘先生为物（？）学〔按，"物"字前或后漏排一字〕教员。旋入中华书局任编辑，《新中华》之改革即先生之力。后又任上海法学院讲师、国立暨南大学教授。生活书店成立，先生尝为主编《世界知识》，风行全国。于救亡运动尽力尤多。其间曾偕其女友赴日作短期旅行。归国未久而"七·七"事件爆发。先生热血忿涌，推动抗敌工作不遗余力。"八·一三"沪战起，先生以沫若先生之介，识张向华将军（按，即张发奎），任第八集团军总部战地服务少将团长。出入弹烟炮火中，从事于战地民众之教育与组织，在南桥、浦东、嘉兴一带尝召集军民大会等，使军队与民众打成一片。不幸以过劳并患伤寒，九月十四五号由南桥入某战地医院。金山卫不守，南桥受攻，先生方卧病中，几沦敌手。几经困难终得归沪，入仁济医院，颇呈好转，而不知终以不起也。第二阶段每（？）抗战开始，失一忠勇的文化战士，识与不识无不痛悼。然亦只有极力动员民众支持此神圣战争，始足以慰亦石之灵也。

文章述钱亦石的生平经历颇详，足资参考。文中所谈"'八·一三'沪战起，先生以沫若先生之介……任第八集团军总部战地服务少将团长"事，郭沫若同志在1942年1月写的《亦石真正死了吗》的回忆文章中也有所论及（见《沸羹集》）。郭老文中还谈到北伐战争时在武昌和钱亦石的相识，以及后来郭老和钱亦石在日本两次相聚的情况。

田汉同志在题为《近况》的那封通信中曾谈道:"所可痛惜者亦石兄竟于昨日在上海病逝,救亡阵线中失一巨大力量。明日《抗战》当出一特刊追悼亦石,广州方面亦多亦石知友,当有同感也。"《救亡日报》于1938年2月7日也出了"追悼钱亦石先生"特辑,发表了夏衍同志的《这岗位要大家来填补》等悼念诗文,以及未署撰人姓名的《略传》。《略传》说:"钱亦石先生,鄂籍,名剑秋,军名史庐。早年留学日本,后毕业莫斯科劳动大学,归国后任暨南大学教授。先后编辑《新中华杂志》、《世界知识》、《中华公论》等杂志,为国内最优秀的国际问题专家。著作不下十余种。……中国共产党党员。"所记可与田汉作《钱亦石略传》互参。

田汉同志在《抗战日报》(1938年1月31日)发表的文艺创作和论述,除了魏杰同志文中所举者外,还有一些遗作,如《守岁与守土》:

> 听着街头热闹的编爆声,使人记起小时候守岁的情味。一家人团圆在一块,火炉里烧着熊熊的火。祖父以下发给我压岁钱。家里人有的烧起香烛敬祖宗,有的在另一室赌钱,象鲁迅写的阿Q一样。
>
> 这影子是渐渐淡去了。祖父死去了不知若干年,我们乡下的老屋也属了别人。乱离中回到久违了的省城过着第一个古风的新年。照样的守着岁。日月如流已使游子的两鬓添了繁霜。母亲在乡下,妻儿在上海,团圆之乐也不易得。真使人有点感慨系之了。但是广大从战区逃来的难民呢?他们给敌人占去了家乡,伤残了骨肉,流亡异地忍受冻馁。听了今晚的编爆声,必有吞声饮泪之人。他们也许羡慕湖南人的幸福吧。但显然这幸福是暂时的,假使湖南人不急起自救的话。
>
> 编爆声还响个不住。天快要亮了。旧的年也快过去了。守岁是没有用的,我们还是团结起来守土吧。

这篇短文运用对比对照的手法,将作者小时在家乡守岁,与抗战后家庭"团圆之乐也不易得"作了鲜明的今昔对比;然后进一步将当日湖南人暂时的幸福与失去了家乡、伤残了骨肉、流亡异地的难民,作了又一个鲜明的对比;最后归结到"守岁是没有用的,我们还是团结起来守土吧",点明了全文的主题。文章娓娓而谈,感情真挚,从极平常的事物中写出不平常的意义，读来十分亲切动人。

1938年2月5日的《抗战日报》还发表了田汉的新诗《回到前线去》：

战友们，回到前线去，

守土是我们的本份，

战场是我们的家。

我们的子孙，

　不做敌人牛马，

我们的田园，

　不让敌人践踏。

形势紧迫了，

快拼着我们血肉，

保卫我们中华。

战友们，回到前线去，

守土是我们的本份，

战场是我们的家，

我们的家！

二月三日

作者以磅礴的热情、昂扬的韵律，鼓舞战友们走向战场，保卫中华。

田汉同志自1938年1月30日起，还在《抗战日报》连续刊登了他的宣传团结抗战的京剧《新雁门关》。他在剧本前面写道："这是为武汉戏剧界援助华北游击队公演写的一个皮黄戏剧本。故事是想象的。初拟写倭寇西犯，以人们宣传新雁门关，就任意写成胡人入关。主旨在鼓动国内将帅消除一切无原则的摩擦，共同御敌。女角原定俞姗女士，以临时有变，改由王泊生先生领导的山东剧院同学演出。此次泊生全团（来）湘，亦曾帖此剧，因不曾印出剧词，观众或仍不明所以。有以此相询并索剧本者，因发表于此。"《新雁门关》1938年、1939年曾由上海杂志公司出版单行本，现已流传甚少。这里所刊载的乃是田汉最初发表本，弥足珍贵。

1938年2月6日，郭沫若同志由武汉动身赴长沙，访田汉同志。他们同游岳麓,饱览湘中名胜,欢然叙旧,互相以诗唱酬。田汉同志为了表示欢迎,在《抗战日报》上发表了《迎沫若》一文。文章开头刊载了田汉同志赠郭沫若同志诗:

十年城郭曾相识,千古湖南未可臣,

此处尚多雄杰气,登高振臂待诗人。

他希望郭老这次来湘,登高一呼,鼓舞士气,领导和推动湘中抗日救亡的文化工作。郭老1926年参加北伐战争时曾到过长沙,所以田诗有"十年城郭"之语。接着,文章概述了郭老自1928年流寓日本后至这次来长沙相访,十年间两人交往的简况;记录了郭老在武汉时所作《五光图》、《赠某女士诗》;还特别记录了郭老在长沙的游踪和他与郭老在日本九州同游太宰府看梅花的轶闻雅事。他说:

沫若虽已经是四十七岁的人,但他在精神上或体貌上还是那样的年青,那样的豪迈。……今晨在天心阁上指点云山之后聚饮银宫侧之三和楼。沫若盛称湖南"凉薯"之美。……一时兴至我们便有了另纸的唱和。"各有豪情同宰府"指当日赴九州博多湾访沫若同游太宰府看梅花时事。梅丛烂醉时曾摄一影,互以歌德雪勒相期许,狂态可掬。忽忽十数年,学殖荒落,百无一成,在故乡迎我老友且喜且愧。沫若拟游衡山,阻于风雪,明日拟与诸友登岳麓,一试高呼,三湘七泽间必有兴起者。

2月13日,田汉同志又在《抗战日报》发表了《沫若在长沙》一文,更具体地记述了郭老旅居长沙的生活和游踪;发表了郭老用田汉同志赠诗原韵所写的和诗,并摘录了郭老在长沙诗作的片言零句。文章说:

……沫若此来给我最大的印象是他的爱国之情之如此挚切,几乎他所写的每一行,他的日常生活的每一断片都表现他对于民族运命的关心。……记得在上海战争还壮烈地进行的时候,他丝毫不考虑他的安全,驰驱战火之中,常常以行军毯裹着身子在军车里过着战场之夜。……

……相隔不过两三月,当我和他在长沙相见的时候,他的表情变的那么阴郁，他的诗虽仍是那样的豪迈奔放。但如"伤心最怕读怀沙，国土今成待剖瓜"或"漫道能先天下忧，欲倾万斛写奇愁"诸绝，音节之间不免流露着一脉的感伤。当他长沙生活的第二天由我们邀他游岳麓的时候，他听着同游者壮烈的救亡歌声，不觉感叹的这样说："——在武汉一个月以来的闷气才稍稍地一吐了。"……

沫若的长沙生活却是非常有趣的。他刚到的那天我邀他上南门城上天心阁指点太平军过长沙的战迹。胡萍小姐来了，同赴银宫旁一酒楼。醉中索笔狂草，茶房在一旁赞叹不止。他问胡小姐："这位是谁？写诗不假思索，挥洒自如，就像我们扫地似的。"胡小姐把茶房的批评转告沫若，沫若大笑成一绝，有作"作书如扫地，把酒欲问天"句。前日午前天又晴朗邀游玉泉山，寻所欲古书，仓卒中无所得。漫步至民众俱乐部参观何云樵所筑箭场。沫若谈北伐战争时过长沙事。谓十年日月若不浪费，何至让日寇猖狂至此？晚题短纸赠某氏因有"何来后羿箭，射日破愁天"句。……

田汉同志这两篇文章，将郭老这次旅居长沙的生活，描绘得十分生动真实，为我们研究郭老抗战初期的生平事迹提供了一些很宝贵的资料。可惜的是，郭老当时在长沙写下的一些诗作，原稿久佚，我们未能获见全豹，只能从田汉同志的文章中略窥一斑。

2月28日，郭老即偕田汉同志自长沙同赴武汉，着手政治部第三厅的组织。

田汉同志平生著作汪洋浩瀚，异彩纷呈。除了给我们留下了许多部富有历史意义和现实意义的优秀剧作外，还在各个时期写下了大量的光彩熠熠的诗文。这些诗文，由于种种原因，还有不少散见于各个时期的书刊，未加收录编集。特别是经历了这场十年的浩劫，散失尤多。这里辑录的他的几篇遗作，虽然仅仅是碎玉零金，但从中也不难看出，田汉同志在这期间为中华民族抗战救亡所作出的不可磨灭的贡献。他的精忠报国的战斗精神和不畏艰辛的革命毅力，将永远激励着我们前进。

夏志清《中国现代小说史》评析

美籍华裔学者夏志清先生所著《中国现代小说史》一书，被美国很多大学采作教材，流传很广，影响颇大。近年来，在国内也有一定影响。原书用英文写成，1961年由美国耶鲁大学出版。中译本1979年由香港友联出版社出版。

这是一本充满了政治偏见与艺术偏见，同时也有某些可取之处的著作。一方面，政治偏见和唯心主义文艺观锢蔽了作者的艺术视野，使书中出现了许多偏颇谬误的评价和论述，但另一方面，当作者能在一定程度上突破这些偏见时，也往往能提出一些比较独到中肯的见解，可供我们参考。因此，我们今天对夏著的严重缺陷以及某些可取之处，进行实事求是的具体分析和评论，看来仍然是不无意义的。

一、反共立场和政治偏见歪曲了中国现代文学发展演变的概貌

夏志清先生毫不隐讳他的反共立场，他在书中把中国共产党领导下的人民革命的胜利诬称为"大陆沦陷"、"暴政肆虐"。他的书中第十九章《结论》，可以看作全书的一个纲领，也是夏氏的政治立场、艺术观点、审美标准的充分阐述。在《结论》中，他首先揭橥出他的批评标准："一部文学史，如果要写得有价值，得有其独到之处，不能用政治或宗教的立场而有任何偏差。"他又说："我所用的批评标准，全以作品的文学价值为原则。"这些话，表面看来，似乎不偏不倚，十分公正客观，但遗憾的是，夏氏在论述现代小说的发展演变、具体评价作家作品时，并未付诸实施，而是往往与他自己提出的原则背道而驰。所以，他紧接着就说"虽然我在书里讨论了有代表性的

共产党作品,并对共产党在文艺界的巨大影响力作详细的交代,可是我的目标是反驳(而不是肯定)他们对中国现代小说的看法",又说"那些我认为重要或优越的作家……抗拒了拿文学来做宣传和改造社会的诱惑,因此自成一个文学的传统,与仅由左派作家和共产党作家所组成的那个传统,文学面貌是不一样的"。由此可见,夏氏蓄意否定的乃是左翼作家、共产党作家以及"有代表性的共产党作品",而肯定的乃是"抗拒了拿文学做宣传和改造社会的诱惑"的作家和作品。这样,也就必然陷于他所谓的"政治立场的偏差",用他的反共的政治标准和艺术偏见来代替"作品的文学价值"的审美标准了。戴着这样的有色眼镜,是不可能看清中国现代文学发展演变的概貌,不可能对作家作品作出客观公允的评价的。

反对文艺的宣传功能,强调人性和人道主义,强调讽刺艺术,是贯串夏氏全书的一条主线。实际上,夏氏并非反对一切宣传,他只是反对宣传共产党、反对宣传无产阶级革命文学、反对宣传毛泽东文艺路线,而绝不反对"反共"的宣传,他自己正不遗余力地用他的著作进行了"反共"的宣传,把自己禁锢在政治偏见的精神枷锁里而不能自拔。

事实也正是如此。我们先看看他是怎样评价"左联"的吧。"左联"是20世纪30年代在中国共产党领导下的革命作家组织,也是在国民党政权进行反革命的军事"围剿"与文化"围剿"中诞生和发展起来的。但是,夏氏却把"左联"和反动统治在文艺战线上的斗争,歪曲为"左联""紧紧地抓住时机,发动一连串运动压制反对派意见。所运用的手段与创造社一样卑鄙下流。所不同的,是它可以用压倒性的势力去打击对方"(第五章),又说"一九二八年至一九三七年这十年中,起初是混乱的,因为共产党作家用尽一切手段来控制文坛",使大多数的小说家"很难有独特的个人表现"。这种看法,完全颠倒了是非,混淆了黑白。实际上,当时"左联"和左翼文艺运动正是在白色统治的诬蔑、压迫、囚禁、杀戮下曲折地滋长着,经受了时代风雷的锻炼,用革命前驱者的鲜血记录了中国无产阶级革命文学历史的光辉的一页,并不存在什么"用压倒性的势力打击对方"的神话。用种种"卑鄙下流"的手段"压制反对派"的,恰恰是国民党政权,而绝不是"左联"和创造社。夏氏又说:"同在这个时期,另一些独立的作家,努力维持他们的阵地,对文学作出认真的贡献。"夏氏笔下所谓的"独立作家"就是指老舍、沈从文等人。他称赞沈从文"一开始就能够拒绝接受共产党解释中国社会结构的滥调:封建主义与帝国主义",称赞沈从文与他同期大部分作家的一个不同之点是"拒绝接受马克思主义乌托邦的幻想"。他在这里把所谓的"独立作家"完全摆在与左翼作家相对抗的地位,实际上,也就是摆在与中国共产党及其所领导的反帝反封建的革命斗争相对立的地位。这不仅不符合老舍、沈从文当年的思想、创作的实际,而且也是对他们的莫大歪曲,恐怕也是他们所不愿意接受的。

夏氏书中对抗战文艺的一些看法和评价,也是我们所不能同意的。他认为"共产党以爱国为名,使文学为自己的目标服务。因此,中国现代文学在抗战期间开了倒车"(第五章),又说"抗战期间,成熟的戏剧非常少,当时最受欢迎的剧本如曹禺的《蜕变》、老舍和宋之的的《国家至上》、夏衍的《法西斯细菌》、吴祖光的《正气歌》、郭沫若的《屈原》等,用今日的眼光来看,只是浮浅的爱国宣传作品或者是共产党伪装的爱国宣传而已"(第十三章)。这些看法,真是使人难于索解的奇特逻辑。为什么抗战期间,革命作家出于爱国热忱,写出了大量的宣传抗战救亡的爱国作品,就是为共产党的"目标"服务呢?就使中国现代文学在抗战期间"开了倒车"呢?共产党当时的革命目标是反帝反封建,即使为共产党的"目标"服务,又有什么可指责的呢?抗战文学是中国共产党领导下的"五四"文学革命以来,尤其是20世纪30年代左翼文学的继承、扩大与发展,怎么反而是"开了倒车"呢?像夏氏所贬斥的那些剧本,都是思想性、艺术性很强的传诵一时的名作,绝非夏氏简单化地斥为"肤浅的爱国宣传作品"或"共产党伪装的爱国宣传"所能一笔抹杀的。

文艺作品和宣传品是有区别的。正如鲁迅所深刻指出:"一切文艺固是宣传,而一切宣传却并非全是文艺……革命之所以于口号,标语,布告,电报,教科书……之外,要用文艺者,就因为它是文艺。"(《三闲集·文艺与革命》)夏氏在这里不加区别地把真正的艺术品与宣传品混淆起来,等同起来，从而用他的老观点粗暴地否定了抗战文艺，对中国现代文学作出了每况愈下的错误论断。

夏氏还特别贬低延安文艺座谈会以后的解放区文艺和解放后当代文学的新成就，将其一概斥为"充其量也不过是一种浅薄的、记录式的、伪造的现实主义"。他着重评论了丁玲和赵树理的作品。他把丁玲的《太阳照在桑干河上》贬斥为"一本枯燥无味的书"；对赵树理的《小二黑结婚》和《李有才板话》，更以嘲笑的口吻，讥之为"两部塞给公众的最不高明的故事"，并武断地认为赵树理的"粗俗笨拙的风格不可能把故事讲好"。这些偏见都大大歪曲了中国现代文学发展演变的概貌，用他的主观臆断掩盖了中国现代文学历史发展的客观规律。

夏氏还在书中一再声称"中国现代小说不够伟大"，中国现代文学"肤浅"、"平庸"，并探讨了中国现代文学所以显得"平庸"的原因，把它错误地归咎于现代中国作家"太迷信于理想，太关心于人类福利之故"，而大力肯定那些"无视于'时代精神'的要求"、"自辟蹊径"的作品。他把中国作家相信理想、关心人类福利和他的"以文学价值为原则"的批评标准互相对立了起来，从而否定和抹杀了一切革命的文学作品所固有的思想力量和时代精神。他认为，中国现代文学所以"肤浅"，关键在于"中国文学传统里并没有一个正视人生的宗教观"，而且"对'原罪'之说或者阐释罪恶的其他宗教论说，不感兴趣，无从认识"。要在中国文学传统里寻找宗教观，要用不可知的宗教论说作为医治作品"肤浅"、"平庸"的良药和分析评判作家作品高低优劣的标尺，这不仅说明夏氏的唯心主义文艺观，而且对他标榜的"不能用宗教立场而有任何偏差"的"宣言"，也是一个绝妙的自我讽刺，形成了十分有趣的对照。

二、艺术偏见导致了对作家作品的评价失当

这个问题也是夏氏严重的政治偏见所导致的后果，实际上，是一个问题的两个方面。由于夏氏首先是从先入为主的政治偏见出发来评价作家作品的，因此，按照他的逻辑，凡是中国共产党员作家、左派作家，或者是在思

想转变过程中倾向无产阶级的作家,无论他们作品的思想性、艺术性有多高,只要具有无产阶级思想倾向,一律被贬斥为"宣传说教的陈腔滥调",是"失败之作"。例如夏氏在评论有代表性的无产阶级革命作家蒋光慈、丁玲的作品时,虽然对丁玲早期创作有所肯定,但肯定的出发点,是他认为丁玲开始创作时"是一个忠于自己的作家,而不是一个狂热的宣传家"的缘故。而夏氏所以彻底否定丁玲 20 世纪 30 年代写下的"那篇一向被认为是共产主义小说最得意"的《水》,说它是一篇"手法笨拙不堪"的"失败之作",主要乃是归因于"作家的重点落在马克思主义的宣传及文字美化上"。因而他的结论是"作为一个小说家,丁玲比蒋光慈及郭沫若都不如"。同时,夏氏虽然认为蒋光慈和郭沫若"都是同样坏的小说家",蒋光慈比郭沫若还不如,但他却特别举出蒋光慈的第一个中篇《少年飘泊者》,认为"值得我们注意"。其主因乃是由于"小说与一九二七年以后的共产主义小说不同,对国民党的态度很友善,支持国共合作"的缘故。采取这样的立场和标准来评价作家作品,怎能不矛盾百出、大成问题?

　　在评价鲁迅的专章中,夏氏对鲁迅的前期基本上是肯定的;对《呐喊》、《彷徨》中的一些小说也作了较高的评价,提出了一些比较精辟的见解。他肯定了鲁迅从《狂人日记》到《离婚》的 9 篇小说是"新文学初期的最佳作品";肯定了《彷徨》中的 4 篇佳作——《祝福》、《在酒楼上》、《肥皂》、《离婚》是小说中"研究中国社会最深刻的作品"。但与此同时,他对鲁迅其他小说仍然有所指摘,认为"《一件小事》、《头发的故事》、《幸福的家庭》、《孤独者》、《伤逝》等,仍然摆脱不了感伤的说教",特别是对鲁迅的后期更是大加贬斥,说"一九二九年他皈依共产主义(一作'投降中共')以后,变成文坛领袖……他很难再保持他写最佳小说所必须的那种诚实态度而不暴露自己新政治立场的浅薄。为了政治意识的一贯,鲁迅只好让自己的感情枯竭"(第二章)。这真是一种荒谬绝伦的奇谈怪论。鲁迅在后期成为伟大的共产主义战士以后,为什么反而不能"保持他写最佳小说所必须的那种诚实态度"?为什么反而会"暴露自己新政治立场的浅薄"?为什么保持"政治意识的一贯",就要"让自己的感情枯竭"?这岂非等于说,共产主义是使鲁迅变得态度虚伪、政治立场浅薄、感情枯竭的腐化剂和毁人炉吗？这不仅是对鲁迅个人的莫大歪曲，更是对共产主义的严重诬蔑和攻击！他把政治立场、感情和态度完全错误地当成与共产主义水火不相容的了。鲁迅后期的光辉业绩和全部光辉著作，就是对夏氏的有力反驳和最直接的回答。

夏氏虽然对鲁迅《呐喊》、《彷徨》中的几篇小说作了肯定，却对"现代中国小说中唯一享有国际盛誉的作品"——《阿Q正传》和革命现实主义巨著《故事新编》评价很低，贬抑失当。他一面承认《阿Q正传》是《呐喊》中的"杰作"，另方面又指责说："就它的艺术价值而论，它的结构很机械，格调也近似插科打诨。"我们认为，《阿Q正传》具有深厚的人民性和特有的艺术价值。它的情节波澜起伏，结构严谨周密而又跌宕有致，完全是为了适应内容和主题的需要而作出的匠心安排。无论人物的语言还是叙述人的语言，都能做到穷形尽态，妙趣横生，在表面的笑声中隐寓着鲁迅"哀其不幸，怒其不争"的悲愤、严肃心情，绝不同于一般无聊的"插科打诨"。正如鲁迅所自述："我之作此篇，实不以滑稽或哀怜为目的。"（1930年10月13日《致王乔南信》）鲁迅《阿Q正传》的现实主义特色和《故事新编》中借古喻今、讽刺现实的艺术构思与深刻用心都是夏氏完全不能理解的。

夏氏对鲁迅的杂文更是横加指责。他批评鲁迅在1925年至1927年间所写的短文——也就是指包括在《华盖集》、《华盖集续编》、《而已集》和《坟》中的战斗杂文——是"小题大做"；说"鲁迅的狂傲使他根本无法承认错误。文中比较重要的对社会和文化的评论，又和他的诡辩分不开"；并给鲁迅扣上了"不顾逻辑和事实，而无情地打击他的敌人，证明自己永远是对的"等种种罪名。他真是咄咄逼人！鲁迅1925年至1927年所写的杂文，是揭露"五卅"前后北洋军阀统治罪恶及其奴才走狗虚伪面貌的投枪，也是"四·一二"、"四·一五"前后反革命政变的真实写照。鲁迅这一时期和现代评论派的斗争，以及在"女师大事件"斗争中所写下的杂文，尽管有些是"隐蔽在个别的甚至私人的问题之下"，但是"这种战斗的原则上的意义"是十分鲜明的。鲁迅正是通过和杨荫榆、章士钊、陈源之流的斗争，自下而上地揭发、控诉了北洋军阀统治的罪恶。正如鲁迅所说："华盖集和续编中文，虽大抵为个人斗争,但实为公仇,决非私怨。"这是小中见大,通过个别反映一般,并非"小题大做"。至于鲁迅当时对社会和文化的评论,以及利用在广州、香港的几次讲演和战斗的杂文,公开或曲折地揭露帝国主义统治下的香港的半封建半殖民地化的面貌,特别是从实质上谴责了蒋介石叛变革命前后的伪装革命和进行血腥屠杀的罪行,篇篇都是根据大量确凿的事实,作出逻辑细密的分析,有理有节地和一切敌人进行韧性的战斗,写出了像《纪念刘和珍君》、《论"费厄泼赖"应该缓行》、《魏晋风度及文章与药及酒之关系》等一系列光辉四射的不朽名作。在鲁迅所写的那些锋利辛辣的战斗杂文里,有哪一点是"不顾逻辑和事实",是"诡辩",要强使鲁迅"承认错误"的呢?

夏氏不仅否定了鲁迅 1925 年至 1927 年间所写的杂文,而且更进一步否定了鲁迅前后期所写的全部杂文。他说,鲁迅"十五本杂文给人的总印象是搬弄是非,罗罗嗦嗦"。他对鲁迅更基本的批评是"作为一个世事的讽刺评论家,鲁迅并不能避免他那个时代的感情偏见",认为鲁迅在他晚年的杂文里"对苏联阿谀的态度,破坏了他爱国的忠诚"。事实果真像夏氏所指摘的那样吗?大家都知道,鲁迅的杂文是他一生进行战斗的主要武器,是 20 世纪二三十年代政治、社会、思想、文化战线上的一部百科全书,也是鲁迅一生"排击旧物"、"催促新生"的战斗结晶。特别在他后期成为伟大的共产主义战士以后,无产阶级立场更为坚定,爱憎感情更加鲜明,使他的杂文达到了前所未有的思想深度和高度,艺术技巧也更加精湛圆熟,展现了与前期杂文不同的特色。夏氏所谓"搬弄是非,罗罗嗦嗦"的批评,不过是重弹旧时国民党御用文人攻击鲁迅的老调。鲁迅在杂文中始终如一的对列宁、斯大林领导下的社会主义苏联的热情歌颂,反对十月革命后帝国主义对苏联的进攻,都并非出于对苏联的"阿谀奉承",而是其无产阶级国际主义与爱国主义精神相结合的具体表现。这不但不"破坏"鲁迅的爱国忠诚,反而使他的爱国忠诚更闪射出无产阶级国际主义的思想光芒。这些铁一般的事实,是任何人也抹杀不了的。实际上,不能避免"时代的感情的偏见"的不是鲁迅,而恰恰是夏志清自己。也正由于夏氏这种感情的偏见,才使他不惜进一步把鲁迅领导"左联"和形形色色的敌人进行斗争的光辉业绩,歪曲为"纵容、甚而后来主动地鼓励粗暴和非理性势力的猖獗"。愤愤之情,溢于言表。他甚至还诬称鲁迅是"对非左派分子迫害得最厉害"的罪魁祸首!(第五章)这真是欲加之罪,何患无辞,颠倒黑白,一至于此!这样,作为"文化革命的主将"和"文化新军最伟大和最英勇的旗手"的鲁迅,在夏氏笔下,就被歪曲得面目全非、不成样子了。

夏氏对创造社和郭沫若的评价,同样也有许多偏颇失当之处。他认为,郭沫若"究其实际,他的生涯无非是一代文人的活悲剧;以浪漫主义式的反抗始,以屈服于自己参与创立的暴政终"(第四章)。这就从总体上,完全否定了郭沫若同志。夏氏又说:"创造社和文学研究会不同,它不但后期崇尚马克思主义,即使在初期提倡浪漫主义的时候,也喜欢卖弄学问,态度独断,喜欢笔伐。中国新文学之能树立共产主义的正统思想,大部分是创造社造成的。"(第四章)可以看出,夏氏所以对文研会和创造社的评价有所轩轾,归根结底,仍然是夏氏反对共产主义思想、反对马克思主义的政治偏见的具体展现。他对郭沫若同志的评价,也应作如是观。夏氏又认为,郭沫若的译作"是否可靠",译文"是否可读","大有研究的余地","他对古代中国研究有无价值,也有问题","至于文名所系的创作,也不过尔尔","民国以来所有公认为头号作家之间,郭沫若作品传世的希望最微"。夏氏这种模棱两可、囫囵吞枣的疑问式批评,充分说明他对郭沫若缺乏研究,并不能对郭沫若著译提出任何切中肯綮的批评,只不过是信口雌黄罢了。

郭沫若同志是"继鲁迅之后,在中国共产党领导下,我国文化战线上又一面光辉的旗帜",是驰名中外的学者和文豪。他学问渊博,著述等身,早期服膺马克思主义真理,彻底反抗帝国主义和封建主义,以诗集《女神》蜚声文坛,开创了一代诗风,为我国"五四"以来新诗的发展奠定了基石,作出了不可磨灭的贡献。1927年前后,他毅然投笔从戎,参加了北伐战争和南昌起义。1928年2月以后,在流寓日本的十年间,他第一个力图运用马克思主义的观点方法,潜心研治中国古代社会、历史和古文字学,写出了《中国古代社会研究》、《甲骨文字研究》、《殷周青铜器铭文研究》等一系列鸿篇巨制；还翻译不少无产阶级革命家的哲学、经济学、历史科学的著作和外国进步作家的长篇小说与戏剧集。抗战爆发后，他别妇抛雏，孑身归国，请缨抗战，在中国共产党领导下，一直领导着抗日救亡的文化宣传工作和文化界爱国统一战线工作。抗战胜利以后，为了争取民主团结，他用笔与舌对蒋家王朝对内独裁、对外投降的法西斯统治以及策划内战的阴谋进行了有力的揭露和针锋相对的斗争，写出了《屈原》、《虎符》等著名爱国历史剧和一系列战斗的杂文，其高风亮节，光照人间；传世之作，难以枚举。中华人民共和国成立后，郭沫若同志在中国共产党的领导下，尽瘁于社会主义科学文化教育事业的建设，其丰功伟绩更是有口皆碑，事实俱在。所有这一切，怎么能说郭沫若的生涯是"屈服于暴政"的"一代文人的活悲剧"呢？难道夏志清先生认为，郭沫若只有"屈服"于国民党政权才算是一代文人的喜剧下场吗？

夏氏还特别对郭沫若同志《女神》中的《天狗》、《凤凰涅槃》、《地球，我的母亲!》等几首脍炙人口、久有定评的代表作，百般指摘。他认为，这些诗"看似雄浑，其实骨子里并没有真正内在的感情；节奏的刻板，惊叹句的滥用，都显示缺乏诗才"，又认为郭沫若同志的《三个叛逆的女性》"可能是他最糟的作品"，说"这三个历史剧本，里面就有这种抗议，完全不顾中国古代的社会情形，结果虽然没有存心写喜剧，却成了笑料的泉源"。这种批评，可谓极尽挖苦讽刺之能事。实际上，对郭沫若历史剧持有这种批评观点的，并非夏氏一人，也不自夏氏始。郭沫若在谈他的史剧创作的许多文章中，早已作出了正面的回答："写历史剧并不是写历史，……剧作家的任务是在把握历史的精神而不必为历史的事实所束缚"（《我怎样写〈棠棣之花〉》）；"史学家是发掘历史的精神，史剧家是发展历史的精神"（《历史·史剧·现实》）；"我主要的并不是想写在某些时代有些什么人，而是想写这样的人在这样的时代应该有怎样合理的发展"（《献给现实的蟠桃》）。所以，当国内有评论家提出"写历史剧就老老实实写历史，不要去创造历史，不要随自己的意欲去支使古人"时，郭沫若指出："这样根本的外行话，最好是少施教训为妙"，"史剧家在创造剧本，并没有创造'历史'，谁要你把它当成历史呢？"（《历史·史剧·现实》）郭沫若的历史剧，大多是"借一段史实来表现一个时代或主题",是"以古鉴今","古为今用"。郭沫若当年谈历史剧的这些精辟之论,很值得夏志清先生三思。当然,我们并不否认,郭沫若写的历史剧也有一个从不够成熟到逐渐成熟的发展过程。他早期的历史剧在历史真实与艺术真实的完美统一上,也不可避免地存在某些简单化的弱点。

至于郭沫若的译作,他翻译的《少年维特之烦恼》和《浮士德》等等,译笔流畅,中华人民共和国成立前多次再版,至今仍传诵人口。他的《中国古代社会研究》是我国第一部力图运用马克思主义观点方法创造性地把古代史和古文字学研究结合起来,解释中国历史的一部划时代的力作。他的古史分期的主张,在我国史学界也产生了巨大影响。当然,他在研究中国古代社会、历史的著作中,由于这是一种开拓性的工作,也不可避免地产生了某些史料考定失实和论证不够严谨确当之处,这是完全可以理解的。他后来在《十批判书》中首先作了自我批判。

夏著的茅盾专章中对茅盾《蚀》、《虹》、《腐蚀》、《子夜》等所作的分析评价,也和我们存在着根本的分歧。夏氏仍然从他的政治偏见和艺术偏见出发,首先对茅盾的《蚀》三部曲作了某些曲解。他认为"《蚀》超越了一般说教主义的陈腔滥调",体现了茅盾"和共产主义的基本信条互相抵触"的某些看法。这就是夏氏之所以特别赞赏《蚀》三部曲的根本原因。但实际上,在《蚀》中并不存在夏氏所谓的"和共产主义基本信条"的"不一致性",这些不过是夏氏自己心造的幻影。他认为,《虹》写梅女士与工农运动结合的性格发展的第三阶段,较之前两个阶段,"相比之下,就逊色多了",之所以"逊色",也是由于"作者在这一部分里加强了宣传的调子,使小说的真实性削弱多了"。这些仍然是他的老调重弹。又如夏氏在对《腐蚀》和《霜叶红似二月花》进行比较分析时认为,后者的"成就堪与《虹》和《蚀》最好的部分相比拟",而《腐蚀》"是一本写得很糟的书","风格不统一,日记的形式也处理得不适切……书中的意象始终很肤浅。这种手法只是为了加重宣传的气味而已"(第十四章《资深作家》茅盾节)。由此可见,夏氏所以贬低《腐蚀》而抬高《霜叶红似二月花》,症结所在,仍然是由于夏氏认为前者写的是"一场党派政治的恶斗",而后者所写,则是"和共产党的夺权斗争并没有什么大痛痒"的缘故。出于同样的政治偏见，夏氏竟至把标志着茅盾创作最高成就的革命现实主义巨著《子夜》，贬低到比《蚀》、《虹》和《霜叶红似二月花》都不如的地位，不问青红皂白地断定《子夜》是一本"鼓吹共产主义思想"的"失败之作"。这不能不说是一种十分简单粗暴的武断！

　　此外，夏氏对其他作家作品的分析评价，囿于种种偏见，也有不少偏颇失当之处。如他认为，"中国现代小说家中，大概只有四个人凭着自己特有的性格和对道德问题的热情，创造出一个与众不同的世界。他们是张爱玲、张天翼、钱钟书、沈从文"（第十九章）。他称赞沈从文是"中国现代文学中最伟大的印象主义者"，称赞钱钟书的《围城》"比任何中国古典讽刺小说优秀"，并且从作品"没有遵守毛泽东文艺路线"的角度出发，高度评价了《围城》和巴金的《寒夜》、师陀的《结婚》是"超过战前水准"的杰作。甚至还把《围城》说成是"中国近代文学中最有趣和最用心经营的小说，可能亦是最伟大的一部"。夏氏在书中有意识地对国内几部现代文学史专著中很少论列的、受到一定漠视或有争议的作家和作品，特别予以过高的评价。当然，像沈从文、钱钟书两位，在我国现代文学史上应该占有相当的地位，对他们的代表作《边城》、《围城》等在艺术上的独特成就也应给以充分的评价。过去国内学术界在这些方面做得不够，是一个缺点。但是，从总体上看，夏氏这种评价仍然显得辞多溢美，有失允当。同时，在他对中国现代小说作家大张挞伐之余，竟然只剩下四个作家孤零零地支撑着中国现代文学的巨厦；这又怎么能展示出中国现代文学绚丽多姿、异彩纷呈的历史概貌呢？对复杂纷纭的文学史现象作绝对化、简单化的分析评价，正是形而上学和历史唯心主义的通病。

　　如前所述，夏氏对共产党员作家和左翼作家的作品，抱有如此强烈的反感；但，与此同时，对于港台作家歪曲反映中华人民共和国成立后的农村生活，露骨地诽谤中国共产党的一些作品，则不惜津津乐道，极口推崇。例如，他盛赞张爱玲"可能是五四运动以来最有才华的中国作家。她完全不受左派影响"，称赞她在抗战期间写下的小说"技巧之熟练和心理刻画之透彻，在近代中国文学中是无与伦比的"(第十三章)。他特别称赞张爱玲的《金锁记》,甚至吹嘘为"中国从古以来最伟大的中篇小说"。当然,我们也并不否认,张爱玲的《金锁记》是她在中华人民共和国成立前写成的一部比较好的作品,最初在上海的杂志发表后,立即受到了傅雷、唐弢等同志的推许。但是,将其抬高到令人难于置信的程度,未免评价失当。

张爱玲1952年由上海到香港后,仅仅根据解放初期她在上海近郊参加的极短时期的土改,便写成了歪曲反映中华人民共和国成立后农村生活和土改的中篇小说《秧歌》和长篇小说《赤地之恋》。在这两部小说中,张爱玲出于个人的政治偏见,捕风捉影地对中华人民共和国成立后的农村生活和党的土改政策,进行了严重的歪曲和诽谤,作出了完全不真实的描写。就是这样两本反共的拙劣作品,却被夏氏如获至宝地大加吹捧,称赞《秧歌》"在中国小说史上已是本不朽之作",并且还大肆渲染地说"《秧歌》是一部人的身体和灵魂在暴政下面受到摧残的记录","《秧歌》所表现的,不仅是人民反饥饿,争取最低生存的要求,而是人民如何在暴政胁迫下,还努力保持人性的尊严和人类关系之间的忠诚"。在对《赤地之恋》的评价中,以及书中其他的一些段落里,他同样把中华人民共和国成立后的农村歪曲为"在共产党所搞的土改把戏下大地变得荒凉,阴森如鬼域",并且连篇累牍地对中国共产党进行了无视历史事实的诬蔑和攻击,充分表明了夏氏反共的政治立场和用心。像这样一些颠倒黑白的主观臆断,真使我们很难相信竟是出于一位自称厌弃"党派政治的恶斗",反对"政治立场的任何偏差",全以文学价值作为评价作品准则的美国教授之手!

尤其令人不能容忍的是,夏氏还在全书的最后附录了题为《姜贵的两部小说》的一节文字,对台湾作家姜贵出于反共立场写成的两部小说《旋风》和《重阳》大唱赞歌,竟至称赞这两部反共小说是"晚清、五四、三十年代小说传统的集大成者",特别称赞《旋风》是"现代中国小说中最杰出的一本","与《秧歌》和《赤地之恋》占着同样重要的地位"。事实上,姜贵这两部小说中所渲染的,完全是出于政治上反共的需要而作出的别有用心的捏造和宣传。特别在《重阳》中,姜贵着力描写的共产党员柳少樵残酷迫害洪桐叶全家的种种"劣行",更属无中生有、血口喷人,是蓄意败坏中国共产党的声誉。像这样两本露骨的反共作品,素以厌弃"党派政治斗争"自许的夏志清,不唯不加以反对,而且还为之涂脂抹粉,助威喝彩,从而也就自觉地做了反共的义务宣传员,陷入了"党派政治恶斗"的"迷障"。

我们前面谈过,反对文艺的宣传功用,强调人性和人道主义,强调讽刺艺术,是贯串夏氏全书的一条主线。夏氏强调的人性和人道主义,属于资产阶级思想范畴。他认为,"文学是替真和善服务的,包涵一切人性的,为了人的更大尊严,文学要攻击一切残暴的措施"(第十三章)。他把张天翼的讽刺作品说成是"讽刺人性卑贱和残忍"的杰作,说巴金的《寒夜》"确是一本呕心沥血充满爱心之作","人性的秘密,终于被他发掘出来了"。他用这种抽象的人性论观点评价张天翼、巴金的作品,自然不可能得出正确的结论。而夏氏所以如此强调人性和人道主义,目的却是为了强调、揭露中国共产党如何"毁灭人性",进行"非人道主义"的统治,从而煽动人们"努力保持人性的尊严",和中国共产党进行斗争。这恐怕才是夏氏真正的用意所在。从他对某些作品有所强调、有所偏爱的评价中,已显露出一些端倪。

当然,我们在分析夏著存在的某些根本错误的同时,也并不全盘否定他书中的某些可取之处。概括说来:

第一,占有的材料相当繁杂,引用的史料也有失误,但有些材料是在中国香港、台湾和国外发表的,其中有一些当时在国内比较难见。如第九章《附注》中谈到艾格·史诺(Edgar Snow)所编的短篇小说集《今日中国》(Living China)中收录有张天翼特为该书写的小传,谈他自己所受外国作家的影响,可供我们参考。张说,狄更斯影响他最深,其次是莫泊桑、左拉、巴比斯(Barbuss,法巴比塞)、托尔斯泰、契诃夫和高尔基。中国作家影响他最大的是鲁迅。在第十三章《附注》中举引了一些有关胡风的材料,尽管这些材料大都出于持有反共观点的书刊。例如夏氏举杨燕南一书证实了胡风是早期共产党员,并详细记述了胡风怎样因积极支持日本共产党运动于1933年被捕,与20多位日本重要的共产党员关押在一起,后被遣送回国的经过。这与胡风后来自述相符,可资参证。

其次，比较文学方法的运用。纵观夏氏全书在评论作家作品时，往往运用比较分析的方法：或者联系中国现代作家作品所受西方文学的某些影响，从而进一步探讨中国现代作家作品的源流和作用；或者联系同时代的作家作品加以比较分析；或者从某一作家自身创作的历史联系和发展中进行比较分析，从而有助于了解某一作家思想创作发展的线索和概貌。不足之处是，这种比较方法经常个别地、孤立地进行，还不能进一步展示出各个作家之间的相互联系与异同，有些比较分析流于表面化，论断也不尽确当。但是，这些比较方法纵横交错的运用，对我们仍然有一定的启发。

如老舍专章从老舍自身创作的历史联系和发展中进行比较分析，虽然有的论断还不能精确无误，但基本上展现了老舍当年思想创作的某些实际情况。

第三，注意艺术分析。夏氏在钻研中国现代小说作家作品的基础上，比较注意艺术分析，提出了一些比较独到的看法。如从总体成就上对张天翼、吴组缃等的小说所作的一些艺术分析和概括，大都要言不烦，给人以比较明确的印象。在对某些具体作品的艺术分析上，夏氏也往往能提出一些比较精辟的见解，如对钱钟书《围城》及其他某些作品的分析，都相当细致，不无可取之处。

由于夏氏此书在国内外都有相当影响，特别对国内一般青年读者来说，存在一个如何正确对待的问题。因此，不揣谫陋，略抒蠡见，以就教于夏志清先生和海内外同行们。

（原载《四川大学学报》1983年第4期）

下编

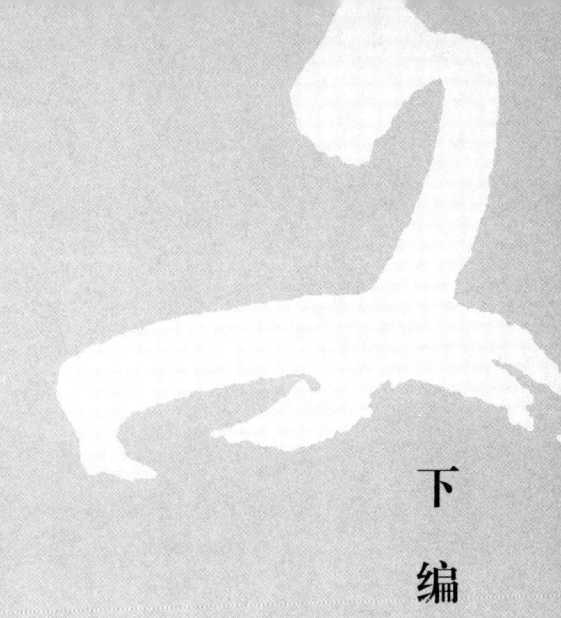

管窥蠡测

开创中国现代文学研究和教学的新局面，迅速提高中国现代文学研究和教学工作的水平，是摆在我们面前的一项迫切需要探讨的重大课题。就中国现代文学研究而论，近几年来，确是发生了可喜的变化，特别在某些领域里有了不少新的开拓和突破，取得了很大的成绩。这是首先应当充分肯定的一面。但是，也还不同程度地存在着一些需待商榷和改进的问题。

一个是，如何进一步改进中国现代文学史现有的格局、体系的问题。中华人民共和国成立后出版的几部《中国现代文学史》，编写体系大多以各个历史时期的文艺运动和文艺思想斗争为经，以作家作品为纬；在作家作品的论述中，重点突出各个时期有代表性的作家，而以其他作家作品分属于各个时期之末。这种编写体系叙述便利，轮廓分明，条理清晰，自有其不可抹杀的优点。但是，30多年来，这种编写体系沿袭至今，只有叙述上的详略不同，缺少整个格局、体系上的革新，容易使人产生一种陈陈相因、大同小异的感觉。同时，现在的编写体系，基本上仅是对各个时期的革命作家、进步作家作了重点评述；而对其他一些中、小作家或有不同思想倾向和有争议的作家作品，有的论而不详，有的存而不论，有的还需要重新评价，仍然未能全面地展示中国现代文学复杂纷纭、纵横交错的历史发展的进程，也未能反映出不同风格、不同流派的中国现代文学作家作品多姿多彩、枝繁叶茂的概貌，显得有些单调。这些都有待于共同研讨、集思广益，进一步加以解决。近年来已有不少同志从事编写以文学体裁分类的《中国现代散文史》、《中国现代话剧史》等专著，大大弥补了《中国现代文学史》编写体系上的某些不足，这是一种探索、开创新局面的卓有成效的措施，值得赞赏和推广。

其次是，如何进一步加强现代文学研究中的薄弱环节，填补一些空白点的问题。仍以中华人民共和国成立后出版的几部《中国现代文学史》为例而论。绝大多数的《现代文学史》都对抗战八年间国统区的文学创作，论述得比较简略，遗留下不少空白点，形成中国现代文学研究领域里一个比较薄弱的环节。抗战文艺，是"五四"新文化运动和以鲁迅为代表的左翼文艺运动的继承和发展，是在中国共产党领导下的我国现代文学史上的高潮之一。它包括以延安为中心的抗日民主根据地，以武汉、重庆为中心的国统区和上海"孤岛"，以及广大沦陷区在内的抗战文艺活动。总的说来，它的规模之大，动员人数之广泛，文艺创作之繁荣，出版刊物之丰富，都超过了"五四"时期和20世纪30年代的左翼文艺运动。但多年来，由于"左"的思想影响，特别是对中国共产党领导下的国统区的抗战文艺，一般估计较低，对它的历史功绩评价不足，对它的研究不够重视，有些作家作品还没有得到充分的论述。例如老舍在抗战期间写下了《残雾》、《国家至上》（与宋之的合作）、《面子问题》、《张自忠》、《大地龙蛇》等多幕剧，对推动抗战发生了积极的作用。郭沫若在抗战期间和抗战胜利后，写下了《羽书集》、《蒲剑集》、《今昔集》、《沸羹集》、《天地玄黄》等好几部杂文集，是研究郭老生平、思想和创作的宝贵财富，但在近年出版的几部《中国现代文学史》中，大多没有得到充分的论述和足够的评价。有的《现代文学史》在论述抗战时期杂文散文部分的章节中，对郭沫若杂文只字未提。我认为，这些都是不应有的忽略。至于以上海为中心的"孤岛"文艺和广大沦陷区的抗战文艺，更有不少是尚待开垦的"处女地"，是亟待填补的空白点，尤需一方面抓紧进行资料的搜集整理，一方面大力开展有关问题的分析研究。近年来已有不少同志对八年抗战文艺（包括上海"孤岛"文艺）进行了不少有益的工作，并计划编写《抗战文学史》，为进一步开展抗战文艺研究打下基础。我这里再作进一步的呼吁，希望引起学术界的重视，加强合作，把抗战文艺研究推向一个更高更新的阶段。据我了解，目前国外学术界已有不少人从事我国抗战文艺研究，我们不应落后。

再其次是，我们搞现代文学研究或教学工作，首先要解放思想，勇于探索，大胆创新，避免把文章写得公式化、概念化、一般化，面面俱到，四平八稳。过去分析现代文学作家作品的文章，或在教学中评论作家作品时，往往第一讲时代背景，其次讲主题思想，再其次讲艺术特点。这种"三段论法"式，长期以来，形成了一种"套子"。可不可以改变为另一种写法和讲法呢？我看是完全可以的。

　　文学作品是社会生活本质的形象而真实的反映。它与哲学、自然科学不同。文学作品主要是通过艺术形象反映生活，评价生活，表达主题思想，展示作者的鲜明爱憎。一篇作品的思想性、政治倾向性总是通过艺术表现来展示的。中外古今任何一部成功的作品，也总是把思想内容和艺术形式水乳交融地统一在一起，而不是截然分开的。主题思想不是孤立于作品之上或之外，它不是附加的，而是融合、渗透在艺术性之中的。作品的思想倾向总是从形象、场面和情节中自然地流露出来。因此，我们在现代文学教学中分析评价作家作品时，既不可单纯用思想性分析代替艺术性分析，也不可把作品的主题思想与艺术性分析互相割裂开来，孤立起来。我们主张把这两者当作一个有机的整体来考虑，通过艺术分析，讲出作品所展示的主题思想和思想深度，把思想性、艺术性结合在一起来分析。当前在现代文学教学和某些《中国现代文学史》的个别章节中，往往就事论事，用复述故事情节代替对作品的具体分析，而不是把故事情节溶化在具体分析之中，把作品中的故事情节拆散、打碎来作为分析作品的材料；同时，又往往把对作品主题思想的分析孤立起来，与艺术性分析脱节，或者用作品的主题思想分析代替具体的艺术分析。现在是从美学的高度上，加强对文学作品具体的艺术分析的时候了。

　　最后，在现代文学教学中，要分析好文学作品。我的体会是，应该像作家深入生活、舞台演员深入角色那样，深入理解你所分析的人物形象的内心世界、他们所处的时代和生活，深入体会作品人物的性格。因为一部文学作品总是通过艺术形象的塑造，反映社会生活的矛盾冲突，表达作者的思想感情的。如果你对所分析的人物的生活和性格、思想和感情，完全缺乏理解，感到陌生，那又怎么能把作品分析透彻，令人信服呢？

分析评论文学作品，还应该力求讲出这部作品、这个人物不同于一般的特点，讲出作者反映在作品中的思想、艺术上的苦心深意。讲作品的情节结构，不仅要讲出作者怎样安排的，还应该讲出作者为什么要这样安排，他的意图何在？这也就是说，不仅要讲出作者"怎样写"，还要讲出作者"为什么这样写"；不仅要让读者或听众"知其然"，还要讲出个"所以然"来。

拉拉杂杂提出以上几点浅见，目的在于向同志们请教。

《孟郊诗集校注》前言[①]

一

孟郊，字东野，湖州武康人。生于苏州之昆山。幼而丧父，老而失子。少隐嵩山，称处士。曾参加湖州释皎然组织的诗会[一]。与卢殷一班文士驰骋诗酒场中，"初识漆鬓发，争为新文章。夜踏明月桥，店饮吾曹床。……吟哦无滓韵，言语多古肠"（《吊卢殷十首》），放浪形骸、诗酒流连地度过了他的壮年。四十以后，怀着匡时济世之志，决心弃隐出仕，但久困文场，三试始得一第。东西南北，寄食四方，白首选书，始释褐为溧阳县尉，沉沦下僚，自难展其抱负。元和以后，仕为郑余庆宾佐，定居洛阳立德坊，虽心形较为逍遥，但依然过着"清贫聊自尔，素责（同'债'）将如何"（《立德新居十首》）、"官给未入门，家人尽以灰"（《雪》）的"典卖致杯"的生活。元和九年，应郑余庆再招为兴元军参谋，自洛阳赴任。终于以屡病之身赍志以殁，死于路途，结束了凄凉寂寞的一生！

宋苏轼《读孟郊诗二首》，以孟郊喜作苦语，比为"寒虫夜号"[二]；南宋严羽、元辛文房也谓读孟郊诗"使人不欢"[三]；金元遗山甚至讥为"诗囚"[四]。这些评价，贬之太过，俱非知人论世之言，也并不符合孟郊思想创作的实际。我们知道，唐朝自安史之乱后，开始出现了藩镇割据，特别在德宗李适统治时期，诸藩镇互相勾结，形成了"五贼（按，指藩镇李希烈、田

[①] 本文系本书作者所撰，参见本书附编的《世纪留痕》。作者此前曾有《关于孟郊的生平及其创作》一文发表于《四川大学学报》1957年第2期。本文标题为编者所加。

悦、朱滔、王武俊、李纳）株连半天下"的严重局势。加以吐蕃、回纥频繁入侵，边患日急，人民水深火热，承受着深重的苦难。另一方面，在唐朝统治集团内部，朝臣与宦官之间、新官僚与旧官僚之间的矛盾冲突，也日趋尖锐，互结朋党，彼此倾轧，形成了复杂多变的政治局面。孟郊就是生长、活动在这内忧外患、矛盾重重的时代和社会里。他之所以喜作愁苦之音，不能仅仅认为是抒写他个人小小的悲欢、一生的坎坷，而是从他个人的不幸中更深刻地折射出时代的艰难、现实的残酷、世路的险巇，揭示了封建社会中无数有正义感的知识分子的悲惨命运和苦闷心情。他的作品是有其特定的现实意义与思想价值的。

孟郊是有政治抱负的。他不止一次希望用他的诗才和文笔，取得高第，以为进身之阶，但事与愿违，屡试不第。这就不能不激发起他的愤懑。所以，当他一旦登第后，便自然而然地写出了像"春风得意马蹄疾，一日看尽长安花"那样的"快语"，以宣泄多年来内心的积愤。宋人往往以此二语为孟郊"气度窘促"之证，实非知言。盖孟郊应试乃至出仕，都非单纯为了个人的得失穷达，而是有着更为远大的追求。正如他在《古典》（卷二）诗中所说："楚血未干衣，荆虹尚埋辉。痛玉不痛身，抱璞求所归。"他以楚人卞和泣血献玉自喻被褐怀玉，抱璞求归，矢志不移，壮怀激烈。气度何尝窘促？他的"春风得意"二语直抒胸臆，语无矫饰，千载下犹能仿佛想见他当年扬眉吐气的心情，固不当以"气度窘促"贬之。

孟郊的政治理想，以儒家伦理道德之说为宗，而又崇尚自然，也有老庄思想一定的影响。这些都从他的诗文中反映出来。晚年在精神生活与物质生活双重困顿下，他把心灵转而寄托在对佛经的钻研上去，促使他发出了"始惊儒教误，渐与佛乘亲"这样沉痛的呼声！孟郊在《上常州卢使君》两书中曾提出"道德仁义之言，天地至公之道也"，主张君子应"法天而行身"，"于万物皆不弃"，"以公道养天下"。在独孤郁《答孟郊论仕进书》（《唐文粹》八十三）中，又提出孟郊的仕进观"为身之役欤？为人之役欤？"的问题。从独孤郁的答语中，显然看出孟郊主张"仕非为贫"，从政不是为一己之私利，而是为了以"天地至公之道"，解悬拯溺，为民谋福。在孟郊《吊元鲁山十首》（卷十）中，又从歌颂元鲁山"万物饱为饱，万人怀为怀"的政治理想，曲折地透示出孟郊民胞物与的进步观点。因之，在孟郊全部诗作中，除了咏叹个人悲苦遭遇外，还有不少以他的亲身感受写下的忧时愤世的诗篇。当建中三四年间诸藩镇连兵抗唐时，孟郊痛心国难，蒿目时艰，在《杀气不在边》、《感怀》、《百忧》等不少诗篇中，揭示了"两河屯兵，烟尘驰突"、"清浊锁流"的乱象，展现了"壮士心是剑，为君射斗牛。朝思除国仇，暮思除国仇"、"长策苟未立，丈夫诚可羞。灵响复何事，剑鸣思戮仇"的壮志豪情，以及诗人忧心如焚、独寝难眠、叹息沾缨的万千思绪。特别在《伤春》一诗中，沉痛描绘了两河十年战乱后，伤心惨目的荒城景象，寄寓着作者难以抑制的内心悲愤，也替苦难的人民大众向封建统治集团提出了血泪的控诉和无言的抗争。当吐蕃、回纥频繁入侵，边患日急时，他写出了《猛将吟》等诗篇，歌颂了"手驱虎队，心藏豹篇"的北方猛将。当元和初年刘辟抗命作乱时，唐廷命高崇文征蜀。蜀平后，孟郊和韩愈同作有《征蜀联句》，写出了"风旗匝地，雷鼓轰天"的征蜀盛况；并在与韩愈同作的《会合联句》中，念念不忘的依然是"剑心知未死，诗思犹孤耸"、"国仇未销铄，我志荡邛陇"。正如鲁迅正确评价陶潜那样：陶潜除了"悠然见南山"之外，"也还有'精卫衔微木，将以填沧海。形天舞干戚，猛志固常在'之类的'金刚怒目'式，在证明着他并非整天整夜的飘飘然"，"这'猛志固常在'和'悠然见南山'的是一个人，倘有取舍，即非全人；再加抑扬，更离真实"[五]。孟郊也正是如此。他关怀国事，同情下层劳苦人民，用他的诗歌创作控诉封建社会一些巧谄非义的不合理事象，批判奔竞势利的封建关系与封建习俗，也并非整年整月地哀吟哭诉个人生活的悲苦。退一步说，正由于孟郊亲身经历了坎坷不遇的穷困生活，才使他对于劳苦人民的生活实况有着较为深切的体验，思想感情也和劳苦人民息息相通，才能写出如《长安早春》、《织妇辞》、《寒地百姓吟》等反映社会现实、关怀人民疾苦的出色诗篇。我们只有把孟郊在现实痛苦磨炼下描写个人生活窘困的诗篇，和他反映人民生活疾苦的诗篇互相联系起来；把他个人的不幸和时代的多艰互相结合起来；加以考察和理解，才能深入地把握孟郊诗歌深刻的思想意蕴与社会价值，廓清前人由于"门径不同，故是丹非秦"（纪昀语）的一偏之见。

孟郊是奇士，也是畸人。两《唐书·孟郊传》称他"性孤僻寡合"，"性介少谐合"。韩愈《荐士》诗也称他"行身践规矩，甘辱耻媚灶"。他为人正直耿介，虽然一生过着"裘褐悬结"的贫苦生活，但坚持操守，决不肯趋附权贵，同流合污。在他的诗里就有"万俗皆走圆，一身犹学方"（《上达奚舍人》）、"楚屈入水死，诗孟踏雪僵。直气苟有存，死亦何所妨"（《答卢仝》）这样一些矫激不平之音。冷酷的现实带给诗人如此沉重的不幸，但诗人的回答却是：

零落雪文字，分明镜精神。坐甘冰抱晚，永谢酒怀春。（《自惜》）
倚诗为活计，从古多无肥。诗饥老不怨，劳师泪霏霏。（《送淡公》）

从这些掷地作金石声的语言中，一个古心自鞭、坐甘冰抱、品格崇高、倔强不屈的诗人形象，不是屹立于千古了吗？孟郊这种与封建社会凿枘相违的性格，自然招致了俗流的谗毁。韩愈《荐士》诗中有云："酸寒溧阳尉，五十几何耄。……俗流知者谁？指注竞嘲傲。"孟郊对恶毒的谗毁有着特别痛切的感受，如《懊恼》中云："以我残杪身，清峭养高闲。求闲未得闲，众诮瞋麒麟。"《秋怀》中云："詈言不见血，杀人何纷纷。声如穷家犬，吠窦何闛闛！"在《君子勿郁郁士有谤毁者作诗以赠之》、《连州吟三章》、《答昼上人止谗作》、《峡哀》等诗中，更是不止一次地谈到谗毁。他歌颂坚贞、正直，以直道而行对抗谗毁，既以激励自己，又以鼓舞友人和推许前人。对自己则云："谁言碧山曲，不废青松直。……我有松月心，俗骋风霜力。贞明既如此，摧折安可得！"（《寓言》）"弦贞五条音，松直百尺心。贞弦含古风，直松凌高岑。浮声与狂葩，胡为欲相侵？"（《遣兴》）"松柏死不变，千年色青青。志士贫更坚，守道无异营。……何以报知者？永存坚与贞！"（《答郭郎中》）对友人和前人则云："古人留清风，千载遥赠君。……破竹见贞心，裂竹看直文。残月色不改，高贤德常新。"（《大隐咏·崔从事郧以直隳职》）"日影不入地，下埋冤死魂。有骨不为土，应作直木根。"（《吊比干墓》）这些正义凛然的诗句，对孟郊个性的成长和创作风格的形成，都是有相当影响的，成为孟郊政治观、人格观的重要组成部分。

二

　　现存孟郊诗五百余首，绝大多数都是五言古诗。其中，一类是乐府诗；一类是山水景物诗；一类则是咏怀、酬赠、送别、哀吊之作。他的乐府诗有乐府旧题；有新乐府（如《湘弦怨》、《求仙曲》等）；也有自创的新题（如《清东曲》等）。题材广泛，不拘一格，有感时（如《杀气不在边》、《有所思》等）；有述怀（如《灞上轻薄行》、《长安羁旅行》等）；有关怀人民疾苦（如《织妇辞》等）；有写亲子之爱（如《游子吟》、《归信吟》等）；有闺怨（如《古薄命妾》、《征妇怨》等）；有纪游（如《湘妃怨》等）；有酬赠（如《楚竹吟酬卢虔端公见和湘弦怨》、《和丁助教塞上吟》等）；有寓言（如《黄雀吟》、《覆巢行》等）。"托兴深微，结体古奥"，风格各异，色彩纷呈，继承借鉴诗三百篇及汉魏以来乐府民歌惯用的比兴、谐音等手法，而又自出机杼，推陈出新，展示独特的艺术个性。其中五七言短章，思深意炼，尤为当行出色。如《古怨》："试妾与君泪，两处滴池水。看取芙蓉花，今年为谁死？"通篇无一怨字，通过泪滴池水、芙蓉萎死作喻，写思妇之深情与哀怨更加委婉动人。唐代及唐以前写怨情的乐府诗，连篇累牍，孟郊此篇独以设想奇妙、含意隽永，别辟蹊径，另具一格。同样是写怨情的还有《闲怨》（一作《闺怨》）："妾恨比斑竹，下盘烦冤根。有笋未出土，中已含泪痕。"通篇以湘妃斑竹盘根错节比譬思妇愁苦萦回；而又以笋未出土，已含泪痕设喻，更深一层烘托出思妇无尽的哀愁。前篇《古怨》兼写男女双方，此篇则单写思妇；前篇以蕴藉见情，此篇则以直切取意；写法互不雷同。其他如《巫山曲》，写高唐神女的风姿；《羽林郎》写羽林儿挥鞭出猎。前者色彩幽艳，后者色彩斑烂，各擅其妙。新乐府《结爱》，连用九个"结"字，一层深一层地描摹思妇结爱之深，亦为乐府诗中创格。

　　我们再看《弦歌行》："驱傩击鼓吹长笛，瘦鬼染面惟齿白。暗中崒崒拽茅鞭，裸足朱裈行戚戚。相顾笑声冲庭燎，桃弧射矢时独叫。"傩，是古代驱除疫鬼的仪式。宋葛立方《韵语阳秋》卷十七称："《周官·方相氏》：'黄金四目，玄衣朱裳，执戈扬楯，以索室驱疫。'谓之时傩。释者谓四时皆作也。……今春秋无傩,惟于除夕有之。孟郊所谓(诗引见前),王建亦云:'金吾除夜进傩名,画袴朱衣四队行。'皆谓除夕大傩也。其涂饰之制,若驱襀之仪,与《周官》略相类。"孟郊此篇短短六句,全用白描手法,状写在庭燎照明下,众人击鼓吹笛,桃弧射矢驱除疫鬼的热烈场面,描摹疫鬼染面、裸足,身着朱裈,手拽茅鞭,戚戚而行的动态,写得形象生动,声貌俱现,真实地描绘了一幅唐代风俗画。即从史料价值上看,也是弥足珍视的。宋曾季狸《艇斋诗话》称:"孟郊、张籍一等诗也。唐人诗有古乐府气象者,唯此二人。……孟郊如《游子吟》、《列女操》、《薄命妾》、《古意》等篇,精确宛转,人不可及也。"所论颇有见地,可备参考。

　　孟郊是唐代写情写景的高手。他的山水景物诗,融理于景,景中见情,以情为主,情景相生,俱非单纯为写景而写景,而是有着深刻的思想感情的寄托。如组诗《石淙十首》(卷四),通过丹巘霁波,幽深草木,诗人升险探奇,借以自抒其应试不第的"前恨"和"弃怀"。组诗《寒溪九首》(卷五),表现诗人踏雪寒溪,目见鱼鸟皆被冻杀;象征性地刻画了"冻飙杂号,虘音坑谷"的冷酷血腥的世界,和百姓被剀割的苦难。诗人独立无语,默念酸嘶,由此引发出一段感时伤世之言:"因冻死得食,杀风仍不休。以兵为仁义,仁义生刀头。刀头仁义腥,君子不可求。"诗人掩埋了冻死鱼鸟的"骼髂",并涕泗珊珊地哭吊了它们,曲折地映现了孟郊"君子不弃于万物"、"以道德仁义、天地至公之道养天下"的政治理想。最后又写到素冰解冻,溪景明春,一派新生景象,末二语以"忽如剑疮尽,初起百战身"戛然作结。

　　与《寒溪九首》相类的还有组诗《峡哀十首》(卷十)。诗人以云谲波诡之笔,穷形尽态地刻画了峡水、峡螭之险恶害人:"峡水声不平,碧沲牵清洄。沙棱箭箭急,波齿龂龂开。呀彼无底吽,待此不测灾。""峡晖不停午,峡险多饥涎。树根锁枯棺,直骨褭褭悬。""峡螭老解语,百丈潭底闻。毒波为计校,饮血养子孙。"借以揭露批判世风之浇薄,谗毁之阴森可怖,象征性地抒写诗人应试不第、遭际迍邅的幽愤沉哀,哀吊古往今来死于邪恶势力的逐客、窜官、幽魂、冤鬼。通篇遣辞铸句,刿目鉥心,有声有色,奇险生峭，意境幽深，展现了孟郊镌刻山水的独到的艺术才能。他在《石淙十首》中有云："入深得奇趣，升险为良跻。古骇毛发栗，险惊视听乖。"如果用来形容他的山水组诗的语言风格，也是十分恰切的。

我们再看孟郊的《京山行》（卷六），又是一番景象。"众虻聚病马，流血不得行。后路起夜色。前山闻虎声。此时游子心，百尺风中旌。"前四句全为末二句铺垫蓄势，而风旌百尺，写游子心态，亦极夸张之致。通篇无一句正面写京山，而京山之险阻、旅途之艰苦，已跃然纸上。孟郊好作险语，于此可见一斑。

孟郊写景咏物诗，兴寄象外，妙语如珠，穷入冥搜，戛戛独造。除了人们所熟知的《游终南山》、《洛桥晚望》诸作脍炙人口，已有定评外，其他如《旅次洛城东水亭》（卷五）"霜落叶声躁，景寒人语清"一联写秋日景色，造境幽远；《桐庐山中赠李明府》诗（卷六）用"千山不隐响，一叶动亦闻"渲染山中静境，更见匠心；《游城南韩氏庄》（卷四）"时见水底月，动摇池上风"用倒装句法写水中倒影，构思新颖；《汝州南潭陪陆中丞公宴》诗（卷五）"分明碧沙底，写出青天心"二语，也是从潭中倒影设喻立意，与前诗相类。他的咏物诗虽然篇什不多，但也各具特色。如《蜘蛛讽》、《蚊》、《烛蛾》（卷九）诸篇，缘物寓讽，寄托遥深。《酬郑毗踯躅咏》（卷九）"孤光袅余翠，独影舞多妍，迸火烧闲地，红星堕青天"四语写尽踯躅色态。特别用"迸火"、"红星"两句状写踯躅色红，设喻奇巧，造语工新。《井上枸杞架》一首："深锁银泉甃，高叶架云空。……影疏千点月，声细万条风。"首二句点题。"影疏"二语，摹写枸杞架枝叶扶疏如盖，疏影细声，动态如绘。孟郊《题韦少保静恭宅藏书洞》诗有云："高意合天制，自然状无穷。"他的山水景物诸作，正是这两句诗具体的实证和形象化的说明。

孟郊在咏怀、酬赠、送别、哀吊一类诗中，艺术表现手法和语言风格绚烂多姿：既有浓墨重彩又有淡远绝尘，既有硬语盘空又有敷柔纤余；擅用白描手法和形象化譬喻突出所要描绘的对象，摹写出难言之情和难状之景。孟郊的景语，其实也是情语。他往往能从平凡生活中，从切身感受中，概括出一些富有真情至性的诗句，如见肺腑地道出人人心中语，具有深刻的生活概括力和审美表现力。他的《送草书献上人归庐山》一诗（卷八），即集中地运用了白描手法和形象化譬喻，如"手中飞黑电，象外泻玄泉"、"忽怒画蛇虺，喷然生风烟。江人愿停笔，惊浪恐倾船"。这些设色浓丽的诗句，夸张地描摹出献上人奔放不羁、变化万端的草书技能，使人读后，恍如面对一幅云烟霪霄、气韵生动的水墨画卷。又如《伤春》一诗（卷三），写大历、建中、贞元间两河十年征战后的荒城景象：

> 两河春草海水清，十年征战城郭腥。乱兵杀儿将女去，二月三月花冥冥。千里无人旋风起，莺啼燕语荒城里。春色不拣墓旁株，红颜皓色逐春去，春去春来那得知？今人看花古人墓，令人惆怅山头路！

通篇全用对比、对照的写实之笔，从春色春花、莺啼燕语的一派生机中，更加倍地反衬出千里无人、红颜春去的乱后景象。感伤今昔，慨寄无穷，写得凄艳哀婉、扣人心弦，是纯用白描手法写成的又一力作。

孟郊诗的语言艺术，固然有如韩愈所称道的"硬语盘空，妥帖排奡"的一面，也还有吸取汉魏以来乐府民歌的优长、运用明白如话的俚语写诗、展示平易淡远风格的另一面。他的《济源寒食七首》（卷五）中《女婵童子黄短短》、《蜜蜂为主各磨牙》二首，《送淡公十二首》（卷八）中《铜斗饮江酒》、《短蓑不怕雨》、《射鸭复射鸭》诸篇，都洋溢着强烈的生活气息，表现出古朴冲淡的情调，显示了所受民歌的影响。诗中自云："铜斗短蓑行，新章其奈何。兹焉激切句，非是等闲歌。"不喜孟郊诗的苏轼也称"尚爱铜斗歌，鄙俚颇近古。……歌君江湖曲，感我长羁旅"，又云"我憎孟郊诗，复作孟郊语。……诗从肺腑出，出辄愁肺腑"。这就足以说明孟郊诗在艺术感染上已然取得了撼人心魄的效果。他的硬语盘空和平易淡远的语言风格特色都不同程度地统一在孟诗的整体风格中，形成孟诗寓形象于白描、奇险而又平易的独特艺术风貌。

孟郊诗初看乍读，似觉生涩难解，细按之，不少篇什章法整赡，脉络井然。炼句炼意，避陈避熟，惨淡经营，皆由苦吟得之。如《忆周秀才素上人时闻各在一方》诗（卷七）首二句"东西分我情，魂梦安能定"合写各在一方的二人，并隐隐点出"忆"字；"野客云作心"以下十句，每句分写一人；

末二句"羡尔欲寄书,飞禽杳难倩"又合写二人,并与首二句相呼应。构思细密,承接分合之间不着痕迹,工力老成,于此可见。《与二三友人秋宵会话清上人院》诗(卷四):"一僧敲一磬,七子吟秋月。"短短十字,檃栝清上人与二三友及"秋"字,点题工妙,匪夷所思。末二语"扣寂兼探真,通宵讵能辍"又隐隐结出夜话清上人院题意,结构严整,耐人寻绎。

孟诗炼意之深,炼字之精,允为一时独步。《西上经灵宝观》诗(卷六)用"一片古关路,万里今人行"二语檃栝古今,意象开阔,与王昌龄《出塞》诗"秦时明月汉时关,万里长征人未还"有异曲同工之妙。如此之类,在孟郊集中随处可见。他的《秋怀》十五首(卷四),是晚年居洛阳时所作。在组诗中,反复咏叹老病侵寻、一贫彻骨的内心凄苦,反映了作者晚年壮志消磨、感怀既往的怆痛心情,集中地体现了孟诗炼句炼字之妙。如写秋露,则云:"冷露滴梦破,峭风梳骨寒。""滴"字、"梳"字,炼字艰苦。写秋叶、秋衣,则云:"商叶堕干雨,秋衣卧单云。"陈延杰评云:"干雨,言秋叶落成阵,声干如雨。单云,则状秋衣之单。"写秋风、秋声,则云:"岁暮景气干,秋风兵甲声。"用"兵甲声"渲染秋风肃杀,用"干"字形容秋气,设想之奇,出人意表。写秋月、秋虫,则云:"秋深月清苦,虫老声粗疏。"体物入微。写贫病,则云:"一片月落床,四壁风入衣。""瘦坐形欲折,晚饥心将崩。"这些凄神寒骨的诗句,非亲历者不能道。正如韩愈所称许:"钩章棘句,掏擢胃肾。神施鬼设,间见层出。"孟郊正是运用一些险语、拗句、僻字,说出一些不经人道语,给人以耳目一新之感,从而展示独特的艺术个性和奇崛峭拔的美学风格。当然,由于孟郊刻意追求新奇险僻,有些诗句,锻炼之极,流于难以索解,显露出刻削造作的痕迹,损害了单纯自然的艺术美。反而成为疵累,这是不足为法的。

三

前面说过,在现存五百余首孟郊诗中,绝大多数都是五言古诗。他偶尔也写作近体诗,但在字句和声律上,每每不受对偶和平仄的限制,仍然保持独特的拗折古劲的风格。这些都自然和他的文学主张有密切关系。

我们知道，唐初诗坛大多承袭齐梁以来崇尚声律骈偶的余风，柔靡绮丽的"宫体诗"曾经风行一时。一直到了陈子昂、李白诸人才推崇"风雅"，提倡"兴寄"和"汉魏风骨"，并在各自的创作中实践了他们的主张。如陈子昂《修竹篇·序》中称："文章道弊五百年矣！汉魏风骨，晋宋莫传。……仆尝暇时观齐梁间诗，采丽竞繁，而兴寄都绝，每以永叹，思古人。"他明确提出反对齐梁间"逶迤颓靡"的形式主义诗风，深恐"风雅不作"而耿耿于怀。李白《古风》也称："大雅久不作，吾衰竟谁陈？王风委蔓草，战国多荆榛。……正声何微茫，哀怨起骚人。……自从建安来，绮丽不足珍。"这些诗句，祖述诗骚，赞美建安，批判齐梁绮丽诗风。他们提出的诗歌革新主张，把当时趋向浮靡的诗风初步扭转，引向"雅正"的道路。而孟郊也正是在理论上继承和发展了前辈诗人诗歌革新的主张。他在《赠郑夫子鲂》诗（卷六）中称：

  天地入胸臆，吁嗟生风雷。文章得其微，物象由我裁。宋玉逞大句，李白飞狂才。苟非圣贤心，孰与造化该。

这实际上是一首论诗诗，形象地说明了诗歌创作中客观与主观相统一的过程，阐释了文学创作中，客观事物反映到主观世界，主观世界发为文章，表现客观世界，对自然和社会生活中一切物象进行剪裁取舍的道理。而归根结底，要像宋玉、李白那样，得文章之精微，具备圣贤之心，方能"与造化该"。他在《读张碧集》（卷九）诗中又称：

  天宝太白殁，六义已消歇。大哉国风本，丧而王泽竭！先生今复生，斯文信难缺。下笔证兴亡，陈词备风骨。

这首诗，实际上也是代表孟郊审美主张的一篇诗论。他痛惜天宝已来，六义消歇，国风丧而王泽竭，王泽竭而诗不作，从理论上表达了对唐代自陈子昂、李白以来倡导的诗歌革新主张的拥护和支持。这是与陈子昂、李白诸人的论点一脉相承的。"下笔证兴亡，陈词备风骨"二语，既是对张碧诗作的赞扬，也是他提出的品评诗歌创作思想、艺术的两个标准。"证兴亡"，指思想意蕴；"备风骨"，指风格、创作个性等。其目的是以"复古"为革新，都想借"复古"的名义，将诗歌引向革新的道路。所以，孟郊一再提出"雅正"和"六义",作为号召的旗帜、诗歌的准绳,并在创作上实践了自己的主张。如他自称:"一生自组织,千首大雅言。""自谓古诗量,耻将新学偏。""顾余昧时调,居止多疏慵。……天疾难自医,诗僻将何攻?"为了诗歌的革新,他宁愿"心与身为仇",苦吟成白头,坚定不移地从"新学"和"时调"中解脱出来,战斗过来。孟郊这些文学主张,和韩愈当时倡导的"务反近体"的古文运动,是相辅相成的。因之,孟郊的诗得到了韩愈的激赏,作出了高度的评价。韩愈《荐士》诗中称:"……建安能者七,卓荦变风操。逶迤抵晋宋,气象日凋耗。中间数鲍谢,比近最清奥。齐梁及陈隋,众作等蝉噪。……国朝盛文章,子昂始高蹈。勃兴得李杜,万类困陵暴。……有穷者孟郊,受材实雄骜。"韩愈在《送孟东野序》中又称:"唐之有天下,陈子昂、苏源明、元结、李白、杜甫、李观皆以其所能鸣。其存而在下者,孟郊东野始以其诗鸣。其高出魏晋,不懈而及于古,其他浸淫乎汉氏矣。"直接把孟郊当作汉魏以来,李杜之后,现实主义诗歌优良传统的继承人,充分说明了孟郊对推动唐代诗歌运动的发展,确实作出了重要的贡献。

我们如果再从孟郊当时的交游中略加考察,也可约略窥见孟郊文学主张及其创作实践的归趋和影响。孟郊年辈早于韩愈。张籍为韩愈任汴州观察推官时所举州贡进士。贾岛曾从韩愈、张籍、孟郊问学。孟郊和他们交谊夙笃,俱为忘形之契。韩愈拗折奇崛的诗风,与孟郊有相近的一面,他们共同致力于诗歌革新和古文运动的建设。张籍夙擅乐府歌行,白居易《读张籍古乐府》诗中称赞说:"尤工乐府词,举代少其伦。"姚合《赠张籍》诗也说:"古风无敌手,新语少人知。"张籍的乐府诗所以取得妙绝一时的成就,正是由于他继承、借鉴了《诗经》、《楚辞》、汉魏乐府以及前辈诗人的优长,并向民间口头创作学习的结果。他和挚友白居易、元稹、王建一道,共同推动了唐代新乐府诗运动的开展。张籍乐府诗的渊源和方向以及某些特色,也正是孟郊乐府诗所追求的。贾岛早期诗作与孟郊相接近,受韩愈、孟郊较大影响。所以,孟郊称赞他说:"诗骨耸东野,诗涛涌退之"(《戏赠无本》);"燕本冰雪骨,越淡莲花风。五言双宝刀,联响高飞鸿"(《送淡公》)。韩愈《赠贾岛》诗也说:"孟郊死葬北邙山,日月星辰顿觉闲。天恐文章浑断绝,再生贾岛在人间。"从韩、孟赠贾岛诗中,不也可约略窥见孟郊和贾岛诗歌创作之间"同声相应,同气相求"的密切联系吗?王建与张籍"年状皆齐",亦工为乐府歌行。王建的某些五言古诗与韩愈、孟郊相近。元辛文房《唐才子传》卷四称他"初游韩吏部门墙,为忘年之友。与张籍契厚,唱答尤多。……二公之体,同变时流"。"同变时流",即谓张、王乐府歌行古调独弹,不同流俗,使时调为之一变。在韩门弟子中,还有刘叉其人。《唐才子传》卷五称他"工为歌诗,酷好卢仝、孟郊之体。造语幽塞,议论多出于正"。宋葛立方《韵语阳秋》也称:"刘叉诗酷似玉川子。"(按,指卢仝)刘叉《答孟东野》诗亦自云:"酸寒孟夫子,苦爱老叉诗。生涩有百篇,谓是琼瑶辞。"据此可知,刘叉诗奇险生涩,受卢仝、孟郊影响,故深为孟郊所喜爱。而《唐才子传》以卢仝、孟郊诗体并举,也可想见卢仝"语尚奇谲",诗风和孟郊相接近。孟郊当时正是与这些志同道合的诗友"沆瀣一气",为唐代诗歌开拓了新路。

孟郊对前辈诗人李白、杜甫、孟云卿、包佶等都备极推崇,对略早于他的同辈诗人韦应物、李益、张碧等也都引为同调。孟云卿,工诗,诗体继承沈千运、陈子昂的遗风,深得杜甫、元结的爱重。《唐才子传》卷二称他"当时古调,无出其右"。孟郊曾过孟云卿嵩阳荒居,作诗哀之(卷十)。包佶,曾被孟郊引为"知音"。他在《上包祭酒》诗(卷六)中称赞包佶诗说:"琼音独听时,尘韵固不同。……时吟五君咏,再举七子风。"其着眼点在于歌颂包佶诗继承了汉魏建安"五君"、"七子"的诗风。《唐才子传》卷三也称他"心醉古经,神和大雅,诗家老斫轮也"。韦应物诗效陶潜体,并深受谢灵运影响。孟郊对陶潜、谢灵运诗风极推重。孟郊的抒情写景诸作,其清远古淡的一面,也从韦诗得到启发。因之,韦应物也即成为孟郊心目中所取法的楷模。唐李肇《国史补》卷下称韦应物"为诗驰骤建安以还,各得其风韵"。宋晁公武《郡斋读书志》一论韦应物诗,称"诗律自沈、宋以后,日益靡曼……音韵谐婉,属对丽密,而闲雅平淡之气不在矣。独应物之诗驰骤建安以还,得其风格云"。(《唐才子传》卷四韦应物条文略同。)当时与孟郊同样喜爱谢灵运和韦应物诗的,还有诗僧皎然。皎然,字清昼,俗姓谢,人称昼上人。他自称是谢灵运的后裔,以"我祖文章有盛名"颂扬祖德,与陆羽、孟郊友善,屡有诗作相唱酬。皎然在所作《诗式》中,热情称赞谢灵运诗"上蹑风骚,下超魏晋"。他和韦应物也是唱酬的诗友。他特爱韦应物诗,甚至仿效韦体,作诗为贽(参见《因话录》、《嬾真子》)。可以想见皎然对韦应物诗的向往心情。而这些也正是孟郊所以引皎然为"知音"、追念诗会旧游的必然依据。

四

孟郊诗中常常提到屈原、宋玉、建安七子、竹林七贤、陶潜、谢灵运、谢朓、李白、杜甫诸人,对他们表示了赞赏,特别对谢灵运诗衷心向往。他在《赠苏州韦郎中使君》诗(卷六)中说:"谢客吟一声,霜落群听清。文含元气柔,鼓动万物轻。……尘埃徐庾词,金玉曹刘名。章句作雅正,江山益鲜明。"这些诗句,妙在以韦拟谢,既称许了韦苏州,更歌颂了谢康乐,既道出了韦、谢诗句的优长,更曲折地展现了韦应物诗与谢灵运诗有其一脉相承的一面,切中肯綮,独具卓识,实发唐宋诗评家之所未发。末四句"曾是康乐咏,如今寡其英。顾惟菲薄质,亦愿将此并"合写韦谢,表示愿以韦诗也即谢诗作为自己创作的圭臬。通篇是论诗诗,也是孟郊审美主张的展示。实际上,孟郊并不是全盘反对向六朝学习。他的抒情写景之作,特别是山水诗"情必极貌以写物,辞必穷力而追新"(《文心雕龙·明诗》)的创作倾向,确是善于创造性地向谢灵运学习的。他扬弃了谢诗富艳华丽的外形,而吸取了谢灵运所擅长的刻画形象、缘情体物和炼意炼辞的妙处。鲍照乐府诗得力于汉魏乐府、五言古体抒情写景诸作,句法高妙,音响峭促,专事炼字炼句炼意,务去陈言,力避熟俗。钟嵘《诗品》称他"善制形状写物之辞",惟有时过于雕琢,显得生涩。这些都为孟郊所取法,特别对孟郊的山水诗有相当的影响。清方东树《昭昧詹言》称:"东野诗出鲍明远,以《园中秋散》等篇观之可见。"他在评鲍照《园中秋散》诗时又称:"此直书胸臆即目,而情景交融,字句清警,真孟郊之所祖也。"陈衍《石遗室诗话》也称:"东野首联多对起,多警辟语,皆从鲍照来也。"但孟郊学谢、鲍,并非摹拟字句，而是善于吸取众长，加以融化概括，镕铸成独创的风格。如他的某些乐府诗，比兴深微，妙得风骚之旨。《感怀》八首，指陈时事，托意规讽，是有意识地学习阮籍《咏怀》诗的。《新卜青罗幽居奉献陆大夫》、《立德新居》诸首，又近似陶渊明诗。当时李观在《与梁肃补阙书》中推荐孟郊的诗称："五言高处，在古无上，平处下顾二谢。"（按，谓谢灵运、谢朓。）李翱《荐所知于张仆射书》中也称："郊为五言诗，自前汉李都尉、苏属国及建安诸子、南朝二谢，郊能兼其体而有之。"评骘虽未免偏高，但大体上还是可以说明孟郊诗歌创作的宗法和方向的。

孟郊诗不仅"在古无上"，而且流风所被，影响及于中晚唐。除前面谈过的贾岛、刘叉外，又如朱昼，"贞元间慕孟郊之名，为诗格范相似，曾不远千里而访之。不厌勤苦，体尚奇涩"（《唐才子传》卷五）。朱昼《喜陈懿老示新制》诗自注也称："予欲见诗人孟郊，故寄诚于此。"晚唐诗以曹邺在诗歌创作上致力于古诗和乐府民歌，自成一格。明胡震亨称他的诗"其源似出孟东野，洗剥到极净极真，不觉成此一体"（《唐音癸签·诂笺》八）。清叶矫然《龙性堂诗话初集》也称："晚唐之曹邺，中唐之孟郊也。逸情促节，似无时代之别。"唐张为《诗人主客图》卷二上取孟郊"青山辗为尘，白日无闲人"、"食荠肠亦苦，强歌声无欢"等句，以为"清奇僻苦主"。唐李肇《国史补》卷下也称："元和以后，为文笔，则学奇诡于韩愈，学苦涩于樊宗师；歌行则学流荡于张籍；诗章则学矫激于孟郊，学浅切于白居易，学淫靡于元稹；俱名为元和体。"这里所谓"流荡"、"矫激"、"浅切"种种贬词，自然是针对当时诗坛浅学、末流而言的，也代表着当时某些正统派文学评论者的偏见，但一方面也说明孟郊的诗，在当时是和韩、张、元、白诸人同为时人学习的典范，蔚成一时的风气。所以，当时以"孟诗韩笔"并称（唐赵璘《因话录》），就绝非偶然了。

孟郊的诗作，在唐代诗歌发展史上承前启后，是占有重要地位的。他的流风余韵，还不止于沾溉中晚唐；也像杜甫、韩愈、白居易那样，开宋调之诗风，在两宋诗坛上发生了相当的影响。宋初，以欧阳修、梅尧臣为首，并在石介、苏舜钦等人参加下，针对杨亿、钱惟演的"西昆体"所进行的诗歌革新运动,大都是以韩愈、孟郊、张籍等人的诗作为准则的。梅尧臣提倡"平淡"的诗风,尝云"作诗无古今,欲造平淡难"(《赠杜挺之》),早期诗作学韦应物。欧阳修评之云:"初喜为清丽,闲肆平淡,久则涵演深远,间以琢刻以出怪巧。然气完力足,益老以劲。"(《风月堂诗话》卷上)他的诗风受孟郊、韩愈的影响极大。欧阳修甚至把梅尧臣的诗比作孟郊。他在《读圣俞蟠桃诗寄子美》诗中称:"韩孟于文词,两雄力相当。……郊死不为岛,圣俞发其藏。……嗟我于韩徒,足未及其墙。而子得孟骨,英灵空北邙。"(《欧阳文忠集》卷二)梅尧臣自己也承认这点。他在《别后寄永叔》诗中称"荷公知我诗,数数形美述。……窃比于老郊,深愧言过实"(《宛陵集》三十三),在《依韵和永叔澄心堂纸答刘原甫》诗中又称"退之昔负天下才,扫掩众说犹尘埃。张籍卢仝斗新怪,最称东野为奇瑰。……欧阳今与韩相似,海水浩浩山崔嵬。石君(石介)苏君(苏舜钦)比卢籍,以我拟郊嗟困摧"(《宛陵集》三十五)。这实际上是一篇论诗诗,曲折地映现出唐、宋两代诗人在诗歌革新运动中递嬗演变之迹。欧阳修《水谷夜行寄子美圣俞》诗中评梅诗曰:"近诗尤古硬,咀嚼苦难嚼。初如含橄榄,真味久愈在。"如果把这几句移来评价孟郊的诗,也同样是极其确当的。

　　王安石的朋友王令,在诗艺上深受韩愈、孟郊、卢仝的影响。他在《还东野诗》中自述:"前日杜子长,借我孟子诗。三日三夜读不倦,坐得脊折臀生胝。"孟郊诗对他的吸引,于此可见。其下又称"旁人笑我苦若是,何为竟此故字纸?童子请求愿去烧,此诗苦涩读不喜。吾闻旁人笑,欢之殊不已。又畏童子言,藏之不敢示。奈何天下俱若然,吾与东野安得不泯焉"(《广陵集》卷十一),描摹他殷勤护持孟诗,为孟诗不为俗流所理解而愤愤不平的情景,感人至深。宋苏轼《书林逋诗后》称林和靖诗云"诗如东野不言寒"(《集注分类东坡先生集》二十五),以林诗比况孟郊。宋范成大还仿孟郊《峡哀》诗作《初入峡山效孟东野,自此登陆至秭归》诗,末云:"悲吟不成章,聊赓《峡哀》诗。"(《石湖居士集》卷九)其《送李仲镇宰溧阳》诗中又称:"唤起酸寒孟东野,倒流三峡洗余悲。"(《石湖居士集》卷九)东野一篇组诗,竟使石湖念念不忘,反复吟味,石湖对孟诗倾倒之忱,不是昭然可见了吗？

    北宋后期以黄庭坚、陈师道为首的江西诗派，提倡学杜甫、学韩愈、学孟郊、学张籍，在诗歌运动中力图继承梅尧臣、苏舜钦、欧阳修等人反晚唐、反"西昆体"柔靡绮丽诗风的工作，并有所革新。如黄庭坚诗虽然以学杜甫为主，但他那种锻炼字句、奇峭拗折的创作风格，也和孟郊诗风有着某些渊源。正如刘熙载所说："孟东野诗好处，黄山谷得之，无一软熟句；梅圣俞得之，无一热俗句。"（《艺概·诗概》）这些都可表明孟郊的诗，在唐宋诗歌运动中发挥了积极的作用，在诗风上影响唐宋两代诗坛，深远昭著。这些都是不能一笔抹杀的。但是，正如中国文学史上李杜优劣之争那样，扬韩抑孟或贬低孟诗之论，也屡见不鲜。因此，对孟郊这样的诗人及其创作，在今天，应该如何全面而公允地重新予以评价，就成为中国古典文学领域中一项重要而有意义的课题。

    编者学识谫陋，为孟集所作校注，乃尝试之作。集后附录四种，也只是提供一些资料，以备参考。阙误之处，在所难免，海内博雅幸有以教之。在校注过程中，承北京图书馆、上海图书馆、四川大学图书馆惠借资料；特别是人民文学出版社古典文学编室于绍卿、刘文忠诸同志的关怀和指导，谨在此一并表示诚挚的谢意。

1990 年 9 月

注释：

〔一〕参见孟集卷八《送陆畅归湖州因凭题故人皎然塔陆羽坟》诗"昔游诗会满，今游诗会空"及卷十《逢江南故昼上人会中郑方回》诗。

〔二〕宋苏轼《读孟郊诗二首》其一："何苦将两耳，听此寒虫号。不如且置之，饮我玉色醪。"南宋李纲《读孟郊诗》也称："郊穷如秋露，候虫寒自吟。"

〔三〕见严羽《沧浪诗话·诗评》及辛文房《唐才子传》卷五。

〔四〕见金元好问《论诗三十首》十八："东野穷愁死不休，高天厚地一诗囚。"

〔五〕见鲁迅《且介亭杂文二集·题未定草》六。

（原载《孟郊诗集校注》，人民文学出版社，1995 年 12 月）

论顾炎武的《蒋山佣残稿》[①]

一

明清之际杰出的爱国活动家、文史学家和具有进步思想的学者顾炎武（1613—1682），学问淹博，著述宏富，不仅照耀当时，而且它的影响和留下的宝贵遗产，一直沾溉后世，仍然是今天应该批判继承、发扬光大的对象。不过，顾炎武生平著述虽极繁富，但死后遗书文稿，俱为其甥徐乾学、徐元文取至北京，秘不示人。当时虽亭林嗣子顾衍生也"不克常见"，只得从诸友人处"捃摭一二"（据顾衍生：《亭林著书目录跋》）。徐氏兄弟对亭林书稿又"不知爱惜，或为人取去"（何焯：《菰中随笔·序》）。由是亭林遗书颇多散佚。幸有亭林门人潘耒（次耕）为之刊行若干种，其中如《亭林文集》即潘刻之一。但所刻也仅是顾炎武文稿的一部分，并不能窥见全豹。因此，潘刻《亭林文集》虽对我们研究顾炎武的生平和著述有很大的参考价值，但还希望能获见一个更加接近亭林文稿原始面目的本子，来互相比勘，从而更深入地考见顾亭林一生出处大节和言论活动，更具体地疏通刻本《亭林文集》的某些疑滞，校补其文字上的阙误，而旧钞本《蒋山佣残稿》的出现，就解决了很大一部分问题。

《蒋山佣残稿》[一]，顾炎武著。旧钞本，三卷。原稿久佚，其传录之本，据我所知在国内有两本，一藏常熟瞿氏铁琴铜剑楼；一藏上海涵芬楼。涵芬

[①] 本文最初发表于《四川大学学报》1959年第5期，"编注《顾亭林文选》时重加删订，印入《文造·附录》中"（见本书附编《世纪留痕》），收入本书即以此为准。

所藏,早已于"一·二八"日本侵略上海时付之一炬;瞿氏所藏,未见于著录,现亦不知存否。这本《残稿》,也系旧人传录之本,为日本大阪府立图书馆旧藏,于抗日战争前商请大阪府立图书馆就原藏本摄影。原本半叶十行,行二十一字。稿心上方题"蒋山佣残稿",下方题"尚志堂"三字。首尾有"秦峰陆熙"、"文穆"及"大阪府立图书馆"诸印。陆熙,清初画家,其生平经历已不能详考。"文穆",当是陆熙的字。"尚志堂",不知即陆氏的室名否?(按,清人卢锡晋及侯楷均曾以尚志堂作为室名。)《残稿》共收文99篇(内有一篇文字残阙),除《记与孝感熊先生语》一篇外,俱系书札。题目下间或有顾衍生所注某某人的姓名、籍贯和简历。文中遇有"辇下"、"先妣"等字,俱跳格书写;遇有"炎武"字,则作空格,可以推见原底本恐即顾衍生就亭林原稿手录,而传录之本大约又系从顾衍生钞本录出。因之,所有格式一仍其旧,仍然保持原稿的面貌。后附《熹庙谅阴记事》一卷,系顾亭林记述有关明神宗(朱翊钧)、光宗(朱常洛)、熹宗(朱由校)时"梃击"、"红丸"、"移宫"三大案的始末,起明光宗泰昌元年九月至十二月,为明史研究提供了一些宝贵的参考资料。据李云霈(亭林门人,又系顾衍生之师)《与人论亭林遗书笺》称:"先师(按,指顾亭林)当日著作甚富,即以晚所见而言,尚有《岱岳记》四卷、《熹宗谅阴记》一卷(三大案皆在内,系霈手录)、《昭夏遗声》二卷(昭夏者,中夏也。选明季殉节诸公诗,每人有小序一篇,系霈手录)……今诸书不知在于何处?深为可惜。"[二]《熹庙谅阴记事》原稿在顾亭林逝世不久,即不知流转何所?但这还是清乾隆大肆焚毁所谓"违碍"书籍以前的事。至乾隆悍然下令查缴"违碍"书籍以后,在《外省移咨应毁各种书目》中已列有"无名氏:《熹庙谅阴记事》",当即顾亭林所撰之书。据此可知《熹庙谅阴记事》原本,在乾隆下令焚书时已遭焚毁,因而这本经旧人传录的《残稿》和《记事》,在日本也一向被珍视,至誉为"海内孤本"(日本长泽规矩也《亭林著述考》中语),自清代以来向未刊行。

取《残稿》与潘耒刻本《亭林文集》(《四部丛刊》本)详加比勘,其中两见于《蒋山佣残稿》和《亭林文集》的,有《与友人论服制书》等39篇;

为《残稿》所有而未刻入《亭林文集》的，有《答门人毛景岩书》等60篇。这未刻入《亭林文集》的60篇遗文特别值得珍视。它们涉及的方面极其广泛，有些是顾亭林谈他北游山东和旅行晋陕的，有些是谈他被陷入济南黄培诗狱的本末原委的，有些是谈章丘谢世泰侵占大桑家庄田产始末的，有些是谈他以死力拒纂修明史和不应康熙间博学鸿儒科试的，有些是谈他晚年定居关中和修建朱子祠堂的，有些则是谈他的私人和朋友室家之事的。凡此种种，不仅可与诸家《顾亭林年谱》互相印证，而且还有不少难得的资料可以订补诸家《顾亭林年谱》的舛漏，考见亭林当年的游踪和活动，以及他"以游为隐"、志图恢复的深意和苦心。特别是在这些书札中，还真实地反映了封建社会一些丑恶的现实。如清代官僚集团的腐败黑暗；人民在官僚、地主和高利贷的重重压榨下至于"人多相食"的悲惨命运；以及清廷如何通过文字狱、举博学鸿儒科和开明史馆等措施，以尽其杀害和牢笼遗民志士的"能事"。我们今天读到这些文字，还仿佛可以想见顾亭林当日坚持斗争、不屈不挠的精神面貌。这些对于三百年以下的人们在潜移默化中所起的鼓舞作用，又远远不是文字校勘上的得失所可比拟的了。兹举其荦荦大者数事约略言之。

我们知道，顾亭林于清顺治十四年丁酉（1657），因避昆山豪绅叶方恒之仇，自昆山北游山东；康熙元年壬寅（1662），复旅行晋陕。亭林曾在《答人书》（《蒋山佣残稿》二）中对他这十年来漫长的游踪，作过相当具体的说明。他说："丁酉之秋，启途淮北……"我们从顾亭林这段自述中，清楚地了解他从顺治十四年出游山东，到康熙七年下入济南府狱前的全部游踪；也比较具体地了解了他这"十年以来穷通消息之运"和旅途的辛苦。取与吴映奎、张穆《顾亭林年谱》互相对勘，不仅为《年谱》找到一些有力的根据和补充；像文中所说"买妾牛子"一事，更可订补诸家《顾亭林年谱》所未详（说见下文）。

至于顾亭林康熙七年牵连在姜元衡诬告旧主黄培、黄坦等诗狱一案，下入济南府狱的原委始末，亭林当时与诸友人书札中曾详细谈到过。但潘刻本《亭林文集》却一篇都未刊入，显系有意删简，以避"时忌"。幸颜光敏《颜氏家藏书牍》，及张穆《顾亭林年谱》康熙七年下载有亭林手札若干篇，《蒋山佣残稿》卷二更收有亭林《与人书》四篇及《与原一甥》、《上国馨叔》（即顾兰服）诸书，通过这些篇书札，既可与张穆《顾亭林年谱》所载亭林书札互相印证补充；更重要的还在于，《蒋山佣残稿》所收这些书札，竟无一篇与《张谱》所载者重复，即使单从辑佚角度上着眼，也是值得倍加珍视的。

不仅于此，从《蒋山佣残稿》所收亭林《答张稷若书》、《答原一甥》以及《与章丘令魏某》、《答徐某》等往返各书中（俱分见《残稿》卷一、卷二），更知顾亭林康熙八年（1669）到章丘与谢世泰对簿结案，收回被谢世泰侵占的田产后，还曾托章丘县令魏某、徐某等代为照管等事，使我们更加清楚地了解顾亭林自狱解后有关章丘田产的一些善后处理的过程。尽管是片言只简，却有助于考证顾亭林生平行事，并可订补吴、张诸家《顾亭林年谱》之所未详。

康熙十七年戊午（1678），清廷欲纂修《明史》，特开博学鸿儒科，令各省荐举海内名儒齐集京门应试。当时叶讱庵、韩菼共议欲以顾亭林名应荐，后知亭林意不可屈，乃止。十八年己未（1679），叶讱庵任明史馆总裁，又欲荐顾亭林入史局，纂修《明史》。亭林一方面致书叶讱庵，举其母临终遗命"无仕异姓"之言，以死力拒；一面漫游河南、河北、山西，以避为清廷所弋获。他在山西汾州时，曾与苏易公书（见《蒋山佣残稿》三），托苏设法谋之范镐鼎，在扬邑[三]代寻乡村寺院，意欲由汾来扬，"潜踪一两月"，以避史局之荐。顾亭林这种种苦心谋划，都是秘密进行，像他在《与苏易公书》中所谈，当时也便绝少有人知其底蕴。而我们今天幸得获见此书，更能对亭林当年的高风亮节和苦心深意，有着进一步的理解，其可珍视，自不待言。

至于顾亭林晚年的行踪和活动，他在给朋友亲旧的许多书信中，都不止一次地谈起过。他大约从康熙十六年丁巳（1677）65岁后，继续展转奔走于山西、河南、陕西之间，进行"通观形势，阴结豪杰"的一些实际活动；并以陕西华阴为主要的联络据点，在华下定居，一直到康熙二十年（1681）来曲沃前为止。为了表示对清廷征辟的峻拒，他始终没有再入京门。

顾亭林为了摆脱清廷和地方上的羁绊，于康熙十八年（1679）三月飘然出关，作嵩山、少室之游。他未出关前的一段行踪，在《与李子德书》（《蒋山佣残稿》三）中作过相当详细的描述：

> 愚于十二月二十七日（按：此指康熙十七年）在华下会□（《残稿》此字空白，当是"张"字）又南。次日即至华州（今陕西华县，清属陕西同州府）。而渭北草窃纵横，竟不能去，在州别驾王君署中度岁。正月三日始终至铧朱（地名，在陕西富平县），欲一至宅叩辞老伯母，会北山多虎，仲德力止毋行。乃纡道自耀州（今陕西耀县）至同官（今陕西同官县），拜寇老师（按：谓寇慎）之墓。二月七日束装雇车启行，十日至山史宅中暂住。

把这段文字与吴映奎、张穆诸家《顾亭林年谱》互相比勘，发现可以补充或订正《顾亭林年谱》的，首先是，关于顾亭林移寓华阴王山史家的时间问题。按，吴映奎、张穆《顾亭林年谱》俱以顾亭林携衍生移寓华阴王山史家一事，系之康熙十八年正月。而顾衍生《元谱》则作"是年二月，携衍生往华阴，住王山史家。"吴映奎、张穆所作年月，是根据顾亭林《与三侄书》（《亭林文集》四）所云"新正已移至华下"一语，以订正顾衍生《元谱》。但亭林《与李子德书》则谓（康熙十八年）二月七日方由同官雇车启行，十日至山史宅中暂住，与顾衍生《元谱》所作正合。疑《与三侄书》所言"新正已移至华下"，或另有所错，非指移寓王山史家的时间。因之，吴、张两《谱》所作月日，尚应存疑。其次是，据亭林《与李子德书》所言，知他在康熙十八年抵华阴前，还到过铧朱，并绕道自耀州至同官。这些都为吴、张两《谱》所未及，可资订补。

至顾亭林此次出关，作嵩山、少室之游，一方面当然寓有通观形势、阴察虚实的深意在内，但主要还是为了摆脱周有德等辈的纠缠和网罗。他在《与李星来书》、《与李紫澜书》、《与潘次耕》诸书中（分别见《蒋山佣残稿》一、二、三），毫不掩饰地倾诉了衷曲。从这些书札中，顾亭林当年仆仆道路，"以逆旅为家"的心事，不是昭然若揭了吗？我们由于获见了这些比较珍贵的第一手资料，才能在刻本《亭林文集》和《顾亭林年谱》外，洞悉顾亭林当年在关中的处境，以及"寓席未暖，而即出为大河南北之游"的深意和苦心，足以订补诸家《顾亭林年谱》之所未详，并大有助于对顾亭林生平行事作更深入的研究。

至于顾亭林晚年定居关中一事，《蒋山佣残稿》所收他与友人往还的一些书札，也提供了许多珍秘的史料。首先是，关于他在华阴营建朱子祠堂的一些本末经过。吴、张诸家《顾亭林年谱》对此虽也有所记载，但都语焉不详。我们通过顾亭林《与汤圣弘》（潆）、《与王山史》、《又与王山史》、《留书与山史》、《答王山史》诸书（俱见《蒋山佣残稿》三），比较清晰地知道顾亭林对修建朱子祠堂，是如何多方擘划，苦心经营；清朝统治当局又是如何不予支持，啧有烦言；甚至还有人多方破坏顾亭林与王山史修建朱子祠堂的协作。幸有当时华阴县令迟维城捐俸为倡，王山史割地相让，以及王宜辑（王山史子）、王允塞（王山史弟）、李因笃诸人合力协作，始得建成。再从顾亭林《答迟屏万书》（见《蒋山佣残稿》一）中，更知朱子祠堂于康熙二十年（1681）即将告成，顾亭林建议于次年二月上丁后送主，并决定届时从山西曲沃力疾来华阴一行。不幸次年（1682）正月九日即病逝曲沃[四]。他的这些书札，足补诸家《顾亭林年谱》所未详。

除了上述的而外，《蒋山佣残稿》所收亭林书札，还有一些是谈他私人室家之事的，参见《答再从兄书》（《蒋山佣残稿》一）及亭林佚文《与归庄手札》等。虽当日事实真相，由于文献不足，已无法备知其详，幸有亭林这些篇书札，并据亭林《从叔父穆庵府君行状》"已而先王父（按：指顾绍芾）捐馆，余累然在疚，而阋侮日至，一切维持调解，惟叔父是赖"诸语推之，仍可从中约略了解一些梗概，为研究顾亭林的家族情况提供了较为珍贵的资料。再联系顾亭林《与李中孚书》"顷使舍侄于墓旁建一小祠，而为不肖子孙百方阻挠，如蛮如髦"诸语（《蒋山佣残稿》一），更可想见亭林家族间的龃龉，由来已久，实非偶然。

此外，还可从顾亭林《与李霖瞻书》（《蒋山佣残稿》一）中知顾衍生之名，乃亭林立之为嗣子后所命，他原名洪瑞。车守谦据顾氏家谱误认立为亭林嗣子者别名洪瑞，遂疑顾氏家人于亭林死后斥退衍生，别立洪瑞的误断，也从而得到订正。而以张穆"洪瑞盖衍生之谱名"的说法为是（说详《张谱》康熙十五年下）。再从顾亭林《与侄公成书》（《蒋山佣残稿》一）中，更知顾衍生本生父名鼎文，字阁公；衍生同母兄名□琦，字公成。"琦"上空格当为"洪"字。大约衍生兄名洪琦，衍生名洪瑞，兄弟俱从"玉"旁排成命名。这些虽都是小考证，无关宏旨，但也为考订顾亭林家族世系时之一助，可资参证。

二

在《蒋山佣残稿》所收与潘刻本《亭林文集》相同的39篇书札中，就其文字异同略加比勘，也不难发现《残稿》所作文字有的可补正潘刻本文字的脱误，有的可疏通潘刻本文字的凝滞，有的可订正张穆诸家《顾亭林年谱》系年的舛谬，有的可考知顾亭林作书年月与收书人姓名，有的还可从而考见顾亭林当时的立身行事、游踪活动以及作为遗民志士的精神风貌，真是佳处联翩，不胜缕举。如潘刻本《亭林文集》六有《规友人纳妾书》，《蒋山佣残稿》一同载此文，题作《与王山史》。考书中所言，大约是顾亭林当年为规劝王山史纳妾而作，而刻本文集隐去了王山史的姓名。刻本文集"炎武年五十九，未有继嗣"句，《蒋山佣残稿》作"□□（按：此当为"炎武"二字）年五十三，遭西河之戚，未有继嗣"。刻本文集"不一二年而众疾交侵"句上《蒋山佣残稿》尚有"恃其筋力尚壮，亟于求子"十字。刻本文集"立侄议定，即出而嫁之"句，《蒋山佣残稿》"立侄议定"，作"会江南有立侄衍生之议"。从《蒋山佣残稿》所作文字看来，关于顾亭林"买妾生子"的问题，与诸家《顾亭林年谱》均有出入。按，顾亭林一生屡次纳妾，据张穆《顾亭林年谱》，知清顺治七年庚寅，亭林妾韩氏生子诒穀，顺治十年癸巳，诒穀夭殇。更纳妾戴氏。今据《蒋山佣残稿》二《与人书》所云"壬寅（康熙元年）以后，历晋抵秦……从此买妾生子，费用渐奢"，疑亭林或于康熙元年以后更纳妾生子。据归庄《与顾宁人书》"戊申（康熙七年）春夏之交，闻兄以荐绅相仇之事连及……遂不免犴狱……令子定已长成，曾再索三索否"(《归玄恭遗著》),可为佐证。再参以《与王山史书》(《蒋山佣残稿》一)"年五十三,遭西河之戚,未有继嗣"诸语(按,"西河之戚",用《礼记·檀弓》"子夏退而老于西河之上,丧其子而丧其明"的典故),疑顾亭林或于康熙四年年53岁时曾遭丧子之痛。归庄远隔千里,情事不悉,故书中乃有"令子想已长成"、"再索三索"之问。至康熙十年辛亥,亭林出京历山西静乐而至太原,在太原遇傅青主,从傅之劝,又纳妾于静乐,时亭林年五十九岁。吴、张诸家《顾亭林年谱》俱将亭林纳妾于静乐一事,属之康熙十四年乙卯(1675),亭林年63岁时。这一年已在亭林"议抚吴江族子衍生为嗣"之后,按之当日事理,自不应更有纳妾之举。疑诸家《顾亭林年谱》所纪均失实,而《蒋山佣残稿》所作文字则有极大的参考价值,似可据以订补诸家《顾亭林年谱》。

又如潘刻本《亭林文集》三《答曾庭闻书》首句"南徐州别三十六年",《蒋山佣残稿》二作"南徐一别二十六年"(潘刻初印本《亭林文集》同)。考吴映奎、张穆《顾亭林年谱》俱以《答曾庭闻书》系于康熙十六年亭林65岁作,当有所本。但据潘刻本《亭林文集》所作推之,从康熙十六年(1677)上溯36年,当为明崇祯十四年(1641),亭林年29岁。时亭林方在昆山居其祖父顾绍芾丧,无从得至南徐州,与书中所言不合。再据吴映奎《顾亭林年谱》康熙十六年下载有《答曾庭闻书》全文,首句正作"南徐一别二十六年",与《蒋山佣残稿》同。当据《残稿》、潘刻初印本《亭林文集》及《吴谱》订正。

又如潘刻本《亭林文集》六有《与友人辞往教书》,《蒋山佣残稿》一也收有此文,题作《又(与熊耐荼)》。首句"羁旅之人"前,较潘刻本文集多"弟已移至坡下韩公宣(即旬公,讳宣。己未进士)斋中,盖"十二字。张穆《顾亭林年谱》以此书系于康熙十七年(1678)下,定为亭林此年辞兰州聘所作。吴映奎《顾亭林年谱》虽也将亭林此书系于康熙十七年下,但认为"是书似非为迎往兰州而作",所言极有见地。今据《蒋山佣残稿》所题,再证以书中所言,知此书系与曲沃县令熊耐荼的,实非直接向张勇父子辞聘之作。《蒋山佣残稿》所作不仅可订正潘刻本文集题目的失当,还可为吴映奎说提供充分可信的证明。至顾亭林写作此书年月问题，也可据《蒋山佣残稿》所作文字获得解决。考吴、张《顾亭林年谱》俱载有"康熙二十年辛酉十月，亭林自曲沃上坡韩镜家移寓下坡韩村韩旬公宣之宜园"一事，证以《蒋山佣残稿·又与熊耐荼书》所云"弟已移至坡下韩公宣斋中"之语，知亭林此书当即作于康熙二十年（1681）十月移寓韩宣斋中以后，不应作于康熙十七年亭林未来曲沃之前甚明。当据《蒋山佣残稿》订正吴、张《顾亭林年谱》。其余可以订正补充潘刻本《亭林文集》及《顾亭林年谱》，或相互印证发明之处，尚所在多有，不能觊缕。举此一二，以例其余。当然，潘刻本《亭林文集》也有可以订补《蒋山佣残稿》之处，兹不列举。

综前所述，可以看出，《蒋山佣残稿》文字与潘刻本《亭林文集》有异同的地方，绝大部分都是有关顾亭林当日向友人倾诉衷曲，不便为外人所知的，如《答李子德书》、《答潘次耕书》、《与潘次耕书》、《与三侄书》等是；或者是有关朋友私事的，如《与三侄书》谈到"山右行囊五百金寄戴枫仲者，为其子窃去，纳教谕之职"等是；还有一些是属于"违时"之语，不便刻入的。因之，在这些方面，潘刻本《亭林文集》就往往与《蒋山佣残稿》在文字上有明显的详略之不同，而以《蒋山佣残稿》所描述的情事和口吻，大体上，最为接近本来的面目。我们知道，顾亭林的诗文，生前屡经增删改易，原有着详略上的差异，如《答俞右吉书》自云："至乃向日流传友人处诗文，大半改削，不知先生于何见之？"（《蒋山佣残稿》一）又《与潘次耕札》中也说："寄去文集一本，仅十之三耳，然与向日钞本不同也。"（《亭林余集》）我们如果推究《蒋山佣残稿》诸文何以与潘刻本《亭林文集》有如此明显的差异？一种情况是，亭林生前诗文原即存在详略的不同；或展转传写时讹脱失真；这本《蒋山佣残稿》系据亭林原稿传录，文字和篇目自然较详于潘刻本。另一种情况是，潘末刊刻《亭林文集》时，为避清廷的"禁忌"及其他一些细节和不便，经潘氏有意删润，亦未可知。总之，这本《残稿》自清吴映奎、车守谦、张穆、徐嘉以次诸人俱未得见，可以断言[五]。它在清代既得幸存于焚禁之余，在今天，又以"海内孤本"重获刊印行世，以供海内外广大文史学界的研讨，这恐怕就是《蒋山佣残稿》的重大价值和特殊意义的所在吧。

注释：

[一]《蒋山佣残稿》，经本人整理校订，连同《熹庙谅阴记事》，由北京中华书局编入《顾亭林诗文集》，于1983年5月出版。

[二] 载《国粹学报》第一年第七号。

[三] 扬，春秋时晋羊舌氏封邑，故城在今山西洪洞县东南。

[四] 顾亭林病逝于山西曲沃，时为康熙二十一年壬戌（1682），年70岁。《清史稿·儒林传》及全祖望《亭林先生神道碑》（《鲒埼亭集》十二）俱误作"卒于华阴，年六十九"，应据吴映奎、张穆《顾亭林年谱》订正。

[五] 据吴映奎、张穆《顾亭林年谱》和徐嘉《顾亭林诗谱》所辑《亭林著述目录》，俱未列有《蒋山佣残稿》，是其证。

（原载《顾亭林文选》，四川人民出版社，1998年11月）

略谈张籍及其乐府诗

一

"妙绝江南曲,凄凉怨女诗。古风无手敌,新语是人知。"这是唐人姚合《赠张籍》诗里面的几句话。白居易在《读张籍古乐府》诗中也称赞他说:"张君何为者,业文三十春。尤工乐府词,举代少其伦。"从这些话中,都可以看出张籍的乐府诗,在唐代是如何被他同时代的诗人们所推服。就在今天,我们仍然可以说,张籍的乐府诗,在唐诗中是优秀的现实主义的作品。他应该成为我们学习的古典现实主义诗歌优秀歌手之一。

张籍,字文昌。他的家世现在已很难确切地知道。他大约不是出身于所谓"高门显宦"之家,所以《唐书·宰相世系表》、《方镇表》,以及唐林宝《元和姓纂》都没有著录他的姓字。甚至连他的生卒年月,我们现在也很难肯定。就现存的一些资料推断,他大概是生在公元765至767年三年间(代宗李豫永泰元年至大历二年间)。《新唐书·张籍传》说他是和州乌江人(今安徽和县东北),韩愈《张中丞传后叙》又称为"吴郡张籍"。根据他自己写的《寄苏州白二十二使君》(即白居易)诗"登第早年同座主,题诗今日是州民"[①] 和《送陆畅》诗"共踏长安街里尘,吴州独作未归身"一些话来推断,他大约是祖籍苏州。本人在未登进士第以前,曾在和州侨寓过很长的一段时间,所以在和州便有"张籍读书台"和"张司业别墅"等等遗迹留下

---

① 白居易贞元十四年进士登第,张籍贞元十五年进士登第,同出高郢门下,所以说"登第早年同座主"。

来。(均见清陈廷桂《历阳典录》)

当公元796年(贞元十二年)他在和州侨寓时,正值孟郊初登进士第,由长安南返,路过和州,曾和张籍载酒盘桓于和州的桃花坞上。他们彼此间结下了更深厚的友谊。公元798年(贞元十四年),因张籍北游时,通过孟郊的介绍,在汴州(河南开封)认识了韩愈①,并经韩愈的荐送,举汴州州贡进士。他在《祭退之》诗中说:"北游偶逢公,盛语相称明。名因天下闻,传者入歌声。"从这些话中,可以理解当时韩愈对他相知之切。他和韩愈的相识,对他以后的经历遭遇,都起着不小的影响。

接着,他就于公元799年(贞元十五年)在长安进士登第。他不像他的朋友孟郊、李翱那样屡试不第,他是"一来遂登科,不见苦贡场"(张籍《祭退之》诗)的。约在宪宗李纯元和初年左右,他开始任太常寺太祝,久未迁调。所以,白居易在元和九年任左赞善大夫时所作的《张十八》诗里写道"独有咏诗张太祝,十年不改旧官衔",替张籍表示了很大的愤慨和不平。从这时起,张籍便开始在长安定居下来,大约也就在这时,结识了白居易。他们彼此间日深一日的投契,互相切磋学习,对于后来他们各自的诗歌创作发生了很大的影响。

不幸的是,张籍任太常太祝这几年中,僻居在长安延康里西南的西明寺后,曾经患过一次缠绵三年之久的很严重的眼疾。据韩愈《代张籍与李浙东(逊)书》中所说,及孟郊《赠张籍》诗"西明寺后穷瞎张太祝"等一些话来看,他的眼疾已经到了"两目不见物"的地步。他那时心情上的寂寞,是不难想象的。但他绝不沮丧,一方面,他请韩愈代他寄书给五千里外的浙东观察使李逊,表示希望能够得一机会,向他"一吐胸中之奇",让李逊听他的乐府诗和"听吹竹弹丝敲金击石"一样;一方面,就在"长安多病无生计"、"虽守卑官不厌贫"的情况下,陆续写出了很多像《董公诗》、《学仙》诗那种有着丰富的现实意义和社会内容的乐府和歌行。正如白居易在《读张籍古乐府》诗中所说的那样:"为诗意如何,六义互铺陈。风雅比兴外,未

---

① 见韩愈:《此日足可惜赠张籍》诗(昌黎集卷二)。

尝著空文。"特别是由于他不断地写了这些诗歌，从而奠定了他在当时文坛上的地位。像他自己在《祭退之》诗里面所说的"公文为时帅，我亦有微声。而后之学者，或号为韩张"，便是当时真实情况的纪录。

大约一直到公元 815 年（元和十年）以后，他才从太常寺太祝转为国子监助教。到公元 820 年（元和十五年）左右，又迁为秘书省校书郎。那时韩愈方为国子监祭酒，恰好监内正缺博士一员，特荐张籍为国子博士①。所以，张籍《祭退之》诗自述道："我官麟台中（谓秘书省），公为大司成（指国子祭酒）。特状为博士，始获升朝行。"到了公元 822 年（穆宗李恒长庆二年），又自国子博士仕为尚书省水部员外郎。根据白居易代唐朝皇帝草拟的《张籍可水部员外郎制》（《白氏长庆集》二百二）文说："顷籍自校秘文而训国胄，今又夏名揣称，以水曹郎处焉。前年已来，凡历文雅之选三矣。"我们可以很清楚地知道，张籍是从元和十五年至长庆二年，前后三年间历官校书郎、国子博士和水部员外郎。所以，制文称他"三历文雅之选"。证以张籍《祭退之》诗所说"特状为博士，始获升朝行。未几享其资，遂忝南官郎"，也正互相吻合。公元 824 年（长庆四年），乃自员外擢为郎中。他在《祭退之》诗称"籍受新官诏，拜恩当入城"，又在《同韩侍郎（韩愈）南溪夜泛》诗里说"忽闻新命须归去，一夜船中语到明"，大约都是指这事而说的。

这一时期，唐朝封建统治阶级内部朝臣与宦官的矛盾更形尖锐化，特别是由于宪宗李纯亲信宦官，政权旁落，加以穆宗李恒长庆初年，李德裕、李宗闵各倚宦官，朋党事起，彼此倾轧排挤，闹得乌烟瘴气。外廷诸藩镇也在李纯死后，重新割据，互夺政权，人民所承受的苦难日益沉重。张籍目击这种情况，他绝不肯和那班庸俗的朝臣们同流合污，做一丘之貉；但也不愿意置身于社会现实之外，唯一的办法就是用他的诗笔来揭发剥削阶级的罪恶，描画劳动人民的苦难，希望能引起社会上普遍的注意。他对于做官，只是抱着一种"多申请假牒，只送贺官书"的敷衍的态度。因之，他不但不以"官小身贱贫"而感到牢骚不平；相反，却以"赖得在闲曹"为莫大幸事。这些

---

① 见韩愈：《举荐张籍状》（昌黎集卷三十九）。

都可以见出他的性格和品质。

他做了几年水部郎中之后，大约即在公元828年（文宗李昂太和二年），继刘禹锡之后，任主客郎中。在他接替的时候，曾写下《赠主客刘郎中》一诗。他说："忆昔君登南省日，老夫犹是褐衣身。谁知二十余年后，来作客曹相替人。"这首诗对于考察张籍一生的经历，有着一定的参考价值。考刘禹锡任主客郎中时，在公元828年（太和二年）[①]。《新唐书·刘禹锡传》又称他自主客郎中"俄分司东都"，那末，张籍自水部郎中接替他的时候，可能也不出太和二年。不久，他又"重作学官"，迁为国子司业。我们根据现存的张籍的一些诗来判断，他大约即以六十几岁的高龄，病终于国子司业任内，时间最早当在公元830年（太和四年）或稍后一点。《旧唐书·张籍传》称他"转水部郎中卒"。宋计有功《唐书纪事》又称他"终主客郎中"。这些说法，都是无根之谈，不可信据的。

张籍的政治活动和创作生命虽然已告结束，但他留给我们的一些诗歌遗产，特别是他的乐府和歌行，由于反映了当时的若干现实，是值得我们去研究和学习的。

二

张籍的乐府、歌行之所以伟大，首先，在于他能够通过艺术形象反映出当时的社会现实，揭发统治阶级的剥削罪恶，显示了劳动人民内心的苦难世界及其对于生活的感受；同时，他站在同情人民的立场，为他们发出了血泪的控诉，歌唱出压抑在他们的心头上所想说而不敢说的话。他不仅艺术地反映了当时的历史现实；而且，更表示了诗人对于现实生活的爱憎分明的态度及其主观的评价。

我们知道，张籍生长的时代，正是历史上所谓的中唐之世。那时唐朝经过安史乱后，已由暂时安定的所谓"升平盛世"的局面，逐步走向衰落的时期。特别是代宗李豫、德宗李适的统治时期，回纥、吐蕃等异族连年骚扰，

[①] 见刘禹锡：《再游玄都观诗序》（刘梦得文集卷四）。

边境多事。焚烧庐舍、驱掠人畜、杀伤军民老弱的事件，史不绝书。加以藩镇割据，内乱频仍，一般农民不但要供繁重的徭役，而且还要担负多种多样的横征暴敛的赋税，以致民不聊生。这些就是当时真实的历史情况和社会现象。诗人见到了这些，就不禁用他充满愤怒的诗笔，写出了像《西州》、《陇头行》、《废宅行》、《关山月》、《将军行》、《塞上曲》等一系列乐府和歌行。

从那些诗篇中，可以很清晰地看出：诗人一方面写出了当时严重的边患，如"羌胡据西州，近甸无边城。山东收税租，养我防塞兵。胡骑来无时，居人常震惊。……边头多杀伤，士卒难全形"（《西州》）、"汉兵处处格斗死，一朝尽没陇西地。驱我边人胡中去，恣放牛羊食禾黍"（《陇头行》）；一方面又写出了唐朝廷对于边塞的防御和穷兵，如在《关山月》、《将军行》等诗中所反映出来的那种"陇头风急"、"沙场苦战"的情况，这就不能不使广大人民承受着沉重的苦难，成为侵略战争的牺牲品。如像诗人在这些诗篇中所极力描写的那样："碛西行见万里空，幕府独奏将军功"（《将军行》）；"年年征战不得闲，边人杀尽唯空山"（《塞下曲》）。这是多么惨绝人寰的真实写照啊！

不仅如此，诗人还借着一些征妇的口吻，申诉人民死于边战的苦痛和对于和平生活的渴望。像"九月匈奴杀边将，汉军全没辽水上。万里无人收白骨，家家城下招魂葬。……夫死战场子在腹，妾身虽存如昼烛"（《征妇怨》）和"汉家天子平四夷，护羌都尉裹尸归。念君此行为死别，对君裁缝泉下衣"（《妾薄命》）等诗句，沉痛地描写了广大人民生离即是死别的心情，以及他们对于徭役的反抗呼声，表达了诗人反对战争、热爱人民的人道主义的思想感情。很显然的，他所指责的"汉家天子"，正是唐代当时最高统治者的代名词。张籍的乐府诗，在一定程度上是体现着人民的思想、感情的。

其次，唐朝政治上最为严重的问题，是藩镇的称兵割据、嚣张跋扈，以及内廷官僚集团的贪污腐化。这些政治性问题，也在张籍的诗里有着一定的反映。像他的《董公诗》，就是选择当时比较正派的官僚董晋"恭顺奉事"的典型事例，作为向当时外廷藩镇的示范。这是张籍选择正面的人物，作为歌颂的对象。另外，他又选择元和四年京兆尹杨凭由于在江西观察使任内贪污枉法,为御史大夫李夷简所弹劾,贬为临贺县尉这一典型事件,加以具体而突出的描绘,写成了《伤歌行》。

他在这篇乐府诗中,运用了素描的手法,非常形象地写出了那个烜赫人物——京兆尹在被收捕后,贬出长安那一瞬间的狼狈情状:

> 辞成谪尉南海州,受命不得须臾留。身着青衫骑恶马,东门之外无送者。邮夫防吏急喧驱,往往惊堕马蹄下。长安里中荒大宅,朱门已除十二戟。

同时代的人读后,很容易把当时当地的情景,和那京兆尹烜赫的过去加以联想,从中汲取足够的教训。我们如果再把这首诗和前述的《董公诗》联系起来,加以考察,可以很清楚地看出:诗人是有意识地想通过艺术的形式,为当时强横的藩镇们提供两条不同的道路,供他们选择和借鉴。白居易在《读张籍古乐府》诗中所说的"读君董公诗,可诲贪暴臣"也正明确地指出了这一点。

在张籍创作的许许多多的乐府诗中,特别值得提出的,还有一些正面地揭发现实生活的丑恶、表达劳动人民内心苦痛的诗歌。在那些诗篇中,作者所描写的对象极其广泛,有野老,有农妇,有筑城夫,有"山头鹿"。这些男女老幼的劳动人民,都通过诗人的笔,展现了他们内心苦痛的世界,喊出了他们愤怒的声音。像他在《野老歌》里,就描写了一个耕种山田三四亩的老翁,由于"苗疏税多",不能得食,只得在"岁暮锄犁傍空室"的惨状下,叫他的儿子到山里采橡实充饥;但相反的,那些大腹便便的"西江贾客"们,还拿肉养狗。诗人就是通过这种强烈的对比,写出了封建社会下农民们不幸的遭遇。

这些巨商富贾的豪华,也同样在诗人另一篇题为《贾客乐》的乐府诗中有着极其生动的描写。在诗末,作者以充满着无限愤慨的口气写道"年年逐利西复东,姓名不在县籍中。农夫税多长苦辛,弃业宁为贩宝翁",真实地反映出唐朝中叶"贾雄农伤"的历史情况。当时以"贾客乐"为题,写为乐府的,还有元稹、刘禹锡等人。那些诗篇里,也同样对比地写出了商贾的豪华和农民的痛苦。

对于徭役、兵乱、重税等所带给人民的沉重的灾难，在诗人另外一些乐府诗内同样有着真实动人的描绘：

> 力尽不得休杵声，杵声未定人皆死。家家养男当门户，今日作君城下土。

——《筑城词》

> 家中姑老子复小，自执吴绡输税钱。家家桑麻满地黑，念君一身空努力。

——《促促词》

> 重岩为屋橡为食，丁男夜行候消息。闻道官军犹掠人，旧里如今归未得。

——《董逃行》

> 贫儿多租输不足，夫死未葬儿在狱。早日熬熬蒸野冈，禾黍不熟无狱粮。县家唯忧少军食，谁能令尔无死伤。

——《山头鹿》

我们看，这些就是当时血淋淋的社会现实，就是令人不忍卒读的广大人民血泪的控诉。这是何等暗无天日的时代！哪一个有正义感的诗人，能不为之愤慨呼号呢？这些具有丰富的社会内容的诗篇，可以说和杜甫的"三吏"、"三别"，白居易的新乐府，皮日休的正乐府（如《农父谣》、《橡媪欢》、《哀陇民》等），都同样是现实主义的作品，反映了历史的现实。

张籍的乐府诗所以能取得如此的成就，不是偶然的，主要是由于他出身"寒素"，做官以后，依然过着那种举债度日的生活。他有两句诗道："老大登朝如梦里，贫穷作活似村中。"这就是他当时真实心情的写照。这样，就使他在看问题的立场、观点上，比较容易接近劳动人民。更由于他热爱生活，接触的生活面也相当广泛；对于农民的生活、思想和情感有着较深的体验和了解，能够洞察他们的心灵；因此，当他用艺术的手段，把人民的内心世界揭示出来的时候，就自然而然地沁人心脾，"不啻若自其口出"了。宋张戒曾说张籍的诗"与元（稹）白（居易）一律，专以道得人心中事为工。"（见《岁寒堂诗话》），就是说明他这种艺术成就的。张籍自己也说："新诗才上卷，已得满城传。"可以看出他的诗在当时是如何不胫而走的，博得了广大人士的喜爱。

当然，张籍创作这些诗篇的主要动机和最终目的，一方面，是由于诗人面对着这样残酷的现实，抑制不住内心的愤怒，因此大声疾呼，为广大人民申诉，向统治阶级表示抗议，在一定程度上反映出农民和统治者的阶级矛盾；但另一方面，他仍然希望当时的统治者能够施行"仁政"，使农民稍得苏息，借以缓和劳动人民与封建统治者之间的矛盾。这是他所受到的阶级和历史的局限。

三

张籍乐府诗歌另外一个特点，是他有意识地向民间歌谣学习。像他的《白鼍鸣》：

> 天欲雨，有东风，南溪白鼍鸣窟中。六月人家井无水，夜闻鼍声人尽起。

这首诗宋郭茂倩《乐府诗集》载入"杂歌谣辞"。他在《白鼍鸣》的解题中，引《宋书·五行志》说："吴孙亮初，公安有白鼍鸣童谣。"可以看出张籍的《白鼍鸣》正是有意识地向"委巷中歌谣"学习的拟作。另外再看他的《云童行》和《长塘湖》诸作，虽然没有收入《乐府诗集》，但从这些诗的内容和形式加以考察，可以推知这些诗也同样是他向民间口头创作学习的拟作。像《云童行》：

> 云童童，白龙之尾垂江中。今年天旱不作雨，水足墙上有禾黍。

他所采用的形式和所歌咏的主题，都和《白鼍鸣》相类似，充满着农村生活的气息。

如前面所述，这些也同样和张籍一贯热爱劳动人民，并且有着丰富的农村生活的体验等因素，是紧密关联着的。由于这一点，所以农村生活中一些动人的图景，都在诗人的笔下得到真实生动的描绘。像被姚合称为妙绝一时的《江南曲》：

> 江南人家多橘树，吴姬舟上织白纻。土地卑湿饶虫蛇，连木为牌入江

住。江村亥日长为市,落帆度桥来浦里。青莎覆城竹为屋,无井家家饮潮水。

从种树织绫,到连木为牌、覆城造屋,诗中既表现出劳动人民的创造性劳动,也反映出在苛暴的政治下农民生活的艰辛。

我们再看他的《江村行》:

南塘水深芦笋齐,下田种稻不作畦。耕场磷磷在水底,短衣半染芦中泥。……水淹手足尽为疮,山虻绕衣飞扑扑。……一年耕种长苦辛,田熟家家将赛神。

诗同样刻画出农民耕作的辛勤,以及他们在获得劳动果实后的欢忻。如果和上举各诗联系起来,对照一下,更可以使我们从诗中体会出:一旦这些善良的农民们的劳动果实被剥削阶级强取豪夺,使他们无衣无食,是多么令人痛恨!

此外,他在《采莲曲》里描写采莲女子那种"白练束腰袖半卷,不插玉钗妆梳浅"的朴素无华、热爱劳动的优美形象,在《樵客吟》里描写樵夫入山采樵的辛苦情状,以及在《牧童词》里描写牧童天真无邪的可爱形象,都是从劳动人民各方面的生活及其与周围现实环境的联系,来加以描写和把握的。因此,这些形象无一不是生动逼真的,诗成为一首首农村劳动生活的赞歌,显示出诗人在人物形象塑造上卓越的艺术成就。

在张籍诗集现存的四百多首诗中①,乐府诗所占的比重是相当大的。他一方面拟作古乐府,一方面创作新乐府。他是唐代诗人中用全力从各个方面制作乐府诗的人。他的乐府诗有些是用古题古义的,如《妾薄命》、《采莲曲》等;有些是用古题喻今事的,如《董逃行》、《筑城词》等;有些是即事名篇,自创新词的,如《促促词》、《永嘉行》、《山头鹿》等。他所以这样热心地创作乐府诗,一方面,自然是由于他对汉魏以来乐府民歌的热爱;但更重要的一面,可能是他认为乐府诗的形式最适合于表现诗人所需要抒写的社会诗的内容。这些乐府诗既可以被之管弦,播为乐章,使闻者足戒;也可以

---

① 张籍诗亡佚的颇为不少。如白居易所称的《勤齐》、《商女》等诗和韩愈与张籍同作的《与张十八同效阮步兵一日复一日》诗,现在都已经看不到了。并且,张籍诗集在篇数多寡和字句异同方面,各本也很不一致。本文所说张籍的诗四百余首,是根据四部丛刊影印明正德刊本而说的。

供间巷徒歌，借以宣泄人民的苦痛愤激的情绪。正和白居易的诗一样，张籍的乐府诗也具有"为君为臣为民为物为事而作"的特色。

张籍不仅乐府、歌行写得真切动人，给人留下深刻的印象；他的近体诗，特别是他的七言绝句也同样具有他的乐府诗歌的一些特色，不事雕琢，自有一种清新自然的艺术风格。这些都可以看出，张籍诗歌的成就正是吸取了汉魏乐府诗歌的传统和努力向民间口头创作学习所获得的成果。

唐冯贽《云仙杂记》中记载，张籍曾经取杜甫诗一卷，烧成灰烬，和蜜汁饮下，说"令吾肝肠从此改易"。这记载虽系传说，不一定实有其事，但从此可以看出：张籍是如何热心地向他的前辈诗人杜甫学习；学习杜甫热爱祖国、热爱人民的思想、观点，学习杜甫反映和批判社会现实的现实主义创作方法。所以，我们可以说，张籍的诗歌正是继承了诗经国风、汉魏乐府以及他的前辈诗人们的优秀成果；和他的好友白居易、元稹、王建等一道，共同努力于社会诗的创作，推动了当时新乐府诗运动的开展，构成了"元和诗体"丰富多彩的一部分。

唐李肇《国史补》说："元和已后，歌行则学流荡于张籍，诗章则学浅切于白居易，俱名元和体。"他们所加给张籍和白居易的这一些评语，正标志着当时一些正统派文学评论者的偏见。实际上，张籍的诗不炫奇，不用典，内容和形式都能得到一定程度的统一；特别是他的乐府诗，明白畅达，简洁朴素，和白居易的诗一样，明白易解。王安石在《题张司业集》一诗中评价张籍的乐府诗道："看似寻常最奇崛，成如容易却艰辛。"这短短的两句话，很能恰当地形容出张籍乐府诗歌的创作甘苦。

中华人民共和国成立以来，有些文学史的研究工作者在讲述唐代诗歌发展史时，对张籍往往重视不够，认为他的诗影响不大，不必深论；有的在讲述中唐诗歌时，对张籍诗歌的特色，甚至只字不提（如李长之先生的《中国文学史略稿》）。这些都是不大妥当的。我们能够从张籍的诗歌中学习到很多有益的东西，特别是对他的乐府诗，应该予以确当的估价和足够的重视。

（原载《文学遗产增刊》第三辑，作家出版社，1956年）

孟郊年谱

孟郊，字东野。

湖州武康人。

关于东野的籍贯，有三种不同的说法。一作山东平昌，一作河南洛阳，一作湖州武康。所持不同，而各有所本。称平昌的，是举其郡望。按唐林宝《元和姓纂》四十三映平昌安邱孟氏有"孟简，常州刺史"。简，东野族叔。知平昌本东野郡望。当时东野友朋中已有人举以为称，如韩愈《答杨子书》称："友朋之中所敬信者，平昌孟东野。"（《昌黎先生集》十五）李翱《荐所知于徐州张仆射书》称："兹有平昌孟郊，贞士也。"《李文公集》八《故处士侯高墓志》也称："与平昌孟郊东野相往来。"（《李文公集》十四）但这些都不过是如唐代李氏之称陇西，王氏之称太原，显然并非东野本身的籍贯。称洛阳的，系本于刘昫《旧唐书·孟郊传》。但据《东野集》卷三《初于洛中选》诗自称："终然恋皇邑，誓以结吾庐。……寻常异方客，过此亦踟蹰。"是洛阳本非东野故乡，已灼然可知。大约刘昫因东野少时尝隐居嵩山，晚年复结庐洛中，死后又埋骨于洛阳先人墓左，乃以东野一时游宦流寓之地为他的故乡。至《新唐书·孟郊传》方考定东野为湖州武康人。证以《东野集》中《湖州取解述情》诸诗，和宋谈钥《嘉泰吴兴志》以及明清以来地方志中所纪载的东野在湖州的庐井遗迹（俱详见附录《孟郊遗事》），都斑斑可考。那末，东野的本贯应根据《新唐书》定为湖州武康，当是毫无疑义的了。武康，唐属江南东道湖州，今浙江德清县。

父庭玢，任昆山尉。母裴氏。

都先东野逝世。

妻某氏，继配郑氏。

据《东野集》卷十有《悼亡》诗是其证。

弟二人：孟酆、孟郢。（据韩愈《贞曜先生墓志铭》）

有子皆殇。

据《东野集》卷十有《悼幼子》、《杏殇九首》及韩愈《孟东野失子》诸诗是其证。

其世系已不能详考。

按唐林宝《元和姓纂》四十三映平昌安邱孟氏有孟简。《东野集》中有寄赠、送别孟简诗多篇。卷三又有《西斋养病夜怀多感因呈上从叔子云》、卷四有《陪侍御叔游城南山墅》、卷五有《题从叔述灵岩山壁》、卷六有《抒情因上郎中二十二叔监察十五叔兼呈李益端公柳缜评事》诸诗。虽然这些人的生平经历已难一一详考，但据此可以推见东野族人大约很多。其同族叔父辈也多属达官显宦。至于东野的本生世系，则姓名不见于《元和姓纂》，大约由于他的父亲在唐代不过是簿尉下僚，非为显达的缘故。所以韩愈《孟生》诗也称他"谅非轩冕族"。

唐玄宗（李隆基）天宝十载（751）。辛卯。东野生于昆山。年一岁。

韩愈《贞曜先生墓志铭》："先生讳郊，字东野。父庭玢，娶裴氏女而选为昆山尉，生先生及二季酆、郢而卒。"（《昌黎先生集》卷二十九）宋范成大《吴郡志》卷十二《官吏》内也称："唐孟庭玢，郊之父。庭玢为昆山尉，生郊，以诗名世。或云：玢亦能诗。"（宋凌万顷《淳祐玉峰志》卷中《名宦》，及元杨谌《昆山郡志》卷一《名宦》文俱略同，不备引）又据韩愈《贞曜先生墓志铭》："唐元和九年岁在甲午，八月己亥，贞曜先生孟氏卒。……年六十四。"逆推之，知东野当生在本年。

天宝十一载（752）。壬辰。东野二岁。

天宝十二载（753）。癸巳。东野三岁。

梁肃生。（《文苑英华》卷一三〇梁肃《过旧园赋·序》、卷九四四唐崔元翰《右补阙翰林学士梁君墓志》）

天宝十三载（754）。甲午。东野四岁。

九月，元德秀卒于陆浑草堂。（元结《元鲁山墓表》、钱易《南部新书》、李华《元鲁山墓碣铭》作"十二载"。疑"二"字误植。）

天宝十四载（755）。乙未。东野五岁。

十一月，范阳节度使安禄山叛唐，先后陷陈留郡、荥阳及洛阳。唐廷以哥舒翰为太子先锋兵马元帅，领河陇兵拒守潼关。

天宝十五载（756）。丙申。东野六岁。

肃宗（李亨）至德元载

按东野童年的生活，现已无从详考。韩愈《贞曜先生墓志铭》仅称他"生六七年，端序则见，长而愈骞"。

正月，安禄山称帝于洛阳。六月，潼关不守。玄宗出奔，至马嵬驿。诛杨国忠，赐杨贵妃自尽。安禄山陷长安。七月，以皇太子李亨充天下兵马元帅。皇太子即位于灵武，改元至德。尊玄宗为上皇。八月，玄宗至蜀郡（成都）。

至德二载（757）。丁酉。东野七岁。

正月，安禄山子庆绪杀禄山自立。

九月，郭子仪等收复长安。

十月，广平王俶收复洛阳。

十二月，上皇（玄宗）还长安。史思明以所部十三郡及兵八万降。

至德三载乾元元年（758）。戊戌。东野八岁。

二月，改元。复以载为年。

十月，郭子仪破安庆绪于卫州，遂围邺。安庆绪让位于史思明求救。史思明复反，攻陷魏州。

乾元二年（759）。己亥。东野九岁。

正月，史思明自称大圣燕王于魏州。三月，史思明杀安庆绪。四月，史思明称帝，国号燕。改范阳为燕京。九月，史思明陷洛阳。

乾元三年上元元年（760）。庚子。东野十岁。

闰四月，改元。

上元二年（761）。辛丑。东野十一岁。

三月，戊戌，史思明为其子朝义所杀。史朝义自称帝。

代宗（李豫）宝应元年（762）。壬寅。东野十二岁。

四月（建巳月）甲寅，玄宗卒。丁卯，肃宗卒。代宗李豫即位。

十月，命雍王李适统河东朔方及诸道行营回纥等兵讨史朝义。史朝义自缢死。李怀仙斩献史朝义首来降。

本年或次年户部侍郎兼御史大夫、京兆尹，充度支转运盐铁诸道铸钱等使刘晏奏辟张建封试大理评事。（《旧唐书·代宗纪及张建封传》）

十一月，李白卒。

宝应二年广德元年（763）。癸卯。东野十三岁。

七月，改元。

十月，吐蕃犯奉天、武功。丙子，代宗东走陕州。戊寅，吐蕃入长安，立广武王承宏为帝。郭子仪自商州将大军至长安，蕃兵遁去。

十二月，代宗还长安。

本年韦应物任洛阳丞。（《韦苏州集》卷六《广德中洛阳作》诗）大历九年迁京兆府功曹。又摄高陵宰。

广德二年（764）。甲辰。东野十四岁。

江西观察使李勉署奏李芃为秘书郎，兼监察御史，为判官。（据《旧唐书·代宗纪、李芃传》推定）田弘正约于本年生。

广德三年永泰元年（765）。乙巳。东野十五岁。

春正月，改元。

九月，仆固怀恩引吐蕃等军数十万人分三道入犯。仆固怀恩中途遇暴疾，死于灵州鸣沙县。

本年或次年孟云卿初任校书郎。（元结《送孟校书往南海序》）

李芃转兼殿中侍御史。（《旧唐书·李芃传》）

永泰二年大历元年（766）。丙午。东野十六岁。

十一月，改元。

李观生。（据韩愈《李元宝墓铭》推定）

大历二年（767）。丁未。东野十七岁。

江西观察团练等使魏少游复署奏李芃检校虞部员外郎，为团练副使。旋摄江州刺史。（《旧唐书·李芃传》）

韦夏卿茂才异行科及第。（《旧唐书·韦夏卿传》、《全唐文》卷六三〇吕温《韦府君神道碑》）张籍约于本年或前年生。

大历三年（768）。戊申。东野十八岁。

韩愈生。（据洪兴祖《韩子年谱》。下并同。）

大历四年（769）。己酉。东野十九岁。

李益进士登第。（宋计有功《唐诗纪事》卷三、元辛文房《唐才子传》卷四）

大历五年（770）。庚戌。东野二十岁。

杜甫卒。

大历六年（771）。辛亥。东野二十一岁。

李益讽谏主文科及第。（《唐会要》七十六《贡举》中《制科举》、《册府元龟》六四五《贡举部》七《科目》、宋高似孙《唐科名记》）为华州郑县尉。后迁主簿。（卞孝萱《李益年谱稿》）

大历七年（772）。壬子。东野二十二岁。

李翱生。

石洪生。（据韩愈《集贤院校理石君墓志铭》推定）

王础进士登第。（《昌黎先生集》十七《兴祠部陆员外书》五百家注引宋孙汝听注、徐松《登科记考》卷十）

吕渭任湖州刺史评事。（据颜真卿《颜鲁公集》卷四《乌程县杼山妙喜寺碑》推定）

大历八年（773）。癸丑。东野二十三岁。

永平军节度使李勉复署奏李芃检校工部郎中，兼侍御史，为判官。寻摄陈州刺史。（《旧唐书·代宗纪、李芃传》）

柳宗元生。（据韩愈《柳子厚墓志铭》）

大历九年（774）。甲寅。东野二十四岁。

大历十年（775）。乙卯。东野二十五岁。

二月，魏博节度使田承嗣尽据相、卫所管四州之地，自署长吏。四月，命河东等八道兵讨田承嗣。

十月，成德军节度使李宝臣与卢龙军留后朱滔共攻沧州。

河阳三城镇遏使马燧辟张建封为判官，奏授监察御史，赐绯鱼袋。（据《旧唐书·张建封传》推定）

独孤郁生。（据韩愈《独孤府君墓志铭》推定）

大历十一年（776）。丙辰。东野二十六岁。

八月，李灵耀据汴州叛。命李忠臣、李勉、马燧讨李灵耀，擒之。

李勉署李芃兼亳州防御使。（《旧唐书·李芃传》）

大历十二年（777）。丁巳。东野二十七岁。

郑余庆进士登第。（柳宗元《柳先生集》卷十二《先君石表阴先友记》五百家注引宋韩醇注、徐松《登科记考》卷十一）

谏议大夫知制诰包佶坐元载事贬官。

大历十三年（778）。戊午。东野二十八岁。

本年韦应物已为鄠县令。（据《韦苏州集》卷四《谢栎阳令归西郊赠别诸友生》诗自注推定）

大历十四年（779）。己未。东野二十九岁。

二月，魏博节度使田承嗣卒。其侄田悦为留后。

三月，淮西将李希烈等逐汴宋节度使李忠臣，希烈为留后，旋为节度使。

五月，辛酉，代宗卒。癸亥，德宗李适即位。

以陈州刺史李芃检校太常少卿，兼御史中丞，为河阳三城镇遏使。

六月，韦应物自鄠县令除栎阳令。七月，以疾辞官，居善福精舍。（《韦苏州集》卷四《谢栎阳令归西郊赠别诸友生》诗自注、元辛文房《唐才子传》卷四）

河东节度使马燧复奏张建封为判官，特拜侍御史（据《旧唐书·张建封传、马燧传》推定）

贾岛生。（《全唐文》卷七六三苏绛《贾司仓墓志铭》）

德宗（李适）建中元年（780）。庚申。东野三十岁。

正月，改元。

梁肃文辞清丽科及第，授太子校书郎。（《新唐书》本传、《唐会要》卷七十六《贡举》中《制科举》、《册府元龟》六四五《贡举部》七《科目》、《文苑英华》卷九四四崔元翰《右补阙梁君墓志》、宋高似孙《唐科名记》）

樊泽贤良方正能直言极谏科及第。（《旧唐书》本传、《唐会要》）卷七十六《贡举》中《制科举》、《册府元龟》六四五《贡举部》七《科目》）

江州刺史包佶权领诸道财赋盐铁使。（《唐会要》卷八十七《转运盐铁总叙》）

李益入朔方节度使崔宁幕。（卞孝萱《李益年谱稿》）

张建封为岳州刺史。（据《旧唐书·张建封传》推定）

东野往河阳。

按《新、旧唐书·孟郊传》俱称他"少隐嵩山"。由于文献不足，他隐居河南嵩山的经过和时间，以及他在这段时期中究竟写出了哪些诗篇，已难确考。就现存他的一些诗作来看，能考定他的行踪及诗歌写作年月的是从本年开始。

有《往河阳宿峡陵寄李侍御》诗（卷六）。"李侍御"，当谓李芃。按《旧唐书》一三二《李芃传》称："字茂初。赵郡人。"代宗广德、永泰间，曾以本官屡兼侍御史，故东野以"侍御"称之。以诗中"暮天寒风悲屑屑"诸语及同卷《上河阳李大夫》诗考之，疑东野或当于本年或次年秋冬之交来游河阳。（但他是否由隐居的嵩山来此，未敢臆断）这首诗当是未到河阳县城前，宿峡陵时所作。"河阳"，县名。唐属河南道。故地在今河南孟县。

建中二年（781）。辛酉。东野三十一岁。

正月，成德军节度使李宝臣卒。（子）惟岳求继袭，田悦为之请，皆不许。二人乃与李正已连兵拒命。五月，田悦自将兵数万围攻邢州、临洺。

正月，李芃为郑汝陕河阳三城节度使路嗣恭之副。（据《旧唐书·李芃传》考定）

六月，以怀郑河阳节度副使李芃为河阳三城怀州节度使，仍割东畿五县隶之。

七月，马燧等大破田悦于临洺。悦军于洹水。马燧奏求河阳兵自助，命河阳节度使李芃将兵会之。

八月，淄青节度使李正已卒。子纳求承袭，不许。纳攻徐州。

本年韦应物任尚书比部员外郎。（《韦苏州集》卷四《始除尚书郎别善福精舍》诗自注、元辛文房《唐才子传》卷四）

十一月，以权盐铁使户部郎中包佶充江淮水陆运使。十二月，包佶除左庶子，充汴东水陆运使。（《唐会要》卷八十七《转运使》）

东野旅居河阳。

有《上河阳李大夫》诗（卷六）。"李大夫"，当即李芃。按《旧唐书·德宗纪》及《李芃传》，知德宗嗣位不久（大历十四年），李芃曾任河阳三城镇遏使，兼御史中丞。建中二年六月，李芃又任为河阳三城怀州节度使，并割河阳东畿汜水等五县隶之。时李芃当已自御史中丞迁为御史大夫，故东野举以为称。这一时期，魏博节度使田悦正与成德李维岳、淄青李正已诸藩镇互相联结，举兵抗唐。李芃与马燧等并引重兵，以勤唐室。建中三年五月，李芃乃以破田悦功检校兵部尚书。所以本诗称赞李芃说："上将秉神略，至兵无猛威。……霜剑夺众景，夜星失长辉。苍鹰独立时，恶鸟不敢飞[一]。"又云："武牢锁天关。河桥纽地机。大军奚以安？守此称者稀。""武牢"，即虎牢。唐人避李渊祖父李虎讳改为武牢。本属河南汜水县。据唐李吉甫《元和郡县志》卷五《河内道》一《河南府·汜水县》云："古东虢国。……汉之成皋县，一名虎牢。"又云："汜水出县东南三十二里，经武牢城东。"俱是其证。但汜水五县已于建中二年李芃节度河阳时割入河阳[二]，即《德宗纪》所谓"仍割河阳东畿汜水等五县隶焉"者是也。因之，东野此诗以"河阳"为题，而举"武牢河桥"为言，知诗必作于汜水五县割隶河阳，李芃方为河阳三城节度之后。否则，武牢自属汜水，无须牵入河阳。又题以"河阳大夫"为称，知李芃此时必尚未擢兵部。更以诗语推之,其作时年月当即在本年六月后。时东野方旅居河阳,因赠诗致意。韩愈亦有《赠河阳李大夫》诗。(见《昌黎先生集·外集》卷一)宋洪兴祖《韩子年谱》贞元四年下引宋樊汝霖云:"河阳李大夫,疑李芃也。孟东野亦有《赠河阳李大夫》诗,所谓'上将秉神略'是也。"

有《叹命》诗(卷三)。中云:"三十年来命,唯藏一卦中。……本望文字达,今因文字穷。……归去不自息,耕耘成楚农。"诗当作于建中一、二年间东野旅居河阳时。(此首排在《上河阳李大夫》诗后)

建中三年(782)。壬戌。东野三十二岁。

正月,马燧、李抱真、李芃破田悦军于洹水,田悦奔魏州。

闰正月,成德军兵马使王武俊杀李维岳,传首京师。

四月,朱滔、王武俊与田悦合从叛唐。

五月,河阳李芃检校兵部尚书、神策营招讨使。赏破田悦功也。七月,封开封郡王。

六月,朱滔、王武俊引兵救田悦,至魏州北。李怀光兵亦至。朱滔等遽出兵,怀光接战不利,各还营垒。朱滔等乃壅河决水,绝彼粮道。

八月,以江淮盐铁使、太常少卿包佶为汴东水陆运两税盐铁使。(《旧唐书·德宗纪》、《唐会要》卷八十七《转运盐铁总叙》及《转运使》)十月,都官员外郎樊泽使吐蕃,充通和蕃使。回与蕃相尚结赞约来年正月望日会盟清水。

十一月,朱滔、田悦、王武俊于魏县军垒称王号。朱滔称冀王、王武俊称赵王、田悦称魏王。又劝李纳称齐王。各置百官。李希烈与朱滔、李纳等交通,自称天下都元帅、太尉、建兴王。

山南西道节度使严震辟郑余庆为从事。(据《旧唐书·德宗纪、郑余庆传、严震传》推定)

张建封为寿州刺史。(据《旧唐书·张建封传》推定)

东野仍旅居河南。

有《感怀》诗(卷三)。诗云:"孟冬阴气交,两河正屯兵。烟尘相驰突,烽火日夜惊。……犹闻汉北儿,怙乱谋纵横。擅摇干戈柄,呼叫豺狼声。""两河屯兵",乃指魏博、卢龙、恒冀诸藩镇田悦、朱滔、王武俊等互相交结,与唐廷相抗衡。"汉北儿",则谓李希烈。按《旧唐书·德宗纪》:"建中二年六月,以淮宁军节度使李希烈充汉南汉北诸道都知兵马招抚处置等使。"(《旧唐书·李希烈传》及《资治通鉴》卷二二七《唐纪》四十三)故东野以"汉北儿"称之。后李希烈乃据其地与朱滔、李纳等合谋称兵抗唐[三]。建中三年十一月，并与田悦、朱滔、王武俊、李纳等同称王号。因此，《新唐书·德宗纪》特大书其事："建中三年十月，李希烈反。"所载正与东野本诗中"孟冬烽火"之言相吻合。彼时东野方滞居河南，目见诸藩镇与唐王朝互争雄长，唐朝统治已有日趋动摇之势。东野痛心国难，愤慨呼号，借以抒写诗人悲时忧国的怀抱。其作时年月，以诗语推之，当即在本年冬。

有《杀气不在边》诗（卷一）。也是记述当时藩镇之变的诗作。诗中所谓"杀气不在边，凛然中国秋。河中（宋蜀刻残本作"淮河"）又起兵，清浊俱锁流"就是指李希烈诸藩镇兴兵抗唐而言的[四]。当时李希烈阴谋夺取汴州（河南开封），据《资治通鉴》卷二二七《唐纪》四十三称："建中三年十一月，李希烈率所部兵三万徙镇许州。遣所亲诣李纳，与谋共袭汴州"，"李纳数遣游兵度汴以迎希烈"，引李希烈断绝汴州的粮道，甚至使"东南转输者皆不敢由汴渠，自蔡水而上"。《新唐书》二二五《李希烈传》亦称："（李）纳遣游兵导希烈绝汴饷路。勉治蔡渠，列东南馈。"这些情事，在东知当时军也有着一些真实的反映。像他描述的"岂惟私家艰，拥滞官行舟。况余隔晨昏，去家成阻修"，即可约略窥野本诗中乱前后，汴路梗阻的概况。彼时东野当是被阻河南，思归甚切。他在诗中对藩镇们表示了极大的愤慨。

建中四年（783）。癸亥。东野三十三岁。

正月，庚寅，李希烈陷汝州。东野震骇。

正月，丁亥，樊泽从凤翔节度使张镒与吐蕃会盟于清水。寻迁金部郎中（《唐尚书省郎官石柱题名·金部郎中》内有樊泽名），御史中丞，山南节度行军司马。

八月，丁末，李希烈攻哥舒曜于襄城。十月，癸丑，陷之。

十月，发泾原军诸道兵救襄城。泾原军行至浐水，哗变。还攻京城，拥立太尉朱泚为帝。朱泚自称秦帝，建元应天。德宗自长安出奔奉天。朱泚遣兵攻奉天。

十二月，庚午，李希烈陷汴州。

李益登拔萃科。（《旧唐书·路随传》附路泌传及徐松《登科记考》卷十一）

韦应物自尚书比部员外郎出为滁州刺史。（据《韦苏州集》卷三《寄诸弟》诗自注及卷四《自尚书郎出为滁州刺史留别朋友兼示诸弟》诗推定）

九月，庚子，以舒王（《旧唐书·樊泽传》作"普王"）谟为荆襄等道行营都元帅。以谏议大夫樊泽为右司马（《资治通鉴》二二八《唐纪》四十四）。樊泽寻改右庶子，兼右丞。复为山南东道行军司马。（《旧唐书·樊泽传》）

加张建封兼御史中丞，本州团练使。（据《旧唐书·张建封传》推定）

东野仍滞居河南。

有《百忧》诗（卷二）。据诗中"壮士心是剑，为君射斗牛。朝思除国雠，暮思除国雠。计尽山河画，意穷草木筹"诸语推之，疑亦作于建中三、四年间，有感于藩镇之变而作。

有《感怀》八首（卷二）诗中如《长安佳丽地》、《河梁暮相遇》诸篇，多伤辞怀旧之辞。疑或作于建中四年至兴元元年间泾原兵变，朱泚称帝之后。时东野方旅居河南。今权系之于本年下。

兴元元年（784）。甲子。东野三十四岁。

正月，改元。

朱泚改国号为汉，改元天皇。李希烈称楚帝，改元武成。

二月，李怀光潜与朱泚通谋，德宗自奉天出至梁州。

三月，魏博行军司马田绪杀田悦。

五月，李晟收复长安，朱泚率众遁去。

六月，韩旻斩朱泚。

以山南东道行军司马樊泽为襄州刺史、山南东道节度使。

十二月，以寿州刺史张建封兼御史大夫，充濠寿庐三州都团练使。

贞元元年（785）。乙丑。东野三十五岁。

正月，改元。

三月，以汴东水陆运等使左庶子包佶为刑部侍郎。

六月，朱滔卒。

八月，甲戌，牛名俊靳李怀光。

八月，戊子，前河阳节度使检校尚书左仆射开封郡王李芃卒。

卢汀进士登第。（《韩昌黎集》卷四《和虞部卢四汀酬翰林钱七徽赤藤杖歌》诗题注、《登科记考》卷十二）

江淮转运韩滉奏陆长源检校郎中兼（御史）中丞充江淮转运副使。

韦应物任江州刺史。（据《韦苏州集》卷三《登郡楼寄京师诸季淮南子弟》等诗推定）

东野在上饶。

有《题陆鸿渐上饶新开山舍》诗（卷五）。按"鸿渐"，名羽。《新唐书》卷一二一《隐逸传》有传，称："陆羽，字鸿渐。复州竟陵人。……上元初，更隐苕溪，自称桑苎翁。……久之，诏拜羽太子文学，徙太常寺太祝，不就职。贞元末卒。""上饶"，县名。唐属江南东道信州。鸿渐寓居于此，在唐史自无年月可考。今以唐人文集证之，知开山舍事当在贞元初年。唐权德舆《萧侍御喜陆太祝自信州移居洪州玉芝观诗序》云："太祝陆君鸿渐，尝考一亩之宫于上饶。时江西上介殿中萧侍御公瑜权领是邦（按谓信州），相得欢甚。会连帅大司宪李公入觐于王，萧君领察廉（按察使）留府（府，谓洪州，为江南西道治所），太祝亦不远而至。"（《权载之文集》三十五）"尝考一亩之宫于上饶"，即东野本诗所谓"上饶新开山舍"，语虽异而义实同。"连帅李公"，当谓李兼。《旧唐书·德宗纪》："贞元元年，四月，癸酉，鄂岳李兼为江西观察使。"萧瑜也在那时为李兼的宾佐，权领信州刺史。而陆鸿渐开舍上饶，知也当同在这一年前后。后陆鸿渐乃自信州移居洪州。至于本诗所谓"新开山舍"，乃指陆鸿渐寓居信州的茶山。按宋王象之《舆地纪胜》卷二十一江南东路《信州人物·唐陆鸿渐》下引《舆地旧经》："'唐太子文学陆鸿渐居于茶山，刺史姚钦多自枉驾。'又按《唐孟东野集》亦有《题陆鸿渐上饶新开山舍》诗。《图经》云：'今城北三里广教寺有茶数亩，相传鸿渐所种也。'"（清陶尧臣《上饶县志》二十三《寓贤》引《豫章书郡志》文略同）《明一统志》五十一《广信府·茶山》下也称："在府城北（按明广信府治上饶），唐陆鸿渐尝居此。……凿沼为溟渤之状，积石为嵩华之形。后隐士沈洪乔葺而居之。"（陶尧臣《上饶县志》十七《古迹》文略同）与东野本诗所描绘的"开亭拟贮云，凿石先得泉"的情状大略相合。疑东野彼时方游江西，留题于此。其作时年月当亦不出贞元一、二年间。

有《赠转运陆中丞》诗（卷六），"陆中丞"，谓陆长源。《旧唐书》一四五《陆长源传》称："历建信二州刺史。浙西节度韩滉兼领江淮转运，奏长源检校郎中，兼（御史）中丞，充转运副使。"（《新唐书》一五一《董晋传》附《陆长源传》所纪略同）按韩滉兼领江淮转运，以《旧唐书·德宗纪》、《新唐书》一二六《韩滉传》、《唐会要》八十七《转运使》诸书考之，知时在贞元元年七月。[五]东野本诗通篇全以"掌运"、"摧邪"二义互为经纬，对陆长源的业绩备加推许，甚至比为萧何。可以推知本诗当即作于贞元一、二年间。陆长源方拜转运副使兼御史中丞时。诗末二语："不是宗匠心，谁怜久栖蓬。"疑陆长源或自信州刺史迁拜转运副使。东野其时方滞居信州，故云。

贞元二年（786）。丙寅。东野三十六岁。

正月，丁未，以国子祭酒包佶知礼部贡举。（《旧唐书·德宗纪、包佶传》及徐松《登科记考》卷十二）

四月，丙寅，李希烈牙将陈仙奇毒杀李希烈来降。

李益、柳缜俱佐鄜州刺史、鄜坊节度使论惟明幕。（据《旧唐书·德宗纪》及柳宗元《故叔父殿中侍御使府君墓版文》诸文推定）

有《上包祭酒》诗（卷六）。"包祭酒"，谓包佶。《旧唐书》无传。他为国子祭酒，《新唐书》一四九《刘晏传》附《包佶传》亦略而未载。按《旧唐书·德宗纪》："贞元二年，正月丁未，以国子祭酒包佶知礼部贡举。"《太平广记》三四一《李俊》条引《续玄怪录》也称："岳州刺史李俊举进士，连不中第。贞元二年，有故人国子祭酒包佶者通于主司援成之。"知包佶为祭酒时当在贞元元年。据《旧唐书·德宗纪》："贞元元年三月，以汴东水陆运等使、左庶子包佶为刑部侍郎。"考之，包佶当是自刑部侍郎迁为祭酒的。因之，权德舆《祭秘书包监文》也称他"登贤求旧，入佐司寇。乃总师氏，三德兴行"。（《权载之集》四十八）"入佐司寇"，即谓包佶为刑部侍郎。"乃总师氏，三德兴行"，则据《周礼》为言[六]，即谓包佶为国子祭酒。《包秘监诗集·酬兵部李侍郎晚过东厅之作》诗亦自云："酒礼惭先祭，刑书已旷官。"诗题下自注："时任刑部侍郎，拜祭酒。"并是其证。东野此篇当即作在这时，应亦不出贞元一、二年间。

贞元三年（787）。丁卯。东野三十七岁。

闰五月，以山南东道节度使樊泽为江陵尹，荆南节度使。

韦应物自江州刺史入为左司郎中。（《韦苏州集》卷五《答河南李士巽题香山寺》诗、傅璇琮《韦应物系年考证》）

贞元四年（788）。戊辰。东野三十八岁。

邹儒立进士登第。四月，又举贤良方正能直言极谏科。（《唐会要》卷七十六《贡举》中《制科举》、《册府元龟》六四五《贡举部》七《科目》）

张建封为徐州刺史，兼御史大夫、徐泗濠节度、支度营田观察使。

韦丹为邠宁节度使张献甫判官，殿中侍御史。（据《旧唐书·德宗纪、张献甫传》、《新唐书·韦丹传》、韩愈《唐江西观察使韦公墓志》、杜牧《唐故江西观察使武阳公韦丹遗爱碑》、明都穆《金薤琳琅》卷十七《唐姜嫄公刘新庙碑》推定）

李益、柳缜同佐邠宁节度使张献甫幕。（《全唐文》五三四李观《邠宁庆三州节度飨军记》、柳宗元《故叔父殿中侍御史府君墓版文》）

韦应物自左司郎中出为苏州刺史。（傅璇琮《韦应物系年考证》）

贞元五年（789）。己巳。东野三十九岁。

于頔自驾部郎中出为湖州刺史，后改苏州。（据《新唐书·于頔传》、权德舆《于頔先庙碑铭序》、左文质《吴兴统记》推定）谈钥《嘉泰吴兴志·郡守题名》作"八年"。

梁肃为淮南节度使掌书记,殿中侍御史内供奉。(据《新唐书·梁肃传》、崔元翰《右补阙翰林学士梁君墓志》、梁肃《祭李处州》文、《旧唐书·德宗纪》推定)

梁肃以监察御史征还长安(崔元翰《梁君墓志》),寻转右补阙(梁肃《述初赋序》、《旧唐书·李泌传》)。

六月,容州刺史戴叔伦卒。(据权德舆《唐容州刺史戴公墓志铭》)

贞元六年(790)。庚午。东野四十岁。

本年或前年东野方侨寓苏州。

有《赠苏州韦郎中使君》诗(卷六)。"韦郎中使君",谓韦应物。他的生平事迹不详于唐史,仅《新唐书》七十四上《宰相世系表》载:"銮子应物,苏州刺史。"(《元和姓纂》二十八微《韦氏》义略同)《唐郎官石柱题名·左司郎中》内有韦应物名。至韦应物何时任苏州刺史,南宋沈作喆《补韦刺史传》考定为贞元二年。中称:"贞元二年,由左司郎中补外得苏州刺史。"近人傅璇琮《韦应物系年考证》(收《文史》一九七八年第五辑)则谓沈氏所记失实,重加考定为贞元四年七月以后。今两说并存,仍依傅说作贞元四年。当时韦应物即以左司郎中出守苏州。据《韦苏州集》卷五《答河南李士巽题香山寺》诗:"前岁守九江,恩召赴咸京。……今兹守吴郡,绵思方未平。"是其证。"赴咸京",谓入朝为左司郎中;"守吴郡",即谓为苏州刺史。因之,并世唐人与韦应物唱酬诸诗,也无不以"郎中""使君"并称,如秦系有《即事奉呈郎中韦使君》诗;顾况有《奉同郎中使君郡斋雨中宴集之什》诗;令狐峘有《硖州旅舍奉怀苏州韦郎中》诗(以上三诗均见《全唐诗》);释皎然有《五言答苏州韦应物郎中》诗(《抒山集》卷一)。东野本诗所称,义亦同此。大约韦应物生平历官,即止于苏州刺史,罢官后未久即逝世。当时独以能诗鸣。东野赠诗也备极推许。其作时年月当即在东野侨寓苏州时。

有《春日同韦郎中使君送邹儒立少府[七]扶侍赴云阳》诗(卷八)。"韦郎中使君",仍谓韦应物。《韦苏州集》卷四也有《送云阳邹儒立少府侍奉还京师》诗。知邹那时方任为云阳尉(云阳,唐属关内道京兆府)。按邹儒立《新、旧唐书》俱无传。唐林宝《元和姓纂》十八尤《南阳新野邹氏》下仅载:"开元中有象先,……象先生儒立,衡州刺史。"[八]也未详他于何时任云阳尉。今按韦应物诗云:"邹生乃后来,英俊亦罕伦。……甲科推令名,延阁播芳尘。"东野本诗云:"侧闻畿甸秀,三振词策雄。"知邹儒立在当时尝一登进士,两举制科。至他登第年月,据《册府元龟》六四五《贡举部》七、《唐会要》七十六《贡举》中《制科举》及徐松《登科记考》卷十二诸书考之,知邹儒立贞元四年进士登第,四月,又举贤良方正能直言极谏科。疑邹始尉云阳,当在他再登制科的前后。以他贞元四年登制科的年月推算，大约不出贞元五、六年间。再据韦应物送邹儒立诗自称"省署惭再入，江海绵十春。今日阊门路，握手子归秦"诸语，也可证成前面的推断。考韦应物建中二年（781）四月，自栎阳县令任尚书比部员外郎。（《韦苏州集》四《始除尚书郎别善福精舍》诗自注："建中二年四月十九日，自前栎阳令除尚书比部员外郎。"贞元三年（787），又自江州刺史入为左司郎中。前后凡两历省台，故云："省署惭再入。"又自建中二年（781）为比部员外郎，下数至贞元六年（790）任苏州刺史饯邹儒立时止，恰历十年，故称："江海绵十春。"据此，可知韦应物赠邹儒立诗当为本年所作，而邹儒立也应在本年左右尉云阳，乃自苏州迎养其亲于任所。彼时东野方侨寓苏州，因同韦应物赋诗赠行。其作时年月当与韦诗同在本年春。

有《苏州昆山慧聚寺僧房》诗（卷五）。宋龚昱《昆山杂咏》引此诗题作《慧聚寺上方》，宋郑虎臣《吴都文粹》题作《慧聚寺圣迹》。宋范成大《吴郡志》四十八《考证》："昆山古上方有孟郊留题诗。或云：'郊随父任昆山尉，因有篇什。'按韩文公郊墓志云：'父庭玢，娶裴氏女，选而为昆山尉。生郊及二季酆、郢而卒。'考此语是郊时方幼稚，本传亦不言其幼稚能诗。上方留题，或者疑乃其父庭玢所作，不可知。或又云：'郊后长大，问其母身所生之地。母云："父任昆山尉时。"郊遂游吴，至昆山乃留题。'事无考证不敢信。"按此诗自然不似东野幼时所作，且于当日事实亦不符合。范志所称"郊后长大，游吴留题"之说，虽"事无考证"，反而比较接近事实。疑东野即以贞元五、六年间来苏州之便，访游此寺，题诗留念。"慧聚寺"正在昆山。宋朱长文《吴郡图经续记》卷中《寺观》载称："慧聚寺在昆山县西北三里马鞍山。孤峰特秀，极目湖海，百里无所蔽。……诗人孟郊有诗。"（宋盖岊《慧聚寺山图记》、范成大《吴郡志》、凌万顷《淳祐玉峰志》卷下《寺观》文略同，不俱引）盖其地自唐以来为名迹，唐宋诗人题咏，多奉东野此诗为圭臬。如宋龚昱《昆山杂咏》所载有唐张祜、宋王介甫、苏倅、傅宏、范公武、李乘、蒋瑎等《和孟郊韵》诸诗，俱是其证。范成大《吴郡志》、龚明之《中吴纪闻》至以东野此篇与张（祜）王（介甫）和韵，同推为昆山之绝唱。（详见《吴郡志》三十五《郭外寺·昆山县慧聚寺》条、《中吴纪闻》卷二《上方诗》条）

有《题韦承总吴王故城下幽居》诗（卷五）。题下自注："韦生，相门子孙。""韦承总"，生平不详。《新、旧唐书》俱无传。《元和姓纂》及《新唐书》七十四《宰相世系表》十四上韦氏也未载录他的名字。"吴王故城"，相传为春秋时吴王阖闾所建，见东汉赵晔《吴越春秋·阖闾内传》。故址在今江苏苏州。据诗语："韦生堪继相，孟子愿依邻。……郢唱一声发，吴花千片春。"推之，本诗当亦为东野侨寓苏州时留题之作。

有《山中送从叔简赴举》诗（卷七）。"简"，孟简，字几道。《新、旧唐书》俱有传。韩愈《贞曜先生墓志铭》称："初，先生所与俱学同姓简，于世次为叔父。"《旧唐书》一六三《孟简传》称："擢进士第，登弘词科。"《新唐书》一六〇《孟简传》也称："举进士弘词连中。"但俱未载孟简擢第年月。徐松《登科记考》卷二十七但载孟简名于《附考》，亦未详其登第年月。今据东野集中赠孟简诸诗及与韩愈同作《孟刑部几道联句》（《昌黎先生集》卷八）考之，知约当在贞元七年左右（证详贞元七年下）。本诗或即作于孟简登第之前一年，即送孟简应试长安的。据诗语："于此逍遥场，忽奏别离弦。却笑薜萝子，不同鸣跃年。"推之，诗当作于东野隐居乡里时。今权系于本年下。本集卷七又有《山中送从叔简》一诗，中云："莫以手中琼，言邀世上名。莫以山中迹，久向人间行。"疑亦为同一时期先后之作。

有《赠万年陆郎中》诗（卷六）。"陆郎中"，当谓陆长源。"万年"，县名。唐属关内道京兆府。据《旧唐书》一四五《陆长源传》，知他曾历建、信二州刺史，贞元元年佐韩滉为江淮转运副使。"罢为都官郎中，改万年县令，出为汝州刺史。"正与东野此诗"天子忧剧县，寄深华省郎"所言相合。至陆长源何时任为万年县令，虽史无明文，不能臆断。但他始为汝州刺史时，以唐李吉甫《元和郡县志》诸书证之（证详贞元九年《鸦路溪行呈陆中丞》诗内），知当在贞元七年或以前。本诗云："江鸿耻承眷，云津未能翔。徘徊尘俗中，短翮无辉光。""江鸿承眷"，疑谓陆长源前领湖州或为信州刺史时，东野曾至上饶，得其庇荫。此诗之作，当更在贞元七年左右陆长源为汝州刺史之前。今权系于本年下。

贞元七年（791）。辛未。东野四十一岁。

房次卿进士登第。（《昌黎先生集》五《将归赠孟东野房蜀客》诗宋樊汝霖注引《唐讳行录》，徐松《登科记考》卷十二）

徐州刺史张建封进位检校礼部尚书。

右补阙梁肃加翰林学士，领东宫侍读，兼史馆修撰。（梁肃《述初赋序》、唐韦执谊《翰林院故事》、丁用晦《重修承旨学士壁记》）

韦应物约于本年或次年卒。

秋，东野于湖州举乡贡进士，旋往长安应进士试。

有《湖州取解述情》诗（卷三）。"取解"，即谓"拔解"。唐李肇《国史补》卷下："进士为时所尚久矣。……京兆考而升者，谓之等第，外府不试而贡者，谓之拔解。"（宋王谠《唐语林》二《文学》引同。李翱《与弟正辞书》云："知汝京兆府取解不得如其所怀念。")五代王定保《唐摭言》卷一《述进士下篇》也称："外府不试而贡者，谓之拔解。然拔解亦须预托人为词赋，非谓白荐。"实际上，这就是唐代所谓乡贡进士。每年拔取的时间，一般均在七月后。所以宋钱易《南部新书》有"长安举子七月后投献新课，并于诸府州拔解。人为语曰：槐花黄，举子忙"的记载。明胡震亨《唐音癸签》卷十八《诂笺》三《进士科故实》也称："举场每岁开于二月，每秋七月，士子从府州觅解纷纷。"东野初次应进士试约在贞元八年，这首诗当为本年秋在湖州拔解赴长安前所作。

有《舟中喜遇从叔简别后寄上时从叔初擢第郊不从行》诗（卷七）。按孟简登第年月，据韩愈与东野同作的《寄孟刑部几道联句》"未来声已赫，始鼓敌前败。斗场再鸣先，遐路一飞届。东野继奇蹋，修纶悬众犗"[九]及东野诗"一意两片云，暂合还却分。南云乘庆归，北云与谁群"诸语推之，大约当在贞元七年。那时东野方自湖州来长应试，孟简已登第归江南，相遇舟中，因于别后寄诗。

有《游终南龙池寺》诗（卷四）。诗云："飞鸟不到处，僧房终南巅。……地寒松桂短，石险道路偏。"这几句话可谓能状难摹之景。按"龙池寺"唐时为终南胜迹。宋张礼《游城南记》称："下瞰终南之胜，雾峰玉案……粲在目前。上玉峰轩，南望龙池废寺。"自注："龙池寺直玉案山之北。"知龙池地在终南，至宋已为废墟。本集同卷又有《游终南山》诗。诗末称："长风驱松柏，声拂万壑清。到此悔读书，朝朝近浮名。""近浮名"，大约指他求登进士。本集卷九又有《终南山下作》一诗。疑三诗俱为东野贞元七、八年应试长安一时先后游赏之作。

有《登华严寺楼望终南山赠林校书兄弟》诗（卷四）。"华严寺"在长安樊川（陕西长安县南）。宋宋敏求《长安志》卷中称："樊川今有华严寺，人但谓之华严川云。"宋张礼《游城南记》："东上朱坡，憩华严寺，下瞰终南之胜。"自注："华严寺，贞观中建。寺之北原下瞰终南，可尽其胜。岑参诗所谓'寺南几千峰，峰翠青可掬'是也。"据此，则寺基高亢爽朗，在唐时为登眺的胜地。与东野本诗"地脊亚为崖，耸出冥冥中。楼根插迥云，殿翼翔危空"所描绘的情状正合。卷五又有《题林校书华严寺书窗》诗。"林校书"，不详为何人。诗云："隐咏不夸俗，问禅徒净居。……昭昭南山景，独与心相如。"据诗意，林校书其时当寓居于华严寺，因为留题。疑两诗俱作于贞元间东野应试长安或元和初侨寓长安时。今权系于本年下。

有《蓝溪元居士草堂》诗（卷五）。"蓝溪"，也称蓝水，即灞水。"元居士"，不详为何人。诗云："夫君宅松桂，招我栖朦胧。……蓝岸青漠漠，蓝峰碧崇崇。日昏各命酒，寒蛩鸣蕙丛。"据诗意当是东野曾小住元居士草堂。按东野贞元七年至十一年三至长安应进士试，此诗疑为贞元七年或十一年东野应试长安时所作。今权系于本年下。本集卷九又有《听蓝溪僧为元居士说维摩经》诗。诗云："空景忽开霁，雪花犹在衣。泫然水溪画，寒物生光辉。"与前诗当同为一时先后之作。

  贞元八年（792）。壬申。东野四十二岁。

  二月，丙子，以荆南节度使樊泽为襄州刺史，山南东道节度使。

  四月，给事中韦夏卿左迁常州刺史，坐交诸窦也。（据《旧唐书·德宗纪》、《全唐文》四三八韦夏卿《东山记》、范成大《吴郡志》三十一《龙兴寺》条引唐房琯《龙兴寺碑序》推定）

  四月，郑余庆自库部郎中充翰林学士。（丁用晦《重修承旨学士壁记》）

  五月，平卢淄青节度使李纳卒。其子师古知留后。

  五月，秘书监包佶卒。（权德舆《祭秘书包监文》）

  韩愈、李观同榜进士登第。（王定保《唐摭言》卷一、《新唐书·欧阳詹传》、洪兴祖《韩子年谱》）同年李观再登博学弘词科。（宋计有功《唐诗纪事》、徐松《登科记考》卷十三）

  王涯进士及第。又登博学弘词科。（徐松《登科记考》十三）

  东野应进士试，初下第。

  本年前后，孟郊与韩愈订交。韩愈有《长安交游者一首赠孟郊》诗。（《昌黎先生集》卷一。又见《孟郊遗事》。）

  李观有《上梁（肃）补阙荐孟郊崔宏礼书》（《李元宾文编》卷三。文见《孟郊遗事》）

  有《古意赠梁肃补阙》诗（卷六）。"梁肃"，《新唐书》有传。（附二〇二《苏源明传》）记述梁肃的生平历官，大致可信。惟未详梁肃为右补阙在何年。今按唐崔元翰《右补阙翰林学士梁君墓志》（《文苑英华》九四四）称："贞元五年，以监察御史征还台，非其所好，于是备谏诤而佐于大君，传经术而授于储后。""备谏诤"，即谓梁肃为补阙。又按梁肃《述初赋序》（《文苑英华》九十八）自称："会明诏以监察御史征，俄转右补阙。……间一岁，加翰林学士，领东宫侍读之事。"《旧唐书》一三〇《李泌传》亦称："至贞元五年，……监察御史梁肃，右补阙。"知梁肃乃于贞元五年自监察御史转为右补阙。贞元七年仍以本官右补阙充翰林学士，领东宫侍读[一〇]，与梁肃《述初赋序》中"间岁"之言正合。他大约自贞元五年转右补阙起，一直守本官至贞元九年逝世前。所以李翱《感知己赋序》称："贞元九年……九月，执文章一通谒右补阙梁君。……十一月，梁君遘疾而殁。"(《李文公集》卷一)唐权德舆《唐故尚书兵部郎中杨君文集序》也称："亡友安定梁肃宽中……博陵崔元翰……二君者虽尝司密命，裁赞书，而终不越于谏曹计部。"(《权载之文集》三十三)权文所谓"谏曹"，也指梁肃官止于补阙而言。因之，他祭梁肃文，也和李翱同样，以补阙称之。(见《权载之文集》四十八)知梁肃生平历官终于补阙，当无疑义。东野此诗疑即作于贞元八年。彼时梁肃方佐陆贽主持贡举事，韩愈、李观等俱在那年登第[一]。同年东野也在长安应试，疑因李观的推荐，乃赠梁肃此诗，乞为推择。所以诗称："不有百炼火，孰知寸金精？金铅正同炉，愿分精与粗。""金铅同炉"，正比喻"俱在举场"。"精粗"之论，则实东野自荐之言。

有《灞上轻薄行》诗(卷一)。诗中揭露了当时"长安无缓步"、"亲戚不相顾"的世态，疑为贞元七、八年间东野初至长安应试时作。

有《长安道》(卷一)、《长安旅情》(卷三)诸诗。诗中针对当时封建社会一些不合理的事象，表示了深切的愤慨。如说："高阁何人家，笙簧正喧吸。""下有千朱门，何门荐孤士？"这些都流露出诗人牢骚无告的失意心情。当同为贞元七、八年间东野应试长安时所作。

有《长安早春》诗(卷二)。诗中对当时一班贵族子弟"不为桑麻，只望花柳"式的探春，致以深刻的嘲讽。当同为贞元八、九年间东野应试长安时作。

有《长安羁旅行》诗(卷一)，诗云："万物皆及时，独余不觉春。失名谁肯访，得意争相亲。"有《感兴》诗(卷一)，诗云："独有失意人，怳然无力行。"有《夜感自遣》诗(卷三〇一作《失志夜坐思归楚江》)，诗云："死辱片时痛，生辱长年羞。清桂无直枝，碧江思旧游。"有《下第东归留别长安知己》诗(卷三)，诗云："共照日月影，独为愁悴人。……弃置复何道，楚情吟白蘋。"这些诗都充满着抑郁不平之鸣，以诗意推之，当同为本年东野初下第时作。卷三又有《夜忧》诗。诗称："岂独科斗死，所嗟文字捐。……未遂摆鳞志，空思吹浪旋。何当再霖雨，洗濯生华鲜。""摆鳞"两句，自喻文场失意；最末二语，仍以再接再厉自相期许。据诗意当亦同为东野本年初下第时作。又有《长安羁旅》诗(卷三)、《渭上思归》诗(卷三)。两诗俱写羁愁离绪，疑亦同为贞元八、九年间东野应试长安时所作。

有《贫女词寄从叔先辈简》诗(卷一)。诗中取譬蚕女，借喻东野应试不第的悲愤心情。题称"先辈"(按唐世呼举人已第者为先辈。见宋程大昌《演繁露》)，疑此诗或即作于本年孟简已登第、东野举乡贡进士之后。故诗云："仰企碧霞仙，高控沧海云。永别劳苦场，飘飘游无垠。"即对孟简擢第，自身不第，寄托其仰企之情。

有《感别送从叔校书简再登科东归》诗（卷七）。按《新唐书·孟简传》称："简举进士弘词连中。"孟简登进士第约当在贞元七年，据此推之，他再登制科，疑即在贞元七年或八年。题称"校书"，官名，尚手校雠典籍。当是孟简再登制科后所授。两《唐书·孟简传》略而未载，据此可补唐史之阙。时东野方在长安应试，孟简已再登科东归，故诗云："菱唱忽生听，芸书回望深。独恨鱼鸟别，一飞将一沉。"因赋诗赠别以志感。

有《赠李观》诗（卷六）[一二]。题下自注："观初登第。"按《新唐书》卷二百三《李观传》称他："字元宾。贞元中举进士弘词连中，授太子校书郎。卒年二十九。"其登第年月未详。以诸书考之，知当在贞元八年。按《唐摭言》卷一《广文》："始，其春官氏擢广文生者，名第无高下。贞元八年欧阳詹第三人，李观第五人。"（《唐语林》卷二《文学》略同）《新唐书》卷二百三《欧阳詹传》称："詹举进士，与韩愈、李观……王涯联第。皆天下选，时称龙虎榜。"宋洪兴祖《韩子年谱》贞元八年下引《唐科名记》也载称："贞元八年陆贽主司，……其人欧阳詹、李观、韩愈。"这些都是李观登第年月明载于诸书的，其证一；又按《李元宾文编》卷三有《上陆相公书》，自称："观于相国，门人也；相国于观，师道也。"卷六又有《帖经日上侍郎书》云："昨者奉试《明水赋》、《新柳》诗。……侍郎果不以媸夺妍……获邀福于一时，小子不虚也。"两书皆与陆贽。从这些话里，可以确知李观和陆贽的座主门生的关系。同时陆贽又确在贞元七年和八年以兵部侍郎知贡举。按宋吴曾《能改斋漫录》卷四《林藻欧阳詹相继登第》条称他家有唐赵俨《唐登科记》，记内正有"贞元八年兵部侍郎陆贽知贡举。赋题《明水》，诗题《御沟新柳》"的记载。洪兴祖《韩子年谱》引《唐科名记》也称："贞元八年，陆贽主司。试《明水赋》《御沟新柳》诗。"今《李元宾文编》卷五还存有《御沟新柳》诗，与李观上陆贽书所言正合。此李观登第年月可旁取证于本集的，其证二。据此，李观于贞元八年登第，已灼然无疑。那时东野也同来应试，结果东野下第，元宾登科。故赠诗称："昔为同恨客，今为独笑人。舍予在泥辙，飘迹上云津。卧木易成蠹，弃花难再春。""同恨、独笑"之言，"卧木、弃花"之叹，东野当时愤慨失意的情怀可见。其写作年月，正当在本年东野初下第后。

有《失意归吴因寄东台[一三]刘复侍御》诗（卷三）。"刘复"，《新、旧唐书》俱无传。《元和姓纂》五十八尤《诸郡刘氏》但载："复，水部员外郎。"其为侍御在何时，诸书俱无考。以东野本诗推之，知刘复在贞元八年方以侍御分司东台，居洛阳。时东野初下第，计划东归，因何寄此诗，以舒愤懑。故诗云："自念西上身，忽随东归风。长安日下影，又落江湖中。至宝非眼别，至音非耳通。"其作时年月疑当在本年东野应试落第后。

有《湘弦怨》诗（卷一）。又有《楚竹吟酬卢虔端公见和湘弦怨》诗（卷一）。按"端公"，唐侍御史之俗称[一四]。"卢虔"，卢从史之父。《新唐书》一三一《卢从史传》称："父虔，少孤好学。举进士。历御史府三院，刑部郎中，江、汝二州刺史，秘书监。"元王思诚《河津县总图记》又称他"永泰初，举进士高第。仕至银青光禄大夫工部尚书。幼读书于龙门"（据《山西通志》卷九十二《山右金石记》四引）。虽记述卢虔生平历官较详，但俱不载卢虔为侍御史在何年。按《唐御史台精舍题名》、《监察御史》及《知杂侍御史》内俱有卢虔名。唐张读《宣室志》也称："故右散骑常侍范阳卢虔贞元中为御史，分察东台。"知卢虔在贞元间曾任侍御史。更以此两诗及东野《送卢虔端公守复州》诗参互相证，疑《湘弦怨》所谓"昧者理芳草，蒿兰同一锄。狂飙怒秋林，曲直同一枯"，《楚竹吟》所谓"欲知怨有形，愿向明月分。一掬灵均泪，千年湘水文"诸语，均借湘弦楚竹，以自喻其举场失意，"蒿兰同锄"。两诗或俱作于本年东野在长安应试落第后。

有《送卢虔端公守复州》诗（卷七）。"复州"，唐属山南东道，在今湖北沔阳县。诗云："正声逢知音，愿出大朴中。知音不韵俗，独立占古风。忽挂触邪冠，逮逐南飞鸿。肃肃太守章，明明华毂熊。商山无平路，楚水有惊溠。新愁徒自积，良会何由通。"据诗语推之，卢虔大约在贞元八、九年间以侍御自长安出守复州，故诗题以"端公"称之。宋王象之《舆地纪胜》七十六《复州官吏》内有"卢虔"，下云："孟东野有《送卢虔端公守复州》诗。"明童承叙《沔阳州志》卷十三《秩官列传》亦云："卢虔，复州刺史。"下即引东野本诗。而唐史略而未载，据此可补其阙。彼时东野方在长安应试，因卢虔出守，赋诗赠行。其作时年月，以前《湘弦怨》及《楚竹吟酬卢虔端公见和湘弦怨》两诗推之，疑当作于贞元八、九年间。有《哭秘书包大监》诗（卷十）。"包大监"，谓包佶。贞元八年卒。生平历官即止于秘书监，据权德舆《祭秘书包监文》："维贞元八年，岁次壬申，五月朔日，太常博士权德舆等敬祭于故秘书包七丈之灵。"（《权载之集》四十八）是其明证。本诗即为东野本年哭吊包佶之作。时东野方落第，诗中所谓"哲人卧病日，贱子泣玉年"正用楚人卞和献玉的故事，以自喻其应试失意。

东野下第后东归，访张建封于徐州。

韩愈有《孟生》诗。（《昌黎先生集》卷五。文见附录《孟郊遗事》。）

李翱有《荐所知于徐州张仆射书》（《李文公集》卷八。又见附录《孟郊遗事》。）

按韩愈《孟生》诗："奈何从进士，此路转岖嵚。……采兰起幽念，眇然望东南。秦吴修且阻，两地无数金。我论徐方牧，好古天下钦。……既获则思返，无为久滞瑶。卞和试三献，期子在秋砧。"知东野当于本年下第后往徐州，后乃自徐州东归。

按五代王定保《唐摭言》卷十载《韦庄奏请追赠不及第人近代者》条："孟郊……工古风，诗名播天下……佐徐州张建封幕卒。"所称东野佐徐州张建封幕事，不知韦庄何所本？宋计有功《唐诗纪事》三十五《孟郊》条也误从其说。今以韩愈《贞曜先生墓志铭》及《新、旧唐书·孟郊传》考之，知东野未尝佐张建封幕。他虽曾于本年下第后至徐州，但不久即离去，其后也未再往。至登进士第后，即归江南，直至贞元十六七年始应铨选为溧阳县尉。所以他在《初于洛中选》诗中自叹道："青云不我与，白首方选书。宦途事非远，拙者取自疏。"知东野以前盖未尝供职事，不知张建封又何从而用之？至韦庄谓东野"佐徐州张建封幕卒。"其说尤纰谬不可信。

有《答韩愈李观别因献张徐州》诗（卷七）。《文苑英华》题作《长安留别李观韩愈因献张徐州》。"张徐州"，谓张建封。《旧唐书》一四○《张建封传》称他"贞元四年，为徐州刺史，兼御史大夫，徐泗濠节度支度营田观察使。"（《新唐书》本传略同）贞元十六年病逝于徐州任所。此诗当为东野本年下第后赴徐州前作。因答韩、李之别，兼献张建封以为先容。所以诗中说："徐方国东枢，元戎天下杰。祢生投刺游，王粲吟诗谒。"又说："有客步大方，驱车独迷辙。故人韩与李，逸翰双皎洁。哀我摧折归，赠词纵横设。""哀我摧折归"，乃自谓失意东归；"赠词纵横设"，大约即指韩愈所作《孟生》诗诸篇而言。至李观赠诗，今本《李元宾文编》未见收录，当已遗佚[一五]。

有《上张徐州》诗（卷六）。诗云："再来君子傍，始觉精义多。……顾已诚拙讷，干名已蹉跎。"以"干名蹉跎"诸语推之，知本诗当为东野本年下第后抵徐州时作。卷八又有《张徐州席送岑秀才》诗。"岑秀才"，未详为何人。据诗题及诗语："羁鸟无定栖，惊蓬在他乡。……楚泪滴章句，京尘染衣裳。"知此篇亦当作于东野本年自长安抵徐州之后。有《南阳公请东樱桃亭子春宴》诗（卷四）。"南阳公"，亦谓张建封。《新唐书》一五八《张建封传》："张建封，字本立。邓州南阳人。客隐兖州。"权德舆《唐故徐泗濠节度观察处置等使，兼徐州刺史，南阳郡开国公，赠司徒张公集序》亦云："司徒张建封，南阳人。……授钺贞师，莅于徐方。"（《权载之文集》三十四）故东野以"南阳公"称之。诗云："此地独何方，我公布深仁。……芳菲争胜引，歌咏竞良辰。方知戏马会，永谢登龙宾。"按"戏马"，台名，在徐州。（参见《太平寰宇记》卷一五《徐州彭城县》）这首诗当为东野本年来徐州后答宴之作。以诗题及诗语推之可知。

又有《清东六曲》（一）。当和前一篇俱为在徐州一时游宴之作。按前篇《东樱桃亭子春宴》云："初英灈紫霄，飞雨流清津。……碧玉妆粉比，飞琼秾艳均，鸳鸯七十二，花态并相新。"本篇则称："樱桃花参差，香雨红霏霏。笑笑竞攀折，美人湿罗衣。采采清东曲,明眸艳珪玉。南阳公首辞,编入新乐录。"与前诗所咏时地景物,似二实一,似异实同。疑此诗同为樱桃亭子一时赏异之作。诗中"南阳公",也指张建封。

有《伤春诗》(卷三)。中云:"两河春草海水清,十年征战城郭腥。乱兵杀儿将女去,二月三月花冥冥。"据诗语推之,疑或为东野本年下第后往徐州,途经建中年间两河战场时追吊之作。今权系于本年下。

有《答卢虔故园见寄》诗(卷七)。诗云:"访旧无一人,独归清雒春。……乱后故乡宅,多为行路尘。因悲楚左右,谤玉不知珉。"据诗语疑亦为东野本年下第东归时,途经洛阳,感时伤乱之作。因卢虔赠诗以寄慨。

有《泛黄河》诗(卷七)。诗云:"湘瑟飕飕弦,越宾鸣咽歌。有恨不可洗,虚此来经过。""越宾",东野自喻;"有恨",则自谓应试落第。疑本诗或为东野初下第或再下第后,泛黄河时所作。今权系于本年下。有《憩淮上观公法堂》诗(卷九)。详诗意疑亦为东野贞元八年赴徐州,途经淮上所作。"观公",疑即唐清凉国师澄观。韩愈有《送僧澄观》诗(《昌黎先生集》卷七),可互参。

自徐州东归,途经苏州小住。

有《题从叔述灵岩山壁》诗(卷五)。"孟述",《新、旧唐书》俱无传,生平行事不详。《元和姓纂》四十三映《平昌安邱孟氏》下载:"珩,十一代孙温子皞,右丞京兆尹。生通、述。"当即此人。于世次为东野族叔。"灵岩山",唐时为苏州名胜。唐孙承祐《灵岩山寺砖塔记》称:"灵岩山,即古吴王夫差之别苑也。太湖渺白涵其侧,虎邱点翠映其后。"(据宋郑虎臣《吴都文粹》卷八引)宋范成大《吴郡志》卷十五《山》也称:"灵岩山,即古石鼓山,又名砚石山。……在吴县西三十里。"(参见宋王象之《舆地纪胜·两浙西路平江府·吴县景物》)孟述当即寓居此地。时东野方失意东归,疑自徐州应邀来此。故诗云:"远念尘末宗,未疏俗间名。桂枝妄举手,萍路空劳生。仰谢开净弦,相招时一鸣。""桂枝妄举",即自喻文场失意;"萍路劳生",则自悲风尘仆仆。据诗意或当为东野本年下第后来苏州时所作。

本年或次年东野再往长安应进士试。

贞元九年(793)。癸酉。东野四十三岁。

冬,十一月,右补阙、翰林学士梁肃卒。赠礼部郎中。(崔元翰《右补阙翰林学士梁君墓志》、权德舆《祭故梁补阙文》、李翱《感知己赋·序》)

李观博学弘词科登科。(洪兴祖《韩子年谱》引《科第录》。《唐诗纪事》卷三十三作贞元八年。)

东野游于长安，题名雁塔。

宋张礼《游城南记》称："东南至慈恩寺，登塔，观唐人留题。"自注："塔既经焚，涂坊皆剥，而砖始露焉。唐人墨迹于是毕见，今孟郊之类尚存。"柳城摹雁塔题名残拓本正有东野题名，即"贞元九年正月五日进士孟郊题"十三字。（据徐松《登科记考》引）知本年东野方应试长安。此名乃未中第时所题，故不称"前进士"[一六]。又《昌黎先生集·遗文》内亦载有《长安慈恩寺塔题名》："韩愈退之、李翱习之、孟郊东野、柳宗元子厚、石洪濬川同登。"俱是其证。

本年东野应试再落第，乃自长安出作楚湘之游。

据本集《下第东南行》诸诗是其证。

有《送从叔校书简南归》诗（卷八）。诗云："长安别离道，宛在城东隅。寒草根未死，愁人心已枯。……北骑达山岳，南帆指江湖。""北骑"，东野自喻；"南帆"，谓孟简。据诗语疑即作于贞元九年至十一年间东野来长安应试时。今权系于本年下。

有《远愁曲》（卷一）。诗云："飘飘何所从，遗冢行未逢。此地有时尽，此哀无处容。声翻太白云，泪洗蓝田峰。"悲愤之情，溢于言表。据诗语疑为贞元八、九年东野应试长安时作。又有《古兴》（卷二）。诗云："楚血未干衣，荆虹尚埋辉。痛玉不痛身，抱璞求所归。"通篇全以楚人卞和泣玉事立意，借以抒写"痛玉"、"抱璞"的情怀。据诗语疑亦作于贞元八、九年东野应试落第时。今并权系于本年下。

有《再下第》诗（卷三）。诗云："两度长安陌，空将泪见花。"又有《落第》诗（卷三）。诗云："雕鹗失势病，鹪鹩假翼翔。弃置复弃置，情如刀刃伤。"重言"弃置"，当亦为本年再下第后作。

有《赠崔纯亮》诗（卷六）。"纯亮"为崔玄亮之第（见《新唐书》七十二下《宰相世系表》），生平行事不详。《旧唐书》一六五《崔玄亮传》仅称，与"弟纯亮、寅亮相次升进士科"。按东野本诗曾被称引于李翱《荐所知于徐州张仆射书》，略云："兹有平昌孟郊，贞士也。……李观荐郊于梁肃补阙书曰（全文载《孟郊遗事》）……韩愈送郊诗曰（所引即韩愈《孟生》诗。载《孟郊遗事》）……郊穷饿不得安养其亲，周天下无所遇。作诗曰：'食荠肠亦苦，强歌声无欢。出门即有碍，谁谓天地宽。'其穷也甚矣。"（《李文公集》卷八）按李观《上梁补阙书》及韩愈《孟生》诗俱作于贞元八年。李翱叙东野本诗次两文后。又按宋彭乘《墨客挥犀》引本诗云："东野《下第》诗曰：'出门即有碍，谁云天地宽。'晚登第乃作诗曰：'春风得意马蹄疾，一日看尽长安花。'"直捷了当地把这首诗题作《下第》诗，其言或有所本。再据诗中所称"有碍非遐方，长安大道旁。……项籍非不壮，贾生非不良。当其失意时，涕泗各沾裳"一些话来看，疑本篇或即作于本年东野再下第后。时崔纯亮亦正在长安，据柳珹摹雁塔题名残拓本有"进士崔元亮、进士崔寅亮、进士崔纯亮贞元九年正月五日"题字是其证。东野集卷七又有《寄崔纯亮》诗。中云："唯余洛阳子，郁郁恨常多。"疑或为元和间东野居洛阳时所作。

有《下第东南行》诗（卷三）。又有与韩愈、李翱同作的《远游联句》（《昌黎先生集》卷八）。按《昌黎先生集》卷八所载与东野诸联句，大多为宪宗元和初年所作，但独《远游联句》非是。《昌黎先生集》卷八《远游联句》题下注称："元和三年作《远游》，送东野之江南也。公尝有《送东野序》云'东野之役于江南'，此所谓远游者，亦其时欤。"误以此诗为元和三年之作。清陈景云《韩集点勘》卷二驳之云："按注谓远游即东野役于江南。其说似是而非。盖役于江南，乃赴溧阳尉。……而此诗中历叙吴楚诸地者，盖东野时将为湖岭之游，故云耳。"按陈说颇是。《昌黎先生集·题注》之失，在以东野远游和役于江南两事，混为一谈，不知其间相去数载。考东野元和三年方在河南任水陆转运从事，并没有役于江南的事。他之役于江南，乃在贞元十六、七年。都和此诗所歌咏的无关。仍以陈景云所假定的"远游湖岭"之说较近事实。至《远游联句》作时年月，韩集题注考定为元和三年固非，但陈景云对此亦复置而未论。今按东野集《下第东南行》诗云："越风东南清，楚日潇湘明。试逐伯鸾去，还作灵均行。……失意容貌改，畏涂性命轻。"据诗意当是东野于本年再下第后，曾出游两湖南北。同时在《远游联句》中亦有类似的记叙。如云："愤涛气尚盛，恨竹泪空幽。……怀糈馈贤屈，乘桴追圣丘。……楚些待谁吊，贾辞缄恨投。"疑两诗乃是同咏一事。以彼证此，当俱作在本年春。据《远游联句》"离思春冰泮，澜漫不可收。……即路涉献岁，归期眇凉秋"诸语可知。时韩愈方应博学弘词试，李翱方来应进士试，俱在长安。因同作联句志别。东野集卷三又有《远游》诗。详诗意疑或亦为东野远游楚湘途中所作。

先自长安至朔方，邀人看花。游于石淙。与族叔孟二十二、孟十五及李益、柳缜相会。

有《邀花伴》诗（卷四）。题下自注："时在朔方。"按"朔方"，郡、县名。唐属关内道夏州（今陕西横山县境）。距长安远隔千里，疑此"朔方"，乃泛指邠、宁等州之地（今陕西郴县等地）。诗云："边地春不足，十里见一花。及时须邀游，日暮饶风沙。"东野约于本年春再下第后来游邠宁，邀人看花。

有《石淙十首》（卷四）。疑亦为东野本年游朔方时歌咏景物之作。据诗语："朔风入空曲，泾流无大波。""朔水刀剑利，秋石琼瑶鲜。""昔浮南渡飙，今攀朔山景。"与《邀花伴》诗题下自注:"时在朔方。"参互相证,知本诗所谓'朔风'、'泾流'、'朔水'、'朔山',也都当指朔方而言。大约东野于本年再下第后,怀着无可告诉的牢骚抑郁的心情来游于此。故诗云:"驿骑苦衔勒,笼禽恨摧颓。顾惟非时用,静言还自咍。"又云:"地远有余美,我游采弃怀。乘时幸勤鉴,前恨多幽霾。"这些话疑俱自诉其应试落第、抱恨远游的。

有《新平歌送许问》诗(卷一)。"许问",生平不详。"新平",郡、县名。唐属关内道邠州,故城在今陕西彬县(原邠县)境。诗云:"边柳三四尺,暮春离别歌。早回儒士驾,莫饮土番河。"东野本年春来游邠、宁(亦可泛称朔方),作此赠行。卷一又有《边城吟》,据诗语疑亦为东野本年游朔方时所作。

有《抒情因上郎中二十二叔、监察十五叔,兼呈李益端公、柳缜评事》诗(卷六)。"孟二十二"、"孟十五",俱为东野族叔,生平行事不详。"柳缜",柳镇之弟,柳宗元之叔。贞元四年,柳缜、李益同佐邠宁节度使张献甫幕。据李观贞元七年所作《邠宁庆三州节度飨军记》称:"宗盟兄侍御史益,有文行忠信,而从邠宁之军。"(《李元宾文编》卷五)"朗宁",谓张献甫。张献甫,贞元四年秋七月为邠宁节度使(据《旧唐书·德宗纪》下),后封朗宁郡王。知贞元七年李益方以侍御史佐张献甫幕。直至贞元十二年五月张献甫卒。故东野诗题以"端公"称之。至柳缜之为评事,亦在他佐张献甫幕时。柳宗元《故叔父殿中侍御史府君墓版文》称:"朔方节度使张献甫辟署参谋,受大理评事,赐绯鱼袋,改度支判官。"(《柳先生集》卷十二)贞元二年正月柳缜卒。柳宗元自邠州持丧归上都。知柳缜当即卒于邠州任所。东野此诗疑为本年春离朔方前赠别之作,故诗云:"游边风沙意,梦楚波涛魂。一日引别袂,九回沾泪痕。""游边",谓游邠宁;"梦楚",谓将作楚之游。本集卷八又有《监察十五叔东斋招李益端公会别》诗,疑同为本年东野离邠宁时话别之作。

自朔方远游湖楚。

据《石淙十首》诗末:"物诱信多端,荒寻谅难遍。去矣朔之隅,翛然楚之甸。"诸语是其证。

有《自商行谒复州卢使君虔》诗(卷六)。"复州",唐属山南东道,在今湖北沔阳县。东野于去年卢虔出守复州时曾有诗赠行(见贞元八年下)。今年东野再下第,乃自长安访卢虔于复州。行次商州(唐属关内道,今陕西商县),因赋诗寄意。据诗中"一身绕千山,远作行路人。未遂东吴归,暂出西京尘"诸语,可以相当清晰地考见东野的行踪。有《商州客舍》诗(卷三)。据诗云:"商山风雪壮,游子衣裳单。四望失道路,百忧攒肺肝。……泪流潇湘弦，调苦屈宋弹。识声今所易，识意古所难。"疑此篇或为东野再落第后，出游楚湘，途次商州所作。"泪流"、"调苦"之言，"识声"、"识意"之喻，凡此"百忧"，无不表露东野应试落第的悲愤情怀。今权系于本年下。

本年东野远游湖楚途中，曾至巴山巫峡。

有《峡哀十首》（卷十）。诗云："沉衰日已深，衔诉将何求！""逐客零落肠，到此汤火煎。""毒波为计较，饮血养子孙。""衔诉何时明？抱痛已不禁。""因依虺蜴手，起坐风雨忙。峡旅多窜宫，峡氓多非良。"详诗意当是揭露、抨击世态险恶，哀吊死于三峡的逐客窜宫、沉魂冤鬼。借峡哀以自宣泄落第不遇，抱痛衔诉的内心悲愤。本集卷一又有《巫山曲》、《巫山高》两诗，疑俱为东野游巫峡时寄兴之作。

东野至襄阳。旋经京山、云梦，访卢虔于复州。

有《献汉南樊尚书》诗（卷六）。"樊尚书"，当谓樊泽。为樊宗师之父。据《旧唐书·德宗纪、樊泽传》，知他在建中三、四年曾充通和蕃使，从凤翔节度使张镒与吐蕃会盟清水。又屡与李希烈接战，先后擒降李希烈大将张嘉瑜、杜文朝等。东野本诗所谓"天下昔崩乱，大君识贤臣。……心开玄女符，面缚清波人"，即指樊泽与李希烈交战，擒其大将等事。所谓"异俗既从化，浇风亦归淳"，即指樊泽与吐蕃会盟清水等事。至贞元三年乃自山南东道节度使为荆南节度观察等使、江陵尹，兼御史大夫。又三年，加检校礼部尚书。贞元八年二月，山南东道节度使曹王（李）皋病逝，复任为襄州刺史，山南东道节度使。治襄阳。以东野诗中"自公理斯郡，寒谷皆变春。……如何嵩高气，作镇楚水滨"诸语推之，疑本诗即作于本年东野游湖楚时。樊泽曾以礼部尚书坐镇汉南，故诗题仍以"汉南樊尚书"称之。

有《独宿岘首忆长安故人》诗（卷六）。"岘首"，即岘首山，又名岘山。在湖北襄阳县南。诗云："月迥无隐物，况复大江秋。江城与沙村，人语风飕飕。"疑此诗或即作于本年秋东野在襄阳时。

有《京山行》（卷六）。按唐时郢州有京山县，属山南东道。县即以京山得名。宋乐史《太平寰宇记》一四四《郢州京山县》称："隋改为京山县，因界内京山为名。"是其证。同卷又有《梦泽行》。"梦泽"，即云梦泽。在湖北安陆县南。诗云："骐骥思北首，鹪鸪愿南飞。我怀京雒游，未厌风尘衣。"于时东野往复州，途经两地，赋诗纪行。

有《望夫石》诗（卷二）。按唐徐坚等《初学记》五引南朝宋刘义庆《幽明录》称："武昌北山有望夫石，状若人立。古传云：昔有贞妇，其夫从役，远赴国难。携弱子饯送此山，立望夫而化为石，因以为名。"疑此篇亦为东野本年游湖楚时所作。

有《同茅郎中使君送河南裴文学》诗（卷八）。"茅郎中"、"裴文学"，俱不详为何人。据诗语"河南有归客，江风绕行襟。……菱蔓缀楚棹，日华正嵩岑"推之，疑为本年东野游湖楚时所作，即送裴文学自楚地归河南。

有《旅行》诗（卷六）。诗云："楚水结冰薄，楚云为雨（一作雪）微。野梅参差发，旅榜逍遥归。"据诗语疑亦为东野本年游湖楚时纪游之作。

贞元十年（794）。甲戌。东野四十四岁。

太子校书郎李观卒。（韩愈《李元宾墓志铭》）

有《赠竟陵卢使君虔别》诗（卷八）。"竟陵"，即复州。唐时为复州治所。疑东野于贞元九年来复州，至本年夏始辞去。因赠诗为别。所以诗称："赤日千里火，火中行子心。……归人忆平坦，别路多岖嵚。赠别折楚芳，楚芳摇衣襟。"

东野自楚游湘。至岳阳，凭吊湘妃祠；至汨罗，凭吊屈原。

有《湘妃怨》（一作《湘灵祠》）诗（卷一）。按湘妃祠在巴陵，唐属江南西道岳州，故址在今湖南岳阳县境。后魏郦道元《水经注》三十八《湘水》称："湘水，……右合黄陵水口，其水上承太湖，湖水西流经二妃庙南。"《注》云："世谓之黄陵庙也。言大舜之陟方也，二妃从征，溺于湘江……神游洞庭之渊，出入潇湘之浦。"是"黄陵庙"即东野本诗所咏之"湘灵祠"。据诗语"搴芳徒有荐，灵意殊脉脉。玉佩不可亲，徘徊烟波夕"，知东野时方自楚来湘，遂游于此。

有《旅次湘沅有怀灵均》诗（卷六）。"灵均"，屈原字。诗云："分拙多感激，久游遵长涂。经过湘水源，怀古方踟蹰。旧称楚灵均，此处殒忠躯。……悠哉风土人，角黍投川隅。"按屈原殒躯之处，地在汨罗。《元和郡县志》二十七《江南道》三《岳州湘阴县》称："汨水，……又经罗国故城为屈潭，即屈原怀沙自沉之所，又西流入于湘水。"（《水经注》三十八《湘水》所纪略同）据此，知汨罗在唐属岳州之湘阴县，与湘灵祠同属一郡之地。亦即《下第东南行》诗中所谓"楚日潇湘明"、"还作灵均行"之意。惟诗中对屈原多所曲解，在思想意蕴上流于陈腐的说教。

有《楚怨》诗（卷一）。诗云："秋入楚江水，独照汨罗魂。……九门不可入，一犬吠千门。"详诗意疑亦作于贞元九、十年间东野再下第后远遊楚湘途中。即借凭吊屈原以自抒其悲愤。与《湘妃怨》、《旅次湘沅有怀灵均》诸诗约为一时先后之作。

有《吴安西馆赠从弟楚客》诗（卷六）。孟楚客生平不详。吴安，地名。诗云："风生今为谁？湘客多远情。孤枕楚水梦，独帆楚江程。""湘客"，东野自谓。"孤枕"一句。指孟楚客。据诗语疑为东野本年作于湘中，即送楚客归楚江。

有《答郭郎中》诗（卷七）。据诗语疑或作于东野应试再落第后。今权系于本年下。

有《赠南岳隐士二首》（卷七）。据诗语"见说祝融峰，擎天势似胜。……终居将尔叟，一一共余登"推之，疑亦为东野本年游衡山后所作。

东野自湘溯洞庭。

有《游韦七洞庭别业》诗（卷四）。"韦七"，不详所指。以诗意推之，当亦为东野本年自潇湘游洞庭时所作。故诗称："洞庭如潇湘，叠翠荡浮碧。松桂无赤日，风物饶清激。"诗末又称："物表易淹留，人间重离析。难随洞庭酌，且醉横塘席。"按横塘，在湖州[一七]。知彼时东野方欲自洞庭返湖州，故作此言，后又因故改往汝州。

有《送任齐二秀才自洞庭游宣城》诗（卷七）。题下自注："任载、齐古。"按"任载"、"齐古"，俱不详为何人。以诗题推之，知当亦作于东野本年游洞庭时。诗云："洞庭非人境，道路行虚空。二客月中下，一帆天外风。宣城文雅地，谢守声问融。证玉易为力，辨珉谁不同？"时任、齐二秀才尚未登进士，故诗中以"证玉、辨珉"之说说之。

东野自洞庭往汝州（唐属河南道，今河南南汝），依陆长源。

据本集卷五《汝州南潭陪陆中丞公宴》诗："远客洞庭至，因兹涤烦襟。"是其证。

有《过分水岭》诗（卷六）。"分水岭"，疑即在楚豫接壤的邓州南阳县境。水自岭而下，南北分流，俗呼为分水岭，亦曰鲁阳关。按《太平寰宇记》一四二《山南东道》一《邓州南阳县·分水岭》称："分水岭，在县北七十里，即三鸦之第二鸦也。从此而北五十里为第三鸦，入汝州界。"同卷又有《分水岭别夜示从弟寂》诗。"孟寂"，贞元十五年进士及第。生平不详。疑此两诗俱为本年东野自洞庭抵汝州前，途经分水岭时作。

有《鸦路溪行呈陆中丞》诗（卷六）。"陆中丞"，谓陆长源。彼时方为汝州刺史兼御史中丞。《旧唐书》一四五《陆长源传》但载陆为汝州刺史，未详他授官年月。今以诸书考之，如《元和郡县志》六《汝州临汝县》下有"贞元七年，刺史陆长源奏请割梁县西界二乡以益临汝"的记载。《太平寰宇记》八《河南道》八《汝州龙兴县》又有"贞元八年刺史陆长源以旧（临汝）县荒残，因移于东北李城驿侧"的记载。知陆长源贞元七年当已以御史中丞守汝州，至贞元十一年夏尚未去官[一八]。贞元十二年八月，始自汝州刺史为宣武行军司马。"鸦路溪"，地名。疑即汝州鲁山境内之三鸦路。按《元和郡县志》六《汝州》："鲁山县鲁阳关水，俗谓之三鸦水。"《太平寰宇记》八《汝州鲁山县》称："三鸦路，在县西南七十里，接邓州南阳县界。"当即其地。诗云："出阻望汝郡，大贤多招携。……应怜泣楚玉，弃置如尘泥。"这些话可以证明东野彼时确于失意之余，飘然湖海。因陆长源招邀，来到汝州。在未抵郡城时，先赋诗以寄意。有《汝州南潭陪陆中丞公宴》诗（卷五）、《汝州陆中丞席喜张从事至同赋十韵》诗（卷五）及《夜集汝州郡斋听陆僧辩弹琴》诗（卷五）。这些诗当俱为东野抵汝州后一时前后之作。有《游石龙涡》诗（卷五）。题下自注："四壁千仞，散泉如雨。""石龙涡"也为汝州名胜。《明一统志》三十一《汝州·山川》称："石龙涡在州城，四壁千仞，散泉如雨。唐孟郊有诗。"其言当有所本。据此，这首诗应亦为东野侨寓汝州时纪游之作。

贞元十一年（795）。乙亥。东野四十五岁。

正月，乙未，以秘书少监王础为黔中经略观察使。（《旧唐书·德宗纪》）

韩愈三应博学弘词科，仍不中。

卢仝约于本年生。

本年东野三至长安应进士试。

有《寄卢虔使君》诗（卷七）。诗云："霜露再相换，游人犹未归。……有鹤冰有翅，寒严力难飞。"考东野于贞元九年再下第后，曾作楚湘之游。疑至本年尚未返乡，故诗语云云。

有《汝坟蒙从弟楚材见赠时郊将入秦楚材适楚》诗（卷七）。"孟楚材"生平行事不详。据诗称："汝水忽凄咽，汝风流苦音。北阙秦门高，南路楚石深。"此诗或即为东野本年自汝州往长安应试前临别酬赠之作。

有《哭李观》诗（卷十）。"李观"《新唐书》二百三有传（引见贞元八年下）。《昌黎先生集》二十四《李元宾墓铭》云："李观，字元宾。年二十四，举进士。三年登上第。又举博学弘词，得太子校书。又一年，年二十九，客死于京师。既敛之三日，友人博陵崔宏礼葬之于国东门之外七里，乡曰庆义，原曰嵩原。"据此志推之，知李观当逝于贞元十年。他及第则在贞元八年，同年再登博学弘词科。据《李元宾文编》卷三《上陆相公（贽）书》自称："时之来也，而获遇相公之权衡文场，而观特为推择，起离暧昧，居置昭晰。及其罢也，即思归还，……俯仰淹留，复以逾时。乃应选科，不自计量，幸去衣褐为吏。"可知他是在登第后，又应同年制科考试的。今李集卷五正有《贞元八年宏词试中和节诏赐公卿尺》诗，是其明证[一九]。贞元十年乃以太子校书郎宦死于长安，李翱《与陆修书》也称："李观之义章如此，官止于太子校书郎，年止于二十九。"（《李文公集》卷七）与韩昌黎所言相合，俱可依信。东野此诗疑是他本年来长安应试时追吊之作。时李观已先卒，故诗中有"旅葬无高坟，栽松不成行。神理本窅窅，今来更茫茫"的话。同卷又有《吊李元宾坟》诗。当亦同为本年或次年东野在长安应试时作。又有《李少府厅吊李元宾题字》诗（卷十）。题下自注："元宾题少府厅云：'宿从叔宅有感。'有其义而无其辞。"据诗意疑亦作于李观逝世后不久。

有《送别崔寅亮下第》诗（卷七）。诗云："君子识不浅，桂枝幽更多。岁晏期攀折，时归且婆娑。"按寅亮为崔玄亮、纯亮之弟。《旧唐书》一六五《崔玄亮传》称："玄亮贞元十一年登进士第。始玄亮登第，弟纯亮、寅亮相次升进士科。"据此推算，崔寅亮登第或当在贞元十三年。他来长安应试，参之柳珹摹雁塔题名残拓本，疑或在贞元九年至十一、二年间。彼时东野方在长安，因崔下第，赠诗为别。今权系于本年下。

有《送温初下第》诗（卷七）。"温初"生平不详。据诗语："日照浊水中，夜光谁能分？……长安风尘别，咫尺不见君。"推之，或当作于贞元八年至十一年间东野应试长安，或元和初侨寓长安时。今权系于本年下。

有《赠黔府王中丞楚》诗（卷六）。"王楚"为王鉴之子，王璠之父。《新、旧唐书》俱无传。《新唐书·宰相世系表》第十二中《乌丸王氏》载："王鉴，怀州刺史。子楚，黔中观察使。"即此人。"楚"字或写作"础"。（《旧唐书》一六九《王璠传》："父础。"是其证。）他在大历七年登进士第。贞元八年时为郎中，佐陆贽知贞元八年礼部贡举事。（据《昌黎先生集》卷十七《与祠部陆员外书》及《唐摭言》卷八《通榜》条）后累迁秘书少监。贞元十一年乃出为黔中观察使。又按权德舆《唐故长安主簿李君（少安）墓志铭》中曾称："王黔中础之持节廉问（即观察）也，表为推官。"（《权载之集》二十六）他在《送李十兄判官赴黔中序》又称："予内兄……受署于中执法（按：即御史中丞）王君，……王君之馨香望实，且处清近久矣。惟天爱人，授兹一方。"（《权载之集》三十七）权文所称之"李十兄"和"李少安"，疑为一人；权序中所称"王君"，疑也指王础而言。如果这一推测不错，大约当时王础即以御史中丞为黔中观察等使。故东野据以为称。至贞元十五年，王础即卒于任所。（《旧唐书·德宗纪》正作"黔中观察使、御史中丞王础卒"。是其明证。）生平历官所能考见的，大略止此。"黔府"，黔州都督府。唐属江南西道。据诗语："困骥犹在辕，沉珠尚隐精。……岁晏将何从，落叶甘自轻。"推之，其作时年月疑即在贞元十一年岁暮。彼时东野方三来长安应试，尚未登第，故有"困骥"、"沉珠"的譬喻。

贞元十二年（796）。丙子。东野四十六岁。

正月，柳缜卒。（柳宗元《故叔父殿中侍御史府君墓版文》）

七月，宣武军节度使李万荣病，子乃谋领军务。邓惟恭、俱文珍执送京师。七月，乙未，以东都留守、兵部尚书董晋检校左仆射，同中书门下平章事，汴州刺史，宣武军节度使。丙申，李万荣卒。董晋轻行入汴。

韩愈从董晋辟,为汴州观察使推官。

八月,丙子,以汝州刺史陆长源为宣武行军司马。

东野进士登第。礼部侍郎吕渭知贡举。试《日五色赋》、《春台晴望》诗。同榜进士三十人。

按韩愈《贞曜先生墓志铭》:"年几五十,始以尊夫人之命来集京师,从进士试。既得即去。"韩愈《孟生》诗宋樊汝霖注引《唐登科记》也称:"东野及第在贞元十二年。"宋吴子良《荆溪林下偶谈》又云:"东野墓志:'年几五十,始以尊夫人来集京师,从进士试,既得即去。'史云:'年五十得进士第。'樊汝霖云:'时郊年五十四。'三说不同。按《唐登科记》:郊第在贞元十二年李程榜。又按墓志:郊死于元和九年,年六十四。自元和九年逆数而上,至贞元十二年,凡十九年矣。郊登第当是年四十六。退之《荐士》诗:'酸寒溧阳尉,五十几何耄。'盖郊登第四年,方调溧阳尉也。志谓'年几五十'是矣。史与樊说失之。"他的论断大致可信。

有《登科后》诗(卷三)。《同年春燕》诗(卷五)。按唐李肇《国史补》卷下《叙进士科举》:"进士……俱捷谓之同年。"(《唐摭言》、《唐语林》引并同)"春燕",即唐代所谓"曲江大燕"。《唐摭言》卷一《述进士》下对曲江会有较为具体的记载。如称:"曲江大会在关试后,亦谓之'关宴'。其后同年各有所之,亦谓之为'离会'。"所以,东野《同年春燕》诗也说:"少年三十士,嘉会良在兹。高歌摇春风,醉舞摧花枝。……郁折忽已尽,亲朋乐无涯。……浮迹自聚散,壮心谁别离。"

有《擢第后东归书怀献座主吕侍郎》诗(卷六)。"吕侍郎",当谓吕渭。《旧唐书》一三七《吕渭传》称他"授太子右庶子、礼部侍郎"[二〇]。唐柳宗元《送萧炼登第后南归序》"逾时而名擢太常"句下宋韩醇注云:"贞元十二年,礼部侍郎吕渭知贡举。试《日五色赋》、《春台晴望》诗。"(《柳先生集》二十二)《唐语林》卷八《补遗》又称:"神龙(武则天年号)元年已来累为主司者,……吕渭三:贞元十一年,十二年,十三年。"知吕渭自贞元十一年以礼部侍郎连主贡举。东野于贞元十二年登第,正出吕渭门下,所以诗题以"座主"称之。(李肇《国史补》卷下《叙进士科举》称:"进士为时所尚久矣,……有司谓之座主。")彼时东野已登第,将自长安东归,因赋诗为别。据诗语"慈亲诫志就,贱子归情急。擢第谢灵台,牵衣出皇邑"可知。

有《投所知》诗(卷三)。"所知",未详所指。据诗语:"自惭所业微,功用如鸠拙。……君存古人心,道出古人辙。……朝向公卿说,暮向公卿说。"似"所知"在东野应进士试时,代向公卿关说延誉,使东野得登上第。将归,因赠诗为报。其作时年月,疑当即在本年。

有《送韩愈从军》诗（卷八）。当是送他赴官宣武之作。贞元十二年汴州节度使李万荣病将死。其子李乃谋与唐廷相对抗。汴州军乱。德宗乃命董晋为汴州刺史、宣武军节度使，平服汴州。董晋任韩愈为观察推官。不召兵马，仅帅幕僚仆从十余人直入汴州[二]。此乃贞元十二年七月间事。东野此诗应即这时所作。疑时东野方在长安，在韩愈启行时亲往饯送。故诗称："凄凄天地秋，凛凛军马令。……今朝旌鼓前，笑别丈夫盛。"又云："驿尘时一飞，物色极四静。王师既不战，庙略在无竞。"正反映出当时董晋"不以兵卫"，"柔克"汴州的真实历史情况。宋人或有以此篇题作东野《赠退之为彰义军行军司马》诗，非是。韩愈为彰义军行军司马，乃佐裴度。事在宪宗元和十二年秋。时东野已逝世，不得再有赠诗。且淮西一役，唐朝廷用兵累年，海内扰攘。也与此诗所称"王师不战，庙略无竞"的话有所抵牾。宋马永卿《嬾真子》卷二对此辨之已详，可资参证。

东野自长安东归，道经和州（今安徽和县）小住。与张籍同游于桃花坞上。临行，张籍赋诗赠别。

按张籍《赠孟郊》诗云："才名振京国，归省东南行。停车楚城下，顾我不念程。"（《张司业集》卷七）"楚城"，即谓和州[二]。唐属淮南道。宋贺铸《历阳十咏》其九《桃花坞》诗也称："种树临溪流，开亭望城郭。当年孟张辈，载酒来行乐。"题下自注："县西二里麻溪上，按县谱张司业之别墅也。籍与孟郊载酒屡游焉。今茂林深竹，犹占近郭之胜。"（《庆湖遗老集》卷三）

贞元十三年（797）。丁丑。东野四十七岁。

四月，己卯，以人理卿于顿为陕州长史、陕虢观察使，兼陕州水陆运使。（《旧唐书·德宗纪》、《新、旧唐书·于顿传》、《唐会要》八十七《陕州水陆运使》）

五月，壬子，以库部郎中、翰林学士郑余庆为工部侍郎，知吏部选事。（《旧唐书·德宗纪、郑余庆传》及唐丁用晦《重修承旨学士壁记》）

九月，以礼部侍郎吕渭为潭州刺史、湖南观察使。

李益入幽州节度使刘济幕，为从事，后进士田副使。（据卞孝萱《李益年谱稿》）

东野寄寓汴州（今河南开封），依陆长源。

按本集卷五《新卜青罗幽居奉献陆大夫》诗称："黔娄住何处？仁邑无馁寒。岂误旧羁旅，变为新闲安。""陆大夫"，谓陆长源。诗后附陆长源《酬孟十二新居见寄》一诗，中称："因随白云意，偶逐青罗居。余清濯子衿，散彩还吾庐。""濯子衿""还吾庐"，知东野与陆长源此时应同居汴州无疑。陆答诗又称东野"去岁登美第，荣名在公车"。按东野登第在贞元十二年，据此，他来汴州在贞元十三年，又已昭然甚明。因之，东野《上常州卢使君书》也自称："尝衣食宣武军司马陆大夫，道德仁义之矣。"按之其人其时其地，无不一一吻合。

有《新卜青罗幽居奉献陆大夫》诗（卷五）。"陆大夫"，谓陆长源。按陆长源贞元十二年以御史大夫佐董晋，为宣武行军司马，治汴州。（《新唐书》六十五《方镇表》："兴元元年，宣武军节度使徙治汴州。"）《韩昌黎集》三十《董晋行状》称："贞元十二年八月，上命汝州刺史陆长源为御史大夫，行军司马。"同书卷二十一《送权秀才序》又称："相国陇西公（谓董晋）既平汴州，天子命御史大夫吴县男为军司马。"可为明证。东野此诗当是本年来汴州后所作，据陆长源答诗可知（引见前）。本集卷二又有《乐府戏赠陆大夫十二丈》三首，后附陆长源答作。据诗题当亦同属东野贞元十三、四年间侨寓汴州时所作。

有《和薛先辈送独孤秀才上都赴嘉会》诗（卷八）。"薛先辈"，不详其人。"独孤秀才"，疑谓独孤郁。《旧唐书》一六八《独孤郁传》称："河南人。父及，天宝末与李华、萧颖士等齐名。……郁贞元十四年登进士第。文学有父风。贞元末为监察御史。"韩愈《唐故秘书少监赠绛州刺史独孤府君墓志铭》也称他"年二十四登进士第"。（《昌黎先生集》二十九）据此诗题称"薛先辈"推之，疑或作于贞元十三年东野登第之后，即同薛先辈赠诗送独孤郁赴长安应进士试。故诗云："秦云攀窈窕，楚桂褰芳馨。……持此一为赠，送君翔杳冥。"独孤郁有《与孟郊论仕进书》，收《唐文粹》卷八十三。

贞元十四年（798）。戊寅。东野四十八岁。

李翱进士登第。同年复中博学弘词科。授校书郎。（《旧唐书》一六〇《李翱传》、宋士慹《野客丛书》十九《李习之为郑州》条引《僧录》、徐松《登科记考》卷十四）独孤郁进士登第。（《旧唐书·独孤郁传》、韩愈《独孤府君墓志铭》）

七月，壬申，以工部侍郎郑余庆为中书侍郎同平章事。（《旧唐书·德宗纪、郑余庆传》、《新唐书·宰相世系表》二）

九月，己酉，山南东道节度使，检校尚书右仆射，襄州刺史樊泽卒。（《旧唐书·德宗纪、樊泽传》）

九月，丙辰，以陕虢观察使于頔为襄州刺史，山南东道节度使。（《旧唐书·德宗纪、于頔传》）

本年东野仍寄居汴州。

有《大梁送柳淳先入关》诗（卷七）。"柳淳"，进士。吕渭之婿。唐吕温《东平吕府君（吕渭）夫人河东郡君柳氏墓志铭序》称："夫人贞元十六年六月庚寅，……弃养于潭州官舍。次女适前进士柳淳。"（《吕衡州集》七）按唐李肇《国史补》下云："进士……得第谓之前进士。"知柳淳登第当在贞元十六年前。东野此诗疑即作于贞元十四、五年间柳淳尚未登第时。"大梁"，地名，即汴州的别称。（见《元和郡县志》七《河内道》三《汴州浚仪县》下）彼时东野方寄居于此，因柳淳之行，赋诗赠别。

有《送孟寂赴举》诗（卷八）。"孟寂"，东野从弟（本集卷八有《分水岭别夜示从弟寂》诗可证）。《新、旧唐书》俱无传。他登进士第当在贞元十五年。按张籍《哭孟寂》诗称："曲江院里题名处，十九人中最少年。"（《张司业集》卷六）知孟寂当与张籍同年登进士第。考宋赵令畤《侯鲭录》五《辨传奇、莺莺事》条引《唐登科记》载："张籍贞元十五年高郢下登科。"宋洪兴祖《韩子年谱》贞元十五年下引《唐讳行录》也称："张籍，贞元十五年擢进士第。"[二三]以籍诗推之，知孟寂当亦同年登第。东野此诗题为"送寂赴举"，约当作于本年孟寂已经"拔解"之后。

有《夷门雪赠主人》诗（卷二）。"主人"，谓陆长源。诗后附有长源答作可证。《全唐诗》卷二七五更把陆长源答诗直接题为《答东野夷门雪》，题下并注云："郊客于汴，将归，赋夷门雪赠别，长源答此。"其言至为明白。"夷门"，汴州城门名[二四]。东野于去年来汴州依陆长源，本年冬末，思归甚切，因赋诗见意。所以诗中称："酒声欢闲入雪销，雪声激切悲枯朽。悲欢不同归去来，万里春风动江柳。"陆长源答诗也称："东邻少年乐未央，南客思归肠欲绝。千里长河冰复冰，云鸿冥冥楚山雪。"两诗的写作年月，当俱在本年冬。

本年东野方计划南归，邀张籍来汴州话别。

按张籍本年方在汴州应州贡进士试。（据《昌黎先生集》卷二《此日足可惜一首赠张籍》诗）韩愈也为宣武军从事，居汴州。在张籍举州贡进士离汴州后不久，韩愈有《重答张籍书》，书中言及"孟君将有所适，思与吾子别，庶几一来"（《昌黎先生集》十四）。"孟君"，即谓东野。知彼时东野已作计南归，所以邀张籍会别。

有《与韩愈李翱张籍话别》诗（卷八）。考东野一生与韩愈、李翱、张籍同时会合有两次，一在贞元间汴州；一在元和初长安。据此篇诗语推之，疑此诗或为本年东野自汴州作计南归时与韩、李、张话别之作。今权系于本年下。有《送李翱习之》诗（卷八）。诗云："习之势翩翩，东南去遥遥。赠君双履足，一为上皋桥。"疑此诗或为贞元十四、五年间东野离汴州前，先送李翱自汴州游苏之作。苏州在汴州东南，故诗语云然。又云："小时履齿痕，有处应未销。旧忆如雾星，悦见于梦消。"盖东野生于苏州之昆山，故多忆旧之言。

贞元十五年（799）。乙卯。东野四十九岁。

二月，丁丑，宣武军节度使董晋卒。乙酉，以行军司马陆长源检校礼部尚书、汴州刺史、御史大夫、宣武军节度度支营田汴州宋亳颍观察等使。

汴州军乱，杀陆长源，军人脔而食之。

六月，己卯，黔中观察使御史中丞王础卒。

七月，丁未，以王础卒废朝一日。（据《旧唐书·德宗纪》、《唐会要》卷二十五《辍朝》）

八月，吴少诚谋逆渐甚，陷临颍，进围许州。唐廷令诸道各出师徒，掎角齐进，讨吴少诚。

韩愈为徐泗节度使张建封推官。

张籍进士登第。（《侯鲭录》引《唐登科记》、唐张泊《张司业集序》）

孟寂进士登第。（据张籍《哭孟寂》诗考定）

韩昶生。

本年春，东野离汴州。疑自汴州途经苏州，历游越中山水。

按李翱《故处士侯君（高）墓志》称："汴州乱，兵士杀留后陆长源。……乃作吊汴州文。……贞元十五年，翱遇玄览于苏州，出其辞以示翱，翱谓孟东野曰：'诚之至者，必上通上帝闻之。'"（《李文公集》十四）知汴州乱后不久，东野曾与李翱相遇于苏州。后东野当自苏州往游越中。据韩愈《此日足可惜一首赠张籍》诗称："行行二月暮，乃及徐南疆。……闭门读书史，窗户忽已凉。……我友二三子，宦游在西京。东野窥禹穴，李翱观涛江。"（《昌黎先生集》二）"窥禹穴"，即谓东野游会稽。按韩愈此诗自述，知诗当作于贞元十五年秋。那末，东野应在其前至会稽无疑。时当在游苏州后。李翱《复性书》中也自称："南观涛江入于越。"（《李文公集》二）在《拜禹歌·序》中又称："贞元十五年六月二十九日，陇西李翱敬再拜于禹之堂下。"（《李文公集》五）知李翱确也于本年游越中，与韩昌黎诗所言正合，可为明证。

有《汴州别韩愈》诗（卷八）。诗称："不饮浊水澜，空滞此汴河。坐见绕岸冰，尽为还海波。远客独憔悴，春英各婆娑。"据诗语推之，知当为本年春东野离汴州前留别之作。韩愈有《答孟郊》诗（《昌黎先生集》卷五。文见《孟郊遗事》），疑即作于本年前后。

有《乱离》诗（卷三）。为哀悼陆长源于汴州军乱时被害而作。明胡震亨《唐音统签》三百六十二载有此诗。题下胡注:"陆长源为汴州司马,军乱被害。郊尝客汴,与陆厚,此诗盖为陆作。"其言颇可依信。按《旧唐书·德宗纪》、《新、旧唐书·陆长源传》及《太平广记》一七七《器量》三《董晋》条引《谈宾录》所载,知长源被祸,在贞元十五年二月。东野悼诗约即那时所作。诗中对这一位刚直守法的"留后",致以深切的哀悼。同时也对当时的国事,表示了无限的感愤。当时唐人同咏此事的,还有韩愈《汴州乱》二首(《昌黎先生集》卷二)和白居易《哀二良文》(《白氏长庆集》二十三)等篇。根据韩愈《汴州乱》诗中所描述的,如"健儿争夸杀留后,连屋累栋皆成灰",不难推想当时汴州军乱的情况,是相当严重的。

有《汴州离乱后忆韩愈李翱》诗(卷七)。诗云:"会合一时哭,别离三断肠。残花不待风,春尽各飞扬。"按贞元十二年,韩愈方为汴州观察推官,那时李翱也自徐州来汴[二五]。次年,东野也至汴州,乃得与韩、李相会。至贞元十五年春,东野别去。时韩愈仍在汴,李翱已先去。不久,汴州军乱,陆长源被祸。韩愈以先从董晋丧离汴州,幸免于难。东野远闻凶耗,百感交集。诗中所谓"忠直血白刃,道路声苍黄"诸语,就是反映陆长源被害这一历史事件的。其作时年月,约当在本年二月汴州军乱后。

有《春集越州皇甫秀才山亭》诗(卷四)。"越州",即会稽郡。唐属江南东道,今浙江绍兴。按宋施宿《嘉泰会稽志》十八《拾遗》载有皇甫秀才山亭,下引"东野诗云:'嘉宾在何处,置亭春山巅。'说者云:'秀才,皇甫冉也'。"考《新、旧唐书·皇甫冉传》,知冉年辈早于东野。他举秀才时(唐李肇《国史补》下:"进士通称谓之秀才。"),东野年方幼稚。疑此皇甫秀才,当另是一人。同卷又有《越中山水》诗。宋孔延之《会稽掇英总集》载有此诗,题作《游越中山水留云门》。以诗中"日觉耳目胜,我来山水州"诸语推之,当同为本年游越时所作。

有《烂柯石》、《姑蔑城》、《峥嵘岭》诗(同卷九)。按三地俱在衢州(唐属江南东道,今浙江衢县)境。疑同为东野本年历游越中山水一时先后游赏之作。同卷又有《喷玉布》诗。据诗语"山笑康乐岩"推之,疑喷玉布即在永嘉。谢灵运曾为永嘉太守。唐属江南东道,今浙江永嘉。疑亦同为东野本年游越中时纪游之作。

有《江邑春霖奉赠陈侍御》诗(卷九)。诗云:"始知吴楚水,不及京洛尘。风浦荡归棹,泥陂陷征轮。"据诗意疑作于贞元十五、六年间东野南归阻雨时。

有《献襄阳于大夫》诗(卷六)。"于大夫",疑谓于𬱃。按《旧唐书·德宗纪》,知于𬱃于贞元十四年九月,自陕虢观察使任襄州刺史、山南东道节度使。《旧唐书·于𬱃传》也称:"地与蔡州邻,吴少诚之叛,𬱃率兵赴唐州,收吴房、朗山县。又破贼于濯神沟。"

据东野诗题及诗语"渊清有遐略,高躅无近蹊"推之,疑诗或作于于𬱃破吴少诚兵后,时当不出贞元十五、六年间。

贞元十六年（800）。庚辰。东野五十岁。

四月,以金俊邕袭祖金敬信开府仪同三司、检校太尉、新罗国王。(参《旧唐书·德宗纪》)命司封郎中兼御史中丞韦丹持节册命。(参韩愈《韦丹墓志铭》、杜牧《韦丹遗爱碑》、《旧唐书·东夷新罗传》)

五月,徐泗濠节度使、徐州刺史张建封卒。以苏州刺史韦夏卿为徐泗濠行军司马。壬子,徐州军乱,不纳行军司马韦夏卿,拥立张建封子愔为留后。

征徐泗濠行军司马韦夏卿为吏部侍郎。(参《旧唐书·韦夏卿传》、吕温《吕衡州集》六《韦夏卿神道碑》)

六月,新罗国王金俊邕卒。国人立其子重兴。韦丹不果行,还拜容州刺史、容管经略招讨使。(《旧唐书·东夷新罗传》、韩愈《韦丹墓志铭》、杜牧《韦丹遗爱碑》)

七月,湖南观察使吕渭卒。

九月,庚戌,贬中书侍郎同中书门下平章事郑余庆为郴州司马。

十月,吴少诚引兵归蔡州,上表待罪。诏复其官爵。

韩愈有《与孟东野书》。(《昌黎先生集》十五。文见附录《孟郊遗事》。)

本年东野方在常州。

有《上常州卢使君书》(卷十)。"卢使君",未详确指何人。按《旧唐书·德宗纪》:"贞元十五年二月乙酉,以常州刺史李锜为润州刺史,浙西观察使。"不知此卢使君即接李锜任常州刺史者否？据贞元十六年五月,徐州军乱,韦夏卿自泗濠行军司马,征入为吏部侍郎事推之,疑此书或当作于贞元十六年五月韦夏卿征为吏部侍郎后。同卷有《又上养生书》,乃上常州卢使君第二书。书末称:"恩养卜将远辞违。"疑东野贞元十五、六年间方在常州,旋自常州赴洛阳应铨选。在离常州前再上此书寄意。

本年或次年东野在洛阳应铨选,选为溧阳县尉。(溧阳,唐属江南西道宣州。今江苏溧阳县。)迎养其母于溧上。

按韩愈《贞曜先生墓志铭》称:"年几五十,始以尊夫人之命来集京师,从进士试,既得即去。间四年,又命来选为溧阳尉。迎侍溧上。"《新唐书·孟郊传》称他"年五十得进士第,调溧阳尉"。其说较为含混,因东野登进士第时年尚未及五十。他登进士第至任溧阳尉,其间还相距四年。考东野及第,在贞元十二年,下推四年,正当以本年或次年尉溧阳。韩愈《荐士》诗也称他"酸寒溧阳尉,五十几何耄"(《昌黎先生集》二)。

有《初于洛中选》诗（卷三）。诗云："青云不我与，白首方选书。宦途事非远，拙者取自疏。"以诗语及《贞曜墓志》参互相证，知诗当为贞元十六、七年间所作。

有《旅次洛城东水亭》诗（卷五）。疑亦为东野在洛阳应铨选时作。诗云："自然逍遥风，荡涤浮竞情。""浮竞情"，疑即谓应铨选。

有《游子吟》（卷一）。本诗乃东野集中最为人传诵的一篇。明胡震亨《唐音统签·丁签》载此诗，题下多"自注：迎母溧上作"七字。宋明以来东野集诸刻本俱无。胡氏当有所本。清陈鸿寿《溧阳县志》卷九《职官志》孟郊传注引《溧阳旧志》载此诗也题作《迎母濑上》。"濑上"，即溧上。据宋周应合《景定建康志》可证[二六]。今以《贞曜墓志》"迎侍溧上"语推之，知东野当于本年或次年迎养其亲于任所。本诗或即那时所作。

有《奉同朝贤送新罗使》诗（卷八）。"新罗使"，当谓韦丹。《新唐书》一九七《韦丹传》称："新罗国君死，诏拜司封郎中往吊。未行，而新罗立君死，还为容州刺史。"《旧唐书》一九九上《东夷新罗传》也称："（贞元）十四年，新罗国王敬信卒。国人立敬信嫡孙俊邕为王。十六年，授俊邕开府仪同三司检校太尉新罗王。令司封郎中兼御史中丞韦丹持节册命，丹至郓州，闻俊邕卒。其子重兴立。诏丹还。"（《唐会要》九十五《新罗》文同）韩愈《唐故江西观察使韦丹墓志铭》（《昌黎先生集》七）、杜牧《唐故江西观察使武阳公韦丹遗爱碑》（《樊川文集》七）也都有类似的记载。是韦丹于贞元十六年出使新罗，诸书所载，俱无异词。《旧唐书·德宗纪》还载有"（贞元）十六年夏四月，以礼知新罗国事金俊邕袭祖开府检校太尉鸡林州都督新罗国王"的诏命。知韦丹奉使之时，必在那年四月唐廷诏下以后。当他自长安启行时，公卿大夫竞赠篇什。当时权德舆《奉送韦中丞使新罗序》中也称韦丹"以儒冠智囊吊祠临存，……三台俊彦歌诗宴较"（《权载之集》三十六）。今权集卷四还存有《送韦中丞奉使新罗》诗一首。再以东野本诗"送行数百首，各以铿奇工。冗隶窃抽韵，孤属思将同"诸语互相印证，当时唱酬的盛况，已可略见一斑。时东野方选尉溧阳，故自称"冗隶"。因以"奉同朝贤"为题，寄诗赠行。

贞元十七年（801）。辛巳。东野五十一岁。

十月，庚戌，以吏部侍郎韦夏卿为京兆尹。邹儒立时方为殿中侍御史，武功县令。（据端方《陶斋藏石记》、邹儒立撰《唐故京兆府三原县尉郑淮墓志铭》结衔推定）

本年东野尉溧阳。

有《溧阳唐兴寺观蔷薇花同诸公饯陈明府》诗（卷七）。诗当为东野初任溧阳尉时所作。按"唐兴寺"即宋之胜因寺。元张铉《至正金陵新志》卷十一下《祠祀志》二《寺院》载："胜因寺在溧阳州西四十五里。唐名唐兴，政和五年改今额。"孟郊有《溧阳唐兴寺观蔷薇花同诸公饯陈明府》诗。崇熙中，李亘刻石，命寺僧创蔷薇轩于西庑。东野的流风遗韵，传历久远，于此可见一斑。"陈明府"，不详为何人。据东野诗称："群官饯宰官，此地车马来。"他俨然是当时溧阳县令。惟据唐陆龟蒙《书李贺小传后》所称，知那时的溧阳县令乃季操，非陈氏。（陈鸿寿《溧阳县志》卷九《职官志》引《景定建康志·县令题名》也称："溧阳县令季操，贞元间任。"）或陈氏任溧阳令时在季操前，当东野初到官，适陈氏因故罢去，东野乃随同僚们为陈氏赋诗赠行。由于文献阙略，其详已不可考了。同卷又有《同溧阳宰送孙秀才》诗。据诗意当同为东野尉溧阳一时先后之作。

贞元十八年（802）。壬午。东野五十二岁。

韩愈调授国子四门博士。

王涯登诸科。（《文苑英华》卷七、《登科记考》卷十五）

东野以不治官事，县令另委他人代行县尉事，分东野半俸以给之。

按《新唐书》一七六《孟郊传》称："县有投金濑、平陵城，林薄蒙翳，下有积水。郊间往坐水旁，徘徊赋诗，而曹务多废。令白府请以假尉代之，分其半俸。"唐陆龟蒙《书李贺小传后》对此有更详细的描述（文见附录《孟郊遗事》）。疑其时即在贞元十七、八年间。

有《送青阳上人游越》诗（卷八）。"青阳上人"，生平不详。据诗语"秋风吹白发，微宦自萧索。江僧何用叹，溪县饶寂寞"推之，当为贞元十七、八年秋东野尉溧阳失意时作。

有《和宣州钱判官使院厅前石楠树》诗（卷九）。诗末诸语多抑郁不平之鸣，疑亦作于贞元十七、八年间东野尉溧阳失意时。宣州，唐属江南西道。溧阳，即属宣州。

有《溧阳秋霁》诗（卷九）。诗中多忿恚不平之言，如说"饱泉亦恐醉，惕宦肃如齐。上客处华池，下寮宅枯崖。叩高占生物，龃龉回难谐"，对当时封建官僚的等级制度表示了一定程度的不满。疑即为贞元十七、八年间任溧阳尉时罚俸前后所作。

贞元十九年（803）。癸未。东野五十三岁。

韩愈拜监察御史。冬，贬连州阳山县令。

十月，乙未，以太子宾客韦夏卿为东都留守，东都畿汝都防御使。

韩愈有《送孟东野序》。（据《昌黎先生集》卷十七《与陈给事书》、此序题注推定）末云："东野之役于江南也，有若不释然者，故吾道其命于天者以解之。"

贞元二十年（804）。甲申。东野五十四岁。

十一月，丁酉，以蓝田县尉王涯为翰林学士。

本年陆羽卒。

本年东野辞溧阳县尉。

按韩愈《贞曜先生墓志铭》："去尉二年，而故相郑公尹河南。""郑公"，谓郑余庆。他任河南尹在宪宗（李纯）元和元年。以时推之，东野辞溧阳尉当在本年。

有《连州吟三章》（卷六）。其二称："正直被放者，鬼魅无所侵。孤怀吐明月，众毁铄黄金。愿君保玄曜，壮志无自沉。"详辞意当为韩愈贬官阳山有感而作。按《旧唐书》一六〇《韩愈传》、唐皇甫湜《韩文公神道碑》（《皇甫持正集》六）及李翱《赠礼部尚书韩愈行状》（《李文公集》十一）所载，知韩愈以遭谗毁于贞元十九年自监察御史谪为连州阳山县令[二七]。"连州"，州名。唐属江南西道。又据韩愈《县斋有怀》诗自称"捐躯辰在丁，铩羽时方腊。投荒诚职分，领邑幸宽赦"（《昌黎先生集》二）诸语推之，知韩贬官时在贞元十九年腊月。东野此诗或当即为次年春所作。故诗称："春风朝夕起，吹绿日日深。试为连州吟，泪下不可禁。"又称："朝亦连州吟，暮亦连州吟。连州果有信，一纸万里心。开缄白云断，明月堕衣襟。"其作时年月，应即在韩愈抵连州报书之后。至本诗所以题作《连州吟》，可能是东野以韩愈阳山之贬，事涉唐廷隐秘，不愿显有揭露，所以托为此题。聊以表示诗人感愤不平的怀抱。宋以来编次东野诗集，未加深考，误将此诗列入《行役》一门，以为也系东野连州纪游的诗作，这样就大失作者的本意了。

有《招文士饮》诗（卷四）。诗云："文士莫辞酒，诗人命属花。退之如放逐，李白自矜夸。南士愁多病，北人悲去家。梅芳已流管，柳色未藏鸦。"知本诗也当为韩愈贬官阳山而作。故有"退之放逐"的话。"南士"，东野自称；"北人"则谓韩愈。按韩愈以去年冬贬阳山县令，本诗当是今年春作，据诗中"梅芳"、"柳色"二语可知。时东野仍任溧阳县尉。

德宗二十一年顺宗永贞元年（805）。乙酉。东野五十五岁。

正月，癸巳，德宗卒。顺宗（李诵）即位。

五月，丁丑，以邕管经略使韦丹为河南少尹。（韩愈《韦丹墓志铭》、《旧唐书·顺宗纪、韦丹传》）行未至，拜郑滑行军司马。（韩愈《韦丹墓志铭》）

五月，癸亥，以郴州司马郑余庆为尚书左丞。

八月，庚子，顺宗传位于宪宗，自称太上皇。改元永贞。

八月，癸亥，以朝议大夫、守尚书左丞、轻车都尉郑余庆同中书门下平章事。（《旧唐书·宪宗纪、郑余庆传》、《唐大诏令集》四十六制文、宋洪兴祖《韩子年谱》元和五

年内引《唐书·宰相表》)

本年或次年孟简自仓部员外郎徙刑部员外郎。(据陆增祥《八琼室金石补正》卷六十五孟简题名、宋孙逢吉《职官分纪》卷九《员外郎门·中立正色，挺然不附》条注文推定)

韩愈自阳山令移江陵法曹参军。

李翱三迁至京兆府司录参军。(《旧唐书·李翱传》)

十二月，庚子，以东都留守韦夏卿为太子少保。

十二月，壬子，以右谏议大夫韦丹为梓州刺史，充剑南东川节度使。

东野辞官后，仍留溧阳待继任县尉。先遣其弟奉母归义兴庄居。

按孟简《送孟东野奉母归里序》称："秋深木脱，远水涵空，……而东野此时复奉母归乡。……东野学道守素；既以母命而尉，宜以母命而归，应不效夫哭穷途，歌式微者矣。"(据清凌锡祺《德平县志》卷十一引)

有《乙酉岁舍弟扶侍归兴义庄居后独止舍待替人》诗(卷三)。按"兴义"，疑为"义兴"之误。"义兴"，县名。唐属江南东道常州(今江苏武进)。东野前曾寓居常州，乃在义兴买宅置田，居其家人。本年辞官后，先令其弟奉母归义兴，独留溧阳待继任县尉。诗中所称"谁言旧居止，主人忽成客。僮仆强与言，相惧终脉脉。……饮食迷精粗，衣裳失宽窄"诸语，正赤裸裸地描写出他辞官独止舍后彷徨苦闷的心情。

有《北郭贫居》诗(卷五)。诗云："进乏广莫力，退为蒙泷(一作笼)居。三年失意归，四向相识疏。""三年失意"，疑自谓为溧阳尉。据此推之，诗或为本年东野辞官家居后所作。

有《退居》诗(卷二)。诗云："退身何所食？败力不能闲。种稻耕白水，负薪斫青山。"据诗语疑此诗亦或为东野辞溧阳县尉家居时所作。

有《懊恼》诗(卷四)。诗云："恶诗皆得官，好诗空抱山。抱山冷殊殊，终日悲颜颜。……以我残杪身，清峭养高闲。求闲未得闲，众诮瞋麟麟。"愤激之情，跃然纸上。以韩愈《荐士》诗"酸寒溧阳尉，五十几何耄。……俗流知者谁，指注竞嘲慠"诸语参互相证，疑此诗或为东野辞溧阳县尉后抒愤之作。今权系于木午下。

宪宗(李纯)元和元年(806)。丙戌。东野五十六岁。

正月，甲申，顺宗卒。改元。

刘辟围梓州。唐廷命严砺，高崇文讨之。

三月，己亥，以前剑南东川节度使韦丹为晋绛观察使。(韩铭、杜碑俱作"拜晋慈隰三州观察使"。)

三月,太子少保韦夏卿卒。(据吕温《京兆韦府君神道碑》。《旧唐书·宪宗纪》作"正月",今不从。)

四月,独孤郁材识兼茂明于体用科及第。旋拜为右拾遗。(韩愈《独孤府君墓志铭》、《唐会要》七十六《贡举》中《制科举》、《册府元龟》六四五《贡举部》七《科目》)

五月,庚辰,以尚书左丞同平章事郑余庆为太子宾客,罢知政事。(《旧唐书·宪宗纪、郑余庆传》。《唐大诏令集》五十五《宰相罢免》上作"元和元年十一月"。)

六月,韩愈自江陵法曹召入,拜为国子博士。(《昌黎先生集》十三《释言》及洪兴祖《韩子年谱》)

九月,丙午,以太子宾客郑余庆为国子祭酒。

九月,辛亥,高崇文奏收成都,擒刘辟以献。

十一月,庚戌,以国子祭酒郑余庆为河南尹,水陆转运使。(《旧唐书·宪宗纪》、洪兴祖《韩子年谱》元和五年内引《唐书·宰相表》)

陆畅进士登第。(《登科记考》卷十六引《永乐大典》引《苏州府志》)

皇甫湜进士登弟。(《昌黎先生集》卷四《和皇甫湜陆浑山火用其韵》五百家注引宋孙汝听注、《唐才子传》六《李绅》条、《登科记考》十六)

周况进士登第。(韩愈《四门博士周况妻韩氏墓志铭》宋樊汝霖注)

本年前后李益为尚书都官郎中。(卞孝萱《李益年谱稿》)

李翱为国子博士兼史馆修撰。(《旧唐书·李翱传》)

张籍调补太常寺太祝。(卞孝萱《张籍简谱》)

韩愈有《荐士》诗(《昌黎先生集》二)。荐东野于郑余庆。诗云:"庙堂有贤相,爱遇均覆焘。""贤相",谓郑余庆。

本年东野方侨寓长安。

与韩愈、张籍、张彻等同作有《会合联句》。与韩愈同作有《纳凉》、《同宿》、《雨中寄孟刑部几道》[二八]、《秋雨》、《城南》、《斗鸡》、《征蜀》诸联句。(俱见《昌黎先生集》八)按本年六月韩愈方自江陵法曹参军入为国子博士,彼时张籍等亦在长安,与东野会合,因共作诸联句。故《纳凉联句》中韩愈称:"今来沐新恩,庶见返鸿朴。……车马获同驱,酒醪欣共欶。"

东野与韩愈、张籍等会饮于张署寓所。

按韩愈有《醉赠张秘书》诗。(《昌黎先生集》二。题注:"此诗元和初作。")"张秘书",谓张署。诗云:"今日到君家,呼酒持劝君。为此座上客,及余各能文。……东野动惊俗,天葩吐奇芬。张籍学古淡,轩鹤避鸡群。"这些诗都可作为本年东野与韩愈、张籍诸人同在长安的明证。

有《题韦少保静恭宅藏书洞》诗(卷五)。"韦少保",当谓韦夏卿。东野和他有旧[二九]。《旧唐书》一六五《韦夏卿传》也称:"杜陵人。……为东都留守,迁太子少保卒。"《新唐书》七十四上《宰相世系表》十四上《韦氏龙门公房》有:"韦夏卿,字云客。太子少保。"当即此人。至他授官太子少保的年月,《旧唐书·宪宗纪》上载称:"在永贞元年十二月庚子。"但同时又称:"元和元年,正月,丁丑,太子少保韦夏卿卒。"据此,则是韦夏卿自太子少保至逝世时,才不过数日,以东野此诗所咏推之,于理殊有未合。考唐吕温《故太子少保京兆韦府君神道碑》称:"今上(按谓宪宗)嗣统,就加检校吏部尚书。……不幸婴疾,表求退归。优诏除太子少保。冀其休复,将有后命。……以元和元年三月十二日薨于东都履信里之私第。"(《吕衡州集》六)明说韦夏卿卒于元和元年三月间,所记当较《旧唐书》可信。"靖恭",坊名。在长安。清徐松《唐两京城坊考》卷三载称:"次南靖恭坊。有秘书监致仕韦建宅,太常卿韦渠牟宅。"考《新唐书》七十四上《宰相世系表·龙门公房韦氏》的世次,知韦建为夏卿的伯父,渠牟则为夏卿的从弟。(参见《大唐传载》及钱易《南部新书》)他们原是一家。所以东野此诗遂以靖恭宅属之于夏卿。属之于夏卿,也就无异于属之韦建和渠牟。至徐松《唐两京城坊考》中乃谓:"东野有《题韦少保静恭宅藏书洞》诗,未知谁宅。"大约是由于他未能考明韦夏卿和韦建、韦渠牟之间的关系,致有此疑。实际上,韦夏卿在为东都留守时,曾卜居洛阳履信坊,宅有大隐洞[三〇]。但在故乡长安,当时也有私第,即所谓靖恭宅是。再以东野诗中"闲为气候肃,开作云雨浓。洞隐谅非久,岩梦诚必通"诸语加以推考,知彼时韦夏卿方因病表请退休,而唐廷未许,将有宰相之命。东野诗中"洞隐"、"岩梦"的话,约即指此而言。其作时年月,疑当在去年十二月后至今年三月以前,正当韦夏卿授官太子少保后,东野方来长安时。

有《游城南韩氏庄》诗(卷四)。明胡震亨《唐音统签》载有此诗。题下胡注云:"退之庄也。其地在长安城南。"宋宋敏求《长安志》卷中称:"韩庄,在韦曲之东。退之与孟郊赋诗,又并其子读书之所也。"(宋张礼《游城南记》也有关于韩庄的记载。)按宋志所记"退之与孟郊赋诗"一事,疑即指东野此诗及与韩愈同作的《城南联句》诸篇而言。

有《陪侍御叔游城南山墅》诗(卷四)。"侍御叔",当为东野族叔。生平行事不详。

东野有《抒情因上郎中二十二叔监察十五叔兼呈李益端公柳缜评事》及《监察十五叔东斋招李益端公会别》两诗，不知此侍御叔与监察十五叔同是一人否？"城南山墅"，在长安城南。疑本诗或为东野今年侨寓长安一时纪游之作。

  本年或次年东野任河南水陆运从事，试协律郎。定居于洛阳立德坊。

  按韩愈《贞曜先生墓志铭》："去尉二年，而故相郑公尹河南，奏为水陆运从事，试协律郎。""故相郑公"，谓郑余庆。考郑余庆为河南尹在元和元年十一月，距东野贞元二十年辞溧阳尉时恰得两年。《旧唐书·孟郊传》乃称："李翱分司洛中，与之游。荐于留守郑余庆，辟为宾佐。"[三一]《新唐书·孟郊传》也称他在郑余庆为东都留守时署为水陆转运判官。两《唐书》记载东野授官年月，与《贞曜墓志》稍有出入。因郑余庆任东都留守时，据《旧唐书·宪宗纪》及《郑余庆传》，知在元和三年六月间。距郑为河南尹时约晚两年。今依《贞曜墓志》及东野集中诸诗考定东野任河南水陆运从事时在元和一、二年间。

  元和二年（807）。丁亥。东野五十七岁。

  二月，韦丹拜洪州刺史，江南西道观察使。（韩愈《韦丹墓志铭》、《旧唐书·宪宗纪》）

  三月，河南尹郑余庆加兼知东都国子监事。（洪兴祖《韩子年谱》引《河南志》）

  韩愈以国子博士分教东都生。

  八月，封于顿为燕国公。

  独孤郁兼史馆修撰。（韩愈《独孤郁墓志铭》）

  东野官于洛阳。

  有《寒地百姓吟》诗（卷三）。题下自注："为郑相其年居河南，畿内百姓大蒙矜恤。""郑相"，谓郑余庆。"居河南"，即谓郑为河南尹。宋洪兴祖《韩子年谱》元和五年下引《唐书·宰相表》称："（宪宗）永贞元年八月，尚书左丞郑余庆同平章事。元和元年十一月，罢为河南尹。"（《旧唐书·顺宗纪、宪宗纪、郑余庆传》及《唐大诏令集》四十六制文所载略同）知郑余庆尹河南前，曾参知政事，因之东野以"郑相"称之。本诗题为"寒地"，注称"其年"，当即作于郑余庆到官河南之后不久，时应在元和二、三年冬。

  有《立德新居十首》（卷五）。"立德"，坊名，在洛阳。《元河南志》卷一《京城门坊街隅古迹》引《洛阳志》称："洛水之北，东城之东，第一南北街，……凡六坊。……次北立德坊，在宣仁门外街东。"又按《元河南志》卷四《唐城阙古迹》内载："漕渠……

自斗门下枝分洛水。东北流至立德坊之南，西溢为新潭。"又称："立德坊北街有泄城坊。至宣仁门南屈而东流，经此坊之北，至东北隅，绕此坊屈而南流入漕渠。""又坊西街写口渠，循城南流，至此坊之西南隅，绕出此坊屈而东流，入漕渠。"是其地四面带水，一面对山，东野当即寓居其地。锄治田亩，心形俱极安适。故诗称："耸城架霄汉，絷宅涵绸缊。开门洛北岸，时锁嵩阳云。"又称："疏门不掩水，洛色寒更高。晓碧流视听，夕清濯衣袍。"又称："伊雒绕街巷，鸳鸯飞阁间。一旬一手版，十日九手锄。"按之舆志所记，无不一一吻合。然后知东野"洛北、嵩阳"、"疏门、晓碧"之言，俱非虚构。诗末附有东野自注："末二章冬至日郑相至门，以属意在焉。""郑相"，当谓郑余庆。按韩愈《贞曜先生墓志铭》中称："故相郑公尹河南，亲拜其母于门内。"可能即在此时。东野此诗又称："寺秩虽木贵，家醪良可哺。""宾秩已觉厚，私储常恐多。""寺秩"，即自谓为协律郎（按唐协律郎隶属太常寺，故云。详见《旧唐书·职官志》诸书）。"宾秩"，乃自谓为郑余庆宾佐。据此，可以推定本诗作时年月，约在元和二、三年冬东野任河南水陆运从事时。

有《凭周况先辈于朝贤乞茶》诗（卷九）。"周况"，《新、旧唐书》俱无传。韩愈《四门博士周况妻韩氏墓志铭》称："四门博士周况妻韩氏，讳好。……开封尉讳俞之女。……开封从父弟愈于时为博士，乞分教东都生。……而归其长女于周氏况。况，进士，家世儒者。……立名行，人士誉之。"（《昌黎先生集》三十五）知周况乃韩愈侄婿。按韩愈以国子博士分教东都生，时在元和二年。大约彼时周况已登进士第。因之，宋樊汝霖注此志云："元和元年况中进士第。"（《昌黎先生集》二十三《祭周氏侄女文》五百家注引宋孙汝听注谓周况登第在元和三年。）后乃仕为四门博士。东野此诗题称"先辈"，当是作于周况已登进士之后。大约不出元和二、三年间。按唐世进士互相敬称"先辈"。（见《国史补》卷下及《唐摭言》卷一《述进士》下）东野登第在周况前，这当是对周的谦称。时东野方官于洛阳，因寄此诗到长安，凭况乞茶。

元和三年（808）。戊子。东野五十八岁。

四月，皇甫湜登贤良方正能直言极谏科。都官郎中李益等为考策官。（《唐会要》七十八《贡举》中《制科举》、徐松《登科记考》十七）

四月，樊宗师登军谋宏远堪任将帅科。（《昌黎先生集》三十四《南阳樊绍述墓志铭》注、《唐会要》七十六《贡举》中《制科举》）授著作佐郎。（《新唐书》一五九《樊泽传》附宗师传）

四月，乙丑，贬起居舍人、翰林学士王涯为都官员外郎。再贬虢州司马。

六月，甲戌，以河南尹郑余庆检校兵部尚书，兼东都留守。

九月，庚寅，以山南东道节度使，检校尚书左仆射于𬱖守司空，同平章事。(《旧唐书·宪宗纪》、《新唐书·宰相表》二)

十月，岭南节度使杨于陵辟李翱为节度使掌书记。(《旧唐书·杨于陵传》、李翱《杨于陵墓志》、《祭杨仆射文》、《来南录》)

东野仍官于洛阳。

有《杏殇九首》并序（卷十）。乃为悼其幼婴而作。据诗序知东野有感于花乳的零落，"因悲昔婴，故作是诗"的。其第四首有云："儿生月不明，儿死月初光。儿月两相夺，儿命果不长。"是东野之子生未数日即死。所以韩愈《孟东野失子》诗序也称："东野连产三子，不数日辄失之。几老，念无后以悲。"(《昌黎先生集》四)和东野本诗所说的情事完全吻合。可以推知韩、孟诗篇当同为一时先后之作。按韩愈《孟东野失子》诗题下宋唐庚注云："东野为郑余庆留守宾佐，在元和二、三年，此诗当是时作。"如果唐庚的推定大致可信，可能东野丧子即在元和二、三年间。据唐王建《哭孟东野》诗所称"但是洛阳城里客，家传一首杏殇诗"的情况看来，这些诗在当时已流传人口，不胫而走了。另外，本集卷十还载有《悼幼子》诗一首，据诗称："负我十年恩，欠尔千行泪。"疑东野彼时另有一子已稍稍长成，但也幼年早死，故东野另以诗悼之。恐与《杏殇九首》非一时一事之作。

有《生生亭》诗（卷五）。亭即为东野所置。故诗称："滩闹不妨语，跨溪仍置亭。置亭嶻嶭头，开窗纳遥青。……徒夸远方岫，曷若中峰灵。"以前作《立德新居》诗"开门洛北岸，时锁嵩阳云"及《寒溪九首》"洛阳岸边道，孟氏庄前溪"诸语推之，疑本诗所称"跨溪置亭"，即在洛北孟氏庄前清溪之上。所以东野《送陆畅归湖州》诗（本集卷八）也自称："不然洛岸亭，归死为大同。""洛岸亭"，也当指"生生亭"而言的。同时卢仝《孟夫子生生亭赋》(《玉川子诗集》二)中亦云："沿寒冬之寒流兮，辍棹上登生生亭。"按卢仝久居洛中，作赋的那年大约是自洛中南走。赋中所称"寒流"，应即指洛水而言。"辍棹上登"，则亭当位于洛水岸旁无疑。东野于元和一、二年间始来洛阳，置亭寒溪必当在他卜居立德坊之后。本诗可能即为亭成以后所作，时当在元和二、三年间或稍晚。

有《同从叔简酬卢殷少府》诗（卷七）。"卢殷"，《新、旧唐书》俱无传。其生平略见于韩愈《登封县尉卢殷墓志》。中称："君能为诗。……与谏议大夫孟简、协律郎孟郊、监察御史冯宿好。期相推挽，意以病不能。……为官在登封，尽写所为诗抵故宰相东都留守郑余庆。"（《昌黎先生集》二十五）按郑余庆留守东都，据《旧唐书·宪宗纪》，时在元和三年至六年间。卢殷为尉登封，知当即在这一时期。东野此诗题以"少府"为称，疑当作于元和三年前后卢殷方为登封县尉时。

有《送魏端公入朝》诗（卷八）。据诗语"京洛尚淹玩，西京足芳妍。……局促尘末吏，幽老病中弦。……何当补风教？为荐三百篇"推之，或当作于元和二、三年间东野任协律郎，居洛阳时。即送魏端公自洛归朝。

有《洛桥晚望》诗（卷五）。据诗语疑或为元和二、三年冬东野居洛阳时作。

有《晚雪吟》（卷三）。疑此诗为元和二、三年冬东野官协律郎，居洛阳时所作。据诗语："选音不易言，裁正逢今朝。今朝前古文，律异同一调。愿于尧瑄中，奏尽郁抑谣。"是其证。

有《雪》诗（卷四）。诗云："忽然太行雪，昨夜飞入来。……官给未入门，家人尽以灰。……将暖此残疾，典卖争致杯。"描述东野官居清苦，"典卖致杯"的窘状可想。诗称"官给"，疑此诗或当作于元和初年东野官洛阳时。今权系于本年下。

元和四年（809）。己丑。东野五十九岁。

正月，以司封郎中孟简为山南东道荆南湖南宣抚使。（《唐会要》七十七《诸使》上《巡察按察巡抚等使》）

孟简超拜谏议大夫。后因抗论宦官吐突承璀不宜为河北招讨使事，出为常州刺史。

正月，李翱赴岭南。六月，至韶州。（《李文公集》十八《来南录》）

右拾遗独孤郁转右补阙。（《旧唐书·独孤郁传》、韩愈《独孤郁墓志铭》）

六月，韩愈改都官员外郎，分司东都。（《昌黎先生集》遗文内《迓杜兼题名》及洪兴祖《韩子年谱》）

秘书监赠兵部尚书卢虔卒。（《白氏长庆集》三十九《祭卢虔文》）

十一月，李翱拜为循州刺史。（据《李文公集》卷四《解惑》及《舆地纪胜》九十一《广南东路循州官吏》李翱注文考定）

本年或稍前年李益为中书舍人。（卞孝萱《李益年谱稿》）

张彻进士登第。（韩愈《故幽州节度判官赠给事中清河张君墓志铭》注）

鲍溶进士登第。（宋晁公武《郡斋读书志》卷四中、宋计有功《唐诗纪事》）

东野母裴氏卒。东野服丧家居。

韩愈《贞曜先生墓志铭》称："母卒五年，而郑公以节领兴元军。"按郑余庆为兴元尹在元和九年，以时推之，东野母正应于本年逝世。李翱《来南录》亦载："元和四年正月乙未,去东都。明日及故洛东,吊孟东野,遂以东野行。黄昏到景云山居,诘朝登上方,南望嵩山,题姓名记别。既食,韩、孟别予西归。"(《李文公集》十八)这些记载,既证实了东野失母的年月,还可从而知道一些当年东野与韩、李相会的游踪。

元和五年（810）。庚寅。东野年六十岁。

王涯自虢州司马召入为吏部员外郎。(《旧唐书·王涯传》及《唐尚书省郎官石柱题名考》卷四《吏部员外郎》)

四月,独孤郁自右补阙、史馆修撰迁起居郎,充翰林学士。(《旧唐书·独孤郁传》、韩愈《独孤郁墓志铭》、唐丁用晦《重修承旨学士壁记》)

韩愈授河南县令。

八月,江西观察使韦丹卒。(韩愈《韦丹墓志铭》、杜牧《韦丹遗爱碑》)

李翱为浙东观察使李逊判官。(据韩愈《代张籍与浙东观察李中丞逊书》推定)

九月,丁卯,独孤郁以妻父权德舆在中书,避嫌,请守本官起居郎。旋改尚书考功员外郎。复充史馆修撰。(韩愈《独孤郁墓志铭》)

本年或稍前,李益为河南府少尹。(卞孝萱《李益年谱稿》)

东野仍居洛阳。

白居易《与元九书》："况诗人多蹇,……近日孟郊六十,终试协律。"(《白氏长庆集》二十八)

有《寄陕府邓（一作窦）给事》诗（卷七）。"邓给事",不详为何人。"陕府",陕州大都督府。唐属河南道。诗称："戆人年六十,每月请三千。不敢等闲用,愿为长寿钱。"知诗当为本年前后所作。

有《教坊歌儿》诗（卷三）。诗云："十岁小小儿,能歌得闻天。六十孤老人,能诗独临川。"

有《忽不贫喜卢仝书船归洛》诗（卷九）。"卢仝",《新唐书》一〇一有传。(引见本集卷七《答卢仝》题解)按卢仝书船归洛事,以仝集考之,知当在元和五年间。《玉川子集》卷四《冬行二首》其二称："长年爱伊洛,决计卜长久。赊买里仁宅,水竹且小有。"这是自述在洛中赊买田宅的。下称："买宅将还资,旧业苦不厚。腊风刀刻肌,遂向东南走。贤哉韩员外,劝吾莫强取。"这是自述在严冬时自洛中东南走扬州的。其下更称："赁载得估舟,估杂非吾偶。……扬州屋舍贱,还债堪了不?此宅贮书籍,地湿忧蠹朽。……何当还帝乡,白云永相友。"这即自述卖扬州宅载书归洛的经过。也即东野此诗所咏之事。"帝乡",指洛京。"韩员外",当谓韩愈。按韩愈元和四年六月始任为都官员外郎，分司东都。元和五年即授河南县令。卢仝自洛阳东南走扬州，必当在元和四年深冬。次年当即以船载扬州书籍经江淮归洛阳。疑东野此诗所称："卢仝归洛船，崔嵬但载书。江潮清翻翻，淮潮碧徐徐。……江淮君子水，相送仁有余。"即指此事而言。诗也当为同年所作。彼时东野与卢仝俱在洛阳，常相过从。

有《严河南》诗（卷六）。"严河南"，疑是东野戏称韩愈。诗云："赤令风骨峭，语言清霜寒。不必用雄威，见者毛发攒。""赤令"，当与韩愈《寄卢仝》诗"嗟我身为赤县令，操权不用欲何俟"（《昌黎先生集》五）二语同义。同样是指韩愈为河南县令而言的。唐制：县有赤、畿、望、紧、上、中、下七等。《新唐书》三十八《地理志》河南道："河南府河南县赤。"故有此称。按洪兴祖《韩子年谱》："韩愈，元和四年改都官员外郎，守东都省。（元和）五年，为河南县令。"与东野此诗所谈韩愈的历官"君从西省郎，正有东洛观。洛民萧条久，威恩悯抚难"的实际情况正相吻合。时卢仝和东野俱在洛阳，本诗当即元和五、六年间作。

有《喜符郎诗有天纵》诗（卷九）。"符郎"，韩愈子韩昶小名。昶，《新、旧唐书》俱无传。据明万历间河南孟县出土的《唐故朝议郎检校尚书户部郎中兼襄州别驾上柱国韩昶自为墓志铭》自述学诗学文的梗概称："昌黎韩昶，……生徐之符离，小名曰符。幼而就学，性好文字。出言成文，不同他人所为。张籍奇之，为授诗，……日通一卷。……受诗未通两三卷，便自为诗。及年十一二，樊宗师大奇之。年至二十五及第。"（文见《全唐文》七四一及《金石文钞》诸书）韩愈《赠张籍》诗也称："薄暮归见君，迎我笑而莞。指渠（按谓韩昶）相贺言，此是万金产。……试将诗义授，如以肉贯串。开祛露毫末，自得高蹇巏。"（《昌黎先生集》五）都可证明韩昶的幼慧，当时确实倾动了韩愈的一班知友。所以宋张淏《云谷杂记》卷二也载有"韩昶儿时即以诗动孟东野"的话，并称："今东野集有《喜符郎诗有天纵》之篇。符，盖昶小字。"可以推想东野此诗当即作于元和四、五年间东野已丧子后，正韩昶墓志铭自称"年十一二，樊宗师大奇之"之时。按韩昶为贞元十五年韩愈避徐州乱居符离时所生，至本年正十一二，方随父居河南。时东野也在洛中，韩昶"以诗动东野"，当在其时。

有《吊卢殷十首》（卷十）。"卢殷"元和五年卒。他的生平略见丁韩愈《登封县尉卢殷墓志》。（引见本集卷十《吊卢殷十首》题解）他"生男辄死，卒无子"，"竟饥寒死登封"。一生遭遇和志趣，都和东野极其相似。因之东野诗中除追忆他们年轻时在酒会诗场中"店饮吾曹床"、"吟哦无滓韵"的豪举外，其他像诗中的"可怜无子翁，蚍蜉缘病肌"、"至亲唯有诗，抱心死有归"之类的话，不仅是用来哀悼卢殷，简直也就是东野的自我写照。其作时年月当在卢殷葬后,时东野方居洛中。故诗称:"邙风噫孟郊,嵩秋葬卢殷。幽荐一杯泣,泻之清洛滨。"又称:"河南韩先生,后君作因依。磨一片嵌严,书千古光辉。"乃指韩愈为卢殷树碑勒铭的事。按韩愈《卢殷墓志》成于元和五年冬,东野此诗当作在较韩志稍晚的一些时候。

有《秋怀》十五首(卷四)。诗云:"老人朝夕异,生死每日中。……浪浪谢初始,皎皎幸归终。""南逸浩森际,北贫硗确中。曩怀沉遥江,衰思结秋嵩。""詈言不见血,杀人何纷纷。声如穷家犬,吠窦何闻闻。"据诗语疑或作于元和五年至八年间在洛阳家居时。老病侵寻,一贫彻骨。痛詈言之杀人,忆丛悲于往昔。感愤之情,溢于言表。惟当日情事,已难详考。今权以此什系于本年下。

有《老恨》诗(卷三)。诗云:"无子抄文字,老吟多飘零。有时吐向床,枕席不解听。"疑或作于元和三年至五年间东野丧子之后。今权系于本年下。

元和六年(811)。辛卯。东野六十一岁。

正月,勅谏议大夫孟简、工部侍郎归登等于丰泉寺翻译大乘本生心地观音经。

四月,己卯,以东野留守郑余庆为兵部尚书,依前留守。

李光颜除洺州刺史,充本州团练使。(《旧唐书·李光颜传》)附《光颜传》)

韩愈迁尚书职方员外郎。

十月,以东都留守郑余庆为吏部尚书。

东野仍居洛阳。

有《送卢郎中汀》诗(卷八)。"卢汀",新、旧《唐书》俱无传。以《韩昌黎集》卷四《和虞部卢四汀酬翰林钱七徽赤藤杖歌》,卷五《酬司门卢四兄云夫院长望秋作》、《卢郎中云夫寄示送盘谷子诗两章歌以和之》,卷七《和库部卢四兄元日朝回》诸诗集注考之,知卢汀,字云夫。"贞元元年进士。历虞部、司门、库部郎曹,迁中书舍人,为给事中,其后莫知所终矣。"《唐郎官石柱题名考》卷二十五《主客郎中》内亦有卢汀名。但俱未详卢汀为郎中在何年。按清王元启《读韩记疑》考订韩愈《和卢郎中云夫寄示送盘谷子诗》称:"前和《望秋》诗,(元和)六年秋作,此诗即是年冬作。"据此,疑卢汀元和五、六年间方为司门郎中。东野此诗题称"郎中",或亦当与韩昌黎诗为一时先后之作。今权系于本年下。诗云:"洛水春渡涧,别离心悠悠。一生空吟诗,不觉成白头。……玉柯摆新欢,声与鸾凤俦。朝谒大家事,唯余去无由。"疑本诗即东野送卢汀自洛阳归长安之作。同卷又有《送卢汀侍御归天德幕》诗。知卢汀还曾以侍御佐幕天德军。虽其任官年月已难详考,但据此可补卢汀生平历官之阙。

有《看花五首》(卷五)。中云："芍药吹欲尽，无奈晓风何。余花欲谁待？唯待谏郎过。""谏郎"，疑谓孟简。按孟简元和四年超拜谏议大夫，至元和六年正月，仍以谏议大夫受命于丰泉寺译经。疑此组诗或即作于元和五、六年间。

有《送谏议十六叔至孝义渡后奉寄》诗（卷七）。"谏议十六叔"，当谓孟简。《旧唐书》一六三《孟简传》仅称他在元和四年超拜谏议大夫，因抗论宦官吐突承璀不宜为河北招讨使事，出为常州刺史。未载他出守常州的年月。今按卢仝《玉川子诗集》卷二《常州孟谏议（按谓孟简）座上闻韩员外职方贬国子博士有感五首》其一称："山夫与刺史，相对两巉屼。"考韩愈自职方员外郎贬官国子博士时，据洪兴祖《韩子年谱》引《宪宗实录》，知在元和七年二月。以卢仝诗对孟简称谓推之，知那时孟简已出刺常州。再据《旧唐书·宪宗纪》所载，知元和六年正月，还有命谏议大夫孟简等于丰泉寺翻译大乘本生心地观音经事，可以推知孟简最初自谏议大夫出刺常州时，必在元和六年丰泉译经之后，七年二月韩愈贬官之前无疑[三二]。东野此诗当也为那时所作。故诗中也称："分明太守礼，跨蹑毗陵桥。……伊洛去未回，遐瞩空寂寥。"大约那年孟简方自长安出守常郡，东野与他相会于洛，送行至孝义渡后更寄此诗。"毗陵"，本常州旧称。唐玄宗天宝元年始改今名。（参见《元和郡县志》二十五《江南道·常州》、《新唐书·地理志·江南东道》）"孝义渡"，当亦在洛阳境内，据诗中"伊洛未回"诸语可证。同卷又有《至孝义渡寄郑军事唐二十五》诗。"郑、唐"俱不详为何人。诗中也称："官街泥水深，下脚道路斜。嵩少玉峻峻，伊雒碧华华。"与前诗联系起来看，知"孝义"确在洛中。此诗也当为东野送孟简至孝义渡后同时所作。

有《吊元鲁山十首》(卷十)。元鲁山，名德秀。天宝十三年卒。（据《旧唐书》卷一九〇下、《新唐书》卷一九四《元德秀传》、元结《元鲁山墓表》）彼时东野年方四岁，当然不能写出这样的诗作。以东野集中其他诗考之，疑此什当为元和五、六年间追吊之作。按本什第八首称："当今富教化，元后得贤相。幽埋尽洸洸，滞旅无流浪。唯余鲁山名，未获旌廉让。""贤相"，当谓郑余庆。郑氏自元和三年至六年任检校兵部尚书，东都留守，居河南。第十首称："遗婴尽雏乳，何况肉骨枝。心肠结苦诚，胸臆垂甘滋。"此乃歌咏元鲁山白乳兄子事[三三]。以此与本集卷七《寄义兴小女了》诗中"想兹为襁褓，如鸟拾柴枝。我咏元鲁山，胸臆流甘滋。终当学自乳，起坐常相随。"诸语互相比勘，这两篇不仅所咏之事、所用之韵完全一致，而且"胸臆甘滋"一句，竟也同然无异。这当非偶合，而是有着相互的关联。疑此什或即作于《寄义兴小女子》一篇之前。

有《寄义兴小女子》诗（卷七）。"义兴"，地名。东野曾家于此。（据本集卷三《乙西岁舍弟扶侍归义兴庄居独止舍待替人》诗可证)"小女子",即其家婢。诗云:"江南庄宅浅,所固唯疏篱。小女未解行,酒弟老更痴。家中多吴语,教尔遥可知。"大约这时东野家人仍然寓居此地。以东野集卷八《送淡公》诗和此篇联系起来考察,疑两篇或俱为元和六、七年间所作。按本集卷八《送淡公十二首》其六称:"江湖有故庄,小女啼喈喈。我忧未相识,乳养难和谐。幸以片佛衣,诱之令看斋。斋中百福言,催促西归来。""故庄",当谓义兴。"小女",仍指本篇"小女未解行"之"小女"而言。两诗俱以他的小女"乳养难谐"为虑。又本篇诗末谈到他的小女时称:"终当自乳,起坐相随。"而在《送淡公》诗中也谈到"诱令看斋,催促西来"。以彼推此,知两诗所谈及的显为一事,可能俱属一时先后之作。

有《送陆畅归湖州因凭题故人皎然塔陆羽坟》诗(卷八)。"陆畅",《新、旧唐书》俱无传。以诸书考之,知陆畅元和元年登进士第[三四]。任太子僚属。董晋子董溪以女嫁之。韩愈《送陆畅归江南》诗也称他:"举举江南子,名以能诗闻。一来取高第,官佐东宫军。迎妇丞相府,夸映秀士群。"(《昌黎先生集》五)后乃以秘书丞为江南西道观察使王仲舒判官。(据《文苑英华》六三九唐张次宗《荐观察判官陆畅请章服状》及唐范摅《云溪友议》卷中《吴门秀》条考定)时当已至穆宗(李恒)长庆初年。陆畅生平可以考见的大略如此。"皎然",湖州人。唐代诗僧。曾与东野"为洛下之游",屡有唱和的诗作。宋释赞宁等《大宋高僧传》卷二十九有《唐湖州杼山皎然传》,称他"名昼,姓谢氏。……贞元初,……自诲之曰:'吾将入杼峰,与松云为偶。'以陆鸿渐为莫逆之交。以贞元年终山寺。有集十卷。贞元八年,敕写其文集入于秘阁"。又据唐于頔《吴兴昼上人集序》,知皎然贞元八年尚健在[三五],他逝世时自当在贞元八年以后。尝隐居湖州杼山妙喜寺(盛唐《颜鲁公集》卷四《湖州乌程县杼山妙喜寺碑》考定)。再据谈钥《嘉泰吴兴志》诸书,知皎然的祠墓也俱在杼山[三六]。疑东野此诗所称"砖塔",当即在杼山妙喜寺内。"陆羽",字鸿渐。与皎然"为缁素忘年之交"(《全唐文》四三三《陆羽自传》)。《新唐书》卷一百本传称他"竟陵人。诏拜太子文学。徙太常寺太祝,不就职。贞元末年卒"(《国史补》卷中所载略同)。他死后坟墓也在湖州。据宋王象之《舆地纪胜》卷四《两浙西路安吉州古迹》内即有"陆羽圹",下载:"孟东野送陆畅归,有凭题陆羽墓诗。"即指此篇。疑东野此诗当作于元和六年间。时皎然、陆羽已先后逝世,东野方居洛阳,值陆畅无妇归湖州,乃赠诗为别,兼以凭吊故友。故诗称:"杼山砖塔禅,竟陵广宵翁。……因君寄数句,遍为书其丛。"按韩愈元和六年作有《赠陆畅归江南》诗,张籍亦同作有《送陆畅》诗(《张司业集》卷六),疑东野此篇与韩、张两诗俱为一时一事先后之作。

有《戏赠无本》诗（卷六）。"无本"，即贾岛。《新唐书》一七六《贾岛传》称他"范阳人。初为浮屠，名无本。来东都……韩愈因教其为文，遂去浮屠，举进士"。元和六年春，自长安访韩愈于洛阳。同年秋，韩愈自河南令迁尚书职方员外郎，贾岛或随韩愈赴长安。十一月，他自长安归范阳，韩愈曾有诗相送。（见《昌黎先生集》五《送无本师归范阳》）诗题下宋樊汝霖注称："此诗元和六年冬作。而是年秋，东野亦有诗与无本云：'长安秋声干，木叶相号悲。'"即指东野此诗。诗称："长安秋声干，木叶相号悲。瘦僧卧冰凌，嘲咏含金痍。"又称："朔雪凝别句，朔风飘征魂。"从这些话中都可看出这首诗大约也是送贾岛自长安归范阳的。因而所歌咏的时节和情况都与韩愈《送无本师归范阳》一诗相吻合。不过一作于长安，一作于洛阳而已。清郑珍《跋韩愈送无本师归范阳诗》乃据贾岛《投孟郊》诗，误认"岛和东野似平生未一觌面"（见《巢经巢文集》五），不知贾岛《寄孟协律》诗中已有"别后冬节至，离心北风吹"的话，可为郊、岛两人生时曾经觌面的确证。郑说非是。

有《寿安西渡奉别郑相公二首》（卷八）。"郑相公"，谓郑余庆。按《旧唐书·宪宗纪》，知郑余庆于元和六年四月，以东都留守为兵部尚书，依前东都留守。此诗则系送他自洛阳归朝长安之作。至他归朝的年月，据《旧唐书》一五八《郑余庆传》载有当时京兆尹元义方、户部侍郎判度支卢坦各请戟立于其第的事："会余庆自东都来，发论大以为不可，自是夺元、卢之门戟。"此为郑余庆来朝与收夺元、卢门戟发生关系的一些史实。若再从而推溯收夺元、卢门戟的年月，在《旧唐书·宪宗纪》内即明载："元和六年，十二月，甲申，京兆尹元义方、户部侍郎判度支卢坦以违令立戟，……收夺所请门戟。"而收夺元、卢门戟一事，又实由郑余庆归朝长安时所主成，是郑余庆之来长安，必在是年十二月收夺元、卢门戟之前不久，极为显然。故东野此诗也称："清风送君子，车远无还尘。春别亦萧索，况兹冰霜辰。"又称："东都清风减，君子西归朝。独抱岁晏恨，泗吟不成谣。"所谓"霜辰、岁晏"，正说明郑余庆是以本年冬自洛归朝的。与唐史所载互相印证，正相符合。"寿安"，县名。唐属河南道河南府。（见《元和郡县志》及《新唐书·地理志》）

元和七年（812）。壬辰。东野六十二岁。

二月，乙未，韩愈自职方员外郎贬为国子博士。

六月，王涯自吏部员外郎改兵部员外郎，知制诰。（《旧唐书·宪宗纪》及本传、白居易《除孔戣等官制文》）

八月，戊戌，魏博节度使田季安卒。九月，军乱。

十月，乙未，魏博三军举其牙将田兴知军州事。

十月，甲辰，魏博都知兵马使，兼御史中丞田兴为银青光禄大夫，检校工部尚书，兼魏州大都督府长史，充魏博节度使。

十二月，丙戌，以吏部尚书郑余庆为太子少傅。（《旧唐书·宪宗纪》及本传、白居易《授郑余庆太子少傅制文》）

本年或稍前李益为秘书少监，集贤殿学士。（《新唐书》七十二上《宰相世系表》、卞孝萱《李益年谱稿》）

李翱以浙东观察判官摄监察御史。（《孝文公集》十六《祭刘巡官文》）

独孤郁以考功员外郎知制诰。（韩愈《独孤郁墓志铭》）

东野仍居洛阳。

有《哭刘言史》诗（卷十）。"刘言史"，《新、旧唐书》俱无传。唐皮日休有《刘枣强碑》，叙其生平经历较详。中称："先生姓刘氏，名言史，不详其乡里。……王武俊之节制镇冀也，先生造之。武俊……奏请官先生，诏授枣强县令。先生辞疾不就。世重之日刘枣强。"又称："故相国陇西公夷简之节度汉南也，……命列将以橐之鞣器千余事赂武俊，以请先生，武俊许之。先生由是为汉南相府宾冠。……（夷简）问先生所欲为，先生曰：司功（《全唐诗》"功"作"空"）掾甚闲，或可承阙。相国由是掾之。……相国表奏（升秩），诏下之日，不悆而卒。……坟去襄阳郭五里，曰柳子关。"（《皮子文薮》卷四。元辛文房《唐才子传》卷四《刘言史》条略同。）考李夷简元和六年四月，始任检校礼部尚书、襄州大都督府长史、山南东道节度使，治襄阳。元和八年正月，改任检校户部尚书、成都尹，充剑南西川节度使。（俱见《旧唐书·宪宗纪》）今据《唐才子传》称："刘言史为李夷简宾佐，岁余奏升秩，诏下之日，不悆而卒。"则刘言史逝世，即当不出元和七、八年间。东野本诗亦当作于其时。

有《送淡公十二首》（卷八）。"淡公"，越中诗僧。后弃僧为儒。据宋赵令畤《侯鲭录》卷七引《大唐传载》称："僧淡然者……与孟郊退之为洛下之游。退之作《嘲淡然鼾睡》诗是也。"宋史能之《咸淳毗陵志》卷十六《杂类志·纪闻》也据东野此诗诗语推定"淡公曾与东野同在伊洛，至是游溧，而东归吴越，（东野）作诗送之"。他们的推断都大致可信。（史志以此诗为工野送淡公"游溧东归"之作，则非是。）又宋魏仲举《新刊五百家注音辨韩昌黎先生文集》卷七《送诸葛觉往随州读书》诗引宋韩醇注："诸葛觉或云即澹师，后去僧为儒。公逸诗有《澹师鼾睡》二首，为此人作。"《全唐诗》八三〇贯休《怀诸葛珏（一作觉）二首》其一云："诸葛子作者，诗曾我细看。出山因觅孟，踏云去寻韩。"注："遇孟郊、韩愈于洛下。"此什当即为东野送淡公自洛归乡之作，故诗称："嵩洛兴不薄，稽江事难同。""数年伊雒同，一旦江湖乖。"又称："乡在越境中，分明见归心。"其作时年月，以诗中"卢殷、刘言史，饿死君已噫"诸语推之，知诗当作于卢、刘已死之后，当不出元和七年至九年间。今权系于本年下。时东野与淡然方同居洛阳，因其行，赠诗为别。

有《忆江南弟》诗（卷七）。"江南弟"，当谓孟酆、孟郢。诗云："白首眼垂血，望尔唯梦中。筋力强起时，魂魄犹在东。"又云："努力柱枝来，余活与尔同。不然死后耻，遗死亦有终。"知诗或当作于《寄义兴小女子》一诗之后，东野晚年居洛阳时。即邀其弟自江南来洛阳，兄弟"共被"，同度余年。今权以此篇系于本年下。本集卷八又有《留弟郢不得送之江南》诗。诗云："刚有下水缸，白日留不得。老人独自归，苦泪满眼黑。"据诗语疑其弟孟郢曾应邀来洛阳小住，留之不得，此诗即送其归江南。与前诗或同为先后之作。

有《田兴尚书听婵（嫂）命不立非夫人》诗（卷九）。按"田兴"为田弘正的本名。（《旧唐书》一四一《田弘正传》："弘正本名兴。"）元和七年，魏博节度田季安卒后，代季安子田怀谏为军州留后。十月，以归魏博六州功，授检校工部尚书，充魏博节度使。（据《新、旧唐书·田弘正传》、《文苑英华》八六九元稹《魏博节度使田弘正碑》、韩愈《魏博节度观察使沂国公田公先庙碑铭》及《李相国（绛）论事集》卷五《论魏博事》考定）元和八年始改名为弘正。据《旧唐书·宪宗纪》及元稹《沂国公墓志铭》中关于"锡嘉名"的记载，俱其明证。本诗题为"尚书"，称"田兴"，不称"弘正"，疑即作于田兴初授工部尚书后，尚未改名弘正之前。时当不出元和七、八年间。至田兴"听婵命不立非夫人"一事，于史无征，已不能详其始末了。

有《寄洺州李大夫》诗（卷七）。"洺州李大夫"，疑谓李光颜。《旧唐书》一一一《李光进传》附弟《光颜传》称："李光进，本河曲部落稽阿跌之族也。（元和）六年……诏以光进夙有诚节，克着茂勋，赐姓李氏。其弟光颜除洺州刺史，充本州团练使。"《旧唐书·宪宗纪》也称："元和六年五月壬子，以振武节度阿跌光进夙彰诚义，久立茂勋，宜赐姓李氏。弟洺州刺史光颜已从别敕处分。"《光颜传》又称："讨李怀光、杨惠琳皆有功。后随高崇文平蜀，搴旗斩将，出入如神。……自宪宗元和已来，历代、洺二州刺史，兼御史大夫。"《旧唐书·宪宗纪》又称："元和九年九月，甲戌，朔，以洺州刺史李光颜为陈州刺史。忠武军都知兵马使。"知李光颜兄弟勇健善战，屡立功勋。元和六年赐姓李氏时，李光颜即除洺州刺史。至元和九年九月，唐廷将讨淮蔡，李光颜乃自洺州刺史迁为陈州刺史，独当一面讨吴元济。据东野此诗诗题及诗语推之，知诗必当作于元和六年李光颜任洺州刺史后，元和九年未迁陈州刺史前，时应不出元和七、八年间。"洺州"，唐属河北道，故治在今河北永年县东南。

元和八年（813）。癸巳。东野六十三岁。

二月，辛卯，田兴改名弘正。

二月，宰相于𬱃男太常丞敏专杀梁正言奴事发，贬𬱃恩王傅，绝朝谒。（《旧唐书·宪宗纪》、《新、旧唐书·于𬱃传》及《唐大诏令集》五十七《大臣贬降》上《于𬱃恩王傅，绝朝谒制文》）

三月，乙亥，国子博士韩愈守尚书比部郎中，史馆修撰。

独孤郁迁驾部郎中，知制诰。十二月，复充翰林学士。（《旧唐书·独孤郁传》、韩愈《独孤郁墓志铭》、丁用晦《重修承旨学士壁记》）

九月，壬申，以恩王傅于𬱃为太子宾客。（《旧唐书·宪宗纪》、权德舆《除于𬱃太子宾客表》）《旧唐书·于𬱃传》作"十月"。

常州刺史孟简加金紫光禄大夫。未几，征拜为给事中。

本年前后，李益降居散秩，俄复任为秘书少监。（《旧唐书·李益传》、卞孝萱《李益年谱稿》）

本年前后，王建为昭应县丞。（据《全唐诗》三〇一王建《别杨校书》诗及卞孝萱《李益年谱稿》推定）

东野仍居洛阳。

有《与王二十一员外涯游昭成寺》诗（卷五）。按《旧唐书》一六九《王涯传》，知他曾三度为员外郎，最后一次乃自吏部员外郎改兵部员外郎，知制诰，时在元和七年六月。（《旧唐书·宪宗纪、王涯传》、白居易《除孔戡等官制文》）据本诗"洛友寂寂约，省骑霏霏尘。游僧步晚磬，话茗含芳春。……玄讲岛岳尽，渊咏文字新"诸语推之，约当作于王涯为兵部员外郎，知制诰时。"昭成寺"，在洛阳道光坊[三七]，自初唐以来为洛阳名迹。（见《唐会要》四十八《寺》、《元河南志》一《京城门坊街隅古迹》）故东野《送淡公十二首》其七亦云："都城第一寺，昭成屹嵯峨。""都城"，也指洛阳。疑王涯以去年任兵部员外郎，本年春在洛阳与东野同游于此，东野因赋诗纪游。

有《上昭成阁不得于从侄僧悟空院叹嗟》诗（卷九）。"僧悟空"，生平行事不详。"昭成阁"，疑即为洛阳昭成寺之阁。诗云："老病但自悲，古蠹木万痕。老力安可夸，秋海萍一根。""结僧为亲情，策竹为子孙。"据诗语推之，疑亦为东野元和七、八年间游赏之作。卷七又有《宿空侄院寄澹公》诗。"空侄"，疑即"从侄僧悟空"。"澹公"，即淡公。诗云:"官街不相隔,诗思空愁予。明日策杖归,去住两延伫。"据诗语疑亦作于元和间东野居洛阳时。

有《与王二十一员外涯游枋口柳溪》诗(卷五)。"枋口",地名。在今河南济源县境,唐属河南道河南府。"柳溪",当为枋口名胜。清陆耀遹《金石续编》卷九载唐人所撰《元和六年沁河枋口广济渎天城山等记》称:"届兹枋口,实曰巨河。水像枋形出山,俗谓之枋口。……此枋口内,湾环绿水,状若盘龙。周回翠屏,削成百仞。"(文又见陆心源《唐文拾遗》。《明一统志》二十八《河南怀庆府山川枋口水》内也有关于枋口的记载。)知其地自唐以来为名迹。故东野此诗也有"万株古柳根,擎此磷磷溪。野榜多屈曲,仙浔无端倪。……江调摆衰俗,洛风远尘泥"的歌咏。以诗意推之,疑亦为本年春与王涯同游的诗作。

有《济源春》、《济源寒食七首》、《游枋口》诸诗(俱见卷五)。"济源",县名。唐属河南道河南府孟州。《济源春》云:"太行横偃春,百里芳崔嵬。济滨花异颜,枋口云如裁。"《济源寒食七首》其六云:"枋口花间掣手归,嵩阳为我留红晖。"《游枋口二首》其一云:"太行青巅高,枋口碧照浮。明明无底镜,泛泛忘机鸥。"据诗语,疑同为本年春游枋口时踏春游赏的诗作。

有《吊房十五次卿少府》诗(卷十)。"房次卿",《新、旧唐书》俱无传。《新唐书》七十一下《宰相世系表·河南房氏》仅载"房武,与元少伊。子次卿,字蜀客",也未详其生平经历。今据《昌黎先生集》五《将归赠孟东野房蜀客》诗宋樊汝霖注引《讳行录》称:"房次卿,字蜀客。《登科记》:蜀客贞元七年登第。"再据房次卿所作《唐故特进行虔王傅扶风县开国伯上柱国兼英武军右厢兵马使苏日荣墓志铭·序》云:"贞元十四年六月二十九日……苏公薨于位。"题衔自署:"将仕郎守秘书省校书郎房次卿撰。"[三八] 知房次卿于贞元十四年方历官秘书省。后当累迁为京兆与平县尉。据韩愈元和六年所作《兴元少尹房君(武)墓志铭》,知次卿于元和六年尚健在,方署为京兆兴平尉。彼时当以父丧去官家居,后即卒于河南故里。故东野吊诗有云:"蜀客骨目高,聪辩剑戟新。如何昨日欢,今日见无因。"盖彼时东野亦居洛阳,常相过从,因有"昨欢今日"之叹。至诗题仍以"少府"为称,知次卿生平历官即止于兴平县尉。考东野于元和九年逝世,而元和六年次卿仍健在,次卿逝世年月虽难确言,但大约不出元和七、八年间。《昌黎先生外集》卷五也有《祭房君文》称:"谨遣旧吏皇甫悦展祭于五官蜀客之柩前。"由于那时韩愈方居官长安,以次卿逝于河南故里,故只遣旧吏往祭,不克亲往。

有《寄张籍》诗(卷七)。诗云:"东京有眼富,不如西京无眼贫。西京无眼犹有耳,隔墙。时闻天子车辚辚。辚辚车声辗冰玉,南郊坛上礼百神。西明寺后穷瞎张太祝,纵尔有眼谁尔珍?"按《旧唐书》一六《张籍传》:"贞元中登进士第。……调补太常寺太祝,转国子助教,秘书郎。以诗名。"《新唐书》一〇一本传也称:"第进士,为太常寺太祝。久次,迁秘书郎。"俱未详张籍为太祝时始于何年。今据白居易元和九年所作《张十八》诗语:"独有咏诗张太祝,十年不改旧官衔。"推之,张籍约在贞元末年或元和初任为太祝,久未迁调的。至张籍患眼疾时,据韩愈元和八年所作《代张籍与浙东观察李中丞逊书》(文禄堂本《昌黎先生集》十六):"退自悲不幸两目不见物,无用于天下。"又云:"近者阁下从事李协律翱到京师。籍于李君友也,不见六七年。"考《旧唐书·李翱传》:"翱,元和初,任国子博士,兼史馆修撰。"时张籍亦调补太常寺太祝,俱在长安。李翱元和五年为浙东观察判官。元和六年及八年曾自越州两度赴长安(参《李文公集·解江灵》)。以韩愈《代张籍书》中语推之,疑张籍病眼约当在元和八年左右。韩愈元和八年冬所作《雪后寄崔二十六丞公》诗(《昌黎先生集》七)亦云:"脑脂遮眼卧壮士。""壮士",即谓张籍。再以张籍自作《患眼》诗(《张司业集》六)"三年患眼今年校,免与风光便隔生。昨日韩家后园里,看花犹似未分明"相证,疑张籍病眼或当始于元和八年,至元和十一年始痊可。遂游韩家后园,故诗中有"三年患眼"之语。韩愈《赠张十八助教》诗(《昌黎先生集》卷九)亦云:"喜君眸子重清朗,携手城南历旧游。忽见孟生题竹处,相看泪落不能收。""孟生",谓东野。时东野已逝世,故有"相看泪落"的话。据此,疑东野本诗即当作于元和八年冬唐天子南郊礼神毕事之后。彼时张籍方以太常寺太祝病眼居长安西明寺后,故东野诗语云然。"西明寺",在长安延康坊西南隅[三九]。白居易《寄张十八》诗云:"同病者张生,贫僻住延康。迢迢青槐街,相去八九坊。"(《白氏长庆集》六)《酬张太祝晚秋卧病见寄》诗云:"高才淹礼寺,短羽翔禁林。西街居处远,北阙官曹深。"(《白氏长庆集》九)白诗所谓之"延康"、"西街",并即东野本诗所谓之"西明寺后"。情事境地,两两相合,可资旁证。东野集卷七另有《寄张籍》一诗,诗云:"清汉徒自朗,浊河终无澄。旧爱忽已远,新愁坐相凌。君其隐壮怀,我亦逃名称。"据诗语疑或作于贞元间张籍未登第前。

有《赠韩郎中愈二首》(卷六)。按韩愈平生一为比部郎中,一为考功郎中。此处当指他为比部郎中而言。据宋洪兴祖《韩子年谱》引《宪宗实录》称:"元和八年三月乙亥,国子博士韩愈比部郎中、史馆修撰。"知韩愈始为比部郎中时在元和八年三月。至韩愈转考功郎中,据《韩子年谱》引《宪宗实录》云"元和九年十月甲子,韩愈考功郎中,依前史馆修撰"及《旧唐书》一六〇《韩愈传》所称"逾岁转考功郎中、知制诰"考之,已在元和九年十月间。彼时东野已逝世，不应再有赠诗。故此诗当作于元和八、九年间韩愈为比部郎中时。

元和九年（814）。甲午。东野六十四岁。

本年李翱方为浙东观察判官、将仕郎，试大理评事、摄监察御史。（李翱《叔氏墓志》）

三月，辛酉，以太子少傅郑余庆检校右仆射、兴元尹、山南西道节度观察使。代赵宗儒为御史大夫。

八月，王涯拜为中书舍人。

闰八月，壬戌，以中书舍人王涯为皇太子诸王侍读。

闰八月，己巳，加田弘正检校右仆射。

九月，甲戌，朔，以洺州刺史李光颜为陈州刺史、忠武军都知兵马使。

九月，乙丑，淮西节度使吴少阳卒。其子元济匿丧，自总兵柄，焚劫舞阳等四县。

九月，戊戌，以给事中孟简为越州刺史、浙东观察使。（《旧唐书·宪宗纪》、宋孔延之《会稽掇英总集》卷十八孟简；《建南镇碣记》，及《唐太守题名记》）

十月，甲子，韩愈为考功郎中，知制诰。（洪兴祖《韩子年谱》、宋张淏《云谷杂记》卷二）

十月，独孤郁迁秘书少监。（韩愈《独孤郁墓志铭》）

十月，壬戌，以忠武军节度副使兼陈州刺史李光颜为许州刺史、忠武军节度使。

十一月，梁肃卒。诏赠礼部郎中。（崔元翰《右补阙翰林学士梁君墓志》）

本年樊宗师方任太子舍人。（韩愈《与郑相公书》）

山南西道节度使郑余庆奏东野为兴元军参谋，试大理评事。东野闻命自洛阳往兴元，以暴疾卒于河南阌乡县。时元和九年八月己亥日。十月，庚申，葬于洛阳东先人墓左。友人张籍等私谥为贞曜先生。宋宋敏求编次东野诗集为十卷行世。

按韩愈《贞曜先生墓志铭》称："母卒五年，而郑公以节领兴元军，奏为其军参谋，试大理评事。挈其妻行之兴元，次于阌乡，暴疾卒。年六十四。……买棺以敛，以二人舆归。"《旧唐书·孟郊传》也称："郑余庆领兴元，又奏为从事，辟书下而卒。郑余庆给钱数万葬送，赡给其妻子者累年。"（《新唐书·孟郊传》略同）又据韩愈《与郑相公（余庆）书》称："再奉示问，皆缘孟家事。……旧与孟往还数人，昨已共致百千以来，寻已至东都。计供葬事外，尚有余赀。今裴押衙所送二百七十千，足以益业，为遗孀永久之赖。孟氏兄弟在江南,未至。先与相识,亦甚循善,所虑材干不足任事。郑氏兄弟(按谓东野之妻兄弟)唯最小者在东都,固如所示,不可依仗。孟之深友太子舍人樊宗师,比持服在东都,今已外除。经营孟家事,不啻如己。前后人所与,及裴押衙所送钱物,并委樊舍人主之。营致生业,必能不失利宜。候孟氏兄弟到,分付成事,庶可静守,无大阙败。"(《昌黎先生集》十九)记述韩、樊诸人料理东野身后各事颇详,特附录于此。

有《送郑仆射出节山南》诗。(卷八。一作《酬郑兴元仆射招》)"郑仆射",谓郑余庆。《旧唐书·宪宗纪》称:"元和九年三月辛酉,以太子少傅郑余庆检校右仆射、兴元尹、山南西道节度使。"(《旧唐书》一五八《郑余庆传》略同)东野此诗即酬郑余庆再招参谋之作。故诗称:"国老出为将,红旗入青山。再招门下生,结束余病孱。"郑余庆前为河南尹时,东野曾为他的宾佐,今年再招为参谋,故诗语云云。

注释:

〔一〕"苍鹰"二语用郅都事。《史记》一二二《酷吏列传·郅都传》:"郅都迁为中尉,……行法不避贵戚。列侯宗室见都侧目而视,号曰苍鹰。"〔二〕唐李吉甫《元和郡县志》河南府河阳县:"自河阳以下至温、氾水、济源、河清等五县,今权隶三城节度。"《新唐书地理志》、宋欧阳忞《舆地广记》卷九京西北路孟州下也有类似记载,俱是其证。〔三〕清阮元《全唐文拾遗》载宋并《魏博将校勒功铭》称:"贼臣李希烈据江汉之阳,跨淮汴之右,窃口神器,阴包祸谋。"汉阳,也指汉北。据《穀梁传》:"水北曰阳。"是其证。〔四〕唐陆贽《翰苑集·制诰》五《招谕淮西将吏诏》云:"贼臣李希烈……凭陵汝海,侵轶浚郊。"又同卷《安抚淮西归顺将士百姓敕》云:"李希烈首乱淮渍,又侵荥汴。"〔五〕《旧唐书·德宗纪》:"贞元元年七月丙午,以韩滉检校尚书左仆射同平章事、江淮转运使。"《唐会要》八十七《转运使》门及《新唐书》一二六《韩滉传》略同。〔六〕按《唐六典》卷二十一《国子祭酒》条注云:"周礼师氏以三德三行教国子:一曰至德;二曰敏德;三曰孝德。一曰孝行;二曰友行;三曰顺行。凡国之贵游子弟学焉。"〔七〕宋洪迈《容斋随笔》卷一《赞公少公》条称:"唐人呼县令曰明府,尉为少府。"〔八〕按清端方《陶斋藏石记》有邹儒立所撰《唐故京兆府三原县尉郑淮墓志铭》,中称:"府君……以贞元十七年五月祔万安旧封。"题衔署"殿中侍御史武功县令"。知邹彼时方以殿中侍御为武功县令。又据宋陈思《宝刻丛编》卷十四载邹所撰《秀州宾华寺碑》,中云:"以永贞二年正月造寺始成,立此碑。"题衔仍署"殿中侍御史"。文云"永贞二年",则碑当作于宪宗元和元年未改元以前。知彼时邹儒立仍为殿中侍御,其后当始出为衡州刺史。〔九〕按"始鼓敌前败，斗场再鸣先"二语，系指孟简先举进士，再登弘词科而言。〔一〇〕据唐丁用晦《重修承旨学士壁记》称："梁肃，贞元七年自右补阙充。兼皇太子侍读。守本官，兼史馆修撰。"唐韦执谊《翰林院故事》也称："贞元已后，梁肃补阙兼太子侍读充。"俱是其证。〔一一〕据《昌黎先生集》卷十七《与祠部陆员外荐士书》称："往者陆相公司贡士，考文章甚详，愈时亦幸在得中。……原其所以，亦由梁补阙肃……佐之。梁举八人无有失者。"五代王定保《摭言》也称："陆忠州榜时，梁补阙肃、王郎中础佐之，故忠州之得皆烜赫。"〔一二〕按《新、旧唐书》内别有一李观，仕至少府监。《新唐书·宰相世系表》内又有两李观，一为监察御史；一系扬州司马李并之子，仕为前左监门卫率府兵曹参军事，俱非本诗之李观。〔一三〕唐赵璘《因话录》卷五《征事》："武后朝御史台有左右御史之号。……惟俗间呼在京为西台，东都为东台。"〔一四〕唐时呼侍御史为端公。唐赵璘《因话录》卷五《征事》："御史台三院：一曰台院。其僚曰侍御史，众呼为端公。"宋洪迈《容斋四笔》略同。〔一五〕按《昌黎先生集》卷十六《答李秀才书》称："故友李观元宾，十年之前示愈《别吴中故人》诗六章。"《李元宾文编》有《上吏部奚员外书》自称："有《放歌行》一篇。"今本李集俱未收，知李诗散佚已多。〔一六〕唐李肇《国史补》卷下："进士为时所尚久矣。……得第谓之前进士。"宋程大昌《演繁露》也称："唐世呼举人已第者为先辈。其自目则曰前进士。"〔一七〕（南朝）宋山谦之《吴兴记》："横塘，即荻塘。……晋太守殷康所开，后改名吴兴塘。"又江苏吴县西南亦有横塘。〔一八〕据陆长源《嵩山会善寺戒坛记》文前"汝州刺史兼御史中丞"题衔及文末"时贞元十一祀龙集乙亥大火西流之月"诸语可证。文见《全唐文》卷五一〇及清王昶《金石萃编》一〇三。〔一九〕按宋洪兴祖《韩子年谱》引《科第录》载李观贞元九年弘词登第。今依《唐诗纪事》三十三《李观》条、徐松《登科记考》卷十三作"八年"。〔二〇〕《新唐书》一六〇《吕渭传》也称他"贞元中，累迁礼部侍郎"。〔二一〕详见《新唐书·韩愈传》、《新、旧唐书·董晋传》、李翱《李文公集》十一《韩愈行状》、《昌黎先生集》三十七《董晋行状》及韩愈诗文。〔二二〕按《太平寰宇记》一二四《和州沿革》云："和州，春秋时楚地。……战国时犹为楚地。"故张籍诗云云。〔二三〕唐张洎《张司业诗集序》称他"贞元十五年丞相渤海公（谓高郢）下及第"。《昌黎先生集》二《此日足可惜赠张籍》诗亦云："闻子高第日，正从相公丧。""相公"，谓董晋。晋以贞元十五年二月卒。〔二四〕唐胡曾《咏史诗》卷上有《夷门》诗。宋陈盖注："在梁城之东门。"并引《后语》："夷门，乃魏国之郭门也。今汴州东门是也。"《太平寰宇记》卷一河南道一开封府开封县《夷门》下云："《史记》大梁城有十二门，东曰夷门。"《元和郡县志》卷七汴州浚仪县及《舆地广记》卷五开封祥符县内文并略同。〔二五〕据李翱《李文公集》十六《祭吏部韩侍郎（愈）文》称："贞元十二，兄在汴州。我游自徐，始得兄交。"是其证。〔二六〕清钱大昕藏旧钞本《景定建康志》十九山水志三："溧水一名濑水，在溧阳西北四十里。"〔二七〕《昌黎先生集》一《别知赋》、二十一《祭柳州李使君文》及《祭河南张员外文》所记略同，可为旁证。〔二八〕按几道，孟简字。《新、旧唐书·孟简传》俱不载其为刑部员外郎，今以诸书考之，当是于顺宗永贞元年左右自仓部员外郎迁此官。清陆增祥《八琼室金石补正》卷六十五即载有"刑部员外郎孟简元和元年二月三日"题名。宋孙逢吉《职官分纪》卷九《员外郎中立正色挺然不附》条也有"孟简自仓部员外郎换刑部员外郎"的记载。俱可补唐史的阙佚。〔二九〕东野集十《上常州卢使君书》称："又尝衣食此郡前守吏部侍郎韦公。""韦公"，即谓韦夏卿。〔三〇〕《元河南志》卷一《京城门坊街隅古迹》载："长夏门街之东第四街，凡八坊。……次北履信坊。唐太子少保韦夏卿宅。宅有大隐洞。"元稹《元氏长庆集》十七也有《韦居守晚岁当言退休之志因署其居曰大隐洞命予赋诗因赠绝句》诗。"韦居守"，亦谓韦夏卿。〔三一〕《旧唐书·孟郊传》所称："李翱分司洛中，荐于留守郑余庆。"与当日事实不甚符合，恐不可信，或"李翱"为"韩愈"之误。但以无确证，未敢臆断。〔三二〕卢仝《玉川子诗集》卷一《观放鱼歌》有云："常州贤刺史，从谏议大夫除。"也谓孟简。〔三三〕李肇《国史补》卷上："元鲁山自乳兄子，数日两乳湩流。兄子能其食，其乳方止。"《新唐书·元德秀传》所载略同。〔三四〕《元和姓纂》卷十："元和初，进士陆畅生怀。"《昌黎先生集》五《送陆畅归江南》诗五百家注引宋韩醇注："畅元和元年登进士第。"明《永乐大典》引《苏州府志》同。〔三五〕唐于頔《吴兴昼上人集序》自述他于贞元八年受德宗命采编皎然文集的经过，并有"上人因托余以集序"的话。文见皎然《杼山集》前及《全唐文》五四四。《唐语林》卷二《文学》以征文为皎然死后事，恐不可信。〔三六〕宋谈钥《嘉泰吴兴志》乌程县寺院宝积禅院下云："旧号妙喜寺……寺多古迹……有僧如昼祠。后改今名。"〔三七〕《元河南志》一《京城门坊街隅古迹》："……次北道光坊，唐有昭成寺，旧洛阳县廨。"〔三八〕志藏北京图书馆。又见近人张钫《千唐志斋藏志》。〔三九〕按西明寺在长安延康坊西南隅。唐韦述《两京新记》："南曰延康坊，西南隅西明寺，本隋……杨素宅。"《唐会要》四十八及宋敏求《长安志》十文略同。

(选自《孟郊诗集校注》，人民文学出版社，1995年)

附编

世纪留痕[1]

这是个人怀旧性的回忆录;也是一个普通人六十年教学和科研工作的小结。岁月悠悠,"逝者如斯夫"!

一、问学纪源

"水木清华"
——我的大学时代和以后

我是1931年10月间进入清华的。我与大哥粹深(已于1981年病逝)同考取了沈阳东北大学中国文学系。不意到校十几天,即值"九一八"事变,日本侵略军炮轰北大营,沈阳沦陷,我们随校迁到北平。同年与大哥借读于清华大学中国文学系,后转正式学籍。我原应于1935年毕业,读大二时因病休学一年半,延至1937年6月始毕业。初进清华时,校长为翁文灏;次年继任校长为梅贻琦先生。系主任为朱自清师,朱师出国期间由刘文典师代理一段时期。

我读大一时,住在二院学生宿舍。一间大屋分里外间,里面的较大,住四人,由我与同级学友郭清寰(历史)、易仁荄(中文)、袁时若(外文)合住;外面的住二人,由大哥与李洪谟级友同住。

大约在我病休复学后,因患精神衰弱,晚间有声响即不能入睡。经大哥介绍,在三院"谷音社"一间房内给我安置了一个床位,由我独住。"谷音

---

[1] 本未刊稿系作者之子华熔先生提供,系作者辞世前一年(2001)写就,为研究者提供了极为宝贵的第一手资料。

社"当时为清华师生研习昆曲者的一个业余组织。"谷音"取自《庄子·徐无鬼》篇"空谷足音"之义。"谷音社"聘请溥侗先生(红豆馆主)担任教席。溥侗,号西园,清宗室,为清道光帝之孙载治第五子,故又被称为"侗五爷",精于京剧、昆曲、能戏甚多。他大约每周晚间来清华一两次,教授昆曲并作示范演唱,晚年虽嗓音略带沙哑,但韵味深厚,唱念俱精。当时经常参加者有俞平伯师、浦江清师、叶仰曦、陈竹隐(朱自清师母)、陶光、大哥、汪健君几位。许宝骙(俞平伯师内兄)、袁敏萱(袁励准之女)几位也时来参加,颇称一时之盛。

我在清华受业于许多位名师伯儒,由于爱好历史,选修的历史课程也较多。除吴其昌、雷海宗师"中国通史"为必修课外,还选修了刘崇鋐师"西洋通史"、陈寅恪师"隋唐史"、冯友兰师"中国哲学史"、钱穆师"近三百年学术史"、钱稻孙师"日本通史",又旁听了吴晗学长的"明史"(未听完)等。在文学专业课程方面听过浦江清师的"大一国文"和"中国文学史"(均为基础课,必修)。浦师酷爱昆曲,1936年1月还应大哥曲集之邀,进城至后拐棒胡同我家与"谷音社"同人谱曲(见浦江清《清华园日记》上,1936年1月5日、15日)。1950年,我自四川乐山复员返京,急于求职,承浦师推介我赴厦门大学中文系任教,当时新任厦门大学校长为原在清华任教的王亚南先生。江清师对我关爱,至今仍未忘怀。我还听过陈寅恪师的"白居易研究"、"世说新语研究",听过闻一多师的"诗经"(均见另文),听过俞平伯师的"词曲史"、"词选"。平伯师原名铭衡,平伯可能是他的字。平伯师系出名门,为清末著名学者俞樾(曲园)之孙,父俞陛云,与我家为三代世交。祖居东直门内老君堂,院内有古槐树,故旧体词集名《古槐书屋词》,散文集名《古槐梦遇》。平伯师工旧体诗词,词学著述硕果累累,对周清真(宋周邦彦)词研究尤为精深。他讲"词选",用张惠言《词选》作为教材;他讲"词曲史",我至今仍珍存有当年课堂笔记,惜较为简略。中华人民共和国成立前后,曾多次到老君堂和中国社科院宿舍拜谒。1987年,我赴京参加毕业50周年纪念与清华校庆,亦请平伯师来校参加,并与大家合影留念。我当时未发现,到会场时才看到平伯师,因人多,未克趋前谒候。

不意1998年平伯师与冯友兰师先后辞世，那时我正在北京处，事后惊悉，已安葬，致未前往告别和执绋，懊悔不已，迄今犹引为憾！我还听过刘文典（叔雅）师的"庄子"课。刘师系同盟会会员，早年参加革命，"五四"时期在《新青年》等进步刊物上经常发表文章，曾任安徽大学校长，因不满国民党倒行逆施，曾当面打过蒋介石一记耳光，幸得于右任等合力营救，始免于难。刘师精研诸子百家之学，对《庄子》尤为擅长。他可能是全国发现《庄子·天下》篇佚文并辑补的较早或最早的一位。他讲课放言高论，时有妙语。他打蒋介石一耳光事即在其讲课时讲出的。我开始对校勘之学发生兴趣，和最初对顾亭林《蒋山佣残稿》引起关注，都是受到刘师在课堂上的启发。中华人民共和国成立初期，他应邀赴波兰讲学，我曾与他同船由京来成都，共处一舱，谈笑甚欢。

我听过赵万里（斐云）师的"版本目录学"课。赵师当时专任北京图书馆职，到清华系兼任教师。他精力充沛，口才极好。由于在北图工作的便利，他讲课时带些珍秘古籍进行实物教学。什么"蝴蝶装"呀，什么宋版本呀，他讲得头头是道，如数家珍，从而增强同学们的感性认识，收到较好的效果。抗战期间，我在京时，与他时相过从；我每到北图看书，必到该馆善本特藏书库访谒，向他请教有关版本的问题。我后来致力于版本校勘之学，斐云师是我的引路人。我还受托替他抄录过《永乐大典》中的《江州志》的佚文。20世纪80年代，我有次赴京，闻他患病，特到他寓所探望，当时他已昏迷不醒，和他见了最后一面，不久他即逝世。

此外，我还听过吴宓老师"文学与人生"课；张申府师"逻辑学"课；邓以蛰师书画课等等。邓师系清末名书法家邓九如之孙，家富收藏书画珍品，每来上课，总是带些名画加以指点，进行较为具体的直观教学，讲什么是"气韵生动"呀，什么是"泼墨山水"呀，等等。子邓稼先，中华人民共和国成立后为"两弹"元勋之一。

在语言文学方面，我听过杨树达师和刘盼遂师的"文字学"课；唐兰师的"金文"课；王力师（了一）的"语言学概论"课。王力，字"了一"即为"力"字的谐音，仍然保持语言学家的本色。王师原为清华国学研究院学员，后留学法国，返国后初任清华中文系讲师。他利用科学实验讲语言学原理，讲罗马拼音文字，开清华中文系讲学的新风气，后致力于古汉语研究，所著《汉语史》风行全国，另有译著及《诗的格律》等著述多种问世。他的成就是多方面的。他讲课守时，计划性很强，下课钟响，就恰好讲课告一段落，同学在课堂下戏称之为"标准钟"。"文化大革命"前后，我每次赴京必往拜谒。20世纪80年代，我赴厦门市开会，途经广州，在中山大学不期而遇王师和师母，欢然叙旧，感慨万千！

上述的各位老师，在中华人民共和国成立后俱先后辞世！但典型犹在，风范永存，感念师恩，终生不忘！略述见闻，以志缅怀。

"三部曲"
——《孟郊年谱》《孟东野诗集》《孟郊诗集校注》

我一生从事科学研究，用力最勤、时距最长、辛苦备尝的首推这"三部曲"。从20世纪30年代搞起，到90年代，断断续续地前后达60年。我在清华读大二时，即开始准备毕业论文，我自拟的题目是《孟郊年谱》。因它既横跨文史学科，前人又没有搞过，想自出机杼，自爆冷门，但主要是受到陈寅恪、闻一多两师潜移默化影响的结果。我所以对版本校勘、考据之学萌发兴趣，致力于包容古今、开拓创新的研究方向，和陈、闻诸师的综合影响是分不开的。我当年除上课外，早晚都泡在校图书馆里，大海捞针似的查阅有关资料。当时清华图书馆被传为清华"三宝"之一（余"二宝"为大礼堂和体育馆），它的可宝之处：一为图书馆铜大门，开关无响，两旁墙壁大理石镶嵌，雍容气派；一为大阅览室软木地板，踏步无声；一为玻璃钢书库，上下透明。图书馆分两大阅览室，分别陈列着中文和西文的参考书，应有尽有，均开架任学生馆内查阅翻读，十分便利。我除了在校图书馆搜罗有关资料外，还利用寒暑假期间进城到北京图书馆如饥似渴地借阅书籍。那时我住在地安门内，经常都是早出晚归，往返步行。由于我经常到北图阅览，与经常在对座阅览的周祖谟同志（他当时读北大，后为余嘉锡先生之婿，现已病逝）"无媒自通"地互相认识了，由此成为几十年的老朋友。20世纪80年代四川大学邀他来校讲学,相见后,提及往事,他记忆犹新,相视大笑。

此外,我还在故宫博物院图书馆专门借阅明胡震亨未刊抄本《唐音统签》所收《孟东野诗集》对勘;又经人介绍,到日本在京设立的东方文化研究所借阅资料。该所给我的印象是,它收藏有不少比较稀见的中国地方志,我摘抄了一些资料收入后编的《孟郊遗事》中。

1937年5月,《唐孟郊年谱》用浅近文言写成了,由闻一多、陈寅恪两师共同指导。原谱前附《引用书目》,书后原拟附《余论》三篇,一为《东野乡贯庐井考》;二为《东野交游考》;三为《东野诗集版本考》。以时间匆促,仅草成《东野乡贯庐井考》一稿,余二篇未写成。此谱随我转徙南北前后达60多年,至今仍保持完好,可称难得。

1940年在京有内部印行铅印本《唐孟郊年谱》,书前冠以自撰小序,书后未附《引用书目》。1941年又有油印本《孟东野诗文系年考证》,专就东野诗文系年略加考证,也系内部印行。

经学友陶光同志介绍,《孟郊年谱》于1944年在云南《昆明论坛》发表。因该刊不久停刊,未载完。

大约在1953至1954年左右,我在京对原作《唐孟郊年谱》进行了改写,增删了一些资料。1959年,人民文学出版社出版了我校订的《孟东野诗集》,即将新谱附列书后;并将1957年发表的《关于孟郊的生平及其创作》一文加以修订,作为《孟东野诗集·前言》;又将陆续编成、原谱未有的《孟郊遗事》增列书后,一并印入。当时的责任编辑为麦朝枢同志,惜已逝世多年。

1959年,《孟东野诗集》和《孟郊年谱》出版后,反响较大,得到了美国、日本以及中国大陆和港、台学术界的重视和引用。如美国汉学家斯蒂芬·欧文所撰《孟郊和韩愈的诗》一书中多处引用《孟东野诗集·前言》中的论点。日本野口一雄编《孟郊诗索引》上、下册(日本昭和五十九年东京大学东洋文化研究所印行)所据之本即为1959年出版、本人校订的《孟东野诗集》本,书内印有书影。1984年,台湾台北文津出版社出版的尤信雄《孟郊研究》,书后附有《孟郊年谱》。据尤信雄说明,主要即"参酌"本人所撰《孟郊年谱》编写而成。1984 年 4 月,《孟东野诗集》由人民文学出版社根据原纸型再版,责任编辑为李易同志。杭州大学韩泉欣教授所撰《孟郊集校注》于 1995 年 12 月由浙江古籍出版社出版。据韩泉欣说明,系参考本人 1984 年《孟东野诗集》校订本;后附之《孟郊年谱》亦大体参考了本人《孟郊年谱》编成。近人贾晋华还写有《华忱之〈孟郊年谱〉订补》一文,发表于 20 世纪 80 年代末期。五百余首孟郊诗,竟能赢得近、当代国内外学人如此热情研究,那么,孟郊的苦吟及其艺术魅力如何?还不可以令人深长思之吗?

承人民文学出版社李易同志约写《孟郊诗集校注》,乃与原湖北大学喻学才同志合撰。注释部分主要由喻分担,他注前八卷,我注后两卷。近人陈延杰虽有《孟东野诗注》,但颇简略,仅可供参考。校勘部分由我集中精力承担,并重新改订了《孟郊年谱》,又执笔写了长篇《前言》。我两次专程赴北京图书馆取宋蜀刻残本、宋书棚本、明初钞本(张文虎校并跋)、明弘治杨一清刊本(周锡瓒校并跋)《孟东野诗集》,旁及其他总集等,与作为底本的近人陶湘影印北宋刻本《孟东野文集》(《校注》误作"诗集")互勘,并一一作出《校记》。每日早出晚归,第一次历时月余,粗具规模;第二次赴京又进行了部分复查,并修订了书稿,始告毕事。但沧海遗珠,阙误在所难免。1995 年 12 月,该书由人民文学出版社出版。由于社方资金缺乏,此稿积压达 5 年之久,后申请国家古籍整理出版规划小组资助,才得以印行。惜由于社方校对不精,印错的字句不少,深引为憾!

"探赜索隐"
——关于我的顾亭林文研究

我从事顾亭林文研究,最初导源于 20 世纪 30 年代我在清华读书时的两位老师,一位是刘文典(叔雅)先生;一位是钱穆(宾四)先生。大约在 1932 年左右,我在听刘师讲"庄子"课时,他偶然提到日本图书馆有一本顾炎武《蒋山佣残稿》向未刊行,极为珍秘,当时即引起我的关注。又大约 1932 年前后,我听钱师讲"近三百年学术史"课。他精力充沛,讲课声音洪亮，兴会淋漓，对学生有很强的感染力。我就是在他的讲授中，对顾亭林十分敬佩，萌发了强烈的兴趣，初步找到了进行研究的途径。记得学期末考试，是用作业代替，当时我正在病中，作业的题目和内容就都是关于顾亭林的（题目现在忘了）。抗战期间，我从清华一位先生处借得日本大阪府立图书馆摄影本《蒋山佣残稿》，反复研读，爱不释手，后竟获得移赠。随身携带，一直伴我颠沛流离地由京入川，"文化大革命"期间惜被抄没。

1944年左右，在成都工余多暇，乃复取《蒋山佣残稿》与《四部丛刊》潘耒刊本《顾亭林文集》对勘，分别作了校录。校录前冠以小序，系用文言写成。当时钱穆师正在内迁的燕京大学或华西大学任教，住在华西坝。我曾亲往访谒，并以《蒋山佣残稿校录》求教。过了一些天，又去钱师寓所，他已看过我的手稿，认为序文写得不错，勉励有加，并以原稿向蒙文通先生介绍，发表于四川省图书馆发行的《四川图书季刊》1945年第6期，该馆并以抽印本回报。（蒙时任四川省图书馆馆长。）20世纪50年代蒙曾请顾颉刚先生将《校录》代为介绍给中华书局，编入该局1959年6月出版的《顾亭林诗文集》，并将本人校辑的《顾亭林佚文辑补》附印书后。

1978年，我参加在黄山下举行的鲁迅研究学术讨论会。会后经杭州赴上海，搜罗有关顾亭林的资料，先是承上海图书馆肖斌如、邵华两同志介绍，在上图善本特藏室观赏了《亭林书牍手迹》，《手迹》系曲阜颜修来家藏，多为顾亭林致颜氏札，确是顾亭林手书真迹无疑。我即取与《亭林佚文辑补》中的有关书札对勘，作了一些文字上的修订。两者文字虽基本相同，但仍以《手迹》为亭林书札原貌。《手迹》饱历沧桑，幸得展转保存完好至今，对考订亭林书札原貌及受书人姓名均属第一手资料，极为宝贵。其次是，通过介绍，在上海图书馆徐家汇（？）善本藏书库借阅了一些有关顾亭林文研究比较罕见的清人文集，如徐乾学《憺园全集》、李因笃《受祺堂文集·诗集》、《续刻受祺堂文集》（均为道光刊本）、王山史《砥斋集》、施愚山《学余文集》（康熙曹楝亭刻本）、钱澄之《田间文集》、张尔歧《蒿庵集》、周篆《草亭先生集》、凌淦《松陵文录》等。摘抄了一些史料，收入我后写的《读〈顾亭林文集〉札记》。就这样，我每日早出晚归，穷搜博览，历时一月，才匆匆告一段落,因亟待返川,不能久留沪上也。1983年5月,《顾亭林诗文集》再版印行,新增印了原《蒋山佣残稿》附录亭林佚著《熹庙谅阴记事》,成为"现存《顾亭林诗文集》较为完备的一种",国内学术界多有引用,责任编辑为程毅中同志,1984年9月获四川省首届哲学社会科学优秀成果二等奖。

也就是在这样的基础上,20世纪80年代末期,我进一步构想《顾亭林文集》向无注本行世,但亭林学识渊博,全注《亭林文集》恐难胜任,乃自不量力,拟选注一本以填补一定的空白。但选注既无前规可循,又乏资料参考,对我来说,是一次很艰巨的工程,经过点滴积累,爬梳整理,两易其稿,才勉力写成,以求教于当代博雅。该书1998年11月由四川人民出版社出版,责任编辑为杨宗平同志,被评为四川省1998年度优秀图书。

关于《蒋山佣残稿》,我发表过三篇文章。一篇是《校录》;另两篇一为简论,题为《关于〈蒋山佣残稿〉》,印入初版《顾亭林诗文集》中;一为长篇,题为《论顾炎武的〈蒋山佣残稿〉》,发表于《四川大学学报》1959年第5期,编注《顾亭林文选》时重加删订,印入《文选·附录》中。

另外,我还写过一篇《读〈顾亭林文集〉札记》,系旧作,发表于1980年6月《中华文史论丛》第2辑。后经订补了一些新资料,也一并收入《顾亭林文选·附录》中。

点滴积累
——研治中国现代文学一点体验

中华人民共和国成立之初,由于工作需要,我专任"中国现代文学史"和"中国现代文学名著选"等课的教学与科研。任务是十分艰巨而困难的,首先是既无前规可循,更乏参考资料;只能白手起家,艰难跋涉,逐步积累,摸索前进。开始从搜集资料和阅读作家作品这些基本功入手,一方面夜以继日地阅读所能找到的现代文学书籍和有关资料;另方面通过介绍,曾向冯雪峰同志借抄珍贵的原始资料;并在京访问钱杏村(阿英)同志,咨询和核实现代文学的史料问题;还多次参观访问北京鲁迅博物馆和鲁迅故居,以增强教学实感。当时恰巧四川省图书馆购得一大批解放前旧文艺书刊,杂乱地堆放在古籍藏书部的过堂大厅上,尚未整理。我通过介绍,自带饭盒,早出晚归,从川大到城内,大海捞针似的逐本翻阅,从中获得了不少有用的资料,写进我的现代文学讲稿中。就这样,手抄笔录,日积月累,在1954年左右,汇编成数十万字的《中国现代文学史参考资料》。当然,有了资料,还需用正确的理论、观点驾驭它,来提高我们分析问题的能力和水平,做到"论史结合"。否则,空有资料,也是无能为力的,还会导向误区。但正确的理论修养,也不能一蹴而就,也需要逐步积累,循序渐进。《大戴礼·劝学》所说"是故不积跬步,无以致千里",就是这个道理。实际上,我最早在厦门大学任教时,即注意搜集有关现代文学的参考资料;在华西大学任教时,恰逢开展"三反五反"运动,我作为运动期间的工作人员,一面既要参加运动,一面仍需照常授课;有时上课钟响,我还在赶写讲稿,狼狈之状可想。

从我走过的治学道路上看来,和同学挚友王瑶、刘绶松两位大致相同,都因工作需要,从研治中国古典文学转而研治现代文学;所不同的是,我没能坚持一贯地搞下去,而是同时还进行古典文学的研究,古代与现代齐头并进,精力分散,成了"杂家",是并不可取的。

1954年左右,中央教育部组织全国各高校任教人员进行"中国现代文学史大纲讨论会",这是中华人民共和国成立初期为中国现代文学史教学奠定基础、取得共识的大会;也是一次现代文学学科建设的大会。我代表四川大学也躬与其盛。大纲由北京大学吴组缃、王瑶几位拟出初稿,经大会热烈讨论,最后修改定稿。我就是在这次大会上,与李何林、陈瘦竹、川岛、高兰、单演义等同志相识的。1978年,我还在北大参加了教育部领导下编选的《中国现代文学史参考资料》审稿会议。《参考资料》由北京大学、北京师范大学、北京师范学院中文系现代文学教研室协作编选,编选新民主主义革命时期重要作家的代表作品。这样,中国现代文学的学科建设就初具规模了。

我对中国现代文学的研究,无所师承,不主一家,其中,对鲁迅、郭沫若、茅盾、曹禺几位的钻研用力较勤,特别对鲁迅的小说、杂文;曹禺的戏剧深所喜爱。我在1962年开授的"鲁迅杂文研究"和"曹禺剧作研究"选修课,在当时全国各高校中,都可能是比较早的。

二、师友忆往

绛帐春风忆旧年
——记陈寅恪师讲学二三事

陈寅恪师学贯中西,博综今古,中华人民共和国成立前与陈垣(援庵)先生并称中国史学界的"二陈",士林推重,誉为"国宝"。吴宓(雨僧)师也惊其博学,曾谓:"合中西新旧各种学问而统论之,吾必以寅恪为全中国最博学之人,寅恪虽系吾友而实吾师。"(《空轩诗话》)寅恪师自1925年就聘清华国学研究院教授起,直到1940年仍在昆明西南联大任教。抗战胜利后,由伦敦疗治眼疾归国,继续执教于复员后的清华大学。晚年在广州岭南大学、中山大学任教,虽失明断腿仍孜孜讲学著述不辍。"十年动乱"期间,惨遭迫害,受尽折磨,致使文史学界一代宗师赍志以殁!我以驽钝之材,忝列门墙,亲承教诲,因就记忆所及,略记有关寅恪师生前讲学二三事,聊寄哀思。

(一)

寅恪师系出名门,工诗。早年负笈日本、欧美各国,除深谙英、法、德、日诸国语言文字外,还精通梵文和巴利文;并通晓希腊文、波斯文、土耳其文、西夏文、蒙文、满文等。像他一生精通这么多种语言文字,在当时学人中是首屈一指的。正由于此,他才能在后来从事的佛经翻译文学和魏晋南北朝隋唐五代史的专门研究中,博采异域,取精用宏,通古今之变,融中西之长,以成一家之言。我1931年就读于北平清华大学中国文学系,旋因病休学,延至1937年"七·七"事变前毕业。当时寅恪师系清华中文、历史两系合聘教授,为高年级同学先后开授"隋唐史研究"、"《世说新语》研究"、"白居易研究"以及"元(稹)白(居易)刘(禹锡)研究"等选修课程。我在三、四年级选修了其中的"隋唐史研究"、"《世说新语》研究"和"白居易研究"三门选修课。当时听讲者除本科生、研究生外,吴宓、浦江清诸师也常来随堂听讲,这在清华各系中是比较罕见的现象。当时清华教授上课，大多手挟着皮包，独陈先生上课总是挟着一块旧包袱皮包着的书走进教室，以后多年来一直坚持着这种习惯。当他第一次来给我们上课前，被同学误认为是校外人来给图书馆送书的。至今思之，可发一噱。寅恪师讲课，有他自己的特点，他不是一般地讲授本门课程系统的基本知识，而是只讲他对某些问题钻研精到的创见。他不满足单纯地把结论塞给同学，而是要把所以得出这种结论的过程，通过他的繁征博引、精密的考证、层层的推论，有理有据地告诉给同学，不仅让同学知其然，还要让同学们知其所以然，从而活跃了同学们的思路，开阔了视野，增进了知识，使同学们从他的治学方法中大大培养了独立思考的工作能力。由于寅恪师上课时讲述较快，如数家珍，我虽然对选修的三门课程都当堂作了笔记，但都比较简略，遗漏很多。这几本笔记，五十年来我一直珍存着，遗憾的是，"隋唐史"及"世说新语"两本笔记在"十年动乱"中遗失，至可痛惜！现手中只珍存着寅恪师讲授"白居易研究"一本笔记和他在清华时给我的一封遗札了。吉光片羽，弥足为宝。

在我四年级时，中文系试行导师负责制，即在每位教授名下分配几名同学，由教授担任导师，经常指导。我当时被分配在寅恪师名下，曾不止一次与几位学友到寅恪师家中问难和请益。同时我的毕业论文《唐孟郊年谱》也便由寅恪师和闻一多师共同指导，从而更增多了我向陈、闻两师请益问难的机会，获益极多。

1945年，我在成都工作。当时寅恪师与吴宓师同执教于内迁成都的燕京大学。那时内迁成都的金陵大学、齐鲁大学、燕京大学都借用华西大学校址。先生当时也住在华西大学广益学舍内。同时在齐鲁大学执教的顾颉刚先生和钱穆师也都住在华西坝。我那时住在成都郊区金牛坝，距华西坝较远，因交通不便，不常进城，只先后去看望过顾颉刚先生一次；看望寅恪师和钱穆师两次。记得第一次和寅恪师晤面，欢然叙旧，不知日影之西斜，并以我校录的顾亭林《蒋山佣残稿》初稿请正。那时先生的眼疾已日益恶化，虽在成都存仁医院施手术后，仍未见大效，但精神尚健旺，谈笑风生，一如往昔。第二次看望先生时，先生就拙稿《〈蒋山佣残稿〉校录》的《序言》提出了修改意见,并告以英国皇家学会约赴伦敦疗治眼疾,并将在牛津大学讲学。不久,先生即离开成都赴英,不意我和先生这次晤面竟成永诀!

(二)

寅恪师精研唐史及唐代诗文,曾有《新旧唐书》批校本,并深通古代东方诸国及我国少数民族语言文字,特别是梵文。对校勘考证之学和西方比较语言学都有极高的造诣。例如,他讲"隋唐史",即侧重论述隋、唐两朝典章制度,讲"府兵制"及"租庸调"、"两税法"等,大都是考辨史事、探究源流。他的许多创见后来更加以发挥,收入所撰《隋唐制度渊源略论稿》(三联书店出版)中。而《世说新语》,由于寅恪师深谙梵文及佛典,并对《世说新语》有深邃的研究(据闻先生,曾有好几部批注的《世说新语》,后均被盗失去),因之,无论是钩稽史实,或诠释文句,都有许许多多的胜义新解,发前人之所未发,使我们闻所未闻,不能不叹服先生博闻强记和用思的细密。特别是他的校勘考证之学,既有清代朴学的严谨和精密,但又不为所拘囿,他的考证方法的独到之处,贵在融汇中西,包容新旧,把继承借鉴和革新创造很好地结合起来,另辟蹊径,独创新机,为我们开拓了许多新的视角和门路,有的以诗文、小说证史,有的以金石舆地证史,有的以国内外新出的文献资料和考古实物论证文史。如所著《〈三国志·曹冲华佗传〉与印度故事》、《〈逍遥游〉向郭义及支遁义探原》、《庾信〈哀江南赋〉与杜甫〈咏怀古迹〉诗》、《〈顺宗实录〉与〈续玄怪录〉》等文,都是我国近代较早运用比较分析方法研治古代文史的力作,他的筚路蓝缕之功是不可磨灭的!

寅恪师以他广博的知识和缜密的思维,对唐代大诗人白居易作了深邃的研究,取得了丰硕的成果。他在当年讲授"白居易研究"一课时,首先论述、考订了白乐天的世系和后裔等问题。关于白氏谱系,寅恪师参照历代出的多种版本,各种史籍、碑铭,详细考证论述了白居易的家谱世系,纠正了前人的错讹;并指出错讹原因乃年代的混淆和封建意识中的"避讳"流弊所致。

在白氏诗文的分类问题上,寅恪师精当地认为:由于白居易、元稹的诗脍炙人口,妇孺能诵,当时流传很广,时人竞相仿效,"元和体"盛行一时;

但人们所传诵仿效的均为元、白所作律诗、排律等近体诗,并且当时还有人讥讽元、白诗多为艳体诗,而无视他们大量创作的讽喻、乐府古体诗的存在;元、白自分其诗为若干类,用意就在于匡正时弊,表明自己诗歌创作的多样化。寅恪师还讲一步指出,元、白均有意于自创新体,白氏文集中的所谓"新体"是标明革故鼎新之意,这与韩柳推行的古文运动有异曲同工之处。

寅恪师还在白氏文集的版本校勘方面作了大量的研究。他不仅搞清楚了白氏文集的最初藏本和流传本的来龙去脉,还考订了日本、新罗等国的各种传抄版本,论证了诸多版本的存佚情况和分卷目录共计数十种。从卷帙浩繁的史籍披沙拣金,一一考订,这需要多么严谨的治学态度和多么深厚的功力啊!尤其是考证清楚的日本传写本和古抄卷子本,大多为近人校勘白氏《新乐府》所未涉及。

寅恪师对白居易的《新乐府》研究尤为精湛,有其独到的见解。他认为,《新乐府》中的诗每篇的排列都有一定的系统。《新乐府·序》云:"总而言之,为君、为臣、为民、为物、为事而作。"诗集每章大体依此排列,全部《新乐府》中的诗实际上自成许多小的 groups(集合、类别),而一诗一意,使人便于晓解。每首诗的写作亦如《序》中所说,"首句标其目","卒章显其志",即取首句作诗的题目,尾句表明诗的立意,极为显明清楚。寅恪师通过对每首诗的考证分析,指出《新乐府》中各诗实非一年一时之作,有的从下笔到完成,历经数载,从而论证了白居易写诗从构思到定稿,其间要广泛征求意见,使之妇孺能懂,并非妄说。

寅恪师通过具体细致的分析比较后指出,白氏《新乐府》中的诗,从篇名到立意多与吴兢的《贞观政要》有密切关系。诗作的次序大体如《贞观政要》的次序,诗中也多采用《政要》中的典故。至少说明,白氏《新乐府》的创作是受了《贞观政要》一书的影响,只不过今本《政要》业经元人颠倒,已非古本旧观,不可全部以为凭据了。这个观点极为精到,富有重要参考价值。

寅恪师对白居易的诗作进行了广泛、深入的分析探讨,提出了许多新颖精辟、发人深思的创见。这些胜义新解，大多写进了他后来的学术专著《元白诗笺证稿》一书，流传于世。

（原载《文史杂志》1987 年第 2 期）

再说几句

我家和寅恪师系三代世交，陈三立先生与先祖是老朋友；寅恪师之兄衡恪先生与先大伯在旧教育部同事；而我又是寅恪师学生，亲承教诲。我写过一篇《绛帐春风忆旧年——记陈寅恪师讲学二三事》，发表于 1987 年 3 月《文史杂志》第 2 期。文中提到手中珍存着寅恪师给我的一封遗札，引起了在成都工作的寅恪师长女陈流求同志的关注。函请借观这封遗札，后径以原件相赠，更经她将复印件转送广州中山大学陈寅恪纪念馆陈列。原信不长，移录备忘。

忱之吾兄足下：匆匆未尽所欲言，细思"小女子"当即东野之女。盖以元鲁山比其弟（鲁山乳侄，与其弟乳其侄女，亦同一关系也，原信旁注）故有不如自乳之言也。《杏殇》诗误联想及钱诗《桂殇》诗，神经昏乱，可笑可笑。匆此，

顺候撰祺

寅恪再拜
一月三日

此札所谈系解答孟郊《寄义兴小女子》诗中有关"小女未解行，病叔老更痴。……想兹为襁褓，如鸟拾柴枝。我咏元鲁山，胸臆流甘滋。终当学自乳，起坐常相随"诗句事。《杏殇》，孟郊诗。"钱诗"，谓钱起诗。"一月三日"，时当为 1937 年。

于此可见寅恪师教学态度严肃认真，一丝不苟的崇高风范足为我辈楷模。近年记述寅恪师生平的文章、专著甚多，继寅恪师两女公子陈流求、陈美延同志编印《陈寅恪诗集·附唐篔诗存》、吴定宇《学人魂陈寅恪传》之后，特别在 20 世纪 90 年代后期，集中披露了"文化大革命"期间寅恪师最后十年备受折磨的真相，成为一时聚焦，这就差堪告慰寅恪师于万一了。

补记：寅恪师致我函已收入陈流求、陈美延两同志新编印的寅恪师《书

信集》220页（三联书店出版）。惜原信末所署月日"一月三日"误植为"一月五日"。

缅怀恩师闻一多先生

闻一多师一生所走过的道路，正如朱自清师所论断，是经历了由诗人而学者而民主战士的曲折历程的。但他作为一位诗人的素质，是贯穿在他整个一生的。最后，他终于用自己的鲜血谱写了一篇伟大的、可歌可泣的、未完成的诗！

闻一多师是1932年暑假由青岛大学（即山东大学前身）回到母校清华大学，在中文系任教的。那时他已搁笔不写新诗，把兴趣和精力集中在《诗经》、《楚辞》、唐诗等中国古典诗歌的研究上，也就是他由诗人而学者的时期。1931年我就读于母校中国文学系后，旋因病休学。复学后，忙于补修其他课程，只选修过闻一多师讲授的《诗经》。他讲《诗经》，有他独创的一套做法。他的特点是，只讲《诗经》中的《国风》，不讲《雅》、《颂》；讲《国风》，也不是逐篇依次讲解，而只选取那些他独具创见的诗篇进行讲授。我记得他讲过《周南·关雎》、《召南·何彼秾矣》、《邶风·新台》等许多篇《风》诗。他讲这些诗时，勇于打破传统的旧说，提出自己辛苦钻研的新解，还原《诗经》的真面目，引人入胜，令人叹服（举例从略），受到了我们的敬佩与欢迎。一多师对我们的启发和教益，远远不只限于训诂、考证上的推陈出新，更重要的是他传授给我们做学问的实事求是的科学态度和方法，以及刻苦钻研、一丝不苟的治学精神。他不仅言教，而且为我们做出榜样。

闻一多师研究《诗经》、《楚辞》，都是独辟蹊径。他繁征博采，上自甲骨金文，下至近人的有关论述，都细心地一一加以分析鉴定，通过自己的周密思考，批判吸取，推陈出新。兼以他精研古文字、声韵、训诂之学，而且博极群书，因之，在这样广博雄厚的基础上钻研深透而提出来的胜义新解，自然使人感到见解新颖而非武断，考证缜密而又不拘泥于古。他往往为了一个字或一句话的诠释考证，翻遍了有关的书籍，甚至废寝忘食，行思坐想，非获得了比较满意的解决，不能安心。如果发现别人有比他更好的说法，立即择善而从，绝不固执己见。当然，由于那时主客观条件的限制，一多师还不可能运用马克思主义观点方法研究中国古典诗歌，但他却以丰富的史料、严谨的考证、锐利的眼光、深刻的探索，批判过去，远瞩明天，从汉魏乐府、唐诗、《楚辞》、《诗经》一直追溯到古代神话和古代民俗，都作出了比较精湛的研究和卓越的贡献。他研究旧的，是为了创新；他接受传统，目的是为了打破传统；他钻得深，跳得出，为中国古典诗歌的研究披荆斩棘，奠定基石，开创了一条新路。他的筚路蓝缕之功是不可磨灭的！1948年开明书店初版的《闻一多全集》中收辑的许多有关《诗经》、《楚辞》、唐诗等专门论著，不少都是先生当时在清华大学写的讲稿和科研成果，经过修订补充整理后写定的。有些篇如《岑嘉州系年考证》、《诗·新台·鸿字说》、《离骚解诂》、《诗经新义——二南》等，最初都在当时《清华学报》上发表过。

我和一多师接触较多的时期，是在他指导我作毕业论文《唐孟郊年谱》的那一、二年。在那段时间里，我几乎每隔一两个星期，有时只隔几天，便要到先生家里去问难和请益。他也很高兴和我谈这谈那，殷勤指导。每次去时，我都看到先生的室内案头，堆放着《诗经》、《楚辞》、唐诗等许许多多的抄本手稿。所用稿纸是特制加大的长方形蓝格大本子，每一本上都密密麻麻地写满了字，而且字迹十分工整。这些都是先生日以继夜，一笔不苟地亲手抄写的，显示出他严肃认真的治学态度和惊人的毅力。有些本子上还粘有许多小纸条，这是他新搜辑来的或新补充的材料附加在手稿上的。这些抄本手稿，他上课时就抱到课堂内，侃侃而谈。我每次去时，他都拿出来让我翻阅，我也就爱不忍释地翻来翻去。有时他干脆就把唐诗抄本让我带回宿舍去看，毫无吝色。有时他也让我替他注意搜辑一些他所需要的有关唐诗的考证资料；有时他还提出一些有关唐诗的问题和我讨论，倾听我的意见，充分体现前辈学者虚怀若谷的精神。他对待学生，从来都是这样诚恳热情，平等相待，关怀学生在学业上的成长，进行无私的帮助，使我们有如坐春风、如沐化雨的感觉。

在1937年6月我将毕业离校的那些日子里，日本军国主义者在国民党当局不抵抗主义的纵容下，正步步进逼，华北形势极度紧张。我特别去看望了一多师，他和我谈了许多话，表现了一位爱国学者对国事的极度愤慨。不意，我和他这次晤面竟成永诀！

1943年春，我由沦陷区北平偕友人潜往后方，历尽艰辛，展转到了洛阳。当时我的景况十分困窘，急于寻找工作，维持生活。当即写信向远在昆明西南联大任教的一多师求援，很快就得到了先生的复信，告之他已和朱自清师说定，约我到西南联大中文系任教，但须自筹赴昆明的旅费，并说，这个位置一直替我保留到当年暑假，届时如不能来，再另聘他人。当我最困难的时刻，是一多师向我伸出了热情支援的手！虽然由于我无力筹措赴昆明的旅费，未能成行，但一多师对我的深情厚爱，使我感铭心腑，毕生难忘！抗战后期乃至抗战胜利后，我和一多师仍然不时有书信往还。他给我写的几封信，我一直珍藏着，不幸在"十年动乱"中全部遗失。现我手中珍存着的一多师唯一的手迹，仅有他写在我毕业论文上的几句评语了。

1946年7月16日，我在成都惊悉一多师在昆明遇难的噩耗，恍如一声霹雳！我抑制不住满腔怒火，无比悲痛地感到我从此失去了一位平生敬爱的导师！中国也失去了一位为民主运动慷慨献身的卓越战士！在成都的清华校友为了悼念一多先生，举行了一次集会，愤怒申讨反动派杀害烈士的罪行。朱自清师、吴宓师也都到会致词。会后，我们寄去了募集的一批款项，借以表达我们对一多师的深切悼念，对闻师母及其子女最诚挚的慰问！

8月18日上午，成都市各界在蓉光电影院举行了李公朴、闻一多两先生的追悼大会，参加者达两千多人。事先传闻将会有特务扰乱会场，但当时由昆明来成都的朱自清师毅然参加，并在会上报告了一多师的生平，沉痛控诉了反动派蓄意杀害烈士的罪行。许多听众感动落泪。陈翔鹤同志也相继发言，在群众中产生了强烈的反响。最后由张澜同志代表中国民主同盟致词答谢。在大会临近结束和散会后，即有特务进行捣乱，他们在会场门口用装满毒液的红色玻璃瓶击伤了张澜同志，并在门外狂呼"打倒中国共产党"的反动口号，呼毕即仓皇逃去。

光阴如逝水，今年7月15日已是一多师遇难四十周年了。最近我乘赴昆明开会之机，曾与同门学友王瑶、吴宏聪同往一多师衣冠墓，我伫立墓前，心潮起伏，久久不忍离去。缅怀往事，感慨万千！因略记一多师生前的治学讲课以及对我无微不至的关怀和教诲，心香一瓣，聊寄哀思！

(原载《清华校友通讯》1986年10月第14期，题目系新改的)

一点补充

一多师1925年留美期间，激于爱国义愤，怒斥列强侵占我国通商港口，借用《诗经·邶风·凯风》诗意，写下了组诗《七子之歌》。1999年12月20日，澳门回归祖国，洗雪了百年国耻，举国欢庆，即以《七子之歌》中咏澳门一章作为主题曲。"澳门，母亲！我要回来，母亲"唱遍了全国，响彻云霄！1999年又恰逢一多师百年诞辰，北京、湖北各地座谈纪念，一多师被重新提起。缅怀先烈，人民是永远不会忘记的！

痛悼王瑶学长

一片丹诚映日红

我和昭琛兄是56年前清华大学中文系同学，同窗共砚三载，为尔汝交。他在1934年考大学时，同时为清华大学和北京大学录取。弱冠之年即显露了非凡的才华。1934年到1937年，华北形势日趋险恶，国民党当局不抵抗主义面目彻底暴露。昭琛兄蒿目时艰，怀着爱国主义激情，毅然参加了清华园里进步组织"左联"小组，成为骨干，并于1936年担任了《清华周刊》第45卷主编。这一舆论阵地，为团结广大爱国同学，宣传进步思想，起了振聋发聩的作用。他在主编期间，呕心沥血，辛勤劳作，作出了积极贡献。

在1935年轰轰烈烈的"一·二九"运动中，昭琛兄不仅亲身参加，而且在反动军警棍击下受了轻伤。1936年3月，他又积极参加了追悼郭清大会及会后的抬棺游行，对当局提出了愤怒的抗议，因此，再次锒铛被捕，(1935年3月昭琛兄因参加地下党组织的"现代座谈会"而第一次被捕)投入陆军监狱。正是这样一位对党的工作和事业鞠躬尽瘁的好同志，在"十年浩劫"中竟以"莫须有"的"罪名"横遭迫害，饱受摧残！但他仍然挺立不屈，坚信真理。

粉碎"四人帮"后，他更加豪情满怀，壮志不已，忠诚党的文化教育事业，在中国现代文学领域里辛勤笔耕，乐育英才，为中国现代文学研究会的成立和发展精心擘画，领导有方，并以古稀之年，不辞劳瘁，远赴香港、日本讲学，进行文化交流。最后，仍然为了推动中国现代文学的繁荣发展，他在上海参加学术会议期间，献出了生命的最后一息！

通古今之变，成一家之言

我们知道，30年代清华中文系所开的课程，无论必修选修，大多为中国古典文学方面的课程。昭琛兄在读大学，读研究生，以至于后来工作期间，先后听过闻一多师讲授的《诗经》、《楚辞》等7门课程，并从1934年到1946年，在一多师指导下，从事学术研究达12年之久，特别是在朱自清师门下做研究生时期，专攻汉魏六朝文学，搜罗丰富，造诣甚深。可以说，他在中华人民共和国成立前后完成和出版的《陶渊明集》（编注）、《中古文学史论集》、《中国诗歌发展讲话》诸书，融汇古今，穷本探源，既凝聚着他多年来的心血，也都是在闻、朱两师熏陶影响下，奠定了坚实的基础，结出的丰硕果实。他从文学的角度，从中古到现代，对中国诗歌的成就和发展作出了美学评论和独特的发现。

昭琛兄也像许多前辈学者那样，是从精研中国古典文学转而走上中国现代文学研究道路的。中华人民共和国成立初期，他为了适应清华大学讲授中国新文学史一课的需要，写成并出版了中国有史以来第一部《中国新文学史稿》（上、下两册），这是一项值得大书特书的划时代的创举！"五四"以来，虽然也有胡适、阿英、王哲甫诸人编写过有关中国新文学运动史方面的著述，但多属片断的资料性论述，还未能窥见全豹。真正称得上高屋建瓴、视野开阔、取材宏富、全面系统的中国第一部新文学史，就不能不首推昭琛兄这一部书。他私人藏书不多，当时各公私立图书馆收藏的有关中国现代文学的书籍和资料也为数甚少。除了多方奔走，向各图书馆借阅外，他还不时向朋友们借阅。我记得中华人民共和国成立初期我在四川大学任教时，他为了掌握欧阳山同志的创作历程，曾远道向我函借欧阳山的短篇集《战果》，恰巧我刚购得两部，立即寄赠他一册备用。昭琛兄博闻强记，过目不忘。在当时参考资料严重缺乏，又无常规可循的情况下，他竟然写成了煌煌数十万言的巨著，对中国现代文学作出了开拓性的贡献。这不是一般的所谓"奇迹"，而是他胸怀祖国，为了新文化的建设，为了人民大众的迫切需要，一种社会责任感和历史使命感支持着、鼓舞着他，才能在极短的时间内辛苦备尝地完成这一惊人的伟绩。在"大跃进"那些年代里，他这部书竟遭到了批判和非议。我当时私心为他愤愤不平。我认为应该把这部书放在一定历史范围内，实事求是地对它作出公正的评价。不论书中还存在着什么样的不足，都是完全可以理解的。万事草创难，这部书是中国现代文学奠基之作，作者的筚路蓝缕之功是不可磨灭的！

昭琛兄的鲁迅研究，独树一帜，工力深厚，蜚声海内外，是他在中国现代文学研究领域内又一新的宏伟建树。他在中华人民共和国成立后结集出版的《鲁迅与中国文学》和《鲁迅作品论集》两书，都展示了独特的学术个性和治学风格。《鲁迅与中国文学》一书所收，为作者在中华人民共和国成立前及建国初期所写的文章；《鲁迅作品论集》所收，则为作者1956年至1983年所写的研究鲁迅的文章，其中较多的是纪念鲁迅历届诞辰所作的论文和讲话。如果把这两本书联结起来考察，可以约略窥见作者从中华人民共和国成立前至20世纪80年代"焚膏继晷，兀兀穷年"地研究鲁迅的治学轨迹和心血结晶。其中，如《论鲁迅作品与中国古典文学的联系》、《论鲁迅作品与外国文学的关系》以及许多评论鲁迅作品的文章，都是说理绵密、剖析精到、考辩出具体作品的独创性与特殊性的大手笔，真正做到了史与论、宏观与微观、纵向与横向、整体与个别的有机统一，使整体感与历史感获得了坚实的深度与广度。

昭琛兄在鲁迅研究方面另具一个鲜明特点是，他研究鲁迅，并不是单纯停留在研究鲁迅本身，而是独创新机，扩展研究领域和学术视野，将鲁迅的一些遗训不仅作为他研究、评论现代文学，而且也作为他研究、评论古典文学的主要依据和鲜明参照。如他的《鲁迅与中国文学》、《陶渊明集》（编注）以及其他一些学术论文和讲演，都是有力的证明。他把鲁迅的创作理论、审美体现、治学方法统统融入自己的批评意识和审美意识中，并转化为自己的血肉，形成个人独具的治学风格。他一生服膺鲁迅，宣传鲁迅，也是最善于向鲁迅学习的一位。通过研究鲁迅，就把他对中国古典文学的研究，纵横交错地联系起来，融为一体。而他的鲁迅研究，则是沟通古典文学和现代文学之间的宏伟桥梁。他一生的治学道路、文化素养、学术风格和研究方法都值得我们倍加珍视和学习，从中可以获得许多有益的启示和鞭策。

昭琛兄不幸逝世了！这是我国学术界无法弥补的损失！他一生著述等身，嘉惠士林，典型犹在，风范长存。学术界像他这样博通古今、学贯中西的人已属不多。因而，他的逝世，专就我个人而论，悼念之情，又岂止痛失知交而已！因就所知，略记他生平出处大节及治学风范，心香一瓣，聊寄哀思！

（原载《王瑶先生纪念集》，天津人民出版社1990年版）

怀念曹禺
——记我与曹禺及其剧作二三事

曹禺同志是蜚声世界剧坛的中国杰出的现实主义戏剧家。20世纪30年代，曹禺与我同在清华大学学习，虽然在校并不相识，但他是清华的知名人士，我也略有所闻。

一、文学上的因缘

我开始喜爱曹禺的作品，并从事认真的研究，是50年代我在四川高校任教中国现代文学史的时期。我一遍又一遍地通读了他的每一部剧作，咀嚼着剧作中的每一句台词，体味着剧中人物的酸甜苦辣，深深为他剧中抒情的诗意、语言的动作性和节奏感、刻画人物心灵的复杂性等等高超的艺术本领和美学风格特色所陶醉，如饮醇醪。甚至为他的《北京人》和《家》中深切动人的描绘而感动下泪。于是，我就进一步萌发了给同学们开授一门"曹禺剧作研究"选修课的念头。但做起来，又谈何容易？首先是参考资料奇缺。我一面千方百计地搜集、查询一些原始资料，访问了曹禺当年在重庆、江安的一些故旧；一面又在仔细领悟原剧精神的基础上，广泛阅读了古希腊悲剧，莎士比亚和易卜生的《娜拉》、《群鬼》，契诃夫的《三姊妹》、《樱桃园》等一些剧作和有关戏剧理论的书籍，作为参照系。读奥尼尔的剧作，则是稍晚的事。并在报刊上发表一些评论曹禺剧作的文章，作为练笔。就这样，

"曹禺剧作研究"选修课,终于在1962年秋正式"开锣"了。这在当时可能是全国高等院校中开设这门课程比较早的一次。由于我在讲课中称赞了《原野》的艺术成就,后来竟遭到了批判,认为是重艺术、轻政治的资产阶级思想的反映。

为了核对一些事实,大约在1963年,借赴北京开会之便,我曾登门拜访了曹禺,那时他正任北京人民艺术剧院院长。会晤后,他还赠送了北京人艺正在上演的《胆剑篇》的剧票,使我欣赏了一次精彩的演出。80年代,也出于与前次同样的目的,借赴京开会之便,我还访问了郑秀同志。她和我也同是清华大学校友。她人极坦率,有什么,说什么,那时身体好像不太好,已于前几年病逝。

1981年和1982年,我再作冯妇,又连续开出了"曹禺剧作研究"选修课,对曹禺剧作再一次进行了某些新的探索。1986年,我写成了一本小册子《曹禺剧作艺术探索》(1988年7月由四川文艺出版社出版),出版后,首先寄给曹禺,请他指教。那时曹禺正因病长期住在北京医院,他收到书后,于1988年12月竟在病中写来回信。信中说:"书已收到,你用的精力十分惊人","实在想到,我们少时大致相同,可能因此,才获得学长这样深的兴味"。信是用毛笔写成,字体秀润挺拔,完全不像出自老年病人之手。接着,于1989年元旦,他又寄来短信,并附手书陆游诗句条幅相赠。他后来向人表示,他在病中住院期间,没给任何朋友写过信,只给华忱之写过信,缱绻之情溢于言表。我听人转告后,十分感动。他送我的条幅,已装裱,悬于壁间,朝夕相对。1990年10月,我因书稿事赴京,曾往北京医院探望曹禺,他当时整日躺在床上输液,不能起床。恰巧不久即将在京举行庆祝曹禺从事戏剧活动65周年大会,我届时前往首都剧场参加了大会的开幕式。曹禺因病不能出席,由他夫人李玉茹同志代为致辞。1991年8月,在天津南开大学举行了曹禺研究国际学术研讨会,我因健康情况不能应邀参加,只寄去题为《曹禺剧作与民族文化的几点浅见》的书面发言,参加讨论(拙文已收入田本相、刘家鸣编《中外学者论曹禺》一书中,该书1992年10月由天津南开大学出版社出版)。

二、最后的倾谈

1994年4月,我自深圳赴北京小住。五月的一天上午,我又去北京医院探望曹禺。因记错了北医地址,寻找了半天才找到,天又落下细雨。我一进病房,床上不见人,曹禺竟然起床坐在椅子上看电视,我惊喜极了。待我说明来时情况后,他连称"罪过,罪过",向我表示了歉意。他那天精神极好,我们相对而坐,由李玉茹同志居中担任"传达",因我们都患耳聋。我向他戏言:"我们这是双龙(聋)会。"他听后会心地笑了。我们欢然叙旧,都不禁有沧桑之感。他问我:"你在清华,都听过哪几位先生的课?"我说:"听过陈寅恪、闻一多、俞平伯、钱穆好多位先生的课。"他说:"你真幸运!不像我只听过许多位外籍教授的课。以后,我该称你为'学长'了。"我连声说:"我绝不能和你相比。"从他的言谈中,可以看出,他对祖国博大深厚的文化的重视和偏爱。他又问我:"现在,清华同方部还有么?"我说:"还有。""古月堂还有么?"我说:"还有,不过已改作招待所了。"他颇为激动地说:"真是不堪回首!"清华同方部,正是当年曹禺演出英国高尔斯华绥《最前的和最后的》(又名《罪》)的场所。古月堂,当年作为清华女生宿舍,风晨月夕,更是曹禺在外边守候郑秀的旧游之地。回忆往事,怎能不令曹禺感慨万千呢?我怕谈话久了,他太劳累,便向他珍重告辞。不意他竟站起来要送我出门。我一再劝阻,他执意要送,由夫人李玉茹陪同,一直送我到楼层转角处电梯旁作别。不料这次晤面竟成永诀!后来听说他已出院,健康逐渐好转,有时还能坐轮椅参加一些会议。我正祝愿他早日康复,绝想不到,他竟在1996年12月13日走完了一生辉煌的旅程,永远离开我们了!近些日子,每当我展读他寄给我的两封遗札或面对着他写的条幅时,他的音容笑貌,如在目前,引起我深深的思念。故人多去,旧梦依稀,这是令人十分惆怅的!

怀念吴丰培先生

吴丰培,字玉年,1909年生。著名边疆史地研究专家、藏学专家、图书馆学专家。我家和他家有世谊,他的父亲吴燕绍教授与先祖父在清末学部共事，而我与玉老自 1939 年相识起，一直到他 1996 年 3 月逝世止，相交长达 57 年，可说是推心置腹、无话不谈的挚友。回想过去，在抗战时期，我们两人曾在北京一文史研究所共同担负江西著名藏书家李盛铎先生木犀轩藏书的整理和编目工作。木犀轩藏书数量繁富，内容包括明覆宋本、明刊本、抄本、日本朝鲜等国古写本和铜活字本，以及名藏书家序跋题识之类的珍本秘籍，价逾拱璧。木犀轩藏书原有油印本目录，但比较粗疏，有的有目无书；有的有书无目；书目中著录的一些"宋刊本"古籍，实际上，大都是明刻覆宋刊本，并非宋刻。这样，首先必须初步经过一番整理、考订、核实、审定的工作，才能著录于我们编制的目录卡片上。我们两人每日共处一室，朝夕相对，遇有疑问，互相研究讨论，取得共识。中间我曾两度离开，俱由他独立担任，终于完成了编目工作。现木犀轩藏书和我们编制的目录卡片，一并藏北京大学图书馆。在编目过程中，玉老从中抄撮了不少有关边疆史地的珍贵资料；我也从中抄撮出《书林余话之余》和《佣书杂录》两本小册子，一直保存了 20 年，惜俱在"文革"中遗失！是他，替我出谋划策，使我筹集到由沦陷区奔赴后方的旅费，才于 1943 年经玉老牵线，偕同赵贞信（字肖甫，以搞《封氏闻见记》一书出名。中华人民共和国成立后已病逝）同志和我爱人一起秘密离京。没有玉老的帮助，我是不可能筹集到离京旅费的，也就不可能离京了。"君子爱人以德"，助人为乐，于此见之。

还是他，在"十年浩劫"中，身处逆境，但当成都方面派外调人员赴京，向他调查我的材料时，玉老举所知据实相告，但与外调人员罗织罪名的"先验论"相悖，竟遭致拍桌子怒斥玉老对我"包庇"，替我"开脱"！在这种种威逼下，玉老坦然相对，丝毫不为所动，终于使他们怏怏失望而去。在我患难时，维护了我，这是多么珍贵的友情和崇高的风义啊！

中华人民共和国成立后，我们虽然天各一方，远隔千里，但我在 1949 年由四川返京后，又于 1953 至 1954 年之交赴京进行科学研究一年，常相过从，相聚甚欢。以后我每次赴京开会或小住，都不止一次到他家看望他，盘桓半日，欢然叙旧，都不免有沧桑之感。1994 年，我自深圳赴京小住，晤面后，得他电话告知，已因病住在积水潭医院，赶往医院探视，知他患肠癌，病情严重。和他依依握别，都十分难过，似有不祥预感。果然，此次晤面，竟成永诀！我回蓉之后，接玉老函告，所患肠癌已动手术，回家休养，但体力大不如前。终于1996年3月与我另一老友刘厚滋（佩韦）兄同年先后辞世，痛哉！

玉老一生精研西北边疆史地，特别是对西藏、新疆史地的研究，饮誉海内外。他治学严谨，一丝不苟，锲而不舍，著述等身。根据他送我的自编《固圉斋主学记》及《吴丰培学术论著简述和整理古籍简述》初步统计：出版的史料50余种，整理古籍40余种，论文80余篇，为近百部书籍写的序跋和书评总共约近3000万字。这是一笔由个人独力完成的多么惊人的数字啊！他的编著，质量之精湛、数量之繁富、版本之珍秘、校勘之精审、装潢之典雅，在他从事的学术领域中，无论国内外，都称得起是首屈一指、独领风骚的！特别是他对西北史地和西藏、新疆的研究，不仅有丰富的历史意义，更有积极的现实意义，应当引起有关方面的重视。

玉老一生献身民族教育和民族图书事业，孜孜不倦于民族史地研究资料的收集、抄纂、整理和出版，为中央民族学院（现为中央民族大学）选购了一大批富有实用价值的珍本古籍，并为北京民族文化宫图书馆的筹建多方奔走，煞费苦心，征购各类图书20余万册。这些都充分体现了一位勤勤恳恳的爱国学者爱国家、爱民族的炽热情怀，意义重大，影响深远，非仅止于搜罗民族史料而已。他以耄耋之年仍赴中央民院图书馆上下班，无论寒冬溽暑，来往挤公交电车。他从事民族教育的敬业精神和忘我的工作作风，非常值得敬佩，足为世人楷模。他辛勤耕耘的一生和所取得的杰出成就，历史将记载下辉煌的一页，人们是不会忘记他的！《诗经》："高山仰止，景行行止。"虽不能至，心向往之。就让我引此作为对他的缅怀吧。

忆念孙席珍先生

孙席珍（1906—1984），浙江绍兴市人，中共党员，著名诗人、作家、学者。20世纪20年代参加北伐和南昌"八一"起义，是早期从事革命运动的先驱者之一。曾留学东瀛。1930年秋冬之交，与潘漠华、台静农、李霁野、杨刚等发起组织"北方左翼作家联盟"，被推为常委兼书记，对全国革命文化运动的扩展起了积极的推进作用。"北方左联"解散后,又和曹靖华、李何林几位筹组"北方作家协会",任常委兼书记。

中华人民共和国成立后,他专门从事教学和学术研究工作,历任南京大学、浙江大学、杭州大学等校中文系教授。

1978年10月在黄山下举行了鲁迅研究学术讨论会,这是一次全国性的盛会。黄源、许钦文、孙老、戈宝权、王瑶、邢贲思诸先生以及从事现代文学和鲁迅研究工作的全国各省市代表都有参加,济济一堂。我就是在这次会议上与孙老相识的。他给我的第一印象完全是一位平易近人的恂恂儒者。恰巧我们的住处被分配在同一房间,朝夕相对,谈笑甚欢。就是孙老在这次会议上建议成立鲁迅研究会,后任顾问。1979年6月,孙老又赴四川乐山参加首届郭沫若研究学术讨论会,我也有幸追随。这又是一次全国性的会议,陈瘦竹、戈宝权、段可情诸先生均来参加。又是孙老在这次大会上建议成立郭沫若研究学会,后任顾问。可以说,孙老正是筹组全国性的鲁迅、郭沫若研究学会的创始者和奠基人,功不可没。1980年,孙老和我一起参加了在厦门市举行的郭沫若全集注释讨论会,由夫人吕蘋同志陪同前来,因患心脏病,先期返杭。1982年,孙老又参加了在海南岛举行的中国现代文学研究会第二次年会,陈瘦竹、李何林、王瑶、蒋锡金、单演义诸先生均来参加。会后,孙老两次给我来信称:他准备应邀参加1982年在成都举办的第二次郭沫若研究学术讨论会。届时由他夫人吕蘋同志伴同前来,由我负责接待,为他安排一切。1983年3月,孙老又参加在北京举行的茅盾研究学术讨论会,这当然更是一次全国性的盛会,周扬、孔罗荪、黄源、林焕平、臧克家、田仲济、沙汀、吴组缃、戈宝权、王瑶、蒋锡金等均来出席,我也躬与其盛,会后合影留念。孙老后任茅盾研究学会顾问。我与孙老相识到他逝世,虽只不过数年,但基本上每年在一些全国性会议上都能与孙老亲切会面,建立起更深厚的友谊。孙老在这些会议上的发言,娓娓而谈,引人入胜,给我以很大的启发和教益,令人难忘。据初步统计,从"文革"结束到他逝世,每年出席全国性会议约二、三次。他以年逾古稀的高龄,不辞辛苦,不顾病痛,带病参加如此频繁的会议,非有推进学术活动、弘扬文化思潮的艰苦不拔的毅力和苦心，是绝对不可思议的。孙老早岁戎马倥偬，中晚年潜心文史，允文允武，兼而有之。他学识渊博，贯通中外古今，特别精研外国文学和中国现代文学，出版创作和论著多种，对鲁迅著作和郭沫若诗歌的研究情有独钟，造诣深厚。我读孙老的作品不多，深爱他写的几篇评析鲁迅作品的文章。他写的文章凝练精湛，辞旨隽美，富于诗意，有时在语体文中插入一两句文言，更显飘逸之美，摇曳生姿，别有韵味。他逝世后，我挽以一联，聊寄哀思。辞为："笃志马列，躬行革命，永照丹心映红日；等身著述，嘉惠后学，长留清范在人间。"1991年，由吕蘋同志选编，自费印行了《孙席珍创作选集》，内分诗歌、散文、小说三部分，比较全面地反映了孙老创作的精品。

孙老给我的两函，附录其一，借以略窥孙老积极参加学术活动的热情和深意。遗憾的是，还另有一函，遍寻不见，当已遗失了。

忱之先生：海南聚晤，为时匆促，未及畅聆謦欬；转瞬浃月，文旌谅早安旋，比维公私顺适，益增钦企。向者接贵校中文系与郭沫若研究室函称，拟于九月间在成都举办第二届郭沫若研究学术讨论会，承邀参加，深感荣幸，当于七月一日电复。近年来对于郭老的学术研究，成果迭出，屡有突破，尤以贵校及贵省学术界出版界首著先鞭，足资范式。然各界亦有种种评论，或因钻研不够深透，未中肯綮，亦有存心歪曲者；弟忝为中国社会科学院郭沫若著作编辑出版委员会顾问，有责任予以澄清，加以辩证。用特冒渎函询，第二次学术讨论会开会日期已否确定？倘荷邀约，弟将乐于躬与其盛。正式通知请径寄敝寓（杭州道古桥杭大宿舍11-3号），同时希函达校党委知照。专此奉渎，盼速惠复。论文题或发言稿另行奉报，敬颂暑安。

弟孙席珍
82·7·28

士林楷模
——忆缪钺先生

缪钺（1904—1995），字彦威，原籍江苏溧阳，杰出的文史学家、教育学家。中华人民共和国成立初期，我和他在华西大学共事，相交迄今 40 多年，谊兼师友。他的妹丈杨联升学长 1937 年与我在清华大学同届毕业。1951 年"三反五反"运动后，华西大学各学院成立了思想改造委员会，文学院分会由郭生同志任主任委员、缪老任副主任委员、我忝为委员组成，共同进行工作。1952 年高等院校调整，缪老原任四川大学历史系教授，我被调至四川大学中文系任教，又与缪老共事，常相过从。

缪老家学渊源，博闻强记，在治学道路和方法上深受清代朴学特别是王国维、陈寅恪两先生的启发和影响。他精研三国、魏晋南北朝、隋唐及宋代文史，覆盖面之广，包容面之多，十分惊人；出版论著多种，著述等身，脍炙人口。我感到缪老在学术上与陈寅恪师颇有某些相类似之处。他们都是研究范围横跨文史领域；都是专精唐代文史；都工于诗文；都擅精密的考证；都是运用文史互证等方法发掘问题；都是在继承借鉴基础上自出机杼，开拓新领域，展示独到的创获。缪老自称："景仰顾炎武的经世致用之学"，"我读王国维、陈寅恪两先生之著作尤为敬佩"；"在我的著作中常会看到王陈两家的影响"。他深爱汪中的文章，自称为文受其影响。我有幸在这几方面及有关专精与博通关系的论述，都与缪老有同感。我曾受业于陈寅恪先生，亲承教诲，陈寅恪是我最敬仰的一位导师；我对顾炎武的学问文章也素所钦慕，对他的文集探索有年；同时，我也深喜汪中（容甫）的文章，辞采斐然，早年读过他的《哀盐船文》等篇，迄今数十年仍存印象。

缪老虽然以高龄专研古代文史，但思想绝不保守。他不泥古，不排洋，不薄今，而是高瞻远瞩，博采旁收，取精用宏；与有的古典文史研究家眼光狭隘，独尊古代，排外薄今者迥然不同。他曾试图运用马克思主义观点方法分析古代文史问题，譬如他早在中华人民共和国成立前（1943）即写出了《王国维与叔本华》那样运用中外比较方法的文章。80 年代又与加拿大籍华裔学者叶嘉莹教授综合运用中外文学理论合撰《灵溪词说》，融论词、绝句、词话、词评、词论、词说于一炉，体大思精。这在历代词学领域中是创举，是别开生面，是绝无仅有、美不胜收，是极其难能可贵的，对中外文化交流贡献巨大，影响深远。他自己总结治学经验与方法时提出三个结合——"论史结合、文史结合、古今结合"（当然，还可增加"中西结合"），也是这方面的范例。

缪老无论讲学还是为文，都凝练、简洁、言简意赅，深中肯綮，绝无浮词赘语；即使是片言只语，也往往不把话说尽，给人们留下有余不尽的思考空间。他工词学，特别对宋词有精湛的研究；擅书法，挺拔俊秀，求书者甚多，他也有求必应。我的拙作《曹禺剧作艺术探索》就是请他题写书名的。

缪老重病住院期间，我亲往探视，临行握别，竟成永诀！同我一起探视缪老的历史系李必忠、常正光两同志近年也先后逝世，人事之不可知者如此！

除上述者外，平生师友或接触，或交往；或为前辈，或为益友者为数尚多，不能一一尽记。遗憾的是，逝世者已多，健在者寥寥！谨举姓名于此，以志不忘！

陈垣、溥忻、余嘉锡、张国淦、沈羹梅师、徐霞村、谢文炳、楼适夷、许杰、黄源、林如稷、林焕平、徐中舒、谢国桢、启功、陆宗达、赵卫邦、刘厚滋（佩韦）、徐震谔、卞孝萱、周汝昌、李景清、余冠英、林庚、吴组缃（祖襄）、李嘉言、许世瑛、张遂五、李长之、李鼎芳、陶光、郑朝宗、陈落（国良）、徐日新、刘安义、莫钟骏、赵俪生（赵甡）、张志岳、刘绶松（寿嵩）、隆言泉、杨克刚、吴宏聪、陈则光、马识途、王士菁、吴伯箫、陈翔鹤、唐弢、李何林、陈瘦竹、楼栖、高兰、沙汀、蒋锡金、戈宝权、单演义、魏嵩寿、梁仲华、诸桥辙次（日本）、平冈武夫（日本）、仓石武四郎（日本）、钣冢容（日本）等。

三、工作剪影

下列我出版的编著和发表的主要学术性论文选目（附讲稿、传略）。

出版的编著：

中华人民共和国成立前主要有：

《孟东野诗文系年考证》　　蓝印本，内部印行。

《唐孟郊年谱》 铅印本，内部印行。

《书林余话之余》 手稿本，"文化大革命"期间遗失。

《佣书杂录》 手稿本，"文化大革命"期间遗失。

中华人民共和国成立后有：

《阮步兵咏怀诗注》 黄节注，本人校订。人民文学出版社1957年4月第一版；1984年3月再版。（字数72000）

《孟东野诗集》 人民文学出版社1959年7月第一版；1984年再版。（字数207000）

《顾亭林诗文集》 中华书局1959年8月第一版；1983年5月再版。（字数305000）列入中华书局"中国古典文学基本丛书"。1984年9月获四川省首届哲学社会科学优秀成果二等奖。

《孟郊诗集校注》（与喻学才同志合著） 本人主编。人民文学出版社1995年12月第一版。（字数507000，执笔写有长篇《前言》）

《顾亭林文选》 四川人民出版社1998年11月第一版。（字数293000，写有长篇《前言》）被评为四川省1998年度优秀图书。

《曹禺剧作艺术探索》 四川文艺出版社1988年7月第一版。（字数206000）1990年10月获四川省现当代文学研究会优秀成果一等奖；同年12月获四川省哲学社科优秀成果二等奖；1992年4月获中国首届满族文学奖荣誉奖。（《简明曹禺词典》有评述）

《鲁迅小说选》 中文系集体编选，本人主编。成都日报编辑部1973年内部印行。

《鲁迅杂文选》 中文系选编，本人主编。1975年5月内部印行。

发表的主要学术性论文：

《顾炎武蒋山佣残稿校录》 《四川省立图书馆刊》1945年第6期

《略谈张籍及其乐府诗》 《光明日报文学遗产增刊》1956年8月第3辑

《关于孟郊的生平及其创作》 《四川大学学报》1957年8月第2期

（选入人民文学出版社 1959 年编印的《唐诗研究论文集》）

《论郭沫若诗歌创作的发展》　《草地》1957 年 9 月号

《论顾炎武蒋山佣残稿》　《四川大学学报》1959 年第 5 期

《鲁迅在文学研究和创作上的民族化群众化方向》　《四川大学学报》1961 年 10 月号

《重读曹禺的北京人》　《成都晚报》1962 年 5 月 10 日学术版（收入海峡文艺出版社《当代文学研究资料·曹禺专集》下册，《简明曹禺词典》有引述）

《"八千里路赴云旗"——读郭沫若归国杂吟及其它》　《郭沫若研究专刊》1979 年第 2 辑（《四川文学》1979 年第 8 期转载；又选入《中国人民大学复印报刊资料·郭沫若研究》1979 年第 9 期和四川人民出版社编印的《郭沫若研究论集》第 1 辑及《中国当代文学研究资料　郭沫若专集》）

《读顾亭林文集札记》　《中华文史论丛》1980 年第 2 辑

《曹禺解放前的创作道路》　《江西师范学院学报》1981 年第 1 期（选入《中国当代文学研究资料·曹禺研究专集》）

《关于黑字二十八和编剧术——记曹禺抗战初期的一些创作活动》《抗战文艺研究》1981 年 11 月创刊号（《社会科学研究》1982 年第 1 期转载；又选入《中国人民大学复印报刊资料·戏剧研究》1982 年第 2 期；日本学者饭塚容在《关于〈黑字二十八〉》一文中作了全面引述，载日本东京出版的《季节月刊》1983 年 12 月号；《简明曹禺词典》有引述；《关于〈黑字二十八〉》部分又选入海峡文艺出版社《中国当代文学研究资料·曹禺研究专集》）

《鲁迅后期杂文的思想深度》　《四川大学学报丛刊》1981 年 11 月第 11 辑

《郭沫若抗战时期的杂文》　《四川大学学报》1982 年第 4 期（选入《中国人民大学复印报刊资料·郭沫若研究》1983 年第 1 期、四川人民出版社编印的《郭沫若研究论集》第 2 辑和重庆出版社出版的《国统区抗战文艺研究论文集》）

《重评曹禺的原野》　《江西师范学院学报》1983 年第 2 期（《文艺理论研究》1983 年第 3 期摘要转载；日本学者饭塚容在《原野再评价》一文中作了全面引述，载 1985 年 2 月日本《中央大学百年纪念论文集》；《简明曹禺词典》有引述）

《田汉同志与抗战日报》　《新文学史料》1983 年第 4 期

《夏志清中国现代小说史评析》　《四川大学学报》1983 年第 4 期（《高等学校文科学报文摘》1984 年第 2 期摘载）

《结构的艺术，抒情的诗意——论曹禺〈家〉的创作成就》　《抗战文艺研究》1984 年第 2 期（选入《中华文库》）

《鲁迅与徐懋庸》　西北大学鲁迅研究室编《鲁迅研究年刊》1984 年号，陕西人民出版社出版。

《继承传统，借鉴外国》　《茅盾研究》1984 年第 2 辑，文化艺术出版社出版（本文系在全国茅盾研究学术讨论会上的发言）

《小说与戏剧·曹禺剧作专章》　《四川大学学报》1985 年第 1 期（《中外文学研究参考》1985 年第 2 期摘载）

《"高歌吐气作长虹"——论郭沫若抗战时期的旧体诗》　《郭沫若研究》第 4 辑，文化艺术出版社 1988 年 4 月出版

《鲁迅对中外文化的理论主张与批评实践》　《天府新论》1984 年第 4 期（本文系四川省纪念鲁迅逝世五十周年学术讨论会上的发言）

《在中外文化交融中的鲁迅创作——简论鲁迅作品对外国文学的借鉴》　《四川大学学报》1993 年第 1 期

《"爱国精神照肝胆"——读茅盾同志的诗词》　1996 年纪念茅盾同志逝世百周年学术讨论会书面发言，载《茅盾研究》

附讲稿、传略：

讲稿四种（附参考资料一种）：

《中国现代文学史》　1951—1960 年稿

《鲁迅杂文研究》　1962 年稿

《曹禺剧作研究》　1962年稿（以上三种"文革化大革命"期间被抄没）

《现代文学专题》（"文化大革命"前写的被抄没；"文化大革命"后写的存有部分）

附：《中国现代文学史参考资料（1919—1949）》（手抄资料数十万字被抄没，现仅存目录）

本人传略主要编入下列辞书：

《中国当代名人录》，中外名人研究中心编，上海人民出版社

《中外文学评论家辞典》，任孚先、武鹰编，吉林教育出版社

《中国现代社会科学家大辞典》，书海出版社

《满族现代文学家艺术家传略》，关纪新编，辽宁人民出版社

《世界名人录》，中国卷3，世界文化艺术研究中心编，香港国际交流出版社

《中国教育专家名典》，第2卷，中华教育研究交流中心编，人事出版社、香港国际交流出版社联合出版

《中国专家大辞典》，第2卷，人事部专家服务中心编，人事出版社

《美国世界名人录》，中文版第1卷，美国海外艺术家协会编，香港世界人物出版社

《世界艺术家名人录》，美国海外艺术家协会编，香港国际交流出版社

《世界优秀专家人才名典》，中华卷第2卷，世界文化艺术研究中心等编，香港国际交流出版社、世界人物出版社联合出版

《世界文化名人辞海》，世界学术文库出版社

《中华人物大辞典》，卷3，中华民族团结友好协会英才研究委员会编，中国文联出版社

《中国世纪专家传略》，卷IV，中英文版，人民日报出版社

《东方之光——二十世纪共和国精英全集》，北大东方文化研究会编，光明日报出版社

《中国国情报告》，专家学者卷，中国国情研究会编，中国文史出版社

《简明曹禺辞典》，田本相、黄爱华编，甘肃教育出版社

附：杨海平《宁静致远　淡泊明志——记著名学者、四川大学中文系教授华忱之先生》，《西南经济日报》1996年11月12日"西南学人"报道。

四、俚辞剩存

中华人民共和国成立前偶有所作，俱已遗失。中华人民共和国成立后，从事现代文学教学，暇日无多，文思日竭，少有所作，录此存照。

敬题俚句，以应茅盾故居管理所雅嘱并书

美哉乌镇，诞育茅公。钟灵毓秀，才冠世雄。笃志马列，为党效忠。尽瘁革命，发聩振聋。文化先驱，左联书记。《子夜》《春蚕》，写神寓意。学贯古今，中西兼治。嘉惠士林，丰碑永植。

敬献俚句，缅怀郭沫若同志诞辰一百周年

大哉郭老，领袖群英。光耀西蜀，名垂东瀛。新潮兔进，《女神》纪程。南征北伐，为国干城。同仇敌忾，投笔请缨。寸心终古，奔走和平。《屈原》史剧，雷电轰鸣。柱石尧天，岁月峥嵘。文章百代，戎马半生。高山仰止，敬礼输诚。

祝母校七十五周年大庆

巍巍母校，水木清华。英才挺秀，教泽孔嘉。进军四化，光耀春花。峥嵘七五，祝寿无涯。

清华校友成都联谊会敬贺（代拟）

奉祝川大七十六周年校庆

岁月峥嵘七六年，长征声里焕新天。

欣看问业耕耘急，乐见经国教学先。

锦水春风陶秀彦，涛邻夏雨润书田。

欢腾华诞殷勤祝，松竹常青景更研。

漫谈我的业余生活

我 1914 年 3 月 29 日（农历）出生于北京一个四世同堂的满族大家庭里。先祖父除了在晚清做官外，还是一位书法家。北京琉璃厂等处书画店大门上多挂有他题写的匾额。他精于鉴定古代文物，工诗能文，购买了许多古籍在客厅里摆放着，也挂了字画。我童年时就常常遨游在这书海中，翻看一些古籍，尽管我当时并看不懂。客厅里桌子和茶几上也分别陈列着一些古代青铜器，爵、斝、盘、盂之类。我对这些青铜器更是一窍不通，只是觉得它们身上满是斑斓的花纹，形状也很别致，看起来怪有趣的。我就是生长在这古色古香的家居环境里，耳濡目染，自然而然地受到了潜移默化，培养起我从小时候就爱读书、喜收藏等生活癖好。

我没有读过小学，7 岁入家塾，读的都是五经、四书。在"念背打"的强制下，我曾从头到尾一段一段地背诵过《左传》、四书等。当时虽然只是唱儿歌似的咿咿呀呀地背诵这些古书，但在我幼小的心灵里，从四书中自觉不自觉地受到一些"孔孟之道"的"洗礼"；也深深为《左传》文章之美所打动，直到今天还记得几段《左传》中的名篇，如"吕向绝秦"之类。但那时最吸引我的并不是这些经书，而是当时列为"禁区"的"闲书"如《红楼梦》、《金瓶梅》、《三国演义》、《水浒》等。我父亲当时比较开明，并不禁止我看这些"闲书"，但《金瓶梅》和《红楼梦》，我还是藏藏掖掖地偷着看的。我至今还能记起我童年下学后，怎样废寝忘餐、手不释卷地读这些古典白话小说一直到深夜的情景，沉浸在"梁山泊一百零八将"、"孙悟空三打白骨精"、"姜太公手执杏黄旗"和赤壁鏖兵、宝黛爱情悲剧一系列的美好憧憬中。这些都为我以后走上文学道路打下了初步基础。

我家住在王府井梯子胡同内大甜水井 7 号，距东安市场（现改名为东风市场）极近。当时我母亲嫌我在家中调皮，经常让老保姆带我，有时由我母亲亲自带我到东安市场内吉祥戏院看京剧。那时吉祥戏院上下两层，楼下是堂厢，楼上是包厢。演出的大多是富连成科班的学员，有时也有其他剧团的演出。那时我虽然年幼，不懂得什么京剧艺术，只是看热闹，但经常观看，耳濡目染，在我的童心中也播下了爱好京剧的种子，对我以后走上文学道路、对戏剧文学发生浓厚的兴趣，起了很大的作用。

在我年龄稍长、进入大学的前后，我对京剧的爱好与年俱进，与日俱增。我在课余之暇或节假日几乎跑遍了京中各大剧院。如开明、华乐、广和楼、广德楼、吉祥、长安剧院等，都是我经常顾曲的场所。当时广和、广德楼设备比较简陋，如广和楼剧场内两侧座位都是木制长板凳，几人合坐一条板凳，我记得有两次赴广和楼看高庆奎和金少山的演出，就直挺挺地坐在长板凳上倾耳谛听达三四小时之久，乐此不疲。早年京中显贵富豪之家遇有喜庆事，都要在家中或借其他场所举办京剧"堂会"，特邀京剧艺术表演家和其他艺人演出，以自炫耀。这对我来说更是大饱眼福的难得的机会，我总要想方设法前往观赏。当时在京剧几个行当中，老一辈著名京剧艺术表演家，如谭鑫培、程继先、王凤卿、余叔岩、钱金福、裘桂仙、郝寿臣、梅兰芳、杨小楼、高庆奎、金少山、肖长华、姜妙香、于连泉（即"小翠花"）、尚和玉、孟小冬等几位的演出，我都欣赏过。看他们的精彩演出，简直是令人目迷心醉的美好享受。特别是对其中梅兰芳、杨小楼两位，我尤为崇拜。如梅杨合演的《霸王别姬》，杨小楼演的《战宛城》、《连环套》、《长坂坡》，梅兰芳演的《贵妃醉酒》、《宇宙峰》、《虹霓关》等，都是使人百看不厌、历久弥新的"绝唱"。中华人民共和国成立后，有一次我在吉祥剧院看梅兰芳先生演唱的《凤还巢》，那是我一生中最后一次看他的精湛表演。那时他已年过六十，虽嗓音不及以前甜美，但表情做工更加细腻，临末下场的回眸一笑，满面含羞，传神尽态地刻画出剧中人物的内心思绪，至今回忆起来，仍历历如在目前。此后我就再也没有机会欣赏他精湛的舞台演出了。但是，如有机会，我总是要打开电视机或收音机静坐观、听他的精彩剧目如《穆桂英挂帅》等，击节叹赏。我不仅对梅兰芳的精彩表演倾倒备至，就连梅派传人如梅葆玖、张君秋、杜近芳几位的舞台演出或唱段，也一次又一次地欣赏，由此可见我对京剧，特别是梅派唱腔喜爱之深。当然，这并不是说，我只喜看老一辈京剧艺术家的演出，对于剧坛新秀，我也同样欣赏。中华人民共和国成立后，我在成都任教，课余就多次看过新声青年京剧团学员的演出。那时他们都只有十几岁，虽演唱显得稚嫩，但生气勃勃，别有一种青春活力，令人耳目一新。

我不仅是一个京剧迷，还是一个电影迷。在20世纪二三十年代，京中只有两家像样子的影院，一家是在长安街的平安，一家是东安门大街的真光，上映的都是无声片，对话打中文字幕。有声片的出现较晚。由于当时国产片的水平不高，我经常看的大多是外国片。其中，我最崇拜的影星是瑞典的葛丽泰·嘉宝。凡是有嘉宝主演的影片，我是风雨无阻，从未缺席。如她的《安娜·卡列尼娜》、《复活》、《瑞典女皇》等，刻画人物深层内心世界之细腻，表情之深切感人，我认为，在当年的好莱坞影界中是首屈一指、无人能比的。中华人民共和国成立后，对演技出色的中外影星英格丽·褒曼、费雯丽、凯瑟琳·赫本和巩俐等，我也喜欢看。一直到今天，在教学、写作之余，我仍然爱看电影，遇有我喜看的中外影片和演员，也从来不放过欣赏的机会。在故事片方面，我比较欣赏抒情性浓、意蕴深刻、情节曲折动人的悲剧，以及外国十八九世纪历史题材的片子以及改编的中外文学名著，不喜欢看武打、凶杀、枪战、搞笑一类的片子和胡编乱造的古装片。为了调剂业余生活，做到劳逸结合，近些年我又与电视机结下了不解之缘。遇到电视台播放我喜爱的节目，我总要坐在荧屏前欣赏一番。以多集影视剧为例，如《排球女将》、我喜看的日本影星山口百惠的《血疑》、《命运》、《血的迷路》以及巴西的《女奴》、墨西哥的《诽谤》等，我都是不厌其烦地从头一直看到底。

对电视台转播的体育运动，如世界锦标赛，更是兴致勃勃地从中国女排第一次荣获世界冠军起一直到"五连冠"，我都一场不漏地看过。在荧屏前，面对着这一场场惊心动魄的拼搏，我不禁为中国女排每一次失误而担心，为她们每一次得分而喝彩。最后每一场比赛的胜利，都和我的小孙女一同鼓掌、欢呼！这些巾帼英雄们顽强拼搏的爱国精神，使我这年逾古稀的人深受鼓舞，感到自己也年轻了许多，暗中赞叹着这是多么好的中华儿女啊！我由衷地为她们祝福！

如果说，中华人民共和国成立前我是一个京剧迷、电影迷；那么中华人民共和国成立后，我又是一个川剧迷了。1951年再度入川，定居成都，最初只是应朋友们的邀约去观赏几场川剧，但看来看去，竟为川剧迷人的艺术魅力所陶醉，后来竟自到了非看不可、不看不行的地步。川剧老一辈表演艺术家的拿手好戏，如阳友鹤的"打神告庙"、廖静秋的"杜十娘"、陈书舫的"秋江"、"柳阴起"、竞华的"乔子口"、"三祭江"和周企何、刘成基、许倩云、袁玉堃、曾荣华、杨淑英几位主演的好戏，我几乎没有一次不去观赏的。我当时住在四川大学，距锦江剧场较远，为了临时托人弄张戏票，往往顾不得吃晚饭，便赶到城内买些糕点果腹，坐在春熙路茶楼上等待戏票。有一两次川剧晚场散后，细雨濛濛，交通工具已经收车，我只得深夜冒雨独行踽踽地走回家里。我对川剧入迷之深于此可见一斑了。我记得有一次全省各县川剧团在成都举行全省川剧观摩汇演，各县老川剧表演家如彭海清几位登台献艺，各显身手。演出的剧目有的是辍演多年、濒临失传的折子戏，有的是老川剧表演家独擅一时的"绝活"，真是盛会空前、美不胜收。我当然不会放弃这样难逢的机会，连看数天，大饱耳福和眼福。我认为，川剧独特之处在于：生活气息很浓厚，富有乡土色彩和人情味；对白机智风趣；动作性很强；表演细腻真切，活灵活现。行腔更是多姿多彩，各擅其妙，有的唱腔如繁响急弦，高亢入云；有的唱腔一唱三叹，如泣如诉；有的唱腔如行云流水，宛转自如；有的唱腔则是深情缱绻，柔媚动人。通过一个手势、一个眼神、一段唱腔，就能委婉曲折地表达剧中人物的性格和内心深处的思想情绪。当然，我以异乡人和门外汉来谈川剧，自难说出川剧独擅的妙处于万一了。近些年年老多病，受到种种因素限制，我晚间很难进城欣赏京剧和川剧，已没有往年的兴致了。

我除了爱看京剧、川剧外，串古籍书店，逛旧书摊，又是我另一种业余爱好。中华人民共和国成立前，北京的古籍书店大都集中在和平门外琉璃厂和东四牌楼隆福寺两处。我在北京时，经常到这两处古籍书店串来串去，但我当时并无能力购买，只是东翻西看，书山探宝罢了。中华人民共和国成立初期，我在成都华西大学、四川大学任教，每当华灯初上，在青年路一带开设的夜市，百物杂陈，人群熙攘，其中也有不少旧书摊。一些中华人民共和国成立前后出版的旧图书杂志都摆放在地上，任人选购。在这些旧书刊中确有不少比较罕见的珍本，对我具有很大的吸引力。于是我便经常在课余到此搜寻。由于这些旧图书大多是按废纸论斤收购而来的，兼以收购人又不识货，所以书价都不高，一两角乃至三五角钱就可获得一本比较罕见的珍籍。我在这些旧书摊上就陆续购得不少抗战前后在上海、重庆等地出版的现代文学作家作品集。如1939年上海晨光书店出版的延安鲁迅艺术学院丛书之一的《歌剧集》、蒋光慈的《新梦诗集》，1927年上海新月书店初版的胡也频短篇小说集《圣徒》，1937年上海一般书店初版的宋之的《赐儿集》，1943年重庆作家书屋初版的以群编抗战以来报告文学选集《战斗的素绘》以及欧阳山《战果》，臧克家、刘白羽、陈白尘、端木蕻良几位作家作品集等，都是我在昏黄路灯下，弯着腰，眯着眼，披沙拣金似的搜寻出来的。在我购得的这些书籍中，有些是抗战时期重庆初版，它们大多是用发黄的土纸印行的，外观上不易引起人们的重视；有的初版书籍当时只印行三四百册或二三千册，现已流传不广，弥可珍视。这些陈旧书籍跟随我三十多年，经历了"十年动乱"，居然幸存下来，未被抄没；其他家中旧藏的一些名人字画、旧纸、旧墨和一大本外国邮票等物，其中不乏珍品，遗憾的是，在"文革"期间，这些文物连同我编写的讲稿、资料、诗文手稿等都被强暴地抄走了！至今下落不明，思之痛心！

此外，我在业余也喜欢听中外音乐和中外歌曲。记得抗战前我在清华大学读书时，听过蒋风之先生的二胡独奏"八面埋伏"、"春江花月夜"，弹奏之妙，堪称一绝，至今回忆起来，仍然仿佛余音绕耳。在西乐中，我最喜听小提琴，特别用它演奏的"小夜曲"，缠绵悱恻，撼人心弦。在国内众多歌唱家演唱的中外名曲中，我最喜欢听朱逢博、刘淑芳几位和东方歌舞团的精彩歌唱，从中获得艺术陶冶和美感的愉悦。

华忱之学术著作年表

1914 年　一岁

4 月 24 日（农历三月二十九日），出生于北京，原名爱新觉罗·华恂，字忱之，后以字为名。祖籍满族镶蓝旗，努尔哈赤第十二代。

1937 年　二十三岁

6 月，毕业于清华大学中国语言文学系，获文学士学位。

1938 年　二十四岁

11 月，《白香山集校录二篇》载《东方文化月刊》1938 年第 1 卷第 7 期，署名"忱之"。

1940 年　二十六岁

7 月，撰《唐孟郊年谱》，国立北京大学图书馆印。

12 月，《顾亭林集征献》载《中和月刊》1940 年第 1 卷第 12 期。

1942 年　二十八岁

9 月，《蒋山佣残稿跋》载《中国留日同学会季刊》第 1 期。

1945 年　三十一岁

本年，《顾炎武蒋山佣残稿校录》载《四川省立图书馆刊》1945 年第 6 期。

1948 年　三十四岁

6 月 15 日，《孟东野年谱（续）》载《云南论坛》第 1 卷第 6 期。

1956 年　四十二岁

8 月，《略谈张籍及其乐府诗》载《文学遗产增刊》第三辑，作家出版社出版。

1957 年　四十三岁

3 月 31 日,《关于孟郊的生平及其创作》载《四川大学学报（社会科学版）》1957 年第 2 期，收入《唐诗研究论文集》（人民文学出版社，1959 年）。

4 月，校订《阮步兵咏怀诗注》，人民文学出版社第 1 版，1984 年 3 月再版。

5 月,《更好地贯彻"百花齐放、百家争鸣"的方针——为纪念毛主席〈在延安文艺座谈会上的讲话〉发表 15 周年作》载《草地》1957 年第 5 期。

9 月,《谈谈郭沫若诗歌创作的发展》载《草地》1957 年第 9 期。

1959 年　四十五岁

7 月，校订《孟东野诗集》，人民文学出版社第 1 版，1984 年 4 月再版。

8 月，点校《顾亭林诗文集》，中华书局第 1 版，1983 年 5 月第 2 版列入"中国古典文学基本丛书"，2008 年 7 月重印。该书于 1984 年 9 月获四川省首届哲学社会科学优秀成果二等奖。

10 月 28 日,《论顾炎武的"蒋山傭残稿"》载《四川大学学报（社会科学版）》1959 年第 5 期。

1961 年　四十七岁

10 月,《鲁迅在文学研究和创作上的民族化群众化方向》载《四川文学》1961 年 10 月号。

1962 年　四十八岁

5 月,《继承民族传统，发展诗歌创作——纪念毛主席〈在延安文艺座谈会上的讲话〉发表二十周年》载《四川文学》1962 年 5 月号。

5 月 10 日,《重读曹禺的〈北京人〉》载《成都晚报》"学术版"，收入《当代文学研究资料·曹禺研究专集（下册）》（海峡文艺出版社，1985 年）。《简明曹禺词典》（甘肃教育出版社，2000 年）第 416 页有评述。

1973 年　五十九岁

4 月，主编、四川大学中文系集体选编《鲁迅小说选》，内部印行。

1975 年　六十一岁

5 月，主编、四川大学中文系集体选编《鲁迅杂文选》，内部印行。

1978 年　六十四岁

1 月，四川大学中文系现代文学组选编《鲁迅小说选》，四川人民出版社第 1 版，1979 年重印。本书《编后记》说明"各篇题解、注释由李昌陟、华忱之等撰写；全书的统一修订工作由李昌陟负责"。

10 月，《"为真理斗到尽头"——重读郭沫若同志历史剧〈屈原〉》载《四川文艺》1978 年第 10 期。

1979 年　六十五岁

7 月，《"八千里路赴云旗"——读郭沫若归国杂吟及其他》载《四川大学学报丛刊》1979 年第 2 辑"郭沫若研究专刊"，《四川文学》1979 年第 8 期、《中国人民大学复印报刊资料·郭沫若研究》1979 年第 9 期转载，并收入《郭沫若研究论集》第 1 辑（四川人民出版社，1980 年）、《中国当代文学研究资料·郭沫若专集》（四川人民出版社，1984 年）。

1980 年　六十六岁

5 月，《读〈顾亭林文集〉札记》载《中华文史论丛》1980 年第 2 辑。

1981 年　六十七岁

1 月，《关于〈黑字二十八〉和〈编剧术〉——记曹禺抗战初期的一些创作活动》载《抗战文艺研究》1981 年第 1 期，《社会科学研究》1982 年第 1 期、《中国人民大学复印报刊资料·戏剧研究》1982 年第 2 期转载，又以《关于〈黑字二十八〉》为题摘录原文第一部分，收入《当代文学研究资料·曹禺研究专集（下册）》（海峡文艺出版社，1985 年）。日本学者饭塚容在《关于〈黑字二十八〉》一文中作了全面引述，载日本东京出版的《季节月刊》1983 年 12 月号。《简明曹禺词典》（甘肃教育出版社，2000 年）第 403 页有引述。

3 月 10 日，《论曹禺解放前的创作道路》载《江西师院学报》1981 年第 1 期，收入《当代文学研究资料·曹禺研究专集（下册）》（海峡文艺出版社，1985 年）。

10月，《鲁迅后期杂文的思想深度》载《四川大学学报丛刊》1981年第11辑"鲁迅研究论文集"。

1982年　六十八岁

10月2日，《论郭沫若抗战时期的杂文》载《四川大学学报（哲学社会科学版）》1982年第4期，《中国人民大学复印报刊资料·郭沫若研究》1983年第1期转载，收入《郭沫若研究论集（第二集）》（四川人民出版社，1984年）、《国统区抗战文艺研究论文集》（重庆出版社，1984年）。

1983年　六十九岁

6月15日，《我对抗战文艺的基本估计——在四川省抗战文艺学术讨论会上的发言》载《抗战文艺研究》1983年第3期。

7月2日，《重评曹禺的〈原野〉》载《江西师院学报》1983年第2期，《文艺理论研究》1983年第3期摘要转载。日本学者饭塚容在《原野の再评价》一文中作了全面引述，载1985年2月日本《中央大学百年纪念论文集》。《简明曹禺词典》（甘肃教育出版社，2000年）第416页有引述。

8月29日，《夏志清〈中国现代小说史〉评析》载《四川大学学报（哲学社会科学版）》1983年第4期，《高等学校文科学报文摘》1984年第2期摘要转载。

11月，《管窥蠡测》载《中国现代文学研究丛刊》1983年第4期。

11月22日，《田汉同志与〈抗战日报〉》载《新文学史料》1983年第4期。

1984年　七十岁

5月15日，《结构的艺术，抒情的诗意——论曹禺〈家〉的创作成就》载《抗战文艺研究》1984年第2期。

8月，《诚挚的敬意　微薄的献礼》载《郭沫若研究》（学术座谈会专辑），文化艺术出版社出版。

12月，《继承传统　借鉴外国》（本文系作者在全国茅盾研究学术讨论会上的发言）载《茅盾研究》第2辑，文化艺术出版社出版。

1985年　七十一岁

1月7日，《评〈小说与戏剧〉曹禺剧作专章》载《四川大学学报（哲学社会科学版)》1985 年第 1 期，《中外文学研究参考》1985 年第 2 期摘要转载。

6 月 1 日，《鲁迅与徐懋庸》载《鲁迅研究年刊（1984 年）》，陕西人民出版社出版。

1986 年　七十二岁

12 月 27 日，《鲁迅对中外文化的理论主张与批评实践》（本文系作者在四川省纪念鲁迅逝世五十周年学术讨论会上的发言）载《天府新论》1986 年第 6 期。

1987 年　七十三岁

1 月，《建议与希望——在抗战文艺学术讨论会上的发言》载《抗战文艺研究》1987 年第 1 期。

5 月 1 日，《绛帐春风忆旧年——记陈寅恪师讲学二三》载《文史杂志》1987 第 2 期。

1988 年　七十四岁

4 月，《高歌吐气作长虹——论郭沫若抗战时期的旧体诗》载《郭沫若研究》第 4 辑，文化艺术出版社出版。

7 月，《曹禺剧作艺术探索》，四川文艺出版社出版。该书 1990 年 10 月获四川省现当代文学研究会优秀成果一等奖；1990 年 12 月获四川省哲学社会科学优秀成果二等奖；1992 年 4 月获中国首届满族文学奖荣誉奖。《简明曹禺词典》（甘肃教育出版社，2000 年）第 390 页有评述。

1993 年　七十九岁

1 月，《在中外文化交融中的鲁迅创作——简论鲁迅作品对外国文学的借鉴》载《四川大学学报（哲学社会科学版）》1993 年第 1 期。

1995 年　八十一岁

12 月，与喻学才合著《孟郊诗集校注》，人民文学出版社出版，2015 年 11 月重印。执笔该书"前言"。

1997 年　八十三岁

6 月，《"爱国精神照肝胆"——读茅盾同志的诗词》（本文系纪念茅盾诞辰百周年学术讨论会上的发言）载《茅盾与二十世纪》，华夏出版社出版。

1998年　八十四岁

11月，校注《顾亭林文选》，四川人民出版社出版。执笔本书"前言"。该书被评为四川省1998年度优秀图书。

2001年　八十七岁

11月，自编回忆文集《世纪留痕》，自印30册。

2002年　八十八岁

9月25日，因病逝世于成都。

编后记

　　四川大学中国现当代文学学科建设的重要奠基人华忱之先生辞世已经21年了。今日，我们有幸再次拜读他生前的著作和数十篇论文（有的尚未发表），仿佛又见到他清癯、和善的面容，听到他一口标准的"京腔"普通话……华老先生的一生虽不十分平顺，但他认真教学、坚持科研的人生选择和通古博今、一丝不苟的治学精神却值得我们这些后辈学人好好学习！

　　怀着对华忱之先生的敬意，我们编完了《中国文学论——华忱之学术文集》这部颇为重要的学术著作。在此，首先要深深感谢华老先生之子、"全国十佳摄影师"华熔同志给予的大力支持和无私帮助！他不仅提供了编选本书所需要的全部资料，而且在百忙中还不厌其烦地尽力搜寻华先生在那些特殊年代散失的重要手稿和资料抄件，总希望能让本书更全面地、不留遗憾地展示华老先生的学术成就和精神风貌，令人十分感动！由于种种原因，最后虽只寻得华先生2001年8月撰写、由华熔设计封面并打印成册的《世纪留痕》和华先生大学毕业论文《唐孟郊年谱》的复印件两种未刊稿，但这已经弥足珍贵了。现已全文编入本书，以便其他研究者参阅或引用。全书为上、下两编及附编，上编为中国现代作家和抗战文学研究专题，下编为古代文学研究专题，附编为《世纪留痕》。

　　为方便对华忱之先生学术成就继续进行全面深入的研究，我们还编写了《华忱之学术著作年表》供读者参考。由于条件有限，其中定有不足之处。我们真诚地欢迎读者朋友的批评指正。

　　最后，要再次感谢华熔同志，没有他的鼎力相助，我们是无法编成这部重要的学术文集的，如有不当之处，谨请他和其他读者朋友批评、赐教。

编者

2022年6月